KB270191

웃는 남자

웃는 남자

웃는 남자 _하

L'homme qui rit

빅토르 위고 장편소설   이형식 옮김

L'HOMME QUI RIT
by **VICTOR HUGO (1869)**

이 책은 실로 꿰매어 제본하는 정통적인 사철 방식으로 만들어졌습니다.
사철 방식으로 제본된 책은 오랫동안 보관해도 손상되지 않습니다.

마무리 이야기

제3권 균열의 시작

1. 여인숙 태드캐스터

그 시절 런던에는 다리가 하나밖에 없었다. 그 유일한 다리가 런던 교이고, 다리 위에는 집들이 있었다. 그 다리가 서더크를 런던과 이어 주고 있었다. 서더크는 템스 강의 자갈로 길을 포장하고 벽면을 장식했으며, 좁은 도로와 골목길이 복잡하게 얽혀 있는 데다, 어디를 보나 비좁을 뿐만 아니라 여느 고도(古都)처럼 숱한 건물과 주택, 목제 가건물이 뒤죽박죽 섞여 있어, 화마(火魔)가 매우 즐거워할 연료가 될 수 있는 변두리였다. 1666년의 대화재가 이미 입증한 사실이다.

서더크를 당시에는 사우드릭이라 발음했고, 오늘날에는 대략 사우소우워크라고 발음한다. 여하튼 잉글랜드의 명칭들을 발음하는 가장 탁월한 방법은, 아예 발음을 제대로 하지 않는 것이다. 따라서 사우샘프턴을 발음하고자 한다면 스트픈튼이라 하시라.[1]

채텀Chatham이 주템므*Je t'aime*로 발음되던 시절이었다.

그 시절의 서더크가 오늘날의 서더크를 닮은 것은, 보지라르가 마르세유를 닮은 것과 같다. 그 시절에는 일개 읍이었

---

[1] 자음과 자음 사이에 있는 모음이나 연속된 모음도 모두 분명하게 떼어 발음하게 되어 있는 라틴어 계열 언어에 익숙한 이들에게는, 다분히 그렇게 들릴 수 있다. 영어의 발음(규칙)에 대한 가벼운 농담이다.

으나, 오늘날에는 대도시이다. 하지만 그 시절에도 선박의 왕래는 매우 빈번했다. 템스 강변의 거대한 축대 벽에는 무수한 고리가 박혀 있었고, 강에서 운행하는 커다란 거룻배들이 그곳에 정박해 있었다. 그 축대 벽을 가리켜 에프록 벽이라고도 했고 혹은 에프록스톤이라고도 했다. 요크 주가 색슨족의 지배하에 있었을 때는 에프록이라 불렀다. 전설에 따르면 에프록이라는 공작이 그 벽 아래에서 익사했다고 한다. 그곳의 수심은 실제로 공작 한 사람 익사하기에 충분할 만큼 깊었다. 썰물 때도 수심이 6브라스[2]는 족히 되었다. 그 작은 정박지가 매우 편리해, 바다를 오가는 배들도 그곳을 좋아했다. 또한 그리하여 네덜란드의 유서 깊은 해양 화물선 포그라트 역시 에프록스톤에 와서 정박하곤 했다. 포그라트는 매주 한 번씩 런던과 로테르담 사이를 왕복 운행했다. 다른 거룻배들은 썰물을 타고 하루에 두 번씩 데프트퍼드나 그리니치, 그레이브센드 등지로 내려갔다가 다른 조수를 타고 다시 올라오곤 했다. 그레이브센드까지의 물길이 20해리나 되지만, 거룻배들은 여섯 시간이면 그곳에 닿았다.

포그라트는, 오늘날에는 해양 박물관에서밖에 볼 수 없는 유형의 배이다. 가운데가 불룩한 그 배는 극동의 범선과 조금 닮았다. 프랑스가 그리스 선박을 모조하던 그 시절, 네덜란드는 중국 선박을 모조하고 있었다. 육중한 선체에 주 돛대가 둘인 포그라트는, 방수된 칸막이 벽이 수직으로 설치되어, 배 중앙에 깊고 넓은 선실이 있고, 그 위를 상갑판 둘이 덮었는데, 갑판 하나는 선수 쪽으로, 다른 하나는 선미 쪽으로 연장되어, 갑판 위가 평평했다. 포탑을 갖춘 오늘날의 철갑선과 같았다. 그리하여 날씨가 사나울 때 물결의 충격을

---

2 5피에, 즉 1.5미터쯤 된다. 우리말의 〈발〉이나 〈길〉과 같다.

덜 받는다는 장점이 있는 반면, 갑판에 둘러 친 난간이 없어 물결로부터 선원들을 보호해 주지 못한다는 단점도 있었다. 갑판에서 굴러 떨어지는 사람을 막아 줄 아무 장치도 없었다. 그리하여 추락 사고와 많은 인명 피해가 잦았고, 결국 그 모형을 버리게 되었다. 뚱보 포그라트는 네덜란드로 직행하며, 그레이브센드에조차 기항하는 일이 없었다.

천연 바위에 석공들의 수고가 가미되어 형성된, 오래된 선반 모양의 돌출부가 에프록스톤의 하단부를 따라 이어져 있었다. 그리하여 어느 바다에서나 유용하듯, 그 석벽 밑에 정박한 배에 접근하는 것을 용이하게 해주었다. 석벽은 일정한 간격을 두고 계단으로 잘려 있었다. 그 암벽이 서더크의 남쪽[3] 끝을 표시해 주고 있었다. 암벽 상단부에는 근처를 흙으로 돋우어, 행인들이 부두의 난간에 기대듯, 에프록스톤의 상단에 팔꿈치를 괼 수 있게 했다. 그곳에서는 템스 강이 한눈에 내려다보였다. 강 건너편에는 런던의 변두리 벌판뿐이었다.

에프록스톤 상류 쪽, 템스 강의 굴곡 지점에, 즉 세인트제임스 궁 거의 맞은편에 있는 램버스 하우스 뒤쪽에, 당시 폭스홀(아마 복스알[4]을 뜻할 것이다)이라고 불리던 산책장에서 멀지 않은 곳에, 도자기를 굽던 도기 제조소와 채색 병을

3 〈북쪽〉이라 해야 옳을 듯하다. 서더크와 옛 런던은 템스 강을 경계로 마주하고 있었는데, 서더크는 템스 강 남쪽에 위치한다.

4 *vaux-hall*. 프랑스식 발음으로는 〈복스알〉인데, 역시 정체 불명의 단어이다. 작가는 *Foxhall*을 그렇게 수정했는데, *vaux-hall*이 〈음악회나 무도회가 열리는 곳〉이라는 의미를 염두에 둔 듯하다. 그러나 일부 사람들이 그러한 뜻으로 사용하는 *vaux-hall*이나 작가가 사용한 *Foxhall* 모두, *folks-hall*(백성들의 놀이터, 홀, 공원)이라는 신조어의 오기 아닌지 모르겠다. 물론 *folks-hall* 역시 상용되는 단어는 아니다. 여하튼, 전후 문맥으로 보아, 평소에는 일반 백성들의 산책이나 놀이 장소로 이용되고, 축제가 있을 때 음악회나 무도회 장소로 사용되던 공터인 듯하다.

생산하던 유리 공장 사이에, 잡초만 무성한 넓은 공터가 있었다. 옛날 프랑스에서는 퀼튀르 에 마유라 불렸고, 잉글랜드에서는 볼링그린이라 불리던, 그러한 공터였다. 공을 굴리는 데 쓰이는 양탄자라는 뜻의 볼링그린을 가지고 우리는 불랭그랭이라는 단어를 만들었다. 오늘날 우리는 그 풀밭을 집 안에 가지고 있다. 다만 그 풀밭을 탁자 위에 올려놓았을 뿐인데, 잔디가 천으로 바뀌었고, 우리는 그것을 비야르(당구장)라고 부른다.

한편, 우리에게는 이미 불바르(혹은 불베르)가 있다. 즉 볼링그린과 같은 말이 있는데, 왜 구태여 불랭그랭을 만들어 가졌는지 모르겠다. 사전(辭典)이라는 엄숙한 분께서 그토록 쓸데없는 사치를 부리는 것이 놀라울 뿐이다.

서더크의 볼링그린은 타린조필드라고 불렸다. 타린조와 모칠라인의 남작이며 헤이스팅스 남작이었던 사람들의 소유였던 때가 있었기 때문이다. 헤이스팅스 나리들로부터 그곳의 소유권이 태드캐스터 나리들의 손으로 넘어갔는데, 태드캐스터 나리들이 그곳을 일반인들이 모일 수 있는 공공의 장소로 개발했다. 훗날 어느 오를레앙 공작이 팔레루아얄을 공공의 장소로 개조한 일과 비슷한 경우이다.[5] 그 후 타린조필드는 주인 없는 공동 목장이 되었고, 그곳 교구의 소유가 되었다.

타린조필드는 일종의 상설 장터로, 마술사, 곡예사, 익살 광대, 악사가 들끓었고, 그리하여 샤프 대주교의 말처럼 〈마귀를 구경하러 오는〉 멍청한 이들로 항상 북적거렸다. 마귀

5 팔레루아얄은 추기경 리슐리외를 위해 1633년에 지은 궁전이다. 그리하여 처음에는 팔레카르디날(추기경 궁)로 불리다가, 루이 14세의 모후 안 도트리슈가 그곳에 머물기 시작하면서(1643) 팔레루아얄(왕궁)로 불렸다. 훗날, 오를레앙 공을 위해 대대적인 보수 공사를 하면서, 정원의 일부를 일반인들에게 개방했다 한다.

를 구경한다는 말은 공연을 구경한다는 뜻이다.

그 장터 극장에서 손님을 받기도 하고, 극장에 관객을 공급하기도 하는 몇몇 주막은, 1년 내내 축제가 벌어지는 광장 주변에서 번영을 구가했다. 주막들은, 낮 동안에만 사람들이 머무는 가건물들이었다. 저녁이 되면 주막 주인들은, 출입문 열쇠를 주머니에 넣고 그곳을 떠났다. 그 주막 중 하나만이 주거용 건물이었다. 볼링그린에는 다른 거처가 없었다. 곡예사들이 한곳에 정착하지 않고 떠도는 속성을 가진지라, 장터에 있는 가건물은 모두 언제 사라질지 몰랐다. 곡예사들은 뿌리 뽑힌 삶을 영위한다.

그 주막은 옛 주인들의 이름을 따서 여인숙 태드캐스터라고 불렸다. 주막이라기보다는 여인숙이었고, 여인숙보다는 호텔에 더 가까웠던 그 집에는, 마차가 드나들 수 있는 대문과 상당히 넓은 안마당이 있었다.

안마당에서 광장으로 통하는 대문이 태드캐스터 여인숙의 정문이었고, 그 옆에 서출(庶出)의 문[6] 하나가 있었다. 서출이란 선택받았다는 뜻이다. 그 낮은 문이 사람들의 유일한 통로였다. 그 문은 선술집과 다름없는 커다란 다락방으로 통했는데, 다락방 내부는 연기로 검게 변했고 천장이 낮았다. 그 문 바로 위 첫 층에 창문 하나가 뚫려 있었고, 창문의 철물에 여인숙의 간판이 고정되어 걸려 있었다. 대문은 입구를 차단하고 빗장을 질러, 영영 닫아 놓은 것 같았다.

여인숙 안마당으로 들어가려면 그 선술집을 거쳐야만 했다.

태드캐스터 여인숙에는 주인 한 사람과 보이 하나가 있었다. 주인의 이름은 나이슬리스라고 했다. 보이의 이름은 고비컴이었다. 주인 나이슬리스는 ― 의심할 여지없이 니콜라인

6 정문 옆에 있는 협문(夾門)을 가리킨다. 다음 문장을 고려해, 부자연스럽지만 직역한다.

데 잉글랜드식 발음 때문에 나이슬리스가 되었을 것이다 —
인색한 홀아비였고, 법 앞에서 벌벌 떨며 그것을 존중하는
사람이었다. 그의 또 다른 특징은, 눈썹과 손등에 털이 수북
했다는 것이다. 손님들에게 마실 것을 잔에 부어 주고, 고비
컴이라는 이름에 즉각 응답하는 열네 살짜리 보이는, 앞치마
를 두른 쾌활하고 영리한 소년이었다. 그는 머리를 짧게 깎
았는데, 예속의 징표였다.

그는 맨 아래층 한구석을 침실로 사용하고 있었는데, 옛날
의 개집이었다. 그 개집에는 채광창 하나가 볼링그린 쪽으로
나 있었다.

2. 바람 속에서의 웅변

바람 세차고 상당히 추워, 길을 가는 사람이라면 걸음을
재촉해야 할 어느 날 저녁, 타린조필드에서 태드캐스터 여인
숙의 담장을 따라 걷던 남자가, 문득 발걸음을 멈추었다.
1704년에서 1705년 사이에 걸친 겨울이 거의 끝나 가는 무렵
이었다. 복장을 보건대 선원 같은 남자는, 안색이 좋고 몸매가
수려했다. 궁정 사람들에게는 반드시 요구되고 백성에게도 금
지되지 않은 신체 조건이었다. 왜 걸음을 멈추었을까? 듣기
위해서였다. 무엇을 들었을까? 담장 너머 안마당에서 말을
하고 있는 듯한 누군가의 음성이었다. 비록 조금 늙긴 했어
도, 소리가 커서 거리에 지나가는 행인들에게까지 들렸다.
아울러, 그 음성이 열변을 토하고 있는 안마당에서는, 군중
의 소음도 들려왔다. 음성에 실려 들려온 말은 이러했다.

런던의 남자들과 여인들이여, 제가 여기 왔습니다. 저는

당신들이 잉글랜드인임을 진심으로 축하합니다. 당신들은 위대한 백성입니다. 아니 그 이상입니다. 당신들은 위대한 하층민입니다. 당신들의 주먹질은 당신들의 칼질보다 더 멋있습니다. 당신들은 식욕이 왕성합니다. 당신들은 다른 국민을 먹는 국민입니다. 찬연한 역할입니다. 세상의 피를 빠는 행위가 잉글랜드를 별도로 분류해 놓았습니다. 당신들의 정치, 철학, 식민지 및 인구, 산업 등의 관리, 자신에 게만 선인 악을 다른 이들에게 행하려는 의지처럼, 당신들은 매우 특이하고 경악스럽습니다. 이 지상에 두 게시판이 내걸릴 순간이 다가오고 있습니다. 그중 하나에는 인간의 편, 다른 하나에는 잉글랜드인의 편이라고 적혀 있는 것을 읽으실 수 있을 것입니다. 잉글랜드인도 아니고 사람도 아니며, 한 마리 곰이라는 명예를 누리고 있는 저는, 당신들의 영광을 위해 그러한 사실을 확인해 드립니다. 뿐만 아니라 저는 박사입니다. 곰과 박사는 잘 어울립니다. 신사 여러분, 저는 가르칩니다. 무엇을? 두 가지 종류를 가르칩니다. 제가 아는 것과 제가 까맣게 모르는 것을. 저는 약을 팔고 사상을 덤으로 드립니다. 다가오셔서 제 말씀을 귀담아 들으십시오. 학문이 당신들을 초대합니다. 귀를 여십시오. 귀가 작으면 진리를 별로 쓸어 담지 못할 것이고, 너무 크면 어리석음이 꾸역꾸역 그 속으로 몰려 들어갈 것입니다. 그러니 조심하십시오. 저는 『프세우도독시아 에피데미카*Pseudodoxia Epidemica*』[1]를 가르칩니다. 저에게는 사람들을 웃기는 동료 하나가 있습니다만, 저는 사람들로 하여금 생각하게 합니다. 저희는 같은 상자 속에 삽니다. 웃

1 토머스 브라운이라는 사람이 일반 대중의 신앙과 미신을 상세히 검토하고 그 원인을 규명한 책이라고 한다. 당시에는 〈일반 대중의 오류*Vulgar Errors*〉라는 제목으로 널리 알려졌다.

음 또한 지식 못지않게 좋은 가문 출신이기 때문입니다. 누가 데모크리토스에게 이렇게 물었습니다. 「당신은 어떻게 아십니까?」 그러자 그가 대답했습니다. 「나는 웃습니다.」 혹시 누가 저에게 왜 웃느냐고 물으면, 저는 이렇게 대답하겠습니다. 「나는 알고 있소.」 하지만 저는 웃지 않습니다. 저는 대중의 오류를 교정해 주는 사람입니다. 저는 당신들의 지성을 청소해 드리려 합니다. 그것이 불결하기 때문입니다. 신께서는 백성이 스스로 오류에 빠지고 속임수에 이끌려 오류를 범하도록 내버려 두십니다. 바보 같은 수치심을 느껴서는 안 됩니다. 솔직히 고백하거니와 저는 신을 믿습니다. 신에게 잘못이 있다 해도 믿습니다. 다만 저의 눈에 오물이 보이면 — 오류는 곧 오물입니다 — 그것들을 비로 쓸어 냅니다. 제가 아는 것을 어떻게 아느냐고요? 그것은 전적으로 저의 문제입니다. 각자 자기에게 허락된 곳에서 지식을 터득합니다. 락탄티우스는 청동으로 만든 베르길리우스의 두상(頭像) 앞에서 질문을 거듭한 끝에 베르길리우스의 답변을 들었다고 합니다. 실베스테르 2세는 새들과 대화했다고 합니다. 새들이 말을 했을까요? 교황이 지저귀었을까요? 풀어야 할 의문들입니다. 랍비 엘레아자르의 죽은 아이가 아우구스티누스 성자와 대화를 했다고 합니다. 우리끼리니 말씀드립니다만, 저는 그 모든 이야기를 의심합니다. 오직 마지막 것만 예외입니다. 죽은 아이가 말을 했답니다. 그렇다고 칩시다. 하지만 아이의 혀 밑에는 여러 성좌(星座)가 새겨진 황금 한 조각이 있었다고 합니다. 따라서 그가 속인 것입니다. 진실은 저절로 밝혀집니다. 저의 온건함을 간파하셨을 것입니다. 저는 진실을 거짓에서 분리시킵니다. 잘 들으십시오, 가엾은 양반들, 당신들이 분명 믿고 계실 오류가 또 있습니다. 제가 당신들로 하여금 그 오류에서 벗어나도록 해드리고 싶습니다. 디오스코리데스[2]는 사리풀 속에 신이 있다고 믿었습니다. 또한 크리시포스는 시노파스트 속에, 요셉은 바우라스 속에, 그리고 호메로스는 몰리 속에 신이 있다고 믿었습니다.[3] 그들 모두 잘못 알았습니다. 그 풀들 속에 있었던 것은 신이 아니라 악마였습니다. 제가 그러한 사실을 확인했습니다. 이브를 유혹한 독사가 카드모스[4]처럼 인간의 얼굴을 가지고 있었다는 말은 사실이 아닙니다. 가르시아 다 오르타, 카다모스토, 그리고 트리어의 대주교 장 위고 역시, 나무 한 그루를 톱으로 자르면 코끼리 한 마리를 잡을 수 있다는 주장을 부인합니다. 제 생각 또한 그들의 견해 쪽으로 기웁니다. 시민 여러분, 루시퍼의 노력이 그릇된 견해들의 원인입니다. 그러한 군주의 치하에서는 오류와 파멸의 유성(流星)이 나타날 수밖에 없습니다. 백성들이여, 클라우디우스 풀케르[5]가 죽은 것은 닭들이 닭장에서 나오기를 거부했기 때문이 아닙니다. 진실은 이러합니다. 루시퍼가 클라우디우스 풀케르의 죽음을 예견했기 때문에, 그 짐승들이 모이를 먹지 못하게 한 것입니다. 베엘제불[6]이 베스파시아누스 황제에게, 절름발이와 소경을 만지

2 그리스의 식물학자이며, 15세기에 그의 저서 『의약재 논고』가 이탈리아에서 출판되었다고 한다.

3 시노파스트와 바우라는 어떤 식물인지 확인하지 못해, 작가의 표기를 그대로 옮겨 적는다. 몰리는, 오디세우스를 마녀 키르케로부터 보호하기 위해, 아테나 여신이 헤르메스를 시켜 그에게 보낸 영약이라 한다. 일반적으로는 야생 마늘을 가리킨다.

4 테베를 세웠다는 전설적인 인물이며, 그리스의 알파벳도 그가 제정했다고 한다.

5 제1차 포에니 전쟁 당시 로마의 집정관(기원전 249년)이었는데, 드레파눔 전투에서 카르타고의 장군 아드헤르발에게 패했다고 한다.

6 바알세불이라고도 한다. 신약성서(「마태오의 복음서」 12:24)에서는 악

기만 해도 고칠 수 있는 능력을 주었다는 이야기는, 그 행위 자체만 보면 칭찬할 일이로되 그 동기는 책망받아 마땅합니다. 신사 여러분, 부리오니아의 뿌리와 좀사위질빵을 약재로 사용하고, 꿀과 수탉의 피를 섞어 결막 치료용 안약을 만든다는 하자들을 믿지 마십시오. 거짓말들의 진상을 꿰뚫어보십시오. 오리온 좌가 유피테르의 대소변으로 만들어졌다는 주장은 정확치 않습니다. 사실은 메르쿠리우스가 배설 욕구를 충족시키며 그 별자리를 만든 것입니다. 아담에게 배꼽이 있었다는 말은 사실이 아닙니다. 성 게오르기우스가 용을 죽일 때, 그의 곁에는 어느 성자의 딸이 함께 있지 않았습니다. 성 히에로니무스[7]의 집무실 벽난로 위에는 벽시계가 없었습니다. 우선, 그는 동굴 속에 있었던지라 집무실을 가지고 있지 않았기 때문입니다. 둘째, 그에게는 벽난로가 없었기 때문입니다. 셋째, 그 당시에는 벽시계가 존재하지 않았기 때문입니다. 고칩시다. 오류를 바로잡읍시다. 오! 제 말씀을 듣고 계신 착하신 분들이여, 쥐오줌 풀의 냄새를 맡으면 뇌수에서 도마뱀이 태어난다든가, 황소가 썩어 꿀벌이 되고 말이 썩어 무늬말벌이 된다든가, 사람의 체중이 살았을 때보다 죽었을 때 더 무겁다든가, 숫염소의 피가 에메랄드를 녹인다든가, 구더기 한 마리와 파리 한 마리, 거미 한 마리가 같은 나무 위에 있으면, 기근과 전쟁과 흑사병이 닥칠 징조라든가, 노루의 머리 속에 있는 벌레를 이용해 간질병을 고칠 수 있다는 등의 말을 하는 사람들이 있는데, 그들을 믿지 마십

마을의 우두머리를 가리킨다.

7 사제이자 학자. 로마에서 고전을 공부한 후 시리아의 황무지에 은둔했다고 한다. 구약을 라틴어로 옮겼고, 특히 사자의 발에 박힌 가시를 뽑아 주어 그 사자와 친구가 되었다는 전설로 유명하다.

시오. 모두 틀린 말입니다. 그러나 다음과 같은 말은 모두 진실입니다. 바다표범의 가죽을 쓰고 있으면 벼락을 맞지 않습니다. 아리카의 장미는 성탄절 전날 밤에 핍니다. 독사들은 물푸레나무 그늘을 견디지 못합니다. 두꺼비는 흙을 먹고 살며, 그로 말미암아 두꺼비 머리 속에 돌이 하나 생깁니다. 코끼리 몸에는 관절이 없습니다. 그리하여 코끼리는 나무에 기댄 채 서서 잠을 잘 수밖에 없습니다. 두꺼비로 하여금 수탉이 낳은 알을 품게 해보십시오. 그러면 전갈 한 마리를 얻으실 것이고, 그 전갈이 다시 살라만드라 한 마리를 낳을 것입니다. 소경이 한 손으로 교회당의 주제단 왼쪽 귀퉁이를 만지면서 다른 손을 눈에다 가져다 대면 앞을 볼 수 있게 됩니다. 처녀성을 간직한다 해서 임신을 못 하는 것은 아닙니다. 착하신 분들이여, 이 자명한 진실들을 깊이 새겨 두십시오. 그러면 두 가지 방법으로 신을 믿으실 수 있는 바, 갈증이 오렌지 믿듯, 혹은 당나귀가 채찍 믿듯, 믿으실 수 있을 것입니다.

문득 상당히 거센 바람이 일어나며 여인숙의 모든 문과 덧문을 뒤흔들었다. 여인숙은 외딴집이었다. 바람 소리는 하늘에서 들려오는 긴 웅얼거림 같았다. 연사가 잠시 기다렸다가 하던 말을 이어 갔다.

잠시 중단되었습니다. 좋습니다. 북풍아, 어서 말해라. 신사 여러분, 저는 화내지 않습니다. 바람 또한 모든 외로운 사람들처럼 수다스럽습니다. 저 높은 곳에서는 아무도 그와 동무해 주지 않습니다. 그렇기 때문에 수다를 떠는 것입니다. 저의 이야기를 다시 시작하겠습니다. 당신들이 보고 계신 이들은 서로 제휴한 예술가들입니다. 저희는 도

합 넷입니다. *A lupo principium*(먼저 늑대부터). 늑대인 저의 친구부터 소개를 시작하겠습니다. 그는 그 사실을 감추지 않습니다. 그를 좀 보십시오. 그는 유식하고 정중하며 총명합니다. 절대자께서 아마 그를 대학의 박사로 창조하시려는 생각을 잠시 하셨던 것 같습니다. 하지만 박사로 만들려면 조금 미련해야 하는데, 그는 미련하지 않습니다. 덧붙여 말씀드리면, 그는 아무 편견도 가지고 있지 않고, 귀족도 아닙니다. 당연히 암늑대와 짝을 이룰 만한 자격을 갖추었으되, 경우에 따라서는 암캐와도 대화를 나눕니다. 그렇게 하여 혹시 황태자들이 태어날 경우, 그 황태자들은 어미의 짖는 습성과 아비의 울부짖는 습성을 우아하게 고루 갖춥니다. 늑대는 울부짖기 때문입니다. 사람을 상대할 때는 울부짖어야 합니다. 그는 문명에 대한 관용에 이끌려 짖기도 합니다. 매우 관대한 완화입니다. 호모는 완벽의 경지에 이른 개입니다. 개를 숭상합시다. 개는 혀로 땀을 흘리고 꼬리로 미소 짓습니다. 참으로 기이한 짐승입니다! 신사 여러분, 호모는 지혜로움에 있어, 멕시코의 털 없는 늑대, 그 찬탄할 만한 크솔로이체니스키와 대등하며, 온정에 있어서는 그 늑대를 능가합니다. 덧붙여 말씀드리거니와, 그는 아주 겸손합니다. 그는 인간에게 유익한 늑대의 겸손함을 갖추고 있습니다. 그는 소리 없이 돕고 자비를 베풉니다. 그의 왼쪽 발은 그의 오른쪽 발이 하는 선행을 까맣게 모릅니다. 이상이 찬양할 만한 그의 장점입니다. 여기에 있는 다른 친구, 즉 저의 두 번째 친구에 대해서는 오직 한마디만 하겠습니다. 그는 괴물입니다. 당신들도 그를 보시면 감탄하실 것입니다. 옛날에 해적들이 그를 인적 없는 해변에 버렸습니다. 그리고 이 소녀는 앞을 보지 못합니다. 앞을 못 본다는 것이 특이한 일입니까? 아닙니다. 우리는 모두 소경입니다. 노랑이는 소경입니다. 황금은 보되 부유함을 보지 못하기 때문입니다. 헤픈 자는 소경입니다. 처음은 보되 끝을 보지 못하기 때문입니다. 교태 덩어리 여인은 소경입니다. 자신의 얼굴에 생기는 주름을 보지 못하기 때문입니다. 학자는 소경입니다. 자신의 무지를 모르기 때문입니다. 정직한 사람은 소경입니다. 못된 건달을 알아보지 못하기 때문입니다. 못된 건달은 소경입니다. 신을 보지 못하기 때문입니다. 신은 소경입니다. 이 세상을 창조하던 날, 마귀가 그 속으로 기어드는 것을 보지 못했기 때문입니다. 저 또한 소경입니다. 제가 말을 하면서도 당신들이 귀머거리임을 보지 못하기 때문입니다. 우리와 동행하는 여기 이 눈먼 소녀는 신비한 여사제입니다. 베스타[8]가 자기의 불씨를 이 소녀에게 맡긴 듯합니다. 그녀의 성격에는 양모 뭉치의 기공(氣孔)처럼 부드러운 신비함이 있습니다. 장담은 할 수 없으되, 저는 그녀가 어느 왕의 딸이라 믿고 있습니다. 칭찬할 만한 의심은 현자의 속성입니다. 저로 말씀드릴 것 같으면, 저는 추론하고 또 사람들에게 약을 함부로 먹입니다. 저는 생각하며 또 붕대를 감아 줍니다. *Chirurgus sum*(저는 의사입니다). 저는 모든 열병과 독한 기운 및 흑사병을 치유합니다. 염증과 통증의 대부분은 배출구이기 때문에, 그것들을 잘 다스리기만 하면, 다른 악성 질병도 손쉽게 털어 버릴 수 있습니다. 하지만 충고 드리거니와, 탄저병(炭疽病)에는, 다시 말해 카르분쿨루스에는 걸리지 마십시오. 아무짝에도 쓸모없는 멍청한 질병입니다. 그것으로 인해 사람이 죽기도 합니다만, 그것이 전부입니다. 저는 미개하지도 않고 촌스럽지도 않

8 각 가정의 불씨를 지킨다고 믿었던 고대 로마의 신. 그리스의 헤스티아와 동일한 존재이다.

습니다. 저는 능변과 시(詩)를 귀하게 여기며, 여신들과 순
진무구한 친근함 속에서 어울려 삽니다. 저의 견해 하나만
피력하며 연설을 마치겠습니다. 신사 그리고 숙녀 여러분,
당신들의 내면에, 특히 빛이 시작되는 쪽에다, 미덕과 겸
손과 청렴과 정의와 사랑을 육성하십시오. 그렇게 하시면,
이 지상에 사는 모든 이들이, 각자 창문에 작은 화분 하나
씩을 놓으실 수 있을 것입니다. 존귀하신 분들이여, 이상
입니다. 공연을 시작하겠습니다.

밖에서 연설을 유심히 듣고 있던 선원인 듯한 남자가, 여
인숙의 천장 낮은 실내로 들어서더니 그것을 가로질러 건너
가, 요구하는 몇 푼을 지불한 다음, 관객들로 가득한 안마당
으로 들어갔다. 안마당 안쪽에는 바퀴 달린 가건물 하나가
활짝 열려 있고, 무대 위에는 곰의 모피를 입은 늙은이 하나,
가면을 쓴 듯한 젊은이 하나, 눈먼 소녀 하나, 그리고 늑대 한
마리가 있었다.
「오! 참으로 놀라운 사람들이군!」그는 감탄을 금치 못했다.

3. 다시 나타나는 행인

모두들 그것을 알아보았겠지만, 그린박스는 런던에 도착
해 있었다. 그리고 서더크에 자리를 잡았다. 우르수스는 볼
링그린에 이끌려서 그곳으로 왔는데, 그곳에서는 심지어 겨
울에도 장이 거르지 않고 선다는 장점이 있었다.
세인트폴 성당의 둥근 지붕을 바라보는 것도 우르수스에
게는 즐거운 일이었다.[1]
어떤 면으로 보든, 런던은 좋은 것들을 갖춘 도시이다. 성

자 바울로에게 성당 하나를 헌정한 것은 매우 용감한 행위이
다. 진정 성스러운 교황은 성자 베드로이다. 바울로 성자의
주장에는 상상력이 많이 작용했다는 혐의가 짙고, 교회에서
상상력이란 곧 이단의 징표이다. 바울로 성자는 정상이 참작
될 때만 성자이다. 그는 예술가들의 문을 통해 간신히 천국
에 들어갔다.

성당은 하나의 간판이다. 산피에트로 성당은 정통 교조의
도시 로마를 대변하고, 세인트폴 성당은 교회 분리의 도시
런던을 대변한다.

모든 것을 다 포용할 만한 철학의 소유자였던 우르수스는,
그러한 미묘한 차이점을 분별할 줄 아는 사람이었고, 그가
런던에 매력을 느낀 것은 아마 바울로 성자에 대한 자신의
취향 때문이었을지도 모른다.

태드캐스터 여인숙의 넓은 안마당이 우르수스의 마음에
꼭 들었다. 그린박스는 마치 그 마당에 맞춰 축조된 것 같았
다. 완벽한 극장 하나가 이루어졌다. 마당은 정방형이었는
데, 여인숙 본채가 있는 쪽을 제외한 나머지 세 방면에는 담
장이 세워져 있었고, 본채 맞은편 담벼락을 등지고 그린박스
를 세워 놓았다. 정문의 폭이 넓어 그린박스가 안마당으로
들어갈 수 있었다. 처마가 차양처럼 덮여 있고 기둥들이 받
쳐 주는 커다란 발코니 하나가 있었는데, 그것은 2층 방들로
연결되었다. 그렇게 본채에 부착된 발코니는, 직각으로 돌출
한 두 칸막이로 삼등분 되어 있었다. 본채 아래층의 창문들
은 곧 극장의 1층 칸막이 관람석이었고, 마당의 포석은 극장
의 바닥 관람석이었으며, 발코니는 극장의 2층 정면 관람석
이었다. 벽에 붙여 세워 놓은 그린박스는 그러한 공연장을

1 세인트폴 성당은 서더크 북쪽 템스 강 건너편에 있다. 그 성당의 웅장
한 지붕은 지금도 런던의 명물로 꼽힌다.

확보하게 된 것이다. 옛날에 「오셀로」, 「리어 왕」, 「폭풍우」를 공연하던 극장 글로우브를 방불케 했다.[2]

그린박스 뒤쪽 후미진 구석에는 외양간 하나가 있었다.

우르수스는 여인숙 주인 나이슬리스와 흥정을 했는데, 여인숙 주인은 법을 존중해야 한다고 하면서, 웃돈을 받고서야 늑대를 받아들였다. 〈그윈플레인 ─ 웃는 남자〉라는 간판은 그린박스에서 떼어 내어 여인숙 간판 곁에 걸어 놓았다. 선술집으로 사용하는 천장 낮은 홀에는, 이미 말했듯이, 안마당으로 통하는 문이 하나 있었다. 그 문 옆에, 빈 통 하나를 배를 갈라 박스 좌석을 만들어 놓았다. 입장료를 받는 자리였는데, 피비와 비너스가 번갈아 가며 그 자리에 앉았다. 오늘날과 거의 비슷했다. 들어가는 사람은 입장료를 내야 하는 법이다. 〈웃는 남자〉라는 간판 바로 밑에 흰색 페인트를 칠한 널판 하나를 걸고, 그 위에 우르수스의 대표작 제목인 〈정복된 카오스〉를 숯으로 커다랗게 써놓았다.

발코니 중앙에는, 즉 그린박스 정면에는, 건물의 창을 출입문으로 사용하는 칸이 두 칸막이 사이에 있었고, 그곳은 〈귀족〉 전용칸으로 지정되어 있었다.

그 칸의 공간이 상당히 넓어, 관람석 열 개를 두 줄로 배치했다.

「이곳은 런던이야. 그러니 젠트리 계층 관람객이 올 경우에도 대비해야지.」 우르수스의 말이었다.

그는 그 특별 칸막이 좌석에다 여인숙에서 가장 좋은 의자들을 모아다 놓고, 혹시 어느 고관 부인이 오실 경우에 대비해, 버찌색 미나리아재비 문양이 있는 위트레흐트산 벨벳 소

2 셰익스피어가 이끌던 극단 킹스 맨이 1600년대 초에 극장 글로우브에서 공연했다고 한다. 템스 강 정북방으로 세인트폴 성당이 건너다보이는 지점에 있었다고 한다.

파도 중앙에 가져다 놓았다.

드디어 공연히 시작되었다.

즉각 군중이 몰려들었다.

하지만 귀족들을 위해 마련해 둔 칸은 항상 비어 있었다.

그것만을 제외하고는 엄청난 성공이었다. 곡예단 역사에서 일찍이 그러한 성공은 없었다. 서더크 지역 사람들이 몽땅 와글와글 몰려와, 웃는 남자를 보고 찬탄을 금치 못했다.

타린조필드의 익살광대들과 곡예사들은 그윈플레인을 보고 그저 당황할 뿐이었다. 참매 한 마리가 방울새들의 둥지를 덮쳐 그들의 먹이를 쪼아 대는 격이었다. 그윈플레인이 그들의 관객을 몽땅 삼키고 있었다.

면도칼을 삼킨다든가 괴이하게 얼굴을 찡그리는 평범한 공연 이외에도, 볼링그린에서는 진정한 공연이 펼쳐지고 있었다. 많은 여인들이 등장하는 곡예단도 있었는데, 그곳에서는 아침부터 저녁까지, 프살테리움, 드럼, 레벡, 미카몽, 툼파논, 칼라멜루스, 둘세멜레,[3] 징, 아코디온, 백파이프, 코르네타, 에샤케유,[4] 퉁소, 피스툴라, 플라조스,[5] 플라베올룸[6] 등 온갖 악기가 뒤섞여 요란하고 화려한 소리를 쏟아냈다. 널찍하고 둥근 천막 아래에는 뜀뛰기 곡예사들도 있었는데, 피에르피트에서 리마송까지 낙하하듯 수직으로 내려오는 오늘날

---

3 작가는 *dulcayne*라는 표기를 사용하고 있으나, 스페인어 *dul-cemele*의 프랑스식 변형이 아닌가 여겨진다. 고대 히브리인들이 사용하던 하프의 일종인 듯하다.

4 14세기 문헌에만 나타나는 악기 이름인데, 그 명칭에 입각해서 보면 오르간과 유사한 건반 악기일 듯하다.

5 *flajos*. 어형으로 보아 스페인어에 더 가깝다. 구멍 셋 뚫린 보헤미아 플루트라고 한다.

6 작가가 사용한 *flageolet*를 라틴어 명칭으로 유추해 옮긴다. 구멍 여섯 뚫리고 악기의 끝을 입에 물고 불던 고대 로마 시절의 목관 악기인 듯하다.

의 유명한 피레네 산악 알피니스트들도, 예를 들어 뒬마, 보르드나브, 메일롱가 등도 그 곡예사들과는 재주를 겨룰 수 없을 것이다. 그곳에는 또한 구경거리 짐승을 데리고 다니는 사람들도 있었는데, 어느 익살스러운 호랑이는, 조련사가 채찍으로 마구 때리면, 채찍 끝을 덥석 물어 삼켜 버렸다. 그러나 호랑이 아가리와 발톱으로 연출하는 희극도 이내 저절로 자취를 감추었다.

호기심이건 박수갈채건 입장료건 관객이건, 웃는 남자가 몽땅 휩쓸어 갔다. 눈 깜짝할 사이에 이루어진 일이었다. 남은 것은 그린박스뿐이었다.

「정복된 카오스가 정복자 카오스야.」 그윈플레인의 성공에 자신을 반쯤 개입시키며 우르수스가 말했다. 이를테면 엉터리 배우들이 사용하는 말이지만, 식탁보를 자신에게로 끌어당기는[7] 격이었다.

그윈플레인의 성공은 어마어마했다. 하지만 그 성공은 한 지역에 머물렀다. 명성이 물을 건너기는 어려운 일이다. 셰익스피어의 이름이 잉글랜드로부터 프랑스에 도달하는 데 130년이 걸렸다. 물은 일종의 장벽이다. 그리하여 훗날 스스로 몹시 후회한 일이긴 하지만, 볼테르가 셰익스피어를 위해 짧은 사다리를 만들어 주지 않았다면, 셰익스피어는 아마 오늘날까지도 장벽 저편에서, 즉 잉글랜드에서, 섬 속의 영광에 갇혀 있을지도 모른다.[8]

그윈플레인의 영광은 런던 교를 건너지 못했다. 대도시에

---

7 흔히 사용되지 않는 표현으로, 〈남의 공을 가로챈다〉쯤의 뜻인 듯하다.

8 볼테르가 셰익스피어의 작품을 프랑스에 직접 소개하지는 않았다. 그의 초기 작품 중 하나인 비극 「자이르」(1732년)가, 잉글랜드에 체재하던 시기(1726~1729)에 접한 셰익스피어의 작품에서 영감을 얻었다는 통설에 입각한 언급인 듯하다.

반향을 일으킬 만한 규모를 갖지 못했다. 여하튼 초기에는 그러했다. 그러나 서더크만으로도 일개 익살광대의 야심을 충족시키기에는 충분했다. 우르수스가 자주 중얼거리곤 했다. 「입장료 주머니가, 실수 저지른 처녀의 배처럼, 눈에 띄게 불룩해지는군.」

「우르수스 루르수스」를 공연한 다음에 「정복된 카오스」를 공연했다.

막간을 이용해 우르수스는 앙가스트리미트의 자질을 입증하기 위해 탁월한 복화술을 선보였다. 그는 노랫소리건 고함소리건, 공연장에서 들리는 모든 소리를 흉내 냈고, 노래를 부른 사람도 고함을 지른 사람도, 모두 그 소리의 흡사함에 어리둥절할 지경이었다. 또한 가끔 관중의 왁자지껄하는 소리를 흉내 냈고, 혼자서도 군중이 헐떡거리는 소리를 냈다. 주목할 만한 재능이었다.

뿐만 아니라 앞에서 보았듯이, 그는 키케로처럼 연설을 했고, 약을 팔았으며, 여러 질병에 처방을 내리는가 하면, 실제로 많은 환자들의 병을 고치기도 했다.

서더크 전 지역이 홀딱 반해 있었다.

우르수스는 서더크의 모든 주민들에게 박수갈채를 받았지만, 그 사실에 놀라지 않았다.

「그들은 옛 트리노반테스[9]들이야.」 그는 그렇게 중얼거리며 다시 덧붙였다.

「취향의 섬세함 때문에, 그들을 버크셔에 살던 아트로바트[10]들이나, 서머싯에 살던 벨가[11]들, 그리고 요크를 세운 파리지

9 브리타니아 동쪽 지방에 살던 부족으로, 카이사르는 그들을 가장 세력이 큰 부족이라 했고(『갈리아 전기(戰記)』 제5권 20장), 타키투스는 〈사나운 야만인〉이라 했다(『연대기』 제14권 31장).
10 *Atrébates*의 오기인 듯하다. 카이사르는 그들의 특성에 대해 아무 언

앵[12]들과 혼동하지는 말자.」

공연이 있을 때마다, 바닥 관람석으로 변한 여인숙의 안마당은, 누더기를 걸치고 열광하는 관객들로 가득했다. 그들은 대개 뱃사공, 선박 수리공, 거룻배 끄는 말을 돌보는 마부, 입항하기가 무섭게 질탕하게 먹고 계집 품느라고 봉급을 날려 버리는 선원이었다.

또한, 포주와 뚜쟁이, 그리고 검은 경비 대원도 있었다. 검은 경비 대원이란, 군율을 어겨 그 벌로 붉은 제복을 뒤집어 입고 다녀야 하는 병사들을 가리키는데, 군복의 안감이 검은 색이기 때문에 그러한 별명이 붙은 것이다. 또한 그러한 이유로 블랙가드라는 명칭이 생겼는데, 프랑스어의 블라괴르는 그 단어에서 유래했다.[13] 그 모든 것이 거리에서 극장 안으로 밀려들었고, 다시 극장에서 술 마시는 홀로 넘쳐 흘러갔다. 그곳에서 마시는 술이 극장의 성공에 해를 끼치지는 않았다.

누구든 서슴지 않고 〈지게미〉라고 부르는 그 사람들 중에, 다른 이들보다 키가 훨씬 크고, 체구 건장하고, 덜 가엾게 생겼고, 어깨가 더욱 반듯하고, 평민의 복장을 입었으되 옷이 덜 찢겼고, 장내가 떠나가도록 갈채를 보내고, 주먹을 휘둘

급도 하지 않고 있다(『갈리아 전기』 제2권 4장). 타키투스의 『연대기』에는 그들에 대한 언급조차 없다.

11 카이사르는 그들이 게르만의 한 부족이라고 서술하고 있다. 오늘날의 벨기에라는 나라 이름은(로마 시대에는 벨기움이었다) 그 부족의 명칭에서 유래한다.

12 헤이스팅스 전투 이후, 11~12세기에 잉글랜드로 건너간 파리 사람들을 가리킨다.

13 〈허튼 농담꾼〉이나 〈허풍꾼〉을 뜻하는 불라괴르*blagueur*는 네덜란드어 *blagen* 혹은 독일어 *blagieren*의 어근 *blag-*에서 온 것이다. *blag*는 〈개구쟁이〉나 〈버릇없는 아이〉를 뜻하며, 영어의 *black*은 중세 영어(*blaec*, *blac*)에서도 검은색을 뜻했다. *blackguards* 즉 〈검은 경비 대원〉의 속성을 감안한, 작가의 농담조 어원 설명으로 들린다.

러서라도 자리를 차지하고, 마귀 모양의 가발을 썼고, 욕설을 서슴지 않고, 야유하고, 몸이 지저분하지 않고, 필요에 따라서는 다른 사람의 눈에 멍이 들게 하고 술값을 지불하기도 하는, 남자 하나가 있었다.

그 단골손님은 담장 밖에서 열광에 들떠 탄성을 지르던 바로 그 행인이었다. 즉각 넋을 빼앗긴 그 감식가는, 〈웃는 남자〉를 아예 양자로 삼은 듯했다. 물론 그가 공연 때마다 온 것은 아니다. 하지만 그가 나타나기만 하면, 그는 즉시 관객들의 〈트레이너〉로 돌변했다. 박수갈채는 요란한 환호성으로 바뀌었고, 공연의 성공을 알리는 그러한 환호성은, 극장의 천장까지가 아니라 — 그것이 없었으니까 — 구름까지 도달했다(그 구름마저도, 천장이 없는지라, 가끔 비로 변해, 우르수스의 걸작 위로 떨어지곤 했다).

그리하여 우르수스는 그 남자를 눈여겨보았고, 그윈플레인도 그를 주시했다.

진정 미지의 자랑스러운 친구였다!

우르수스와 그윈플레인은 그와 인사를 나누고 싶었다. 혹은 적어도 그가 누구인지만이라도 알고 싶었다.

어느 날 저녁 우르수스는, 극장으로 치자면 출연자 대기실에 해당하는 그린박스의 부엌문에서, 마침 여인숙 주인 나이슬리스가 곁에 있기에, 군중 속에 섞여 있던 그 남자를 가리키며 물었다.

「저 남자를 아시오?」

「물론이죠.」

「무엇 하는 사람이오?」

「선원입니다.」

「그의 이름이 무엇입니까?」 그윈플레인이 끼어들며 물었다.

「톰짐잭이라 합니다.」 여인숙 주인의 대답이었다.

그러고는 여인숙 안으로 들어가기 위해, 그린박스 후미에 있는 디딤대를 밟고 내려가며, 나이슬리스가 무슨 뜻인지 모를 심오한 말을 한마디 흘렸다.

「그가 로드 아닌 것이 참으로 아깝지! 멋진 불한당이 될 수 있을 터인데.」

비록 여인숙에 자리를 잡았지만, 그린박스의 식구들은 자신들의 습관을 바꾸지 않고 고립 생활을 고수하고 있었다. 가끔 여인숙 주인과 지나가는 말 몇 마디 나누는 것 제외하고는, 여인숙에 상주하는 사람들이나 잠시 머무는 사람 중 그 누구와도 어울리지 않았고, 오직 자기들끼리만 생활하기를 계속했다.

서더크에 온 이후, 그윈플레인은, 공연이 끝나고 사람들과 말들이 저녁을 먹은 후, 우르수스와 데아가 각자 잠자리에 든 다음에, 즉 열한시부터 열두시 사이에, 볼링그린으로 나가 바람을 쐬곤 하는 습관을 갖게 되었다. 뇌리에 있는 어떤 모호함에 이끌려, 야간에 산책을 한다든가 별빛 아래에서 어슬렁거리는 경우가 있다. 젊음이란 신비한 기다림이다. 그리하여 밤이면 아무 목적 없이 기꺼이 걷는다. 그 시각이면 장터에는 아무도 없었다. 기껏, 술에 취해 비척거리는 몇몇 주정뱅이의 희미한 윤곽이, 어두운 한구석에서 어른거릴 뿐이었다. 사람이 살지 않는 선술집들은 문을 닫고 있었다. 태드캐스터 여인숙의 천장 낮은 홀의 불도 거의 모두 꺼지고, 한 구석에서 마지막 술꾼을 비춰 주는 마지막 촛불로부터, 한 가닥 희미한 불빛이 여인숙의 창틀 틈으로 새어 나오고 있었다. 그리고 그윈플레인은, 생각에 잠긴 채 만족스러워, 몽상을 펼치며 또한 가슴 두근거리게 하는 신성한 행복감에 겨워, 살짝 열린 출입문 앞을 오락가락했다.

그가 무슨 생각을 하고 있었을까? 데아를 생각하다가는 일체의 생각을 멈추고, 모든 것을 생각하며 오묘함에 골몰했을 것이다. 그는 여인숙 근처를 벗어나지 않았다. 마치 어떤 줄에 묶여 데아 근처에 잡혀 있는 것 같았다. 몇 발자국 집 밖으로 나오는 것이면 족했다.

그런 다음 안으로 들어가, 그린박스 전체가 잠든 것을 확인하고, 자신도 잠 속으로 잠겨 들었다.

4. 적들은 증오 속에서 연합한다

성공은 호감을 얻지 못했다. 특히 그것이 곧 자신들의 추락이었던 이들로부터는 더욱 그러했다. 먹히는 이들이 먹는 이들을 찬양하는 경우는 드물다. 웃는 남자는 정녕 일대 사건이었다. 인근의 곡예사들과 익살광대들은 마음이 상했다. 공연의 성공은 일종의 흡수기와 같아서, 군중을 펌프질로 빨아들이고 주위를 깨끗이 비워 버린다. 그러면 맞은편 점포는 미친 듯이 날뛰게 된다. 이미 말한 바와 같이, 그린박스의 입장료 수입이 증가하면, 인근 다른 이들의 수입이 줄어들게 되어 있었다. 그때까지 환영받던 공연장들이 문득 일손을 놓게 되었다. 반대쪽에서 수위(水位)가 낮아지는 현상과 같았다. 이쪽에서 하천이 범람하면 저쪽에서는 수위가 상응해 내려가는 격이었다. 모든 극장은 그러한 조수(潮水) 현상을 겪는다. 한쪽에서 만조이면 다른 쪽에서는 간조일 수밖에 없다. 인근의 연예대 위에서 온갖 재주와 장광설을 자랑하던 장터 개미탑은,[1] 웃는 남자로 인해 자신들이 무너지자, 절망

1 사람이나 짐승, 벌레 등의 혼잡한 군집(群集)을 가리킨다.

하면서도 경탄을 금치 못했다. 우스꽝스러운 늙은이나 촌놈 역을 맡던 익살광대와 모든 곡예사들이 그윈플레인을 부러워했다. 「사나운 짐승의 콧방울 덕분에 행복한 녀석이군!」 잘생긴 아이를 둔 곡예 무희들은, 자기네 아이들을 못마땅한 듯 바라보았다. 그리고 그윈플레인을 가리키며 울화를 터뜨렸다. 「네가 저런 얼굴을 갖지 못하다니, 정말 아깝구나!」 몇몇 여자들은, 자기네 어린것들이 잘생겼다고, 분을 참지 못하며 그들에게 매질을 가하기도 했다. 그녀들이 만약 비법을 알았다면, 자기네 아들들을 〈그윈플레인식으로〉 고쳤을 여인이 한둘이 아니었다. 아무것도 가져다주지 못하는 천사의 얼굴은, 벌이가 잘되는 마귀의 얼굴만 못하다고들 생각했다. 어느 날, 어떤 엄마 하나가, 케루빔[2]처럼 귀엽고 평소에 큐피드 역을 맡는 아들에게, 화를 내며 소리를 질렀다. 「우리들에게 자식을 잘못 만들어 주었어. 성공작은 그윈플레인뿐이야.」 그러고는 아들에게 주먹을 내보이며 덧붙였다. 「네 아비가 누구인지 알 수만 있다면 그와 한바탕 하련만!」

그윈플레인은 황금 알을 낳는 닭이었다. 경이로운 현상이었다! 모든 가건물에서 들려오는 소리는 고함뿐이었다. 열광하며 동시에 격분한 곡예사들은, 이를 갈며 그윈플레인을 바라보곤 했다. 미칠 듯한 분노가 찬미하는 경우가 있는데, 그것들을 가리켜 부러움이라고 한다. 그럴 때는 분노가 울부짖음을 토해 낸다. 그들은 「정복된 카오스」의 공연을 방해하려 했다. 패거리를 이루어 식식거리고, 으르렁거리고, 야유를 퍼부었다. 그것이 우르수스에게는, 그 하층민들을 향해 호르텐시우스[3]식의 연설을 하게 된 동기가 되었고, 친구 톰짐잭

---

2 천사의 9계급 중 제2계급에 속하는 천사. 보통 귀여운 얼굴의 어린아이로 묘사된다.

3 로마의 웅변가. 한때 키케로의 경쟁자였으나, 만년에는 키케로의 편이

에게는 주먹을 휘둘러 볼 좋은 계기가 되었는데, 그의 주먹 질이 공연장의 소란을 잠재웠다. 톰짐잭의 주먹질을 계기로 그윈플레인이 그를 유심히 바라보게 되었고, 우르수스는 그 에게 호감을 갖게 되었다. 그러나 멀찌감치에서였다. 그린박 스 일행은 자족하는 것을 원칙으로 삼아, 모든 것과 일정한 거리를 두고 있었기 때문이다. 한편 불량배들의 리더였던 톰 짐잭은, 외톨이에다 친한 사람도 없는, 무시무시한 자객과 같은 인상을 주었으며, 유리창을 깨트리고 사람들을 선동하 는가 하면, 나타났다가는 즉시 자취를 감추는, 모든 이들의 동무인 동시에 그 누구의 벗도 아니었다.

그윈플레인에 대한 그러한 고삐 끊긴 질투는, 톰짐잭이 몇 대 후려친 따귀로 수그러들지 않았다. 야유가 실패로 돌아가 자, 타린조필드의 곡예사들은 탄원서를 작성했다. 그리고 관 가에 호소했다. 당연한 순서였다. 마음 상하게 하는 성공에 대해 군중을 선동한 다음, 여의치 않으면 고위 관리에게 호 소하는 법이다.

사제들이 익살광대들과 손을 잡았다. 웃는 남자가 설교자 들에게도 해를 끼친 것이다. 익살광대들의 가건물뿐만 아니라 예배당도 텅 비었다. 서더크의 다섯 교구에 있는 예배당에, 더 이상 청중이 모이지 않았다. 그윈플레인을 보러 가기 위해 사 제들의 강론을 내팽개친 것이다. 「정복된 카오스」와 그린박 스, 웃는 남자 등 바알[4]의 가증스러운 산물이 강단의 웅변을 눌러 이긴 것이다. 그러자 사막에서 연설하는 〈*vox clamantis*

되었다고 한다.

4 페니키아 등 중동의 여러 지역 및 문화권에서는, 한 지역이나 도시의 수호신을 가리키던 말이다. 그 원의는 〈주인〉이다. 그러나 구약(「열왕기」)에 서 우상으로 취급되기 시작해, 기독교에서는(「마태오의 복음서」) 악마들의 두목을 지칭하는 말로 사용되기도 한다.

in deserto(사막에서 소리치는 음성)〉[5]가 몹시 불만스러워져서, 정부에 탄원했다. 다섯 교구의 목자들이 런던 주교에게 불평을 털어놓았고, 주교는 다시 국왕 폐하께 탄원했다.

익살광대들의 불평은 종교에 근거를 두었다. 그들은 종교가 유린되었다고 떠들어 댔다. 또한 우르수스는 마법사이고, 그윈플레인은 무신론자라고 소문을 퍼뜨렸다.

그러자 사제들은 사회의 질서를 들먹였다. 그들은 정통 교리는 옆으로 밀어 놓고, 의회가 결의한 법령들이 유린되었다며, 의회의 편을 들었다. 더욱 간교한 짓이었다. 로크 씨가 타계한 지(1704년 10월 28일) 겨우 여섯 달밖에 되지 않았고, 장차 볼링브룩이 볼테르에게 불어넣을 회의주의가 태동하던 시기였으니 말이다. 훗날 웨슬리가 경전을 회복시킬 수밖에 없었는데, 로욜라가 교황제를 부흥시킨 일에 비할 만하다.

그런 식으로 그린박스는 양쪽에서 맹렬한 공격을 받았으니, 익살광대들은 모세5경[6]을 앞세웠고, 사제들은 공안을 내세웠다. 한쪽에는 하늘이요, 다른 한쪽은 도로(徒路) 행정인데, 존귀하신 사제들은 도로 행정 편을 들었고, 익살광대들은 하늘 편을 들었다. 그린박스는 사제들에게 통행 방해 혐의로 고발당했고, 떠돌이들에게는 신성 모독죄로 고발당했다.

명분이 있었던가? 그린박스가 꼬투리를 제공했는가? 그렇다. 과연 죄목이 무엇이었을까? 늑대 한 마리가 있다는 죄목이었다. 잉글랜드에서는 늑대 소유가 금지되어 있었다. 불독은 괜찮지만 늑대는 안 되었다. 잉글랜드가 짖는 개는 허용했지만, 울부짖는 개는 금지했다. 가축 사육장과 숲의 차이였다. 서더크의 다섯 개 교구 사제들과 보좌신부들은, 탄원

---

5 세례 요한의 말이다(「마태오의 복음서」 3:3).
6 「창세기」, 「출애굽기」, 「레위기」, 「민수기」, 「신명기」 등 구약의 다섯 책을 가리킨다.

서에서, 늑대 소유가 불법임을 천명한 국왕의 칙령과 의회의 법령들을 상기시켰다. 그러고는 그윈플레인을 구금하고, 늑대는 계류장으로 보내든가 추방해야 한다는 결론까지 제시했다. 공공의 이익과 행인의 안전에 관련된 문제라고 했다. 그리고 그것에 덧붙여, 그들은 대학의 도움도 청했다. 그들은 런던 80인 의사회의 강령도 인용했는데, 그 박식한 단체는 헨리 8세 때 구성된 것으로, 그들에게는 국새와 같은 그들 고유의 관인(官印)이 있고, 모든 환자로 하여금 자신들이 제창한 치료 규칙을 따르게 하며, 자신들이 정한 규칙이나 처방전을 어기는 사람들을 구금할 수 있는 권리도 가지고 있었다. 그들은 또한 시민의 건강에 유익한 많은 사실을 입증했는데, 그중에는 과학의 도움으로 밝힌 다음과 같은 의심할 여지없는 사실도 있다.

만약 사람이 늑대를 발견하기 전에 먼저 늑대의 눈에 띄면, 그 사람은 목이 쉬어 평생 낫지 않는다. 또한 물릴 수도 있다.

따라서 호모가 고발의 빌미였다.

우르수스는 여인숙 주인에게서 그러한 책동에 관한 소문을 전해 들었다. 그는 불안해졌다. 경찰과 사법이라는 두 발톱이 두려웠다. 사법 관리를 두려워하기 위해서는 그저 두려워하기만 하면 된다. 구태여 죄가 있을 필요도 없다. 우르수스는 주 집정관이나 즉결 재판소 재판관 혹은 검시관 등과 같은 사람들과의 접촉을 별로 원치 않았다. 관리들의 얼굴을 가까이에서 관찰할 생각은 추호도 없었다. 그가 그러한 관리들에 대해 가지고 있던 호기심은, 산토끼가 사냥개에 대해 가지고 있는 호기심 정도였다.

그는 런던에 온 것을 후회하기 시작했다.

「최선은 선의 적이라더니. 나는 그 속담이 터무니없다고 생각했지. 멍청한 진실이 진정한 진실이군.」 그가 홀로 중얼거렸다.

그윈플레인은 마법에 걸려 있으며 호모는 광견병의 위험을 가지고 있다는 혐의를 받는 처지에서, 종교적 명분을 들고 나서는 익살광대들과 의학의 이름으로 화를 내는 사제들의 연합 세력을 상대로, 가엾은 그린박스가 믿을 수 있는 것은 오직 한 가지뿐이었다. 하지만 그것이 잉글랜드에서는 막강한 세력이었으니, 바로 행정 관청의 무기력증이었다. 잉글랜드의 자유는 각 지역의 그러한 방임에서 태동했다. 잉글랜드에서의 자유는, 잉글랜드를 둘러싸고 있는 바다와 같은 거조를 보인다. 그 자유는 바다의 조수와 같다. 관습이 조금씩 조금씩 법을 덮는다. 무시무시한 법률을 바다가 삼키고 관습이 그 위로 펼쳐지면, 광대한 자유의 밑에 사나운 법률 조항들이 투명한 물결을 통해 보이는데, 그곳이 바로 잉글랜드이다.

익살광대들과 설교사들, 주교들, 하원, 상원, 국왕 폐하, 런던, 잉글랜드 전체가 웃는 남자와 「정복된 카오스」와 호모의 적이라도, 그들은 서더크가 자신들을 지지하는 한 염려할 것이 없었다. 그린박스는 그 변두리 지역 사람들이 가장 좋아하는 오락거리였고, 그 지역 당국자들은 무관심했다. 잉글랜드에서는 무관심이 곧 보호를 뜻한다. 서더크가 속해 있는 서리 주 집정관이 움직이지 않는 한, 우르수스는 편안히 숨쉴 수 있었고, 호모 또한 늑대의 두 귀를 땅바닥에 대고 잠을 잘 수가 있었다.

끝장을 내지 않는 한, 그러한 증오는 오히려 성공을 돕는다. 그린박스는 그러한 증오에도 불구하고 피해를 입지 않았다. 오히려 그 반대였다. 음모가 있다는 소문이 사람들 사이로 퍼져 나갔다. 덕분에 웃는 남자는 더욱 유명해졌다. 군중이란 고발당한 일에 대해 예민하며, 그것을 호의적으로 생각한다. 혐의를 받는다는 것은 추천됨과 같다. 백성은 본능적으로, 지목된 것의 편에 선다. 고발당한 것은 금지된 과실의 냄새를 풍기며, 따라서 모두들 서둘러 그것을 깨문다. 또한 게다가 어떤 사람을 조롱하는 박수갈채는, 특히 그 어떤 사람이 당국자일 경우, 더욱 달콤하다. 저녁 시간을 즐겁게 보내면서 동시에 핍박받는 사람에게 찬성하고 억압자에게 맞서는 것은 유쾌한 일이다. 즐김과 동시에 누구를 보호하는 일이다. 볼링그린에 있던 가건물 극장들이, 계속해서 웃는 남자에게 야유를 퍼붓고, 그를 적대시하는 패거리를 만들고 있었다는 사실을 덧붙여 두자. 성공을 위해서 그보다 더 좋은 것은 없었다. 승리를 자극하고 그것에 활기를 주는 가장 효과적인 함성은 적군이 질러 댄다. 욕하는 적보다 칭찬하는 친구가 먼저 지치는 법이다. 아무리 욕설을 퍼부어도 피해를 주지는 못한다. 적들이 모르는 것이 바로 그 사실이다. 그들은 욕설을 퍼붓지 않고는 못 배긴다. 그런데 그것이 그들이 가지고 있는 유용성이다. 그들이 입을 다물기는 불가능한데, 그것이 지속적으로 사람들을 일깨운다. 「정복된 카오스」를 보러 오는 군중은 점점 늘어만 갔다.

우르수스는, 여인숙 주인 나이슬리스가 귀띔해 준 책동에 관한 소문을 깊숙이 감춘 채, 그윈플레인에게는 아무 말도 하지 않았다. 근심 때문에 평온한 공연이 흔들리는 일이 없도록 하기 위함이었다. 혹여라도 불행이 닥친다면, 그때 가서 알게 돼도 늦지 않을 것이었기 때문이다.

5. 와펀테이크

그러나 어느 날, 그는 더욱 신중을 기하기 위해, 그러한 신중함을 위반해야겠다고 생각했고, 그윈플레인에게 겁을 좀 주는 것이 필요하겠다고 판단했다. 우르수스가 생각하기에는, 장터나 교회의 패거리보다 훨씬 심각한 일로 어겨진 것이 사실이었다. 어느 날 공연이 끝난 후, 입장료 수입을 계산하는 동안, 그윈플레인이 땅바닥에 떨어진 파딩 동전 한 닢을 집어 들더니, 그것을 유심히 살피기 시작했다. 그러더니 여인숙 주인이 곁에 있건만, 백성의 가난을 상징하는 그 동전과, 앤 여왕의 형상 아래에 새겨진 국왕의 기생적 화려함 간의 극명한 대조를 지적했다. 매우 불순한 언동이었다. 그 말이 여인숙 주인 나이슬리스의 입에서 퍼져 나가, 피비와 비너스의 입을 통해 다시 우르수스의 귀로 되돌아왔다. 그 일로 인해 우르수스는 열병을 앓을 지경이 되었다. 그 말이 반역을 선동하는 언사였기 때문이다. 엄연한 대역죄였다. 그는 그윈플레인을 엄하게 꾸짖으며 훈계했다.

「너의 구역질 나는 주둥이를 잘 단속해라. 고위층 사람들을 위한 규칙 하나가 있으니, 그것은 아무 일도 하지 않는 것이다. 마찬가지로 미천한 사람들을 위한 규칙도 하나 있는데, 그것은 아무 말도 하지 않는 것이다. 가난한 자에게는 친구가 오직 하나뿐이니, 그것은 침묵이다. 그가 입 밖으로 내놓을 말은 단음절어 하나뿐이니, 그것은 〈예〉이다. 고백하고 동의하는 것이 그의 유일한 권리이니라. 재판관에게도 〈예〉라고 대답해야 하고, 왕에게도 〈예〉라고 대답해야 한다. 고위층 사람들은 마음 내키는 대로 우리에게 몽둥이질을 가하는데, 나 역시 당한 적이 있다. 그것은 그들의 특권인지라, 그들이 우리의 뼈를 부러뜨린다 해도, 그들의 높은 지체는 추호도 손상을 입지 않는다. 오시프라주[1]는 일종의 독수리이다. 그러니 몽둥이 중 으뜸인 왕홀에 경배하자구나. 존중하는 것은 신중한 처신이요, 비굴함은 이기적 처신이니라. 왕을 모욕하는 짓은, 사자의 갈기를 자르려는 어린 소녀만큼이나 자신을 위험에 처하게 하느니라. 듣자니, 리야르[2]와 같은 가치를 갖는 파딩에 대해 네가 실없는 소리를 지껄였더구나. 또한 그 엄숙한 메달에 대해 험담을 늘어놓았다고 하더구나. 장에 가서 그것 한 닢만 내놓으면 염장한 청어 8분의 1 토막을 우리에게 선뜻 주는데도 말이다. 조심해라. 더욱 엄숙해져라. 처벌이라는 것이 있다는 사실을 뇌리에 새겨 두어라. 입법적 진실을 마음속에 담아 두어라. 심은 지 3년 된 나무를 자른 사람은, 서슴지 않고 교수대로 끌고 가는 나라에 네가 살고 있다. 욕설을 내뱉는 사람들의 발에는 차꼬를 씌운다. 주정뱅이는 밑 빠진 통 속에 가두는데, 위쪽에 구멍을 하나 뚫어 머리를 내놓게 하고, 통 양쪽 옆구리에 구멍 하나씩을 뚫어 팔을 뻗을 수 있게 하는데, 그가 눕지 못하게 하려는 조치이다. 웨스트민스터 홀 안에서 다른 사람을 구타한 자는 종신 징역형에 처하며, 재산을 몰수한다. 왕궁 안에서 다른 사람을 구타한 자는, 오른손을 자른다. 코피를 흘리고 있는 사람의 코를 손가락으로 튀기면, 그러한 행위를 한 자의 두 손을 자른다. 주교가 이단으로 판명한 자는 산 채로 불에 태운다. 커스버트 심프슨이란 자가 차형을 받고 온몸이 갈가리 찢긴 것은 대수롭지 않은 일 때문이었다. 불과 3년 전에, 너도 알다시피, 오래되지도 않았다, 그러니까 1702년에, 대니얼 디포라고 하는 반역자를 죄인 공시대 위에

1 *ossifrage*. 통용되지 않는 프랑스어이다. 라틴어 *ossifraga*(뼈 부러뜨리는 새)를 프랑스어 형태로 바꾼 것이다. 즉, 지체 높은 자들은 그러한 독수리와 같고, 나아가 불결한 짐승들이란 뜻이다.
2 프랑스의 옛 동전. 4분의 1수에 해당하며, 지극히 적은 금액을 뜻한다.

올려놓고 모욕을 주었다. 그자가 감히, 전날 의회에서 발언한 하원 의원 명단을 인쇄해 유포시켰다는 죄목이었다.[3] 국왕 폐하께 반역을 꾀한 자는 산 채로 배를 가른 다음, 심장을 꺼내어 그것으로 녀석의 두 빰을 때린단다. 이러한 법률과 사법의 뜻을 깊이 새겨 두어라. 요컨대 단 한마디도 벙긋하지 말 것이며, 조금이라도 불안해지면 즉각 줄행랑을 놓는 것이다. 그것이 내가 실천해 왔고 또 너에게 권하는, 진정 용기 있는 처신이다. 무모함이 요구되는 일에서는 새를 본받고, 수다를 떨어야 하는 일에서는 물고기를 본받아라. 하지만 잉글랜드의 찬탄할 만한 장점은, 그 법이 매우 너그럽다는 것이다.」

그렇게 훈계를 하고 난 후에도, 우르수스는 한동안 불안감에 휩싸여 있었다. 반면 그윈플레인은 전혀 그렇지 않았다. 젊음의 대담성은 경험의 부족에서 비롯된다. 하지만 태평스러웠던 그윈플레인이 옳았던 것 같다. 몇 주간의 시일이 평화롭게 지나갔고, 여왕에 대해 그가 한 말은 흐지부지 자취를 감춘 것 같았다.

우르수스는, 모두 알다시피, 무신경한 사람이 아닌지라, 망보는 노루처럼, 여전히 사방을 경계하고 있었다.

그윈플레인에게 훈계를 하고 난 후 어느 날, 바깥쪽으로 난 창문을 통해 밖을 바라보던 우르수스의 안색이 문득 창백해졌다.

「그윈플레인?」

「왜 그러세요?」

「저기 좀 보아라.」

「어디를?」

「광장.」

3 『로빈슨 크루소』를 쓴 소설가 대니얼 디포가 신문기자였다는 사실은 주지하는 바와 같다.

「그런데요?」

「저기 지나가는 사람 보이느냐?」

「검은 옷 입은 사람 말씀이에요?」

「그래.」

「손에 몽치 같은 것 든 사람 말씀이에요?」

「그래.」

「그래서 어떻다는 거예요?」

「잘 들어라, 그윈플레인, 저 사람이 와펀테이크이다.」

「와펀테이크가 무엇이에요.」

「바이이 드 라 상텐이란다.」

「바이이 드 라 상텐이 무엇이에요?」

「프로이포지투스 훈드레디란다.」

「프로이포지투스 훈드레디가 무엇이에요?」

「아주 무시무시한 관헌이란다.」[4]

「손에 든 것은 무엇이지요?」

「아이언웨펀*iron-weapon*이란다.」

「아이언웨펀이 무엇이에요?」

「철로 만든 물건이란다.」

4 와펀테이크라는 말을 설명하기 위해 난해한 어휘를 동원했으나, 결국 〈무시무시한 관헌〉이라는 설명에 귀착되었고, 묻던 사람도 비로소 수긍한 듯하다. 둔중한 학자들에 대한 작가의 야유가 엿보이는 부분이다. 전문 용어나 라틴어를 제시하면 더 잘 알아듣는단 말인가? 바이이*bailli*는 국왕이나 영주를 대리한다는 의미를 가진 관리를 가리킨다. 상텐*centaine*은 〈100쯤〉이라는 뜻이다. 프랑스에는 *bailli de la centaine*이라는 관리가 없었던 듯하고, 잉글랜드에 *bailiff of the hundred*라는 관리가 있었던 것 같다. *bailiff*는 주(洲) 집정관의 보좌 집행관이고, *hundred*는 100하이드(*hide*는 한 가구를 부양하는 데 필요한 80~120에이커의 토지)를 말한다. 즉 100호 담당 관헌을 가리킨다. 프로이포지투스*proepositus*는 *praepositus*의 변형인 듯한데, 〈관리〉나 〈두목〉, 〈지휘자〉를 의미한다. 훈드레디*hundredi*(100)는 *hundred*나 *hundert* 등을 라틴어식으로 변형시킨 것인 듯하다.

「그것으로 무얼 하나요?」
「우선 저 물건을 두고 선서를 한단다. 그래서 저 선서한 사람을 와편테이크라고 부르지.」
「그다음에는?」
「그러고는 저것으로 사람을 건드리지.」
「무엇으로요?」
「아이언웨편으로.」
「와편테이크가 아이언웨편으로 사람을 건드린다고요?」
「그래.」
「그게 무슨 뜻이에요?」
「자기를 따라오라는 뜻이지.」
「그를 따라가야 하나요?」
「그렇단다.」
「어디로요?」
「낸들 알겠니?」
「하지만 어디로 데리고 간다는 말은 하지 않겠어요?」
「아니.」
「그렇더라도 그에게 물을 수 있지 않아요?」
「묻지 못한다.」
「어째서?」
「그도 아무 말 하지 않고, 따라가는 사람도 아무 말 하지 않게 되어 있다.」
「하지만……」
「그가 아이언웨편으로 건드리면 할 말은 다 한 것이다. 그저 묵묵히 걸어야 한다.」
「하지만 어디로?」
「그를 따라 걸어야 한다.」
「어디로 가느냐고요?」

「그윈플레인, 그가 가고 싶은 곳으로 가는 것이다.」

「그를 따르지 않으면 어찌 되나요?」

「교수형에 처해진단다.」

우르수스가 다시 빛들이창을 통해 내다보더니 크게 한숨을 쉬며 말했다.

「신께서 도우셨다. 그냥 지나갔구나! 우리에게 온 것이 아니었구나.」

우르수스가, 그윈플레인이 한 경솔한 말에 대해, 사리에 입각하기보다는, 사람들의 실언이나 고자질을 아마 염두에 두고, 더욱 두려워했을 것이다.

그들의 말을 들은 여인숙 주인 나이슬리스가, 그린박스의 가엾은 이들을 위험한 처지에 빠트려서 얻을 이익은 아무것도 없었다. 그는 오히려 웃는 남자 곁에서 짭짤한 수입을 올리고 있었다. 「정복된 카오스」는 두 가지 성공을 거두고 있었다. 그린박스 속에서는 예술이 승리하게 하면서, 술 파는 홀에서는 주정꾼이 번창케 했다.

6. 고양이들에게 신문받는 생쥐

우르수스에게 또 다른 근심거리가 생겼다. 상당히 두려운 일이었다. 이번에는 그 자신이 문제가 되었다. 그는 소환장을 받고 비숍스게이트[1]로 가서, 몹시 불쾌하게 생긴 세 얼굴로 구성된 위원회 앞에 현신했다. 세 얼굴은, 담당자라는 자격을 소지한 세 박사였는데, 하나는 신학 박사로, 웨스트민스터 승원장의 위임을 받은 사람이었고, 다른 하나는 의학박

---

1 런던 동쪽, 옛 론디니움(런던) 성문 근처에 있는 거리 이름이다.

사로, 80인 의사회의 대표였으며, 나머지 하나는 역사학 및 민법학 박사로, 그레섬 칼리지에서 파견한 사람이었다. 모든 것을 다 안다고 자처하는 세 전문가는, 런던의 130개 소교구와 미들섹스의 73개 소교구, 그리고 범위를 확장해, 서더크의 다섯 개 소교구 등 모든 지역에서, 대중에게 한 연설의 내용을 감찰하고 있었다. 그러한 신학직 사법권은 아직도 잉글랜드에 존속하며, 매우 유익하게 탄압하고 있다. 그리하여 1868년 12월 23일 방주회(方舟會)[2] 재판정에서 선고되고 로드들의 추밀 회의에서 비준되어, 맥코노치 사제는 식탁 위에다 촛불을 켰다는 혐의로, 견책을 받고 재판 비용 부담 판결도 받았다. 종교 의식에는 농담이 없다.

여하튼 우르수스는 어느 날, 그 박사 대표들로부터 출두 명령서를 받았는데, 다행이 그것이 직접 그에게 전달되어, 다른 사람들에게는 그 사실을 감출 수 있었다. 그는 출두하라는 곳으로 가면서, 자신이 어떠한 면에서는 무모해 빌미를 주었다고 여겨질 수도 있다는 생각에, 소스라치듯 몸을 떨었다. 다른 사람들에게는 그토록 침묵을 당부하던 자신이, 오히려 혹독한 교훈을 얻게 되었기 때문이다. *Garrule, sana te ipsum*(수다쟁이야, 너 자신이나 잘 돌보아라). 각 단체의 대표격인 세 박사는 비숍스게이트에 있는 건물 맨 아래층에 자리를 잡았는데, 팔걸이가 있는 검은 가죽 의자에 앉아 있었고, 그들의 머리 위 벽에는 미노스와 아이아코스 및 라다만토스[3]의 흉상이 걸려 있었으며, 그들 앞에는 탁자 하나가

2 *des Arches*를 의역한 것이다. 〈방주〉는 〈교회〉를 의미하기도 한다. 따라서 〈방주회 재판〉은 교회 내의 재판을 가리키는 듯하고, 다음 문장의 〈종교 의식〉도 같은 뜻인 듯하다.

3 세 사람 모두 엄정한 사법의 상징으로 간주되었으며, 특히 아이아코스는 경건함으로, 라다만토스는 지혜로움으로 명성이 높았다고 한다. 세 사람 모두 저승에서 망자의 영혼을 심판하는 재판관이 되었다.

놓여 있고, 발치에는 피의자용 간이 의자 하나가 있었다.

우르수스는, 태평스럽되 엄해 보이는 무장한 하인의 허락을 얻어 안으로 들어갔고, 그들을 보는 순간, 그들 하나하나에게, 벽에 있는 저승 재판관의 이름 하나씩을 마음속으로 부여했다.

세 사람 중 첫 번째가, 즉 신학 담당자인 미노스가, 그에게 손짓을 하며 간이 의자에 앉으라고 했다.

우르수스는 깍듯이, 즉 이마가 땅에 닿도록, 인사를 올렸다. 그러고는 곰은 꿀로 혼을 빼고 박사들은 라틴어로 마음을 사로잡는다는 사실을 잘 아는지라, 존경의 표시로 허리를 반쯤 구부린 채 한마디 던졌다.

「*Tres faciunt capitulum*(세 분께서 참사회 하나를 이루셨습니다).」

그러고는 겸손이 적의 무장을 해제시킨다는 사실을 아는지라, 고개를 숙인 채 걸상으로 가서 앉았다.

세 박사는 각자 서류를 앞에 놓고 뒤적이고 있었다.

미노스가 먼저 시작했다.

「대중 앞에서 연설을 하시오?」

「예.」 우르수스가 대답했다.

「무슨 권리로?」

「저는 철학자입니다.」

「그것은 권리가 될 수 없지.」

「저는 또한 익살광대이기도 합니다.」

우르수스가 덧붙였다.

「그렇다면 문제가 안 되겠군.」

우르수스는 한숨을 내쉬었다. 그러나 겸손함을 잊지 않았다. 미노스가 계속했다.

「익살광대 자격으로는 연설을 할 수 있소. 그러나 철학자로서는 입을 다물어야 하오.」

「노력하겠습니다.」 우르수스가 대답했다.

그러고는 속으로 생각했다. 〈말은 할 수 있되, 또한 입을 다물어야 하다니. 복잡하군.〉

그는 몹시 두려웠다.

신의 대리인이 말을 계속했다.

「당신은 매우 거슬리는 말을 많이 하오. 당신은 또한 종교를 모욕하오. 또한 가장 명백한 진실마저 부정하오. 그리고 몹시 불쾌한 오류를 유포하오. 예를 들면 당신이 사람들에게 말하기를, 처녀는 아이를 낳을 수 없다고 했소.」

우르수스는 그를 부드러운 시선으로 바라보며 말했다.

「저는 그렇게 말하지 않았습니다. 아이를 낳으면 더 이상 처녀가 아니라고 했습니다.」

미노스는 잠시 생각에 잠기더니, 나지막하게 중얼거렸다.

「사실, 정반대군.」

실은 같은 말이었다. 그러나 우르수스는 첫 공격을 성공적으로 막아 냈다.

미노스는 우르수스의 답변을 곰곰 생각하면서 자신의 명청함 속으로 깊숙이 빠져 들어갔다. 그리하여 한동안 침묵이 흘렀다.

우르수스에게는 라다만토스처럼 보이는 역사학의 대변자가, 힐문조로 다른 질문을 던져, 미노스의 당황하는 꼴을 덮었다.

「피의자, 당신의 무모함과 오류는 한두 가지가 아니오. 당신은, 브루투스와 카시우스가 흑인 하나를 만났기 때문에 파르살루스 전투[4]에서 패했다는 사실을 부인했소.」

---

4 파르살루스(오늘날의 파르살라)는 그리스 테살리아 지방에 있는 도시 이름이다. 카이사르와 폼페이우스의 권력 투쟁이 내란의 양상으로 정점에 달했을 때, 카이사르가 갈리아에서 개선하자 폼페이우스는 그리스로 피신했

「저는, 카이사르가 더 뛰어난 사령관이었다는 사실도 패전의 원인이라고 말했습니다.」 우르수스가 중얼거리듯 대답했다.

역사학의 대변자가 이번에는 신화 쪽으로 대번에 건너뛰었다.

「당신은 악타이온[5]의 추행을 변호했소.」

「저는, 한 남자가 벗은 여인의 몸을 보았다 하여 그의 명예가 실추된다고는 생각하지 않습니다.」 우르수스가 변죽을 울리듯 넌지시 대꾸했다.

「그러니까 당신이 틀렸소.」 심판관이 엄한 어조로 말했다.

라다만토스가 다시 역사 쪽으로 돌아왔다.

「미트리다테스[6]의 기병대에 닥친 사고에 관해 말하면서, 당신은 풀과 여러 식물의 효능에 대해 이의를 제기했소. 당신은 세쿠리두카와 같은 풀이 말발굽쇠를 떨어지게 할 수 있다는 사실을 부인했소.」

「죄송합니다만, 저는 그러한 일이 스페라카발로[7]와 같은

다. 기원전 48년, 파르살루스에서 결전이 벌어졌는데, 폼페이우스가 패해 이집트로 도주했고, 그곳에서 프톨레마이오스 13세의 명으로 살해되었다. 폼페이우스 진영의 대표적인 장군이 브루투스와 카시우스였는데, 패전 후 카이사르는 그 두 사람에게 집정관 자리를 주어 후대했다. 그러나 기원전 44년, 그들이 카이사르를 암살했고, 그리스로 피신했으나, 2년 후 필립포이에서 안토니우스에게 패한 후, 두 사람 모두 자살했다. 파르살루스 전투의 비극적 이야기는, 세네카의 조카인 루카누스가 지은 역사 운문 소설 『내란기』 또는 『파르살리아』(60년경)에 상세히 서술되었다고 한다.

5 그는 어느 날 사냥개 50마리를 데리고 사냥을 나갔다가, 목욕중인 여신 아르테미스의 벗은 몸을 우연히 보게 되었다. 그 사실을 눈치 챈 여신이 그를 사슴으로 변신시킨 다음, 개들을 충동질해 주인을 잡아먹게 했다.

6 알렉산드로스의 제국이 분열된 직후, 폰토스(지금의 흑해 연안) 지역에 왕국을 세운 일련의 왕들을 가리킨다(기원전 300년경~기원전 60년경). 그 이름은 〈태양신이 준 아들〉이라는 뜻이다.

7 *sferra-cavallo*. *sferrare*는 말의 발굽쇠를 떼어 낸다는 뜻을 가진 이탈리

풀의 경우에만 일어난다고 했습니다. 저는 어떠한 풀의 효능도 부인하지 않습니다.」

그러고는 나지막한 소리로 덧붙였다.

「어떠한 여인의 효능도.」

자기의 대답에 추가된 그 간단한 요리로 우르수스는, 자신이 비록 불안에 휩싸였지만, 당황하지 않았음을 자신에게 입증했다. 우르수스의 내면에는 공포감과 기지가 뒤섞여 있었다. 라다만토스가 계속했다.

「내가 강조해 말하지만, 당신은 스키피오[8]가 카르타고의 성문을 열려고 하면서 아이티오피스[9] 풀을 열쇠로 사용하려 했던 것이 어수룩한 짓이라 떠들어 댔고, 아이티오피스 풀에는 자물쇠를 부수는 효능이 없다고 했소.」

「저는 단지, 그가 루나리아[10] 풀을 사용했더라면 더 좋았을 것이라 했습니다.」

「그럴듯한 견해이군.」 라다만토스가 한 방 먹은 듯 중얼거렸다.

그리고 역사학의 대변자가 입을 다물었다.

신학의 대변자 미노스가 정신을 수습한 듯, 우르수스에게 다시 물었다. 그동안 서류를 검토할 시간이 있었던 것이다.

「당신은 석웅황(石雄黃)을 비소류(砒素類)로 분류했고, 또한 석웅황으로도 독살할 수 있다고 했소. 그러나 구약은 그것을 부인하오.」

「구약은 부인하되, 비소는 입증해 줍니다.」 우르수스가 한

아어이고, *cavallo*는 말을 뜻한다. 어떠한 풀인지 확인할 수 없다.

8 한니발과의 전투에서 승리를 거두고 카르타고를 점령한 사람이다.

9 샐비어의 일종이다.

10 고사리삼의 일종이라 하는 설도 있고, 냉이나 꽃다지 같은 단각과(短角果) 식물이라 하는 설도 있다. 어떤 사람들은 〈교황의 엽전〉이라고도 한다.

숨을 지으며 대꾸했다.

의학을 대변하며 아직까지 아무 말하지 않고 있던 아이아
코스가 말참견을 했다. 그러고는 눈을 반쯤 감은 채 큰 소리
로 우르수스를 두둔했다.

「답변이 어리석지 않군.」

우르수스는 가장 비루한 미소로 고마움을 표했다.

미노스가 끔찍할 만큼 흉하게 입을 삐쭉거리며 다시 계속
했다.

「계속 묻겠소. 대답하시오. 당신은, 바실리코스가 코카트
릭스[11]라는 이름으로 불리며 또한 독사들의 왕이라는 주장
을, 틀렸다고 했소.」

「존귀하신 사제님, 저는 바실리코스에게 해를 끼치지 않으
려는 생각으로, 그가 사람의 머리를 가졌음에 틀림없다고 했
습니다.」[12]

「좋소, 하지만 당신은 덧붙이기를, 포에리우스가 매의 머리
를 가진 바실리코스를 보았다고 했소. 그것을 증명할 수 있소?」

「매우 어려운 일입니다.」 우르수스의 대답이었다.

그는 조금 불리한 처지에 놓였다.

미노스가 호기를 놓치지 않고 밀어붙였다.

「당신은 기독교로 개종한 유대인은 체취가 고약하다고
했소.」

「하지만 유대인이 된 기독교도 역시 체취가 고약하다고 덧
붙였습니다.」

미노스는 고발장들을 흘끗 한 번 보고 나서 말을 이었다.

「당신은 도저히 그럴 법하지 않은 일들을 사실인 양 확언하

11 반은 문어이고 반은 돼지인 괴물이다.
12 실제로 서유럽 사람들이 그린 상상화에는, 문어의 다리와 돼지의 몸
뚱이, 그리고 사람의 얼굴이 나타난다.

며 유포시켰소. 당신은 사람들에게 말하기를, 엘리아노스[13]가 글을 쓰는 코끼리를 직접 보았다고 했소.」

「천만에요, 존귀하신 사제님. 저는 다만, 오피아니쿠스[14]가, 어떤 하마 한 마리가 철학적 문제를 토론하는 것을 들었다고 했습니다.」

「당신은 사람들에게 공공연히 말하기를, 너도밤나무를 깎아 만든 접시 앞에서 무슨 음식이든 먹고 싶다는 생각만 하면, 그 음식이 접시에 저절로 가득 담긴다는 말이 사실이 아니라고 했소.」

「저는 이렇게 말했습니다. 〈접시가 정말 그러한 능력을 가졌다면, 그것을 마귀가 당신에게[15] 주었음에 틀림없다.〉」

「나에게 주었다고!」

「아닙니다, 저에게입니다, 사제님!」

「그런 뜻이 아닙니다! 특정인이 아니고! 모든 사람에게입니다!」

우르수스는 속으로 자신에게 말했다. 〈내가 무슨 말을 하고 있는지 나 자신도 모르겠군.〉 그러나 내적 동요가 극심했건만, 그것이 밖으로는 드러나지 않았다. 우르수스는 힘든 싸움을 벌이고 있었다. 미노스가 다시 계속했다.

「그 모든 것이, 어느 정도까지는 마귀를 믿는다는 뜻을 함축하고 있소.」

우르수스는 굽히지 않았다.

13 그리스어로 글을 쓴 이탈리아 사람인데, 『동물들의 속성』이라는 책을 저술했다고 한다.

14 그리스 태생의 로마인이었는데, 마르쿠스 아우렐리우스 치세의 사람이라고 한다. 『새 사냥』, 『고기잡이』 등의 아름다운 작품을 남겼는데, 최근에 와서야 그의 작품이 사람들의 눈길을 끌었다고 한다.

15 불특정인을 가리키는 대명사의 여격(vous)을 직역하면 〈당신〉이란 뜻도 된다. 다음 문장에 나타나는 오해를 감안해 직역한다.

「지극히 존귀하신 사제님, 저는 마귀에게 불경한 마음을 품지 않습니다. 마귀에 대한 신앙은 신에 대한 신앙의 이면입니다. 한 신앙이 다른 신앙을 서로 증명해 줍니다. 마귀를 조금이나마 믿지 않는 사람은 신을 많이 믿지 않습니다. 태양을 믿는 사람은 그늘을 믿어야 합니다. 마귀는 신의 밤입니다. 밤이란 무엇입니까? 낮의 증거입니다.」

여기에 이르러 우르수스는, 철학과 종교의 탐조할 수 없는 혼합물을 즉석에서 임시변통으로 만들어 내고 있었다. 미노스는 다시 생각에 잠긴 듯, 침묵 속으로 빠져 들어갔다.

우르수스는 다시 한숨을 돌렸다.

문득 공격이 재개되었다. 조금 전에, 신학의 대변자와 맞서고 있던 우르수스를 건방지게 변호하던 의학의 대변자, 아이아코스가, 보조 공격자로 돌변했다. 그는 고발 내용이 잔뜩 기록된 두툼한 서류 위에 두 주먹을 올려놓았다. 우르수스는 그에게 다음과 같은 공격을 정면으로 받았다.

「크리스털이란 승화된 유리이고, 다이아몬드는 승화된 크리스털이라는 사실이 입증되었소. 유리가 천 년이 지나면 크리스털로 변하고, 크리스털이 천 세기가 지나면 다이아몬드로 변한다는 것이 사실로 입증되었소. 당신은 그 사실을 부인했소.」

「결코 그런 적 없습니다.」 우르수스가 우수에 잠긴 듯한 어조로 말했다. 「저는 다만, 천 년 안에 유리가 녹을 시간이 충분하고, 천 세기는 헤아리기 쉽지 않다고 했습니다.」

신문은 계속되었고, 질문과 답변은 검이 부딪치는 소리와 같았다.

「당신은 식물도 말을 할 수 있다는 사실을 부인했소.」

「아닙니다. 저는 다만, 그러려면 식물이 교수대 밑에서 자라야 한다고 덧붙였을 뿐입니다.」

「만드라고라스가 소리를 지른다는 사실은 시인하시오?」

「아닙니다. 만드라고라스는 노래를 부릅니다.」

「당신은, 왼손 약지에 심장 기능을 강화하는 기능이 있다는 사실을 부인했소.」

「저는 다만, 왼쪽을 향해 재채기를 하는 것은 불행의 징조라고 했을 뿐입니다.」

「당신은 불사조에 대해 경솔하게 또 모욕적으로 말했소.」

「박식하신 재판관님, 저는 다만, 플루타르코스가 불사조의 뇌수는 매우 여린 덩어리이며 그것으로 인해 두통이 생긴다고 쓴 글이 몹시 터무니없다고 했을 뿐입니다. 불사조라는 것이 존재한 적조차 없기 때문입니다.」

「고약한 말이로다. 자신의 둥지를 계수나무 가지로 만드는 신나말크나 파리사티스[16]가 독약을 조제할 때 쓰던 린타쿠스, 낙원의 새인 마누코디아타스, 그리고 부리가 세 개의 관(管)으로 이루어진 세멘다 등이 불사조인 것처럼 잘못 알려져 있지만, 불사조는 정말 존재했소.」

「저 역시 그러한 견해에 이의가 없습니다.」

「당신은 암나귀야.」

「과분한 칭찬이십니다.」

「당신은 딱총나무가 인후염을 치료하는 데 효험이 있다 했소. 그러면서 덧붙여 말하기를, 하지만 그것의 뿌리에 있는 마법에 걸린 혹 때문은 아니라고 했소.」

「저는, 유다가 딱총나무에 스스로 목을 매어 자살했기 때문이라고 했습니다.」

「그럴듯한 견해군」. 신학자 미노스가 그렇게 중얼거리는데, 의사 아이아코스를 핀으로 한 번 찌르게 된 것이 매우 만

16 페르시아 다리우스 2세의 숙모이자 부인. 정치적 암투 과정에서 독약을 많이 사용한 것으로 유명하며, 며느리 스타테이라를 독살했다.

족스러운 모양이었다.

구겨진 거만은 즉시 노여움으로 변하기 마련이다. 아이아코스가 악착스럽게 들러붙었다.

「이봐, 떠돌이! 당신은 발로만 떠도는 것이 아니라 정신적으로도 떠돌고 있어. 당신에게는 매우 수상하고 경악스러운 성향이 있어. 당신은 마법과 항상 어울려 지내지. 미지의 동물들과도 관계를 맺고 있어. 당신은, 오직 당신의 망상 속에만 존재하며, 아무도 그 속성을 모르는 것들에 대해, 하층민들 앞에서 마구 떠들어 대지. 이를테면 당신이 이야기하는 하이모로이스[17]가 그 좋은 예야.」

「하이모로이스는 트레멜리우스[18]가 직접 보았다는 독사입니다.」

그 반격이 아이아코스 박사의 성난 지혜에 혼란을 야기시켰다. 우르수스가 한마디 더 했다.

「하이모로이스는, 향기 풍기는 하이에나나 카스텔루스가 묘사한 사향고양이 못지않게, 엄연히 실존하는 짐승입니다.」

아이아코스는 철저한 공격으로 위기를 모면하려 했다.

「여기에 당신이 한 말이 고스란히 기록되어 있소. 마귀의 말이니, 들어 보시오.」

아이아코스는 서류에서 눈을 떼지 않고 읽기 시작했다.

「탈라그시글르와 아글라포티스라는[19] 두 식물은 밤에도 빛을 발산한다. 낮에는 꽃들이지만, 밤에는 별들이다.」

그러고 나서 우르수스를 노려보며 물었다.

---

17 *haemorrhois*. 그리스어로는 *haimorrois*이며 중세에 이르러 *hoemorrhoüs*로 변형된 듯하다. 오늘날의 *hémorroïdes*, 즉 치질을 가리킨다.

18 아우구스투스 황제 시절의 농경학자이다.

19 플리니우스의 『박물지』에서 사용된 단어들이다. 두 식물 모두 〈마법의 풀〉이라는 별명을 가지고 있다 한다.

「이 구절에 대해 어떻게 생각하시오?」

우르수스가 대답했다.

「모든 식물은 램프입니다. 그리고 향기는 불빛입니다.」

아이아코스가 다시 서류를 뒤적이며 말했다.

「당신은 수달의 담즙이 카스토레움[20]과 같은 효능을 가지고 있다는 사실을 부인했소.」

「그 점에 관해서는 아에티우스[21]를 전적으로 믿지 않는 것이 좋을 것이라고 말했을 뿐입니다.」

아이아코스가 더욱 사나워졌다.

「의료 행위를 하는가?」

「진료 연습을 하고 있습니다.」 우르수스가 약하게 한숨을 지었다.

「살아 있는 사람들을 상대로?」

「죽었다고 해야 할 사람들을 가지고 합니다.」

우르수스는 굳건하게 반격했으나 비굴한 짓은 잊지 않았다. 달콤함이 지배적인 찬탄할 만한 배합이었다. 그의 답변이 어찌나 부드러운지, 아이아코스 박사는 그를 모욕하고 싶은 충동을 느꼈다.

「당신 지금 우리에게 무슨 소리를 달콤하게 늘어놓는 거야?」 그가 퉁명스럽게 물었다.

우르수스는 어이가 없었으나, 다음과 같이 대꾸하는 것으로 그쳤다.

「달콤한 속삭임은 젊은이들의 몫이고, 신음 소리는 늙은이들의 몫입니다. 아! 저는 지금 신음하고 있습니다.」

아이아코스가 그 말에 대꾸했다.

「이 점은 명심해 두시오. 만약 당신의 치료를 받은 환자가

20 비버의 지방성 분비물. 경련을 진정시키는 효능이 있다고 한다.
21 메소포타미아 태생으로, 5세기에 콘스탄티노플의 황실 의사였다.

죽으면, 당신은 사형을 면치 못할 것이오.」
　우르수스가 아무 생각 없이 되물었다.
　「만약 병이 치유되면요?」
　「그 경우에도 당신은 사형에 처해질 것이오.」 박사가 음성을 부드럽게 해 대답했다.
　「별 차이가 없군요.」 우르수스의 말이었다.
　박사가 다시 정리해 말했다.
　「사람이 죽을 경우, 미련한 짓을 처벌하는 것이오. 환자가 치유될 경우, 교만을 처벌하는 것이오. 두 경우 모두 교수대가 마땅하오.」
　「저는 그러한 세칙을 모르고 있었습니다. 가르쳐 주셔서 감사합니다. 법률의 모든 아름다움을 샅샅이 알지 못하고 사는 형편이라서.」
　「조심하시오.」
　「명심하겠습니다.」
　「우리는 당신이 하는 짓을 다 알고 있소.」
　〈나 자신도 다 알지 못하는데…….〉 우르수스가 속으로 중얼거렸다.
　「우리는 당신을 감옥으로 보낼 수 있소.」
　「이제 짐작할 수 있습니다, 나리들.」
　「당신이 저지른 각종 위반 행위와 타의 이권 침해 행위를 부인하지는 못할 것이오.」
　「저의 철학이 용서를 빕니다.」
　「당신이 방약무인하다고들 하오.」
　「터무니없는 소리입니다.」
　「당신이 환자를 치료한다고들 하오!」
　「저는 험구의 희생물입니다.」
　우르수스에게로 향하고 있던 세 쌍의 소름끼치는 눈썹이

찌푸려졌다. 세 유식한 낯짝이 서로 접근하더니 수군거리기 시작했다. 그 권위 인정받은 세 머리통 위에서 당나귀 모자[22]가 어렴풋하게 어른거리는 것 같았다. 그 삼위일체의 은밀하고 전문적인 투덜거림이 몇 분 동안 계속되었고, 그동안 우르수스는 온갖 불안의 얼음덩이와 숯불 덩이를 번갈아 맛보았다. 이윽고, 프로이세스(지휘자)였던 미노스가 그를 향해 고개를 돌리더니, 몹시 노한 기색으로 말했다.

「돌아가시오.」

우르수스의 기분은 고래 뱃속에서 나온 요나의 심정과 비슷했다.

미노스가 계속해서 말했다.

「당신을 석방하오!」

우르수스가 속으로 중얼거렸다.

〈나를 다시 잡으면 어쩌나! 잘 자라 의사 짓이여!〉

그리고 내심 깊숙한 곳에서 다시 덧붙여 중얼거렸다.

〈이제부터는 사람들이 뻗어 버리도록 정성스럽게 방치해야지.〉

몸뚱이를 반으로 접듯 허리를 굽힌 채, 박사들과 흉상들, 탁자, 벽들, 그 모든 것들에게 굽실굽실 인사를 한 다음, 그는 뒷걸음질로 출입문 쪽으로 갔고, 걷히는 어둠처럼 사라졌다.

그는 취조실에서는 죄 없는 사람처럼 천천히 나왔지만, 그 거리에서는 범인처럼 신속히 빠져나왔다. 사법 당국 사람들은 어찌나 특이하고 보이지 않게 다가오는지, 사람들은 혐의를 벗은 후에도 탈출하듯 도망친다.

그는 줄행랑을 놓으면서 중얼거렸다.

「무사히 모면했어. 나는 야생 학자이고 그들은 가축 학자들

22 〈모자〉는, 교수나 고위직 사제(주교, 대주교, 추기경)의 권위를 상징하는, 사각모나 둥근 모자를 가리키며, 〈당나귀〉는 멍청한 사람을 뜻한다.

518

이야. 박사들이 박식한 사람을 들볶는군. 거짓 학문은 진실한 학문의 배설물이야. 그 배설물을 철학자들 파멸시키는 데 사용하지. 철학자들은 궤변가들을 생산해 내며 동시에 자신들의 불행도 함께 생산하지. 지빠귀의 똥에서 겨우살이가 자라고, 겨우살이로 끈끈이를 만들며, 그 끈끈이로 지빠귀를 잡지. *Turdus sibi malum cacat*(지빠귀는 자신의 불행을 싼다).」

우리는 우르수스가 섬세한 사람이라고는 생각하지 않는다. 그는 자신의 사상을 토해 내는 어휘를 마구 사용하며 조금도 거북해하지 않았다. 그의 취향이 볼테르보다 더 섬세했던 것은 아니다.[23]

우르수스는 그린박스로 돌아가 나이슬리스에게 말하기를, 어떤 예쁜 여인의 뒤를 따라다니다가 늦었노라고 했으며, 자신이 겪은 일은 한마디도 입 밖에 내지 않았다.

다만, 그날 저녁, 호모에게 속삭이듯 말했다.

「이 사실은 알아 두어라. 내가 케르베로스의 세 머리를 제압했단다.」

7. 금화가 동전 틈에 와서 섞인 까닭은?

뜻하지 않은 관심사 하나가 생겼다.

23 볼테르의 작품 속에 등장하는 특정 표현은 매우 노골적이다. 『캉디드』, 『세상 돌아가는 대로』, 『미크로메가스』, 『스카르멘타도의 유랑기』, 『어수룩배기』, 『체스터필드 백작의 귀』 등 그의 작품은, 중세의 풍자 문학이나 15~16세기의 숱한 중편, 단편 소설 및 라블레의 작품들, 17세기의 샤를 소렐이나 스카롱 및 몰리에르 등의 작품에서 발견되는, 무람없는 어투를 그대로 계승해 간직하고 있다. 반면 우르수스의 언사는 오히려 볼테르의 언어에 비해 훨씬 마모되고 위축된 감을 준다. 그러한 특징이 위고의 약점이며 한계일 수도 있다.

태드캐스터 여인숙은 점점 즐거움과 웃음의 도가니가 되어 가고 있었다. 그보다 더 즐거운 법석은 없었다. 손님들에게 에일과 스타우트와 포터를[1] 따라 주느라고 여인숙 주인과 그의 보이는 눈코 뜰 새 없었다. 저녁이면, 천장 낮은 홀의 창문이 환하게 밝혀지고, 빈 테이블은 하나도 없었다. 노래를 부르는가 하면 고함을 지르기도 했다. 앞에 쇠창살을 두른 거대한 벽난로 속에서는 석탄이 활활 타고 있었다. 불과 소음의 집 같았다.

안마당에는, 즉 극장에는 더 많은 사람들이 있었다.

서더크에 사는 관객들이 「정복된 카오스」를 보려고 어찌나 몰려들었던지, 막이 오르기가 무섭게, 즉 그린박스의 한쪽 벽 판자가 내려지기 무섭게, 관람석은 단 하나도 남지 않았다. 창문들마다 관객들로 미어터질 지경이었고, 발코니까지 점령당했다.

안마당의 포석은 모두 사람들의 얼굴로 덮여, 단 한 장의 포석도 눈에 띄지 않았다.

단지 귀족 전용칸만이 항상 비어 있었다.

그리하여 발코니의 중앙인 그곳이 검은 구멍처럼 보였고, 속된 표현으로 〈검은 가마[窯]〉[2] 같았다.

그런데 어느 날 저녁 그곳에 사람이 하나 나타났다.

토요일이었다. 일요일은 권태로움 속에서 보내야 하기 때문에, 잉글랜드인들이 서둘러 즐기는 날이다. 극장은 만원이었다.

감히 극장이라고 칭한다. 셰익스피어 역시 오랫동안 여인

---

1 에일은 *beer*와 같은 뜻으로 일반 맥주를 가리킨다. 스타우트는 독한 흑맥주이며, 포터는 짙은 갈색을 띤 쓴 맥주이다.
2 〈검은 가마〉는 실패한 연극을 가리킨다. 객석이 불 때지 않은 가마처럼 텅 비고 냉기가 돈다는 뜻이다.

숙 안마당을 공연장으로 사용하며 그것을 극장, 즉 홀이라
불렀다.

「정복된 카오스」의 서막이 열리며 우르수스와 호모와 그윈
플레인이 무대 위에 나타났고, 평소처럼 관객을 한번 둘러보
던 우르수스는 커다란 충격을 받았다.

〈귀족 전용칸〉에 누가 와 있었던 것이다.

어느 여인이 홀로, 칸막이 좌석 한가운데에 놓인, 위트레
흐트산 벨벳으로 만든 안락의자에 앉아 있었다.

그녀는 홀로였다. 그렇건만 칸막이 좌석을 가득 채웠다.

광채를 발산하는 사람들이 있다. 그 여인 역시, 데아처럼,
특유의 광채를 발산하고 있었는데, 데아의 것과는 달랐다.
데아는 창백한 반면, 여인은 주홍빛이었다. 데아가 밝아 오
는 하얀 동쪽 하늘alba이라면, 여인은 해뜨기 직전의 불그레
한 하늘aurora이었다. 데아는 아름다웠고 여인은 눈부셨다.
데아는 천진난만함, 순진무구함, 백색, 흰 대리석이었고, 여
인은 주홍빛이었다. 여인은 붉은색을 별로 두려워하지 않는
기색이었다. 그녀에게서 발산되는 광채가 넘쳐 흐르는데, 그
녀는 중앙에 꼼짝도 하지 않고 앉아 있었으며, 그 모습은 어
떤 우상 같은 충만함 그 자체였다.

불결한 군중 한가운데에서, 그녀는 석류석보다도 밝은 광
채를 발산하며 그 백성들을 빛으로 덮어 그림자 속으로 사라
지게 했으며, 그 희미한 얼굴들 하나하나를 이지러뜨렸다.
그녀의 광휘로움이 모든 것을 지워 버렸다.

모든 눈이 그녀에게로 쏠려 있었다.

톰짐잭도 혼잡한 군중 속에 섞여 있었다. 그 역시 다른 사
람들처럼 눈부신 여인의 광채 뒤에 가려 있었다.

여인이 먼저 관객들의 관심을 흡수하더니, 무대와 경쟁을
벌이듯, 「정복된 카오스」의 최초 효과에 해를 끼쳤다.

그녀가 아무리 꿈속의 존재 같았어도, 그녀 가까이에 있었던 사람들에게는, 그녀가 분명 현실 속 존재였다. 그녀는 분명 한 사람의 여인이었다. 아마 지나치게 여인다웠을지도 모른다. 그녀는 체구가 크고 튼튼했으며, 최대한 화려하게 몸을 드러냈다. 그녀는 커다란 진주 귀걸이를 하고 있었는데, 귀걸이에는 잉글랜드의 열쇠라고 하는 괴이한 보석이 섞여 있었다. 그녀의 겉옷은 시암산 모슬린으로 지었는데, 천에는 금실로 수를 놓았다. 엄청난 사치품이었다. 모슬린으로 그렇게 지은 옷의 가격이 6백 에퀴에 달했으니 말이다. 다이아몬드로 만든 커다란 훅 단추 하나가 젖가슴 높이에서 셔츠를 여며 주고 있었는데, 그것이 그 시절의 선정적인 유행이었으며, 셔츠를 짓는 데 사용한 프리슬란트산 천은 어찌나 얇은지, 안도트리슈 왕비가 가지고 있던, 그 천으로 만든 시트는, 접었을 경우, 반지 구멍을 통과할 수 있을 정도였다고 한다. 여인은 일종의 루비 갑옷을 입고 있었는데, 몇몇 루비 덩어리는 둥글게 갈았다. 또한 온갖 보석이 여인의 몸뚱이 구석구석에 달려 있었다. 게다가 먹으로 까맣게 칠한 두 눈썹, 두 팔, 팔꿈치, 어깨, 턱, 콧구멍 아랫부분, 눈꺼풀 바로 윗부분, 손바닥, 손가락 끝, 귓바퀴 등은 톡 쏘는 듯하고 도발적이었다. 그리고 그 모든 것과 아울러, 아름다우려는 집요한 의지도 가지고 있었다. 그녀는 야수적으로 아름다웠다. 한 마리 표범이었으되, 암코양이로 변할 수도 있고, 애무도 할 수 있었다. 그녀의 눈 하나는 푸르고, 다른 하나는 검었다.

그윈플레인 역시 우르수스처럼 그 여인을 유심히 바라보았다.

그린박스는 환상에 가까운 무대였고, 「정복된 카오스」는 극작품이라기보다 하나의 꿈이었으며, 그들은 관객에게 환상처럼 보이는 데 익숙해져 있었다. 그런데 이번에는 그들의 눈에 환상이 되돌아왔고, 객석이 무대 위로 놀라움을 되돌려 보내어, 그들이 당황할 차례가 되었다. 관객에게로 향하던 호리는 힘이, 수면에 부딪힌 납작한 돌처럼 튀어서 그들에게로 돌아왔다.

여인이 그들을 바라보았고, 그들도 그녀를 유심히 바라보았다.

그들로부터 그녀까지의 거리 때문에, 또한 극장의 어슴푸레함이 만들어 내는 반짝이는 어둠 때문에, 그들에게는 세세한 부분이 보이지 않았고, 따라서 그녀가 일종의 환각처럼 여겨졌다. 물론 하나의 여인이었다. 그러나 또한 환상 아니었던가? 그들의 어둠 속으로 들어선 그 빛이 그들을 아연실색케 했다. 미지의 천체 하나가 나타난 것 같았다. 지극한 복을 누리는 이들의 세계에서 온 것 같았다. 광채가 그 얼굴을 더욱 확대시키고 있었다. 그녀는 은하수처럼 어둠 속에서 반짝이고 있었다. 보석들이 별들 같았다. 다이아몬드 혹 단추가 아마 북두칠성 중 하나였을 것이다. 찬연하게 부각된 그녀의 젖가슴은 초자연적인 것 같았다. 별과 같은 여인을 바라보는 순간, 지극한 유열의 경지가 순간적으로 또 차갑게 접근해 오는 것을 느낄 수 있었다. 냉혹할 정도로 태평스러운 얼굴이, 낙원 깊숙한 곳에서, 보잘것없는 그린박스와 가엾은 관객을 굽어보는 것 같았다. 지고의 호기심이 스스로를 만족시키고, 아울러 백성의 호기심에 먹이를 제공하고 있었다. 지극히 높은 곳이, 지극히 낮은 곳에게, 자신을 바라보도록 허락하고 있었다.

우르수스와 그윈플레인, 비너스, 피비, 군중 등 모든 사람이 그 찬연함에 동요되었다. 암흑 속에 잠겨 아무것도 모르는 데아만이 예외였다.

여인의 출현 속에는 환영 같은 것이 있었으되, 환영이라는 말이 일상적으로 연상시키는 것 중 그 얼굴에 나타난 것은 단 하나도 없었다. 그 얼굴은 창백하지도 않았고, 윤곽이 흐릿하거나 둥둥 떠다니지도 않았다. 안개도 없었다. 발그레하고 싱싱하며 건강한 유령이었다. 그렇건만 우르수스와 그윈플레인이 처해 있던 시각적 조건에서는, 환영을 보는 것 같았다. 흔히들 흡혈귀라고 칭하는 기름지고 통통한 환영들이 실제로 존재한다. 일반 사람들에게는 하나의 유령이며, 가난한 사람들에게서 착취한 돈을 매년 3백만 파운드씩 쓰는, 아름다운 왕비도 그러한 건강을 누린다.

여인의 뒤 어둑한 곳에 심부름꾼인 시종, 즉 엘 모소가 보였는데,[3] 어린아이의 기색을 띤 얼굴이 희며 잘생긴 키 작은 남자는, 매우 진지한 표정을 짓고 있었다. 어리되 정중한 시종을 거느리는 것이 그 시절에는 유행이었다. 시종은 붉은색 벨벳으로 지은 의복과 양말과 모자를 착용하고 있었으며, 황금 장식줄을 붙인 빵모자에 티스랭[4]의 깃털 한 묶음을 얹었다. 계급 높은 하인이라는 표시였고, 매우 지체 높은 부인의 시종임을 뜻했다.

시종은 주인의 일부이다. 따라서 여인의 뒤쪽 그늘에 있던 시동이 눈에 띄지 않을 리 없었다. 우리의 기억력이 때로는 우리 자신도 모르는 사이에 기록을 해두는 경우가 있다. 그리하여 그윈플레인은 미처 짐작조차 못했는데, 시종의 동그란 뺨과 진지한 표정, 황금 장식줄 붙인 빵모자, 깃털 묶음 등

3 작가가 어린(소년) 시종이라는 뜻으로 사용한 *mousse*가 프랑스어에서는 〈16세 이하의 소년 견습 선원〉이라는 뜻으로만 사용된다. 반면, 그 단어의 어원인 스페인어 *mozo*는 시종이나 종업원, 하인, 웨이터 등의 의미로 사용된다. 엄밀히 말해 *mousse*가 잘못 사용된 것인데, *mozo*로 수정, 부연했다.

4 아프리카 적도 지역에 사는 연작류(燕雀類) 새로, 종려나무 잎을 천 짜듯 엮어 둥지를 튼다고 한다. *tisserin*(← *tisser*. 천을 짜다)이라는 명칭은 그러한 특성에서 유래한다.

이 그의 뇌리에 흔적을 남겼다. 물론 시종은 시선을 끌려는 동작을 전혀 하지 않았다. 자기가 사람들의 시선을 끈다는 것은 물론 상전에 대한 결례이다. 그는 칸막이 좌석 안쪽 가장 멀리에서, 즉 닫힌 문이 허락하는 한 멀리 물러나서, 수동적인 자세로 서 있었다.

비록 시종이 그곳에 있었다 하더라도, 여인은 칸막이 좌석에서 홀로였다. 심부름꾼은 셈에 들지 않기 때문이다.

극중 인물 못지않게 효과를 발휘한 그 여인으로 인해, 새로운 관심이 강력하게 야기되었지만, 「정복된 카오스」의 대단원이 여전히 더 강력했다. 항상 그러했듯이, 그것이 남긴 인상 앞에서 아무도 버티지 못했다. 때로는 관객이 공연을 강화시켜 주는 법, 찬연한 구경꾼 여인으로 인해, 극장 안에 아마 전류가 증폭되었을지도 모른다. 그윈플레인에게서 발단된 웃음의 감염 현상은 그 어느 때보다도 성공적이었다. 모든 사람이 폭소를 터뜨리며 형언할 수 없는 간질에 걸려 까무러칠 지경이었는데, 그 속에서 큰 소리로 또 거만하게 웃는, 톰짐잭의 이빨 드러낸 웃음소리도 들려왔다.

조각상처럼 꼼짝도 하지 않고 유령의 눈으로 공연을 관람하던 미지의 여인만이 웃지 않았다.

유령이었다. 그러나 빛나는 유령이었다.

공연이 끝나 판자가 다시 들어 올려지고, 그린박스 속의 단란함을 되찾았을 때, 우르수스는 입장료 주머니를 식탁 위에다 비웠다. 동전들이 뒤죽박죽 수북한데, 그 속에서 문득 스페인 금화 1온사가 반짝 빛을 발했다.

「그녀야!」 우르수스가 소리쳤다.

녹청(綠靑)으로 덮인 동전 속에 있는 1온사 금화는 곧 백성들 사이에 있던 그 여인이었다.

「그녀는 좌석 값으로 금화 1온사를 지불했어!」 우르수스가 열광해 다시 소리쳤다.

그 순간 여인숙 주인이 그린박스 안으로 들어섰다. 그러더니 뒤쪽 창문을 통해 팔을 뻗어, 그린박스가 등지고 있는 벽에 뚫린 구멍창을 열었다. 이미 말한 바처럼, 그 구멍창을 통해 광장을 내다볼 수 있었다. 그러고는 우르수스에게 말없이 손짓을 하며 밖을 좀 보라고 했다. 횃불 든 시종들을 깃털 장식인 양 전후에 태운, 마구가 화려한 사륜 포장마차 한 대가, 빠른 속도로 멀어져 가고 있었다.

우르수스는 엄지와 인지로 금화를 공손하게 들어 나이슬리스에게 보이며 말했다.

「여신이야.」

그리고 마침 광장의 모퉁이로 돌아서려는 사륜마차를 다시 바라보았는데, 마차의 지붕에 있는 왕관의 꽃무늬 가지가 여덟인 것을 시종들의 횃불 덕분에 알게 되었다.

그가 다시 소리쳤다.

「그 이상이야. 여공작이야.」

사륜마차가 사라졌다. 마차의 바퀴 소리도 차츰 희미해져 갔다.

우르수스는 성체현시대(聖體顯視臺)로 변한 두 손으로, 성체를 높이 쳐들듯 금화를 받들어 높이 쳐들면서, 잠시 황홀경에 잠기는 듯했다.

그런 다음 금화를 탁자 위에 내려놓고, 여전히 그것을 응시하면서, 그 〈귀부인〉에 대해 이야기하기 시작했다. 여인숙 주인이 그의 말에 대꾸를 해주었다. 그녀는 여공작이었다. 그래. 작위는 알 수 있었다. 하지만 이름은? 그것은 알 길이 없었다. 나이슬리스는 온통 가문(家紋)으로 장식한 사륜마차와, 황금 줄로 치장한 시종들을 가까이에서 보았다고 했다. 마부가 쓴 가발을 보면 그가 재상 같았다고 했다. 사륜마차는 스페인에서 코체툼본[5]이라고 부르는 흔치 않은 마차의 형태였는데, 무덤의 뚜껑과 같은 화려한 마차의 일종이라고 했다. 그것이 왕관을 받쳐 주는 멋진 지지대라고 했다. 시종은 추리고 또 추린 귀여운 남자 아이였는데, 그는 사륜마차의 출입문 바깥쪽 받침대에 앉을 수 있었다고 했다. 그 잘생긴 소년들을 시켜 귀부인들의 긴 옷자락을 쳐들게 할 뿐만 아니라, 그들로 하여금 서찰도 전하게 한다고 했다. 그리고 두 사람은, 시종의 모자에 있던 티스랭의 깃털 묶음을 보았느냐고 서로에게 물었다. 그것은 굉장한 것이라고 했다. 자격 없는 자가 그 깃털을 달고 다니면, 벌금형에 처해진다는 것이다. 나이슬리스는 그 귀부인도 가까이에서 보았다고 했다. 왕비나 다름없다고 했다. 부유함이 아름다움을 가져다준다고 했다. 부유하기 때문에 피부는 더욱 희고, 눈은 더욱 오만하고, 걸음걸이는 더욱 고상하며, 우아함은 더욱 방자하다고 했다. 일하지 않는 두 손의 건방진 멋에 비할 만한 것은 없다고 했다. 나이슬리스는, 푸른 혈관이 선명히 보이는 하얀 살과, 목, 어깨, 팔, 온몸에 바른 분, 귀걸이에 매달린 진주, 황금 가루 뿌린 머리, 풍성한 보석들, 루비, 다이아몬드 등 그 모든 화려함에 대해 상세하게 이야기했다.

「보석도 그녀의 눈보다는 덜 반짝거리더군.」 우르수스가 중얼거렸다.

그윈플레인은 아무 말도 하지 않았다.

데아는 유심히 듣고만 있었다.

「그런데 더욱 놀랄 만한 일이 있었음을 아시오?」 여인숙 주인이 말했다.

「무엇 말씀이오?」 우르수스가 물었다.

「그녀가 사륜마차에 오르는 것을 보았소.」

5 지붕이 장방형 상자 모양인 마차.

「그래서?」

「그녀 홀로 오르지 않았소.」

「쳇! 실없는 소리!」

「어떤 사람이 그녀와 함께 탔소.」

「누가?」

「맞춰 보시오.」

「왕이겠지.」 우르수스가 대꾸했다.

「우선, 지금은 이 나라에 왕이 없소. 우리는 왕의 통치하에 살고 있지 않소.[6] 여공작과 누가 함께 마차에 올랐는지 맞춰 보시오.」

「유피테르.」 우르수스의 답변이었다.

그러자 여인숙 주인이 말했다.

「톰짐잭.」

한마디도 하지 않고 있던 그윈플레인이 침묵을 깨뜨렸다.

「톰짐잭이라고요!」

잠시 놀라움의 여운이 지속되었고, 그동안 데아의 나지막한 목소리가 들려왔다.

「그 여인이 이곳에 오지 못하도록 할 수 없을까요?」

8. 중독 증세

〈유령〉은 다시 나타나지 않았다.

그녀가 극장에는 다시 나타나지 않았지만 그윈플레인의 뇌리에는 다시 나타났다.

그윈플레인은 꽤 동요되어 있었다.

6 남성 국왕이 아니라 여왕의 통치하에 있다는 말이다.

528

그는 생전 처음으로 한 여인을 본 것 같았다.

그는 즉시 반쯤 전락해 기괴한 몽상에 휩싸였다. 엄습해 오는 몽상을 경계해야 한다. 몽상은 냄새와 같은 신비와 미묘함을 가지고 있다. 몽상과 사념의 관계는 향기와 월하향(月下香)[1]의 관계와 같다. 몽상은 때로는 독 있는 사념의 팽창 같으며, 연기처럼 침투하는 속성을 가지고 있다. 향기 짙은 꽃에 중독될 수 있듯이 몽상에도 중독될 수 있다. 황홀하고 감미로우며 동시에 음산한 자살이다.

영혼의 자살이란 그릇되게 사유하는 것을 가리킨다. 그것이 바로 중독이다. 몽상은 우리를 유혹하고, 감언이설로 속이고 현혹해 휘감은 다음, 공모자로 만든다. 몽상은 자기가 양심에게 저지르는 속임수에 우리를 반쯤 끌어들인다. 그렇게 우리의 넋을 빼앗은 다음 우리를 부패시킨다. 사람들이 도박에 대해 하는 말을 몽상에도 적용할 수 있을 것이다. 처음 속아 넘어가는 것으로 시작하지만, 결국에는 야바위꾼으로 변한다.

그윈플레인은 몽상에 잠기기 시작했다.

그는 일찍이 진정한 여인을 본 적이 없었다.

하층민 여자들에게서는 오직 그 그림자만을 보았을 뿐이고, 데아에게서는 그 영혼만을 보았다.

그러다가 이제 그 실체를 본 것이다.

그 밑으로 열정적인 피가 흐르는 것이 느껴지는 따스하고 생동감 넘치는 피부, 대리석상의 정밀함과 물결의 파동을 갖춘 몸매, 매력에다 거부 의지를 섞어 찬연함으로 집약시킨 거만하고 잔혹한 얼굴, 거대한 화재의 반사광으로 물들인 듯한 머리카락, 관능의 전율을 간직하고 또 발산하는 선정적인

---

1 향기가 짙은 수선화과 식물이며, 향수의 원료로 사용된다.

치장, 군중에게 멀찌감치서 소유당하고 싶은 거만한 욕구를 누설하는 약간의 노출, 유혹의 의지가 담긴 난공불락의 교태, 불가해한 매력, 언뜻 예감되는 파멸로 조미한 유혹, 육체에 던져 오는 약속과 정신에 가해 오는 위협, 이중의 불안, 하나는 욕망이고 다른 하나는 두려움. 그가 그 모든 것을 본 것이다. 즉, 한 여인을 본 것이다.

그는 한 여인 이상을 그리고 이하를 동시에 본 것이다. 즉, 하나의 암컷을 본 것이다.

동시에 올림포스의 여신 하나를 본 것이다.

암컷 신(神) 하나를 본 것이다.

성(性)이라는 신비가 이제 그에게 모습을 드러낸 것이다.

그런데 어디에서? 도달할 수 없는 곳에서였다.

무한히 먼 곳에서였다.

운명의 조롱이었다. 영혼이라는 천상의 것을 그는 손에 쥐고 있었는데, 그것은 데아였다. 그런데 성이라는 이 지상의 것을 그는 가장 깊숙한 하늘에서 발견했고, 그것은 곧 그 여인이었다.

하나의 여공작이었다.

우르수스가 말했듯이, 여신 이상이었다.

얼마나 깎아지른 듯한 급경사인가!

몽상조차도 그러한 절벽은 오를 엄두를 내지 못할 것이다.

그가 미지의 여인에 대한 몽상에 빠져드는 미친 짓을 감행할까? 그는 몸부림치고 있었다.

그는, 거의 왕들처럼 살아가는 고귀한 사람들에 대해, 우르수스가 들려준 이야기들을 뇌리에 떠올려 보았다. 아무짝에도 쓸모없어 보이던, 철학자의 횡설수설이, 문득 명상의 이정표처럼 보이기 시작했다. 우리의 기억에서 망각의 층은 대개 매우 얇다. 그 층이 계기를 만나면, 자기가 덮고 있던 것을 문득 송두리째 드러내 보여 준다. 그는 귀족 사회라는 존엄한 세계를 뇌리에 그려 보았다. 그 여인은 그 세계에 속하고, 그 세계는 백성이라는 최하층 세계를 냉혹하게 짓누르고 있는데, 그는 최하층 세계에 속해 있었다. 게다가 그가 정말 백성의 계층에나 속하는가? 짓눌려 있는 계층 밑에 다시 짓눌려 있는 익살광대에 불과하지 않은가? 그는 생각할 수 있는 나이에 도달한 이후 처음으로, 자신의 미천함이, 즉 자신의 미천한 신분이, 가슴 미어지듯 통탄스러움을 느꼈다. 우르수스가 묘사하고 나열하던 것들, 그의 서정적인 목록, 성과 공원과 분수와 기둥에 바친 그의 찬가, 그가 전시하듯 늘어놓던 부와 권력들, 그 모든 것이 그윈플레인의 뇌리에 되살아나면서 구름 속 현실을 부각시켰다. 이제 그 천정점(天頂點)이 그에게는 강박 관념으로 변했다. 하나의 인간이 귀족일 수 있다는 것이 그에게는 가공의 세계처럼 보였다. 하지만 그러한 세계가 분명히 있었다. 믿을 수 없는 일이었다! 귀족은 분명히 있었다! 하지만 그들도 우리처럼 살과 뼈를 가진 존재일까? 확신할 수 없는 일이었다. 그는 자신이 온통 장벽으로 둘러싸인 어둠의 밑바닥에 있음을 느꼈고, 머리 위 까마득히 먼 곳에 있는, 올림포스라고 하는 창공과 숱한 얼굴들과 광선들의 눈부신 혼합물을, 자신이 처해 있는 우물 밑바닥에서 우물 입구를 통해 바라보고 있었다. 그 영광의 한가운데에서 여공작이 찬연한 빛을 발산하고 있었다.

그는 그 여인에 대해 기이하고 복잡하며 가당치 않은 욕구 비슷한 것을 느끼고 있었다.

그리하여 그의 뇌리에서는 서로 상반되는 두 의지의 괴로운 각축이 끊임없이 일어나고 있었으니, 그의 곁에, 손이 닿는 곳에, 밀접하고 촉지할 수 있는 곳에 있는 영혼을 보면서, 잡을 수 없는 이상 세계의 깊숙한 곳에 있는 살[肉]을 보려고 했기 때문이다.

그러한 생각 중 어느 것도 그의 뇌리에 명확한 상태로 떠오르지 않았다. 그가 자신 속에 가지고 있던 것은 안개였다. 그것은 매순간 모양이 바뀌면서 부유했다. 하지만 더욱 어두워지기만 했다.

게다가 접근 가능한 어떤 생각도 그의 뇌리에 단 한순간이나마 떠오르지 않았다. 심지어 몽상 중에도, 여공작을 향해 올라가려는 시도는 하지 않았다. 다행스러운 일이었다.

그러한 사다리에 한 번 발을 올려놓으면, 그 진동이 평생 뇌리에 남을 수 있다. 올림포스로 올라간다고 믿지만, 실제 도달하는 곳은 베들램 정신병원이다. 그의 내면에 그러한 욕심이 선명한 형태를 잡았다면, 그는 엄청난 두려움에 사로잡혔을 것이다. 그는 그와 유사한 것을 전혀 느끼지 못했다.

또한 그 여인을 다시 볼 기회가 있을까? 아마 영영 없을 것이다. 지평선을 스쳐 지나가는 한줄기 빛에 반하다니, 어떠한 발광 증세도 그 지경까지는 이르지 않는다. 어떤 별에 다정한 눈길을 보낸다는 것은, 엄밀히 말해, 이해할 수 있는 일이다. 그 별을 다시 볼 수 있고, 그것이 다시 나타나며, 그 자리가 정해져 있으니 말이다. 하지만 한줄기 번개를 연모할 수 있겠는가?

그의 내면에서는 꿈의 왕복 운동이 일어나고 있었다. 칸막이 좌석에 앉아 있던 엄숙하면서 동시에 요염한 우상이, 그의 혼란스러운 사념 속에서 반짝이며 희미해지다가는 자취를 감추었다. 그는 그녀를 생각하다 멈추고 다른 일에 몰두하다가, 다시 그 생각으로 돌아갔다. 요람 위에 있는 듯 끊임없이 흔들릴 뿐, 그것이 전부였다.

그 일로 인해 여러 날 밤잠을 이루지 못했다. 불면 상태 또한 수면 상태처럼 꿈으로 가득 찰 수 있다.

뇌리에서 이루어지는 알쏭달쏭한 변화를 정확히 한계 지어 표현하기란 거의 불가능하다. 단어의 불편한 점은, 그것이 사념보다 더 많은 틀을 가지고 있다는 것이다. 모든 사념은 그 접경이 서로 뒤섞여 있다. 그러나 단어는 그렇지 않다. 영혼의 흩어진 어떤 측면은 항상 단어의 틀을 벗어난다. 표현에는 경계선이 있지만, 사상에는 경계선이 없다.

우리 내면의 어두운 광막함이 어찌나 심한지, 그윈플레인의 내면에서 일어나는 일이, 그의 사념 속에서, 데아에게 겨우 가닿을 정도였다. 데아는 그의 정신 한가운데에 있었고, 신성한 존재였다. 아무것도 그녀에게 접근할 수 없었다.

하지만 그러한 모순이 곧 인간의 영혼이며, 그의 내면에는 갈등이 일어나고 있었다. 그가 그러한 갈등을 의식하고 있었을까? 기껏해야 그랬을 것이다.

그는 내면 깊숙한 곳, 누구나 가지고 있는 균열되기 쉬운 부분에, 희미한 욕망의 충격을 받았다. 우르수스라면 그것이 무슨 현상인지 명료하게 파악했으련만, 그윈플레인은 그저 본능적으로 느낄 뿐이었다.

두 본능이, 즉 이상과 성(性)이 그의 내면에서 싸움을 벌이고 있었다. 그러한 싸움은 심연 위에 놓은 다리 위에서 흰 천사와 검은 천사가 벌이기도 한다.[2]

결국 검은 천사가 절벽 아래로 처박혔다.

어느 날 문득, 그윈플레인은 미지의 여인에 대해 더 이상 생각하지 않게 되었다.

두 근원 간의 싸움이, 즉 지상 세계와 천상 세계의 싸움이, 그의 가장 유현(幽玄)한 경개(景槪) 속으로, 그리고 가장 깊숙한 곳으로 자리를 옮겼기 때문에, 그는 그 싸움을 희미하

2 볼테르의 단편 「백과 흑」을 연상시키는 구절이다.

533

게 겨우 감지할 수 있을 뿐이었다.

분명한 것은, 그가 단 한순간도, 데아 사랑하기를 멈추지 않았다는 사실이다.

그의 내면 아주 깊숙한 곳에, 무질서가 야기되었고, 그의 피가 열병에 걸린 듯도 했으나, 그 모든 현상이 멈추었다. 그리고 오직 데아만이 남았다.

그리하여 혹시 누가 그윈플레인에게 말하기를, 데아가 한 때 위험에 처할 수도 있었다고 했다면, 그는 몹시 놀랐을 것이다.

그 두 영혼을 위협하는 듯하던 환영은 한두 주 만에 자취를 감추었다.

이제 그윈플레인의 내면에는 따스한 심정과, 가정, 사랑, 불꽃밖에 없었다.

게다가 이미 말했듯이 〈여공작〉도 다시 나타나지 않았다.

우르수스는 지극히 당연한 일이라 했다. 〈금화의 여인〉은 하나의 이적(異蹟)이라는 것이다. 극장에 들어와 입장료를 지불하고는 안개처럼 사라졌다는 것이다. 그러한 일이 다시 일어날 가능성은 희박하다고 했다.

데아는 그렇게 지나간 여인에 대해 입도 벙긋하지 않았다. 다른 사람들이 하는 말은 아마 유심히 들었을 것이고, 특히 우르수스가 짓는 한숨 소리와, 그가 가끔 〈금화는 날마다 생기는 것이 아니야!〉라고 의미심장하게 탄식하는 소리를 듣고, 모든 것을 충분히 짐작했을 것이다. 그녀는 결코 〈그 여인〉을 입에 담지 않았다. 그것이 바로 심오한 본능이다. 그러한 경우, 영혼은 경계 태세를 취하는데, 그처럼 경계하는 내밀한 경지에서는, 영혼이 항상 같은 모습을 유지하지 않는다. 누구에 대해 함구하는 것, 그것은 그를 멀리 축출함을 뜻하는 듯하다. 누구의 근황을 알려고 하는 것은 그를 부르는 것과 같다. 침묵을 내세우는 것은 문을 닫아 버리는 것과 다름없다.

사건은 그렇게 잊혔다.

아니 그것이 무슨 일이기나 했던가? 그것이 존재하기나 했나? 그림자 하나가 그윈플레인과 데아 사이에서 어른거렸다고나 할 수 있을까? 데아는 그 사실을 몰랐고, 그윈플레인 또한 더 이상 모르게 되었다. 아니다. 아무 일도 없었다. 여공작도 멀리에서 하나의 환상처럼 지워졌다. 그윈플레인이 통과한 한순간의 꿈에 지나지 않았고, 그는 이제 꿈에서 벗어나 있었다. 안개가 걷힌 후와 마찬가지로, 몽상이 걷힌 다음에는 흔적이 남지 않는다. 구름이 지나간 다음에도 하늘의 태양빛이 약해지지 않듯, 사랑도 줄어들지 않았다.

9. 아비수스 아비숨 보카트[1]

다른 인물 하나도 사라졌으니, 그 사람은 톰짐잭이었다. 그는 문득 태드캐스터 여인숙에 오기를 멈추었다.

런던에 사는 지체 높은 나리들의 우아한 일상생활을 두 측면에서 볼 수 있는 위치에 있던 사람들은, 그 무렵, 주간지에서, 각 교구의 간추린 소식란 사이에서, 다음과 같은 기사를 읽을 수 있었을 것이다.

데이비드 더리모이어 경, 국왕 폐하의 명령에 따라, 네덜란드 연안을 순양 중인 백색 함대 소속인 프리게이트 함을 지휘하기 위해 떠나다.

1 *Abyssus abyssum vocat*(심연이 심연을 부르다). 「시편」 42:7.

우르수스는 톰짐잭이 더 이상 오지 않는 사실을 간파했고, 그것이 몹시 궁금했다. 금화를 남긴 귀부인과 함께 마차를 타고 떠난 날 이후, 톰짐잭이 다시는 모습을 보이지 않았다. 여공작을 팔 한 번 내밀어 납치하는 톰짐잭은 분명 우르수스에게는 수수께끼가 아닐 수 없었다! 얼마나 재미있는 조삿거리인가! 그에게 던질 질문은 얼마나 많은가! 할 말은 또한 얼마나 많은가! 그리하여 우르수스는 다른 사람들 앞에서 그에 대해서는 아무 말도 하지 않았다.

산전수전 다 겪은 우르수스는, 무모한 호기심이 어떤 고통을 가져다주는지 잘 알고 있었다. 호기심이란 항상, 그 호기심을 품은 사람에 어울려야 한다. 함부로 귀를 기울이면 귀가 위험에 처하고, 함부로 살피면 눈이 위험에 처한다. 아무것도 듣지 못하고 아무것도 보지 못하는 것이 신중하다. 톰짐잭은 왕족의 마차에 올랐고, 여인숙 주인이 그것을 목격했다. 귀부인의 옆에 앉던 선원의 모습에서 기적과 같은 측면이 있었고, 따라서 우르수스는 경계심을 늦추지 않았다. 저 높은 곳에 있는 사람들의 변덕을, 미천한 사람들은 그저 신성한 것으로 여겨야 한다. 불쌍한 사람들로 일컬어지는 모든 파충류는, 특이한 일이 눈에 띄더라도, 각자 자기의 구멍 속에 납작 엎드려 있는 것이 최선이다. 입을 다물고 있는 것도 하나의 힘이다. 소경이라는 행운을 누리지 못하면 눈을 감으라. 귀머거리라는 요행을 얻지 못했으면 귀를 막으라. 벙어리라는 완벽함에 이르지 못했으면, 혀를 마비시켜라. 세력 있는 이들은 자신들이 원하는 대로 하고, 미미한 이들은 할 수 있는 것을 한다. 모르는 것은 그대로 내버려 두자. 신화에게 폐를 끼치지 말자. 눈에 보이는 외양을 성가시게 하지 말자. 환영들에 대해 깊은 존경을 표하자. 저 높은 곳에서, 우리가 모르는 이유로 이루어지는, 작아지기도 하고 뚱뚱해지기도 하

536

는 현상에 대해, 이러쿵저러쿵 하지 말자. 그것들은 대개의 경우, 우리 연약한 존재들에게 일어나는 착시(錯視) 현상일 뿐이다. 변신은 신들의 일이다. 우리 위에서 둥둥 떠다니는 잠재적 위인들의 변형과 풍화 작용은, 이해하기 불가능하며 또 이해하려 할 경우 위험이 뒤따르는 구름이다. 지나친 관심은, 엉뚱한 짓을 하며 즐기는 올림포스 신들을 참을 수 없게 만들며, 우리는 천둥소리를 듣고서야, 우리가 지나친 호기심을 가지고 살피던 황소가 유피테르임을 알아챈다.[2] 무시무시한 세력가들의 성벽 색깔을 띤 외투 자락을 들추지 말자. 무관심이 곧 명석함이다. 움직이지 마라. 그것이 건강에 좋다. 죽은 척하라. 그대를 죽이지 않을 것이다. 그것이 벌레들의 지혜이다. 우르수스는 그러한 지혜를 실천하고 있었다.

여인숙 주인 역시 궁금한 듯, 어느 날 우르수스에게 물었다.

「톰짐잭이 더 이상 보이지 않는 걸 알고 계시오?」

「아, 그래요. 나는 미처 깨닫지 못했는데.」 우르수스의 대꾸였다.

나이슬리스는 음성을 낮춰 비난조의 지적을 했다. 왕족의 사륜마차가 톰짐잭을 가까이 했다는 사실을 지적한 것이다. 불손하고 위험한 지적임에 틀림없는지라, 우르수스는 아예 귀를 기울이지 않았다.

우르수스는 그러나 예술가였던지라 톰짐잭을 아쉬워했다. 얼마간의 실망감도 느꼈다. 그는 자신의 감정을 호모에게만 털어놓았는데, 속내 이야기를 할 수 있는 유일한 대상이었으며, 그 조심성을 확신했기 때문이다. 그는 늑대의 귀에다 대고 아주 나지막하게 말했다.

---

2 제우스가 에우로페의 미모에 반해, 황소로 변신한 다음, 그녀를 (시돈의 해안에서) 크레타 섬으로 납치해 욕정을 채웠다는 전설을 염두에 둔 언급이다.

「톰짐잭이 더 이상 오지 않게 된 이후부터, 인간인 나는 공허를 느끼고, 시인인 나는 추위를 느낀다.」

벗의 가슴속에 그렇게 쏟아 놓고 나니 우르수스의 마음이 한결 가벼워졌다.

그윈플레인 쪽으로는 아예 담벼락을 쌓았고, 그윈플레인 또한 톰짐잭에 대해서는 아무 암시조차 하지 않았다.

사실 데아에게 골몰해 있던 그윈플레인에게는 톰짐잭이 별로 중요하지 않았다.

그윈플레인의 내면에서는 망각이 점점 더 깊어지고 있었다. 특히 데아는, 모호한 동요가 있었다는 사실조차 짐작하지 못했다. 또한 그 무렵에는, 웃는 남자에 대한 음모나 비난이 있다는 말도 들려오지 않았다. 증오가 그들을 놓아 준 것 같았다. 그린박스 안에서도, 그 주위에서도, 모든 것이 조용해졌다. 허세 부리는 짓도, 허세꾼들도, 사제들도 더 이상 없었다. 외부로부터의 으르렁거림도 없었다. 성공을 거두고 있었지만 아무 위협도 없었다. 그들의 운명은 문득 평온을 찾았다. 그윈플레인과 데아의 찬연한 유열에는 단 한 점의 그늘도 없었다. 유열은 조금씩 증대되어, 더 이상 증가할 수 없는 수준까지 이르렀다. 그러한 상황을 가리키는 단어 하나가 있으니, 그것은 절정(絶頂)이라는 단어이다. 행복도 바다처럼 만조(滿潮)에 이르고야 만다. 완벽하게 행복한 사람들에게 근심스러운 것은, 조수가 다시 빠진다는 사실이다.

아무도 범접할 수 없게 하는 방법에는 두 가지가 있다. 극도로 높거나 극도로 낮은 곳에 처하는 것이다. 처음 것 못지않게 두 번째 것도 바람직하다. 독수리가 화살을 피할 수 있는 것에 못지않게, 적충(滴蟲)도 분쇄되는 것에서 안전하게 피할 수 있다. 그렇게 미미함으로 인해 누리는 안전, 이미 앞에서 말했듯이, 그러한 안전을 확보한 이들이 혹시 이 세상에 있다면, 그들은 바로 그윈플레인과 데아라는 두 존재였다. 하지만 그들의 안전도 결코 완벽하지는 않았다. 그들은 점점 더 서로에게 의존하며 살았고, 서로의 안에서 황홀경에 사로잡혔다. 심장은 자신을 보존시켜 주는 신성한 소금[3]을 흡수하듯, 사랑을 흡수해 자신을 가득 채운다. 인생의 여명기부터 서로 사랑해 온 사람들의 변질될 수 없는 애착과, 노년까지 연장된 사랑의 풋풋함은, 바로 그러한 현상에서 비롯된다. 사랑을 보존시켜 주는 방부제도 존재한다. 필레모와 바우키스는 다프니스와 클로에로 만들어졌다.[4] 여명과 저녁 나절이 서로 닮은 그러한 노년이, 그윈플레인과 데아에게 예비되어 있었다. 물론 그들은 아직 젊었다.

우르수스는 그 사랑을 의사가 임상 실험하듯 유심히 관찰했다. 게다가 그는 당시 사람들이 〈히포크라테스의 시선〉이라고 칭하던 것을 가지고 있었다. 그는 여리고 창백한 데아를 예리한 눈으로 살피다가, 홀로 중얼거리곤 했다. 「행복해하니 다행이군!」 어떤 때는 이렇게 말하기도 했다. 「건강 덕분에 행복하군.」

그는 못마땅하다는 듯 머리를 설레설레 흔들다가는, 가끔 보피스쿠스 포르투나투스가 번역하고, 루뱅에서 1650년에 출판된 아비센나[5]의 책을 펴 들고, 〈심장 장애〉 편을 세심하

3 방부제로 사용되던 소금을 가리키는 듯하다.

4 다프니스와 클로에는 어린 시절부터 함께 자란지라, 그들의 사랑 또한 영영 변질될 수 없다는 말이다. 필레모(Philemo, 필레몬은 그리스식 명칭이다)와 바우키스는 프리기아에 살던 노부부였는데, 가난 속에서도 고령에 이르기까지 서로 지극히 사랑하던 그들을, 유피테르가 나란히 선 두 그루 나무로 변신시켜 주었다고 한다(오비디우스, 『변신 이야기』 8장).

5 아비센나는 라틴식 이름으로 페르시아의 의사이자 철학자이고 신비론자인데, 본명은 이븐 시나Ibn Sinā이다. 그가 지은 『의학 대전』이, 오랜 세월 동안 중동 및 유럽에서 의학 연구의 기초가 되었다.

게 읽곤 했다.

데아는 쉽게 지치고, 식은땀을 흘리며 반수 상태에 자주 빠져드는지라, 이미 이야기한 바대로, 낮잠을 자곤 했다. 언젠가는 데아가 그렇게 곰 모피 위에 누워서 잠이 들었고, 마침 그윈플레인이 자리를 비운지라, 우르수스는 조용히 상체를 숙여 그녀의 가슴에, 즉 심상이 있는 쪽에 귀를 가져다 댔다. 한동안 유심히 듣던 그가 다시 상체를 일으키며 중얼거렸다.「어떠한 충격도 주어서는 안 되겠군. 균열이 급속도로 커지겠어.」

군중은 계속해서「정복된 카오스」공연을 보기 위해 몰려들었다. 웃는 남자의 성공은 영영 고갈되지 않을 기세였다. 모두들 몰려왔다. 서더크뿐만 아니라 이미 런던 전 지역에서 몰려드는 양상을 보이기 시작했다. 관객의 층도 다양해지는 듯했다. 이제는 선원이나 마부에 한정되어 있지 않았다. 어중이떠중이들의 본색을 잘 알아본다는 나이슬리스의 견해에 따르면, 하층민들 속에, 평민으로 변장한 귀족들도 섞여 있다고 했다. 변장은 오만함이 누리는 행복 중 하나, 당시에는 그것이 크게 유행했다. 귀족이 평민 속에 섞여서 온다는 것은 좋은 징조였다. 성공이 런던 전 지역으로 퍼져 나가고 있음을 뜻했다. 그윈플레인의 영광이 대중 속으로 확고하게 첫발을 들여놓고 있는 것 같았다. 아니 그것은 사실이었다. 런던에서는 웃는 남자 이야기뿐이었다. 귀족들만이 우글거리는 모호크 클럽에서까지 그 이야기를 했다.

그린박스 속에서는 그러한 사실을 짐작조차 하지 못했다. 행복한 것으로 만족했다. 데아를 도취경으로 몰아넣는 것은, 매일 저녁, 그윈플레인의 곱슬거리는 황갈색 머리에 자신의 손을 얹는 동작이었다. 사랑에 있어서는 습관만 한 것이 없다. 모든 생명이 그것에 집중된다. 별들이 다시 나타나는 것 또한 우주의 습관이다. 창조라는 것 역시 사랑하는 여인에 불과하며, 태양은 그녀의 연인이다.

빛이란 이 세상을 떠받치고 있는 눈부신 카리아티데스[6]이다. 날마다, 장엄한 한순간 동안, 어둠으로 뒤덮인 대지가 떠오르는 태양에 자신의 몸을 기댄다. 마찬가지로 앞을 못 보는 데아 역시, 그윈플레인의 머리 위에 자신의 손을 얹는 순간, 열기와 희망이 돌아옴을 느끼곤 했다.

서로 열렬히 사랑하는 두 암흑이되, 충만한 적막 속에서 서로 사랑할 수 있다면, 그렇게 영겁의 세월이라도 보낼 수 있을 것이다.

어느 날 저녁, 향기로 인한 도취 상태처럼 일종의 신성한 불편함을 야기하는, 벅찬 유열을 느낀 그윈플레인은, 평소 공연을 마친 후 그랬듯이, 그린박스에서 몇백 보 되는 곳까지 풀밭 위를 거닐었다. 팽창해 가슴이 터질 듯하면, 그 잉여분을 토해 내고 싶은 때가 있는 법이다. 밤은 칠흑 같았으나 또한 투명했다. 별들이 반짝이고 있었다. 장터에는 인적이 끊겼고, 타린조필드 근처에 흩어져 있는 가건물들 속에는 깊은 잠과 망각만이 있을 뿐이었다.

오직 한줄기 불빛만이 꺼지지 않고 있었다. 태드캐스터 여인숙의 등불이었다. 문을 살짝 열어 놓고 그윈플레인이 돌아오기를 기다리는 것이었다.

조금 전, 서더크의 다섯 교구에서, 각 종각마다 제각기 다른 음색으로, 또 간헐적으로, 자정을 알리는 종소리가 들려왔다.

그윈플레인은 데아에 대한 생각에 잠겨 있었다. 그가 무엇을 생각하고 있었을까? 그런데 그날 저녁에는, 기이하게 혼

6 고대 그리스 건축물에서, 벽의 상단부 돌출부를 떠받치고 있는, 여인상을 조각한 돌기둥을 가리킨다.

란스러워지고, 고통 섞인 매력이 그를 가득 채운 상태에서, 한 남자가 한 여인을 생각하듯, 데아를 생각하고 있었다. 그는 그러한 자신을 나무랐다. 하지만 그 나무람은 더 강렬한 뜻을 담은 곡언법(曲言法)에 불과했다. 그의 내면에서 남편의 희미한 공격이 시작되고 있었다. 달콤하고 항거할 수 없는 조바심이었다. 그는 보이지 않는 경계선을 넘고 있었다. 경계선 이쪽에는 처녀가 있었고, 경계선 너머에는 여인이 있었다. 그는 불안감에 휩싸여 자신에게 거듭 질문을 던졌다. 그는 흔히 내면적 수치심이라는 것을 느끼고 있었다. 초년의 그윈플레인이 무의식중에 신비한 성장으로 인해 조금씩 변모한 것이다. 지난날의 수줍은 소년이 이제 혼란스럽고 불안해진 자신을 느끼고 있었다. 우리에게는 이성의 말을 듣는 빛의 귀가 있고, 본능의 소리를 듣는 어둠의 귀가 있다. 소리를 확대시켜 주는 그 귀를 통해, 미지의 음성이 그에게 많은 제안을 하고 있었다. 사랑을 꿈꾸는 젊은이가 아무리 순결하다 할지라도, 두꺼워진 살이 언제나 그와 그의 꿈 사이로 끼어들기 마련이다. 그러면 모든 의도가 투명성을 상실한다. 자연이 원하는, 고백할 수 없는 것이 의식 속으로 들어선다. 그 윈플레인은 모든 유혹이 집결해 있는 그 질료, 데아에게는 거의 없다시피한 그 질료에 대해, 정체 모를 식욕을 느끼고 있었다. 자신에게 해로워 보이는 열광 속에서, 그는 혹시 위험할지도 모르는 쪽으로 데아를 변형시키고 있었다. 그리고 날개 달린 천사 세라핌을 여인의 형태로 과장해 상상하기도 했다. 우리가 갈망하는 것은, 그대 여인이니라.

지나친 낙원, 사랑은 결국 그것을 원하지 않기에 이른다. 사랑에 필요한 것은 열에 들뜬 피부, 감격하는 생명, 전류가 흐르며 돌이킬 수 없는 입맞춤, 풀려 흘러내린 머리카락, 목표가 있는 힘찬 포옹 등이다. 항성(恒星)은 거북스럽다. 천상

542

의 것은 무겁게 짓누를 뿐이다. 사랑에 천국이 지나치게 들어오는 것은 불에 땔감을 지나치게 쑤셔 넣는 짓과 같다. 그로 인해 불길이 위축된다. 손으로 잡을 수 있고 또 손에 잡힌 데아, 두 사람 속에 창조의 신비를 섞어 주는 현기증 나는 접촉, 그윈플레인은 광란에 휩싸인 채, 그윽한 악몽을 꾸고 있었다. 〈여인이 필요해!〉 그는 자신의 내면에서 울려오는 자연의 고함을 듣고 있었다. 꿈을 꾸는 피그말리온이 천상의 갈라테이아를 주물러 만들 듯,[7] 그는 무모하게도 영혼 깊숙한 곳에서 데아의 정숙한 몸매에 다시 손질을 하고 있었다. 그녀의 몸매가 지나치게 천상적이고 충분히 에덴적이지 못했기 때문이다. 왜냐하면 에덴은 곧 이브이다. 그런데 이브는 암컷이고, 육체적 어머니이고, 대(代)를 이어 주는 신성한 배〔腹部〕이고, 지상의 유모이고, 고갈되지 않는 젖이 샘솟는 젖가슴이고, 새로 태어난 세계를 돌보는 여인이다. 여인의 젖가슴에는 천사의 날개가 어울리지 않는다. 처녀성이라는 것은 엄마가 될 희망일 뿐이다. 그렇건만 그때까지는, 그윈플레인의 환상 속에서, 데아가 항상 육체 아닌 더 높은 그 무엇이었다. 그런데 이제, 길을 잃은 그는, 사념 속에서, 그녀를 육체로 끌어 내리려 애쓰고 있었다. 그는, 어떠한 여자이건 이 지상에 매어 두는 줄, 성이라는 그 줄을 당기고 있었다. 여자라는 새

7 피그말리온은 키프로스의 왕이었는데, 상아로 조각한 여인상에 반해, 아프로디테에게 빌기를, 그 여인상과 닮은 여인 하나를 달라고 했다. 여신이 그 소원을 들어주어, 여인상이 여인으로 변하게 했다고 한다. 한편 갈라테이아에 관한 전설은 두 가지가 있는데, 하나는 시칠리아 인근 바다에 살던 님프에 관한 것이고, 다른 하나는 크레타 섬의 어느 부부 사이에서 태어난 딸로, 아폴론의 모친인, 여신 레토의 도움 덕분에 남자로 변했다는 전설이다. 신화적 은유를 동원하며 작가가 인물들을 혼동한 듯하다. 〈다시 손질을 했다〉는 표현으로 보아, 그리스의 조각가 페이디아스와 관련된 어느 일화가 신화와 뒤섞인 것이 아닌지 모르겠다.

중 단 하나도 그 줄을 끊지 못했다. 데아 역시 다른 모든 여인과 마찬가지로 그 법칙을 벗어나지 못했으며, 그윈플레인은 따라서 그러한 사실을 터놓고 말하지는 못했지만, 막연하게나마, 데아가 그 법칙에 순응해 주기를 원했다. 그는 자신의 뜻과 상관 없이, 또한 지속적으로, 그러한 욕구를 품었다. 그는 지극히 인간적인 데아의 모습을 뇌리에 떠올렸다. 그리하여 일찍이 가져 보지 못하던 사념이 그의 내부에 형성되었다. 황홀감뿐만 아니라 욕정도 느끼게 해주는 여인으로서의 데아, 베개 위에 머리를 얹어 놓고 있는 데아 등이 그것이었다. 그는 그러한 공상적 유린 행위에 수치심을 느꼈다. 그것이 모독적 시도처럼 보이기도 했다. 그 강박 증세에 저항하기도 했다. 그것에서 발길을 돌리다가는 다시 돌아왔다. 순결에 대해 저지르는 위해(危害) 행위 같았다. 데아가 그에게는 구름이었다. 그런데 이제 그가 슈미즈 자락을 쳐들듯, 전율하면서 그 구름을 활짝 열어젖히고 있었다. 때는 4월이었다.[8]

척추에는 그 고유의 꿈들이 있다. 그는 아무렇게나 발길을 옮겨 놓으며, 인적 없는 곳에서 흔히들 그러하듯, 되는 대로 몸이 흔들거리게 내버려 두었다. 주위에 아무도 없으면 횡설수설하기가 용이하다. 그의 생각이 어디로 향하고 있었을까? 그는 그것을 차마 자신에게도 말할 수 없었을 것이다. 하늘로 향하고 있었을까? 아니다. 침대로 향하고 있었다. 별들이여, 그대들은 그를 바라보고 있었지.

사람들은 왜 연인이라는 단어를 사용할까? 사로잡힌 자라고 해야 할 것이다. 마귀에게 사로잡히는 것은 매우 예외적인 일이지만, 여인에게 사로잡히는 것은 거의 규칙이나 마찬가지이다. 어떤 남자이건 그러한 정신 착란을 겪는다. 아름

8 프랑스 문학에서 4월이 흔쾌한 사랑과 번식의 계절로 묘사된 것은 가장 유구한 전통이다.

다운 여인, 그 얼마나 강력한 마녀인가! 사랑의 진정한 이름은 노예 상태이다.

남자는 한 여인의 영혼을 통해 포로가 된다. 그녀의 살을 통해서도 포로가 된다. 때로는 영혼보다 살을 통해 더욱 꼼짝못하는 포로가 된다. 영혼이 정인이라면, 살은 안주인이다.

사람들은 흔히 악마를 비방한다. 하지만 그가 이브를 유혹하지는 않았다. 이브가 그를 유혹했다. 여인이 시작한 일이다.

루시퍼는 태평스러운 세월을 보내고 있었다. 그런데 그가 여인을 보았다. 그리고 사탄이 되었다.[9]

살이란 미지의 것의 표면이다. 참으로 기이한 일이다. 살이 수줍음으로 도발을 자행한다. 그보다 더 큰 혼란을 야기하는 것은 없다. 그 뻔뻔스러운 것이 부끄러워한다.[10]

그 순간에 그윈플레인을 뒤흔들며 그를 붙잡고 있던 것은 표면에 대한 무시무시한 사랑이었다. 나신을 원하는 정말 두려워해야 할 순간이었다. 죄악으로 미끄러져 들어갈 위험이 도사리고 있었다. 베누스의 하얀 피부 속에 얼마나 깊은 암흑이 숨어 있던가!

그윈플레인의 속에 있던 그 무엇이, 데아를, 여인 데아를,

9 루시퍼, 즉 루키페르는 원래 〈빛을 가져오는 자〉 혹은 〈구원을 가져오는 자〉, 나아가 새벽별(금성)을 가리켰다. 또한 「이사야」(16:12)나 「베드로의 두 번째 편지」(1:9)에서도 각각 바빌론의 왕이나 샛별(즉 예수)을 가리켰다. 그러나 중세에 이르러 「이사야」 14장을 근거로, 그 〈새벽 여신의 아들 샛별〉을 사탄과 동일시하게 되었다. 신학의 기이한 비약이다! 왜냐하면, 「이사야」에서는 바빌론의 왕을 사탄의 지위에까지도 올려놓지 않았으며 (16:3~23), 「베드로의 두 번째 편지」에서는 그 〈샛별〉이 구원자(메시아, 그리스도)를 가리키기 때문이다. 한편 사탄 *ha-shatan*은 〈비난꾼〉이라는 뜻이고, 그 말을 그리스어로는 *diabolos*라 하는데, 두 경우 모두 재판정 용어로, 〈악의적인 비난자〉라는 뜻이다.
10 수줍음이란 상대방의 욕정을 더 강하게 자극하려는 간교한 술책이라고 한 사드(『쥘리에트의 이야기, 또는 악덕의 번영』)의 시각과 유사하다.

남자의 반쪽인 데아를, 살이자 불꽃인 데아를, 젖가슴 드러낸 데아를, 소리쳐 부르고 있었다. 그는 천사를 아예 축출하다시피 하고 있었다. 모든 사랑이 예외 없이 겪으며, 이상이 위험에 처하는, 신비한 위기였다. 그것은 창조의 예비 음모이다.

천상의 부패가 이루어지는 순간이다.

데아에게로 향한 그윈플레인의 사랑은 혼인적[11] 사랑으로 변하고 있었다. 순결한 사랑이란 하나의 중간 과정일 뿐이다. 때가 도래한 것이다. 그윈플레인에게는 그러한 여인이 필요하게 되었다.

그에게는 진정한 여인이 필요했다.

초입 사면(斜面)만 보이는 급한 언덕이다.

자연의 모호한 부름은 막무가내이다.

어느 여인이건, 그 얼마나 무서운 심연인가!

다행히 그윈플레인에게는 데아 이외의 다른 여인이 없었다. 그가 원하는 유일한 여인이었다. 그를 원할 수 있는 유일한 여인이었다.

그윈플레인은 정체 모를 막연한 전율을 느꼈다. 무한에서 오는 생명의 항의였다.

거기에 무르익는 봄이 겹쳤다. 그는 까마득한 별들로부터 오는 이름 모를 영기(靈氣)를 들이마시고 있었다. 그는 달콤한 불안에 감싸인 채 발길을 옮겼다. 한창 일에 열중하고 있는 수액의 떠도는 향기, 어둠 속에 둥둥 떠다니는 매혹적인 발산체들, 멀리서 피어나고 있는 야간의 꽃들, 숨겨져 있는 작은 새둥지들 속에서 이루어지는 공모, 물과 나뭇잎들이 바스락거리는 소리, 뭇 사물이 뱉어 내는 한숨 소리, 시원함, 미지근함, 4월과 5월의 신비스러운 깨어남 등 그 모든 것은 광

11 〈혼인적〉 사랑이라는 말이 어색하지만, 혼인적*nuptial*이라는 말의 어원적 의미, 즉 육체적 관계를 부각시킨 작가의 의도를 존중해 그대로 옮긴다.

546

막하게 산재해 있는 성적 충동이며, 그것이 속삭이듯 관능적 쾌락을 살며시 제안한다. 영혼으로 하여금 말을 더듬게 만드는 현기증 나는 도발이다.

혹시 누가, 걷고 있던 그윈플레인을 보았다면, 이렇게 생각했을 것이다. 〈저런! 주정뱅이로군!〉

실제로 그는, 자신의 심정과 봄과 밤의 무게 때문에 비척거리고 있었다.

볼링그린의 적막은 어찌나 평화롭던지, 그는 이따금씩, 큰 소리로 지껄이곤 했다.

자신의 말을 아무도 듣지 못한다고 느낄 때, 말하고 싶은 욕구가 생긴다.

그는 고개를 숙이고, 두 손을 등 쪽으로 돌려, 왼손을 오른손 위에 얹은 다음, 모든 손가락을 활짝 편 채, 천천히 오락가락하고 있었다.

문득, 무기력하게 벌린 그의 손가락들 사이로, 무엇인가가 미끄러져 들어오는 것 같았다.

그가 급히 돌아섰다.

그의 손에 쪽지 하나가 들려 있고, 그의 앞에는 어떤 남자 하나가 서 있었다.

남자가 고양이처럼 조심스럽게 그의 뒤로 다가와서, 손가락 사이에 쪽지를 밀어 넣은 것이다.

쪽지는 편지였다.

희미한 별빛에 비친 남자는, 키가 작고 볼이 통통했으며, 젊고 정중했는데, 붉은색 시종복을 입고 있었다. 시종복은, 당시 카페노체라고 부르던 외투의, 수직으로 열린 자락 사이로 드러나 있었다. 카페노체는 축약형 스페인어인데, 야간용 두건 달린 외투라는 뜻이다. 그는 짙은 주홍색 모자를 쓰고 있었는데, 추기경의 빵모자와 비슷했고, 모자에 장식줄이 있

547

었다면 하인 신분이 완연히 드러났을 것이다. 하지만 그 빵모자에는 티스랭의 깃털 한 묶음이 얹혀 있었다.

그윈플레인 앞에서 그는 꼼짝도 하지 않고 서 있었다. 꿈속에 나타난 모습 같았다.

그윈플레인은 그가 여공작의 시종임을 알아차렸다.

그윈플레인이 하도 놀라 소리를 지르려는데, 시종의 앳되고 여성스러운 가느다란 음성이 들려왔다.

「내일 이 시각에 런던 교 입구로 오십시오. 제가 그곳에서 기다리다가 안내하겠습니다.」

「어디로 안내한다는 말이오?」

「기다리시는 분이 계신 곳으로.」

그윈플레인은 기계적으로 받아 손에 들고 있던 편지를 내려다보았다.

다시 얼굴을 쳐들고 보니, 시종은 그 자리에 없었다.

장터 저쪽에서 빠른 속도로 작아져 가는 희미한 형체 하나만이 보일 뿐이었다. 작은 시종이 돌아가는 중이었다. 그가 길모퉁이를 돌아섰다. 더 이상 아무도 보이지 않았다.

시종이 사라지는 모습을 바라보던 그윈플레인은 다시 편지를 유심히 들여다보았다. 우리가 살아가는 동안, 어떤 일이 닥쳐도 닥치지 않은 것 같은 순간이 있다. 놀라움이 우리를 한동안 닥친 현실로부터 떼어 놓기 때문이다. 그윈플레인은 편지를 읽으려는 사람처럼 그것을 눈 가까이로 가져갔다. 그 순간에야 비로소 그것을 읽을 수 없음을 깨달았다. 두 가지 이유 때문이었다. 우선 편지의 봉인을 깨뜨리지 않았기 때문이고, 다음은 어둠 때문이었다. 여인숙 안에 등 하나가 빛나고 있다는 사실을 깨닫는 데도 한참 걸렸다. 그는 몇 걸음 걸었다. 그러나 어디로 가야 할지 모르는 사람처럼, 옆으로 움직였다. 유령에게서 편지를 전해 받은 몽유병자가 그렇게 걸을 것이다.

548

드디어 결심을 한 듯, 그가 여인숙 쪽으로 달음박질하듯 서둘러 걸었다. 살짝 열린 문 앞에서 걸음을 멈춘 다음, 아직도 열지 않은 편지를 다시 한 번 살펴보았다. 봉인에는 아무 문양도 없었다. 봉투에 다만 이렇게 쓰여 있었을 뿐이다. 〈그윈플레인에게.〉 그는 봉인을 깨뜨리고 봉투를 찢은 다음 접혀 있던 편지를 펼쳤다. 불빛에 비추어 보니 내용은 다음과 같았다.

그대의 모습 흉측한데, 나는 아름다워요. 그대는 익살광대인데, 나는 여공작이에요. 나는 최상류인데, 그대는 최하류예요. 나는 당신을 원해요. 당신을 사랑해요. 오세요.

제4권 지하 취조실

1. 그윈플레인 성자에게 뻗쳐 온 유혹[1]

어떤 불꽃은 암흑을 찌르는 바늘에 불과하지만, 어떤 불꽃은 화산에 불길을 당겨 폭발시킨다.

거대한 불티도 있는 법이다.

그윈플레인은 편지를 읽고 또 읽었다. 분명 이렇게 쓰여 있었다. 〈그대를 사랑해요!〉

갑작스러운 공포감이 그의 뇌리에서 꼬리에 꼬리를 물고 일어났다.

첫 번째 공포감은 자신이 혹시 미치지 않았나 하는 생각이었다.

그는 미쳐 있었다. 틀림없는 사실이었다. 그가 막 보고 난 것은 존재하지 않았다. 어둠 속에 나타나는 환상들이 불쌍한 그를 농락했음에 틀림없다. 붉은 옷을 입은 키 작은 남자는 환영의 그림자였음에 틀림없다. 가끔 밤이면 한줄기 불꽃으

---

1 플로베르가 1849년부터 1870년까지 세 차례에 걸쳐 개작(수정) 출판한 『앙투안 성자(성 안토니우스)에게 뻗쳐 온 유혹』이라는 작품의 제목을 연상시킨다. 또한 나일강 상류 테바이스 지방에서 은거 수도 생활을 하던 성 안토니우스에게 뻗쳐 온 숱한 유혹 이야기는, 기독교의 초석 중 하나이며, 지금도 설교자들이 가장 빈번하게 다루는 주제이다. 즉, 가장 보편적으로 알려진 이야기이다. 괴테의 『파우스트』, 바이런의 『카인』, 아나톨 프랑스의 『타이스』 등도 같은 범주에 넣을 수 있는 작품이다.

로 응축된 헛것이 사람들을 조롱하는 경우가 있다.[2] 그 환상적인 존재가 그윈플레인을 한바탕 놀리고는, 미쳐 버린 그를 내버려 두고 사라졌음에 틀림없었다. 유령도 그런 짓을 한다.

두 번째 공포감은 자신의 정신이 멀쩡하다는 사실을 확인하는 순간 야기되었다.

환영이라고? 아니었다. 그러면! 그 편지는 무엇이란 말인가? 그의 손에 편지 한 장이 분명히 들려 있지 않은가? 봉투 하나와 봉인과 편지와 필체가 엄연히 있지 않은가? 더구나 그것이 누구로부터 온 것인지를 모른단 말인가? 그 사건에는 모호한 점이 하나도 없다. 한 사람이 펜과 잉크를 가지고 글자를 썼다. 또한 양초에 불을 붙여 밀랍으로 편지를 봉인했다. 편지에 그의 이름이 선명히 쓰여 있지 않은가? 〈그윈플레인에게.〉 종이의 냄새도 좋다. 모든 것이 명료하다. 키 작은 남자도 그윈플레인은 즉시 알아보았다. 그 난쟁이는 시종이다. 그 붉은색은 시종의 정복이다. 그 시종이 그윈플레인에게, 다음 날 같은 시각에, 런던 교 입구에서 만나자고 했다. 런던 교가 환상이란 말인가? 아니다. 그렇지 않다. 모든 것이 흔들림 없는 것들이다. 그 일에는 광증이 개입하지 않았다. 모든 것이 엄연한 현실이다. 그윈플레인의 정신은 완벽하게 맑다. 머리 위에서 순식간에 분해되어 연기처럼 걷히는 환영이 아니다. 물론 그러한 일이 그에게 일어나는 경우도 있다. 그러나 아니다. 그윈플레인은 미치지 않았다. 그는 꿈을 꾸는 것도 아니다. 그리하여 그는 편지를 다시 읽어 보았다.

정말 그렇다. 하지만, 그러면?

기막힌 일이다.

그를 원하는 여인 하나가 있다.

2 도깨비를 가리킨다.

552

어떤 여인이 그를 원하다니! 믿을 수 없는 일이었다. 한 여인이 그를 원하다니! 그의 얼굴을 본 여인이! 소경이 아닌 여인이! 그런데 그 여인이 도대체 누구일까? 추하게 생긴 여자일까? 아니다. 아름다운 여자이다. 집시 여인일까? 아니다. 여공작이다.

도대체 어떤 내막이 있으며, 그 일이 무엇을 뜻할까? 그러한 승리가 또한 얼마나 위험스러운 것인가! 하지만 정신을 잃고 뛰어들지 않을 방도가 있단 말인가?

아니! 그 여인이! 그 세이렌이, 그 환영이, 그 레이디가, 환영 같은 칸막이 좌석의 관람객이, 그 찬연하며 음험한 여인이! 그녀였기 때문이다. 분명 그녀였다.

화재가 시작될 때 나는 탁탁 튀는 소리가 그의 내면 구석구석에서 들려왔다. 그 기이한 미지의 여인이었다. 그를 그토록 뒤흔들어 놓은 바로 그 여인이었다! 그다음 그 여인에 대해 가졌던 어수선한 최초의 생각들이, 음산한 불길에 덥혀진 듯 되살아났다. 망각이란, 쓰인 글자를 지우고 그 위에 다시 글자를 써넣은 양피지에 불과하다. 뜻하지 않은 사건이 생기면, 지워 버렸던 모든 것이, 충격 받은 기억의 행간(行間)에 고스란히 되살아난다. 그윈플레인은 그 모습을 뇌리에서 뽑아 버린 줄로 믿었는데, 그곳에서 그 모습을 다시 발견했다. 그 모습이 그곳에 각인되어 있었던 것이다. 꿈을 꾼 죄밖에 없는 그의 무의식적인 뇌수에다, 그 모습이 자기의 자국을 움푹 낸 것이다. 그도 모르는 사이에 몽상의 깊은 각인 작용이 깊숙이 파고든 것이다. 이미 상당한 상처가 나 있었다. 그리하여 차후로는 치유하기 불가능할지도 모를 그 몽상 속으로, 그는 미친 듯이 빠져 들어갔다.

뭐라고! 그를 원한다고! 뭐라고! 왕녀가 옥좌에서 내려오다니! 우상이 제단에서, 석상이 받침대에서, 환영이 그를 둘

러싸고 있는 구름에서 내려오다니! 뭐라고! 불가능의 밑바닥
에서 키메라가 그에게로 오다니! 천장화 속의 신이, 찬연한
빛이, 보석들 속에 빠졌다가 나온 듯한 네레이데스가, 접근조
차 할 수 없고 숭고하며 아름다운 여인이, 까마득히 높은 광
선들 사이에서 그윈플레인을 향해 상체를 숙이다니! 멧비둘
기들과 용들이 함께 끄는 아우로라의 전차를 그윈플레인의
머리 위 허공에 세우고, 그에게 어서 오라고 하다니! 아니! 그
윈플레인이, 천상의 존재가 몸을 낮추어 찾는 대상이라니! 그
에게 그토록 무시무시한 영광이 닥치다니! 그 여인이, 별들로
부터 온 듯하고 숭고한 그 형체를 여인이라 부를 수 있을지
모르지만, 그 여인이, 스스로 나서며 자신을 바치겠다고, 자
신을 내맡기겠다고 하다니! 현기증 나는 일이다! 올림포스가
몸을 팔다니! 그것도 누구에게? 그윈플레인에게! 그를 여신
의 젖가슴에 꼭 껴안기 위해, 구름 속에서 매춘부가 두 팔을
활짝 벌리다니! 하지만 그래도 더럽혀지는 것은 없다. 숭고한
존재는 더럽혀지지 않는다. 빛이 신들을 씻어 주기 때문이다.
또한 그에게로 오는 여신은 자신이 하는 짓이 무엇인지를 잘
안다. 그녀는 그윈플레인에게 깊숙이 새겨진 흉측함을 모르
고 있지 않았다. 그윈플레인의 얼굴인 그 가면을 그녀도 보았
다! 가면 앞에서도 그녀는 뒷걸음치지 않았다. 그럼에도 불구
하고 그윈플레인은 그녀의 사랑을 얻었다!

　흉측함 때문에 사랑받다니! 모든 몽상을 초월하는 일이다!
여신으로 하여금 뒷걸음치게 만들기는커녕, 가면이 여신을
이끌어 당기다니! 그윈플레인은 사랑받는 것에 그치지 않았
다. 그는 욕망의 대상이었다. 그는 받아들여지기만 한 것이
아니라 선택되었다. 그가 선택되다니!

　그럴 수가! 여인이 있는 곳, 아무 책임도 수반되지 않는 화
려함과 완전한 임의적 권력을 향유하는 왕족의 세계에서, 여

인은 그곳에 널려 있는 왕자 중 하나를 수중에 넣을 수 있다. 그곳에는 귀족도 지천에 널렸으니, 귀족 하나를 골라잡을 수도 있다. 용모 수려하고 매력적이며 당당한 남자들이 많으니, 아도니스를 골라 수중에 넣을 수도 있다. 그런데 누구를 골랐나? 그나프롱[3]을 골랐다! 그녀는 유성과 벼락과 어울려 있는 날개 여섯 달린 장대한 세라핌을 선택할 수도 있었건만, 항아리 속에서 굼실거리는 구더기를 선택했다. 한쪽에는 제왕과 귀족, 거대한 세력, 풍요, 온갖 영광이 있는데, 다른 한쪽에는 익살광대 하나가 있다. 그런데 익살광대가 승리를 거두었다! 도대체 그 여인의 심중에는 어떤 저울이 있단 말인가? 그녀는 자신의 사랑을 어떤 눈금에 맞춰 측량한단 말인가? 그 여인은 이마에 얹혀 있던 공작의 모자를 벗어서, 익살광대의 연예대 위로 던진 것이다! 그녀는 이마에 얹혀 있던 올림포스의 금관을 벗어서, 그노무스의 삐죽삐죽한 머리털 위에 씌워 주었다! 세상이 뒤집혀, 저 위에서는 벌레들이 굼실거리고, 찬연한 별자리들은 아래로 내려와, 넋을 잃은 그윈플레인이 무너져 내리는 광채 속에 묻히는데, 더러운 수렁 속에 있던 그의 머리에 님부스[後光]를 둘러 주었다. 강력한 여신 하나가, 아름다움과 찬란함에 항거하며, 안티노오스[4]보다는 그윈플레인을 선택해, 어둠 속에서 저주받은 자에게 자신을 내던지고, 암흑 앞에서 문득 호기심이 생겨 그 속으로 들어갔다. 그리고 여신의 그러한 희생에서, 미천함의 왕권이

---

3 프랑스 리용에 있는 극장에서, 이탈리아에서 들어온 꼭두각시 극이 공연되기 시작해(1795년) 매우 유명해졌는데, 주인공 꼭두각시 기뇰의 동료가 그나프롱이다. 19세기 중엽부터 기뇰은 보통 명사로 사용되기 시작했다.

4 용모 빼어난 그리스 청년으로, 하드리아누스 황제가 총애했다고 한다. 그가 122년에 나일 강에서 익사했는데, 황제는 그를 신의 반열에 올려, 그를 위해 신전을 짓고, 130년에는 테바이스 지역 나일 강변에 그를 기념하는 도시 안티노오폴리스를 세웠다 한다.

월계관을 쓰고 비범한 모습으로 문득 모습을 드러냈다. 〈그대의 모습 흉측해요. 나는 그대를 사랑해요.〉 그 말이 그윈플레인을, 그의 오만의 가장 흉측한 부분을, 정확하게 가격했다. 오만, 그것은 모든 영웅의 발뒤꿈치, 즉 가장 취약한 부분이다.[5] 그윈플레인은 괴물의 자만심에 사로잡혔다. 그가 흉측한 모습이었기 때문에 사랑받게 된 것이다. 그 역시, 유피테르나 아폴론처럼, 아니 어쩌면 그들보다 더, 예외적인 존재였다. 그는 자신이 초인이라고 느꼈으며, 어찌나 심한 괴물이었던지, 신이라고도 생각했다. 무서운 유혹이었다.

그러면 그 여인은 무엇이었나? 그가 그녀에 대해 무엇을 알고 있었나? 모든 것을 알고 있었고 또한 아무것도 모르고 있었다. 그녀가 여공작이라는 것을 그는 알고 있었다. 그녀가 아름답고 부유하며, 고유의 복색을 갖춘 하인, 시종, 시동, 그리고 왕관 무늬로 장식한 사륜마차를 횃불을 들고 옹위하는 사람들까지 거느리고 있음을 알고 있었다. 그녀가 자신에게 연정을 품고 있음을, 혹은 그녀가 그렇게 말했음은 알고 있었다. 하지만 나머지는 알지 못했다. 그녀의 작위는 알지만 이름은 몰랐다. 그녀의 생각은 알지만 그녀의 생활에 대해서는 전혀 몰랐다. 결혼한 여자일까? 과부일까? 처녀일까? 자유로운 처지일까? 어떤 의무에 얽매여 있을까? 어느 가문 출신일까? 그녀 주위에 덫이나 함정이나 암초는 없을까? 한가한 저 높은 세상에서의 엽색 유희가 어떤 것인지, 또한 그 꼭대기에는 동굴들이 있어, 그 속에서 사나운 마녀들이 이미 삼켜 버린 연인들의 뼈다귀에 둘러싸인 채 몽상에 잠겨 있다는 사실, 그리고 스스로 남자들 위에 있다고 믿는 여인의 권태가 어떤 비극적이고 음란한 시도로 귀착될지 등을 그윈플레인은 상상

5 물론 아킬레우스를 염두에 둔 말이다.

조차 못하고 있었다. 그의 뇌리에는 추측의 얼개가 될 만한 것조차 없었으니, 그가 살고 있던 사회적 지하실에서는 별로 얻어 듣는 것이 없었기 때문이다. 그는 자신에게 명료함으로 보이는 것이 온통 모호함이라는 사실을 깨달았다. 그가 이해했을까? 아니다. 무엇을 짐작했을까? 그것은 더욱 아니다. 그 편지 뒤에는 무엇이 있었을까? 활짝 열린 것과, 불안함을 주며 굳게 닫혀 있는 것이 있었다. 열린 것은 사랑한다는 고백이었으며, 다른 하나는 수수께끼였다.

고백과 수수께끼, 그 두 입이, 하나는 선정적이고 다른 하나는 협박적이되, 같은 말을 하고 있었다. 〈감행해!〉

우연의[6] 간계가 그보다 더 완벽한 조치를 취한 적은 일찍이 없었을 것이며, 유혹이 그토록 무르익도록 한 적도 없을 것이다. 봄이라는 계절과, 한창 오르고 있던 만물의 수액(樹液)으로 인해 어수선해진 그윈플레인은, 마침 살에 대한 몽상에 잠겨 있었다. 우리 중 누구도 능히 제압할 수 없는, 인간의 가장 유구한 본질이, 지각생 장정, 나이 스물다섯이 되도록 아직 소년티를 벗지 못한, 그 장정 속에서 고개를 쳐들고 있었다. 바로 그 순간에, 가장 혼란스러운 위기의 순간에, 그에게 제안이 들어왔으며, 그의 앞에 문득, 스핑크스의 벗은 젖가슴이 눈부신 자태를 드러냈다. 젊음이란 하나의 경사면이다. 그윈플레인이 기울어 있는데, 그를 민 것이다. 누가? 계절이. 누가? 밤이. 누가? 그 여인이. 4월이 없다면 사람들은 훨씬 더 정숙할 것이다. 꽃 만발한 잡목 숲은 모두 공모자이다! 사랑은 절도범이고, 봄이라는 계절은 은닉자이다.

그윈플레인은 극도의 혼란에 빠졌다.

실수에 선행되는 특이한 악의 기운이 있으며, 의식은 그

6 우연이 운명이나 섭리 등과 혼용되기도 한다.

기운을 호흡하지 못한다. 유혹받는 정직성은 지옥의 어렴풋한 구토증을 느낀다. 살그머니 열리는 것이 일종의 기운을 내뿜는데, 그것이 강자들에게는 경고를 보내지만, 약자들에게는 아예 얼을 빼버린다. 그윈플레인은 그 신비한 불편함에 시달리고 있었다.

덧없기도 하고 동시에 끈질기기도 한 진퇴유곡의 궁지가 그의 앞에서 부유하고 있었다. 고집스럽게 나서는 과오가 형태를 잡아 가고 있었다. 다음 날 자정, 런던 교, 시동? 그곳에 가야 할까? 살은 그러라고 소리쳤다! 그러나 영혼은 안 된다고 반박했다!

하지만 이 말은 해두자, 그 사실이 우선 매우 이상하지만, 그는 단 한 번도 〈가야 할까?〉라는 질문을 자신에게 명확히 던지지 않았다. 지탄받을 행위 속에는 유보된 영역이 있다. 지나치게 독한 화주를 마실 때처럼, 단숨에 들이켜지 않는다. 술잔을 내려놓고 다음 순간을 기다린다. 첫 모금이 이미 너무 기이하기 때문이다.

분명한 것은, 미지의 존재가 그를 뒤에서 밀고 있음을 느끼고 있었다는 사실이다.

그리하여 몸서리를 쳤다. 그는 한없이 굴러 떨어질 벼랑 끝을 어렴풋이 보았다. 그리하여 뒤로 물러서며, 두려움에 사로잡힌 듯 허우적거렸다. 그는 눈을 감았다. 이후 사건이 일어나지 않았다고 애써 자신에게 부인하며, 자신의 이성을 다시 의심하려고 애를 썼다. 분명 한결 잘한 일이었다. 그가 취했어야 할 현명한 조치는, 자신이 미쳤다고 믿는 것이었다.

숙명적인 열병이었다. 예측하지 못한 것으로부터 기습을 받은 사람은, 누구나 비극적인 박동을 겪는다. 그러한 박동을 관찰하는 사람은, 운명의 거세하지 않은 숫양이 양심에 가하는 모호한 뿔질의 반항음을, 항상 근심스럽게 귀 기울여 듣는다.

애석한 일이었다! 그윈플레인은 자신에게 질문을 던지고 있었다. 의무가 무엇인지 명백한데 새삼 질문을 던짐은, 그 사실 자체가 이미 패배이다.

뿐만 아니라 이 점은 지적해 두자, 이미 타락한 남자에게는 충격을 주었을 그 사건의 뻔뻔스러운 측면이, 그에게는 보이지 않았다. 그는 파렴치라는 것이 무엇인지조차 모르고 있었다. 앞에서 언급한 매춘이라는 개념이 그의 근처에는 얼씬도 하지 않았다. 그에게는 그런 개념을 품을 만한 능력이 없었다. 복잡한 추측을 하기에는 그가 너무 순결했다. 그 여인에게서 그가 발견한 것은 그녀의 고귀한 신분뿐이었다. 애석한 일이다! 그가 우쭐해진 것이다. 허영심 때문에 오직 승리만을 본 것이다. 자신이 사랑보다는 파렴치의 표적이 되었다는 사실을 짐작할 수 있으려면, 그의 순진함에 결여되어 있던 기지가 필요했다. 〈그대를 사랑해요〉라는 말 곁에 있던 무시무시한 교정어(矯正語), 즉 〈그대를 원해요〉라는 말의 뜻을, 그가 미처 간파하지 못했다.

여신의 짐승적인 측면이 그의 눈에는 보이지 않았다.

오성(悟性)이 침략을 받을 수도 있다. 영혼에게는 못된 사념이라는 영혼 고유의 반달족이 있어, 그것들이 몰려와 우리의 정숙함을 파괴하기도 한다. 수천의 사념이 반대 방향으로 꼬리를 물고 급히 달려와 그윈플레인에게 덤벼들었다. 때로는 한꺼번에 덤비기도 했다. 그러다가 그의 내면에 문득 적막이 자리를 잡았다. 그러자 그가, 야경을 응시하듯, 음산하게 한껏 주의를 기울이며, 두 손으로 머리를 감싸 쥐었다.

문득 그가 한 가지 사실을 깨달았다. 자신이 아무 생각도 하고 있지 않았다는 사실이었다. 그의 몽상이 그러한 암흑의 순간에, 모든 것이 사라지는 순간에 도달해 있었다.

또한 자신이 아직 안으로 들어가지 않았음도 알아차렸다. 새벽 두시쯤은 된 것 같았다.

그는 시동이 가져온 편지를 옆 주머니에 넣었다. 그러나 그 주머니가 자신의 심장 위에 있음을 깨닫고, 편지를 다시 꺼내어 잔뜩 구긴 다음 바지 주머니에 아무렇게나 쑤셔 넣었다. 그러고는 여인숙으로 다가가서 조용히 들어갔다. 그를 기다리다 탁자 위에 두 팔을 올려놓고 그것을 베개 삼아 잠들어 있는 어린 고비컴을 깨우지 않고, 출입문을 다시 닫고, 여인숙 소유의 등 하나에 불을 밝혀 든 후, 빗장을 지르고 자물쇠를 잠갔다. 늦게 귀가하는 사람이 항상 그렇듯, 기계적으로 조심을 하면서 그린박스의 디딤대를 밟고 올라가, 침실로 사용하는 옛날의 오두막 속으로 미끄러져 들어갔다. 잠들어 있는 우르수스를 한 번 바라본 후 등불을 불어 껐다. 그러나 잠자리에 눕지는 않았다.

그렇게 한 시간이 흘렀다. 이윽고, 지친 나머지, 침대가 곧 잠이라고 생각하면서, 옷도 벗지 않은 채 머리를 베개 위에 올려놓고, 어둠에 양보하듯 눈을 감았다. 하지만 그를 엄습하는 폭풍우 같은 격정은 단 한순간도 멈추지 않았다. 불면증은 밤이 인간에게 가하는 학대이다. 그윈플레인은 심하게 괴로워하고 있었다. 그는 태어난 후 처음으로 자신에 대해 불만을 느꼈다. 충족된 허영심과 뒤섞인 내밀한 고통이었다. 어찌 해야 좋단 말인가? 날이 밝았다. 우르수스가 잠자리에서 일어나는 소리를 들었지만 눈을 뜨지 않았다. 그러나 단 한순간의 휴식도 없었다. 그는 편지에 대한 생각에 잠겨 있었다. 모든 단어가 대혼돈을 이루며 그의 뇌리에 다시 떠올랐다. 그의 영혼 속에서 일어나는 질풍 밑에 있는 사념은, 한 줄기 액체이다. 그 액체가 발작을 일으키며 흘러 들어가 솟구치자, 파도의 은은한 포효성 같은 것이 들렸다. 밀물과 썰물, 진동, 소용돌이, 암초 앞에 이른 물결의 멈칫거림, 우박과 비, 빛이 번쩍이는 틈으로 갈라진 구름 덩이들, 속절없이 끓어오르는 포말, 미친 듯한 상승 직후의 무너져 내림, 부질없는 막대한 노력, 사방에서 일어나는 파선(破船), 어둠과 흩어짐 등 심연 속에 있는 것들이 인간 속에도 있다. 그윈플레인은 그러한 폭풍우에 시달리고 있었다.

고통이 절정에 달했을 때, 여전히 눈을 감고 있는데, 그윽한 음성이 들려왔다. 「자고 있어, 그윈플레인?」 그는 깜짝 놀라 눈을 뜨고 즉시 몸을 일으켰다. 오두막의 문이 살짝 열리고, 그 틈으로 데아의 모습이 나타났다. 그녀의 눈과 입술에는, 특유의 형언할 수 없는 미소가 서려 있었다. 그녀는, 그녀에게서 발산되는 광채의 무의식적인 태평스러움 속에, 매혹적인 모습으로 서 있었다. 신성한 한순간이 흘렀다. 그윈플레인은 소스라치듯 그녀를 쳐다보았고, 다음 순간, 눈이 부신 듯 문득 깨어났다. 무엇에서 깨어났을까? 잠에서? 아니다. 불면증에서였다. 그녀였다. 데아였다. 그러한 사실을 인지하는 순간, 문득, 그의 가장 깊숙한 내면에서 폭풍우가 걷히고, 선의 숭고한 강림이 이루어져 악을 덮는 것이 느껴졌다. 저 높은 곳에서 내려오는 시선의 기적이 일어났다. 찬연한 빛 발산하는 다정한 눈먼 소녀가, 그곳에 나타난 것 이외의 다른 노력 없이, 그의 내면에 있던 어둠을 씻어 버렸다. 그의 영혼을 가리고 있던 구름 장막이, 보이지 않는 손에 걷혔다. 그리고 그윈플레인은, 천상의 마법에 홀린 듯, 의식 속으로 창공이 돌아와 있음을 느꼈다. 그는 그 천사의 영향으로 순식간에 크고 착한, 그리고 순진무구한 그윈플레인으로 되돌아왔다. 영혼도 창조처럼 신비한 대조를 이룬다. 두 사람은 아무 말도 하지 않았으나, 그녀는 밝음인 반면 그는 어두운 심연이었고, 그녀가 신성한 반면, 그는 덕분에 평온을 되찾은 존재였다. 그리고 폭풍우 몰아치는 그윈플레인의 가슴 위에서, 데아는 바다 위에 떠 있는 별처럼 찬연한 빛을 발산하고 있었다.

2. 익살스러움에서 엄숙함으로

기적이란 참으로 단순한 것이다! 그린박스 안에서는 조반을 준비하고 있었는데, 그윈플레인이 작은 조반상에 나타나지 않자, 데아가 그저 무슨 일인가 하여 그에게 왔던 것이다.

「너로구나!」 그윈플레인이 그렇게 소리쳤고, 그것이 모든 다른 말을 대신했다. 그 순간 그의 시야에는, 데아가 있는 천국 이외의 어떤 지평선이나 풍경도 떠오르지 않았다.

폭풍우가 지나간 후 바다 위에 펼쳐지는 미소를 본 적이 없는 사람은, 바다가 어떻게 진정되는지 짐작조차 할 수 없다. 깊은 바다보다 더 신속히 진정되는 것은 없다. 그 신속함은 깊은 바다가 무엇이든 쉽게 삼켜 버리는 데서 기인한다. 인간의 가슴도 그러하다. 하지만 항상 그런 것은 아니다.

데아가 자신의 모습을 보여 준 것으로 족했다. 그윈플레인 속에 있던 모든 빛이 쏟아져 나와 그녀에게로 갔고, 황홀해진 그윈플레인의 뒤에는 도주하는 유령들밖에는 없었다. 열렬한 사랑, 그 얼마나 탁월한 평화의 사도인가!

잠시 후 두 사람이 마주 앉았고, 우르수스는 그들 사이에, 그리고 호모는 그들의 발치에 자리를 잡았다. 작은 램프로 가열하는 찻주전자는 식탁 위에 놓여 있었다. 피비와 비너스는 밖에서 일을 하고 있었다.

조반 역시 저녁식사처럼 가운데 칸에서 먹었다. 매우 좁은 식탁이 놓여 있는 대로 그것에 맞춰 앉다 보니, 데아는 그린박스의 출입문으로 이어지는 칸막이 출구 쪽으로 등을 돌리게 되었다.

두 사람의 무릎이 서로 맞닿았다. 그윈플레인은 데아에게 차를 따라 주고 있었다.

데아는 찻잔을 우아하게 불어 식히고 있었다. 문득 그녀가 재채기를 했다. 그 순간, 램프의 불꽃 밑에서 연기 한 가닥이 피어올랐고, 쪽지 같은 것이 타서 재로 변해 밑으로 떨어졌다. 그 연기 때문에 데아가 재채기를 한 것이다.

「무엇이지?」 그녀가 물었다.

「아무것도 아니야.」 그윈플레인의 대답이었다.

그러고는 미소를 짓기 시작했다.

여공작이 보낸 편지를 태운 것이다.

사랑받는 여인의 수호천사는 사랑하는 남자의 양심이다.

편지를 떨구어 버리자, 기이하게도 몸이 가벼워진 듯했고, 그윈플레인이 느낀 자신의 정직성은, 독수리가 느끼는 독수리의 날개와도 같았다.

연기와 함께 유혹도 사라진 듯했고, 불에 탄 쪽지와 함께 여공작도 재로 변해 떨어진 것 같았다.

자기들의 찻잔을 하나로 섞어서 차례대로 한 모금씩 마시며, 두 사람은 이야기를 주고받았다. 연인들의 쓸데없는 수다, 참새들의 재잘거림이었다. 『거위 아주머니 이야기』[1]나 호메로스의 작품에 등장할 만한 어린애다움이었다. 서로 사랑하는 두 가슴이 있는데, 구태여 시(詩)를 찾으러 멀리 갈 필요 있으랴! 서로 속삭이는 입맞춤이 있는데, 음악을 찾으러 멀리 갈 필요 있으랴!

「알고 있어?」

1 샤를 페로가 1697년에 발표한 요정 이야기 선집이다. 총 8편의 이야기가 수록되어 있다.

「아니.」

「그윈플레인, 내가 꿈을 꾸었는데, 우리가 짐승이 되었고 우리의 몸에 날개가 돋았어.」

「날개라면, 우리가 새로 변했다는 말인가.」 그윈플레인이 중얼거렸다.

「짐승으로 변했다면, 천사가 되었다는 뜻이지.」 우르수스가 투덜거리듯 한마디 했다.

그들의 재잘거림은 계속되었다.

「만약 네가 없다면, 그윈플레인…….」

「그러면?」

「착한 신도 없을 거야.」

「차가 너무 뜨거워, 데겠어, 데아.」

「찻잔을 불어 줘.」

「오늘 아침에는 유난히 예쁘구나!」

「너에게 온갖 이야기를 하고 싶어.」

「이야기해 보렴.」

「너를 사랑해!」

「나도 너를 열렬히 사랑해!」

그러자 우르수스가 혼잣말처럼 중얼거렸다.

「정말 점잖으신 분들이군.」

서로 사랑할 때 진정 그윽한 것은 침묵이다. 그동안 사랑의 무더기 같은 것이 형성되어, 다음 순간 달콤하게 터진다.

잠시 멈추었다가 데아가 격정적으로 말했다.

「네가 그걸 안다면! 저녁에, 우리가 공연할 때, 내 손이 네 이마에 닿는 순간…… 오! 네 머리가 어찌나 고아한지, 그윈플레인!……너의 머리카락이 내 손가락에 닿는 것을 느끼는 순간, 내 온몸이 전율하는 것 같고, 나는 천상의 기쁨을 느끼며 속으로 이렇게 말하곤 하지. 〈나를 뒤덮고 있는 이 캄캄한 세계에, 이 적막한 우주 속에, 내가 처해 있는 이 어둡고 무너진 광막함 속에, 나와 모든 것이 무시무시하게 뒤흔들리는 이 세계 속에, 나는 받침대 하나를 가지고 있어. 바로 이거야. 그가 나의 받침대야.〉 네가 나의 받침대야.」

「오! 네가 나를 사랑하는구나! 나 또한 이 지구상에 오직 너뿐이야. 너는 나의 전부야. 데아, 내가 무엇을 해주면 좋겠니? 원하는 것이 있니? 무엇이 필요하니?」

「모르겠어. 나는 행복해.」

「오! 그래, 우리는 행복해!」 그윈플레인의 화답이었다.

우르수스가 엄하게 언성을 높였다.

「아! 너희가 행복하다고! 그건 위반이야. 내가 이미 너희에게 경고했어. 아! 너희가 행복하다고! 그러면 사람들의 눈에 띄지 않도록 조심해. 최소한의 자리만 차지해. 행복은 구멍 속에 처박혀 있어야 해. 할 수 있으면, 너희 자신을 지금보다도 더 작게 만들어. 신께서는 행복해하는 사람이 작으면 작을수록 더 큰 행복을 주시지. 행복을 느끼는 사람들은 악당들처럼 숨어야 해. 아! 너희가 광채를 발산하다니, 번쩍이는 못된 벌레들 같으니라고! 젠장, 사람들이 벌레들을 짓밟을 것이야! 그래도 싸지. 너희의 낯간지러운 애정 표시는 다 무엇 하는 짓이야? 나는, 사랑에 들떠 서로 부리질이나 하고 있는 것들을 보살피는 노파가 아니야. 너희가 나를 피곤하게 만드는구나! 마귀에게나 잡혀 가라!」

자신의 무뚝뚝한 억양이 점점 누그러져 아예 부드러워지기 시작한 것을 느낀 그는, 그 감정을 식식거리며, 투덜대는 소리로 덮어 버렸다.

「아버지, 엄하게도 말씀하시는군요!」 데아의 그 말에 우르수스가 대답했다.

「우리가 지나치게 행복한 것을 좋아하지 않는다는 뜻이다.」

그 순간 호모가 우르수스의 말에 화답했다. 두 연인의 발치에서 으르렁거리는 소리가 들렸다.

우르수스가 상체를 숙여 호모의 머리 위에 손을 올려놓았다. 「그렇다는 뜻이지, 너 역시, 기분이 좋지 않다는 말이렷다. 으르렁거리며, 너도 늑대 대가리의 털타래를 세우는구나. 너는 가벼운 사랑 놀음을 좋아하지 않지. 네가 현녕하다는 증거야. 상관하지 말고 그만 닥쳐라. 말을 했고, 너의 견해를 피력했으니, 자, 이제 조용히 해라.」

늑대가 다시 으르렁거렸다.

우르수스는 식탁 밑으로 고개를 숙여 그를 바라보며 다시 한마디 했다.

「조용히 있어라, 호모! 자, 너무 강조하지 마라, 이 철학자야!」

그러나 늑대는 몸을 벌떡 일으키며, 출입문 쪽을 향해 이빨을 드러냈다.

「도대체 무슨 일이냐?」 우르수스가 말했다.

그러고는 호모의 목덜미 가죽을 움켜잡았다.

데아는 늑대의 으르렁거림에 조금도 주의를 기울이지 않은 채, 오직 사념에만 잠겨, 그윈플레인의 음성만을 음미하며, 입을 다물고, 소경 특유의 도취경에 사로잡혀 있었다. 그러한 도취경이 때로는 그들의 내면에 귀 기울여 들을 만한 노래를 제공하며, 그들에게 결여된 빛 대신, 정체 모를 이상적인 음악을 들려주는 것 같다. 실명 상태란 하나의 지하 세계이며, 그곳에서 심오하고 영원한 음악을 들을 수 있다.

우르수스가 호모를 나무라며 식탁 밑으로 고개를 숙이는 동안, 그윈플레인은 눈을 쳐들고 있었다.

그는 차를 한 잔 마시려던 참이었다. 그러나 마시지 않았다. 느슨해진 용수철처럼 천천히 찻잔을 식탁 위에 다시 놓은 다음, 손가락을 편 채, 시선을 고정하고 숨조차 뚝 멈춘 후, 꼼짝도 하지 않았다. 어떤 남자 하나가, 데아의 뒤쪽 출입문 틀 가운데 서 있었다.

남자는 검은 옷을 입고 사법관의 모자를 쓰고 있었다. 그의 가발은 눈썹까지 덮고 있었으며, 손에는 양쪽 끝에 왕관 문양을 새긴 쇠막대를 들고 있었다.

쇠막대는 짧고 굵었다.

메두사가 낙원의 두 나뭇가지 사이로 얼굴을 들이밀고 있는 장면을 상상해 보라.

낯선 사람의 출현이 야기한 동요를 느끼고, 호모를 놓아 주지 않은 채, 고개를 쳐든 우르수스는, 무시무시한 인물을 즉시 알아보았다.

머리부터 발끝까지, 그의 온몸이 한 번 전율했다.

그가 그윈플레인의 귀에다 대고 나지막하게 말했다.

「와펀테이크란다.」

그윈플레인은 전에 들은 이야기를 기억해 냈다.

너무 놀라 외마디 소리가 튀어나오려 했다. 하지만 꾹 눌러 참았다.

양쪽 끝에 왕관 모양을 새긴 쇠막대는 아이언웨펀이었다.

사법 관리들이 직무를 맡으면서 아이언웨펀을 앞에 놓고 선서를 하던 시절이 있었는데, 잉글랜드 경찰의 와펀테이크라는 명칭은, 아이언웨펀에서 유래한 것이다.

가발을 쓴 남자 뒤로, 아직 어둑한 곳에, 아연실색한 여인숙 주인의 모습이 보였다.

옛 법률집에 있는 무타 테미스[2]의 화신인 그 남자는, 아무 말 없이 오른팔을 찬연한 데아 위로 뻗어, 쇠막대로 그윈플

2 〈벙어리 테미스〉라는 뜻이다. 테미스는 물론 정의와 질서의 여신을 가리킨다.

레인의 어깨를 한 번 건드리고 나서, 왼쪽 엄지손가락으로
자기 뒤에 있는 그린박스의 출입문을 가리켰다. 말이 없는지
라 더욱 명령적인 그 두 동작은 다음과 같은 뜻이었고. 〈나를
따라오시오.〉

　〈*Pro signo exeundi, sursum trahe*(출발하라는 명령의 표
시로, 위쪽을 향해 쳐든다)〉, 교회나 수도원의 재산에 관한
노르망디 지역 법령집에 있는 말이다.

　아이언웨펀이 가닿은 사람에게는 오직 복종할 권리밖에
다른 권리가 없다. 그 무언의 명령은 어떠한 항변도 용납하
지 않았다. 그러한 법을 어기는 자는 잉글랜드의 가혹한 처
벌을 각오해야 했다.

　법의 준엄한 손길을 느낀 그윈플레인은, 처음 한 번 움찔
하더니, 다음 순간 화석처럼 굳어 버렸다.

　아이언웨펀이 그의 어깨를 가볍게 스치지 않고 머리를 세
차게 내려쳤다 해도, 그토록 정신을 잃지는 않았을 것이다.
그는 자신이 경찰관을 따라가야 한다는 명령을 받았다는 사
실을 분명히 깨달았다. 그러나 무슨 이유로? 이해할 수가 없
었다.

　역시 대경실색한 우르수스는 몇 가지 일을 상당히 분명하
게 짐작할 수 있었다. 그는 경쟁자인 익살광대들과 설교사
들, 고발당한 그린박스, 경범죄인으로 몰렸을 늑대, 비숍스
게이트에서 세 신문관과 겨루었던 일 등을 뇌리에 떠올렸다.
또한 누가 알랴? 더욱 무서운 일이지만, 국왕의 권위를 훼손
한 그윈플레인의 무례하고 반역적인 잡담 때문일 수도 있었
다. 그는 몹시 두려워했다.

　데아는 여전히 미소를 짓고 있었다.

　그윈플레인이나 우르수스 두 사람 모두, 단 한마디 말도
입 밖으로 내지 않았다. 두 사람은 같은 생각을 하고 있었으

니, 그것은 데아가 불안에 떨지 않게 하려는 것이었다. 늑대 역시 같은 생각이었던지 으르렁거리기를 멈추었다. 물론 우르수스가 늑대를 놓아 주지 않은 것도 사실이었다.

뿐만 아니라 그러한 경우에는 호모 역시 나름대로의 신중함을 보이곤 했다. 짐승들의 그 영리한 근심을 단 한 번이나마 목격하지 못한 사람이 있겠는가?

늑대가 인간을 이해하는 한도에서만 보더라도, 아마 호모는 자신이 금지된 짐승임을 느끼고 있었을 것이다.

이윽고 그윈플레인이 자리에서 일어섰다.

어떠한 저항도 불가능했다. 그윈플레인은 그 사실을 잘 알고 있었다. 우르수스가 한 말을 기억하고 있었다. 어떠한 질문도 할 수 없었다.

그는 와펀테이크 앞에 묵묵히 섰다.

와펀테이크는 그의 어깨 위로 뻗쳤던 쇠막대를 다시 자기 앞으로 당겨 곧게 세워, 지휘 태세를 취했다. 당시의 모든 사람들이 이해하는 경찰의 자세였고, 그 뜻은 이러했다.

〈이 사람은 나를 따라올 것이며, 다른 누구도 동행하지 말 것. 모두 각자의 자리에서 꼼짝하지 말고, 소란 피우지 말 것.〉

호기심은 금물이었다. 경찰은 언제나 그러한 폐쇄 취향을 가지고 있다.

그러한 종류의 압류를 〈인신 기탁〉이라고 했다.

와펀테이크는 단 한 번의 동작으로, 제자리에서 회전하는 기계 부품처럼 등을 돌리더니, 단호하고 엄숙한 발걸음으로 그린박스의 출입문을 향했다.

그윈플레인이 우르수스를 쳐다보았다.

우르수스는 어깨를 움찔 떨어 올려 보이고, 두 손을 편 채 두 팔꿈치를 엉덩이에 가져다 댄 다음, 눈썹을 엎어 놓은 V자 형태로 찡그려 보였다. 미지의 사나이에게 무조건 복종하라는 뜻이었다.

그윈플레인이 이번에는 데아를 쳐다보았다. 그녀는 여전히 몽상에 잠겨 있었다. 미소를 짓고 있었다.

그는 손가락 끝을 입술에 가져다 댄 다음, 그녀에게 형언할 수 없는 키스를 보냈다.

와펀테이크가 등을 돌리자, 우르수스는 다소간의 공포감이나마 던 듯, 그 순간을 이용해 그윈플레인의 귀에다 대고 속삭였다.

「너의 목숨이 달린 일이니, 누가 묻기 전에는 아무 말도 하지 마라!」

그윈플레인은, 환자가 있는 방에서 소음을 내지 않으려 조심하는 사람의 동작으로, 칸막이 벽에 걸려 있던 모자와 외투를 내려서, 외투로는 눈높이까지 얼굴을 감싸고, 모자는 이마가 보이지 않도록 깊이 눌러 썼다. 옷을 벗고 잠자리에 들지 않았던지라, 그는 여전히 작업복을 입은 채였고, 목에는 가죽 조끼가 그대로 걸려 있었다. 그는 다시 한 번 데아를 쳐다보았다. 그린박스의 출입문에 도착한 와펀테이크는, 아이언웨펀을 치켜올려 잡은 다음, 디딤대를 밟고 내려가기 시작했다. 그러자 그윈플레인도, 마치 그 사람이 보이지 않는 사슬로 매어 끌기라도 하는 듯, 따라 걷기 시작했다. 우르수스는 그윈플레인이 그린박스를 나서는 모습을 묵묵히 쳐다보았다. 그 순간 늑대가 탄식하듯 끙끙거리려 했다. 그러자 우르수스가 늑대를 다독이며 나지막하게 속삭였다. 「곧 돌아올 거야.」

안마당에서는 끌려가는 그윈플레인과 와펀테이크의 상복 같은 의복 및 아이언웨펀을, 절망한 눈으로 바라보던 비너스와 피비의 질겁한 비명을, 나이슬리스가 비굴하면서도 강압적인 몸짓으로, 그녀들의 입 속으로 다시 처넣으려 하고 있었다.

두 화석, 바로 그 두 여자였다. 그녀들은 종유석(鐘乳石)
같았다.

고비컴은 질겁을 한 듯, 살짝 열린 창문 사이로 눈만 휘둥
그렇게 뜨고 있었다.

와펀테이크는 그윈플레인보다 몇 발자국 앞에서 걸으며,
몸을 돌리지도 그를 바라보지도 않았다. 법의 편에 있다는
확신에서 비롯된 얼음장 같은 태연함이었다.

두 사람은 무덤과 같은 정적 속에서 안마당을 가로지른 다
음, 선술집으로 사용되는 침침한 홀을 지나, 광장으로 나섰
다. 여인숙 입구에는 몇몇 행인들이 모여 있었고, 사법관 한
사람이 경찰 일개 분대를 거느리고 있었다. 구경꾼들은 말문
이 막힌 듯 끽소리도 못하고 길을 열더니, 잉글랜드식으로 정
연하게 경찰관의 쇠막대 앞에 도열했다. 와펀테이크는 템스
강변을 따라 뚫려 있는, 당시 리틀 스트랜드라고 불리던 골목
길로 향했다. 그윈플레인은, 사법관이 거느리고 온 사람들이
좌우에서 이중으로 호위하는 가운데, 창백한 얼굴로, 걷는 것
이외의 다른 어떤 동작도 취하지 못하고, 수의와 같은 외투에
감싸인 채, 유령의 뒤를 따르는 조각상처럼, 과묵한 남자를
따라 말없이 걸으며, 여인숙에서 천천히 멀어져 갔다.

3. 렉스, 렉스, 펙스[1]

아무 설명도 없이 사람을 체포하는 행위가, 오늘날의 잉글
랜드인들에게는 매우 놀랄 만한 일이겠으나, 그 시절 그레이

1 *Lex, rex, fex*(법, 왕, 찌꺼기). 프랑스의 주해자 로제 보르데리는 *Fex*를
〈똥〉이라 옮기고, 중국어 번역판들은 〈百姓〉이라 옮기고 있다.

트브리튼에서는 경찰의 일상적 방식이었다. 특히 민감한 사안과 관련되었을 경우에 그러한 방법에 의존했는데, 유사한 사안을 처리함에 있어, 프랑스에서는 국왕의 투옥 명령서[2]를 이용했다. 또한 하베아스 코르푸스 법령[3]에도 불구하고, 그러한 관행은 조지 2세의 치세까지 존속되었다.[4] 그리하여 월폴이 그러한 방법으로 노이호프를 구금했거나 구금하도록 지시했다는 혐의를 받고, 자신을 변호해야 했던 일도 생겼다. 물론 월폴에게 씌워졌던 혐의는 근거가 매우 희박하다. 코르시카의 왕 노이호프는 사실상 채권자들에게 구금되었기 때문이다.[5]

독일의 베엠게리히트[6]가 자행하던 은밀한 인신 구속 관행

2 *lettre de cachet*라고 한다. 프랑스 대혁명이 일어날 때까지 존속했던 제도로, 일체의 사법적 절차 없이, 국왕의 명령서(서한)만으로 누구든 투옥할 수 있었다.

3 *habeas corpus*. 〈너의 몸은 너의 소유이다.〉 즉, 상대방의 신체적 자유를 존중한다는 뜻이다. 잉글랜드 의회가 1679년(찰스 2세의 치세)에 제정한, 임의적 인신 구속을 제한하는 법령을 하베아스 코르푸스 법령이라고 한다. 누구든 구속된 지 3일 이내에 판사의 구속 적부 심사를 받는다는 것이 그 골자였다.

4 조지 2세의 치세는 1727년부터 1760년까지이다.

5 독일 출신의 군인이며 떠돌이 모험가로, 스웨덴, 프랑스, 스페인, 이탈리아 등지를 전전하다가, 이탈리아의 코르시카 침공 작전에 참여해, 1736년에는 테오도르 1세라는 이름으로 코르시카의 왕이 되기도 했다. 그러나 곧 축출되어 런던으로 갔으나, 누적된 빚 때문에 투옥되었다. 한편, 월폴이 그의 투옥 사건에 관련되었을 가능성은 매우 희박하다.

6 *Vehmgericht*. *Vehm*-(맹렬한)과 *Gericht*(법정, 재판, 판사)로 이루어진 합성어인 듯하다(*Vehm*-을 *Fehm* 혹은 *Fem*-으로 발음하는 이들도 있지만, 어원이나 철자 구성의 특성을 감안해 〈베엠-〉으로 적는다). 종교나 명예에 대한 모독죄 및 살인, 맹세 위반, 반역, 비방, 강간 등의 죄를 심판하던 비밀 재판 단체이다. 12세기 말 베스트팔렌 지방에서 구성되었으며, 그 회원의 수가 10만에 달했다고 한다. 그들의 조직이 독일 전역을 망라하고 있었으며, 일반인들은 물론 바이에른 공작(1429년)이나 프리드리히 3세(1473년) 같은 이들도 그들의 법정에 세웠다고 한다. 16세기에 이르러, 카를 5세의 법

572

은, 옛 잉글랜드 법률의 절반을 지배하던 게르만적 관습에 따라 용인되었고, 경우에 따라서는 나머지 반을 지배하고 있던 노르망디 관습에 따라 권장되기도 했다. 유스티니아누스 황제의 궁정 경찰 총수를 가리켜, 실랑티에르 앵페리알, 즉 실렌티아리우스 임페리알리스[7]라고 했다. 그러한 유형의 인신 구속을 자행하던 잉글랜드의 관리들은, 노르망디인들의 숱한 법령들을 근거로 삼았는데, 예를 들면 〈*Canes latrant, sergentes silent*(개는 짖고, 관헌은 침묵한다)〉와 〈*Sergenter agere, id est tacere*(관헌이 움직임은 곧 침묵과 같다)〉 등이 있다. 그들은 룬둘푸스 사각스 제16절을 인용하기도 했다. 〈*Facit imperator silentium*〔황제(지휘관)가 고요함을 만들다〕.〉 필리프 왕[8]이 1307년에 반포한 헌장도 인용했다. 〈*Multos tenebimus bastonerios qui, obmutescentes, sergentare valeant*(손에 몽둥이를 든 그 허다한 사람들이 벙어리가 될 수 있다면, 모두 관헌 될 자격이 있도다).〉 잉글랜드의 헨리 1세가 반포한 법령 제53장도 인용했다. 〈*Surge signo jussus. Taciturnior esto. Hoc est esse in captione regis*(질서를 세우려 하는 자, 그 일을 침묵리에 행하리니, 그것이 짐의 뜻이로다).〉 그들은 특히 잉글랜드의 유구한 봉건적 자치권의 일부를 이루고 있

제 개혁 정책 여파로 그 세가 주춤했으나, 공식적으로 해체된 것은 1808년이다. 1918년부터 극우 테러 단체가 다시 그 명칭을 사용했다. 그 재판에서 선고되는 형량은 사형(교수형, 그리고 즉결 처형)뿐이었다고 한다.

7 궁정에서 정숙함과 질서를 유지시키는 임무를 맡던 의전관인 듯하다. 유스티니아누스 황제는 그의 이름을 딴 법전을 완성시킨 동로마 제국의 황제를 가리킨다.

8 프랑스에서 최초로 절대 왕권을 확립한 필리프 4세를 가리키는 듯하다. 공평한 판관으로 알려진 루이 성왕(루이 9세)의 손자이다. 성당 기사단을 해체하고 그 지도자들을 화형에 처했으며, 특히 미복 차림으로 비밀리에 민심을 살폈다 한다.

는, 다음과 같은 규칙을 귀하게 여겨 적용했다.

자작의 휘하에는 검을 든 관헌들이 있는 바, 관헌들은, 못된 무리를 이루는 자들과, 범행을 저질러 명예를 상실한 자들, 그리고 탈출범들과 (사회에서) 축출된 자들을, 모두 검으로 엄히 다스려야 할 것이며 〔……〕 또한 그들을 철저하고도 은밀하게 체포해야 하는 바, 해악을 끼치는 자들에게는 두려움을 주되, 평화롭게 살아가는 착한 사람들의 평화는 보호되어야 하기 때문이니라.

그러한 식으로 체포되는 것은 〈정의로운 검〉에 체포되는 것이었다. 그 이외에도 법률가들은 노르망디인들을 위해 제정한 루도비키 후티니 헌장 중 세르비엔테스 스파토이 장(章)을 근거로 제시했다. 세르비엔테스 스파토이는, 중세 라틴어가 점진적으로 우리가 사용하는 말에 가까워져서, 세르겐테스 스파도이로 변했다.

조용히 범인을 체포하는 관례는, 범인을 잡으라고 고함을 지르는 행위와는 배치되며, 미심쩍은 점들이 밝혀질 때까지는 침묵을 지키는 것이 합당하다는 뜻을 담고 있다.

그러한 체포 행위는 보류된 점들이 있음을 의미했다.

경찰이 누구를 그런 식으로 체포하는 경우, 국가적 사안이라는 뜻이었다.

비공개를 뜻하는 프라이빗 법률은 그러한 종류의 체포 행위에 적용되었다.

몇몇 연대기 편집자의 말에 따르면, 에드워드 3세가, 모친 이자벨 드 프랑스의 침대 속에 있던 모티머를 체포할 때도 그러한 방법을 썼다고 한다. 그러한 이야기에도 의심스러운 점이 있는 바, 체포되기 직전, 그는 자신의 도시 방어에 전념

하고 있었기 때문이다.[9]

국왕 제조인이라는 별명을 가지고 있던 워릭은 〈백성을 유혹하는〉 방법을 즐겨 사용했다.

크롬웰은 그 방법을 특히 코노트에서 자주 사용했다. 그리하여 오먼드 백작의 친척인 트레일리 아클로가 킬머코에서 체포될 때도, 신중히 소란을 피했다.

이처럼 사법의 간단한 동작으로 어떤 사람을 끌어가는 것이, 체포영장보다는 오히려 소환장의 의미를 가지고 있었다.

그것이 때로는 단순한 증거 조사에 불과하기도 했다. 따라서 모든 사람들에게 침묵을 강요하는 것은, 압송된 사람에 대한 배려의 뜻도 내포하고 있었다.

그 미묘한 뜻을 잘 모르는 백성에게는, 그러한 형태의 압송이 무시무시해 보일 수밖에 없었다.

잉글랜드가, 1705년에는, 그리고 훨씬 훗날까지도, 오늘날과 같지는 않았다. 그 사실은 잊지 말자. 사회가 전반적으로 혼란스러웠고, 경우에 따라서는 매우 강압적이었다. 일찍이 죄인공시대의 맛을 본 적이 있는 대니얼 디포는, 어느 글에선가, 잉글랜드 사회를 〈법의 강철 손〉이라는 말로 규정하고 있다. 법만이 있었던 것이 아니다. 독단도 있었다. 스틸이 의회에서 축출당하고 로크가 강단에서 쫓겨난 사실을, 홉스와 기번이 도주할 수밖에 없었던 것을, 찰스 처칠과 흄과 프리스틀리 등이 박해당한 사실, 그리고 존 윌크스가 런던탑에 갇혔던 일 등을 상기해 보라. 그들을 일일이 열거하면, 세디티우스 리벨[10]이라는 법령의 희생자들 명단이 한없이 길어질

9 에드워드 3세의 모후인 이자벨 드 프랑스의 정인으로, 그녀의 부군인 에드워드 2세를 강제로 퇴위시키고 다시 그를 암살했다. 에드워드 3세 즉위 초기에 국권을 장악하고 멋대로 권력을 휘둘렀으나, 결국 국왕의 명령으로 체포되어 처형당했다.

것이다. 종교 재판처럼 엄한 심문 관행이 거의 전 유럽에 퍼졌고, 치밀한 통제와 감찰은 유행이 되었다. 잉글랜드에서는 모든 권리에 대한 흉악스러운 침탈 행위가 가능했다. 『갑옷 입은 소문꾼』[11]이라는 책을 한번 보시라. 18세기에 이르러서도 루이 15세는, 마음에 거슬리는 문인들을 피커딜리 대로상에서 납치해 오게 했다. 또한 조지 3세가 프랑스에 있는 오페라 관람석 한가운데서, 왕위를 요구하던 왕족을 채어 간 것 또한 사실이다. 매우 긴 팔들이었으니, 프랑스 국왕의 팔은 런던까지 닿았고, 잉글랜드 국왕의 팔은 파리까지 닿았다. 그 시절의 자유가 그러했다.

감옥 안에서조차 서슴지 않고 사람들을 처형했던 사실도 덧붙여 두자. 형벌에 속임수가 끼어든 것이다. 아직도 잉글랜드가 사용하는 흉측한 편법이다. 그리하여 개선하기를 원하면서 최악의 것을 선택하는, 위대한 국민의 기이한 모습을 세상에 드러낸다. 또한 자기의 앞 한쪽에는 과거를, 다른 한쪽에는 진보를 놓아 두고, 그것들을 분간하지 못해, 밤을 낮으로 착각한다.

4. 우르수스가 경찰을 염탐하다

이미 말한 바와 같이, 당시의 엄한 경찰법에 따르면, 와편테이크를 따라 나서라는 최고(催告)는, 그 자리에 있던 다른 모든 사람에게 꼼짝도 하지 말라고 하는 명령도 내포되어 있

10 반역에 관한 법령집을 가리킨다.

11 샤를 테브노라는 사람이 1771년에 모랑드라는 필명으로 런던에서 출판한 책이다. 루이 15세 시절 궁정에서 일어난 일들을 소설 형식으로 기록한 것으로, 원제는 〈프랑스 궁정 이야기〉라는 부제가 붙어 있다.

었다.

하지만 몇몇 호기심 많은 사람들은 고집을 꺾지 않고 그윈플레인을 압송해 가는 행렬을 멀찌감치에서 따라갔다.

우르수스도 그중 한 명이었다.

당연한 일이지만, 우르수스는 화석이 되어 버린 듯했다. 그러나 방랑 생활 중에 뜻밖의 일들과 예상치 못하던 역경을 하도 많이 겪었던지라, 그에게는, 전투함(艦)에 병사들을 각자의 전투 위치로 달려가게 하는 비상 신호가 있듯이, 자신만의 비상 신호, 즉 명석함이 있었다.

그는 화석이 되려 하는 자신을 서둘러 제어한 다음, 차분하게 생각하기 시작했다. 놀랄 일이 아니라 대응책을 찾아야 할 일이었기 때문이다.

뜻하지 않은 일을 당했을 때 대응책부터 찾는 것은, 멍청하지 않은 모든 사람의 의무이다.

곡절을 따질 때가 아니라 행동할 때였다. 즉각적인 행동이 필요했다. 우르수스는 자신에게 다음과 같은 질문부터 던졌다.

〈무슨 일부터 해야지?〉

그윈플레인이 떠난 후 우르수스는 두 가지 근심 사이에 놓였다. 그윈플레인에 대한 근심은 그의 뒤를 따라가기를 요구했고, 자신에 대한 근심은 그 자리에 머물러 있으라고 권했다.

우르수스에게는 파리의 대담성과 미모사의 무감각이 있었다.[1] 그의 두려움은 형언할 수조차 없었다. 하지만 그는 영웅

---

1 〈대담성〉은 〈무모함〉이나 〈끈질김〉으로 읽어도 좋다. 한편, 〈미모사의 무감각〉은 일종의 반어법일 듯하다. 주지하다시피 미모사의 잎을 건드리면 마치 수줍어하듯 잎들이 오그라드는데, 우르수스 역시 그 식물만큼 예민하다는 점을 강조하려는 화법인 듯하다. 미모사의 그러한 특징으로 인해 함수초(含羞草)라는 별칭이 생겼다 한다.

적으로 단안을 내리고, 법을 어기고서라도 와펀테이크의 뒤를 밟기로 작정했다. 그윈플레인에게 닥칠 일이 그만큼 걱정스러웠던 것이다.

그러한 용기를 내다니, 어지간히도 두려웠던 모양이다.

극도의 두려움이 산토끼를 얼마나 용맹스럽게 만드는가!

제정신 잃은 영양은 절벽 아래로 서슴지 않고 뛰어 내린다. 분별력을 잃을 지경으로 질겁하는 것, 그것이 공포감의 여러 형태 중 하나이다.

그윈플레인은 체포당했다기보다 납치당했다. 경찰의 작전이 어찌나 신속하게 이루어졌던지, 물론 그 이른 아침에 사람들의 통행이 빈번하지는 않았지만, 장터에는 거의 소동이 일어나지 않았다. 타린조필드의 가건물들 속에 있던 사람 중 와펀테이크가 웃는 남자를 연행하러 왔다는 사실을 눈치 챈 사람은 거의 없었다. 구경꾼이 적었던 것은 그 때문이다.

그윈플레인은, 얼굴을 가린 외투와 모자 덕분에, 행인들의 눈에 모습이 노출되지 않았다.

그윈플레인을 따라 나서기 전에 우르수스는 신중한 조치를 취해 두었다. 그는 여인숙 주인 나이슬리스와 고비컴, 피비, 그리고 비너스 등을 한구석으로 부른 다음, 아무것도 모르는 데아 앞에서는 철저히 함구하라고 일러두었다. 일어난 일에 대해 그녀가 짐작이라도 하게 할 말은 입 밖에도 내지 말라고 했다. 그윈플레인과 우르수스가 자리를 비운 것은, 그린박스의 살림살이를 장만하러 갔기 때문이라고 둘러대라 했다. 게다가 곧 그녀가 낮잠을 잘 시간이니, 자기와 그윈플레인은 데아가 낮잠에서 깨어나기 전에 돌아올 것이라 했다. 그 일이, 오해에서, 즉 잉글랜드에서 말하는 미스테이크에서 비롯되었기 때문이라 했다. 자기와 그윈플레인이, 사법관 및 경찰에게 진상을 명료하게 밝히는 것은 쉬운 일이며, 그들이

오해를 손가락으로 만져 본 듯 분명히 깨닫게 해준 후에, 두 사람이 오래지 않아 함께 돌아오겠노라 했다. 그러니 누구든 데아에게는 아무 말도 하지 말라고 재차 강조했다. 그러한 당부를 마친 다음 그는 길을 떠났다.

우르수스는 사람들의 눈에 띄지 않고 그윈플레인을 미행할 수 있었다. 비록 최대한의 거리를 사이에 두었지만, 그가 자기의 시야에서 벗어나지 않도록 했다. 망보기에 있어서의 과감함, 그것이 겁쟁이의 용감함이다.

결국, 절차는 아무리 그토록 엄숙해도, 아마 그윈플레인은 별로 중대하지 않은 위반 행위 때문에, 일반 경찰관 앞에 출두하게 되었을 것이라 생각했다.

그리하여 우르수스는, 문제가 곧 해결되리라 믿고 있었다.

그윈플레인을 압송해 가는 경찰 분대가, 타린조필드의 경계 지점을 지나, 리틀 스트랜드의 골목길 어귀에 도달한 후에, 그곳에서 어느 방향으로 들어서는가를 보면, 사건의 내막이 자명하게 드러날 것 같았다.

경찰 분대가 왼쪽으로 방향을 잡는다면, 그것은 그윈플레인을 서더크 시청으로 데리고 가는 것이 분명했다. 그러면 별로 근심할 일이 아니었다. 어떤 위반 사항 때문에 사법관에게서 경고를 받고, 벌금 2, 3실링쯤 지불하면 그윈플레인이 풀려날 것이며, 평소처럼 저녁에 「정복된 카오스」를 공연할 수 있을 것이다. 그러면 아무도 그런 일이 있었음을 눈치조차 채지 못할 것이다.

만약 경찰 분대가 오른쪽으로 방향을 잡는다면, 일은 심각해질 판이었다.

그쪽에는 가혹한 곳들이 있었다.

와펀테이크가 두 줄로 세운 경찰 행렬 사이에 그윈플레인을 호송해 골목길 어귀에 이르자, 우르수스는 가쁜 숨을 몰아쉬며 그들을 응시했다. 한 사람의 전 존재가 눈으로 집결되는 순간이 있다.

어느 방향으로 돌아설까?

그들이 오른쪽으로 돌아섰다.

우르수스는 두려움에 몸을 비틀거리며 쓰러지지 않으려 벽에 기대어 섰다.

사람들이 흔히 자신에게 던지는 다음 말처럼 위선적인 것은 없다. 〈내가 어떻게 해야 할지를 알고 싶다.〉[2] 내심으로는 그것을 전혀 알고 싶어 하지 않는다. 깊숙한 두려움에 사로잡혀 있기 때문이다. 그 순간의 괴로움은, 아무 결론도 내리지 않으려는 모호한 노력으로 인해 더욱 복잡해진다. 그러한 사실을 고백하지는 않지만, 기꺼이 물러서고 싶은 충동을 느끼며, 혹시 이미 앞으로 나갔다면, 그러한 사실을 후회한다.

우르수스의 내면에 일어난 현상이 그러했다. 그는 두려움에 떨며 생각에 잠겼다.

「일이 잘못 돌아가는군. 일찌감치 알았어야 했는데. 그윈플레인을 따라간들 무엇 하겠는가?」

하지만 인간이란 모순 덩어리인지라, 그러한 생각을 하면서도, 우르수스는 발걸음을 배로 빨리 옮겨 놓았다. 그러고는 두려움을 억제하면서, 경찰 분대에 더 가까이 다가가려고 서둘렀다. 그와 그윈플레인을 이어 주는 실이, 서더크의 미로에서 끊어지지 않도록 하기 위함이었다.

경찰의 행렬은 빠르게 전진할 수 없었다. 엄숙함 때문이었다.

와펜테이크가 길을 열었다.

2 몹시 난처할 때 흔히, 〈어찌 해야 할지 모르겠다〉는 말을 하는데, 그 말의 표면적인 뜻은 마치 〈해야 할 일을 알고 싶다〉는 것처럼 보인다. 그러나 그 말의 진정한 뜻은, 그 처지로부터 도망치고 싶다는 것이다. 그 비겁한 충동을 덮어 가리기 위해 동원되는 언어적 태깔을 지적하고 있는 것이다.

사법관은 행렬의 후미를 마무리했다.

그러한 질서 정연함이 전진 속도를 느리게 했다.

경찰관이 갖출 수 있는 모든 엄숙함이 사법관의 모습에 철철 넘쳐흘렀다. 그의 의복은, 옥스퍼드의 음악 박사의 화려한 차림새와, 케임브리지의 신학 박사의 조촐하고 검은 차림새 중간쯤이었다. 그는 귀족의 정장을 차려 입었고, 노르웨이 산토끼 등의 모피로 안을 댄 긴 외투를 입고 있었다. 그의 차림이 반은 중세풍이었고, 반은 현대풍이어서, 가발은 라무아뇽의 것과 같았고, 어깨에서 팔꿈치까지의 소매 모양은 트리스탕 레르미트의 옷과 같았다.[3] 그의 동그랗고 큰 눈은, 부엉이의 눈처럼 그윈플레인을 감싸듯 주시하고 있었다. 그도 보조를 맞추어 걷고 있었다. 그보다 더 사납게 생긴 사람은 구경하기 불가능했다.

좁은 길이 복잡하게 뒤얽힌 곳에서 잠시 길을 잃었던 우르수스는, 세인트 메리 오버 라이 소수도원 근처에서 행렬을 다시 따라잡았다. 행렬은 다행히, 교회당 앞마당에서, 한 무리의 아이들과 개들 때문에 지체되었던 듯했다. 런던의 거리에서는 흔히 생기는 일이었는데, 옛 경찰 보고서에는 개들을 아이들보다 먼저 언급하며 〈dogs and boys〉라고 기록했다.

한 남자를 경찰관들이 사법관에게 끌고 가는 일은 지극히 일상적인 사건이고, 또 누구든 자기의 볼일이 있는지라, 구경꾼들은 뿔뿔이 흩어졌다. 이제 그윈플레인의 뒤를 밟는 사람은 우르수스뿐이었다.

그들은 서로 마주 보고 있는 두 예배당, 즉 재창조 신봉자들의 예배당과 할렐루야 동맹의 예배당 앞을 지나갔다. 그 두 종파는 아직도 존속한다.

3 기욤 드 라무아뇽은 17세기 프랑스의 법관이었고, 트리스탕 레르미트는 15세기 정치인으로 전제 정치를 구현했다고 한다.

그런 다음 행렬은 좁은 길을 골라 구불거리며 나갔는데, 특히 아직 완성되지 않은 도로나, 풀이 무성한 길, 인적이 드문 오솔길을 골라, 방향을 자주 바꾸었다.

드디어 행렬이 문득 멈추었다.

몹시 비좁은 골목이었다. 입구에 있는 오막살이 두세 채를 제외하고는, 집이 전혀 없었다. 그 골목은 두 담장으로 이루어져 있는데, 왼쪽 담장은 낮고, 오른쪽 담장은 높았다. 높은 벽은 검었고, 색슨 양식으로 쌓여 있었는데, 총안과 쇠뇌, 그리고 좁은 채광 환기창에 씌운 정방형의 굵은 철책도 보였다. 창문은 전혀 찾아볼 수 없었다. 다만 여기저기에 틈바구니가 보였는데, 옛날에 투석기나 창을 사용하려고 뚫어 놓은 것들이었다. 그 높은 벽 하단부에, 쥐덫 아래쪽에 뚫어 놓은 구멍 같은, 몹시 낮고 좁은 협문 하나가 보였다. 무거운 석제 홍예틀로 둘러싼 협문에는, 철망을 씌운 구멍창 하나와, 육중한 망치 하나, 커다란 자물쇠 하나, 억세고 튼튼한 돌쩌귀, 어지럽게 박힌 못들, 갑옷처럼 입힌 금속판들이 있었고, 그리하여 문은 나무보다는 쇠로 만든 것 같았다.

골목에는 인적이 없었다. 상점도, 행인도 없었다. 그러나 아주 가까이에서 소음이 지속적으로 들려와, 그 골목이 마치 어느 도랑과 평행을 이루고 있는 것 같았다. 사람들의 음성과 마차 소리가 뒤섞인 요란한 소음이었다. 검은 벽 저 쪽에 큰 길이 있을 성싶었다. 틀림없이 캔터베리로 가는 도로와 런던 교를 이어 주는 서더크의 중심 도로일 것 같았다.

그 골목길을 이 끝에서부터 저 끝까지 엿본 사람이 있다면, 그윈플레인을 호송해 가던 행렬 이외에, 벽 한 귀퉁이에서 어둑함 속으로 위험을 무릅쓰고 몸을 반쯤 들이민, 그리고 유심히 살피면서도 보기를 두려워하는, 우르수스의 창백한 모습을 보았을 뿐, 다른 어느 인간의 얼굴도 발견하지 못했을 것이다.

582

그는 구불구불 이어지던 길 굽이에 몸을 숨기고 있었다.

경찰 분대가 협문 앞에 둥그렇게 모여 섰다.

그윈플레인은 중앙에 서 있었다. 그러나 이번에는 와펀테이크와 아이언웨펀이 그의 뒤로 자리를 옮겼다.

사법관이 망치를 치켜들더니 세 번을 두드렸다.

구멍창이 열렸다.

사법관이 말했다.

「폐하의 명령이오.」

떡갈나무와 쇠붙이로 짠 무거운 협문이 돌쩌귀 위에서 회전했다. 그러자 납빛의 차가운 입구가 모습을 드러냈는데, 동굴의 입구와 유사했다. 무시무시한 반원형 천장이 어둠 속으로 길게 연장되어 있었다.

우르수스는 그윈플레인이 그 속으로 사라지는 모습을 보았다.

5. 불길한 곳

와펀테이크가 그윈플레인의 뒤를 따라 들어갔다.

그다음 사법관이 들어갔다.

그러더니 경찰 분대 전원이 그 뒤를 따랐다.

협문이 다시 닫혔다.

육중한 문짝이 석제 문틀을 다시 밀폐하듯 들러붙었다. 그 문을 열고 닫는 사람은 보이지 않았다. 빗장이 저절로 질러지는 것 같았다. 옛날에 협박 수단으로 고안된 그러한 장치 중 일부가 아직도 오래된 수용소에는 남아 있다. 문을 열고 닫는 사람이 보이지 않는 문이다. 그로 인해 감옥의 문이 무덤 구멍처럼 보였다.

그 협문은 서더크 감옥의 비밀 출입구였다.

낡고 무뚝뚝해 보이는 건물의 어느 부분도, 감옥 특유의 무례한 외양을 완화하고 덮어 주지 못했다.

옛 잉글랜드의 신인 모건[1]을 위해 캐티유클런[2]족들이 세운 이교도 신전이, 에덜프[3]의 궁전으로 사용되다가, 다시 세인트 에드워드[4]의 요새로 변신하더니, 장 상테르[5]가 1199년에 감옥으로 승격시켰는데, 그것이 바로 서더크의 감옥이었다. 슈농소 성 한가운데로 냇물 한줄기가 흐르듯,[6] 처음에는 도로 하나가 그 감옥을 가로질렀기 때문에, 그 감옥이 한두 세기 동안은 게이트, 즉 변두리 문이라고 불렀다. 그러다가 다시 그 도로를 담벼락으로 막았다. 잉글랜드에는 그러한 유형의 감옥이 몇몇 남아 있다. 런던의 뉴게이트, 캔터베리의 웨스트게이트, 에든버러의 캐넌게이트 등이 그 예이다. 프랑스에서는 바스티유가 원래 문 중 하나였다.[7]

잉글랜드의 대부분 감옥은 거의 비슷한 모양새를 갖추고 있는데, 외부는 높은 담장으로 둘러싸고, 그 안에 벌집 같은

1 북부 브리타니아(리싱엄, 노섬벌랜드 등)의 석기 유적에 새겨져 전하는 켈트족의 신 중 하나로 보이는데(*DEO MOGONITO CAD……*), Mogounus, Moguns, Mogonino 등으로도 불린다.

2 Cattieuchlans. 어떤 부족인지 확실치 않으나, *Cattieu-*는 *kattu*(전투를 뜻하는 켈트어)나 *kad*(전투를 뜻하는 브르타뉴어) 등을 연상시키는 바, 호전적인 부족을 뜻하는 작가의 신조어일 듯하다.

3 9세기에 웨식스와 켄트 지역을 다스리던 왕이라고 한다.

4 잉글랜드의 국왕(975~978)이었으나, 장모 엘프리다에게 암살당했다.

5 잉글랜드의 존 왕(재위 1199~1216)을 가리킨다. 재위 기간 중에 프랑스의 영지 대부분(노르망디, 멘, 푸아투, 앙주, 튀렌 등)을 잃어, 땅 없는 *sans-terre* 장이라는 별명이 붙었다.

6 슈농소 성은 쉐르 강 위로 다리를 놓고, 그 위에 성을 지은 것으로 유명하다. 1515년에 착공해 그 세기 말까지 공사가 계속되었다고 한다.

7 파리의 성문 중 하나인 생앙투안 문을 14세기에 바스티유 요새로 변형시켰는데, 리슐리외(17세기)가 감옥으로 사용하기 시작했다.

584

감방이 촘촘히 박혀 있다. 존 하워드[8]라는 햇살이 침투하기 전까지는, 거미와 사법이 각자 거미줄을 쳐놓고 있던 중세적 감옥처럼 음산한 곳은 없었다. 그러한 감옥 모두를, 브뤼셀의 고색 창연한 게헨나[9]처럼, 트로이렌베르크[10] 즉 눈물의 집이라고 불러도 좋을 듯했다.

그 냉혹하고 사나운 건축물들 앞에 서면, 플라우투스가 전하는 노예들의 지옥, 쇳소리 철컥거리는 섬, 즉 페리크레피디토이 인술로이가 연상되고, 그 섬 근처를 지날 때 태곳적 항해사들이 쇠사슬 소리를 들으며 느꼈다는 극도의 슬픔을 다시 맛보게 된다.

마귀를 쫓는 의식을 거행하고 고문을 가하던 장소였던 서더크 감옥은, 애초에 마법사들을 주로 수용했던 것 같았다. 그 협문 위의 마모된 돌에 새겨진 다음 두 구절이 그러한 사실을 암시해 주고 있었다.

Sunt arreptitii vexati daemone multo.

Est energumenus quem daemon possidet unus.

(악마 같은 자 속에서는 지옥 하나가 소란을 피우고,

보잘것없는 녀석은 마귀에 홀렸을 뿐이다.)

악마 같은 자와 마귀에 홀린 자 간의 미묘한 차이를 명확히 해주는 구절이다.

그 문구 위쪽에는, 고위 사법의 상징인 돌 사다리가, 벽에

---

8 잉글랜드의 박애주의자로, 생애와 재산을 행형 제도 개선에 몽땅 바쳤다고 한다.

9 구약의 신에게 버림받은 사람들의 거처. 즉 지옥을 가리킨다.

10 브뤼셀의 루뱅 문 자리에 감옥이 들어선 것은 16세기이고, 그 감옥이 트로이렌베르크로 불리기 시작한 것은 1567년부터라고 한다.

못으로 고정되어 붙어 있었다. 그 사다리가 옛날에는 나무 사다리였는데, 워번 수도원 근처 에스플리 가우스라는 곳의 석화(石化)를 촉진하는 토양에 묻혔던 고로, 돌 사다리로 변했다고 했다.

오늘날에는 허물어진 서더크의 감옥이, 옛날에는 두 도로에 면해 있어서, 진정한 게이트처럼 통로 여할을 했고, 출입문도 둘이었다. 큰 도로 쪽으로 난 문은 매우 호사스러워, 고위 관리들이 사용했고, 골목길 쪽으로 난 것은 고통의 문으로, 나머지 생령들이 사용했다. 또한 죽은 사람들도 사용했다. 감옥에서 사람이 죽을 경우, 시신은 그 문을 통해 밖으로 나왔다. 그 또한 다른 형태의 석방이었다.

죽음이란 무한 속으로 풀어 주는 석방이다.

그윈플레인은 고통의 문을 통해 감옥 안으로 들어갔다.

골목길은, 이미 말한 바와 같이, 서로 마주 보고 있는 두 벽 사이로 뚫린, 자갈투성이의 오솔길에 불과했다. 그러한 종류의 길이 브뤼셀에 있는데, 그 길을 가리켜 한 사람의 길[11]이라고 한다. 두 담벼락은 높이가 같지 않았다. 높은 것은 감옥의 벽이었고, 낮은 것은 묘지의 담장이었다. 감옥에서 나오는 시체 썩히는 장소를 둘러싸고 있던 담장의 높이는, 성인 남자의 키 정도였다. 감옥의 협문 맞은편에 출입구 하나가 뚫려 있었다. 죽은 사람들은 좁은 골목을 건너는 수고만 하면 그만이었다. 담장을 따라 스무 걸음 정도만 가면 묘지로 들어갔다. 높은 담장에는 교수대에서 사용하는 사다리 하나가 걸려 있었고, 맞은편 낮은 담장에는 죽은 사람의 얼굴 모습이 조각되어 있었다. 그 두 담벼락 중 어느 것도 상대편에게 기쁨을 주지는 못했다.

11 중세 농경 시절의 소로가 오늘날까지 보존되어, 특히 브뤼셀 대광장 주변에 산재해 있다. 극도로 좁은 골목길인데, 대부분 막다른 골목이다.

6. 옛 가발 밑에는 어떤 사법관들이 있었는가

그 무렵, 어떤 사람이 감옥의 다른 쪽을, 즉 정면을 바라보았다면, 서더크 대로가 눈에 띄었을 것이고, 감옥의 거대한 정문 앞에, 여행용 마차 한 대가 서 있는 것을 발견했을 것이다. 또한 마차가 여행용임은 〈사륜마차의 칸막이 좌석〉이라고들 하던 마부석을 보아 알 수 있었을 것이다. 오늘날에는 그 마부석을 본떠 만든 소형 마차를 카브리올레[1]라고 부른다. 호기심 많은 사람들이 마차를 에워싸고 있었다. 마차는 가문으로 장식되어 있었고, 점잖은 사람 하나가 마차에서 내려 감옥으로 들어가는 것을 그들이 보았다. 사람들은 그가 아마 사법관일 것이라고 추측했다. 잉글랜드에서는 사법관이 귀족인 경우가 흔했고, 따라서 대개의 경우 〈가문으로 장식할 권리〉라는 것을 누리고 있었기 때문이다. 프랑스에서는 가문 장식과 법복(法服)이 거의 양립하지 못했다. 생시몽 공작은 사법관들에 관해 이야기를 할 때, 〈그런 신분의 사람들〉이라는 표현으로 지칭했다.[2] 반면 잉글랜드에서는, 어느 귀족이 재판관 직을 수행한다 해도 그것이 수치스러운 일로 간주되지 않았다.

잉글랜드에는 이동하는 사법관이 존재하며, 그를 가리켜 순회 판사라고 한다. 따라서 그곳에 서 있던 마차를 순회 중인 사법관의 마차로 여긴 것은 지극히 당연하다. 그런데 사람들의 호기심을 자극한 것은, 사법관으로 여겨지는 인사께

---

1 말 한 필이 끌며, 포장을 열었다 닫았다 할 수 있는, 가벼운 이륜마차.

2 생시몽의 『회고록』에서 자주 발견되는 표현이다. 그와 거의 같은 시대 사람인 샤를 소렐의 『프랑시옹』에서는, 법조인들이 프랑스 사회에서 어떠한 위치에 있었는지를, 더욱 구체적이고 해학적으로 묘사하고 있다. 당시 프랑스 귀족 사회에서는, 직업 변론가(즉 변호사)를 양치기 개에 비유한 소크라테스의 시각이 지배적이었던 모양이다.

서, 마차의 본체에서가 아니라, 앞자리, 즉 마부의 자리에서
내렸다는 사실이었다. 그곳은 관례적으로 상전의 자리가 아
니다. 그 이외에 또 다른 특이한 점이 있었다. 그 시절 잉글
랜드에서는, 여행을 할 때, 5마일 거리마다 1실링을 지불하
고 사륜 승합마차를 타든가, 전속력으로 달리는 역마차를 빌
려 1마일 정도 거리마다 3펜스를, 그리고 전열(前列) 기수에
게는 역참 하나 지날 때마다 4펜스를 지불하는 방법이 있었
다. 하지만 사륜마차를 가지고 있는 사람이 호사를 부리려고
역참의 말을 빌려 여행할 경우에는, 역참 하나 지날 때마다
전열 기수에게 지불하는 4펜스 이외에, 말 한 필당 1마일 거
리마다, 4실링을 지불해야 했다. 그런데 서더크 감옥 앞에 세
워져 있던 마차에는 말이 네 필이나 달려 있고, 전열 기수도
둘이나 되었다. 왕족의 사치였다. 더욱 호기심을 자극하고
구경꾼들을 어리둥절하게 한 것은, 마차가 빈 틈 하나 없이
닫혀 있었다는 것이다. 승강용 디딤판도 올려져 있었다. 유
리창도 모두 덧문으로 가려져 있었다. 내부를 들여다볼 수
있는 구멍은 모두 막혀 있었다. 외부에서 안을 들여다볼 수
없을 뿐만 아니라 안에서 밖을 내다볼 수도 없을 것 같았다.
게다가 마차 안에 누가 있는 것 같지도 않았다.

　서더크가 서리 주 안에 있는지라, 서더크 감옥은 서리 주
집정관의 관할에 속했다. 그런 식으로 분리된 사법권이 잉글
랜드에는 매우 흔했다. 예를 들어 런던탑은 어느 주에도 속
하지 않는 것으로 간주되었다. 다시 말해, 법적으로는, 허공
에 떠 있었다. 그 탑은 쿠스토스 투리스라는 직함을 가진 담
당 경찰관 이외의 다른 어느 사법적 권위도 인정하지 않았
다. 런던탑은 고유의 사법권과, 교회당, 재판소 및 별도의 행
정 기구를 가지고 있었다. 쿠스토스의, 즉 경찰관의 권한은
런던 외곽으로도 확대되어, 21개 햄릿*hamlet* 즉 마을에 대해

서도 관할권을 행사했다. 그레이트브리튼에서는 사법적 기이함이 서로 접목을 거듭해, 잉글랜드의 우두머리 포수[3] 직이 런던탑의 소관에 속하기도 했다.

다른 사법적 관행은 더욱 괴상해 보인다. 예를 들어 잉글랜드의 해군 군법 회의는 로도스 섬과 올레롱 섬의 법률을 참조하고 또 적용한다(올레롱 섬은 잉글랜드 영토였다가 프랑스령이 되었다).

한 지방의 집정관은 매우 중요한 직책이었다. 그 직을 맡는 사람은 최소한 예비 기사였고, 가끔 기사도 있었다. 옛 법령에서는 그를 스펙타빌리스라고 칭했다. 〈중요시 해야 할 사람〉이라는 뜻이다. 일루스트리스와 클라리시무스의[4] 중간 직함으로, 첫 번째 것보다는 낮고, 두 번째 것보는 높다. 각 주의 집정관은 옛날에는 백성들이 선출했다. 그러나 에드워드 2세와 그 뒤를 이어 헨리 4세가 다시 임명권을 회수했던지라, 모든 집정관 직은 왕권에서 비롯되게 되었다. 모두들 자기들의 권한을 국왕 폐하게 받았다. 그 직이 세습되던 웨스트멀랜드의 집정관과, 코먼 홀에서 리버리가 선출하는 런던과 미들섹스의 집정관들은 예외였다.[5] 웨일스와 체스터 지방 집정관들은 징세 특권까지 가지고 있었다. 그 모든 직책이 아직도 잉글랜드에 존속하고 있으나, 풍습과 이념에 시달리며 차츰차츰 마모되어, 이제는 더 이상 옛날의 모습을 가지고 있지 않다. 주 집정관은 〈순회 판사〉를 수행하고 보호하는 기능을 가지고 있었다. 사람에게 팔이 둘 있듯이 그의 수하에도 관공리 둘이 있었는데, 부집정관은 오른팔이었고, 사법

3 단위 부대나 전함의 화약고 열쇠를 책임지던 사람이라고 한다.
4 각각 〈고귀한 사람〉, 〈저명한 사람〉으로 옮길 수 있을 듯하다.
5 코먼 홀은 가이드홀 즉 런던 시청을 가리키는 듯하다. 리버리는 조합원을 뜻하는 듯한데, 왜 그 어휘를 사용했는지 분명치 않다.

관은 왼팔이었다. 사법관은 100호 담당 관리, 즉 와펀테이크의 도움을 받아 절도범, 살인자, 선동꾼, 떠돌이 및 기타 모든 반역자들을 체포하고 신문하며, 집정관 책임하에, 그들을 투옥했다가 순회 판사들에게 재판을 받게 했다. 집정관을 보좌함에 있어 부집정관과 사법관 사이의 계급적 차이가 있다면, 부집정관이 집정관을 수행하는 반면, 사법관은 집정관을 보조한다는 데 있었다. 집정관은 두 종류의 재판정을 주재했다. 하나는 중앙에 고정된 주 재판정이었고, 다른 하나는 이동 재판정이었는데, 셰리프턴이라고 했다. 그렇게 함으로써 그는 단일성(單一性)과 편재성(遍在性)을 실현했다. 그는 소송 사건을 다룸에 있어, 판사 자격으로, 세르겐스 코이포이라고 부르던 수건 쓴 관리에게, 보충 설명을 듣고 또 기타 다른 도움도 받을 수 있었다. 그 관리는 법률 담당 관리로, 검은 빵모자 밑에 캉브레산 백색 수건을 받쳐 썼다.[6] 집정관은 감옥들을 말끔히 청소하는 일을 주로 했다. 자기 관할 주의 한 도시에 도착하면, 그는 수감자들을 간략한 절차를 밟아 내보내는 권리를 행사했다. 수감자들은 석방되거나 교수대로 보내졌다. 그러한 일을 〈감방 분만〉 혹은 제일 딜리버리라고 칭했다. 집정관은 24인으로 구성된 배심원단에게 기소장을 제시했다. 기소 내용에 동의하면 그들은 기소장 위에 빌라 베라[7]라고 썼고, 동의하지 않을 경우 이그노라무스[8]라고 적었다. 배심원이 동의하지 않으면 기소는 무효가 되고, 집정관은 직권으로 기소장을 그 자리에서 찢어 버릴 수 있었다. 만약 심의가 진행되는 도중에 배심원 중 하나가 사망하면, 그

6 코이포이coifoe는 〈수건〉을 뜻하는 중세 라틴어 cofea의 변형인 듯하다. 캉브레는 예부터 레이스 및 기타 직조 산업으로 유명하다.

7 billa vera. 〈진실한 기소장〉, 즉 합당한 기소장이라는 뜻이다.

8 ignoramus. 〈이해하지 못한다〉, 즉 기소 사유가 불충분하다는 뜻이다.

사실 자체로 피고는 일체의 혐의를 벗게 되며, 직권으로 피고를 체포한 집정관은 역시 직권으로 피고를 석방했다. 특히 집정관을 존경하고 동시에 두려워하게 한 것은, 그가 〈폐하의 모든 명령을〉 수행하는 직책을 맡았다는 사실이었다. 그러한 직책은 곧 무서운 자율권을 뜻한다. 그러한 명령에는 임의권이 기생하기 마련이다. 베르데오르[9]라고 불리는 관리들과 검시관들이 집정관을 수행했고, 장터 서기들이 그에게 협력했으며, 말을 탄 사람들과 시종의 정복을 입은 사람들이 뒤를 따랐다. 체임벌린이 말하기를, 집정관은 〈정의와 법과 카운티의 생명〉이라고 했다.

잉글랜드에서는 촉지되지 않는 도괴 작용이 법과 관습을 끊임없이 분쇄하고 풍화시킨다. 다시 강조하지만, 오늘날에는 집정관도, 와펀테이크도, 사법관도, 더 이상 그 시절처럼 직무를 수행하지 않을 것이다. 옛 잉글랜드에서는 권력들 사이에 다소간의 혼란이 있었으며, 따라서 잘못 배당된 권력이 유린으로 귀결되기도 했는데, 그러한 일이 오늘날에는 불가능할 것이다. 경찰과 사법 간의 뒤섞임 현상도 그쳤다. 명칭은 존속하되 기능은 수정되었다. 심지어 우리들은 와펀테이크라는 말의 뜻이 바뀐 것으로 믿게 되었다. 그 말이 전에는 하나의 관리를 뜻했으나, 이제는 지역적 구분을 뜻한다. 그것이 전에는 백부장을 명시했으나, 이제는 조그만 지역을 가리킨다.

또한 그 시절에는 주 집정관이, 어떤 것은 첨가하고 어떤 것은 감하면서, 왕권과 자치권에 입각한 자신의 권한 속에

9 *verdeor*. 정체 불명의 말이다. 혹시 *verdier*(삼림 감시관)의 오기나 옛 형태가 아닌지 모르겠다. 뿐만 아니라 검시관*coroners*이라는 단어도 의외이며, 장터 서기들*clercs de marché* 또한 어떤 사람을 지칭하는지 분명하지 않다.

다, 옛 프랑스에서 〈파리 시장 민사 대리관〉 및 〈파리 경찰 감독관〉이라고 부르던 두 관리를, 교묘히 배합해 농축시켰다. 파리 시장 민사 대리관의 성격은, 옛 경찰 기록부에 있는 다음 구절이 상당히 정확하게 규정하고 있다.

> 민사 대리관께서는 개인들 간의 다툼을 혐오하시지 않는다. 그들의 재산 탕진은 항상 그분을 위한 것이기 때문이다.
>
> 1704년 7월 22일

두려움을 야기하며, 종잡을 수 없고, 항상 모호한 경찰 감독관은, 전형적인 인물들 가운데 특히 르네 다르장송에게서 그 축약형을 발견할 수 있는데, 생시몽의 말에 따르면, 그의 얼굴에는 저승의 세 심판관이 섞여 있었다고 한다.[10]

그러한 저승의 세 심판관이, 이미 보았듯이, 런던의 비숍 스게이트에 있었다.

7. 전율

그윈플레인은 협문이 빗장 삐걱거리는 소리와 함께 다시 닫히는 소리를 듣고 몸서리를 쳤다. 이제 막 닫힌 문이, 한쪽은 세상의 북적거림을 향하고, 다른 한쪽은 죽음의 세계를 향하고 있는, 빛과 어둠 사이에 뚫린 통행문처럼 여겨졌다. 또한 이제는, 태양이 밝혀 주는 모든 것을 뒤로하고, 삶의 경

---

10 『회고록』(1718년 편)에 르네 다르장송의 성격에 대한 상세한 묘사가 있다. 외양은 무섭게 생겼으되, 인정 많고 심성 착했던 사람이었던 것 같다. 생시몽의 글 곳곳에서 그러한 측면이 발견된다.

계선을 넘은지라, 자신이 삶의 밖에 놓여 있는 것 같았다. 그의 가슴이 한없이 조여 들었다. 자신을 어떻게 할 작정이란 말인가? 그 모든 것이 무슨 뜻일까?

자신이 와 있는 곳은 또 어디란 말인가?

그의 둘레에는 아무것도 보이지 않았다. 그는 칠흑 속에 있었다. 협문이 다시 닫히면서 그를 잠시 소경으로 만들어 놓았다. 구멍창 역시 닫혀 있었다. 환기 채광창도, 등불도 없었다. 그것이 옛 시절의 신중한 예방책이었다. 감옥의 안쪽 초입에 불을 밝히는 것을 엄히 금했다. 처음 그곳에 도착한 사람들이 아무것도 간파하지 못하도록 하기 위함이었다.

그위플레인은 손을 뻗어 보았다. 오른쪽에도 왼쪽에도 벽이었다. 그는 좁은 복도에 있었다. 어디에서 배어 나오는지 모르지만 어두운 곳에서도 떠다니는, 그리고 동공이 팽창해 이내 적응하는, 지하실 빛이, 그로 하여금 여기저기에서 희미한 윤곽을 분별토록 해주었고, 그의 앞에서 복도가 어렴풋이 모양을 드러냈다.

우르수스가 부풀려서 들려준 이야기를 통해서밖에 형벌의 엄혹함을 짐작해 본 적이 없는 그윈플레인은, 거대하고 보이지 않는 손이 자신을 움켜잡고 있는 것처럼 느꼈다. 법이라는 미지의 존재에 휘둘린다는 것은 두려운 일이다. 그 무엇 앞에서도 용감할 수 있지만, 사법 앞에서는 당황하게 된다. 왜 그럴까? 인간의 정의라는 것은 땅거미 질 무렵처럼 어둑한데, 판사는 그 속에서 장님처럼 더듬거리기 때문이다. 그윈플레인은 입을 다물고 있으라는 우르수스의 당부를 뇌리에 떠올렸다. 그러나 데아를 다시 보고 싶었다. 하지만 그가 처한 상황에서는 무엇인지 모를 재량권이 존재하는 것 같았고, 그것에 거슬리고 싶지는 않았다. 때로는 밝히려 하다가 악화시키기도 한다. 그렇건만 다른 한편으로는, 자신에게 닥친 일의 중압감을 더 이상 견디지 못하고 무너져 내리게 내버려 두었다. 결국 튀어나오는 질문 한마디를 억제하지 못했다.

「저를 어디로 데려가십니까?」

아무도 대답을 하지 않았다.

침묵 속에서 인신을 구속하는 것이 법이었고, 노르망디인들의 기록에는 그것이 명료하게 드러나 있다. 〈*A silentiariis ostio præpositis introducti sunt*(침묵을 고수하는 문지기들이 그들을 인도했다.)〉

침묵이 그윈플레인을 얼어붙게 만들었다. 그 순간까지만 해도 그는 자신이 강하다고 믿었다. 그는 자족하고 있었다. 자족한다는 것은 강하다는 뜻이다. 그는 고립되어 살았으며, 고립되었다는 것은 난공불락의 입지라고 생각했다. 그런데 느닷없이 흉측스러운 집단적 힘에 짓눌리는 자신을 느끼게 된 것이다. 법이라는 얼굴 없는 존재와 무슨 수로 맞서 싸운단 말인가? 그는 그 수수께끼 앞에서 기운을 잃고 있었다. 종류를 알 수 없는 두려움 한 가닥이 그의 갑옷에 있는 단점을 찾아 낸 것이다. 게다가 전날 밤을 뜬 눈으로 지샜고, 요기조차 못 했다. 차 한 잔으로 입술을 적신 것이 고작이었다. 밤새도록 일종의 광기에 사로잡혀 있었고, 그로 인해 아직도 신열이 남아 있었다. 심한 갈증을 느꼈다. 아마 시장기였을지도 모른다. 불만스러운 배〔胃〕가 모든 것을 흐트러뜨린다. 전날 밤부터 그는 뜻하지 않은 일들로 시달렸다. 그를 괴롭히는 내적 동요가 그를 지탱해 주었다. 질풍이 없으면 돛의 깃도 걸레에 불과하다. 그러나 찢어질 때까지 바람이 부풀리는 그 넝마 조각의 본질적인 나약함이, 그의 내면에서 느껴졌다. 그는 의기소침해지고 있었다. 정신을 잃고 바닥에 쓰러질 것인가? 까무러친다는 것은 여인의 비상 수단이지만, 남자에게는 수치이다. 그는 자신을 다시 뻣뻣이 세웠다. 그러나 온몸이 전율하고 있었다.

균형을 잃어 버린 느낌이 그를 휩싸고 있었다.

8. 비명

걷기 시작했다.

복도 안쪽을 향해 걸었다.

서기 한 사람 보이지 않았다. 기록부를 갖춘 사무실 하나 없었다. 그 시절의 감옥은 서류 갖추는 것을 좋아하지 않았다. 사람이 들어가면 즉시 문을 잠그는 것으로 만족했고, 심지어 그 이유조차도 모르는 경우가 빈번했다. 감옥이니 죄수를 가두면 그만이었다.

행렬은 길게 늘어져서 복도의 형태를 취할 수밖에 없었다. 거의 한 사람씩밖에 지나갈 수 없었다. 와펀테이크가 앞장을 서고 그 뒤를 그윈플레인이 따랐으며, 그 뒤에서 사법관이 걸었다. 경찰관들은 한 덩어리가 되어 복도를 가득 채우며, 마개처럼 그윈플레인의 뒤쪽을 밀봉했다. 복도가 더욱 좁아졌다. 이제는 그윈플레인의 두 팔꿈치가 벽에 닿을 지경이었다. 시멘트와 자갈로 이루어진 천장에, 일정한 간격을 두고 돌출한 화강석 아치가 설치되어 있어서, 그 부분들은 더욱 좁게 조여 있었다. 그곳을 지나려면 이마를 숙여야 했다. 그 복도 속에서 달음박질을 한다는 것은 엄두도 내지 못할 일이었다. 탈옥수라도 천천히 걸을 수밖에 없었을 것이다. 그 창자에는 굽이가 많았다. 감옥의 창자건 사람의 창자건 모두 심하게 구불거린다. 여기저기에, 때로는 오른쪽에 때로는 왼쪽에, 정방형으로 벽에 구멍을 뚫어 놓았는데, 굵은 철책으로 막았다. 철책 사이로 층계들이 보였는데, 어떤 것은 올라가는 것이었고, 어떤 것은 아래로 곤두박질하는 형상이었다.

닫혀 있던 어느 문 앞에 당도했다. 문이 저절로 열리고, 사람들이 통과하자 다시 닫혔다. 잠시 후 두 번째 문에 당도하자, 역시 저절로 열려 그들을 통과시켰고, 이내 세 번째 문이 돌쩌귀 위에서 저절로 회전했다. 모든 문이 저절로 열리고 닫히는 것 같았다. 사람은 단 하나도 보이지 않았다. 복도의 폭이 좁아짐에 따라 천장도 낮아져, 고개를 숙이지 않고는 걸을 수 없었다. 벽에서는 땀처럼 물기가 배어 나오고 있었으며, 천장에서는 물방울이 떨어졌다. 또한 복도의 바닥 포석은 내장 속처럼 끈적거렸다. 그곳을 밝혀 주는 분산된 창백함은 점점 더 불투명해졌다. 공기도 희박해지고 있었다. 기이하게 음산했던 점은, 복도가 계속 밑으로 내려가고 있었다는 사실이다.

주의를 집중해야만 내려가고 있다는 사실을 알아차릴 수 있었다. 어둠 속에서는 완만한 경사가 더욱 음산하게 느껴진다. 거의 지각할 수 없을 만큼 완만한 경사를 따라서 도달하는 암흑의 공간, 그보다 더 무시무시한 곳은 없다.

내려간다는 것, 그것은 공포감을 주는 미지의 곳으로 들어감을 뜻한다.

그렇게 얼마 동안이나 걸었을까? 그윈플레인은 짐작조차 할 수 없었다.

극도의 불안이라는 압연기(壓延機)를 통과하는 순간순간은 터무니없이 길어진다.

문득 모두들 걸음을 멈추었다.

어둠이 더욱 두꺼워졌다.

복도가 조금 넓어진 것 같았다.

아주 가까운 곳에서 어떤 소리가 그윈플레인의 귀에 들려왔다. 중국의 바라〔罷漏〕 소리만이 아마 그 소리와 비슷할 것 같았다. 심연의 가로막을 치는 소리 같았다.

와펀테이크가 아이언웨펀으로 철판을 치는 소리였다.

그 철판이 문이었다.

회전하는 문이 아니라, 올렸다 내리는 문이었다. 요새의 내리닫이 살문과 거의 유사했다.

가느다랗게 파인 홈에서 무엇이 구겨지는 듯한 날카로운 소리가 들리더니, 그윈플레인의 눈앞에 사각형 빛 한 조각이 문득 나타났다.

철판이 들어 올려져, 천장에 파놓은 틈으로 들어간 것이다. 쥐덫의 가로막이 판이 들린 것 같았다.

통로가 열렸다.

빛은 햇빛이 아니었다. 어슴푸레한 불빛이었다. 그러나 한껏 팽창되어 있던 그윈플레인의 동공에는, 별안간 나타난 창백한 빛이 번갯불만큼이나 충격적이었다.

한동안 아무것도 보이지 않았다. 어둠 속에서 못지않게 눈부심 속에서도 사물을 분간하기가 어렵다.

다음 순간, 점차적으로, 어둠에 적응할 때처럼, 그의 눈동자가 빛에 적응하기 시작했다. 드디어 사물을 분간할 수 있었다. 처음 지나치게 강렬해 보이던 빛이 그의 동공 속에서 잠잠해져, 다시 창백해 보였다. 그의 앞에 휑하게 열린 공간으로 눈길을 던지는 순간, 그의 눈에 띈 것은 무시무시하기 짝이 없었다.

그의 발밑에, 스무 개쯤 되는 계단으로 이루어진 높고 좁으며 마모된, 그리고 거의 수직으로 뻗어 있되 좌우 어느 쪽에도 난간이 없는, 층계 하나가 보였다. 벽 한 자락을 엇잘라 계단으로 만든 듯한, 닭의 볏 모양으로 깎은 층계가 깊숙한 지하실로 처박히듯 이어져 있었다. 층계는 바닥까지 닿아 있었다.

지하실은 원형이었고, 천장은 첨두홍예 모양이었는데, 홍예 받침대의 높이가 일정하지 않았다. 몹시 무거운 건축물이 짓누르고 있는 지하 공간에 나타나는, 전형적인 와해 현상이었다.

철판을 치우자 그 모습이 드러났고 또 층계가 걸려 있던, 출입문 역할을 하는 절개부는, 지하실 천장에 뚫은 구멍이었고, 그리하여 그곳에서 지하실을 내려다보면 깊은 우물 속을 들여다보는 것 같았다.

지하실의 면적은 매우 넓어, 그곳이 만약 우물 밑바닥이라고 한다면, 아마 거인들이 사용하던 우물 밑바닥이었을 것이다. 그곳을 보고 〈습한 지하 감옥〉이라는 옛 단어를 뇌리에 떠올릴 수도 있겠으나, 그럴 경우, 사자나 호랑이를 가두었던 지하 감옥이라고 생각해야 마땅할 것이다.

지하실 바닥에는 타일도 포석도 없었다. 깊은 땅속 어디에나 있는 축축하고 차가운 흙이 바닥을 이루고 있었다.

지하실 중앙에서는 낮고 보기 흉한 기둥 넷이, 둔탁한 첨두식 현관 지붕 하나를 떠받치고 있었는데, 지붕의 늑골재(肋骨材)가 안쪽에서 서로 만나며, 주교의 뾰족한 삼각모 속의 모양을 이루었다. 옛날 그 밑에 석관(石棺)을 놓던 첨탑처럼, 지붕 역시 천장까지 올라갔으며, 지하실에 일종의 가운데 방을 하나 이루었다. 물론 사방이 열리고, 벽 넷 대신 기둥 넷밖에 없는 것을 방이라 칭할 수 있을지는 모르겠다.

지붕의 홍예 머릿돌에는 구리로 만든 등 하나가 걸려 있었다. 감옥의 창문처럼 철망을 두른, 둥근 모양의 등이었다. 그 등이 주위로, 즉 기둥과 천장, 기둥 뒤에 희미하게 보이는 원형의 벽 위로, 창백한 빛을 던지고 있었으며, 그 빛은 막대 그림자들로 인해 잘려 있었다.

처음 그윈플레인의 눈을 부시게 하던 것도 그 빛이었다. 그러나 이제는 그것도 거의 희미한 붉은 빛에 불과했다.

지하실에는 그 이외의 다른 빛이 없었다. 창문도 문도 채광 환기창도 없었다.

네 기둥 중앙에, 다시 말해 등 바로 밑에, 빛이 가장 밝은 곳에, 희고 무시무시한 모습 하나가 바닥에 납작 붙어 있었다.

등을 땅에 대고 누워 있었다. 얼굴은 보이나 눈이 모두 감겨 있었고, 몸뚱이 중 상반신은 무엇인지 모를 수북한 더미 속에 묻혀 있는데, 성 안드레아의 십자가[1] 형태로 몸통에 붙어 있던 사지는, 손과 발이 모두 쇠사슬에 묶여 각각 네 기둥 쪽으로 당겨져 있었다. 각 쇠사슬의 끝은 네 기둥 하단에 있던 쇠고리에 걸려 있었다. 능지처참당하는 끔찍한 자세로 꼼짝 못 하게 묶여 있는 그 형체는, 시신의 차가운 납빛을 띠고 있었다. 게다가 발가숭이였는데, 남자였다.

그윈플레인은 돌처럼 굳어, 층계 꼭대기에서 그저 바라볼 뿐이었다.

문득 헐떡거리는 소리가 들려왔다.

시체가 살아 있었다.

그 유령 아주 가까이에, 팔걸이 달린 안락의자 하나가 평평하고 커다란 돌 위에 높직이 놓여 있고, 그 양쪽에, 검은 천으로 지은 옷을 입은 남자 둘이 꼿꼿이 서 있었다. 안락의자에는 붉은색 법복으로 몸을 감싼 늙은이 하나가 앉아 있는데, 안색이 창백하고 미동조차 하지 않으며 음산한 기색에, 손에는 장미꽃 한 다발을 들고 있었다.

그윈플레인보다 세상 물정을 잘 아는 사람이었다면, 그 장미꽃 다발이 무엇을 뜻하는지 알았을 것이다. 꽃 한 다발을 손에 들고 판결을 내릴 수 있는 권리는, 왕권과 지역 자치권을 동시에 대행하는 관리의 특권이었다. 런던 시장은 아직도

1 성 안드레아의 십자가는 X형이다.

그런 식으로 판결을 내린다. 재판관들이 판결 내리는 것을 돕는 일, 그것이 만물 장미꽃들의 직무이다.

안락의자에 앉아 있던 노인은 서리 주의 집정관이었다.

그는 로마 황제의 권위를 위임받은 사람의 장중한 준엄함을 갖추고 있었다.

안락의자는 지하실에 있을 법한 유일한 의자였다.

안락의자 옆에는 서류들과 책들로 덮여 있는 탁자 하나가 있고, 그 위에 집정관의 길고 하얀 막대²가 놓여 있었다.

집정관의 좌우에 시립해 있던 두 사람 중 하나는 의학 담당 박사였고, 다른 하나는 법률 담당 박사였다. 법률 담당 박사는, 가발을 보아 사법관임을 쉽게 식별할 수 있었다. 두 사람 모두 검은색 가운을 입고 있었는데, 하나는 판사의 것이었고 다른 하나는 의사의 것이었다. 그 두 부류의 사람들은 자기네가 죽인 사람들을 조상하는 옷을 입는다.

집정관 뒤에, 평평한 돌 언저리에는 동그란 가발을 쓰고 손에 펜을 든 서기 하나가, 즉각 필기할 준비가 되어 있는 사람의 자세로 쭈그리고 앉아 있는데, 그의 앞 돌 위에는 잉크병 하나가 놓여 있었고, 무릎 위에는 판지 한 장을 펼쳐 놓고 있었다.

그 서기는 흔히 〈가방 담당 서기〉라고 호칭되던 사람이었다. 그의 발 근처에 놓여 있던 가방이 그 사실을 말해 주고 있었다. 옛날에는 그 연장주머니 같은 가방이 재판에 유용했기 때문에 〈정의의 가방〉이라 불리기도 했다.

기둥 하나에는, 가죽옷으로 온몸을 감싼 사람 하나가, 팔짱을 낀 채 등을 기대고 서 있었다. 망나니의 심부름꾼이었다.

그들은 쇠사슬에 묶여 있는 남자의 둘레에서, 음산한 자세

2 집정관이나 지휘관의 직위를 상징하는 일종의 홀(笏)이며, 오늘날의 지휘봉에 해당한다.

로 마(魔)에 씌여 있는 듯했다. 단 한 사람도 움직이거나 말을 하지 않았다.

그 모든 것 위로 괴물 같은 정적이 흐르고 있었다.

그윈플레인이 보고 있던 것은 지하 취조실이었다. 잉글랜드에는 그러한 지하실이 사방에 널려 있었다. 비첨 타워의 지하실이 오랜 세월 동안 그런 용도로 이용되었고, 롤러드 감옥의 지하실 또한 그러했다. 지금도 런던에 가면 볼 수 있는 것이지만, 그 비슷한 장소로, 〈레이디 플레이스 지하 무덤〉이라는 장소도 있었다. 그곳에는 쇠를 달궈야 할 경우에 대비해 벽난로까지 갖추어 놓았다.

서더크 감옥 또한 그중 하나이지만, 존 왕 치세의 모든 감옥에는 지하 취조실이 있었다.

다음에 이야기되는 일이 그 시절 잉글랜드에서는 빈번하게 일어났고, 엄밀히 말해, 형사 사건을 다루는 과정에서는, 오늘날에도 그러한 짓을 자행할 수 있을 것이다. 왜냐하면 모든 법률이 여전히 존속하기 때문이다. 잉글랜드는, 야만적인 법령이 자유와 함께 잘 어울려 지내는 매우 신기한 풍경을 제공하고 있다. 다시 말해 그 둘 사이의 금슬이 훌륭하다.

그러나 약간의 의심도 불필요한 것만은 아니다. 혹시 그 금슬에 위기가 닥쳤을 경우, 가혹한 행형이 다시 눈을 뜰 수 있다. 잉글랜드의 법제란 길든 호랑이이다. 그 법제가 벨벳처럼 부드러운 발을 내보이지만, 그 속에는 여전히 발톱이 있다.

모든 법률의 발톱을 깎아 주는 것이 현명하다.

법이란 권리라는 것이 무엇인지 거의 모른다. 법에는 처벌과 인정이라는 두 측면밖에 없다. 그리하여 철학자들이 항변한다. 그러나 인간의 정의가 정의 그 자체와 합체되려면 아직도 오랜 세월이 흘러야 할 것이다.

법에 대한 존경, 그것이 잉글랜드에서 흔히 쓰는 말이다.

잉글랜드에서는 법률을 어찌나 숭상하는지, 그것을 결코 폐기하는 일이 없다. 다만 법률을 적용하지 않음으로써 숭상하기를 멈춘다. 오래된 법률이 효력을 잃는 것은 늙은 여인과 같다. 그러나 늙은 여인을 죽이지 않듯이, 낡은 법률도 폐기하지 않는다. 상관하기를 멈출 뿐, 그것이 전부이다. 자신이 여전히 아름다우며 젊다고 믿는 것은 각자의 자유이다. 자신이 아직도 건재하다고 몽상하도록 내버려 둘 뿐이다. 그러한 예절을 가리켜 존경이라고 한다.

노르망디의 관습은 주름투성이건만, 그것에 아직까지도 다정한 눈길을 보내는 잉글랜드의 판관은 한둘이 아니다. 노르망디의 것이라면, 그것이 아무리 고물이라 할지라도, 애정을 가지고 존속시킨다. 교수형보다 더 사나운 것이 어디 있겠는가! 1867년에도, 한 남자를 네 조각으로 찢어, 여왕이라는 한 여인에게 바치라는 판결을 내린 적이 있다.[3]

하지만 잉글랜드에는 고문이란 것이 존재한 적이 없다고들 한다. 역사가 그렇게 말한다. 역사의 뻔뻔스러움이 참으로 가관이다.

웨스트민스터의 매슈는, 〈색슨의 법률이 온후하고 관대해〉 범인들을 결코 사형에 처하는 일이 없었노라고 적은 다음, 이렇게 덧붙이고 있다. 〈그들의 코를 자르고, 눈을 파내며, 성을 구분해 주는 부분을 뽑아내는 것에 그쳤다.〉 다만 그렇게 했다는 것이다!

그윈플레인은 층계 꼭대기에서 넋을 잃은 듯, 사지를 덜덜 떨기 시작했다. 온몸에 소름이 끼쳤다. 그는 자신이 어떤 죄

---

3 페니언단*Fenian*인 버크가 1867년 5월에 형을 언도받았다 ― 원주. 〈페니언단〉이란, 잉글랜드로부터 독립을 쟁취하기 위해 결성된 아일랜드의 민족주의 비밀 결사이다. 아일랜드의 전설적인 왕들을 위해 헌신적으로 싸웠다는 *fiann*과 혼용되기도 한다.

를 지었는지 돌이켜보려 애를 썼다. 와펀테이크의 침묵에 형벌의 참경이 이어진 것이다. 한 걸음 더 진척되었는데, 그것은 비극적인 진척이었다. 그는 희미한 사법적 수수께끼가 점점 더 모호해지는 것을 보았고, 자신이 그것에 걸려들었음을 느끼고 있었다.

땅바닥에 누워 있던 인간의 형체가 다시 헐떡거렸다.

그윈플레인은 누가 자신의 어깨를 부드럽게 앞으로 민다는 느낌을 받았다.

와펀테이크였다.

그는 지하실로 내려가야 한다는 뜻을 알아차렸다.

복종했다.

그는 한 계단 한 계단 층계 밑으로 빠져 들어갔다. 계단의 발판은 매우 좁았고, 계단 사이의 높이는 8, 9푸스쯤 되었다. 그런데 난간은 없었다. 아주 조심스럽게 내려가야 했다. 그윈플레인의 뒤에서는, 와펀테이크가 아이언웨펀을 똑바로 세워 든 채, 두 계단 간격을 두고 따랐고, 그 뒤를 사법관이 같은 간격을 두고 따랐다.

그윈플레인은 계단을 내려오며 희망이 침강됨을 느꼈다. 한 걸음씩 진행되는 죽음이었다. 계단 하나를 밟고 지날 때마다, 그의 내면에서 빛이 소멸되었다. 점점 더 창백해지면서 층계의 끝에 이르렀다.

땅바닥에 쓰러져 네 기둥에 쇠사슬로 묶인 애벌레 형상을 한 사람은 계속 헐떡이고 있었다.

어슴푸레한 빛 속에서 목소리가 들려왔다.

「다가오시오.」 집정관이 그윈플레인에게 하는 말이었다.

그윈플레인이 한 걸음 다가갔다.

「더 가까이 오시오.」 같은 목소리가 들려왔다.

그윈플레인이 다시 한 걸음 다가갔다.

「아주 가까이.」집정관이 다시 말했다.

사법관이 그윈플레인의 귀에다 대고 나지막하게 말했다.

「앞에 계신 분은 서리 주의 집정관이시오.」

그의 말투가 어찌나 엄숙한지, 속삭임조차 장엄하게 들렸다.

그윈플레인은 지하실 중앙에 누워 있는 고문받은 사람 가까이까지 다가갔다. 와펀테이크와 사법관은 자신들이 있던 곳에 멈추어 서고, 그윈플레인이 홀로 앞으로 나서도록 내버려 두었다.

지붕 밑에 이르러, 상당히 먼 거리에서만 보던 비참한 것을 근거리에서 확인하고, 그것이 살아 있는 사람이라는 사실을 깨달았을 때, 그윈플레인의 두려움은 걷잡을 수 없는 공포로 변했다.

묶인 채 땅바닥에 누워 있던 남자는 아예 알몸이었다. 형벌의 포도잎[4]이라고 명명할 수 있을 법하고, 고대 로마인들의 수킨굴룸[5]이나 고트인[6]들의 크리스티판누스[7]에 해당하는, 국부를 흉하게 가려 주는 넝마 조각 하나만 걸치고 있었다. 그것을 가리켜, 우리의 옛날 상스러운 갈리아어로는 크리파뉴[8]라고 한다. 예수도 십자가 위에서는 그러한 천 조각

4 나체 조각상의 국부를 포도잎 모양으로 조각하던 관습이 있었는데, 그 국부 대체 형상을 포도잎*feuille de vigne*이라고 한다. 종교 예술품이 많은 이탈리아에서 흔히 볼 수 있다.

5 〈어깨끈〉이나 〈멜빵〉을 뜻한다.

6 특정 종족이 아닌 중세의 유럽인들을 가리키는 말이다. 우악스럽고 조금 야만스럽다는 뜻이 담겨 있다.

7 *christ*와 *pannus*를 합쳐 만든 복합어인 듯하다. 예수가 처형될 때 국부만 가렸던 천 조각을 가리킨다. 그러한 합성어를 만들었다는 사실 자체가 불경스러운 행위로 간주되었을 것이다.

8 작가는 옛 갈리아인들이(즉 프랑스인들이) 크리스티판누스*christipannus*를 가지고 크리파뉴*cripagne*라는 말을 만들었다 하나, 그 단어가 실용된 예

밖에 걸치지 않았다.

그윈플레인이 유심히 바라보고 있던 무시무시한 수난자
는, 나이가 쉰에서 예순 사이인 듯했다. 그는 대머리였다. 하
얀 수염이 턱에 삐죽삐죽 솟아 있었다. 눈은 감았는데 입은
벌리고 있었다. 치아가 몽땅 드러났다. 야위어 뼈만 앙상한
얼굴은 죽은 사람의 얼굴에 가까웠다. 네 돌기둥에 쇠사슬로
묶여 고정된 팔과 다리는 X자 모양을 이루었다. 가슴팍과 복
부 위에 각각 철판 하나씩을 올려놓고, 그 위에 다시 굵직한
돌 대여섯 개씩을 쌓아 놓았다. 그의 헐떡임은 가쁜 숨소리
이기도 하다가 때로는 비명이기도 했다.

집정관은 들고 있던 장미꽃 다발을 놓지 않고, 다른 손으
로, 탁자 위에 있던 하얀 막대기를 집어 들더니, 그것을 똑바
로 세우며 선서하듯 말했다.

「국왕 폐하께 복종.」

그런 다음 막대기를 탁자 위에 다시 내려놓았다.

그러고는 조종 소리처럼 느릿느릿, 어떤 몸짓도 보이지 않
고, 수난자와 마찬가지로 미동조차 하지 않으며, 음성을 높
였다.

「여기에 쇠사슬로 묶여 있는 사람은, 최후로 정의의 음성
을 들으시오. 당신은 지하 감방에서 꺼내어져서 이곳으로 압
송되었소. 정식으로 또 적법하게 신문했건만, *formaliis
verbis pressus*,[9] 당신에게 이미 했고 이제 또 반복할 질의와

는 찾기 어렵다. *cri-*와 *pagne*를 합성한 말인 듯한데, *pagne*는 타히티 등지
의 원주민들이 허리에 두르는 짧은 몸가리개를 가리킨다. 그런데 그 말이
프랑스에서 사용되기 시작한 것은 17세기에 이르러서이고, 그것도 스페인
어 *paño*에서 온 말이다. 결국 작가의 신조어인 듯한데, 작가가 부여하고자
하는 말의 의미는 〈예수의 몸가리개〉이다.
9 앞에서 한 말을 다시 잡탕 라틴어*latin macaronique*로 반복한 것이다.
법관들이나 둔중한 학자들 혹은 얼치기 문인들의 불필요한 라틴어 사용 혹

통고를 무시한 채, 악의적이고 비뚤어진 집요함에 이끌려, 당신은 침묵 속에 스스로를 유폐시켰고, 재판관의 질문에 대답하기를 거절했소. 그것은 가증스러운 방종일 뿐만 아니라 이미 열거한 범행 이외에 법원에 대한 항거죄[10]를 추가로 성립시키는 짓이오.」

집정관의 오른편에 시립해 있던 법률학자가 그 순간, 집정관의 말을 중단시키듯이, 냉담하게 한마디 했는데, 그 냉담함에는 형언할 수 없는 음산함이 있었다.

「*Overhernessa*(항거죄). 앨프레드와 가드런의 법률. 제6장.」

집정관이 다시 말을 시작했다.

「암사슴들이 새끼를 치는 숲에 출몰하는 악당들을 제외하고는, 모든 사람들이 법을 존중하오.」

그러자 뒤이어 울리는 종소리처럼 법률학자가 읊었다.

「*Qui faciunt vastum in foresta ubi damæ solent founinare*(암사슴들이 새끼를 치는 숲에 출몰하는 악당들).」

집정관이 다시 말을 이었다.

「사법관의 질문에 대답하기를 거절하는 사람은 모든 못된 짓을 저지를 수 있다는 혐의를 받소. 그러한 사람은 무슨 악이든 행할 수 있다고 공인되었소.」

은 라틴어 흉내 내기 관행을 야유하고 있는 것이다.

10 *oversenessa*라는 정체 불명의 단어를 중국인들의 번역에 의지해 옮긴 것이다. 중국어 번역판들은 그 말을 여일하게 〈拒抗法院的犯罪〉로 번역하고 있는데, 그러한 번역어가 어떻게 성립되었는지 모르겠다. 여하튼, 집정관은 *oversenessa*라고 했건만, 사법관이 *overhernessa*로 수정해 말한 것만 보더라도, 그들의 잡탕 라틴어가 얼마나 임의적으로 구성되었는지 짐작할 수 있을 것이다. 문제의 단어가, 영어의 *over-*라는 접두어와 라틴어 *hernia*(脫腸)를 합쳐서 만든 것이라면, 집정관은 프랑스어(*hernie*)나 이탈리아어(*ernia*)의 발음에 입각해 만든 것이고, 사법관은 라틴어(*hernia*)나 영어(*hernia*), 독일어(*Hernie*) 등의 발음에 기초한 듯하다.

법률학자가 다시 끼어들었다.

「*Prodigus, devorator, profusus, salax, ruffianus, ebriosus, luxuriosus, simulator, consumptor patrimonii, elluo, ambro, et gluto*(낭비꾼, 식탐꾼, 무절제한 자, 음탕한 자, 뚱쟁이, 주정꾼, 방탕아, 위선자, 유산 탕진하는 자, 절취꾼, 분별없이 돈을 뿌리는 자, 맛있는 음식 탐하는 자.)」

집정관이 말을 계속했다.

「모든 못된 버릇은 범죄 혐의를 뒷받침해 주오. 아무것도 실토하지 않는 자는 모든 것을 자백하는 자요. 재판관의 질문 앞에서 입을 다무는 자는, 곧 거짓말꾼이며 친부(親父) 살해범이오.」

「*Mendax et parricida*(거짓말꾼 그리고 친부 살해범).」 법률학자가 덧붙였다.

집정관이 다시 말을 이었다.

「이보시오, 침묵을 고집해 결석 재판이 되게 하는 짓은 결코 허락되지 않소. 거짓 결석은 법에 상처를 입히오. 여신에게 상처를 입히는 디오메데스[11]와 유사한 자요. 사법 앞에서의 고집스러운 침묵은 반역의 한 형태요. 사법에 상처를 입힘은 대역죄와 다름없소. 그보다 더 가증스럽고 무모한 것은 없소. 신문을 피하는 것은 진실을 훔치는 짓이오. 그러한 행위에 법은 이미 대비해 둔 것이 있소. 유사한 경우에 잉글랜드인들은 옛날부터 지하 감옥이나 교수대, 그리고 쇠사슬을 즐길 권리를 누려왔소.」

「*Anglica charta*(잉글랜드 헌장), 1088년.」 법률학자가 덧붙였다. 그러고는 여전히 기계적인 엄숙함으로 몇 마디 더

---

11 『일리아스』에 등장하는 인물로 오디세우스의 동료이다. 그는 아테나 여신의 비호를 받으며 전쟁의 신 아레스를 공격하던 중 아레스의 정부인 아프로디테에게 상처를 입힌다(제5장).

했다.

「*Ferrum, et fossam, et furcas, cum aliis libertatibus*(검, 그리고 감옥, 그리고 교수대 및 기타 자유.)」

집정관이 계속했다.

「그러한 연유로, 이보시오, 정신 멀쩡하고 또한 사법이 당신에게 묻는 사항을 완벽히 알면서도, 침묵을 깨트리려 하지 않았기 때문에, 그리고 당신이 마귀처럼 저항하는지라, 당신은 고초를 당할 수밖에 없었으며, 형사 처벌법에 의거해 〈강렬하고 혹독한 고통〉이라 칭하는 시련을 겪었던 것이오. 다음은 여기에서 당신에게 행한 사항이오. 내가 당신에게 그것을 사실대로 인지시켜 주기를 법이 요구하오. 당신은 이 지하 감옥으로 이송되어, 옷이 벗겨진 다음, 알몸으로 땅바닥에 뉘였고, 당신의 사지는 잔뜩 당겨져 법의 네 기둥에 묶였으며, 당신의 배 위에 철판 하나를 올려놓은 다음, 당신의 몸뚱이가 감당할 만큼의 돌을 그 위에 쌓았소. 〈그리고 더〉라고 법에는 명시되어 있소.」

「*Plusque*(그리고 더).」 법률학자가 확인했다.

집정관이 계속했다.

「그러한 상황에서, 당신의 시련을 연장하기 전에, 나 서리주의 집정관이, 질문에 답하고 진술하라는 반복된 권고를 당신에게 전달했으며, 당신은 극도의 고통과 쇠사슬과 수갑과 족가(足枷) 및 기타 철제 속박 기구들의 지배하에 있으면서도 사탄처럼 침묵을 고집했소.」

「*Attachiamenta legalia*(법률로 규정된 형구들이오).」 법률학자가 말했다.

「당신의 그러한 거부와 완강함에 임해, 법의 집요함이 범인의 집요함과 대등한 것이 공정한지라, 법령과 법조문이 요구하는 대로 시련이 계속되었소. 첫날에는 당신에게 먹을 것도 마실 것도 주지 않았소.」

「*Hoc est superjejunare*(그것이 극도의 절식이오).」 법률학자가 말했다.

잠시 침묵이 흘렀다. 돌무더기 밑에 있는 남자의 휘파람 소리를 내는 끔찍한 숨소리가 들렸다.

법률 보좌관이 자신의 말을 보충했다.

「*Adde augmentum abstinentiæ ciborum diminutione. Consuetudo britannica*(절제를 강화하니 그에 응해 음식을 줄이는 것이 마땅하도다. 브리타니아의 관습법), 제504조.」

두 사나이가, 즉 집정관과 법률학자가, 계속 주고받았다. 그 흔들리지 않는 단조로움보다 더 음울한 것은 없었다. 음산한 목소리가 불길한 음성에 화답하고 있었다. 형벌의 사제와 부제(副祭)가 법의 사나운 미사를 집전하고 있는 듯했다.

집정관이 다시 말을 시작했다.

「첫날에는 당신에게 마실 것도 먹을 것도 주지 않았소. 둘째 날에는 먹을 것만 주고 마실 것은 주지 않았소. 당신의 이빨 사이에 보리 빵 세 조각을 물려 주었소. 셋째 날에는 당신에게 마실 것만 주고 먹을 것은 주지 않았소. 이 감옥의 하수구에서 흘러나온 물 한 파인트[12]를 세 유리컵에 담아서, 당신의 입 속에다 세 번에 걸쳐 부어 넣었소. 넷째 날이 되었소. 그것이 오늘이오. 이제 만약 당신이 계속해서 답변을 거절한다면, 당신은 죽을 때까지 이곳에 방치될 것이오. 그것이 사법의 뜻이오.」

법률학자가 여전히 응답하며 동의했다.

「*Mors rei homagium est bonæ legi*(죽는다는 것은 현명한 법에 대한 존경의 표시이다).」

---

12 옛 용량 단위로 0.568리터에 해당한다.

「또한 당신이 처참하게 죽어 가는 자신을 깨닫게 되는 순간에도, 그리고 비록 당신의 목구멍과 수염, 겨드랑이 등 당신의 입에서 옆구리에 이르기까지, 모든 구멍에서 피가 흐르더라도, 당신을 도와줄 이 아무도 없을 것이오.」

「*A throtebolla, et pabu et subhircis, et a grugno usque ad crupponum*(목구멍과 수염, 겨드랑이 등 당신의 입에서 옆구리에 이르기까지).」

집정관이 계속했다.

「이보시오, 조심해야 하오. 모든 행위의 결과는 당신이 감당해야 하기 때문이오. 만약 당신이 침묵을 포기하고 실토한다면, 당신이 받을 처벌은 고작 교수형뿐이오. 게다가 당신은 멜데페오라고 하는 일정액의 금전도 사용할 권리를 얻게 되오.」

「*Damnum confitens habeat le meldefeoh. Leges Inæ*(자기의 죄를 자백하는 자는 멜데페오를 향유할 자격을 갖느니라. 이노의 법),[13] 제20장.」 법률학자가 화답했다. 그러자 집정관이 다시 설명했다.

「그 돈은, 도이트킨스, 수스킨스, 그리고 갈리할펜스 명목으로 당신에게 지불될 것이며, 헨리 5세 즉위 3년에 반포된 형(刑) 면제에 관한 법령에 의거해 오직 그 명목에 부합되는 일에만 사용해야 하오. 따라서 당신은 그 돈으로 스코르툼 안테 모르템[14]을 즐길 권리가 있으며, 그런 다음 즉시 말뚝에

---

13 〈이노의 법〉이라는 것이 실존했는지는 알 수 없다. 이노는 그리스 신화에 등장하는 여인이고, 특히 에우리피데스의 작품(『이노』)에서 중요하게 다루어지는 인물이다. 테베의 왕 아타마스의 후처인 이노는 전처의 자식들(프릭소스, 헬레)을 죽이려는 음모를 꾸미지만, 그 일을 맡았던 하수인이 아타마스에게 음모를 고변한다. 〈이노의 법〉이라는 것이, 그러한 신화적 내용을 염두에 두고 작가가 만든 가상의 명칭 아닌지 모르겠다.

14 *scortum ante mortem.* 스코르툼은 가죽이나 살갗을 뜻한다. 특히 행실 난잡한 여인을 비하해 가리킬 때 사용되던 말이라 한다. 본문에서는 〈죽

매달려 목이 졸릴 것이오. 자백함으로써 얻는 이득이 그러하오. 기꺼이 사법의 질문에 답하겠소?」

집정관이 말을 멈추고 기다렸다. 수난자는 아무 움직임도 보이지 않았다.

그러자 집정관이 다시 시작했다.

「이보시오, 침묵은 안위보다 위험이 더 많은 곳으로 도주하는 짓이오. 고집은 단죄받아 마땅한 범죄라오. 사법 앞에서 함구하는 자는 왕권에 항거하는 대역죄인이오. 자식의 도리에 어긋나는 이러한 불복종을 고집하지 마시오. 폐하를 좀 생각하시오. 우리의 자애로우신 여왕 폐하께 항거하지 마시오. 내가 당신에게 물으면, 당신은 폐하께 답변 올리시오. 신의 깊은 신하가 되시오.」

수난자가 다시 헐떡거렸다.

집정관이 말을 이었다.

「결국 수난의 72시간을 보내고 이제 우리는 넷째 날에 이르렀소. 이보시오, 이제 결판의 날이 되었소. 넷째 날에는 대질(對質)을 하도록 법으로 정해져 있소.」

「*Quarta die, frontem ad frontem adduce*(제4일에는 대질을 진행시킨다).」 법률학자가 중얼거렸다.

집정관이 계속했다.

「법의 지혜로움이 이처럼 극단의 시각을 택한 것은, 우리의 선조들께서 〈사망의 냉기로 판단한다〉고 하시던 방법을 취하기 위함이었소. 사람이 죽음의 순간에 임해 한 말은, 그것이 시인이든 부인이든 믿을 만하기 때문이오.」

법률 보좌관이 그 말을 확인했다.

「*Judicium pro frodmortell, quod homines credendi sint*

기 전에 상관하는 여인〉, 즉 처형하기 전에 사형수에게 마지막으로 안겨 주던 여인을 가리킨다.

per suum ya et per suum na(사망의 냉기로 판단한다. 시인이든 부인이든). 애들스탠[15] 국왕 헌장. 제1권, 173페이지.」

집정관이 잠시 기다리더니, 수난자 곁으로 자신의 준엄한 얼굴을 가까이 가져가며 말했다.

「땅바닥에 누워 있는 사람…….」 그리고 잠시 멈추더니 언성을 높였다.

「내 말 들리오?」

수난자는 꼼짝도 하지 않았다.

「법의 이름으로 명령하노니, 눈을 뜨시오.」

남자의 눈꺼풀은 여전히 감겨 있었다.

집정관이 자신의 왼편에 시립해 있던 의사를 돌아보며 말했다.

「의사 선생, 진단을 해보시오.」

「*Probe, da diagnosticum*(정직한 이여, 진단을 해보시오).」 법률학자가 말했다.

의사가 석판 위에서 거만할 만큼 뻣뻣한 거조로 내려와, 남자에게 다가갔다. 그러고는 상체를 숙여 귀를 수난자의 입 가까이에 가져다 대고, 손목과 겨드랑이와 허벅지의 맥을 짚어 본 다음 몸을 다시 꼿꼿이 세웠다.

「어떻소?」 집정관이 물었다.

「아직 다른 사람의 말을 알아듣습니다.」

「볼 수도 있소?」 집정관이 다시 물었다.

의사가 대답했다.

「그는 사물을 볼 수 있습니다.」

집정관이 신호를 보내자 사법관과 와펀테이크가 앞으로 나섰다. 와펀테이크는 수난자의 머리 근처에 서고, 사법관은

15 10세기 말에 브리타니아의 어느 왕국을 통치하던 왕인 듯하다.

612

그윈플레인의 등 뒤에 가서 멈추었다.

의사가 기둥들 사이로 한 걸음 물러섰다.

그러자 집정관은, 사제가 성수 살포기(聖水撒布器) 쳐들듯 장미꽃 다발을 쳐들며, 수난자를 향해 큰 소리로 호령하기 시작하는데, 그 기세가 무시무시했다.

「오! 불쌍한 것, 어서 말을 하라! 너를 절멸시키기 전에 법이 너에게 간곡히 요청한다. 네가 벙어리처럼 보이고 싶어 하지만, 영원한 벙어리인 무덤을 생각해 보라. 네가 귀머거리처럼 보이고 싶어 하지만, 막무가내로 귀머거리인 영원한 형벌을 생각해 보라. 너보다 더 악독한 죽음을 생각해 보라. 심사숙고해 보라. 너는 이 지하에 내버려질 것이다. 잘 들어라, 나의 동류(同類)여, 나도 사람이니! 잘 들어라, 나의 형제여, 나도 기독교도이니! 잘 들어라, 나의 아들이여, 나는 늙은이이니! 나를 조심하라. 내가 너의 고통을 주관하는 절대권자이며, 잠시 후에는 내가 무시무시해질 것이기 때문이니라. 법의 잔혹함에서 재판관의 위엄이 비롯되느니라. 나 역시 나 자신 앞에서 두려움에 전율한다는 사실을 생각해 보라. 나의 권능이 나 자신마저도 아연실색케 하노라. 나를 극단으로 몰지 마라. 나는 나 자신 속에 처벌의 신성한 악의가 가득 차 있음을 느끼고 있노라. 그러니, 오! 불운한 자여, 사법에 대한 유익하고 정직한 두려움을 품고 내 말에 복종하라. 이제 대질의 순간이 도래했으니 너는 대답해야 하느니라. 저항을 고집하지 마라. 돌이킬 수 없는 길로 들어서지 마라. 너의 삶을 마감해 주는 것이 나의 권리임을 생각하라. 이미 시작된 시체여, 잘 들어라! 너의 머리 바로 위 거리에서는 사람들이 오고가고 물건을 사고팔며 마차들이 굴러다니는데, 너는 이 지하에서 무거운 돌에 짓눌린 채 내버려지고 잊히고 흔적마저 없어져, 쥐들과 족제비들에게 먹히고, 암흑

속에 서식하는 벌레들에게 뜯기면서, 극도의 시장기와 배내
똥에 휩싸여 단말마의 고통을 감수하며 긴 시간을 두고 죽어
가며, 여러 시간, 여러 날, 여러 주일 동안 서서히 숨을 거두
는 것이 네 마음에 기껍지 않다면, 너의 상처를 어루만져 줄
의사 하나 없이, 너의 영혼에 신성한 물 한 잔 제공할 사제 하
나 없이, 절망의 밑바닥에서 이를 갈고 눈물을 흘리고 신을
모독하는 언사를 쏟아 놓으며 끊임없이 헐떡거리는 것이 너
의 뜻에 합당하지 않다면, 오! 무덤의 끔찍한 거품이 너의 입
술에 서서히 피어나는 것을 느끼고 싶지 않다면, 오! 신의 이
름에 의지해 너에게 요청하고 간청하노니, 나의 말을 주의
깊게 들어라! 나는 너를 돕기 위해 촉구하노니, 너 자신을 불
쌍히 여겨, 너에게 요구된 것을 순순히 행하고, 사법에 굴복
하며 복종해, 너의 머리를 돌려 눈을 뜬 다음, 여기에 와 있는
이 남자를 알아볼 수 있는지 말하라!」
　수난자는 고개를 돌리지도 눈을 뜨지도 않았다.
　집정관이 사법관과 와펀테이크에게 차례차례 눈짓했다.
　사법관이 그윈플레인의 모자와 외투를 벗긴 다음, 그의 어
깨를 잡고 묶여 있는 남자 쪽을 향해 돌려 세워, 그의 얼굴이
불빛 아래에 훤히 드러나게 했다. 그윈플레인의 얼굴이 불빛
을 받아, 그 기이한 윤곽과 함께 어둠 속에서 떠올랐다.
　같은 순간, 와펀테이크는 몸을 숙여 두 손으로 수난자의
약쪽 관자놀이를 잡은 다음, 그 무기력한 얼굴을 그윈플레인
에게로 향하도록 돌려 놓고, 두 엄지손가락과 두 인지로 닫
혀 있던 눈꺼풀을 열었다. 남자의 사나운 눈이 나타났다.
　수난자가 그윈플레인을 보았다.
　그러더니 스스로 머리를 쳐들고 눈을 크게 뜨면서 그윈플
레인을 유심히 살폈다.
　그는 산 하나가 가슴을 짓누르기라도 한 듯 소스라치게 놀

614

라며 소리쳤다.

「그 아이야! 맞아! 그 아이야!」

그러고는 무시무시한 웃음을 터뜨렸다.

「그 아이야!」 그가 거듭 소리쳤다.

그런 뒤 바닥으로 다시 머리를 떨어뜨리더니 눈을 감았다.

「서기, 그대로 기록하시오.」 집정관이 명령했다.

비록 두려움에 사로잡히긴 했어도, 그 순간까지 그윈플레인은 상당히 침착했다. 하지만 〈그 아이야!〉라고 한 수난자의 말에 몹시 당황했고, 〈서기, 그대로 기록하시오〉라는 말에는 소름이 끼쳤다. 어느 악당이, 그윈플레인은 영문조차 모르는데, 그를 자신의 운명에 끌어들인 것 같았고, 그 남자의 이해할 수 없는 자백이 그윈플레인의 목을 죄는 쇠고리의 돌쩌귀처럼 맞물린 것 같았다. 그윈플레인은 자신과 그 남자가 같은 죄인공시대 위의 두 말뚝에 나란히 묶여 있는 모습을 상상했다. 그는 두려움에 침착성을 잃고 몸부림쳤다. 그리고 순진한 사람의 엄청난 혼란에 휩싸여, 조리에 맞지 않는 말을 더듬거리기 시작하더니, 온몸을 떨면서, 질겁해 정신을 잃은 듯, 혀끝에 떠오르는 대로, 마구 쏘아 대는 포탄을 닮은, 겁에 질린 말들을 아무렇게나 쏟아 냈다.

「사실이 아닙니다. 저는 아닙니다. 저는 저 사람을 모릅니다. 제가 그를 모르니 그가 저를 알 리 없습니다. 저에게는 저를 기다리는 오늘 저녁의 공연이 있습니다. 저에게 무엇을 원하십니까? 저는 석방을 요구합니다. 이 모든 것이 말도 안 됩니다. 저를 무슨 이유로 이 지하실에 끌고 왔습니까? 이것은 불법입니다. 차라리 법이 없다고 말씀하십시오. 재판관님, 반복해 말씀드리지만, 저는 아닙니다. 누가 무슨 말을 하건 저는 결백합니다. 그것만은 제가 잘 압니다. 저는 이곳을 떠나고 싶습니다. 이것은 옳지 않은 일입니다. 저 사람과 저는 아무 상관도 없습니다. 즉시 알아보고 확인하실 수 있습니다. 저의 생활은 감춰진 것이 아닙니다. 그런데 도둑놈처럼 와서 저를 이리로 잡아왔습니다. 왜 그런 식으로 저를 잡으러 왔습니까? 저 남자가 무엇 하는 사람인지, 제가 알기나 합니까? 저는 장터를 따라다니며 익살극을 공연하는 떠돌이 소년입니다. 제가 바로 웃는 남자입니다. 상당히 많은 사람들이 저를 구경하러 왔습니다. 저희는 현재 타린조필드에 머물고 있습니다. 이 직업에 정직하게 종사해 온 지 15년이 되었습니다. 제 나이 스물다섯입니다. 저는 태드캐스터 여인숙에 거처를 정하고 있습니다. 저의 이름은 그윈플레인입니다. 재판관님, 제발 저를 이곳에서 내보내 주십시오. 불우한 사람들의 미미함을 악용하셔서는 안 됩니다. 아무 죄도 범하지 않았고, 보호받지 못하며, 방어 수단조차 없는 사람을 불쌍히 여겨 주십시오. 재판관님 앞에 있는 사람은 가엾은 익살광대에 불과합니다.」

「저의 앞에 계신 분은, 클랜찰리 및 헌커빌 남작이시고, 시칠리아의 코를레오네 후작이시며, 잉글랜드의 피어이신, 퍼메인 클랜찰리 경이십니다.」 집정관의 대답이었다.

그러고는 자리에서 일어나 자기가 앉았던 안락의자를 가리키며, 그윈플레인에게 다시 말했다.

「각하, 좌정하시옵소서.」

제5권 바다와 운명은 같은 숨결에 출렁인다

1. 부서지기 쉬운 것의 단단함

운명은 가끔 우리에게 광증 한 잔을 내밀며 그것을 마시라고 한다. 손 하나가 구름 속에서 나와서 미지의 취기로 가득 찬 잔을 불쑥 우리에게 권한다.

그윈플레인은 무슨 뜻인지 이해하지 못했다.

그는 누구에게 하는 말인지 확인하려고 뒤를 돌아보았다.

지나치게 날카로운 소리는 우리의 귀가 듣지 못한다. 마찬가지로 너무 강한 격정은 지성이 인지하지 못한다. 이해하는 데도 듣는 것과 마찬가지로 한계가 있다.

와펀테이크와 사법관이 그윈플레인에게 다가와 그를 양쪽에서 부축했다. 그는 집정관이 앉았던 안락의자에 누가 자신을 앉힌다고 어렴풋이 느꼈다.

그는 사람들이 하는 대로 내버려 두며, 그것이 어찌 된 일인지 이해해 볼 엄두조차 내지 못했다.

그윈플레인을 자리에 앉힌 후, 사법관과 와펀테이크가 몇 걸음 물러나, 안락의자 뒤에 꼿꼿이 시립했다.

그러자 집정관은, 들고 있던 장미꽃 다발을 석판 위에 내려놓고, 서기가 건네주는 안경을 쓴 다음, 탁자 위에 쌓여 있던 서류 밑에서, 노랗게 혹은 초록색으로 얼룩지고, 군데군데 부식되거나 찢겼으며, 아주 좁게 접혔던 것처럼 보이는 양피지 한 장을 꺼냈는데, 그 한쪽 면은 글씨로 가득 채워져 있었다. 그는 양피지를 등불 아래에서 펴들고 눈 가까이로 가져가더니, 지극히 엄숙한 음성으로 낭독하기 시작했다.

성부와 성자와 성신의 이름으로.
우리 주님 강림하신 지 1690년 1월 29일 오늘.
포틀랜드의 인적 없는 해안에 나이 열 살 된 아이 하나가 무자비하게 버려졌던 바, 아이가 굶주림과 추위와 외로움 때문에 죽도록 하기 위함이었다.
아이는 나이 두 살 때, 지극히 자애로우신 제임스 2세 폐하의 명령에 따라 팔렸다.
아이는 퍼메인 클랜찰리 경으로, 클랜찰리 및 헌커빌 남작이고, 이탈리아의 코를레오네 후작이며 잉글랜드의 피어인, 이미 작고한 린네우스 클랜찰리 경과 역시 작고한 그의 부인 앤 브래드쇼 사이에서 태어난, 유일한 적자(嫡子)이다.
이 아이는 부친의 재산과 작위를 물려받을 수 있는 상속권자이다. 그러한 이유 때문에, 지극히 자애로운 국왕 폐하의 뜻에 따라 팔린 다음, 심하게 훼손되어 얼굴이 지워졌고, 종적을 감추게 되었다.
아이는 장터에서 광대로 써먹을 목적으로 양육되고 훈련되었다.
아이는 생부가 사망하자 나이 두 살 때 팔렸는데, 아이의 몸값과 매수자에게 허용될 관용 및 면책 특권 등 각종 특혜의 대가로, 국왕에게 10파운드를 지불했다.
퍼메인 클랜찰리 경은 나이 두 살 때, 이 글을 쓰고 있는 그리고 아래에 서명한 나에게 매입되었고, 플랑드르 태생의 플랑드르 사람 하드콰논이 얼굴을 훼손하고 흉하게 변

618

형시켰다. 하드콰논은 콘퀘스트 박사의 비술(秘術)과 기타 여러 방법을 아는 유일한 사람이다.

우리들은 아이를 웃는 가면, 즉 〈마스카 리덴스〉로 만들기로 작정했다.

그러한 목적에서 하드콰논이, 얼굴에 영원한 웃음을 남긴다는 〈부카 피사 우스쿠에 아드 아우레스〉라는 수술을 아이에게 행했다.

수술이 진행되는 동안 아이는, 오직 하드콰논만이 아는 방법으로 잠들어 있었고 또 무감각해져서, 자신이 수술받았다는 사실조차 모른다.

그는 자신이 클랜찰리 경이라는 사실을 모른다.

그는 그윈플레인이라는 이름에 응해 대답한다.

그것은 그가 거래되던 시기의 나이가 너무 어렸고, 그리하여 기억이 희미하기 때문인데, 그때 그의 나이 겨우 두 살이었다.

하드콰논은 부카 피사 수술을 행할 수 있는 유일한 사람이며, 이 아이는 그 수술을 받은 사람 중 유일한 생존자이다.

그 수술은 유례가 없고 매우 특이해, 수술 후 아무리 여러 해가 지나도, 아이가 노인이 되어 검은 머리가 백발이 되어도, 하드콰논은 아이를 즉시 알아볼 수 있다.

이 글을 쓰는 이 순간, 사건의 내막을 상세히 알며 또 일을 주도한 하드콰논은, 흔히들 윌리엄 3세라고 칭하는 오렌지 대공[1] 전하의 감옥에 억류되어 있다. 하드콰논은 콤

---

1 〈흔히들 윌리엄 3세라고 칭하는 오렌지 대공〉이라는 비하적 칭호는, 그가 제임스 2세의 사위로, 정통 왕위 계승자인 부인 메리 2세와 공동으로 왕권을 행사한 사실을 암시하는 듯하다. 그가 단독으로 통치권을 행사한 기간은 1694년부터 1702년까지이다.

프라치코스 혹은 체일러스라고 불리던 무리 중 하나라는 혐의를 받아 체포되었다. 그는 현재 채텀 탑에 갇혀 있다.

아이를 국왕 폐하의 명령에 부합되게, 고 린네우스 경의 마지막 시종이 우리에게 매각 인도한 것은, 스위스의 제네바 호수 근처, 로잔과 베베 중간 지점에 있는, 아이의 아버지와 어머니가 작고한 집에서였다. 마시막 시종 또한 얼마 안 되어 주인들을 따라 작고한지라, 지극히 민감하고 극비리에 추진되었던 사건의 내막을 아는 사람은, 채텀 감옥에 있는 하드콰논과, 이제 곧 죽을 우리 이외에, 이 세상에는 아무도 없다.

아래에 서명한 우리는, 국왕 폐하께 매입한 어린 귀족을 사업에 이용할 목적으로, 8년 동안 양육했다.

오늘 우리는, 하드콰논과 같은 불운을 맞지 않기 위해 잉글랜드에서 탈출하던 중, 의회에서 공포한 금지령 및 처벌법을 두려워한 나머지, 앞에 언급한 아이 그윈플레인을, 즉 퍼메인 클랜찰리 경을, 해가 질 무렵, 포틀랜드 해안에 유기했다.

그런데 우리는 비밀을 지키겠노라고 국왕 폐하께는 맹세했지만, 신께는 맹세하지 않았다.

오늘 밤, 바다 한가운데에서, 절대자의 뜻에 따라 혹독한 폭풍우를 만나, 절망한 나머지, 우리의 목숨을 구해 줄 수도 있고 혹은 우리의 영혼을 구해 줄 수도 있는 이 앞에 무릎을 꿇은 우리는, 인간들에게는 더 이상 기대할 것이 없고 신을 두려워할 수밖에 없는지라, 또한 우리가 저지른 악행을 회개하는 것 이외의 다른 닻도 수단도 남아 있지 않은지라, 그리고 저 높은 곳의 심판이 이루어짐에 만족하고 죽기로 체념한지라, 겸허하게 속죄하는 마음으로 가슴을 두드리면서 이 진술서를 작성해 노한 물결에 위탁하고,

물결이 그것을 신의 뜻에 따라 처분해 주기 바란다. 또한 지극히 성스러운 처녀께서 우리를 도와주시기 바란다. 아멘. 그리고 우리 모두 다음과 같이 서명한다.

집정관이 낭독을 중단하며 말했다.
「여기에 서명한 이름들이 보입니다. 글씨체는 각양각색입니다.」
그런 다음 낭독을 재개했다.

닥터 게르나르두스 게에스터문더. 아순시온.

「십자형 서명 하나, 그리고 그 옆에 다음과 같이 쓰여 있습니다.」

에뷔드 지방 티리프 섬 출신의 바라바라 페르모이. 가이스도라, 캅탈. 지안지라테. 자크 카토르즈, 일명 나르본 사람. 마옹 도형장에서 온 뤽. 피에르 카프가루프.

집정관이 낭독을 중단하며 다시 말했다.
「본문을 쓰고 맨 위에 서명한 사람의 글씨체로 간략하게 덧붙여 써놓은 것이 있습니다.」
그러고는 그것도 낭독했다.

선원 세 사람 중 선장은 물결에 휩쓸려 사라지고, 두 사람만 남았다. 그 두 사람이 서명한다. 갈데아순. 도둑놈 아베 마리아.

집정관은 낭독을 자주 중단하며 말을 계속했다.

「양피지 하단에 이렇게 적혀 있습니다. 〈파사헤스 만의 비스카야에서 온 우르카 마투티나 호 선상에서.〉」

그리고 집정관이 다시 덧붙였다.

「이것은 제임스 2세 폐하의 문양이 찍힌 관청용 양피지입니다. 진술서 여백에 같은 필체로 다음과 같이 적혀 있습니다. 〈이 진술서는, 아이를 매입한 우리를 무죄 방면한다는 왕의 명령서 뒷면에 쓴 것이다. 양피지를 뒤집으면 왕명이 보일 것이다.〉」

집정관이 양피지를 오른손으로 쳐들고 뒷면을 불빛에 비추어 보았다. 곰팡이투성이인 면을 하얀 페이지라고 할 수 있을지는 모르겠으나, 여하튼 하얀 페이지가 보였고, 그 한가운데에 세 단어가 쓰여 있었다. 두 단어는 유수 레기스[2]라는 라틴어였고, 나머지 하나는 제프리스[3]라는 서명이었다.

「유수 레기스. 제프리스.」 엄숙하던 집정관의 음성이 문득 높아졌다.

꿈속 궁전의 지붕에서 기와 한 장이 떨어져 어떤 사람의 머리를 후려치는 경우가 있다면, 그윈플레인이 바로 그러한 일을 당한 사람이라고 할 수 있을 것이다.

그는 마치 무의식 속에서 지껄이는 사람처럼 중얼거리기 시작했다.

「게르나르두스, 그래요, 박사지요. 늙고 항상 슬픔에 잠겨 있던 사람이지요. 나는 그 사람이 항상 무서웠어요. 가이스도라, 캅탈, 우두머리라는 뜻이지요. 여인들도 있었어요. 아순시온과 다른 여인이 하나 더 있었지요. 그리고 프로방스 사람, 카프가루프. 그는 항상 납작한 병에 술을 담아서 마셨는

---

2 *jussu regis*. 〈왕명에 따라〉라는 뜻이다.

3 제임스 2세가 조지 제프리스를 대법관(상원 의장 겸임)에 임명했다고 한다.

622

데, 그 병에 붉은색 글씨로 어떤 이름 하나가 쓰여 있었어요.」

「여기에 그것이 있습니다.」

집정관이 그렇게 대답하며, 서기가 마침 가방에서 꺼낸 물건을 탁자 위에 올려놓았다.

고리버들로 감싼, 투구의 귀 덮개 모양으로 만든 호리병이었다. 호리병에는 수난을 당한 흔적이 역력했다. 오랫동안 물속에 잠겨 있었던 모양이다. 조개껍데기와 수초가 잔뜩 붙어 있었다. 대양의 온갖 찌끼가 녹처럼 들러붙어 있었다. 호리병 주둥이에 역청이 칠해져 있는 것으로 보아, 병은 완벽하게 밀폐되어 있었던 듯했다. 호리병의 역청 봉인이 제거되어 있었다. 하지만 병의 주둥이에, 마개로 사용했던 역청 먹인 밧줄 오라기를 되돌려 놓았다.

「지금 낭독한 진술서를, 죽음에 임한 사람들이 이 병 속에 넣어 밀봉했던 것입니다. 사법 당국으로 띄운 이 서한을 바다의 파도가 온전히 전달했습니다.」 집정관의 설명이었다.

집정관이 어조를 더욱 엄숙하게 하여 설명을 계속했다.

「해로 동산[4]이 품질 탁월한 밀을 생산해 고운 밀가루를 제공하는지라, 그것으로 국왕의 식탁에 올릴 빵을 구울 수 있듯이, 바다 역시 최선을 다해 잉글랜드에 봉사하는지라, 로드 한 분이 잠적하시자, 그분을 찾아 다시 모셔 옵니다.」

그러고는 다시 말을 이었다.

「이 호리병에 정말 붉은 글씨로 이름 하나가 적혀 있습니다.」

그가, 꼼짝도 하지 않는 수난자를 돌아보며 언성을 높였다.

「여기 있는 악당, 바로 당신의 이름이야. 인간들이 저지른 행위의 심연 속에 가라앉았던 진실이, 그 밑바닥에서 표면으

---

4 런던의 서북쪽 외곽 구릉 지대를 가리키는 듯하다.

로 떠오르는 것은, 이렇게 예측할 수 없는 길을 통해서지.」

집정관이 호리병을 들어, 깨끗이 닦인 쪽을 불빛에 비춰 보았다. 사법적 필요에 따라 닦인 부분이었다. 고리버들이 엮어져 있는 사이로, 붉은색 버들이 가느다란 리본처럼 구불구불 섞여 있었다. 군데군데 색이 검게 변했는데, 물과 세월의 작용이 남긴 흔적이었다. 그 붉은색 버들이, 비록 형체가 이지러지긴 했어도, 고리버들 위에 다음 열두 글자를 선명히 그리고 있었다. 〈Hardquanonne.〉

집정관이 수난자 쪽으로 돌아서더니, 그 무엇과도 유사하지 않고, 사법의 억양이라고밖에 규정할 수 없는, 특이한 음성으로 다시 말하기 시작했다.

「하드콰논! 당신의 이름이 적혀 있는 이 호리병을 처음, 나 집정관이, 당신에게 보이고, 제시하고, 당신 앞에 내밀었을 때, 당신은 즉시 그리고 기꺼이, 이것이 당신의 소유물임을 시인했소. 그런 다음, 그 속의 내용물, 즉 접혀서 그 속에 보관되어 있던 양피지에 기록된 것을 읽어 주자, 당신은 더 이상 아무 말도 하지 않았소. 그리고 사라진 아이를 영영 다시 찾지 못하면 처벌을 면할 수 있으리라는 희망을 가지고, 당신은 답변을 거부했소. 그러한 거부로 인해 당신에게는 강렬하고 혹독한 고통이 가해졌고, 그런 다음, 당신의 공모자들이 양피지에 기록해 놓은 진술과 고백을 당신에게 두 번째 반복해 읽어 주었소. 그러나 허사였소. 넷째 날이며 법에 따라 대질을 하게 된 오늘, 1690년 1월 29일 포틀랜드에 버려진 이가 등장하시자, 당신 속에 있던 악마 같은 희망이 사그라져, 당신은 침묵을 깨트리고 당신에게 희생당한 이를 시인했소……」

수난자가 눈을 뜨더니 머리를 쳐들었다. 그러고는 죽어 가는 사람의 단말마적인 울림이 섞인 음성으로, 또한 헐떡임 속에 섞인 기이하도록 침착한 어조로, 돌에 짓눌린 채 비극적으로 한 마디 한 마디 하는데, 단어 하나 발음할 때마다 그를 덮고 있던 묘석 하나씩을 쳐드는 것만큼이나 힘들어 하며 말문을 열었다.

「나는 비밀을 지키기로 맹세했고, 따라서 내 능력껏 비밀을 지켰소. 가련한 사람들은 신의가 깊으며, 따라서 지옥에도 정중한 예절이 있소. 오늘에 이르러 침묵은 소용없게 되었소. 사실이오. 그래서 이제 말하는 것이오. 좋소. 저 사람이 그 아이오. 국왕과 나, 우리 두 사람이 저 사람을 만들었소. 국왕은 의지를 표명했고, 나는 기술을 동원했소.」

그런 다음 그윈플레인을 바라보며 덧붙였다.

「이제 영원히 웃으라.」

그러고는 자신도 웃기 시작했다.

그윈플레인의 웃음보다 오히려 더욱 사나운 그의 웃음소리는, 아마 흐느낌 소리로 들릴 수도 있었을 것이다.

웃음소리가 그쳤다. 남자가 다시 누웠다. 그의 눈꺼풀이 다시 감겼다.

수난자가 말을 하도록 내버려 두었던 집정관이 계속했다.

「이제 모든 것이 법적으로 인정되었노라.」

그는 서기에게 기록할 틈을 잠시 허락한 후, 다시 말하기 시작했다.

「하드콰논, 사실을 밝힌 대질과, 당신의 공모자들이 작성한 진술서의 세 번째 독회(讀會) 끝에, 진술 내용이 당신의 시인과 고백 그리고 거듭된 자백을 통해 확인된지라, 당신은 법에 의거해 일체의 족쇄에서 풀려나 폐하의 처분에 맡겨질 것인바, 플라기아리우스[5]로서 마땅히 교수형에 처해질 것이오.」

5 작가는 *plagiaire*라는 어휘를 사용하고 있으나, 그 어휘가 작품에서 갖는 뜻(아이들이나 다른 이들의 노예 혹은 일반인들을 팔고 사는 사람들)으

「플라기아리우스.」 법률학자가 끼어들었다. 「즉 아이들을 사고 파는 자. 서고트 법, 제7권, 제3절, 우수르파베리트[6] 항 (項). 그리고 살리쿠스[7] 법전 제41절, 제2항. 프리슬랜드 법전 제21절, 데 플라기오.[8] 그리고 알렉산더 네쿠암[9]은 이렇게 말했음. ⟨*Qui pueros vendis, plagiarius est tibi nomen* (아이들을 파는 너, 너의 이름은 플라기아리우스이니라).⟩」

집정관이 양피지를 탁자 위에 놓고 안경을 벗은 다음, 장미꽃 다발을 다시 집어 들며 말했다.

「강렬하고 혹독한 고통은 끝났소. 하드콰논, 폐하께 감사 드리시오.」

사법관이 신호를 보내자, 가죽옷을 입은 남자가 움직이기 시작했다.

망나니의 심부름꾼이며, 옛 법령집에는 ⟨교수대의 시동⟩이라고 명명된 그 남자가, 수난자에게 다가가서 복부 위에 쌓여 있던 돌을 하나씩 들어내고 철판을 치웠다. 가엾은 자의 심하게 훼손된 옆구리가 드러났다. 그런 다음, 손목과 발목에 묶여 있던 쇠사슬을 풀었다.

수난자는, 돌과 쇠사슬에서 해방되었건만, 눈을 감고 팔과 다리를 벌린 채, 십자가에 못 박혔던 자처럼, 땅바닥에 누워

로 사용된 예를 찾을 수 없는지라, 라틴어 *plagiarius*로 대치했다. 프랑스어 *plagiaire*에는 ⟨표절꾼⟩이라는 뜻밖에 없고, 그 말의 어원이 *plagiarius*라고 추측할 뿐이다.

6 ⟨불법 취득 행위⟩를 뜻하는 듯하다.

7 프랑크족의 일파로, 그들의 법전이 여성의 상속권을 금한 것으로 유명하다. 그들의 법을 프랑스어로는 *Loi salique*라고 한다.

8 *De Plagio*. 플라기아리우스에 관한 법령인 듯하다.

9 12세기 잉글랜드의 우화 작가였다고 한다. 네쿠암이라는 라틴식 이름은 스스로 붙인 것으로 보이는데, 그것은 ⟨건달⟩을 뜻한다. 그 시절 우화가 모두 풍자적이었기 때문에, 아마 그렇게 자신을 감추었던 모양이다.

626

있었다.

「하드쾌논, 일어서시오.」 집정관이 명령했다.

수난자는 꼼짝도 하지 않았다.

교수대의 시동이 그의 손을 잡았다가 놓았다. 손이 힘없이 축 늘어졌다. 다른 손을 쳐들어 보았으나 역시 마찬가지였다. 망나니의 심부름꾼이 두 팔을 차례대로 쳐들어 보았으나, 발뒤꿈치가 땅바닥을 칠 뿐이었다. 손가락은 무기력했고 발가락 또한 움직이지 않았다. 널브러진 몸에 달린 발은 어쩐지 더욱 뻣뻣해 보였다.

의사가 다가가서 가운 주머니에 있던 강철 거울을 꺼내더니, 하드쾌논의 벌어진 입 앞에 가져다 대었다. 그런 다음 손가락으로 눈꺼풀을 열어 보았다. 눈꺼풀이 다시 감기지 않았다. 흐릿한 눈동자는 고정되어 있었다.

의사가 다시 일어서며 말했다.

「죽었습니다.」

그리고 한마디 덧붙였다.

「그가 웃었는데, 그것이 그를 죽였습니다.」

「상관없소.」 집정관이 말했다. 「자백을 한 이상, 살거나 죽거나는 형식적 절차에 불과하오.」

그러고는 장미꽃 다발을 들어 하드쾌논을 가리키며, 와펀테이크에게 던지듯 명령을 내렸다.

「송장은 오늘 밤에 치우시오.」

와펀테이크가 머리를 까딱하며 청령했다.

그러자 집정관이 덧붙였다.

「이 감옥의 묘지는 맞은편에 있소.」

와펀테이크가 다시 알아들었다는 몸짓을 했다.

서기는 기록하고 있었다.

집정관은 왼손에 장미꽃 다발을 들고 있었던 탓에, 오른손으로 하얀 막대기를 집어 든 다음, 여전히 앉아 있던 그윈플레인 앞에 꼿꼿이 서더니, 머리를 깊숙이 숙여 예를 표한 후, 다시 엄숙하게 머리를 뒤로 젖혀 그윈플레인을 정면으로 바라보며 말했다.

「서리 주 집정관이며 기사인 소관 필립 덴질 파슨스는, 서기이자 문서 담당관인 예비 기사 오브리 도미니크 및 소관 휘하 관공리들의 보좌를 받아, 국왕 폐하께서 직접 내리신 특명 및 소관의 소임, 직책상 권리 및 의무, 잉글랜드 대법관의 위임 등에 준거해, 해군성에서 인수한 증거물을 기초로, 증언과 서명의 확인, 진술서의 낭독 및 청취, 대질, 일체의 법적 검증 및 증거 조사를 완결한 후, 조서를 꾸미고 기록을 마친지라, 뭇 권리가 마땅히 제자리를 되찾아 가도록, 이곳에 임하신 각하께 통보하고 선언하옵는 바, 각하는 클랜찰리 및 헌커빌의 남작이시고, 시칠리아의 코를레오네 후작이시며, 잉글랜드의 피어이신, 퍼메인 클랜찰리 경이십니다. 신의 가호를 기원합니다.」

그리고 다시 예를 표했다.

법률 보좌관, 의사, 사법관, 와펜테이크, 서기 등 망나니를 제외한 모든 사람이 집정관을 따라, 그윈플레인 앞에서 머리가 땅바닥에 닿도록 깊숙이 허리를 굽혀 예를 표했다.

「아! 이런, 나를 좀 깨워 주시오!」 그윈플레인이 소리쳤다.

그러고는 창백해진 얼굴로 벌떡 일어섰다.

「각하를 깨워 드리기 위해 제가 왔습니다.」 아직까지 아무도 들어 본 적 없는 음성 하나가 들렸다.

남자 하나가 기둥 뒤에서 불쑥 나타났다. 경찰 행렬에게 철판이 통로를 열어 준 이후로는 아무도 지하실로 들어오지 않았다는 사실로 미루어 보아 남자는 그윈플레인이 도착하기 이전부터 어둠 속에 있었으며, 정식 감시자로서 그 자리를 지키는 사명과 직책을 가지고 있는 듯했다. 남자는 뚱뚱하고 살집이 좋은데, 궁정의 가발을 썼고, 여행용 외투를 입었으며, 젊다기보다는 늙은 편이었는데, 매우 단정했다.

그가 그윈플레인에게 정중하되 유연하게 예를 표하는데, 거조가 가신(家臣)처럼 우아했고, 사법관들에게서 발견되는 부자연스러움도 없었다. 그가 말을 계속했다.

「그렇습니다. 제가 각하를 깨워 드리려고 왔습니다. 25년 전부터 각하께서는 주무시고 계십니다. 긴 꿈을 꾸고 계셨으나, 이제 꿈속에서 나오셔야 합니다. 각하께서는 스스로를 그윈플레인이라 믿고 계시오나, 각하께서는 클랜찰리이십니다. 각하께서는 스스로를 백성의 일원이라 여기시오나, 실은 세이녀리에 속하십니다. 각하께서는 스스로가 최하층민이라 믿으시오나, 실은 최상층에 계시옵니다. 각하께서는 스스로를 익살광대라 여기시오나, 실은 상원 의원이십니다. 스스로 가난하다고 믿으시오나, 각하께서는 부유하십니다. 스스로를 작다고 생각하시오나, 각하께서는 위대하십니다. 이제 그만 꿈에서 깨어나시옵소서, 각하!」

그윈플레인은 두려움이 완연한, 조그만 목소리로 중얼거렸다.

「이 모든 것이 도대체 무슨 뜻인가?」

「일의 실상은 이러합니다, 뚱뚱한 남자가 즉각 대답했다. 저의 이름은 바킬페드로이며 해군성의 관리이온데, 저 부유물이, 하드콰논의 호리병이, 해변에서 발견되어 저에게 전달되었고, 그것의 봉인을 깨트리는 것이 제가 맡은 직책의 의무이자 특권인지라, 젯슨 사무국에 선서한 두 배심원의 입회 하에 제가 호리병을 열었습니다. 두 입회자는 모두 의회 의원으로, 한 사람은 바스 시를 대표하는 윌리엄 블래스웨이스이고, 다른 하나는 사우샘프턴을 대표하는 토머스 저보이스이며, 그들이 저와 함께 호리병의 내용물을 상세히 검토하고 기록한 다음, 그것에 공동으로 서명한 후, 제가 폐하께 모든 사실을 상주했던 바, 여왕 폐하의 명령에 따라, 그토록 예민한 사안에 요구되는 신중함을 다해 필요한 모든 절차를 밟았고, 마지막 절차인 대질이 조금 전에 이루어진 것입니다. 이제 각하께서는 백만 파운드의 정기 급여를 받으시게 되었습니다. 각하께서는 그레이트브리튼 왕국의 로드로서, 입법관인 동시에 판관이시되, 절대적 재판관이시고 지상권을 가지신 입법자이십니다. 각하께서는 자줏빛 천과 담비 모피로 지은 옷을 입으시고, 모든 왕족과 대등하시며, 황제와 동류이시어, 머리에는 피어의 관을 쓰시고, 어느 국왕의 따님이신 여공작을 아내로 맞아들이시게 되었습니다.」

천둥처럼 그를 덮친 변모의 중압감을 견디지 못해, 그윈플레인은 기절하고 말았다.

2. 떠도는 것은 길을 잃지 않는다

이 모든 사건은 해변에서 병 하나를 주운 어느 병사에게서 비롯되었다.

그 이야기부터 하자.

모든 일에는 톱니바퀴 맞물리듯 우여곡절이 따른다.

어느 날, 칼셔 성 수비대를 구성하고 있던 네 사람의 포수(砲手) 중 하나가, 밀물이 모래 위에 던져 놓은 고리버들에 감싸인 호리병 하나를 주웠다. 온통 곰팡이로 뒤덮인 호리병은, 역청을 먹인 마개로 주둥이가 막혀 있었다. 병사는 그 부유물을 수비 대장에게 가져갔고, 수비 대장은 그것을 잉글랜드의 해군 사령관에게 보냈다. 해군 사령관은 곧 해군성을

630

뜻하고, 해군성에서 부유물이라면 곧 바킬페드로를 뜻했다. 바킬페드로가 호리병 마개를 연 다음, 그것을 여왕에게 가져갔다. 여왕은 즉각 단안을 내렸다. 그리고 중요한 두 조언자에게 사실을 알리고 조언을 청했다. 그들 중 하나는 대법관으로, 그는 법적으로 〈잉글랜드 국왕의 양심을 수호하는 사람〉이었고, 다른 한 사람은 〈귀족의 가문(家紋)과 계보 문제를〉 담당하는 얼 마셜[1]이었다. 노퍽 공작이고 가톨릭 피어이며 잉글랜드의 세습 얼 마셜인 토머스 하워드는, 자신의 대변인이자 빈던의 백작인 헨리 하워드를 시켜, 대법관의 견해를 따르겠다고 했다. 대법관은 윌리엄 쿠퍼였다. 그와 같은 이름을 가졌고 동시대인이었으며 비들로의 저서를 주해한 해부학자 윌리엄 쿠퍼와 혼동해서는 안 된다. 해부학자 쿠퍼는, 프랑스에서 에티엔 아베유가 『뼈의 역사』를 출판한 것과 거의 같은 시기에, 잉글랜드에서 『근육론』을 출판했다. 의사와 귀족은 엄연히 다르다. 윌리엄 쿠퍼 경은, 롱그빌 자작인 탤벗 옐버턴의 문제가 제기되었을 때, 다음과 같은 말을 한 것으로 유명하다.

잉글랜드의 헌정 체제를 존중한다면, 한 사람의 피어를 복권시키는 것이 국왕 하나를 복권시키는 것보다 더 중요하다.

칼셔 해안에서 발견된 호리병이 그의 관심을 극도로 고조

1 *earl marshall*을 프랑스인들은 *lord-maréchal*, *comte-maréchal*, *haut-maréchal* 등으로 번역하기도 하나, 그 자구적 의미는 여전히 모호하다. 귀족들의 가문(家門)을 상징하는 문양(文樣)과 각 귀족의 혈통 문제를 총괄하는 궁내 고위직인데, 그 직은 세습되며, 상원 의원직을 겸한다. 작가는 *lord-maréchal*을 사용했으나, 마땅한 번역어를 만들지 못해 잉글랜드에서 사용되는 어휘를 대신 사용했다.

시켰다. 금언을 만든 사람은 그것을 적용할 수 있는 기회를 환대한다. 그런데 피어 하나를 복권시킬 기회가 생긴 것이다. 즉시 수색을 개시했다. 그윈플레인은 거리에 게시판을 걸어 놓은 형국이라, 그를 찾아내기는 아주 쉬웠다. 하드콰논의 경우 역시 마찬가지였다. 그는 아직 죽지 않고 살아 있었다. 감옥이 비록 사람을 썩히지만 보존하기는 한다. 보관하는 것이 보존한다는 것과 같은 뜻인지는 모르겠다. 바스티유 감옥에 맡겨진 사람들에게 성가시게 구는 경우는 거의 없었다.[2] 무덤 속의 관을 바꾸어 주지 않듯이 감방도 바꾸어 주지 않았다. 하드콰논은 여전히 채텀의 탑 속에 있었다. 그곳으로 손만 뻗치면 되었다. 그를 채텀에서 런던으로 이감시켰다. 동시에 스위스에서도 정탐을 진행시켰다. 모든 사실이 틀림없는 것으로 드러났다. 베베 및 로잔의 지역 재판소 서기과에서, 망명객 린네우스 경의 결혼 증명서와 아이의 출생 증명서, 그리고 아이 부모의 사망 증명서를 발급받았으며, 혹시 〈필요한 경우에 쓰기 위해〉, 정식으로 확인된 사본까지 함께 가져왔다. 그 모든 일이 극비리에, 그리고 베이컨[3]이 권장하고 또 실천에 옮긴 〈두더지의 침묵〉 속에서 추진되었다. 그러한 침묵의 원칙은 훗날 블랙스톤이 법으로 제정하기도 했는데, 특히 법무성과 정부의 일, 그리고 상원과 관련되었다고 판단되는 사건에 그 원칙이 엄정하게 적용되었다.

유수 레기스와 제프리스의 서명도 진실로 판명되었다. 흔히들 〈자의(恣意)〉라고 부르는 변덕의 여러 유형을 병리학적으로 연구한 사람에게는, 그 유수 레기스라는 것이 지극히

---

2 바스티유 감옥에 갇힌 후 아예 잊히는 경우도 허다했다고 한다. 미슐레가 『프랑스 대혁명』에서 그 감옥의 참상을 상세히 묘사했다.

3 정치가이며 철학자였던 프랜시스 베이컨을 가리키는 듯하다. 매우 거리낌없고 책략에 뛰어났던 정치가였다고 한다.

단순한 현상으로 보인다. 그러한 행위를 당연히 숨겼어야 할 제임스 2세가, 일을 그르칠 위험조차 무릅쓰고, 도대체 왜 기록된 흔적을 남겼을까? 그 동기는 파렴치이다. 오만한 무관심이다. 아! 여러분은 계집 중에만 음란한 것들이 있다고 믿으시는가! 국시(國是) 또한 그러하다. *Et se cupit ante videri*(그러나 먼저 그녀는 자신이 눈에 띄기를 갈망한다).[4] 범죄를 저지른 다음, 그 사연을 가문의 문장에 그려 넣는 짓, 그것이 역사의 전부이다. 국왕 또한 도형수처럼 문신을 그려 넣는다. 경찰이나 역사는 피하는 것이 이롭다. 그렇건만 또한 그럴 경우, 매우 유감스러워한다. 널리 알려져, 누구든 자기를 알아보아 주기를 바라기 때문이다. 〈내 팔을 보시오, 이 문양을, 사랑의 신전과, 화살이 꿰뚫어 불타고 있는 이 심장 문양을 자세히 보시오. 나요, 나 라스네르[5]요.〉〈유수 레기스. 그것은 곧 짐(朕)이니라, 제임스 2세.〉 흔히들 못된 짓을 저지르고 난 다음, 그 위에다 자신의 표시(標示)를 남긴다. 파렴치로 스스로를 보충하고, 자신을 공공연히 고발하며, 자기의 악행이 승리의 기치를 올리도록 하는 것, 그것이 악당의 뻔뻔스러운 허세이다. 크리스티나가 모날데스키를 잡아들여 자백을 받은 다음, 그를 무자비하게 죽이고 나서 이렇게 말

---

4 베르길리우스, 「목가」 제3장 65절. 아름다운 양치기 소녀 갈라테아의 태깔을 묘사한 구절이다. 그 구절이 들어 있는 다모이타스(목동)의 말은 이러하다. 〈갈라테아가 나에게 사과를 하나 던지고는 — 음탕한 계집아이! — 버드나무 숲을 향해 달아나는데, 그러나……〉 사과는 음탕한 여신 베누스(아프로디테)를 암시한다.

5 살인을 저지른 죄로 사형이 확정되자, 처형되기 전에 감옥에서 시를 써서, 뭇사람들의 관심을 끌었다 한다. 「교수형 당한 이의 발라드」라는 시를 지어 루이 11세의 사면을 얻었다는 프랑수아 비용에 비하는 이들이 있는가 하면, 추잡한 자라고 혹평하는 이들도 있다. 1836년 1월, 단두대에서 처형되었다.

했다. 「나는 프랑스 국왕의 궁전에 와 있는 스웨덴의 여왕이다.」[6] 티베리우스처럼 자신을 숨기는 폭군이 있는가 하면, 펠리페 2세처럼 허세를 부리는 폭군도 있다. 하나가 전갈에 가깝다면, 다른 하나는 표범에 가깝다. 제임스 2세는 후자에 가까운 변종이었다. 주지하는 비와 같이 그의 표징은 활짝 열렸고 명랑했다. 그 면에서는 펠리페 2세와 구별되었다. 펠리페 2세는 음산했던 반면, 제임스 2세는 싹싹했다. 그렇지만 표독스러웠다. 제임스 2세는 우직한 호랑이였다. 펠리페 2세처럼 그 역시 가증스러운 범죄를 태연히 저질렀다. 그는 신의 은총을 받은 흉악한 괴물이었다. 따라서 그에게는 감출 것도 완곡하게 할 것도 없었고, 그가 저지른 학살 행위는 신성한 권리에 입각한 것이었다. 그 역시, 자신이 저지른 모든 범행에 일련번호를 부여해, 날짜별로 분류하고 꼬리표를 붙여, 약제사의 약제 창고 속에 있는 독약처럼, 각 칸에 기록을 정돈해 둔 고문서 보관소를, 시만카스에 있는 것에 버금가는 고문서 보관소 하나쯤을, 기꺼이 남기고 싶었을 것이다.[7] 자

6 스웨덴의 여왕 크리스티나는 매우 영리하고 아름다우며, 특히 지적 호기심이 많아 데카르트를 초빙했던 일로 유명하다. 결국 옥좌를 사촌에게 물려주고 유럽 각국을 주유하는데, 프랑스 퐁텐블로 궁에 머무는 동안, 그녀의 총애를 잃은 모날데스키가, 그녀의 새로운 총신(寵臣) 센티넬리의 필체를 흉내 내, 그녀를 헐뜯는 서한을 보냈다. 여왕은 즉시 모날데스키를 잡아들여, 센티넬리로 하여금 자기의 면전에서 그의 목을 따 죽이게 한다. 1657년 11월 10일에 있었던 일이다.

7 스페인의 카스티야 라 비헤아 지방에 시만카스라는 작은 읍이 있고, 그곳에 펠리페 2세의 명에 따라 만들어진(1563년) 고문서 보관소가 있는데, 당시 그곳에 수집 보관된 문건의 수가 3천3백만에 이른다고 한다. 한편 펠리페 2세는 카를 5세 황제의 아들로, 무적 함대를 보내어 잉글랜드를 토벌하려 했던 것으로 유명할 뿐만 아니라 종교 재판이라는 수단을 동원해, 이베리아 반도는 물론 네덜란드 등 그의 통치하에 있던 여러 지역에서 반가톨릭 교도를 무자비하게 탄압 학살한 것으로도 악명이 높다. 반면, 제임스 2세의 재위 기간은 고작 3년밖에 되지 않았다.

신이 저지른 범죄 기록에 서명을 하는 것, 진정 왕다운 거조이다.

비밀을 잘 지킨다는 측면에서 여자답지 않았던 앤 여왕은, 그 중대한 사건에 대한 비밀 보고서를, 〈국왕의 귀에다 바치는 보고서〉라고들 하던 것을, 제출하라고 대법관에게 하명했다. 많은 군주 국가에서는 그러한 보고가 통용되고 있었다. 빈에는 귀엣말 조언자라는 궁정인이 있었다. 그것은 카롤링거 왕조 시절의 고위직이었는데, 옛 샤를마뉴 대제의 헌장에는 아우리쿨라리우스[8]라고 명명되었다. 황제에게 나지막한 소리로 상주하는 사람을 가리킨다.

여왕처럼, 아니 여왕보다 더 심한 근시여서, 여왕이 신임하던 잉글랜드의 대법관 쿠퍼 남작 윌리엄은, 다음과 같이 시작되는 보고서를 작성했다.

새 두 마리가 솔로몬의 휘하에 있었습니다. 그중 하나는 우푸파[9]였는데 모든 나라 말을 할 줄 알았고, 다른 하나는 독수리였는데, 그 날개 그림자로 구성원 2만 명에 이르는 대상(隊商)을 덮었습니다. 그와 같이, 다른 형태로, 절대자께서…….

대법관은 피어리지의 상속자가 납치되어 신체에 큰 훼손을 입었고, 그가 다시 발견되었다는 사실도 보고서에 기록했

8 어떤 사람의 귀를 소유하고 있는 자. 〈지근(至近) 간관〉 혹은 〈밀정〉이란 뜻도 있다.

9 갈색 도가머리가 있는 새인데, 프랑스에서는 〈야생 수탉〉이라 하고, 우리나라에서는 〈오디새〉로 옮긴다. 그러나 그러한 번역어가 타당한지 알 수 없어, 라틴어 명칭 *upupa*를 그대로 사용한다. 한편 작가는 〈우푸파〉와 〈독수리〉를 가리키는 동의어로 각각 *hudbud*와 *simourganka*를 병기했는데, 그 두 단어의 정체는 밝히지 못했다.

다. 그는 제임스 2세를 나무라는 듯한 문구는 사용하지 않았다. 여하튼 그는 여왕의 부친이었기 때문이다. 심지어 그를 두둔하기까지 했다. 우선, 옛날부터 전해오는 군주들의 금언이 있었기 때문이다. ⟨*E senioratu eripimus. In roturagio cadat* (우리가 그를 세이녀리에서 뽑아내니, 그는 천민 속으로 떨어질 것이니라).⟩ 그리고 여전히 사람들의 수족을 절단할 수 있는 군주의 권한이 존속하고 있었기 때문이다. 체임벌린이 영광스럽고 치밀한 기억력으로 다음과 같이 기록하고 있다. ⟨*Corpora et bona nostrorum subjectorum nostra sunt*(신민의 생명과 수족은 왕에게 예속된다), 제임스 1세께서 하신 말씀이다.⟩[10] 왕국의 국익을 위해 왕족의 눈이 뽑히는 경우도 있었다. 옥좌에 너무 가까이 있던 왕족은 매트 두 장 사이에서 유익하게 질식사했고, 뇌일혈로 사망한 것으로 공표되었다. 그런데 질식사시키는 것은 몸을 훼손하는 것보다 더 심한 처사이다. 투누스의 왕은 부친인 물레이아셈의 두 눈을 뽑았다. 그러나 그 일로 인해 그의 사절들이 황제에게 박대를 받지는 않았다.[11] 즉, 국왕은 한 사람의 신분을 빼앗듯, 수족을 훼손하라는 명령을 내릴 수 있으며, 그러한 명령은 합법이었다. 그러나 국왕에게 허용된 그 합법성이 나머지 다른 합법성[12]을 파괴하지는 못했다.

수장되었던 자가 죽지 않고 다시 수면으로 떠오른다면, 그것은 신께서 왕의 처사를 바로잡았다는 뜻입니다. 만약

10 체임벌린, 『잉글랜드의 현황』, 제2부, 제4장, p. 76 — 원주.
11 투누스는 튀니지의 수도인데, 7세기 이후 여러 세기 동안 이슬람 세계의 경제적 정치적 요충지였다. 그곳의 ⟨왕⟩은 이슬람 세계의 최고 지도자 칼리파(아미르)의 봉신(封臣)쯤 되는 사람이었을 것이다. 또한 칼리파를 프랑스인들은 이미 중세 작품(『롤랑의 노래』) 속에서도 ⟨황제⟩라 호칭했다.
12 전후 문맥으로 보아 신의 ⟨합법성⟩, 즉 신의 뜻을 가리키는 듯하다.

상속자가 다시 나타났다면, 그의 작위는 그에게 돌려주어야 합니다. 일찍이, 익살광대였던 노섬브리아의 왕 로드 알라[13]에게도 그렇게 했습니다. 마찬가지로, 역시 왕인, 즉 로드인, 그윈플레인에게도 그러한 조치를 취해야 합니다. 불가항력적으로 겪고 감당한 직업의 천함이 본래의 신분을 퇴색시키지는 못합니다. 일찍이 정원사였다가 옥좌에 오른 압돌로님므가 그 증인입니다. 일찍이 목수였으나 성인 반열에 오른 요셉이 그 증인입니다. 목동의 모습을 하고 있었으되 실제로는 신이었던 아폴론이 또한 증인입니다.

요컨대 그 유식한 대법관은, 그윈플레인이라고 잘못 호칭되고 있는 클랜찰리 경 퍼메인에게, 모든 재산 및 작위의 점유권을 회복시켜 주어야 한다고 결론 내리고, 다만, 〈이미 밝혀진 가해자 하드콰논과의 대질이 이루어져야 한다〉고 덧붙였다. 그렇게 해서 잉글랜드 국왕의 양심 수호자인 대법관은, 여왕의 양심을 안심시켰다.

대법관은 보고서 끝에 추가해 환기시키기를, 하드콰논이 신문에 답변하기를 끝내 거절할 경우, 그에게 〈강렬하고 혹독한 고통〉을 가해야 하는데, 그것은 그로 하여금 애들스탠 국왕 헌장에 제시된 프로드모르텔[14]에 이르도록 하기 위함이며, 대질은 고통을 가하기 시작한 지 나흘째 되는 날에 시켜야 한다고 했다. 다만 조금 불리한 점은, 수난자가 이틀이나

<hr>

13 노섬브리아는 5세기경에 앵글 족이 그레이트브리튼 북쪽 지방에 세웠던 왕국이다. 그곳에 로드 알라lord Alla라는 왕이 있었을 가능성은 전무하다. lord Alla는 곧 lord God(하느님)을 뜻하는데, 그 시절에는 아직 Alla라는 명칭이 사용되지도 않았다. 대법관 쿠퍼의 보고서는 여왕의 무지를 조롱하는 일종의 익살에 불과하다. 뒷부분에서 예로 제시한 압돌로님므나 요셉, 아폴론 등의 이름이 또한 그러한 색채를 더욱 강하게 해준다.

14 죽음의 냉기를 느끼는 순간.

사흘 되는 날에 사망할 경우 대질이 어려워진다는 것인데, 그렇더라도 법은 시행되어야 한다고 했다. 법의 불리한 점 또한 법의 일부라고 했다.

하지만 대법관은 하드쾌논을 통한 그윈플레인의 확인을 추호도 의심하지 않았다.

그윈플레인의 흉측한 외모에 대한 충분한 보고를 이미 받은 앤 여왕은, 클랜찰리의 재산을 대리 상속한 여동생에게 잘못을 저지르지 않기 위해, 흔쾌히 결정하기를, 여공작 조시언은 새로 등장한 로드, 즉 그윈플레인과 혼인해야 한다고 했다.

퍼메인 클랜찰리 경의 소유권 회복은 게다가 매우 간단한 경우였다. 상속자가 합법적인 직계손이었기 때문이다. 혈통이 의심스러운 경우나, 방계(傍系) 후손들의 항의로 피어리지가 보류 상태에 있을 경우, 상원의 심의를 거쳐야 했다. 그러한 예는, 구태여 옛날로 거슬러 올라가지 않더라도 무수히 많은 바, 1782년 엘리자베스 페리의 요청에 따라 시드니 남작령에 대한 심의가 있었고, 1798년에는 토머스 스테이플턴이 요구한 보몬트 남작령, 1803년에는 타임웰 브리지스 사제가 요구한 챈도스 남작령, 1813년에는 육군 중장 놀리스가 요구한 밴버리 백작령에 대한 심의가 있었다. 그러나 그윈플레인의 경우는 전혀 달랐다. 어떠한 계쟁(係爭)도 없었다. 정당성도 분명했다. 명료하고 확실한 권리였다. 상원에 심의를 요청할 아무 이유가 없었다. 따라서 대법관의 보좌를 받아, 여왕이 새로운 로드를 인정하고 받아들이면 그만이었다.

그 모든 일을 바킬페드로가 추진했다.

그의 덕분으로 사건이 어찌나 지하에 숨어 있었던지, 또한 어찌나 완벽하게 비밀에 묻혀 있었던지, 조시언도 데이비드 경도, 자신들 발밑에서 깊이 파이고 있던 엄청난 사건을 전혀 감지하지 못했다. 조시언은 너무나 우뚝 솟아, 그녀를 쉽게 유폐시키는 절벽에 둘러싸여 있었다. 그녀는 스스로 고립되어 있었다. 데이비드 경은 바다로, 플랑드르 연안으로 보냈다. 그는 곧 로드십을 잃을 판이었는데, 그러한 사실을 상상조차 못했다. 여기에서 한 가지 사실을 이야기해 두자. 그 무렵, 데이비드 경이 지휘하던 함대의 정박지에서 10해리 되는 곳에서, 할리버턴이라고 하는 어느 함장이 프랑스 함대를 격퇴한 일이 있었다. 군사 위원회 의장인 펨브룩 백작은, 해군 소장 진급자 후보로 그 함장을 추천했다. 앤 여왕은 할리버턴의 이름을 삭제하고, 데이비드 더리모이어의 이름을 그 자리에 써넣었다. 데이비드 경이, 자신이 더 이상 피어가 아니라는 소식을 접했을 때, 해군 소장이라는 위안거리나마 갖도록 하기 위함이었다.

앤은 만족감을 느꼈다. 끔찍하게 생긴 남편을 여동생에게 안겨 주고, 데이비드 경에게는 보기 좋은 계급을 안겨 주었기 때문이다. 악의적이며 동시에 착하다.

여왕 폐하께서는 희극을 연출하려 하고 있었다. 뿐만 아니라 그녀는 자신에게 말하기를, 〈지엄하신 선친께서 권력의 남용으로 저지르신 잘못을 바로잡고, 피어리지의 구성원 하나를 복권시켜 주며, 위대한 여왕의 도리를 다해, 신의 뜻에 따라 결백한 사람을 보호하면, 절대자께서 신성하고 예측할 수 없는 방법으로……〉라고 했다. 의로운 일을 한다는 것은 매우 달콤하다. 특히 그 일이, 우리가 좋아하지 않는 사람에게 불쾌감을 준다면 더욱 그러하다.

여동생의 남편감이 흉측하게 생겼다는 사실을 안 것만으로도 여왕은 만족스러워했다. 그윈플레인이라는 자가 어떤 종류의 기형일까? 어떤 유형의 추함일까? 바킬페드로는 그렇게까지 상세하게 보고할 필요를 느끼지 못했고, 앤 여왕 역시 그런 것을 일일이 물을 만큼 관심을 표하지 않았다. 군주의 깊은 멸시의 표현이었다. 게다가 어떻게 생겼든 그것이 무슨 상관이란 말인가? 상원은 그저 고마워할 수밖에 없을 것이다. 예언가와 다름없이 정확한 대법관이 그렇게 말했다. 피어 하나를 복권시킨다는 것은 피어리지 전체를 복권시킴을 뜻한다고 했다. 이번 기회에 왕실은, 착한 면모뿐만 아니라 피어리지의 특권을 정성껏 지키는 수호자임도 과시할 수 있게 되었다. 새로운 로드의 얼굴이 어떠하건, 얼굴이 권리를 막지는 못한다. 앤은 대략 그런 생각을 하면서 거침없이 목표를 향해 나갔다. 여성적이며 동시에 군주적인 목표였으니, 그것은 만족감을 얻는 것이었다.

그 무렵 여왕은 윈저 궁에 있었다. 덕분에 궁궐 속에서 꾸미던 음모가, 많은 사람들과 일정한 거리를 유지할 수 있었다.

극히 필요한 몇몇 사람만이 장차 일어날 일을 알고 있었다.

바킬페드로는 즐겁기 그지없었으며, 그리하여 그의 표정은 더욱 음산해졌다.

이 세상에서 가장 흉측스러울 수 있는 것은 즐거움이다.

그는 하드콰논의 호리병을 최초로 음미하는 즐거움을 맛보았다. 그는 별로 놀라는 기색을 보이지 않았다. 놀라움이란 허약한 분별력에서 비롯된다. 게다가 그렇지 않은가? 그것은 당연한 그의 몫이었다. 우연의 문턱에 서서 그토록 오랫동안 기다렸으니, 당연히 그의 수중에 들어올 것이었다. 그가 기다렸으니, 무엇이든 그에게 도달하게 되어 있었다.

그 닐 미라리[15]도 그가 애써 꾸민 몸가짐의 일부였다. 실제로는 이 말은 해두자, 그는 경이로움에 사로잡혔다. 그가 신 앞에서조차 자신의 양심을 가리고 있던 가면을 어떤 사람이

15 *nil mirari.* 〈아무것에도 놀라지 않는다〉는 뜻이다.

벗겨 버린다면, 다음과 같은 사실을 발견할 수 있었을 것이다. 바로 그 무렵, 바킬페드로는, 여공작 조시언의 고고한 삶에 흠집을 내는 것이, 자신과 같은 사적이고 미미한 적에게는 도저히 불가능한 일이라고, 스스로 인정하기 시작하고 있었다. 그로 인해 광란성 원한이 잠재적 형태로 쌓이기 시작했다. 그는 흔히들 실의(失意.)라고 칭하는 절정의 단계에 도달해 있었다. 절망하면 할수록 노기는 더욱 광기를 띠었다. 이를 악물고 참는다는 것, 매우 비극적이며 진실한 표현이다! 그것은 못된 자가 자신의 무능만을 재갈처럼 물고 있다는 뜻이다. 바킬페드로는 포기할 순간에 아마 도달해 있었을 것이다. 조시언에게 고통이 닥치기를 원하는 마음을 버린 것이 아니라, 자신의 손으로 그녀에게 고통 안겨 주기를 포기할 단계에 와 있었을 것이다. 광증 같은 노기를 버린 것이 아니라 깨물기를 포기한 단계에 있었을 것이다. 그 얼마나 비참한 추락인가! 발톱을 풀어 놓아 주어야 하다니! 증오심을, 박물관에 진열된 단검처럼, 칼집 속에 보관해야 하다니! 혹독한 모욕이었다.

그런데 때마침 — 그 폭이 광대한 사건은 그러한 우연의 일치를 좋아한다 — 하드콰논의 호리병이 무수한 물결을 넘어 그의 수중에 들어왔다. 미지의 세계에는, 악의 명령에 복종하는 길들여진 그 무엇이 있는 듯하다. 바킬페드로는 해군성에 선서한 두 증인의 도움을 받아, 호리병의 마개를 열고, 양피지를 발견해, 그것을 펼친 다음, 읽기 시작했는데…… 그 흉악한 환희가 어떠했을지, 상상해 보라!

바다와 바람, 막막한 공간, 밀물과 썰물, 폭풍우, 잔잔함, 미풍 등 그 모든 것이 한 악한에게 행복감을 안겨 주기 위해 감당했을 수고를 생각하면, 기이한 감회에 사로잡히지 않을 수 없다. 그 복잡한 작업이 15년 동안이나 계속되었다. 신비한 작업이다. 15년 동안, 대양은 단 1분도 작업을 멈추지 않았다. 물결들은 떠다니는 호리병을 끊임없이 서로 주고받았으며, 암초들은 유리와의 충돌을 피해 호리병에는 금 하나 가지 않았으며, 어떠한 마찰도 마개를 훼손치 않았으며, 해초가 고리버들을 부패시키지도 않았으며, 조개들이 하드콰논이라는 글자를 쏠지 않았으며, 물이 부유물 속으로 침투하지 않았으며, 곰팡이가 양피지를 분해하지도 않았고, 습기가 글자를 지우지도 않았다. 깊은 바다가 얼마나 큰 정성을 쏟았으랴! 그런 식으로 게르나르두스가 어둠 속에 던진 것을 어둠이 바킬페드로에게 넘겼으며, 신에게 보낸 사연이 악마에게 도달했다. 그 광대한 사건 속에는 배신이 끼어들었고, 그리하여 뭇 사물에 섞여 있는 보이지 않는 운명의 장난이, 신의 깊은 승리를, 즉 버려진 아이 그윈플레인이 다시 클랜찰리 경이 된다는 승리를, 독 있는 승리와 뒤섞어 놓았고, 정의로 하여금 증오에 봉사하도록 함으로써, 악의적으로 선을 행했다. 제임스 2세에게서 희생물을 되찾아온다는 것은, 바킬페드로에게 먹이를 제공한다는 뜻이었다. 그윈플레인을 다시 높이 세우는 것은 곧 조시언을 내팽개치는 것이었다. 바킬페드로는 성공을 거두고 있었다. 기껏 그따위 성공을 위해, 그토록 여러 해 동안, 파도와 물결과 질풍이, 숱한 사람들의 삶이 뒤섞여 들어 있는 유리 합(盒)을, 이리저리 끌고 다니며 뒤흔들고, 밀고, 던지고, 괴롭히고, 존중했단 말인가! 기껏 그따위 승리를 위해, 바람과 조수와 폭풍 간에 화친이 이루어졌단 말인가! 불쌍한 자 하나를 위한 기적의 대대적인 소동이었다! 무한의 존재가 지렁이에게 협력한 꼴이었다! 운명은 그토록 모호한 의도를 가지고 있다.

　바킬페드로는 거인의 번개 같은 오만함에 사로잡혔다. 그는 그 모든 일이 자신을 위해 이루어졌다고 생각했다. 그는

642

자신이 모든 것의 중심인 동시에 목표라고 느꼈다.

하지만 그것은 착각이었다. 우연의 명예를 회복시켜 주자. 바킬페드로의 증오가 이용하려던 그 특이한 사건의 진정한 의미는 그것이 아니었다. 한 고아를 죽이려던 망나니들에게 폭풍우를 보내어, 그 아이를 해변에 버린 선박을 부수고, 조난당해 두 손 모아 기도하는 사람들을 삼켜 버리고, 그들의 간절한 소청은 거절하되 오직 그들의 회개만을 받아들이며, 스스로 아이의 아버지와 어머니 역할을 맡은 대양, 죽음의 손에서 하나의 위탁물을, 즉 속죄가 들어 있는 깨지기 쉬운 유리병으로 대체된 범죄가 타고 있던 튼튼한 선박을 인수한 폭풍우, 표범이 유모로 변신하듯 자신의 역할을 바꾸어, 아이가 아무것도 모르며 자라는 동안, 그 아이가 아닌, 아이의 운명을, 요람 같은 물결로 흔들어 다독인 바다, 던진 호리병을 받아, 하나의 미래가 들어 있는 과거를 세심하게 돌보던 물결들, 호리병 위로 뜻을 다해 바람결을 보내던 폭풍, 측량할 수 없는 수중의 여정을 따라 가냘픈 부유물을 인도해 온 조류(潮流), 해초와 놀과 바위들의 조심스러운 배려, 순진무구한 존재를 자신의 보호 아래에 둔 심해의 거대한 포말, 하나의 양심처럼 차분한 물결의 흐름, 질서를 회복하는 대혼돈, 밝음으로 귀착하는 어둠의 세계, 진실이라는 별의 출현을 위해 동원된 일체의 암흑, 또한 그것들뿐만 아니라 무덤 속에서 위로받은 망명자, 상속권을 되찾은 상속권자, 파기된 국왕의 범죄적 명령, 예정되었던 신성한 계획의 실현, 어리고 가냘프며 버림받았던 아이가 무한을 후견인으로 갖게 된 사실 등 바킬페드로가 자신의 승리라고 여겼던 사건에서, 그는 바로 그러한 것을 볼 수도 있었을 것이다. 하지만 그는 바로 그것을 보지 못했다. 그는 모든 것이 그윈플레인을 위해 이루어졌다고는 생각하지 못했다. 그는 모든 것이 자신을 위해 이루어졌다고 생각했다. 또한 그럴 만한 가치가 있다고 믿었다. 사탄이란 그렇게 생겨먹었다.

깨지기 쉬운 부유물이 아무 손상도 입지 않고 15년 동안 떠다닌 것을 보고 놀란다면, 대양의 무한한 부드러움을 잘 모른다고밖에 할 수 없을 것이다. 1867년 10월 4일, 모르비앙 지역에 있는 그루아 섬과, 가브르 반도 끝의 가브르 곶, 그리고 에랑 암석, 그 세 지점의 중간에서, 포르루이에 사는 어부들이 4세기쯤에 제작된 로마 시대의 암포라[16] 하나를 건져 올렸는데, 바다의 상감(象嵌) 작용으로 인해, 표면은 아라베스크 문양으로 뒤덮여 있었다. 그 암포라는 1천5백 년 동안이나 바다 위를 떠돌아다닌 것이다.

바킬페드로가 비록 냉정을 잃지 않으려 애를 썼다 하더라도, 그의 놀라움은 기쁨에 못지않았다.

모든 것이 저절로 그의 앞으로 몰려든 것이다. 마치 미리 준비된 것 같았다. 그의 증오심을 충족시켜 줄 사건의 토막이, 그의 손이 닿는 곳에 널려 있었다. 그것들을 모아서 용접만 하면 그만이었다. 재미있는 조립 작업이었다. 그리고 약간의 끌질만 하면 족했다.

그윈플레인! 그는 이미 그 이름을 알고 있었다. 마스카 리덴스! 다른 사람들처럼, 그 역시 웃는 남자를 보러 간 적이 있다. 군중의 시선을 끄는 공연 광고 벽보에 사람들이 몰려들어 읽듯, 그 역시 태드캐스터 여인숙에 걸려 있는 광고 간판을 읽은 적이 있다. 광고문을 유심히 보았던지라, 그는 즉시 그 자세한 내용까지 기억해 냈고, 또 현장에 가서 확인하면 그만이었다. 광고문은, 그의 내부에서 전기 작용처럼 문득 되살아나, 그의 깊숙한 눈앞에서 어른거리다가, 조난자들

16 밑부분이 좁고 양쪽에 손잡이가 달린, 고대 그리스 및 로마 시대의 항아리.

644

의 양피지 옆으로 와서 자리를 잡았다. 문제 옆에 놓인 정답, 혹은 수수께끼 옆에 놓인 풀이 같았다. 그 순간, 그가 기억해 낸 다음 구절이, 별안간 그의 눈 아래에서 계시처럼 반짝였다. 〈나이 열 살 때, 1690년 1월 29일 밤, 포틀랜드 해안에 버려졌던 그윈플레인을 여기에서 볼 수 있습니다.〉장터에서 구변 좋게 늘어놓는 익살광대의 객담 속에서 〈므네 므네 드켈 브라신*Mane Mane Thecel Phares*〉[17]이 활활 타오르는 것 같았다. 조시언의 삶이었던 모든 것이 이제는 끝장이었다. 순식간에 무너지게 되었다. 사라졌던 아이가 발견되었다. 클랜찰리 경이 있었다. 데이비드 더리모이어는 이제 빈털터리가 되었다. 피어리지, 부, 권력, 지위, 그 모든 것이 데이비드 경에게서 빠져나와 그윈플레인에게로 들어가게 되었다. 성이며 사냥터, 숲, 저택, 궁전, 영지, 조시언까지, 모든 것이 그윈플레인의 것이었다. 그리고 조시언, 얼마나 멋진 해결책인가! 이제 그녀 앞에 누가 있는가? 찬연하고 오만한 그녀 앞에 있는 것은 일개 익살광대이고, 그토록 아름답고 귀한 여인 앞에 있는 것은 괴물이었다. 그러한 일을 어찌 기대나 할 수 있었겠는가? 진실로 바킬페드로는 열광하고 있었다. 아무리 증오심 가득한 모략이라도, 지옥에서 베푼 듯한 그 뜻하지 않은 선심에는 미치지 못했을 것이다. 실재(實在)하는 것이[18] 원하기만 하면 걸작을 만들어 낸다. 바킬페드로

17 바빌론의 왕 벨사살(벨사자르)이 연회를 즐기고 있는데, 홀연히 손가락 하나가 나타나 벽에 썼다는 글로, 다니엘이 그것을 해석했다고 한다. *Mane* 즉 〈하느님께서 왕의 나라 햇수를 세어 보시고 마감하셨다〉. *Thecel* 즉 〈왕을 저울에 달아 보시니 무게가 모자랐다〉. *Phares* 즉 〈왕의 나라를 메대와 페르시아에게 갈라주신다〉.(「다니엘」 5장)

18 *la réalité*를 옮긴 것이다. 전후 문맥으로 보아 신을 가리키는 듯하다. 이 작품에 자주 등장하는 우연*le hasard*이나 무한*l'infini*, 광막함 *l'immensité* 등과 거의 같은 뜻으로 사용되었다. 그러나 위의 네 단어는 신앙

는 그때까지 자기가 키워 오던 모든 꿈이 어리석었음을 깨달았다. 이제 그의 수중에 들어온 것은 그 이상이었다.

자신으로 인해 장차 야기될 변화가 비록 그에게 불리하다 할지라도, 그는 조금도 개의치 않았을 것이다. 상대를 쏘면 그 행위로 인해 자신이 죽으리라는 사실을 알면서도 쏘는, 이권에 초탈한 표독스러운 곤충들이 있다. 바킬페드로가 바로 그런 벌레였다.

하지만 이번에는 그가 무사 무욕했다는 말은 들을 수 없을 것이다. 데이비드 더리모이어 경은 그에게 빚진 것이 없었으나, 퍼메인 클랜찰리 경은 모든 것을 그의 덕분에 얻게 되어 있었다. 바킬페드로는 피보호자의 신분에서 보호자의 신분으로 바뀌게 되었다. 그것도 누구의 보호자란 말인가? 잉글랜드의 피어를 돌보는 보호자이다. 그는 수중에 로드 하나를 갖게 되었다! 자신의 손에 창조될 로드 하나를! 바킬페드로는 그 귀족에게 최초의 흔적을 남겨 주리라 생각했다. 게다가 그 로드가, 귀천상혼(貴賤相婚)으로 말미암은 여왕의 제랑(弟郎)이 될 판이었다! 그 제랑은 용모가 추해 조시언의 마음에 거슬리는 것만큼이나 여왕의 마음에 들 것이다. 그러면 여왕의 호의를 얻어, 정중하되 소박한 의복으로 스스로를 감싸고, 바킬페드로는 중요 인사가 될 것이다. 그는 항상 교회 쪽으로 눈을 돌리고 있었다. 그리고 주교가 되고 싶은 막연한 욕망을 품고 있었다.

그 모든 기대 속에서 그는 행복했다.

얼마나 아름다운 성공인가! 우연히 수행한 그 엄청난 일은 또한 얼마나 완벽한가! 그의 복수를 — 그는 그 일을 복수라

인들의 숭배 대상인 신뿐만 아니라 그 신의 특징을 전혀 가지고 있지 않은 존재까지도 지칭한다. 볼테르가 몽상하던 〈위대한 기하학자〉 혹은 〈절대자 *l'Etre Suprême*〉, 그 (가치)중립적 존재와 유사하다.

했다 ─ 물결이 고분고분 그에게 가져다주었다. 그의 매복이 헛수고가 아니었다.

암초는 그였다. 부유물은 조시언이었다. 조시언이 바킬페드로에게 와서 좌초한 것이다! 깊은 심중에서 간악한 희열이 용솟음쳤다.

그는 흔히들 암시라고 칭하는 기술에 능했다. 그것은, 다른 사람의 뇌리에 작은 상처를 내어, 그 속에 자기의 생각을 끼워 넣는 기술이다. 그는 멀찌감치 거리를 두고, 또한 전혀 개입하는 내색 없이, 조시언으로 하여금 그린박스에 가서 그윈플레인을 보도록 유도했다. 일을 추진하는 데 해로울 바가 없었다. 천한 상태에서 목격된 익살광대, 그것이 배합에 좋은 구성 물질이 될 것이다. 그리고 후에 좋은 양념이 될 것이다.

그는 미리 모든 것을 조용히 준비했다. 그가 원하던 것은 급작스러움이었다. 그가 추진하던 일은 〈벼락 한 방을 만든다〉는 기이한 말로밖에 묘사할 수 없었다.

전초 작업이 완료되자, 그는 모든 절차가 합법적인 형태를 갖추어 이루어지도록 세심한 주의를 기울였다. 비밀은 추호도 누설되지 않았다. 침묵도 법의 일부이기 때문이다.

하드콰논과 그윈플레인 간의 대질이 이루어졌고, 바킬페드로가 현장에 참석했다. 그 결과는 조금 전에 본 바와 같았다.

같은 날, 영왕 폐하께서 보내신 사륜마차가, 느닷없이 런던으로 레이디 조시언을 모시러 왔다. 앤 여왕이 유하고 있던 윈저 궁으로 그녀를 데려가기 위해서였다. 조시언은, 뇌리에 있던 어떤 것 때문에, 여왕의 뜻에 불복종하거나, 적어도 하루쯤 복종을 늦추어, 출발을 다음 날로 미루고 싶었으나, 궁정의 생활은 그러한 저항을 용납하지 않는다. 그녀는, 런던에 있는 자신의 거처 헌커빌 하우스를 떠나 윈저에 있는 거처 코를레오네 로지로 가기 위해, 즉시 길을 떠났다.

여공작 조시언이 런던을 떠난 것은, 와펀테이크가 태드캐스터 여인숙에 나타나, 그윈플레인을 납치해 서더크 형무소 지하실로 압송하던 바로 그 무렵이었다.

그녀가 윈저 궁에 도착하자, 알현실 출입문을 지키는, 검은 권장을 쥐고 있는 문지기가 그녀에게 고하기를, 폐하께서는 대법관과 중대사를 숙의 중이시라, 그녀를 다음 날 아침에야 접견하실 수 있노라 했다. 따라서 그녀는 코를레오네 로지에 머물며 폐하의 명을 기다릴 것이며, 폐하께서 다음 날 아침, 기침하는 즉시 직접 명령을 하달하실 것이라 했다. 조시언은 앙앙불락하여 거처로 돌아갔고, 몹시 언짢은 기분으로 저녁식사를 한 다음, 두통이 심하다며 시동 하나만 남겨 놓고 모든 사람들을 물러가게 했다. 그리고 잠시 후 시동마저 물러가게 한 다음, 아직 어둡지도 않은데 잠자리에 들었다.

그녀는 윈저에 도착하면서, 데이비드 더리모이어 경이, 즉시 귀환해 청령하라는 여왕의 명령을 받고, 다음 날 윈저에 오기로 되어 있다는 소식도 들었다.

3. 시베리아에서 세네갈로 불쑥 옮겨질 경우 기절하지 않을 사람 없다(훔볼트)

아무리 단단하고 기력 왕성한 사람이라도, 운명의 느닷없는 몽치질에 기절하지 않을 수 없는 법, 그것은 전혀 놀랄 일이 아니다. 황소가 도끼날 아래 쓰러지듯, 사람은 의외라는 것의 충격에 쓰러진다. 투르크의 항구에서 그들이 설치한 쇠사슬을 뜯어냈다는 프랑수아 알베스콜라는, 자신이 교황으로 지명되었다는 소식을 듣고, 만 하루 동안 기절해 있었다

648

고 한다. 그런데 추기경부터 교황까지의 간격은, 익살광대부터 잉글랜드의 피어까지 이르는 거리에 비해, 훨씬 좁다.

균형의 도괴(倒壞)처럼 격렬한 것은 없다.

그윈플레인이 정신을 차리고 다시 눈을 떴을 때는 이미 어두워져 있었다. 그윈플레인은 커다란 방 중앙에 놓인 안락의자에 있었는데, 방의 벽과 천장 및 바닥이 모두 자줏빛 벨벳으로 덮여 있었다. 사람들이 벨벳을 밟고 다니게 되어 있었다. 그의 곁에는, 서더크의 지하실 기둥 뒤에서 불쑥 나타났던, 배가 불뚝하고 여행용 외투를 입은 남자가, 모자를 벗어든 채 서 있었다. 방 안에는 그윈플레인과 그 사람 이외에, 다른 사람이 없었다. 안락의자에 앉은 채 손을 뻗기만 하면 두 탁자에 닿게 되어 있었는데, 각 탁자 위에는 가지 여섯 달린 촛대에 불을 켜놓았다. 또한 탁자 중 하나에는 종이와 작은 상자 하나가 놓여 있었고, 다른 탁자 위에는, 붉은색 도는 황금으로 도금한 은쟁반에, 가금류 고기와 포도주, 브랜디 등 간단한 식사가 차려져 있었다.

바닥에서 천장까지 이어지는 긴 창문의 유리를 통해서는, 4월의 맑은 밤하늘 덕분에, 의전(儀典)용 앞뜰 주위에 반원을 그리며 둘러서 있는 기둥들이 어렴풋이 보였고, 뜰 정면에는 문 셋으로 구성된 출입구가 있었는데, 문 하나는 매우 넓었고, 나머지 둘은 좁았다. 중앙의 커다란 것은 마차가 드나드는 문이었고, 그보다 조금 작은 오른쪽 것은 말 탄 사람들이 출입하는 문이었으며, 왼쪽의 아주 작은 것은 보행자용이었다. 문들은 끝이 번쩍이는 철책으로 닫혀 있었고, 중앙문의 상단은 조각품으로 장식되어 있었다. 기둥은 뜰의 바닥에 깐 포석들처럼 백색 대리석으로 깎은 듯했다. 포석들로 인해 뜰에는 눈이 내려 쌓인 듯했고, 평평한 돌 조각들로 짜인 그 하얀 자락이 어둠 때문에 문양이 선명치 않은 모자이크 하나를 둘러싸고 있었다. 모자이크를 밝은 날에 보았다면, 피렌체 양식으로 온갖 보석과 색채를 섞어 만든 거대한 가문(家紋)임이 드러났을 것이다. 난간들이 구불구불 위아래 방향으로 설치되어 있었는데, 테라스의 층계인 모양이었다. 앞뜰 위쪽 멀리 거대한 건축물 하나가 우뚝 솟아 있는데, 어둠 때문에 안개 속의 희미한 물건처럼 보였다. 별 가득한 하늘에 궁전의 실루엣 하나가 드러나고 있었다.

거대한 지붕 하나와, 소용돌이 모양으로 장식한 합각머리들, 투구처럼 면갑(面甲)을 갖춘 다락방들, 탑을 방불케 하는 굴뚝들, 움직이지 않는 신들과 여신들로 뒤덮인 갓돌들이 보였다. 주랑 사이로, 희미한 빛 속에서, 요정 이야기에 나오는 샘이 부드러운 소리를 내며 솟고 있었으며, 샘물은 이 수반(水盤)에서 저 수반으로 옮겨 가던 중 빗줄기와 폭포를 뒤섞어, 마치 보석 상자를 열어 흩뿌리듯, 바람에 다이아몬드와 진주를 미친 듯이 나누어 주고 있었는데, 마치 자기를 둘러싸고 있는 석상들의 무료함을 달래 주려는 것 같았다. 창문의 긴 열이 옆모습을 드러내고 있었는데, 창문 사이사이에는 환조한 무구(武具) 장식과 작은 밑받침 위에 놓인 흉상들이 보였다. 그리고 아크로테리온(露盤) 위에는, 전승 기념품과 깃털 장식을 단 투구 모형 조각품이 신들의 석상과 번갈아 배치되어 있었다.

그윈플레인이 있던 방의 창문 맞은편 안쪽에는 벽만큼 높은 벽난로가 한쪽에 있었고, 다른 한쪽에는 사다리를 타고 올라가 가로누울 수도 있을 만큼 넓고 거대한 침대 하나가 있었다. 침대에 오르내리는 데 사용하는 사닥다리 발판은 침대 옆에 놓여 있었다. 벽의 하단을 따라 안락의자들이 한 줄로 놓여 있고, 그것들 앞쪽에 다시 의자들이 한 줄로 배치되어 있었다. 천장의 모양은 툼바(무덤) 형태였다. 벽난로 속에

서는 프랑스식으로 지핀 불이 활활 타고 있었다. 그 실한 불
꽃과 분홍빛에 섞인 초록색 불 무늬를 보았다면, 감식안을
가진 사람이라면, 타고 있는 것이 물푸레나무임을 즉각 알아
차렸을 것이다. 그 나무를 땐다는 것은 하나의 사치였다.[1] 방
이 어찌나 큰지, 촛대 둘에 불을 켰음에도 불구하고, 방 안은
침침했다. 여기저기에 늘어져 펄럭이는 휘장을 보건대, 휘장
에 가려진 곳들이 다른 여러 방들로 이어지는 통로 같았다.
방의 전체적인 모습은, 고색창연하고 웅장한 제임스 1세 치
세의 유행을 따랐다. 방의 바닥이나 벽처럼, 침대 및 침대의
닫집, 안락의자, 일반 의자 등 모든 것이 자줏빛 도는 진홍색
벨벳으로 덮여 있었다. 천장 이외에는 황금빛이 보이지 않았
다. 네 귀퉁이에서 동일한 거리에 있는 천장 중앙에, 돋을무
늬 세공을 한 금속으로 만든, 거대한 원형 방패가 납작하게
붙어 빛을 발하고 있었고, 그 가운데에서 여러 문양의 복합
체가 특히 눈부신 광채를 발산하고 있었다. 그 부분에는 가
문 둘이 나란히 배치되어 있었는데, 하나에는 남작관(冠)이
새겨져 있었고, 다른 하나에는 후작관이 새겨져 있었다. 황
금을 입힌 구리였을까? 혹은 황금을 입힌 은이었을까? 알 수
가 없었다. 여하튼 황금 같았다. 그리하여 침침하되 장엄한
봉건적 천장 중앙에서 번쩍이는 방패는, 어둠 속에 묻힌 태
양의 침침한 광휘를 발산하고 있었다.

　자유로운 인간이 혼합된 야생의 인간은, 궁궐 안에 처할
경우, 감옥에 들어간 것만큼이나 불안해한다. 으리으리한 장
소가 그윈플레인을 뒤흔들었다. 모든 화려함은 다소간의 공
포를 야기한다. 이 장엄한 거처의 주인이 누구란 말인가? 그
모든 거대함이 어떤 거인의 소유일까? 이 궁궐은 어떤 사자

----

1 물푸레나무는 목질이 단단하고 질겨서, 연장의 자루를 만드는 데 쓰였
다. 그러나 북유럽에 흔한 나무이다.

의 소굴일까? 아직 잠에서 덜 깬 그윈플레인의 가슴이 조여들었다.

「내가 어디에 와 있소?」 그가 물었다.

「각하의 댁에 와 계십니다, 각하.」

4. 홀림

표면으로 다시 부상하려면 상당한 시간이 필요하다.

그윈플레인은 경악의 깊은 구렁텅이에 내던져져 있었다. 미지의 경개(景槪)에서 즉시 균형을 잡고 일어설 수는 없는 법이다. 군대가 궤주(潰走)하듯, 사념의 궤주도 존재한다. 재집결이 즉시 이루어지는 것은 아니다.

자신이 어쩐지 흩어졌음을 느낀다. 자신의 기이한 분산을 목도하게 된다.

신은 팔이고, 우연은 투석기이며, 인간은 자갈이다. 허공으로 이미 던져졌는데, 어디 한번 저항해 보라.

그윈플레인은 물수제비 뜬 자갈이 수면에 부딪치듯, 연속적으로 경악에 부딪쳤다. 여공작의 연서에 뒤이어 서더크 지하실에서 뜻밖의 사실이 드러났다.

운명의 여정에서 뜻밖의 일이 시작되면, 그것이 연달아 일어날 것에 대비해야 한다. 그 사나운 문이 한 번 열리면, 뜻밖의 일들이 다투어 그곳으로 뛰어든다. 벽에 틈이 하나 생기면, 온갖 사건이 꾸역꾸역 그 틈으로 몰려 들어온다. 기이한 일은 단 한 번만 생기고 멈추는 것이 아니다.

기이함, 그것은 모호함이다. 모호함이 그윈플레인을 짓누르고 있었다. 그에게 닥친 일들이 도무지 이해할 수 없는 것들처럼 보였다. 그는, 깊은 동요가 자신의 지각에 남긴, 붕괴시에 생기는 먼지 같은 안개를 통해, 모든 것을 어렴풋이 인지했다. 격렬한 동요가 지진처럼 그를 몽땅 뒤집어 놓았다. 그의 앞에 주어진 것 중 명료한 것은 하나도 없었다. 그러나 항상 투명함이 조금씩 자리를 잡는 법이다. 먼지는 가라앉게 되어 있다. 한순간 한순간, 경악의 농도가 묽어진다. 그윈플레인은 마치, 꿈속에서 눈을 뜨고 시선을 고정한 채, 그 속에서 일어나는 일을 보려고 애를 쓰는 사람 같았다. 그는 그 구름을 분해하다가는 다시 재구성하고 있었다. 간헐적으로 방황하기도 했다. 그는 뜻밖의 일 속에 휩쓸려, 오성이 흔들리는 일을 겪었는데, 그 진동이 그를 이해 가능한 영역으로 밀었다가는 다시 불가해한 영역으로 데려다 놓곤 했다. 뇌리에 그러한 추가 생기는 일을 한 번쯤 겪지 않은 사람이 있겠는가?

　서더크 감옥 지하실의 어둠 속에서 그의 동공에 일어났던 팽창 현상이, 뜻밖의 일이라는 암흑에 휩싸인 그의 사념 속에서 단계적으로 일어나고 있었다. 어려운 일은, 누적된 숱한 느낌 사이에, 필요한 만큼의 공간을 확보해 주는 것이었다. 혼란스러운 생각의 연소가, 즉 이해가 이루어지려면, 격렬한 느낌들 사이로 공기가 통해야 했다. 그런데 공기가 부족했다. 이를테면 사건이 호흡을 불가능하게 했다. 서더크의 무시무시한 지하 동굴 속으로 들어가며, 그윈플레인은 도형수들의 목에 거는 쇠고리를 각오했다. 그런데 그의 머리에 피어의 관이 씌워졌다. 그것이 어떻게 가능하단 말인가? 그윈플레인이 겁내던 것과 그에게 실제로 닥친 것 사이에는 충분한 간격이 없었다. 그 일이 너무나 신속히 뒤따랐기 때문에, 그리하여 그의 공포감이 너무나 갑자기 다른 것으로 바뀌었기 때문에, 그것이 도저히 명료할 수가 없었다. 극도로 대조적인 것이 너무나 밀착되어 있었다. 그윈플레인은 그 바이스에 물려 있는 오성을 빼내려고 애를 썼다.

그는 입을 다물었다. 그것이 대경실색한 사람들의 본능적인 거조이다. 그들은 사람들이 짐작하는 것 이상으로 방어적인 자세를 취한다. 아무 말도 하지 않는 사람은 모든 것을 감당한다. 무심히 튀어나온 말 한마디가 미지의 톱니바퀴에 걸려들면, 그것이 말한 사람을 예측할 수 없는 바퀴 속으로 이끌어 갈 수 있다.

으스러지는 것, 미미한 사람들은 그것을 두려워한다. 하층민들은, 누가 자신들을 밟지 않을까, 항상 두려워한다. 그런데 그윈플레인은 오랜 세월 동안 하층민이었다.

인간적 불안의 특이한 상태를 다음 말로 설명할 수 있을 것이다. 〈오는 것을 보다.〉[1] 그윈플레인은 그러한 상태에 있었다. 불쑥 솟아오른 하나의 상황과 아직 균형을 이루지 못했다고 느끼는 상태이다. 그러면 이어질 그 무엇을 감시하게 된다. 또한 막연히 주의를 집중한다. 그리고 오는 것을 본다. 무엇을? 그것이 무엇인지 모른다. 누구를? 그저 주시할 뿐이다.

배불뚝이 사나이가 같은 말을 반복했다.

「각하께서는 각하의 댁에 와 계십니다, 각하.」

그윈플레인은 자신의 몸을 더듬어 보았다. 몹시 놀랄 경우, 사람들은 우선 사방을 주시한다. 사물이 여전히 존재하는지 확인하기 위해서이다. 그런 다음 자신의 몸을 더듬는데, 자신이 정말 존재하는지 확인하기 위해서이다. 남자가 자신을 향해 말하고 있는 것은 분명한데, 자신은 이미 다른 사람이 되어 있었다. 걸치고 있던 카핀고도 가죽 조끼도 모두 사라졌다. 그 대신 은색 천으로 지은 조끼와, 만져 보니 수를 놓은 듯한 새틴으로 지은 상의를 입고 있었다. 조끼 주머

---

1 *voir venir*를 직역한 것이다. *voir venir les événements*의 생략형인데, 그 표현의 통용 의미는 〈사건의 추이를 주시하며 신중하게 기다린다〉는 뜻이다.

니에는 불룩한 돈주머니가 들어 있었다. 벨벳으로 지은 통 넓은 반바지가, 그가 입고 있던 익살광대의 좁고 몸에 붙는 반바지를 가리며 덮고 있었다. 또한 뒤축이 높고 붉은 구두를 신고 있었다. 그를 그 궁궐로 모셔 오면서, 그의 옷도 갈아입힌 모양이었다.

사나이가 다시 말을 이었다.

「각하께서는 다음과 같은 사실들을 기억해 주옵소서. 제 이름은 바킬페드로라고 합니다. 해군성에서 서기 직을 맡고 있습니다. 제가 하드쾨논의 호리병을 열어, 그 속에서 각하의 새로운 운명이 나오도록 했습니다. 아라비아의 옛날이야기에 등장하는 어느 어부가, 병 속에서 거인 하나를 나오게 한 것과 같습니다.」[2]

그윈플레인은 자신에게 말을 하고 있는 사람의 미소 띤 얼굴을 유심히 쳐다보았다.

바킬페드로가 계속했다.

「이 궁전 이외에 각하께서는 이것보다 더 큰 헌커빌 하우스를 가지고 계십니다. 또한 각하의 피어리지를 태동시켰고, 옛 에드워드 전하[3] 시절부터 요새였던, 클랜찰리 성을 가지고 계십니다. 각하의 휘하에는 각자의 취락과 농민을 다스리는 대리 집행관 열아홉이 있습니다. 따라서 각하의 깃발 아래에 있는 신하 및 납세자의 수가 약 8만에 이릅니다. 클랜찰리에서는 모든 것을, 일체의 재산과 신민을, 각하께서 다스리시며, 각하께서는 제후의 법정을 설치하실 수 있습니다. 국왕께서 각하보다 더 누리시는 것은 화폐 주조권뿐입니다.

---

2 『천일야화』에 등장하는 어느 어부와 정령의 이야기이다. 앙투안 갈랑의 판본에서는 아홉 번째 밤 이야기에, 마르드뤼즈의 판본에서는 세 번째 밤 이야기에 수록되어 있다.

3 웨식스의 왕을 가리키는 듯하다.

노르망디의 법률이 우두머리 영주라고 규정하는 국왕께서
는, 사법과 조정(朝庭)과 주형(鑄型)을 가지고 계십니다. 주
형은 곧 화폐를 뜻합니다. 그것을 제외하고는, 국왕께서 왕
국의 군주이듯이, 각하께서는 각하가 다스리시는 영지의 군
주이십니다. 또한 남작으로서, 잉글랜드에서는 말뚝 넷 갖춘
교수대 운영권을 가지시고, 시칠리아에서는 후작으로서 말
뚝 일곱 갖춘 교수대를 운영하실 수 있습니다. 한편, 귀족 출
신의 고위 사법관은 말뚝 둘, 일반 영주는 셋, 공작은 여덟을
갖춘 교수대 운영권을 갖습니다.[4] 노섬브리아의 옛 헌장에는
각하가 프린스로 호칭되어 있습니다. 각하께서는 아일랜드의
밸런티아 자작들인 파워 가문 및 스코틀랜드의 엄프레빌 백
작들인 앵거스 가문과 동맹 관계에 계십니다. 각하께서는 캠
벨, 어드매낵, 매칼루모어 등 스코틀랜드 씨족들의 우두머리
이십니다. 각하께서는 리컬버, 벅스턴, 헬커터스, 험블, 모리
캠브, 검드레이스, 트렌워드레이스 등을 포함해, 여덟 곳에
영지를 가지고 계십니다. 각하께서는 필리모어에 있는 이탄
갱(泥炭坑)들과 트렌트에 있는 흰 대리석 채석장에 대해서도
일정한 권한을 가지고 계십니다. 뿐만 아니라 페네스 체이스
전역과 옛 마을 하나를 정상에 이고 있는 산 또한 각하의 소
유입니다. 그 마을 이름은 비니컨턴이고, 산의 명칭은 모일
엔라이라고 합니다. 그 모든 것에서 각하께 들어오는 수입금
은 4만 파운드입니다. 프랑스인이라면 만족해할 2만 5천 프
랑의 40배입니다.」

4 프랑스의 경우, 12세기 초에 교수대의 설치 및 운영에 관한 법령이 제
정되었는데, 그 동기가 정확히 알려지지는 않았으나, 사법관이나 영주의 행
형권을 제한하려는 뜻이 있었던 것 같다. 또한 그 시절에는, 처형된 사람의
시신을 새들이 다 먹을 때까지 말뚝에 매달아 두었다고 한다. 바킬페드로가
그윈플레인에게 알려 준 말뚝의 수는 기실 12세기 초에 프랑스에서 제정된
헌장에 명기된 것이며, 국왕의 경우 말뚝의 수를 제한하지 않았다고 한다.

바킬페드로가 그렇게 말을 하고 있는 동안, 그윈플레인은, 점증되는 놀라움 속에서도 회상에 잠겨 있었다. 추억이란 말 한마디가 그 밑바닥까지 뒤집어 놓을 수 있는 침전물이다. 바킬페드로의 입에서 나온 그 모든 이름을 그윈플레인은 익히 알고 있었다. 그것들은 그가 어린 시절을 보낸 오두막 안에 걸려 있던 두 판자에 적혀 있었다. 또한 그것들 위로 기계적으로 눈길을 주곤 했던지라, 그것들을 모두 외우게 되었다. 버려진 고아로 웨이머스의 굴러다니는 오두막에 도착해, 그는 목록으로 작성되어 그를 기다리고 있던 유산을 발견했던 것이다. 그리하여 아침마다, 그 가엾은 어린것이 잠에서 깨어날 때마다, 태평스럽고 무심한 시선으로 더듬더듬 읽곤 하던 것은 자신의 영주권과 피어리지였다. 그 엄청난 뜻밖의 사건에 첨가된 또 하나의 기이한 점은, 15년 동안, 이 거리 저 거리로 배회하면서, 떠돌이 연예대 위의 익살광대로, 그날그날 몇 푼씩 주워 모아 빵 부스러기로 연명하며, 자기의 가난 위에 자기의 엄청난 재산 목록을 걸어 둔 채 방랑했다는 사실이다.

바킬페드로가 탁자 위에 놓여 있던 보석 상자를 인지로 툭 치며 말했다.

「마이 로드, 이 보석 상자 속에 2천 기니가 들어 있습니다. 자애로우신 여왕 폐하께옵서 우선 필요한 용처에 쓰시라고 보내신 것입니다.」

그윈플레인이 흠칫하며 말했다.

「아버지 우르수스께 드려야지.」

「좋습니다, 마이 로드.」 바킬페드로가 대꾸했다. 「태드캐스터 여인숙에 있는 우르수스 말씀이시겠지요. 이곳까지 저희들과 동행한 사법관이 곧 돌아갈 것이니, 그의 편에 보내겠습니다. 혹시 제가 런던으로 돌아가야 할지도 모르겠습니다. 그럴 경우, 제가 전하겠습니다. 저에게 맡기십시오.」
「내가 가지고 가겠소.」 그윈플레인의 대답이었다.
바킬페드로가 미소를 그치며 말했다.
「불가능한 일입니다.」
유성이 급작스럽게 꺾이며 말에 힘이 주어졌다. 바킬페드로에게는 그러한 억양이 있었다. 그는 마치 자신이 한 말 끝에 마침표라도 찍듯, 말을 뚝 끊었다. 그랬다가, 스스로 상전이라고 느끼는 하인 특유의 공경스러운 어투로 다시 말을 이었다.
「마이 로드, 각하께서는 런던에서 37킬로미터쯤 떨어진 이곳, 윈저 왕궁 곁에 있는 각하의 코를레오네 궁에 와 계십니다. 각하께서 이곳에 오신 사실을 아무도 모릅니다. 각하께서는, 서더크 감옥 정문 앞에서 대기하던 밀폐된 마차 편으로 이곳에 모셔졌습니다. 각하를 이 궁 안으로 모신 사람들은 각하께서 누구이신지 모릅니다. 그들은 저를 알 뿐, 현재로서는 그것으로 족합니다. 제가 가지고 있는 비밀 열쇠를 사용해 각하를 이 방으로 모신 것입니다. 이 집에 있는 사람 중 대부분은 이미 잠자리에 들었고, 지금은 그들을 깨울 시각이 아닙니다. 그러한 연유로 이제 각하께 상세한 설명 드릴 시간을 얻게 되었습니다. 제가 드릴 설명은 길지 않을 것입니다. 이제 설명 올리겠습니다. 그것이 제가 폐하께 받은 사명입니다.」
바킬페드로는 말을 하면서도 보석 상자 옆에 놓여 있던 서류 뭉치를 연신 뒤적거렸다.
「각하, 이것은 각하의 피어 증명서입니다. 이것은 각하의 시칠리아 후작 위(位) 증서입니다. 이것들은 각하의 여덟 개 남작령 증서인데, 켄트의 왕이셨던 볼드렛부터 잉글랜드와 스코틀랜드의 왕이셨던 제임스 4세 겸 제임스 1세[5]에 이르

658

기까지, 열한 분 국왕의 옥새가 찍혀 있습니다. 이것은 각하의 신분적 특권을 나타내는 증서입니다. 이것은 임대차 계약서이고, 또 각하의 대여 영지, 자유 영지, 대여 영지에 종속된 영지, 취락 및 사유지를 상세히 기록한 서류입니다. 각하의 머리 위 천장에 보이는 가문 속에는, 진주로 장식한 남작관과 원형 꽃무늬로 장식한 후작관이 있습니다. 이쪽, 각하의 갱의실(更衣室) 속에는, 붉은색 벨벳으로 짓고 담비 모피 띠를 갖춘 각하의 피어 의상이 마련되어 있습니다. 오늘, 불과 몇 시간 전에, 대법관과 잉글랜드의 얼 마셜이, 각하와 콤프라치코스 하드콰논과의 대질 결과를 보고받은 후, 즉시 폐하께 그다음 조치를 하명받았습니다. 폐하께서는 기꺼이 서명하셨고, 그것은 법과 다름없습니다. 모든 수속은 완료되었습니다. 내일, 늦어도 내일이 가기 전에, 각하께서는 상원에 등원하실 것입니다. 그곳에서는 왕실에서 제출한 법안 하나를 여러 날 전부터 심의하고 있는데, 법안의 내용은, 여왕의 부군이신 컴벌랜드 공작의 세비를 10만 리브르,[6] 즉 250만 프랑스 리브르, 증액하자는 것입니다. 각하께서도 심의에 참가하실 것입니다.」

바킬페드로는 잠시 중단했다가, 천천히 호흡을 가다듬은 다음, 다시 계속했다.

「그러나 아직 완성된 것은 아무것도 없습니다. 자신이 원치 않는데 잉글랜드의 피어가 되지는 않습니다. 각하께서 실상을 이해하지 못하시면, 모든 것이 무효화되어 사라질 수 있습니다. 꽃을 피우기도 전에 잠적해 버리는 사건, 그것이

5 제임스는 메리 스튜어트의 아들로, 1567년부터 스코틀랜드의 왕 제임스 4세로 불렸고, 1603년부터는 잉글랜드의 왕 제임스 1세라는 호칭을 아울러 갖게 되었다.

6 *livres sterling*, 즉 파운드를 가리킨다.

정치에서는 흔히 볼 수 있는 일입니다. 각하, 아직 이 시각에도, 거대한 침묵이 각하를 덮고 있습니다. 상원은 내일이나 되어야 실상을 알게 될 것입니다. 각하의 일은 국가적 이익을 위해 극비에 부쳐졌고, 그 일이 몰고 올 결과가 너무나 엄청나서, 각하의 존재와 각하의 제(諸) 권리를 알고 있는 몇몇 주요 인사들께서도, 만약 국가적 이익이 요구하면, 자기들이 아는 바를 서슴지 않고 잊을 것입니다. 어둠 속에 있는 것이 영영 어둠 속에 남을 수 있습니다. 각하를 흔적도 없이 지워 버리기는 아주 쉬운 일입니다. 더구나 각하의 형님이 한 분 계시기 때문에 그러한 일은 더욱 쉽습니다. 각하의 선친께서 망명길에 오르신 후 찰스 2세 폐하의 정부가 된 여인과, 각하의 선친 사이에서 태어난, 혼외자(婚外子)입니다. 그러한 이유로 그분은 궁정에서 환대를 받습니다. 만약 각하의 신변에 무슨 일이 생기면, 그분이 비록 사생아라 할지라도, 각하의 피어리지는 그분에게 귀속될 것입니다. 그러한 일이 벌어지기를 바라십니까? 짐작컨대 그러실 리 없습니다. 여하튼 모든 것은 각하께 달려 있습니다. 여왕 폐하의 명령에 따르셔야 합니다. 내일이 되기까지는 이 거처를 떠나지 마셔야 합니다. 그리고 내일, 폐하께서 내리시는 마차 편으로 상원에 가셔야 합니다. 마이 로드, 각하께서는 잉글랜드의 피어가 되기를 원하십니까? 혹은 원치 않으십니까? 여왕께서는 각하의 장래를 위해 좋은 계획을 세우고 계십니다. 여왕께서는 각하와 어느 왕녀와의 혼인을 주선하고 계십니다. 퍼메인 클랜찰리 경, 그 이름은 곧 결정적인 순간을 뜻합니다. 운명은 문을 하나 열면 다른 문 하나를 닫습니다. 몇 걸음 전진한 다음에는, 더 이상 한 걸음도 물러설 수 없습니다. 변신 과정에 들어간 이의 뒤에는 잠적만이 있습니다. 각하, 그윈플레인은 이미 죽었습니다. 이해하시겠습니까?」

그윈플레인의 머리끝부터 발끝까지 한 차례 전율이 휩쓸었다. 다음 순간 그가 정신을 수습하며 대답했다.

「알았소.」

바킬페드로는 미소를 지으며 그에게 예를 표한 다음, 보석 상자를 외투 자락으로 감싸 가지고 밖으로 나갔다.

5. 기억한다고 믿으나 망각한다

인간의 영혼 속에 선명하게 일어나는 그 기이한 변화는 무엇이란 말인가?

그윈플레인은 높은 꼭대기로 납치됨과 동시에 심연 속으로 처박혔다.

그는 현기증에 사로잡혔다.

이중의 현기증이었다.

상승에 기인한 현기증과 추락에 기인한 현기증이었다.

숙명적인 혼합이었다.

그는 자신이 상승하는 것은 느꼈으되, 추락하는 것은 느끼지 못했다.

하나의 지평선이 열리는 것을 본다는 것, 그것은 몹시 두려워해야 할 일이다.

새로 열린 경개가 조언을 한다. 항상 좋은 조언만은 아니다.

그의 앞에는 스스로 찢어져 깊은 창천을 보여 주는 구름의 선경 같은 틈새 풍경이 펼쳐졌다. 아마 덫일지도 모른다.

창천이 어찌나 깊은지 모호하기도 했다.

그는 지상의 왕국들을 내려다볼 수 있는 산 위에 있었다.

그것이 실제로 존재하지 않기 때문에 그만큼 더 무시무시한 산이다. 그 꼭대기에 있는 사람들은 어떤 꿈속에 들어가 있다.

그곳에서 느끼는 유혹은 곧 지옥의 심연인데, 유혹이 어찌나 강력한지, 그 정상에 있는 지옥은 낙원을 부패시킬 희망을 품고, 악마는 신을 그곳으로 데려온다.

영원을 홀리려 하다니, 얼마나 기이한 바람인가!

사탄이 예수를 유혹하고 있는데, 한 인간이 어찌 저항할 수 있겠는가?

궁전과 성과 권력과 풍요로움 등 인간의 모든 유열이 자기 둘레에 끝이 보이지 않을 만큼 펼쳐져, 지평선 끝까지 이어지는 쾌락의 지도가 그려지고, 그 찬연한 지도의 중앙에 자신이 서 있음을 느끼는 것, 그것은 매우 위험한 신기루이다.

예비 단계를 거치지 않고, 조심성 없이, 중간 과정 없이, 그리고 서서히 이끌어 오지 않은, 그러한 풍경이 일으킬 혼란을 상상해 보라.

두더지 구멍에서 잠이 들었는데, 스트라스부르의 종각[1] 끝에서 잠을 깬 사람, 그것이 바로 그윈플레인이었다.

현기증이란 일종의 강렬한 눈부심이다. 특히 우리를 밝음과 어둠 속으로 동시에 이끌어 가면서, 서로 반대 방향으로 도는 소용돌이를 형성하는 현기증이 더욱 그러하다.

지나치게 환하게 보면서 동시에 충분히 보지 못한다.

모든 것을 보면서 동시에 아무것도 보지 못한다.

이 책의 저자가 어디에선가 〈눈부셔 하는 소경〉이라고 명명한, 그런 사람이 된다.

홀로 남은 그윈플레인은 성큼성큼 이리저리 거닐기 시작했다. 폭발하기 전에 먼저 부글거리기 마련이다.

---

1 스트라스부르 대성당의 종탑은 특히 그곳에 오르는 계단의 아슬아슬함으로 유명하며, 스탕달, 괴테, 위고, 바슐라르 같은 이들이 그 인상적인 높이와 종각에 올랐을 때 느끼는 현기증을 묘사한 바 있다.

그러한 동요 속에서도, 한자리에 도저히 머물 수 없는 상태에서도, 그는 생각에 잠겼다. 그러한 부글거림은 하나의 청산 작업이었다. 그는 기억의 도움을 청했다. 겨우 들린다고 믿었던 것에 그토록 철저히 귀를 기울였다니, 참으로 놀라운 일이다! 서더크 감옥의 지하실에서 집정관이 낭독한, 조난자들의 진술 내용이 선명하게 또 이해할 수 있는 형태로 그의 뇌리에 되살아났다. 그는 진술서의 한 마디 한 마디를 다시 기억해 냈으며, 그 밑에 숨겨져 있던 유년 시절이 몽땅 선명하게 눈앞에 떠올랐다.

그가 문득 멈추어 섰다. 뒷짐을 진 채, 천장을, 하늘을, 여하튼 위쪽을 바라보며 한마디를 흘렸다.

「복수!」

그는 물속에 잠겼던 머리를 비로소 수면 위로 쳐드는 사람 같았다. 그는 순간적인 명료함에 급작스럽게 사로잡혀, 과거와 현재와 미래 모두가 보이는 것 같았다.

「아!」 그가 탄식했다. 생각의 밑바닥에도 아우성이 있기 때문이다. 〈아! 그렇게 된 일이었구나! 내가 로드였구나. 모든 것이 드러나는군. 아! 나에게서 몽땅 훔쳐 갔고, 나를 배반했고, 나를 흔적도 없이 사라지게 했고, 내 유산을 빼앗고, 나를 버렸고, 나를 살해했구나! 내 운명의 시신이 15년 동안 바다 위로 떠다니다가, 문득 육지에 닿아, 살아서 벌떡 일어섰군! 내가 부활하고 있는 거야. 내가 탄생하고 있는 거야! 나는 내 누더기 밑에서 불쌍한 자 이외의 다른 무엇이 박동하고 있는 것을 항상 느꼈고, 내가 사람들을 둘러볼 때마다, 그들이 가축 떼이고 나는 개가 아닌 목동임을 완연히 느끼곤 했지! 백성의 목자들, 인간의 지도자들, 안내자들, 주인들, 그것이 나의 선조들이셨어. 또한 그것이 나야! 나는 귀족이며 따라서 나에게는 검이 있어![2] 나는 남작이야, 따라서 나에게는 투구가 있어.[3] 나는 후작이야, 따라서 나에게는 깃털 장식이 있어.[4] 나는 피어야, 따라서 내 고유의 관(冠)이 있어.[5] 아! 나에게서 그 모든 것을 빼앗았군! 나는 원래 광명 속에 살았는데, 나를 암흑 속에서 살게 했어! 아비를 추방한 자들이 그 자식을 팔아 버렸군! 내 아버님이 작고하시자, 아버님께서 베개로 사용하시던 망명이라는 돌을 머리 밑에서 이끌어 내어, 그것을 내 목덜미에 매단 다음, 나를 하수구에 처박았어! 오! 나의 유년 시절을 혹독하게 괴롭혔던 악당들, 그들이 이제 내 기억 가장 깊숙한 곳에서 꿈틀거리며 고개를 쳐들고 있어, 그래, 그들이 다시 훤히 보여. 나는 무덤 위에서 한 무리 까마귀들에게 쪼아 먹히는 살덩이였어. 그 소름끼치는 그림자 밑에서 내가 피를 흘리며 비명을 질렀지. 아! 나를 처박은 곳이 바로 그곳, 오가는 사람들이 무엇이든 밟아 으스러뜨리는 그곳, 모든 사람이 짓밟는 그 밑, 농노보다도, 하인보다도, 병영의 심부름꾼보다도, 노예보다도 낮은, 인류의 밑바닥에 있는 이들의 밑에, 무질서가 시궁창으로 변하는 곳, 즉 모든 것이 사라지는 곳이었어! 그런데 그곳에서 내가 빠져나오고 있어! 그곳에서 다시 올라오고 있어! 그곳에서 내가 부활하고 있어! 그래서 지금의 모습이야. 복수!〉

2 검은 귀족의 상징이며, 귀족이 아닌 사람은 검을 휴대하지 못하게 되어 있었다. 그러나 프랑스의 경우 평민 신분이던 법복 귀족(법조인들)도, 전통 질서의 이완을 틈타 검을 휴대하기 시작했는데, 그러한 시절의 만화경이 샤를 소렐의 『프랑시옹』에 해학적으로 묘사되어 있다.

3 〈남작〉이라고 번역한 *baron*은 특히 군벌적 의미가 강한 말이다. 흔히 영주나 군주의 휘하 장수나, 한 나라의 방패를 뜻한다.

4 〈후작〉이라 번역한 *marquis*는 접적(接敵) 지역*marche* 사령관을 뜻하며, 중세에는 〈백작〉이라 옮기는 *comte*와 혼용되기도 했다. 어느 경우든, 한 지역의 최고 사령관을 뜻하며, 현대적 군대에서 장군과 같은 개념이다. 깃털 장식은, 사령관의 군모에 꽂던 깃털을 가리킨다.

5 피어, 즉 국왕과 대등한 사람이니, 관은 왕관과 같은 권위를 상징한다.

그는 앉았다가 다시 일어나 두 손으로 머리를 감싸 쥐고 다시 걷기 시작했다. 그러자 폭풍의 독백이 그의 내면에서 계속되었다.

〈내가 어디에 있나? 정상에 와 있다! 내가 어디에 와 떨어진 것일까? 봉우리 위에! 이 용마루, 이 거대함, 세계를 덮는 이 둥근 지붕, 절대적인 권력, 이것이 내 집이야. 공중에 있는 이 신전, 나는 이곳에 사는 신들 중 하나야! 아무도 들어올 수 없는 이곳에 내가 머물고 있어. 내가 저 아래에서 쳐다보던 높은 곳, 하도 강렬한 빛을 발산해 눈을 감아 버리곤 하던 높은 곳, 난공불락의 봉건 성채, 행운아들이 거주하는 도저히 함락시킬 수 없는 요새에 내가 들어왔어. 이곳에 와 있어. 나는 이곳의 주인이야. 아! 결정적 윤회(輪回)야! 저 아래에 있었는데, 이 높은 곳에 올라와 있어. 이 높은 곳에, 영원히! 나는 이제 로드, 진홍빛 외투를 입고, 머리에 꽃무늬 관을 쓰며, 왕들의 즉위식에 참석하면 그들이 내 앞에서 선서를 할 것이며, 내가 재상들과 왕족을 심판할 것이고, 나는 진정 존재하게 되었어. 나를 처박았던 심연에서 다시 솟아올라, 천정점에 닿았어. 나는 도시와 전원 지역에 있는 궁전과 저택, 정원, 사냥터, 숲, 사륜마차들, 억만금을 소유하게 되었어. 나는 이제 많은 축제를 열고, 법을 제정하며, 행복과 쾌락을 내 뜻대로 선택하게 되었어. 그리고 잡초 사이에 핀 꽃 한 송이 딸 권리조차 누리지 못하던 떠돌이 그윈플레인이, 하늘에 있는 별을 딸 수 있게 되었어!〉

한 영혼 속으로 귀환한 불길한 그늘이었다. 하나의 영웅이었던 그윈플레인의 내면에서, 그리고 분명히 말해 두지만, 아직도 영웅이기를 멈추지 않았던 그의 내면에서, 정서적 위대함이 물질적 거대함으로 그렇게 대체되고 있었다. 음산한 변화였다. 지나가는 일단의 악마들에게 홀려 저지른 미덕 도

난 사건이었다. 인간의 나약한 측면을 노린 기습이었다. 야
망, 본능의 수상한 의지, 욕정, 탐욕 등 흔히들 우월한 것이라
칭하는 그 저열한 것들, 불운이라는 정화 작용 덕분에 그윈
플레인으로부터 멀리 추방되었던 그것들이, 너그럽고 착한
심정을 요란스럽게 다시 점령해 버렸다. 그런데 그것이 무엇
에서 기인되었던가? 바다가 운반해 온 부유물 속에서 발견된
양피지 한 장 때문이었다. 우연이 양심을 상대로 저지른 겁
탈 행위였다.

그윈플레인은 오만을 벌컥벌컥 마시고 있었다. 그것이 그
의 영혼을 흐릿하게 만들고 있었다. 그 비극적 술의 본질이
그러하다.

취기가 그를 엄습했다. 그는 그것에 순응하는 것 이상의
짓을 했다. 취기를 달게 음미하고 있었다. 오랜 갈증의 결과
였다. 우리는, 우리의 분별력을 잃게 하는 술잔의, 단순한 가
담자일까? 그는 그것을 항상 막연히 갈망해 왔다. 그는 힘 있
는 사람들 쪽을 끊임없이 바라보곤 했다. 바라본다는 것은
원한다는 뜻이다. 그리하여 독수리 둥지에서 태어나는 독수
리 새끼도 위험에서 벗어나지 못한다.[6]

이제, 그는 자신이 로드라는 것을, 어떤 순간에는 지극히
당연한 사실로 여겼다.

단 몇 시간밖에 흐르지 않았건만, 어제라는 과거조차 까마
득히 멀게 여겨졌다!

그윈플레인은 선(善)의 적인 호전(好轉)의 매복에 걸려들
었다.

〈운수가 좋군!〉 그러한 말을 듣는 사람은 불행을 면키 어
렵다.

6 독수리는 까마득히 높은 절벽에 둥우리를 튼다고 한다.

사람은 행운 앞에서보다 역경 앞에서 더 잘 견딘다. 행운보다는 불운을 겪으면서 자신을 더 온전히 보존한다. 카리브디스는 곧 가난이고, 스킬라는 곧 부유함이다.[7] 벼락 아래에서 일어선 자들은 그 섬광 때문에 쓰러졌다. 절벽 앞에서도 놀라지 않던 그대, 구름과 몽상의 무수한 날개에 실려 사라질 것을 염려하라. 상승이 그대를 높은 곳으로 데려가며 그대를 왜소하게 만들 것이다. 신격화라는 것은 또한 타도하는 음산한 힘을 가지고 있다.

행복한 상태에서 자신을 알기란 쉽지 않다. 우연이란 하나의 변장에 불과하다. 그 얼굴처럼 속임수에 능한 것도 없다. 그것이 섭리일까? 그것이 숙명일까?

밝음이란 밝음이 아닐 수도 있다. 빛은 진리이되 섬광은 배신일 수 있기 때문이다. 섬광이 밝힌다고들 믿으나, 실은 화재를 일으킨다.

밤이 되어, 어떤 손 하나가 등불 하나를, 별로 변한 더러운 비계를, 어둠 속에 있는 구멍 근처에 놓는다. 자벌레나방이 그곳으로 다가간다.

어느 선까지 그에게 책임이 있을까?

독사의 시선이 새를 홀리듯, 불의 시선이 자벌레나방을 홀린다.

자벌레나방이나 새가 거기에 이끌리지 않는 것이 가능할까? 나뭇잎이 바람에 복종하기를 거부하는 것이 가능할까? 돌이 중력에 복종하기를 거부하는 것이 가능할까?

7 카리브디스와 스킬라는 메시나 해협에 있던 거대한 괴물인데, 카리브디스는 바닷물을 입 속으로 빨아들여 선원들을 먹어 치웠다. 그리하여 선원들이 그 사실을 알고, 그의 맞은편에 있는 스킬라 근처로 뱃머리를 돌리곤 했는데, 그 틈을 타서 스킬라가 그들을 잡아먹었다고 한다. 오디세우스도 스킬라 근처로 항로를 바꿨다가 동료 여섯을 잃었다(『오디세이아』 12장).

물질적 문제이지만, 또한 정신적 문제이기도 하다.

여공작의 편지를 받은 후 그윈플레인은 몸을 뒤로 젖히며 항거했다. 그의 내면에 그를 잡아 두던 깊숙한 끈이 있었기 때문이다. 그러나 질풍은 한쪽 지평선에서 오는 바람을 소진한 다음, 다른 쪽에서 오는 바람으로 다시 시작하며, 게다가 운명 또한 자연처럼 나름대로 악착스럽다. 첫 공격으로 흔든 다음, 두 번째 공격으로 뽑아낸다.

애석하도다! 떡갈나무들이 어떻게 쓰러지는가?[8]

겨우 나이 열 살의 아이로, 포틀랜드의 절벽 위에서, 자기도 다른 이들과 함께 타고 떠날 것으로 믿었던 선박을 휩쓸어 가던 질풍, 그에게서 구원의 널판을 빼앗아 간 심연, 더욱 뒤로 물러서며 그를 위협하던 텅 빈 허공, 그에게 단 하나의 피신처마저 거절하던 대지, 그에게 단 하나의 별도 허락지 않던 하늘, 무자비한 적막, 한줄기 빛도 없는 어둠, 온갖 난폭함으로 가득한 무한의 공간 바다, 온갖 수수께끼로 가득한 또다른 무한의 공간 하늘 등 그가 대적해야 할 적들을 응시하며 싸울 준비를 하던 그가, 지극히 어리면서도, 늙은 헤라클레스가 죽음에 대항하듯, 밤에 대항하던 그가, 미지의 존재가 드러내던 거대한 적대감 앞에서 두려워 떨거나 정신을 잃지 않던 그가, 어마어마한 투쟁을 벌이며, 자신 역시 아이임에도 불구하고 아기 하나를 품에 안아, 지치고 연약한 몸에 무거운 짐을 가중시킴으로써 자신의 연약함이 쉽게 상처를 입게 하고, 매복하여 그를 노리는 어둠의 괴물들에게서 부리망(網)을 벗겨 주는 등 모든 불리함을 자초하면서도 전혀 개의치 않던 그가, 요람을 벗어나기가 무섭게 운명과 육박전을 벌이던, 나이 어린 맹수 조련사였던 그가, 세 부등한

8 떡갈나무는 예부터 굳건함의 상징이었고, 프랑스 전설에는 떡갈나무들이 적을 상대로 싸웠다는 이야기도 있다.

싸움이건만 그것을 피하지 않던 그가, 자기 주위에서 문득 일어난 인간들의 무시무시한 잠적 현상을 보고서도 그러한 잠적을 수긍하며 당당히 걸음을 계속하던 그가, 추위와 갈증과 배고픔을 용감하게 견딘 그가, 몸집은 피그미족이되 영혼만은 거인이었던 그가, 폭풍우와 가난이라는 두 형태로 몰아치던 광막한 바람을 제압한 그윈플레인이, 허영이라는 한 가닥 바람결에 비틀거리고 있었다!

숙명이, 모든 절망과 가난, 폭풍우, 포효성, 재앙, 극도의 고통 등을 한 사람에게 몽땅 퍼부어 소진시켰음에도, 그 사람이 여전히 우뚝 서 있으면, 숙명은 그에게 미소를 보내기 시작하고, 그 사람은 문득 술에 취한 듯 비틀거린다.

숙명의 미소. 그것보다 더 무시무시한 것을 상상이나 할 수 있겠는가? 그것은 인간을 시험하는 무자비한 영혼 검사관들의 마지막 술책이다. 운명 속에 등장하는 호랑이는 가끔 부드러운 앞발을 내보인다. 두려워해야 할 준비 작업이다. 괴물의 소름끼치는 부드러움이다.

자신의 강대해짐과 약해짐의 우연한 일치 현상을, 누구든 자신 속에서 관찰할 수 있었을 것이다. 급작스러운 증대는 붕괴를 야기하고 열병을 초래한다.

그윈플레인의 뇌리에서는 새로운 것들이 무수히 뒤섞여 소용돌이치고 있었다. 온통 모호한 변신, 규정할 수 없는 기이한 대조, 과거와 미래의 충돌, 두 개의 그윈플레인, 이중의 그가 형성되어 있었다. 뒤에는 어둠에서 나와서 배회하고, 추위에 떨고, 굶주리고, 사람들을 웃기는, 넝마 걸친 아이 하나가 있는데, 앞에는 눈부시고, 화려하고, 웅장하며, 런던 전체를 경이로움 속에 몰아넣는 귀족 하나가 있다. 그는 그 하나를 벗어 버리고 다른 것과 혼용되고 있었다. 익살광대로부터 나와서 로드 속으로 들어가고 있었다. 가죽의 변화가 때로는 영혼의 변화를 뜻한다. 순간순간 지나치게 꿈과 유사했다. 악몽과 길몽이 혼합되어 있었다. 그는 아버지를 생각했다. 누구인지 모르는 아버지를 생각한다는 것, 비통한 일이다. 그는 아버지의 모습을 상상해 보려 애를 썼다. 조금 전에 들은 형에 대해서도 생각해 보았다. 그렇다면 그에게도 가족이 있다는 뜻이다! 뭐라고! 가족이, 그윈플레인에게! 그는 환상적인 것의 축조에 넋을 잃고 있었다. 장려함이 여기저기에 유령처럼 출현했고, 미지의 엄숙함이 구름의 형태로 그를 앞장섰으며, 화려한 취주악이 들려왔다.

「그리고 나의 언사 또한 유창할 거야.」 그가 홀로 중얼거렸다.

그리고 상원으로 찬연하게 입장하는 자신의 모습을 상상해 보았다. 그는 새로운 것들로 잔뜩 채워진 채 상원에 들어서고 있었다. 그에게 말할 것이 없겠는가? 그동안 얼마나 많이 비축해 두었던가! 직접 목격하고, 만져 보고, 겪고, 고통받은 사람으로서, 그들 가운데에 처해 이렇게 소리칠 수 있다는 것이 얼마나 큰 강점이겠는가! 〈당신들이 멀리하는 그 모든 것 가까이에 나는 몸소 다가갔었소!〉 공상으로 포식한 한가한 귀족들의 면상을 현실로 후려치면 그들은 벌벌 떨 것이다. 그의 말이 진실이니까. 그들은 또한 박수를 치며 환호할 것이다. 그가 위대하니까. 그는 절대 권력자들 한가운데에 그들보다 더 강력한 모습으로 불쑥 모습을 드러낼 것이다. 그들에게는 그가 횃불을 든 사람으로 보일 것이다. 그가 그들에게 진실을 보여 줄 테니까. 또한 검을 든 사람으로 보일 것이다. 그가 그들에게 정의를 보여 줄 테니까. 얼마나 멋있는 승리인가!

명료하면서도 혼란스러운 뇌리에 그러한 축조물들을 지으면서, 그는 광증의 징후를 보였다. 아무 안락의자에나 닥치

는 대로 털썩 주저앉아 잠이 드는 듯하다가, 소스라치듯 벌
떡 일어서곤 했다. 다시 오락가락하며 천장을 물끄러미 바라
보다가는, 그곳에 있는 작위 관들에 시선을 집중하고, 상형
문자 같은 가문을 무심히 살피다가, 벽의 벨벳을 만져 보고,
의자들을 밀치고, 양피지 서류들을 뒤적거리고, 이름과 작위
들을 벅스턴, 험블, 검드레이스, 헌커빌, 클랜찰리 등을 소리
내어 읽기도 하고, 밀랍과 인장을 비교해 보고, 숱한 왕들의
손이 닿은 인장들의 비단 장식끈들을 쓰다듬어 보고, 창문
곁으로 다가가서 용솟음치는 샘물 소리에 귀를 기울여 보고,
석상들을 하나하나 뜯어보고, 몽유병자처럼 참을성 있게 대
리석 원주들을 헤아리더니, 이렇게 말했다. 「그렇지!」
　그러고는 입고 있던 새틴으로 지은 옷을 만지면서 스스로
에게 물었다.
　「이것이 나인가? 그래.」
　그의 내면에서는 한창 폭풍우가 일고 있었다.
　그 폭풍우 속에서, 기력 상실과 피로를 느끼고나 있었을
까? 마시고, 먹고, 잠이나 잤을까? 혹시 그랬다 하더라도 그
는 그 사실을 몰랐을 것이다. 몹시 격렬한 특정 상황에서는,
사념의 개입 없이도, 본능이 멋대로 만족을 추구한다. 게다
가 그의 사념이란 것이 연기 한 가닥만도 못한 사념이었다.
용암이 가득 찬 구멍에서 검은 불길이 토사물처럼 배출될
때, 분화구가 산 아래에서 풀을 뜯고 있는 가축을 염두에 두
겠는가?
　여러 시간이 흘렀다.
　여명이 나타나 이미 환해져 있었다. 한줄기 하얀 빛이 방
안으로 들어오며, 그윈플레인의 영혼 속으로도 들어갔다.
　〈그리고 데아는!〉 밝음이 그에게 속삭였다.

제6권 우르수스의 여러 모습

1. 인간 혐오자가 하는 말

그윈플레인이 서더크 감옥의 문 밑으로 처박혀 사라지는 모습을 본 우르수스는, 숨어서 살피고 있던 구석에서 넋을 잃은 채 우두커니 머물렀다. 자물쇠와 빗장의 삐걱거리는 소리가 오랫동안 그의 귀를 떠나지 않았다. 그 소리는, 불쌍한 녀석 하나를 삼키면서 감옥이 지르는, 즐거운 비명 같았다. 그는 기다렸다. 무엇을? 그는 엿보았다. 무엇을? 그 냉혹한 문들은 한 번 닫히면 좀처럼 다시 열리지 않는다. 그 문들은 암흑 속에서 침체성에 마비된지라 거동이 쉽지 않은데, 특히 석방할 때는 더욱 그러하다. 들어오는 것은 좋다. 그러나 나가는 것은 별개의 문제이다. 우르수스는 그 사실을 잘 알고 있었다. 그러나 기다림이란 뜻대로 자유롭게 멈출 수 있는 것이 아니다. 자신도 어쩔 수 없이 기다린다. 우리가 하는 행동은 이미 획득했던 힘을 발산하는데, 그 힘은 대상이 더 이상 없어도 고집스럽게 지속되고, 우리를 사로잡아 수중에 넣으며, 우리로 하여금 한동안 맹목적인 짓을 계속하게 한다. 부질없는 망보기, 우리 모두 경우에 따라 누구든 취해 보았던 어리석은 자세, 사라진 것에 관심을 쏟는 사람이라면 누구나 기계적으로 감수하는 시간 낭비이다. 그러한 부동성에서 탈출할 수 있는 사람은 아무도 없다. 모두

들 일종의 멍청한 악착스러움으로 고집을 부린다. 왜 그곳
에 남아 있는지조차 모른다. 하지만 남아 있다. 능동적으로
시작한 것을 수동적으로 계속한다. 기운을 소진시키는 집요
함이며, 극도로 지친 다음에야 그러한 집요함에서 벗어난
다. 우르수스는 다른 사람들과 달랐음에도 불구하고, 감시
의 눈길이 섞인 몽상에 잠겨, 다른 보통 사람들과 마찬가지
로, 그 자리에 못 박힌 듯 서 있었다. 우리를 전적으로 지배
하되 우리는 아무 저항도 할 수 없는, 그러한 사건이 야기하
는 몽상에 잠겨 있었다. 그는 검은 두 담장을 번갈아 유심히
살폈다. 낮은 담장을 바라보다가는 높은 담장을 바라보았
고, 교수대용 사다리가 걸려 있는 문을 살피다가는 죽은 사
람의 얼굴이 조각된 문을 살피기도 했다. 그는 감옥과 묘지
로 조립된 바이스에 물려 있는 것 같았다. 사람들이 기피하
고 싫어하는 좁은 길에는 행인이 거의 없어, 우르수스가 누
구의 시선을 끌지는 않았다.

 드디어 그가, 몸을 숨기고 있던 구석, 자신이 망을 보던 우
연히 만들어진 파수막을 벗어나, 느릿느릿 발길을 돌렸다.
해가 뉘엿뉘엿 지고 있었다. 그의 파수(把守) 시간이 그만큼
길었던 것이다. 그는 가끔 고개를 돌려, 그윈플레인이 들어간
낮고 끔찍한 협문을 바라보곤 했다. 그의 눈빛은 흐릿하고 멍
청했다. 그는 골목 끝에 이르러 다른 길로 들어섰다. 그러고
는 몇 시간 전에 지나간 행로를 어렴풋이 뇌리에 떠올리며,
또 다른 길로 접어들었다. 자신이 더 이상 감옥이 있는 길에
있지 않음을 알면서도, 여전히 감옥의 문이 보이기라도 하는
듯, 그는 가끔 뒤를 돌아보곤 했다. 타린조필드가 차츰 가까
워지고 있었다. 장터 근처에 있는 좁은 길은, 정원과 정원 사
이로 난, 인적 없는 오솔길이었다. 그는 울타리와 골창을 따
라 구부정하게 걷고 있었다. 문득 그가 걸음을 멈추더니, 몸

674

을 곧게 세우면서 소리쳤다. 「잘된 일이야!」

동시에 그는 주먹으로 머리를 두 번 친 다음, 다시 허벅지를 두 번 쳤다. 일을 제대로 판단하는 사람을 가리키는 동작이다.

그리고 다른 사람에게 들리지 않을 만큼 낮은 소리로 중얼거리기 시작했는데, 가끔 음성이 높아지기도 했다.

「잘됐어! 아! 거지 녀석! 불한당 녀석! 부랑자! 건달! 반역자! 정부에 대해 녀석이 한 말 때문에 그곳에 끌려간 것이야. 녀석은 반역자야. 내가 반역자를 데리고 있었던 거야. 나는 이제 반역자에게서 해방된 거야. 내가 운이 좋은 거야. 녀석이 우리를 위험에 이끌어 들이고 있었어. 감옥에 처박혔으니! 아! 잘된 일이야! 법이란 훌륭한 것이야. 아! 배은망덕한 녀석! 내가 저를 길렀는데! 헛수고였어! 녀석이 함부로 지껄이고 따질 필요가 뭐 있었단 말인가? 녀석이 국가의 일에 참견을 하다니! 도대체 말이나 되는 짓인가! 동전이나 주무르는 주제에, 세금이니, 가난한 사람들이니, 백성이니, 자기와 상관없는 일을 가지고 언성을 높여 수다를 떨다니! 페니를 놓고 감히 이러쿵저러쿵하다니! 왕국의 화폐인 구리를 놓고 심술궂고 악의적인 논평을 하다니! 녀석이 폐하의 엽전을 모독했어! 파딩 한 닢, 그것은 곧 여왕인데! 신성한 초상, 젠장, 신성한 초상인데! 우리에게 여왕이 있나 없나? 녹청색으로 산화된 초상을 존중할 뿐이야. 모든 것은 정부 속에서 이루어져. 그 사실을 알아야 해. 나도 살 만큼 살았어. 그래서 이것저것 알만큼 알지. 나에게 이렇게들 말하겠지. 〈하지만 그러면 정치를 포기하는 것이오?〉 친구들이여, 나는 정치라는 것을 당나귀의 뻣뻣한 털 한 가닥만큼도 중요하게 여기지 않소. 나는 어느 준(準) 남작에게 지팡이로 한 대 얻어맞은 적이 있지. 내가 나 자신에게 말했어. 〈이만하면 충분해. 나는 정치를 이해하겠어.〉 백성에게는 한 푼밖에 없는데, 백성이 그것을 내놓으면 여왕이 냉큼 집어 가고, 백성은 고맙다고 하지. 그것보다 더 간단한 일은 없어. 나머지는 로드들의 일이야. 정신적 로드들과 세속적 로드들의 영지만 남지. 아! 그윈플레인은 갇혔어! 아! 녀석은 이제 감옥에 있어! 옳은 일이야. 공평하고 탁월하고 당연하고 합법적인 일이야. 녀석의 잘못이야. 수다는 금지되었어. 멍청한 녀석아, 네가 로드냐? 와펀테이크가 녀석을 체포했고, 사법관이 녀석을 압송했으며, 집정관이 녀석을 억류하고 있어. 지금쯤은 어떤 사법 보좌관이 녀석의 껍질을 하나하나 벗기고 있겠지. 그 능숙한 사람들은 그렇게 범죄의 털을 뽑지! 우스꽝스러운 녀석, 이제 궤짝 속에 처박혔군! 녀석에게는 안된 일이지만, 나에게는 잘된 일이야! 나는 정말 만족스러워. 솔직하게 고백하거니와, 나는 운이 좋아. 그 어린 녀석과 계집아이를 거두다니, 내가 미친 짓을 저질렀어! 그 전에는 호모와 나, 우리 둘이서 태평스럽게 지냈는데! 그 못된 불량배들이 내 오두막엔 대체 무엇 하러 온 거야? 그것들이 어렸을 때 내가 그토록 품었건만! 가죽 멜빵을 어깨에 걸어 그것들을 끌고 다녔건만! 그것들을 구출한 것이 꼴좋게 되었군! 음산하게 추한 그 녀석과, 두 눈이 모두 먼 계집아이를! 모든 결핍을 감수하며! 그것들을 위해 기근의 젖꼭지를 어지간히도 주물렀지! 그것들이 자라더니 사랑 놀음이라! 병신들의 사랑 놀음이 한창이었지. 두꺼비와 두더지의 목가적 사랑이었지. 그것들을 곁에 두고 지냈어. 그 모든 것이 결국 사법의 손에 끝장나게 되었군. 두꺼비가 정치를 가지고 수다를 떨었어. 잘된 일이야. 이제 난 해방되었어. 와펀테이크가 왔을 때, 내가 처음에는 멍청이였어. 사람들은 항상 행복 앞에서 의구심을 품지. 내 눈에 보이는 것이 사실이 아니라고, 불가능한 일이라고, 악몽이라고, 꿈의 짓궂은 장난이라고 믿

676

었지. 그런데 아니야. 이보다 더한 현실은 없어. 형태가 선명해. 그윈플레인은 보기 좋게 감옥 속에 들어가 있어. 신의 가호였어. 고맙습니다, 착하신 부인.[1] 그 괴물 녀석이 소란을 피워 나의 사업장을 사람들이 주시했고, 그래서 내 가엾은 늑대가 고발당한 것이야! 그윈플레인은 이제 떠났어! 이제 나는 그것들 둘을 모두 털어 버리게 되었군. 자갈 하나로 혹 둘 불거지게 한 셈이야. 이 일로 인해 데아도 죽을 테니까. 데아가 그윈플레인을 더 이상 볼 수 없으면 — 그년이 그를 본다네, 멍청이 년! — 그년에게는 더 이상 존재 이유가 없겠지. 그래서 이렇게 말하겠지. 내가 이 세상에서 무엇을 하지? 그러고는 떠나겠지. 잘들 가라. 둘 다 마귀에게나 가라. 나는 항상 그 둘을 몹시 싫어했지! 거꾸러져라, 데아. 아! 나는 이제 더 없이 만족스러워!」

2. 그의 거조

그는 태드캐스터 여인숙에 다시 돌아왔다.

여섯시 반이었다. 잉글랜드 사람들 식으로 말하면 반 시간 지난 여섯시였다. 황혼이 시작되기 조금 전이었다.

여인숙 주인 나이슬리스는 대문 앞에 나와 있었다. 아침부터 침통했던 그의 얼굴은 아직까지 펴지지 않았다. 질겁한 기색이 얼굴에 응결되어 있었다.

우르수스를 보기가 무섭게 멀리서부터 그가 소리를 쳤다.

「어찌 되었어요?」

「무엇이?」

1 〈성모 마리아〉를 가리킨다.

「그윈플레인이 곧 돌아오나요? 지금 와야 하는데. 머지않아 관객이 몰려올 것이오. 오늘 저녁에 〈웃는 남자〉의 공연이 있나요?」

「오늘은 내가 〈웃는 남자〉요.」 우르수스가 말했다.

그러고는 껄껄 웃으며 여인숙 주인을 바라보았다.

그러더니 2층으로 올라가, 여인숙 간판 옆에 있는 창문을 열고, 상체를 숙여 손을 뻗더니, 〈그윈플레인 ─ 웃는 남자〉라는 간판과 〈정복된 카오스〉라는 광고판을 떼어서 겨드랑이에 끼고 다시 내려왔다.

그를 바라보고만 있던 나이슬리스가 물었다.

「그것들을 왜 떼어 내시오?」

우르수스는 다시 한 번 크게 웃었다.

「왜 웃는 것이오?」 여인숙 주인이 다시 물었다.

「이제 나의 개인적인 삶으로 돌아가려 하오.」 우르수스의 대답이었다.

나이슬리스는 그 말의 뜻을 알아듣고, 보이 고비컴에게 분부하기를, 관객이 오면 오늘 저녁에는 공연이 없다고 하라 했다. 그러고는 입장료 받을 때 쓰던 술통 좌석을, 천장 낮은 홀 한구석으로 치웠다.

잠시 후, 우르수스는 그린박스로 올라갔다.

그는 두 간판을 한구석에 놓은 다음, 그가 항상 〈여인들의 별채〉라고 부르던 곳으로 들어갔다.

데아는 잠들어 있었다.

그녀는 침대에 누워 있었는데, 옷을 입은 채였고, 평소 낮잠을 잘 때처럼, 치맛자락이 흩어져 있었다.

그녀 곁에 비너스와 피비가, 하나는 등받이 없는 걸상에, 하나는 바닥에 앉아서, 생각에 잠겨 있었다.

공연 시간이 가까워졌건만 그녀들은 여신 분장용 편물 옷

678

을 입지 않았다. 몹시 근심하는 기색이었다. 그녀들은, 거친 모직 어깨걸이와 올이 굵은 직물로 지은 옷 속에, 보따리처럼 감싸여 있었다.

우르수스가 데아를 내려다보며 중얼거렸다.

「시험 삼아 더 긴 잠을 자는군.」

그가 피비와 비너스를 돌아보며 급작스럽게 말을 걸었다.

「다들 알다시피, 이제 음악은 끝났어요. 각자의 트럼펫은 서랍에 넣어 두어도 좋아요. 여신으로 분장하지 않은 것은 잘한 일이야. 지금의 차림새가 꼴불견이지만, 잘했어요. 그 걸레 같은 치마를 그대로 입고 있어요. 오늘 저녁에는 공연이 없어요. 내일도, 모레도, 글피도, 공연은 없어요. 더 이상 그윈플레인은 없어요. 보다시피 더 이상 그윈플레인은 없어요.」

그러고는 다시 데아를 내려다보며 중얼거렸다.

「얼마나 충격이 클까! 훅 불어 끄는 촛불 같겠지.」

그는 두 볼을 부풀렸다.

「후! 그러면 끝이야.」

그는 짧고 건조한 웃음소리를 냈다.

「그윈플레인이 없으면 모든 것이 없는 거야. 내가 호모를 잃는 것과 같겠지. 아니 그 이상이겠지. 다른 어느 여자보다도 외로울 거야. 소경들은 슬픔 속에서 보통 사람들보다 더 어쩔 줄 모르지.」

그는 안쪽 채광창 근처로 다가갔다.

「해가 많이도 길어졌군! 일곱시인데 아직도 환해. 하지만 등불을 켜야겠어.」

그가 부싯돌을 쳐서 그린박스의 천장 등에 불을 밝혔다.

그리고 다시 데아를 들여다보며 중얼거렸다.

「감기 들겠군. 여인들이여, 당신들이 그녀의 카핀고 끈을 지나치게 풀어 놓았어. 프랑스에 이러한 속담이 있지. 〈4월이 돌아왔다, 실오라기 하나 벗지 마라.〉[1]」

바닥에서 반짝이는 핀 하나가 그의 눈에 띄었다. 그는 그것을 집어 소매에 꽂았다. 그러고는 연신 중얼거리며 그린박스 안을 오락가락했다.

「나는 나의 모든 기능을 온전히 간직하고 있어. 나는 명석해. 지나치게 명석하지. 내 견해로는 이 사건이 정당하고, 따라서 지금 진행되는 일에 동의해. 그녀가 잠에서 깨면 이 사건을 그녀에게 분명히 말해 주어야지. 오래 지나지 않아 참사가 일어나겠지. 더 이상 그윈플레인은 없어. 잘 자라, 데아. 그러면 모든 것이 제대로 정돈되는 거야! 그윈플레인은 감옥에, 데아는 묘지에. 서로 마주 보겠군. 죽음의 무도(舞蹈)야. 무대 뒤로 사라지는 두 운명이야. 이제 의상을 개어 두자. 여행 가방을 잠그자. 여행 가방은 관이야. 그 두 피조물은 실패작이었어. 데아에게는 눈이 없고, 그윈플레인에게는 얼굴이 없고. 저 위에 계시는 착한 신께서, 데아에게는 광명을, 그윈플레인에게는 아름다움을 돌려주시겠지. 죽음이란 일종의 정돈 작업이야. 모든 것이 잘되었어. 피비, 비너스, 북들을 못에 걸어 놔요. 내 아름다운 여인들이여, 요란한 소음 내는 그대들의 재주도 녹이 슬겠지. 더 이상 공연이 없을 것이니, 더 이상 트럼펫도 불지 않겠지. 〈정복된 카오스〉가 정복되었어. 웃는 남자는 불꽃과 함께 사라졌어. 타라탄타라[2]는 죽었어. 데아는 여전히 자는군. 잘하는 짓이야. 내

1 우르수스가 프랑스 속담이라고 하며 인용한 구절의 뜻은 〈감기〉를 조심하라는 것이 아니다. 오히려 딸의 몸가짐을 단속하는 어머니의 말에 더 가깝다. 또한 구절의 어투로 보아 금언적 성격을 가진 속담보다는, 소박한 음담에 더 가깝다. 프랑스 속담집에서도 확인할 수 없는 구절인데, 제3권 말미에 언급된 4월과 이 구절 다음에 이어지는 우르수스의 말 등을 참작할 때 음담에 가까운 농담이다.

가 저 애라면 나는 영영 깨어나지 않겠어. 젠장! 깨어나더라도 곧 다시 잠들겠지. 저렇게 허약한 여자는 즉시 죽지. 정치에 참견하면 이런 꼴이 되는 거야. 좋은 교훈이야! 또한 정부들이 옳아! 그윈플레인은 집정관에게, 데아는 무덤 구덩이 파는 인부들에게. 평행을 이루는군. 교훈적인 대칭이야. 여인숙 주인이 출입문을 막았으면 좋으련만. 우리는 오늘 저녁, 우리끼리, 가족처럼 죽을 거야. 하지만 나는 아니야, 호모도 아니고. 그러나 데아는. 나는 계속해서 나의 너저분한 마차가 굴러다니게 할 거야. 떠돌이 삶의 구불구불한 길이 나의 길이야. 두 여자도 보내야지. 한 여자도 데리고 다니지 않겠어. 내게는 늙은 탕아가 되려는 경향이 있어. 탕아의 집에 있는 하녀는 선반 위의 빵과 같지. 나는 유혹받고 싶지 않아. 더 이상 그럴 나이도 아니야. *Turpe senilis amor*(늙은이의 수치스러운 사랑). 나는 호모를 데리고 나의 길을 홀로 갈 거야. 호모가 놀라겠지! 그윈플레인은 어디에 있을까? 데아는? 나의 늙은 동무여, 이제 드디어 우리끼리야. 흑사병을 두고 맹세하지만, 나는 이제 정말 황홀해. 그것들의 목가적 사랑이 나에게는 거추장스러웠어. 아! 그윈플레인, 못된 녀석, 돌아오지조차 않네! 녀석이 우리를 이곳에 말뚝처럼 처박아 놓는군. 좋아. 이번에는 데아 차례야. 오래 걸리지 않을 거야. 나는 무엇이든 종결되는 것을 좋아하지. 그 아이가 뻗는 것을 막기 위해서라면 마귀의 콧방울 한 번 튀기지 않겠어. 어서 뻗어라, 알아듣겠지! 아! 저것이 잠에서 깨어나는군!」

데아가 눈꺼풀을 열었다. 많은 소경들은 잠을 잘 때 눈을 감는다. 아무것도 모르는 그녀의 부드러운 얼굴에는 평소의 명랑함이 넘쳤다.

2 트럼펫 소리를 흉내 낸 의성어이다. 이 의성어는 고대 로마 시대부터 사용되었다고 한다.

「그녀는 미소 짓고, 나는 웃고. 좋군.」 우르수스가 중얼거렸다.

「피비! 비너스! 공연 시간이 다 되었을 텐데. 내가 너무 오랫동안 잔 것 같아. 어서들 와서 내 의상을 입혀 줘요.」 데아가 그녀들을 불렀다.

피비도 비너스도 움직일 기미를 보이지 않았다.

그동안 데아의 형언할 수 없는 시선이 우르수스의 눈동자와 마주쳤다. 우르수스가 전율했다. 그가 문득 소리쳤다.

「자! 어서! 무엇들 하고 있어? 비너스, 피비, 주인 아씨가 하시는 말씀 들리지 않아? 모두들 귀머거리가 되었나? 서둘러! 공연을 곧 시작할 거야.」

두 여인은 어이가 없다는 듯 우르수스를 쳐다보았다.

우르수스가 다시 고래고래 소리를 질러 댔다.

「관객들이 들어오는 것이 보이지 않아? 피비, 어서 데아에게 의상을 입혀. 비너스, 어서 북을 쳐.」

피비는 고분고분 따랐다. 비너스도 마지못해 복종했다. 그 두 여자는 복종의 화신(化身)이었다. 상전 우르수스가 그녀들에게는 항상 수수께끼였다. 결코 이해할 수 없다는 것이 항상 복종하는 이유였다. 그녀들은 그가 미쳤다고만 생각했고, 그리하여 명령을 이행했다. 피비는 의상을, 비너스는 북을 벽에서 내렸다.

피비가 데아에게 의상을 입히기 시작했다. 우르수스가 규방 출입문의 커튼을 내렸다. 그러고는 커튼 뒤에서 계속 떠들어 댔다.

「저길 좀 봐, 그윈플레인! 마당이 벌써 사람들로 반 이상 찼어. 출입구에서 서로 떼밀며 야단들이군. 많이도 몰려왔군! 피비와 비너스는 저것이 안 보이는 모양이지? 저 보헤미아 계집들, 멍청하기도 하지! 이집트 것들,[3] 정말 멍청이들이

682

야! 커튼 쳐들지 마라. 좀 정숙하게 굴어라, 데아가 의상을 입는 중이니까.」

그가 잠시 멈추었다. 그런데 문득 감탄하는 소리가 들렸다.

「데아, 아름답기도 해라!」

그윈플레인의 음성이었다. 피비와 비너스가 깜짝 놀라며 돌아섰다. 틀림없이 그윈플레인의 음성이었다. 그러나 우르수스의 입에서 나오는 소리였다.

우르수스가 조금 열린 커튼 사이로 그녀들에게 신호를 보내어, 놀라지 말라고 했다.

그가 그윈플레인의 음성으로 계속했다.

「천사여!」

그러고는 우르수스의 음성으로 대꾸했다.

「데아가 천사라니! 그윈플레인, 너 미쳤구나. 날아다니는 포유류는 박쥐밖에 없어.」

그리고 한마디 덧붙였다.

「참, 그윈플레인, 가서 호모를 풀어 주어라. 그것이 더 좋겠구나.」

그런 다음, 그린박스 뒤쪽의 계단을, 그윈플레인의 방식으로 날렵하게 또 빠르게 내려갔다. 그러면서 데아에게 들릴 만큼 요란스럽게 계단 밟는 소리를 냈다.

그는 안마당에 이르자, 그날 사건 때문에 문득 한가해지고 또 어리둥절해 있던 보이를 불러, 나지막하게 말했다.

「두 손 내밀어 봐.」

그러더니 그의 손에 동전 한 줌을 쥐여 주었다.

고비컴은 그 후함에 감동했다.

우르수스가 그의 귀에다 대고 소곤거렸다.

3 보헤미안은 자신들의 고향이 이집트라고 믿는다고 한다. 그리하여 작가 중에는 그들을 이집트 사람들이라 칭하는 이들도 있다.

「보이, 마당 가운데에 자리 잡고 서서, 제자리에서 뛰고, 춤추고, 두드리고, 고함치고, 떠들고, 휘파람 불고, 구구거리고, 힝힝거리고, 박수치고, 발을 구르고, 크게 웃고, 무엇을 깨트려라.」

웃는 남자를 보러 왔던 사람들이 발길을 돌려, 장터에 있는 다른 가건물로 몰려가는 것을 보고, 여인숙 주인은 모욕감이 들고 앙앙불락해져서, 여인숙의 출입문을 닫아 버렸다. 또한 사람들의 귀찮은 질문을 피하려고, 술도 팔지 않았다. 그리고 공연의 취소로 인해 한가해진지라, 손에 등을 하나 들고, 발코니 위에서 안마당을 내려다보고 있었다. 우르수스는, 자신의 음성을 입 양쪽에 괄호 모양으로 세워 구부린 두 손바닥으로 감싸면서, 그에게 말했다.

「젠틀맨, 당신 보이처럼 하시오. 깩깩거리고, 짖어 대고, 아우성치시오.」

그는 다시 그린박스로 올라가 늑대에게 말했다.

「가능한 한 말을 많이 해라.」

그리고 다시 음성을 높였다.

「너무 많이 몰려왔어. 요란한 공연이 되겠군.」

그러는 동안 비너스가 북을 두드려 댔다.

우르수스가 계속 떠들어 댔다.

「데아가 의상을 차려입었어. 이제 시작할 수 있겠군. 저렇게 많은 관객을 입장시킨 것이 유감이야. 아예 쌓여 있군! 저것 좀 봐, 그윈플레인! 광증에 사로잡힌 떼거리야! 오늘은 유례없이 두둑한 수입을 올리겠어. 어서, 귀여운 아가씨들, 두 사람 모두 음악 시작하시지! 이리 와 피비, 어서 트럼펫 집어들어. 좋아, 비너스, 네 북을 마구 두들겨. 연타를 한바탕 먹여. 피비, 르노메의 자세를 취해. 아가씨들, 내가 보기에는 몸을 충분히 노출시키지 않았어. 그 재킷들 벗어 버려요. 그 두

684

꺼운 면직물 옷 대신 얇은 천으로 지은 옷을 입어요. 관객은 여인들의 몸매 보기를 좋아하지. 도덕가들께서 호통을 치시건 말건, 내버려 두자고. 조금 더 야하게, 젠장. 더 선정적으로 해보자고. 그리고 미친 듯한 멜로디 속으로 돌진해. 붕붕거려, 윙윙거려, 탁탁거려, 나팔을 불고, 북을 두드려! 사람이 많기도 해라, 나의 가엾은 그윈플레인!」

문득 멈추더니 다시 한마디 했다.

「그윈플레인, 나를 좀 도와줘. 판자를 내리자.」

그러면서 손수건을 폈다.

「하지만 먼저 이 넝마 조각 속에서 내가 한바탕 포효하도록 내버려 둬.」

그러고는 힘차게 한 번 코를 풀었다. 복화술자들이 항상 해야 하는 예비 작업이었다.

손수건을 다시 호주머니에 넣은 후, 도르래를 고정시켰던 꺾쇠를 뽑았고, 그것이 평소처럼 삐걱거렸다. 판자가 내려졌다.

「그윈플레인, 막을 열 필요는 없어. 공연이 시작될 때까지는 장막을 그대로 놓아 두어라. 그러지 않으면 밖에서도 다 들여다보일 테니. 아가씨들, 두 분은 어서 무대 전면으로 나가시지. 음악 시작, 아가씨들! 붐! 붐! 붐! 관객의 구성이 훌륭하군! 백성의 재강이군! 맙소사! 하층민 무더기군!」

바보처럼 복종하는 데 길든 두 보헤미아 여인은, 각자의 악기를 가지고 평소의 자리에, 즉 내려진 판자의 양쪽 끝 귀퉁이에 앉았다.

그러자 우르수스가 기이하게 돌변했다. 그는 더 이상 한 사람이 아니었다. 한 무리 군중이었다. 빈 곳을 가득한 곳처럼 만들기 위해 그는 경이로운 복화술을 동원했다. 그의 내부에서 여러 사람의 음성과 짐승의 울부짖음 소리가 일제히

오케스트라를 이루며 터져 나왔다. 그는 스스로 하나의 군단
이 되었다. 누구든 눈을 감고 들으면, 자신이 축제가 벌어졌
거나 소요가 일어난 광장에 와 있다고 믿을 지경이었다. 우
르수스로부터 나오는 더듬거리는 소리와 아우성이 소용돌이
를 이루어, 노래하고 욕설을 퍼붓고, 지껄이고, 기침하고, 침
뱉고, 재채기하고, 담배를 피워 물고, 대화하고, 질문을 주고
받는 등 그 모든 소리를 냈다. 대충 모양을 잡은 음절들이 서
로의 속으로 침투해 혼융되었다. 아무것도 없는 안마당에서
남자들, 여인들, 아이들의 목소리가 들려왔다. 와글거림 속
에서 들려오는 명료한 소음이었다. 자욱한 연기 같은 그 와
글거림 속에서, 새들의 구구거리는 소리, 고양이들의 가르릉
거리는 소리, 젖 빠는 아이들의 투정 소리 등 기이한 불협화
음이 구불구불 치솟았다. 술에 취한 사람들의 목 쉰 소리도
들렸다. 사람들의 발에 채여 불만을 터뜨리는 개들의 으르렁
거리는 소리도 들렸다. 음성들은 멀리서도 가까이에서도, 위
에서도 아래에서도, 전면에서도 안쪽에서도 일제히 들려왔
다. 전체는 하나의 몽몽한 소음이었으나, 하나하나는 고함이
었다. 우르수스는 주먹으로 치고, 발로 구르며, 자신의 음성
을 마당 안쪽으로 던지다가는, 그것이 땅 밑에서 솟아 나오
게도 했다. 소음은 격렬하면서도 친숙했다. 그는 웅얼거림에
서 소음으로, 소음에서 법석으로, 법석에서 태풍의 소동으로
옮아갔다. 그는 그이면서 모두였다. 독백이면서 다중 음성이
었다. 눈속임이 있듯이 귀속임도 있다. 프로테우스[4]가 눈을
속였듯이, 우르수스는 귀를 속였다. 그러한 군중의 모사(模
寫)처럼 경이로운 것은 없다. 그는 가끔 규방 출입문의 커튼
을 젖히고 데아를 쳐다보았다. 데아는 소음에 귀를 기울이고

4 그리스 신화에 나오는 바다의 신 프로테우스는 변신의 상징으로 많은
작품에 등장한다.

있었다.

한편, 보이는 안마당에서 미친 듯이 날뛰고 있었다.

비너스와 피비는 각각 정직하게 숨이 턱에 차도록 트럼펫을 불어 대고 열심히 북을 두드렸다. 유일한 관객인 여인숙 주인 나이슬리스는, 두 여인이 믿고 있었던 것처럼, 우르수스가 미쳤다고 생각했다. 물론 그러한 생각은 그의 우수에 추가된 또 하나의 울적함에 불과했다. 착한 여인숙 주인이 중얼거렸다. 「이 무슨 난장판인가!」 그는 법이 존재한다는 사실을 알기 때문에 그 광경을 심각하게 바라보았다.

반면 고비컴은 그 난장판에 자신이 도움을 준다는 사실에 신이 나서, 거의 우르수스만큼이나 열을 올렸다. 그것이 재미있기도 했다. 게다가 푼돈도 버는 일이었다.

호모는 생각에 잠겨 있었다.

자신이 만들어 내는 소란에 우르수스는 몇 마디씩 말도 섞어 넣었다.

「그윈플레인, 평소와 마찬가지로 음모가 있어. 경쟁자들이 우리의 성공을 무너뜨리려 하고 있어. 야유는 승리에 가미되는 양념이야. 그런데 사람들의 수가 너무 많아. 모두들 불편해하고 있어. 옆에 앉은 사람의 팔꿈치가 몹시 거슬릴 지경이야. 좌석이나 부수지 않으면 좋으련만! 자칫 분별 잃은 떼거리에게 우리가 먹히겠어. 아! 우리의 친구 톰짐잭이 이럴 때 왔으면! 하지만 그는 영영 다시 오지 않아. 저 뒤죽박죽 섞인 머리들을 좀 봐. 서 있는 사람들은 만족스러워하는 기색이 아니야. 서 있는 것이, 갈레노스에 따르면, 하나의 움직임이고, 또 그 위인께서 이르시기를, 〈건강에 좋은 움직임〉이라고 하셨건만. 오늘은 공연을 단축해야겠구나. 광고판에 게시된 것은 〈정복된 카오스〉뿐이니, 〈우르수스 루르수스〉는 공연하지 말자구나. 그래도 수입은 톡톡해. 이 무슨 소란이람! 오! 떼거리의 눈먼 광란! 저들이 아무래도 물건들을 좀 부수겠군! 이런 식으로 계속할 수는 없어. 공연을 할 수가 없어. 대사를 단 한마디도 알아듣지 못할 거야. 내가 저들에게 연설을 한마디 해야겠어. 그윈플레인, 장막을 조금 열어라. 시민들이여…….」

그러고는 우르수스가 자신을 향해 열에 들뜨고 날카로운 음성으로 고함을 쳤다.

「내려가, 늙은이!」 그런 다음 본래의 음성으로 다시 계속했다.

「백성이 나를 모욕하는 것 같구나. 키케로의 말이 지당하다. 〈*Plebs, fex urbis*(평민은 도시의 재강이다).〉 하지만 무슨 상관이야. 저 떼거리에게 훈계를 좀 해야겠어. 내 말이 저것들의 귀로 들어가게 하려면 힘깨나 들겠는걸. 그렇더라도 연설은 해야겠어. 인간이여, 너의 의무를 다하라. 그윈플레인, 저쪽에서 이를 갈고 있는 저 성마른 여자를 좀 보아라.」

우르수스가 말을 멈추고, 대신 이를 한 번 갈았다. 그 소리에 자극받은 호모가 두 번째 이빨 가는 소리를 보탰고, 고비컴이 세 번째 것을 추가했다.

우르수스가 다시 말을 계속했다.

「여자들이 남자들보다 더 심하군. 때가 좋지 않아. 하지만 상관없어. 연설의 힘이 어떤지 시험해 봐야지. 구변을 펴는 데 때를 가릴 필요는 없지. 그윈플레인, 어디 한번 들어 봐, 변죽을 울리는 서론이 될 거야. 여자분들 그리고 남자분들, 저입니다, 곰입니다. 여러분께 말씀 올리기 위해 곰의 낯짝을 벗어 던지겠습니다. 바라옵건대 조용히 해주십시오.」

우르수스가 군중의 야유하는 소리를 흉내 냈다.

「그럼플!」[5]

그리고 다시 연설을 계속했다.

「저는 저의 청중을 존경합니다. 그럼플 역시 뭇 감탄사 중 하나입니다. 우글거리는 백성이여, 인사 올립니다. 저는 당신들이 천민 떼거리임을 추호도 의심치 않습니다. 하지만 그러한 사실이 저의 존경심을 추호도 훼손치 않습니다. 심사숙고한 존경심입니다. 자신들의 허세로 저에게 명예를 안겨 주는 허세꾼 신사들께, 저의 가장 깊은 존경심을 표하는 바입니다. 여러분 중에는 기괴하게 생긴 분들도 계십니다. 저는 그러한 사실에 조금도 마음이 상하지 않습니다. 절름발이 신사들과 곱사등이 신사들도 자연의 일부입니다. 낙타에는 혹이 달렸고, 들소의 등은 잔뜩 부풀어 있습니다. 오소리의 왼쪽 다리는 오른쪽 다리보다 짧습니다. 그러한 사실은 아리스토텔레스가 밝혔는데, 그가 지은 짐승들의 걸음걸이론에 수록되어 있습니다. 여러분 중 셔츠를 두 벌 가지신 분은, 한 벌만 몸통에 걸치시고, 다른 한 벌은 고리대금업자에게 맡기셨을 것입니다. 흔히 있는 일임을 저는 알고 있습니다. 알부쿠에르[6]께는 자신의 수염을, 그리고 성 디오니시우스[7]는 자신의 아우레올라[後光]를 전당포에 맡겼습니다. 유대인들은 아우레올라까지 전당 잡고 돈을 빌려 주었습니다. 위대한 전범(典範)들입니다. 빚을 지고 있다는 것은 무엇인가를 가지고 있다는 뜻입니다. 저는 여러분의 거지 속성에 존경을 표합니다.」

　우르수스는 연설을 중단하고, 깊숙한 저음으로 다음과 같

5 *grumphll! grumble*(툴툴대다)을 연상시키는 말인데, 작가의 신조어인 듯하다.

6 포르투갈의 해외 식민지 개척에 큰 공을 세운 사람인데, 그의 모든 초상화에는 수염이 복부까지 내려와 있다.

7 최초의 파리 주교였고, 지금의 몽마르트르에서 순교했는데(2세기), 참수당한 직후 그가 자신의 머리를 집어 들었다는 전설이 있다. 그가 자신의 아우레올라(예수나 성자들의 초상화에 달무리 모양으로 그려 넣은 머리 배광)를 전당포에 맡겼다는 언급은 그러한 전설에 입각한 듯하다.

이 소리쳤다.

「완전한 당나귀군!」

그리고 가장 점잖은 억양으로 그 야유에 응수했다.

「저도 동감입니다. 저는 학자입니다. 그 사실에 대해 최선을 다해 사과드립니다. 저는 학문을 학문적으로 멸시합니다. 무지는 그것으로 말미암아 우리가 먹고살 수 있는 현실이고, 학문은 그것으로 인해 우리가 굶는 현실입니다. 일반적으로 사람들은 선택을 하게 되어 있습니다. 유식하면서 야위어 가느냐, 혹은 풀을 달게 뜯으며 당나귀가 되느냐 중 한쪽을 택해야 합니다. 저는 소의 허리 윗부분 고기가 요근(腰筋)이라고 불린다는 사실을 아는 것보다는 그것 먹기를 택하겠습니다. 저에게는 딱 한 가지 장점이 있습니다. 저의 눈이 건조하다는 것입니다. 보시다시피 저는 눈물을 흘린 적이 결코 없습니다. 제가 단 한 번도 만족하지 못했다고 말씀드려야겠군요. 결코 만족하지 못했습니다. 심지어 제 자신에 대해서조차. 저는 제 자신을 업신여깁니다. 그러나 저는 여기에 계신 반대파 회원님들께 다음 사실을 말씀드립니다. 즉, 우르수스가 일개 학자에 불과한 반면, 그윈플레인은 예술가입니다.」

그가 다시 콧방귀 끼는 소리를 냈다.

「그럼플!」

그러고는 연설을 계속했다.

「아직도 그럼플! 그 소리는 반대한다는 뜻입니다. 하지만 다음 이야기로 넘어가겠습니다. 그리고 그윈플레인은, 오! 신사 숙녀 여러분! 그의 곁에 또 하나의 예술가를 데리고 있습니다. 저희와 함께 있는, 이 품위 있고 털 많은 인사, 호모공이십니다. 옛날에는 들개였으나 이제는 개명된 늑대로 변했고, 폐하의 충직한 신하입니다. 호모는 잘 조화되고 탁월한 재능을 갖춘 무언극 배우입니다. 주의를 기울이시고 조용

690

히들 하십시오. 여러분께서는 이제 곧 그윈플레인처럼 호모가 공연하는 것을 보시게 될 것입니다. 또한 예술을 존경해야 합니다. 그것이 위대한 국민에게 어울리는 태도입니다. 여러분께서는 숲을 사랑하십니까? 저도 그렇습니다. 그렇다면, *sylvæ sint consule dignæ*(숲들은 집정관 하나에 못지않으리니……).[8] 예술가 둘이면 집정관 하나에 못지않습니다. 좋습니다. 그들이 저에게 지금 막 양배추 심 하나를 던졌습니다. 하지만 저를 명중시키지는 못했습니다. 그것이 또한 저의 입을 막지는 못할 것입니다. 오히려 그 반대입니다. 위험을 피하고 나면 더 수다스러워집니다. *Garrula pericula*(수다스러운 위험), 유베날리스가 한 말입니다. 백성들이여, 당신들 중에는 남자 주정뱅이도 있고 여자 주정뱅이도 있습니다. 아주 좋습니다. 남자들은 쾌쾌하고 여자들은 흉측스럽습니다. 당신들은 이곳 선술집의 긴 의자에 무더기처럼 쌓여 있어야 할 온갖 종류의 탁월한 이유를 가지고 계십니다. 한가함, 게으름, 절도 행각 막간의 휴식, 포터, 에일, 스타우트, 몰트, 브랜디, 진, 그리고 이성에게로의 이끌림 등입니다. 그것도 놀랍도록. 농담 좋아하는 재사께서는 이곳에서 아주 좋은 농담거리를 얻으실 수 있을 것입니다. 그러나 저는 삼가겠습니다. 음탕함, 그것도 좋습니다. 그러나 음탕함도 품위를 갖춰야 합니다. 당신들은 쾌활하십니다. 그러나 소란스럽습니다. 당신들은 짐승의 부르짖음을 멋있게 모방하십니다. 그러나 만약, 당신이 어느 레이디와 매음굴에서 사랑을 속삭일 때, 제가 당신들을 보고 계속 짖어 댄다면, 당신들은 무어라 하시겠습니까? 당신들은 몹시 거북해하실 것입니다. 그렇습니다. 그것은

---

8 베르길리우스, 「목가」 4장. 아시니우스 폴리오가 정계에서 물러나, 로마에 최초로 공공 도서관을 짓고 문인들의 모임을 만든 치적을 노래한 것이다. 〈집정관〉은 이탈리아 북부 지역 집정관을 지낸 폴리오를 가리킨다.

저희들에게도 거북합니다. 저는 당신들이 입을 닥치는 것을 허락합니다. 예술 또한 음탕한 짓 못지않게 존경스럽습니다. 저는 당신들에게 점잖게 말씀드리고 있습니다.」

그가 다시 급작스럽게 음성을 높여 소리쳤다.

「열병이, 호밀 이삭처럼 생긴 너의 눈썹으로 네 목이나 조르기를!」

그러고는 그 말에 응수했다.

「존경하는 나리들, 호밀 이삭은 조용히 놓아 둡시다. 식물에서 난폭하게도 인간이나 짐승과의 유사점을 발견하는 짓은, 매우 불경스러운 일입니다. 게다가 열병은 누구의 목을 조르지 않습니다. 잘못된 은유입니다. 제발, 조용히 하십시오! 싫더라도 이 말씀만은 경청해 주십시오. 당신들에게는 잉글랜드 신사의 특징인 엄숙함이 조금 결여되어 있습니다. 제가 뵙자니, 여러분 중 발가락이 꿰져 나온 구두를 신으신 분들은, 그것을 이용해 앞자리에 계신 관객들의 어깨에 발을 얹어 놓습니다. 그리하여 구두창은 항상 척골(蹠骨)[9] 대가리가 있는 부분에서 뚫어진다는 사실을, 점잖은 부인들께서 알아차리시게 합니다. 그러니 발은 좀 덜 내보이시고, 손을 조금 더 내보이십시오. 여기에서도, 못된 장난꾼들이 재간 있는 앞발톱을 멍청한 이웃의 주머니 속에 밀어 넣는 것이 훤히 보입니다. 친애하는 소매치기 공들, 부끄러워하십시오. 제발, 옆 사람에게 주먹질을 할지언정, 그의 주머니는 털지 마십시오. 당신들이 그의 눈언저리에 멍이 들게 하더라도, 그의 돈 한 푼을 슬쩍할 때보다는 화를 덜 낼 것입니다. 차라리 이웃의 코를 훼손하십시오. 그것은 좋습니다. 도시 평민들이란, 용모의 아름다움보

____

9 〈척골〉은 발목뼈와 발가락뼈 사이에 있는 발의 뼈를 가리키며, 다섯 가닥으로 나뉘어 있는 것으로 알려져 있다. 따라서 〈척골 대가리〉는 발가락뼈를 가리킨다고 보아야 할 것이다.

다 돈을 더 귀하게 여기니까요. 하지만 공감하는 저의 마음도 잊지 마십시오. 저는 소매치기들을 나무라며 유식한 체하지는 않습니다. 악은 원래부터 있는 것입니다. 각자가 그것을 감당하고 또 행합니다. 자신의 죄에서 생기는 그 벌레로부터 자유로운 이는 아무도 없습니다. 저는 단지 그 벌레 이야기를 할 뿐입니다. 우리 모두 가려운 곳이 있지 않습니까? 신께서도 마귀가 있는 부분을 긁적거리십니다. 저 역시 많은 잘못을 저질렀습니다. *Plaudite, cives*(박수치시오, 시민들이여).」

우르수스는 군중이 으르렁거리는 소리를 내다가, 맺는말로 그 소리를 제압했다.

「로드님들 그리고 나리들, 저의 연설이 다행히 여러분의 심기에 거슬린 것 같습니다. 이제 여러분께서 보내시는 야유에 작별을 고하겠습니다. 그리고 다시 제 낯짝을 뒤집어쓴 다음 공연을 시작하겠습니다.」

그는 연설조 억양을 사적인 대화의 어조로 바꾸었다.

「장막을 다시 닫자. 잠시 숨을 좀 돌려야겠구나. 내 연설은 달콤했어. 아주 능숙했어. 내가 그들을 로드님들 그리고 나리들이라 불렀지. 벨벳으로 감싼 말이지만 아무짝에도 쓸모없는 것이야. 그윈플레인, 저 비열한 것들에 대해 어떻게 생각하니? 저 성마르고 악의적인 것들이 날뛰는 바람에, 40년 전부터 잉글랜드가 얼마나 수난을 당했는지 짐작할 수 있을 거야! 옛 잉글랜드인들은 호전적이었는데, 오늘날의 이것들은 청승맞고 터무니없는 망상에 사로잡혀 있어. 또한 법을 무시하고 왕의 권위를 부인하는 것을 자기들의 영광으로 삼지. 인간의 웅변이 할 수 있는 것은 내가 다 쏟아 놓았어. 소년의 볼처럼 우아한 환유(換喩)들을 저것들에게 잔뜩 안겨 주었지. 저것들이 좀 누그러졌을까? 나는 회의적이야. 그토록 게걸스럽게 처먹어 대고, 담배를 꾸역꾸역 입 속에 쑤셔 넣는, 그리하여 이 나라에서는 문인들조차 파이프를 입에 문 채 작품을 쓰는 일이 빈번한, 이따위 백성에게서 무엇을 기대할 수 있겠어! 여하튼 상관없어. 공연이나 시작하자.」

장막의 고리들이 쇠막대 위에서 미끄러지는 소리가 들렸다. 집시 여인들의 북소리가 그쳤다. 우르수스가 걸려 있던 자기의 시포니를 집어 들고 서곡을 연주했다. 그러고는 나지막한 음성으로 지껄였다.「음! 그윈플레인, 참으로 신비롭지!」그런 다음 늑대와 함께 부산을 떨었다.

그러는 동안, 시포니를 집어 드는 것과 거의 동시에, 못에 걸려 있던 매우 거친 가발을 집어서, 손이 쉽게 닿을 수 있는 구석에 던져 놓았다.

「정복된 카오스」의 공연이 거의 평소처럼 시작되었다. 물론 푸른 불빛이나 조명으로 꾸민 선경은 없었다. 늑대도 역할을 충실히 해냈다. 정해진 순간이 되자 데아가 출연해, 신비하고 떨리는 음성으로 그윈플레인을 불렀다. 그녀는 팔을 뻗어 더듬더듬 그 머리를 찾았다…….

우르수스는 던져 놓았던 가발로 달려들어, 그것을 헝큰 다음 잽싸게 머리에 쓰고, 숨을 죽인 채, 모발이 삐죽삐죽한 그 머리를 데아의 손 밑으로 들이밀었다.

그러고는 자기의 모든 기량을 동원하고 그윈플레인의 음성을 모방해, 영혼의 부름에 응하는 괴물의 화답을, 형언할 수 없는 지극한 사랑으로 불렀다.

모방이 어찌나 완벽했던지, 두 집시 여인은 이번에도 두리번거리며 그윈플레인을 찾는데, 소리만 들리고 그의 모습이 보이지 않자, 두려워하는 기색이 역력했다.

고비컴은, 경이로운 듯, 발을 구르고 환호성을 지르고 손뼉을 치면서, 올림포스 산 위에서나 들릴 법한 소동을 피웠고, 그 혼자 웃는 소리가, 신들의 무리에서 들려오는 웃음소리 같았다. 그 보이 녀석은 보기 드문 관객의 재능을 펼쳤다.

우르수스가 그 용수철을 잡고 있는 꼭두각시에 불과했던 피비와 비너스는, 평소처럼, 악기 소리를 뒤죽박죽 뒤섞었다. 이를테면 구리와 당나귀 가죽을 뒤섞었는데, 공연의 끝을 알리고, 돌아가는 관객들을 환송하는 소리였다.

우르수스가 땀에 흠뻑 젖은 채 다시 일어섰다.

그가 호모에게 나지막한 소리로 속삭였다. 「시간을 벌자는 것뿐이었음을 너도 이해하겠지. 성공한 것 같아. 혼비백산해 있었지만, 괜찮게 해냈어. 그윈플레인이 오늘이나 내일은 돌아올 수 있을 거야. 데아를 즉시 죽일 필요가 없었던 거야. 너에게만은 실상을 설명해 준다.」

그는 가발을 벗고 땀을 닦았다. 그리고 홀로 중얼거렸다.

「나는 천재적인 복화술자야. 재주가 괜찮군! 프랑스의 왕인 프랑수아 1세가 데리고 있던 복화술자 브라방에 비할 만했어. 데아도 그윈플레인이 이곳에 있다고 확신했어.」

바로 그 순간 데아가 물었다.

「우르수스, 그윈플레인은 어디에 있어요?」

우르수스는 소스라치게 놀라며 뒤를 돌아보았다.

데아는 극장 안쪽, 천장 등 아래에 서 있었다. 그녀의 얼굴은 창백했다. 유령의 창백함이었다.

그녀가 절망한, 그러나 형언할 수 없는 미소를 지으며 다시 말했다.

「저는 알아요. 그가 우리를 버리고 떠났어요. 그에게 날개가 있다는 사실을 저는 잘 알고 있었어요.」

그러고는 보이지 않는 눈을 무한의 공간으로 향하며 한마디 덧붙였다.

「나는 언제?」

3. 뒤얽힘

우르수스는 당황한 채 망연자실했다.

속이는 데 성공하지 못한 것이다.

그의 복화술이 서툴렀던 탓일까? 분명 그것은 아니었다. 두 눈이 멀쩡한 피비와 비너스를 속이는 데는 성공했지만, 소경인 데아는 속이지 못했다. 피비와 비너스의 경우 눈동자만이 밝았던 반면, 데아의 경우에는 가슴으로 보고 있었다.

그는 한마디 대꾸도 할 수 없었다. 그는 홀로 생각했다. *Bos in lingua*. 당황한 사람은 혀에 소 한 마리가 얹혀 있는 것과 같다.

감회가 복합적일 때는, 모멸감이 제일 먼저 고개를 쳐드는 법이다. 우르수스는 생각에 잠겼다.

「내 의성어들만 낭비했군.」

그러고는 더 이상 묘책이 없어 궁지에 몰린 모든 몽상가들이 그러듯이, 그는 스스로에게 역정을 냈다.

「납작하게 추락했군. 나의 모방 기술을 완전히 허비했어. 하지만 이제 우리는 어찌 되는 거지?」

그는 데아를 물끄러미 쳐다보았다. 그녀는 아무 말도 하지 않았다. 점점 창백해질 뿐, 꼼짝도 하지 않았다. 넋을 잃은 그녀의 눈은 어떤 심연을 향해 고정되어 있는 것 같았다.

때맞춰 다른 일 하나가 생겼다.

여인숙 주인 나이슬리스가 손에 등을 하나 들고 마당에 서서, 그에게 손짓을 하는 것이 보였다.

나이슬리스는 우르수스가 공연하던 그 유령 희극의 끝 부분을 관람할 수 없었다. 누가 여인숙의 문을 두드렸기 때문이다. 나이슬리스가 문을 열러 갔다. 두 번에 걸쳐 문을 두드렸고, 그리하여 나이슬리스는 두 번이나 공연장을 떠나야 했다. 우르수스는, 백 개의 서로 다른 음성으로 이어 가던 독백에 열중한 나머지, 그러한 사실을 전혀 알아채지 못했다.

나이슬리스의 소리 없는 부름에 응해 우르수스가 마당으로 내려갔다.

그가 여인숙 주인에게로 다가갔다.

우르수스는 손가락 하나를 입술에 올려놓았다.

나이슬리스 또한 손가락 하나를 입술에 올려놓았다.

그런 상태로 두 사람은 서로를 응시했다.

각자 서로에게 이렇게 말하는 것 같았다. 〈이야기 좀 합시다. 그러나 입을 다뭅시다.〉

여인숙 주인이 천장 낮은 홀의 출입문을 열었다. 나이슬리스가 들어가고, 우르수스가 뒤를 따랐다. 그곳에는 그들 두 사람밖에 없었다. 길 쪽으로 난 문과 창문은 모두 닫혀 있었다.

호기심에 이끌려 그들을 따라오던 고비컴을 안마당에 세워 둔 채, 여인숙 주인이 문을 닫아 버렸다.

나이슬리스가 등을 탁자 위에 올려놓았다.

두 사람의 대화가 시작되었다. 마치 속삭이듯, 두 사람은 음성을 낮추었다.

「우르수스 씨……..」

「나이슬리스 씨?」

「이제 알겠소.」

「쳇!」

「당신은 저 가엾은 눈먼 소녀로 하여금, 모든 것이 평소와 다름없다고 믿도록 하고 싶었던 것이죠.」

「복화술을 금지하는 법은 없소.」

「재능이 정말 대단하오.」

「그렇지 않소.」

「무엇이든 뜻대로 흉내를 내시니, 정말 경이롭소.」

「분명히 말씀드리지만, 그렇지 않소.」

「드릴 말씀이 있소.」

「정치 이야기요?」

「정치에 대해서는 아무것도 모르오.」

「정치 이야기라면 듣지 않겠소.」

「이런 이야기요. 당신이 홀로 공연을 하고 또 관중 역힐도 하고 계실 때, 누가 여인숙 문을 두드렸소.」

「문을 두드렸다고요?」

「그렇소.」

「그런 것을 나는 좋아하지 않소.」

「나 역시 마찬가지요.」

「그래서?」

「그래서 내가 문을 열었소.」

「누가 문을 두드렸소?」

「나에게 말을 건넨 어떤 사람이었소.」

「그가 무슨 말을 하던가요?」

「나는 그의 말을 귀담아 들었소.」

「당신은 뭐라고 대답했소?」

「아무 대답도 하지 않았소. 그러고는 당신의 공연을 보려고 되돌아 왔소.」

「그리고……?」

「그리고 누가 두 번째로 문을 두드렸소.」

「누가? 같은 사람이?」

「아니요. 다른 사람이었소.」

「이번에도 어떤 사람이 당신에게 말을 건넸소?」

「나에게 아무 말도 하지 않은 사람이었소.」

「그 사람이 좀 낫군.」

「내가 보기에는 그렇지 않소.」

「더 자세히 말씀해 보시오, 나이슬리스 씨.」

「처음에 문을 두드린 사람이 누구인지 맞춰 보시오.」

「오이디푸스 노릇 할 시간 없소.」

「서커스단의 우두머리였소.」

「옆에 있는?」

「옆에 있는.」

「미친 듯한 음악 연주하는 곳 말이오?」

「미친 음악.」

「그래서?」

「그래서, 우르수스 씨, 그가 당신에게 제안을 해왔소.」

「제안?」

「제안을.」

「왜?」

「왜냐하면.」

「나이슬리스 씨, 당신이 나보다 낫소. 조금 전에 당신은 나의 수수께끼를 풀었는데, 나는 당신의 수수께끼를 풀지 못하겠소.」

「서커스단 우두머리가 당신에게 전해 달라면서 한 말인데, 우선, 오늘 아침에 경찰 행렬이 이곳에 다녀가는 것을 보았고, 따라서 그가, 서커스단 우두머리가, 당신의 친구임을 입증해 보이고 싶다고 했소. 그리고 당신의 너저분한 마차 그린박스와, 당신의 말 두필, 당신의 트럼펫과 그것을 부는 두 여자, 당신의 작품과 공연 중에 노래를 부르는 눈먼 여자, 당신의 늑대 등을 포함해서, 당신을 현금 50파운드에 사겠다고 제안했소.」

우르수스가 아니꼽다는 듯이 미소를 지으며 대답했다.

「태드캐스터 여인숙 주인 나리, 그윈플레인은 곧 돌아올 거라고 서커스단 주인 나리께 전하시오.」

여인숙 주인이 어둑한 곳에 있던 의자 위에서 무엇인가를 집어 들더니, 두 팔을 쳐든 채 우르수스를 향해 돌아서는데, 한 손에는 외투 하나가 축 처진 채 들려 있었고, 다른 한 손에는 가죽 조끼와 펠트 모자 그리고 카핀고가 들려 있었다.

그러면서 나이슬리스가 말했다.

「두 번째로 문을 두드린 사람은 경찰에서 보낸 사람이었는데, 그는 들어오면서도 나가면서도 아무 말이 없었고, 이것들만을 두고 갔소.」

우르수스는 그윈플레인의 조끼와 카핀고와 모자와 외투를 즉시 알아보았다.

4. 모이니부스 수르디스, 캄파나 무타[1]

우르수스는 모자의 펠트직과 외투의 천, 카핀고의 서지, 조끼의 가죽 등을 만져 보고 더 이상 그 유품의 출처를 의심할 수 없었다. 그가 아무 말 없이, 간결하고 명령적인 동작으로 여인숙 문을 가리켰다.

나이슬리스가 문을 열었다.

우르수스는 곤두박질하듯 여인숙 밖으로 뛰쳐나갔다.

나이슬리스는 눈으로 그의 뒤를 따랐고, 우르수스가, 아침에 그윈플레인을 압송해 와펀테이크가 사라진 방향으로, 그의 늙은 다리가 허용하는 한 급히 달려가는 것을 보았다. 15분 후, 우르수스는 서더크 감옥의 협문이 뚫려 있고, 자신이 이미 동정을 살피며 여러 시간을 보낸 골목길에, 숨을 헐떡이며 도착했다.

1 *Mænibus surdis, campana muta.* 〈귀먹은 담벼락에, 벙어리 종〉이라는 뜻이다.

　그 골목길은 구태여 자정이 되지 않더라도 인적이 끊겼다. 그러나 낮에는 처량할 뿐이지만, 밤이면 불안을 느끼게 했다. 일정한 시각이 지나면 아무도 그곳에는 얼씬조차 하지 않았다. 두 담벼락이 혹시 서로에게 접근하지 않을까, 혹은 감옥과 묘지가 문득 포옹하고 싶은 생각이 들어서 서로 껴안을 경우, 그 틈에 끼어 으스러지지 않을까, 모두들 염려하는 것 같았다. 모두 밤이 자아내는 공포였다. 파리의 보베르라고 하는 좁은 길에, 상단을 자른 버드나무들이 도열해 있었는데, 그 나무들 역시 평판이 좋지 않았다. 밤이면, 절단되고 남은 가지들이 굵고 억센 손으로 변해, 행인들을 움켜잡는다고들 했다.

　이미 말한 바와 같이, 서더크의 주민들은, 감옥과 묘지 사이로 난 길을 본능적으로 피했다. 옛날에는 밤이면 그 길을 쇠사슬로 차단했다. 매우 불필요한 조치였다. 그 길을 차단하는 가장 훌륭한 쇠사슬은, 그 길이 사람들에게 주는 공포였다.

　우르수스는 단호하게 그 길로 들어섰다.

　그에게 무슨 생각이 있었을까? 아무 생각도 없었다.

　그가 그 길에 온 것은 그저 알아보기 위해서였다. 감옥의 문을 두드릴 생각이었을까? 물론 아니었다. 그 무시무시하고 헛된 수단은 그의 뇌수에서 싹도 트지 않았다. 무엇을 좀 문의하려고 그곳에 들어가려 시도한다고? 얼마나 미친 짓인가! 감옥이란 그곳으로 들어가려는 사람에게도, 그곳에서 나오려는 사람에게만큼이나, 쉽사리 열리지 않는다. 감옥의 문에 달린 돌쩌귀는 오직 법 위에서만 회전한다. 우르수스는 그 사실을 잘 알고 있었다. 그렇다면 도대체 무엇 하러 그 길에 왔단 말인가? 보기 위해서였다. 무엇을 보기 위해? 아무것도 없었다. 무엇인지 알 수조차 없다. 그저 가능한 것을. 그윈플레인이 사라진 문 앞에 가서 다시 선다는 것, 그것이 우르수스에게는 이미 상당한 그 무엇이었다. 가끔은, 가장 검고 가장 무뚝뚝한 벽이 말을 하는 경우가 있고, 돌들 사이로 희미한 불빛이 새어 나오기도 한다. 때로는 밀폐되고 어두운 퇴적물 속에서 밝음이 삼출(滲出)되기도 한다. 따라서 겉껍질을 면밀히 살핌은 곧 효과적으로 귀를 기울임을 뜻한다. 우리의 관심사와 우리 사이를 가로막고 있는 것의 두께를 최소한 얇게 하려는 본능, 그것이 모든 사람의 보편적 본능이다. 우르수스가 감옥의 협문이 있는 골목으로 돌아간 것은 그러한 본능에 이끌려서였다.

그가 골목으로 들어서는 순간 종소리가 한 번 들리더니, 연이어 두 번째 소리가 들렸다.

〈아니, 벌써 자정인가?〉 그의 뇌리를 스친 생각이었다.

그는 기계적으로 헤아리기 시작했다.

「셋, 넷, 다섯.」

그가 생각에 잠기며 중얼거렸다.

「종소리가 드문드문하기도 해라! 참으로 느리군! 여섯, 일곱.」

또한 이렇게도 중얼거렸다.

「소리가 처량하기도 해라! 여덟, 아홉, 아! 당연하지. 감옥에 있으면 시계도 슬퍼하지. 열. 게다가 묘지도 곁에 있어. 저 종이 살아 있는 사람들에게는 시각을 알리지만, 죽은 이들에게는 영원을 알리지. 열하나. 가엾도다! 자유롭지 못한 사람에게 시각을 알림은, 영원을 알리는 것과 같지! 열둘.」

그가 우뚝 걸음을 멈추었다.

「그래, 자정이야.」

열세 번째 종소리가 들렸다.

우르수스는 몸서리를 쳤다.

「열셋!」

열네 번째 종소리가 들리더니, 다시 열다섯 번째 종소리가 들려왔다.

「이게 무슨 뜻인가?」

종소리는 느릿느릿 계속해서 들려왔다. 우르수스가 유심히 귀를 기울였다.

「시각을 알리는 종소리가 아니군. 이건 무타 종소리야. 자정을 알리는데 어쩐지 시간이 오래 걸린다고 했지! 이 종소리는 쳐서 나는 것이 아니고 땡그렁거리는 거야. 무슨 음산한 일이 벌어진 것일까?」

옛날에는, 모든 수도원처럼, 감옥에도 무타라는 종이 있었다. 슬픈 일이 있을 때만 울리는 종이었다. 무타, 즉 〈벙어리종〉은, 그 울리는 소리가 하도 낮아서, 마치 그 누구에게도 들리지 않으려고 애를 쓰는 것 같았다.

우르수스는 망보기에 편리한 모퉁이에 다시 도달했다. 감옥을 엿보면서 거의 하루해를 보낸 곳이다.

종소리는 음산한 간격을 유지하며 느릿느릿 계속되었다.

조종(弔鐘) 소리는 허공에 보기 흉한 구두점을 남긴다. 그것은 모든 사람들의 부지런한 일상에 음산한 줄 바꿈 표시를 해준다.[2] 조종 소리는 죽어 가는 사람의 헐떡거림과 유사하다. 임종을 알리는 소리이다. 울리고 있는 종 인근 여기저기에 산재한 집들 속에 흩어져, 기다림 속에 펼쳐지는 몽상이 있다면, 조종 소리가 몽상을 경직된 토막으로 잘라 버린다. 윤곽이 아직 정해지지 않은 몽상은 일종의 피신처이다. 고통 속에 있는 무엇인지 모를 막연한 것이, 고통을 극복할 수 있으리라는 희망을 준다. 그런데 조종은 그러한 희망을 지우며

2 아무리 짧은 단락이라도, 그것이 끝나면 줄을 바꿔서 다음 단락을 시작해야 하는 글쓰기 규칙을 가리킨다.

구체적으로 명시(明示)한다. 조종은 막연함을 제거하고, 불안이 유보 상태로 남아 있으려 애를 쓰는 혼란스러움 속에서, 버림 받은 이들에게 결단을 촉구한다. 조종 소리는 듣는 사람 각자의 괴로움이나 두려움에 따라 말을 한다. 그 비극적 종소리는 각자의 관심사이다. 우리 각자에게 보내는 통보이다. 그 규칙적으로 반복되는 소리가 내려치는 내면의 독백만큼 음울한 것은 없다. 규칙적인 반복은 어떤 의도의 징표이다. 종이라는 망치가 사념이라는 모루 위에서, 무엇을 벼리려는 것일까?

우르수스는, 막연히, 또 아무 목적도 없었지만, 조종 소리를 헤아렸다. 자신이 미끄러져 기울어지려는 것을 느낀 그는, 어떠한 추측도 하지 않으려 애를 썼다. 추측이란 부질없이 사람들을 멀리 이끌어 가는 일종의 경사면이다. 하지만 그 종소리가 무엇을 뜻한단 말인가?

그는 감옥의 협문이 있는 곳의 어둠을 주시했다.

별안간, 검은 구멍과 같은 그곳에, 붉은 빛이 나타났다. 그 붉은 빛이 점점 커지더니 밝은 빛으로 변했다.

붉은 빛은 전혀 모호하지 않았다. 즉시 하나의 형체와 모서리들을 갖추었다. 감옥의 문이 돌쩌귀 위에서 이제 막 회전한 것이다. 붉은 빛이 홍예틀과 문의 윤곽을 선명히 부각시켰다.

그러나 살짝 열렸을 뿐, 활짝 열리지는 않았다. 어느 감옥이든 활짝 열리는 법은 없다. 하품을 할 뿐이다. 아마 권태 때문일 것이다.

협문을 통해 횃불을 든 남자 하나가 밖으로 나왔다.

종소리는 계속되었다. 우르수스는 두 가지에 신경을 곤두세웠다. 귀는 조종 소리에, 눈은 횃불에 집중시켰다.

그 남자가 나온 다음, 반쯤만 열려 있던 문이 활짝 열리더니, 두 남자가 나오고, 뒤이어 네 번째 남자가 나왔다. 네 번째 남자는 와펀테이크였는데, 횃불에 비쳐 그 모습이 선명히 보였다. 그는 손에 아이언웨펀을 쥐고 있었다.

와펀테이크의 뒤를 따라, 침묵에 감싸인 남자들이, 둘씩 협문을 빠져나와 행렬을 이루더니, 말뚝의 행렬처럼 뻣뻣이 걷기 시작했다.

그 야간 행렬은 두 사람씩 짝을 지어, 마치 고행 회원들의 둘씩 짝지은 속죄 행렬처럼, 단절됨이 없이, 어떠한 소리도 내지 않으려는 음산한 정성을 쏟으며, 엄숙하게, 거의 살금 살금, 감옥의 협문을 나섰다. 굴에서 나오는 뱀이 그렇게 조심을 한다.

횃불이 그들의 옆모습과 태도를 부각시켰다. 옆모습은 사나웠고, 태도는 음울했다.

우르수스는 아침에 그윈플레인을 압송해 간 경찰들의 얼굴을 알아볼 수 있었다.

의심의 여지가 없었다. 바로 그들이었다. 그들이 다시 나타난 것이다.

그러니 그윈플레인 역시 다시 나타날 것은 분명했다.

그들이 그를 그곳으로 끌고 갔으니, 그를 다시 집으로 데려다 줄 것은 뻔한 일이었다.

명백한 일이었다.

우르수스의 눈동자는 더욱 고정되었다. 그윈플레인을 석방할까?

경찰들의 두 줄 행렬은, 낮은 첨두형 문틀 밑으로, 아주 천천히, 마치 방울방울 떨어지듯, 흘러나오고 있었다. 중단되지 않는 종소리가 그들의 발걸음을 조절하는 것 같았다. 행렬은, 감옥을 빠져나오자, 우르수스 쪽으로 등을 돌리며, 그가 서 있던 반대편 구간으로 우회했다.

협문 밑에서 두 번째 횃불이 번쩍였다.

그것이 행렬의 끝을 알렸다.

우르수스는 그들이 데리고 나오는 것을 볼 수 있으리라 잔뜩 기대하고 있었다. 죄수 하나를. 남자 하나를.

우르수스는 그것이 그윈플레인일 것이라 기대했다.

그들이 데리고 나오는 것이 모습을 드러냈다.

그것은 관(棺)이었다.

남자 넷이, 검은 천으로 덮은 관 하나를 운반하고 있었다.

어깨에 삽을 걸친 남자 하나가 그들의 뒤를 따랐다.

세 번째 횃불이 나타났는데, 전속 사제인 듯한 사람이 그것을 들고 책을 소리 내어 읽으며, 행렬의 후미에 섰다.

관은 오른쪽으로 돌아선 경찰의 행렬을 따라갔다.

거의 동시에 행렬의 선두가 걸음을 멈추었다.

열쇠 삐걱거리는 소리가 우르수스의 귀에 들려왔다.

감옥 맞은편, 골목의 다른 쪽 가를 따라 쌓은 낮은 담장에서, 두 번째 문이 열리고, 그곳을 통과하는 횃불에 밝혀졌다.

죽은 사람의 얼굴이 조각된 그 문은 묘지의 출입문이었다.

와펀테이크가 먼저 그 열린 문으로 들어섰고, 남자들이 그 뒤를 따랐으며, 첫 번째 횃불에 이어 두 번째 횃불도 들어가 버렸다. 문 앞에서는, 굴속으로 다시 들어가는 뱀처럼, 행렬이 가늘어졌다. 문 저쪽에 있는 또 다른 어둠 속으로 경찰의 가느다란 행렬이 다 사라진 다음, 관이 뒤를 따랐고, 그 뒤에 삽을 멘 사람이, 그리고 횃불과 책을 든 사람이 마지막으로 사라지자 문이 닫혔다.

담 위로는, 어른거리는 불빛 이외에 아무것도 보이지 않았다.

수군거리는 소리가 들리더니, 뒤이어 둔탁한 소리가 들려왔다.

의심할 여지없이, 전속 사제와 무덤 파는 사람이 내는 소리였을 것이다. 수군거리는 소리는 전속 사제의 기도문 외우는 소리였고, 둔탁한 소리는, 삽으로 퍼서 던진 흙이 관 위로 떨어지는 소리였을 것이다.

수군거리던 소리도 멈추었고, 둔탁한 소리도 멈추었다.

다시 움직이는 기척이 있더니, 횃불이 환하게 나타나고, 와펀테이크가 아이언웨펀을 높이 쳐든 채, 다시 열린 묘지의 문을 나섰다. 전속 사제는 책을 들고, 무덤 파는 사람은 삽을 멘 채 다시 나타났다. 행렬은 관 없이 다시 모습을 보였고, 두 줄로 이루어진 남자들의 행렬은, 여전히 아무 말 없이, 두 문 사이의 여정을 반대 방향으로 행진했다. 묘지의 문이 다시 닫혔다. 감옥의 문이 다시 열렸다. 협문의 음울한 첨두홍예가 불빛에 윤곽을 드러냈다. 복도의 어둠이 희미하게 보였다. 감옥의 두껍고 깊은 어둠이 시야에 나타났다. 그리고 다음 순간, 그 모든 광경이 어둠 속으로 사라졌다.

조종 소리도 사라졌다. 적막이 모든 것을 닫았다. 암흑의 불길한 자물쇠이다.

나타났다 사라진 유령, 그것에 불과했다.

안개처럼 흩어지는 유령들의 행렬이었다.

논리적으로 서로 꼭 들어맞는 사건들의 근접성이, 필경에는 자명함과 유사한 그 무엇을 구성해 놓고 만다. 그윈플레인의 체포, 그를 체포하던 순간의 침묵, 경찰 측 사람이 가져온 그의 옷들, 그가 끌려간 감옥에서 들리는 조종 소리, 그 모든 것에, 땅속에 묻힌 관이, 그 비극적 일이, 저절로 추가되었던 것이다. 아니, 더 정확히 말하자면, 그것들과 정확히 일치했던 것이다.

「그 아이가 죽었구나!」 우르수스가 절규했다.

그는 표석(標石) 위에 털썩 주저앉았다.

「죽었어! 그들이 죽였어! 그윈플레인! 내 자식아! 내 아들아!」
그러고는 흐느끼기 시작했다.

5. 국익이라는 명분으로

우르수스는 결코 눈물을 흘린 적이 없다고 자부했다. 애석한 일이다! 그의 눈물 저장통은 가득 차 있었다. 긴 생애 동안, 방울방울, 숱한 슬픔을 감내하는 과정에서 모여 포화 상태에 이른 눈물통은, 한순간에 비워지지 않는다. 우르수스는 오랫동안 흐느꼈다.

첫 눈물은 연체금의 징수와 같다. 그는 그윈플레인 때문에, 데아 때문에, 자신 때문에, 호모 때문에 눈물을 흘렸다. 그는 아이처럼 울었다. 또한 늙은이처럼 울었다. 그에게 웃음을 주던 모든 것 때문에 울었다. 그렇게 연체금을 지불했다. 눈물을 흘릴 권한에는 유효 기간 만료가 없다.

조금 전 매장한 사람은 하드콰논이었다. 그러나 우르수스가 그 사실을 알 리 없었다.

여러 시간이 흘렀다.

동이 트기 시작했다. 아침의 창백한 자락이, 희미하게 그림자로 구겨진 채, 볼링그린 위에 펼쳐졌다. 태드캐스터 여인숙 건물의 정면을 여명이 하얗게 물들였다. 주인 나이슬리스도 잠자리에 들지 못했다. 때로는 한 가지 일이 여러 사람에게 불면증을 유발하기 때문이다.

어떤 참극이건 사방으로 영향을 끼친다. 수면에 돌 하나를 던져 보라. 그리고 튀어 오르는 물줄기의 수를 헤아려 보라.

나이슬리스는 자신에게도 화가 미친 것으로 느꼈다. 누구든, 자신의 집에서 사건이 생기면 몹시 불쾌한 법이다. 나이

708

슬리스는, 도무지 안심이 되지 않았고, 또 복잡한 일들이 생길 것을 막연히 예상하며, 깊은 생각에 잠겨 있었다. 그는 〈그러한 사람들〉을 받아들인 것을 후회하고 있었다. 미리 알았더라면! 결국에는 그들이 좋지 않은 일을 일으킬 거야! 이제 그들을 어떻게 내쫓지? 하지만 우르수스와 계약을 체결하지 않았던가. 그들을 떨쳐 버릴 수 있다면 얼마나 다행일까! 그들을 쫓아내려면 어떤 수단을 써야 할까?

별안간 여인숙 출입문을 요란하게 두드리는 소리가 들려왔다. 잉글랜드에서는 〈어떤 사람〉[1]의 방문을 알리는 소리였다. 문 두드리는 소리의 음계는 방문자의 사회적 지위에 상응했다.

지체 높은 귀족이 두드리는 소리는 아니었으되, 어떤 관리가 두드리는 소리임에는 틀림없었다.

여인숙 주인은 몹시 두려워하며 구멍창을 살짝 열었다.

정말 관리들이 와 있었다. 나이슬리스는 집 앞에 일단의 경찰이 와 있음을, 새벽의 어둑함 속에서도 간파할 수 있었다. 무리에서 두 사람이 앞으로 나섰는데, 그중 하나는 사법관이었다.

나이슬리스는 전날 아침에 사법관을 이미 보았던지라, 그를 즉시 알아보았다.

다른 남자는 누구인지 알지 못했다.

살집이 좋고 안색은 밀랍 같았으며, 멋을 부린 가발에, 여행용 외투를 걸친 신사였다.

그 두 사람 중 특히 사법관을 나이슬리스는 두려워했다. 나이슬리스가 만약 궁정인이었다면, 그는 두 번째 남자를 훨씬 더 두려워했을 것이다. 그가 바킬페드로였기 때문이다.

1 중요 인사.

무리 속에 있던 남자 하나가 다시 문을 두드렸다. 기세가 사나웠다.

두려움 때문인지, 이마에 굵은 땀을 흘리며 여인숙 주인이 문을 열었다.

경찰을 지휘하고 또 떠돌이들의 신상을 세세히 파악하고 있는 사람의 어조로, 사법관이 음성을 높여 엄하게 물었다.

「우르수스 영감은?」

「예, 여기 삽니다, 나리.」여인숙 주인이 공손히 대답했다.

「그건 알고 있소.」사법관이 말했다.

「물론입죠, 나리.」

「오라고 하시오.」

「나리, 그는 집에 없습니다.」

「어디 있소?」

「저도 모르겠습니다.」

「어째서?」

「아직 돌아오지 않았습니다.」

「일찍 나간 모양이지?」

「아닙니다. 아주 늦게 나갔습니다.」

「떠돌이들이란!」사법관이 중얼거렸다.

「나리, 저기 옵니다.」나이슬리스가 조용히 말했다.

정말 우르수스가 모퉁이에 모습을 나타냈다. 여인숙으로 돌아오는 길이었다. 그는 정오에 그윈플레인이 들어간 감옥과 자정에 무덤 메우는 소리가 들린 묘지 사이에서 밤을 거의 지새웠다. 그는 두 가지 이유로 창백했다. 슬픔 때문이었고, 하얀 새벽빛 때문이었다.

여명이란 유충 상태에 있는 빛으로, 모든 형태를, 그것이 비록 움직이는 것이라 할지라도, 살포된 어둠 속에 뒤섞어 놓는다. 창백하고 형태 흐릿한 우르수스가 천천히 걷는지라,

그의 모습은 꿈속의 사람 같았다.

슬픔에 기인한 부주의로, 그는 모자도 쓰지 않고 여인숙을 떠났다. 자신이 모자를 쓰지 않았다는 사실조차 깨닫지 못했다. 그의 회색 머리카락 몇 가닥이 바람에 흔들리고 있었다. 눈은 떴으되 아무것도 바라보지 않는 것 같았다. 잠들었으되 깨어 있는 경우가 있듯이, 깨어 있되 잠든 경우도 빈번하다. 우르수스는 미친 사람의 기색이었다.

「우르수스 씨, 이리로 오시오. 나리들께서 당신에게 하실 말씀이 있다 하오.」 여인숙 주인이 그를 향해 소리쳤다.

오직 사건을 무마하는 데만 골몰해 있던 나이슬리스는, 〈나리들〉이라는 복수 형태를 사용하고 싶지 않았으나, 얼떨결에 그렇게 말했다. 그 형태가 무리 전체에 대한 존칭일 수는 있되, 한편 무리의 우두머리를 그의 부하들과 뒤섞는 말인지라, 우두머리의 기분을 상하게 할 수도 있었기 때문이다.

우르수스는 깊이 잠들었다가 침대에서 떨어진 사람처럼 소스라쳤다.

「무슨 일이오?」 그가 얼떨결에 대꾸했다.

그리고 다음 순간, 경찰들과 그들을 인솔해 온 관리를 발견했다.

새롭고 격렬한 충격이었다.

조금 전에는 와펀테이크더니, 이번에는 사법관이었다. 그들 둘이 그를 서로에게 던지는 것 같았다. 유사한, 그리고 예부터 전해 오는, 암초 이야기가 있다.

사법관이 그에게 여인숙 안으로 들어가자는 신호를 했다.

우르수스가 그 뜻에 응했다.

이제 막 잠자리에서 일어나 홀을 쓸고 있던 고비컴은, 비질을 멈추고 탁자들 뒤로 물러나, 비를 세워 둔 채 숨을 죽였다. 그는 머리를 막연히 긁적거렸다. 닥칠 일들에 잔뜩 촉각을 세우는 행동이었다.

사법관이 탁자 앞에 놓인 긴 의자에 앉았다. 바킬페드로는 개인용 의자에 앉았다. 우르수스와 나이슬리스는 서 있었다. 밖에 남은 경찰관들은 다시 닫힌 출입문 앞에 모여 있었다.

사법관이 우르수스를 정면으로 쏘아보며 말했다.

「당신에게 늑대 한 마리가 있소.」

우르수스가 답변했다.

「늑대라고는 할 수 없습니다.」

「당신에게는 늑대가 있소.」 사법관이 단호한 어조로 〈늑대〉라는 말에 힘을 주었다.

우르수스가 대꾸했다.

「그것이…….」

그러다가 입을 다물어 버렸다.

「위법이오.」 사법관이 말했다.

우르수스가 얼떨결에 변명했다.

「저의 하인입니다.」[2]

사법관이 손을 탁자 위에 올려놓았는데, 다섯 손가락을 모두 벌렸다. 권위를 과시하는 동작이었다.

「익살광대 양반, 내일 이 시각까지, 당신의 늑대와 함께 잉글랜드를 떠나시오. 만약 그렇게 하지 않을 경우, 늑대를 재판소 서기과로 데려가 죽이겠소.」

〈모살(謀殺)의 연속이군.〉 우르수스의 뇌리를 스친 생각이었다. 그러나 단 한마디도 입 밖으로 내지 않고, 사지를 부들부들 떠는 것으로 그쳤다.

「알아듣겠소?」 사법관이 다그쳤다.

우르수스는 머리를 끄덕였다.

2 〈제가 길들인 늑대입니다〉라고 말할 의도였을 것이다

사법관이 다시 강조했다.

「죽일 것이오.」

잠시 침묵이 흘렀다.

「목을 조르든가 물속에 처박아 죽이겠소.」

사법관이 우르수스를 쳐다보며 다시 한마디 했다.

「그리고 당신은 감옥에 처넣겠소.」

우르수스가 우물거렸다.

「판사님…….」

「내일 아침이 되기 전에 떠나시오. 만약 그러지 않으면 명령대로 처리하겠소.」

「판사님…….」

「뭐요?」

「저희가 잉글랜드를 떠나야 한다고요?」

「그렇소.」

「오늘?」

「오늘.」

「어떻게?」

나이슬리스는 흐뭇했다. 그가 그토록 두려워하던 사법관이 자신을 도와주었기 때문이다. 경찰이 보조자로 변한 것이다. 〈그런 사람들〉로부터 경찰이 자기를 해방시킨 것이다. 그가 찾던 수단을 경찰이 가져온 것이다. 내보내고 싶던 우르수스를 경찰이 추방한 것이다. 불가항력의 힘이다. 그 무엇도 맞설 수 없다. 그는 황홀해졌다.

그가 끼어들었다.

「나리, 이 사람이…….」

그가 손가락으로 우르수스를 가리켰다.

「이 사람이 묻기를, 오늘 중으로 잉글랜드를 떠나려면 어찌 해야 하느냐고 합니다. 그보다 더 간단한 일은 없습니다.

런던 교 이쪽과 저쪽 양편에 있는 템스 강 정박지에서는, 매일 낮과 밤에, 여러 나라로 향하는 배들이 떠납니다. 잉글랜드에서 덴마크, 네덜란드, 스페인 등 모든 곳으로 가는데, 전쟁 때문에, 프랑스로는 가지 않습니다. 오늘 밤, 썰물 시각인 새벽 한시경에, 배 여러 척이 떠납니다. 그중에는 로테르담으로 향하는 배불뚝이 상선 포그라트도 있습니다.」

사법관이 우르수스 쪽으로 어깨를 기웃하면서 말했다.

「좋소. 첫 배편으로 떠나시오. 포그라트 편으로.」

「판사님…….」 우르수스가 입을 열었다.

「무엇이요?」

「판사님, 제가 전처럼 바퀴 달린 작은 오두막을 가지고 있다면 그럴 수 있습니다. 그것이라면 배에 실을 수 있을 것입니다. 그러나…….」

「그러나 뭐요?」

「그러나 제가 가지고 있는 것은 말 두 필이 끄는 커다란 기계, 그린박스입니다. 따라서 배가 아무리 넓다 해도, 그것이 들어갈 자리는 없을 것입니다.」

「그것이 나와 무슨 상관이란 말인가? 늑대를 죽이겠소.」 사법관의 말이었다.

우르수스는 몸서리를 치면서 얼음 손이 자신을 주무르는 듯한 느낌을 받았다. 〈흉악한 괴물들! 사람들을 죽이다니! 그것이 놈들의 궁여지책이야.〉 그의 뇌리를 스친 생각이었다.

여인숙 주인이 미소를 짓더니, 우르수스에게 말했다.

「우르수스 씨, 그린박스를 팔 수 있소.」

우르수스가 나이슬리스를 쳐다보았다.

「우르수스 씨, 당신에게 제안이 들어왔소.」

「누구로부터?」

「마차를 사겠다는 제안이오. 말 두 필과 두 집시 여인을 사겠다는 제안이오. 그리고…….」

「누구로부터요?」 우르수스가 다시 물었다.

「근처에 있는 서커스단 주인에게서요.」

「그렇군.」

우르수스의 뇌리에 기억이 되살아났다.

나이슬리스가 사법관 쪽으로 돌아섰다.

「나리, 거래는 오늘 중으로 매듭지을 수 있습니다. 근처에 있는 서커스단 주인이 큰 마차와 말 두 필을 사고 싶어 합니다.」

「그 서커스단 주인이 옳은 생각을 했군.」 사법관이 말했다. 「그것이 필요할 테니까. 마차와 말들이 그에게 유용할 거요. 그 역시 오늘 중으로 떠나야 하오. 서더크 교구의 사제들께서, 타린조필드에서 들려오는 외설스러운 소음을 규탄하셨소. 집정관께서 필요한 조치를 취하셨소. 오늘 저녁부터는 이 광장에 익살광대들의 가건물이 단 한 채도 없을 것이오. 모든 추잡스러운 짓은 이제 끝났소. 여기에 계신 존경스러운 신사께서…….」

사법관이 하던 말을 중단하며 바킬페드로에게 예를 표했고, 바킬페드로 또한 그에게 답례했다.

「이곳까지 몸소 왕림해 주신 존경스러운 신사께서는, 지난밤에 윈저를 떠나 이곳에 도착하셨소. 명령을 받들고 오셨소. 폐하께서 이렇게 하명하셨소. 〈그것들을 깨끗이 치워 버려야 하리라.〉」

우르수스는, 밤새도록 깊은 생각에 잠겨, 우연히 몇 가지 질문을 자신에게 던지기도 했다. 결국 그가 본 것은 관 하나에 불과했다. 그윈플레인이 그 속에 있었노라 확신할 수 있을까? 이 지상에는, 그윈플레인 말고도, 죽은 사람들이 얼마든지 있을 수 있다. 지나간 관 하나가, 죽은 이의 이름을 밝힌 것은 아니다. 그윈플레인의 체포에 뒤이어 시신 하나를 매장했다. 하지만 그것이 아무것도 입증할 수 없었다. *Post hoc, non propter hoc*(그것에 뒤이어서이지, 그것 때문은 아니다).[3] 우르수스는 의심을 품게 되었다. 물 위에 뜬 나프타처럼, 희망이라는 것은 깊은 슬픔 위에서도 활활 타고 빛을 발산한다. 표면에 뜨는 그 불꽃이, 인간의 슬픔 위로 영원히 떠다닌다. 우르수스는 결국 이렇게 결론을 내렸다. 〈땅에 묻힌 사람이 그윈플레인일 수도 있어. 그러나 확실하지는 않아. 누가 알겠는가? 그윈플레인은 아마 지금도 살아 있을 거야.〉

우르수스가 사법관에게 허리를 굽혀 예를 표하며 말했다.

「존경하는 판사님, 떠나겠습니다. 저희 모두 떠나겠습니다. 포그라트 편으로. 로테르담으로. 복종하겠습니다. 그린 박스와 말들과 트럼펫들과 이집트 여인들을 모두 팔겠습니다. 그러나 저와 항상 함께하던 동료인지라, 차마 떼어 놓을 수 없는 사람이 있습니다. 그윈플레인…….」

「그윈플레인은 죽었소.」 정체 모를 음성이 들려왔다.

우르수스는 뱀이 피부에 와닿는 듯한 차가움을 느꼈다. 그 말을 한 사람은 바킬페드로였다.

마지막 불빛이 꺼졌다. 의문의 여지가 없었다. 그윈플레인은 죽었다.

그러한 인물이라면 그 사실을 알 것 같았다. 그만큼 음산했다.

우르수스가 다시 예를 표했다.

나이슬리스는 비겁함을 제외하고는 매우 좋은 사람이었다. 하지만 겁을 먹으면 끔찍할 만큼 잔인했다. 표독스러움

---

3 〈*Post hoc, ergo propter hoc*(그것에 뒤이어서이니, 따라서 그것 때문이다)〉라는 논리를 반박하는 말이다. 시간적으로 앞서 일어난 일일 뿐인데, 그것을 원인으로 간주하던 사람들의 논리적 오류를 지적하고 있다.

의 극치는 공포이다.

그가 중얼거렸다.

「간소화되었군.」

그리고 우르수스의 뒤에 서서, 이기주의자들 특유의 동작으로, 또한 본디오 빌라도가 대야 위에서 했음 직한 동작으로, 손을 비벼 댔다.[4] 그 동작은, 이제 근심에서 벗어났다는 뜻이었다.

우르수스는 괴로움에 짓눌려 고개를 숙였다. 그윈플레인에게 언도가 내려져 사형이 집행되었고, 그에 대해서는 추방령이 내려졌다. 이제 복종하는 수밖에 없었다. 그는 깊은 생각에 잠겼다.

누가 그의 팔꿈치를 건드렸다. 사법관이 아닌 다른 사람이었다. 사법관의 공범자였다. 우르수스의 온몸이 전율했다.

〈그윈플레인은 죽었소〉라고 한 바로 그 음성이 그의 귓가에서 소곤거렸다.

「당신에게 은덕을 베풀고자 하시는 분이 내리시는 10파운드가 여기 있소.」

그러면서 바킬페드로가, 자그마한 돈주머니 하나를, 우르수스 앞에 있던 탁자 위에 꺼내 놓았다.

바킬페드로가, 자신이 전해 주겠다며 들고 나간 보석 상자를, 모두들 기억할 것이다.

2천 기니 중 10기니,[5] 그것이 바킬페드로가 할 수 있는 한계였다. 솔직히 말해, 그것이면 충분하다고 생각했다. 만약

---

4 빌라도가, 예수를 십자가에 못 박으라는, 사제들을 비롯한 군중의 악착스러운 요구 앞에, 폭동이 일어날까 염려되어 자신의 뜻을 꺾고, 물을 가져다가 군중 앞에서 손을 씻으며 이렇게 말했다. 〈나는 이 사람의 피에 대해서는 책임이 없다.〉(「마태오의 복음서」 27:24)

5 1기니는 근세의 1.05파운드에 해당한다.

그 이상의 금액을 전달했다면, 그는 자신이 손해를 보았다고 생각했을 것이다. 그는 로드 하나를 찾아내는 수고를 감당했고, 이제 채굴을 시작한 것이며, 따라서 광산의 첫 생산물을 수중에 넣는 것은 정당하다고 생각했다. 그의 그러한 행위를 쩨쩨하다고 생각하는 사람들의 견해도 옳을 수 있다. 하지만 그 행위를 보고 놀란다면 그것은 잘못이다. 바킬페드로는 돈을, 특히 훔친 돈을, 좋아했다. 시샘꾼 속에는 수전노가 들어앉아 있다. 바킬페드로 역시 약점 없는 사람이 아니었다. 숱한 살인 범죄를 저지른다 해서 자기의 약점을 떨쳐버리지는 못한다. 호랑이들의 몸에도 이〔虱〕가 있다.

또한 그것은 베이컨의 학설이기도 했다.

바킬페드로가 사법관을 돌아보며 말했다.

「이제 마무리 지으시지요. 제가 무척 바쁩니다. 파발마(擺撥馬)를 매단 폐하의 마차가 저를 기다리고 있습니다. 전속력으로 달려서, 지금부터 두 시간 이내에 윈저에 도착해야 합니다. 보고 드려야 할 사항도 있고, 또 청령해야 할 것도 있습니다.」

사법관이 일어섰다.

그가 겨우 닫혀 있던 출입문 쪽으로 가서, 문을 열고 아무 말 없이 경찰관들을 주시하더니, 인지를 세우는데, 그 끝에서 권위가 번갯불처럼 작렬했다. 무리가 일제히 그리고 조용히 여인숙 안으로 들어섰다. 그들의 침묵은, 무엇인지 모를 엄혹한 것이 다가오고 있음을 엿볼 수 있게 해주었다.

일이 복잡해지는 것을 차단해 준 신속한 결말에 만족하고, 얽힌 실타래에서 빠져나오게 된 것에 황홀해진 나이슬리스는, 경찰관들이 안으로 들어오는 것을 보고, 그들이 우르수스를 자신의 집에서 체포할까 봐 마음이 불안해졌다. 그윈플레인과 우르수스를 연이어 자기의 집에서 체포한다면, 그 두 사건이 선술집 영업에 해를 끼칠 수도 있기 때문이다. 술꾼들은 경찰이 귀찮게 구는 것을 좋아하지 않는다. 따라서 어느 정도 호소하는 듯, 그리고 너그러운 듯한 태도로, 자기가 끼어들 계제라 생각했다. 나이슬리스가 미소 띤 얼굴을 사법관에게 돌렸다. 그의 얼굴에 어린 신뢰감은 존경심으로 인해 상당히 절제되어 있었다. 그가 사법관에게 말했다.

「나리, 감히 한 말씀 여쭙거니와, 이제 그 못된 늑대는 잉글랜드 밖으로 나가게 되었고, 우르수스라고 하는 사람 또한 별 저항을 하지 않으며, 나리의 모든 명령이 어김없이 이행될 것이니, 존경스러운 저 경찰관들께서는 더 이상 불가결하다 여겨지지 않습니다. 나리께서는, 경찰관들의 존경할 만한 활동이 왕국의 이익에 필요한 것이라 할지라도, 그것이 사업장에 누를 끼칠 수 있으며, 또한 저의 여인숙은 아무 죄가 없다는 점을 고려해 주시기 바랍니다. 여왕 폐하의 분부대로 그린박스의 익살광대들을 깨끗이 쓸어 내셨으니, 이 집에는 더 이상 범죄자가 없을 듯합니다. 눈먼 소녀와 두 집시 여인은 조그만 잘못도 저지르지 못할 것으로 사료되옵니다. 따라서 나리께 간곡히 소청 드리옵건대, 엄숙한 방문을 짧게 줄이시고, 지금 집 안으로 들어온 당당한 신사들을 돌려보내옵소서. 그들이 이 집에서 더 이상 할 일이 없기 때문이옵니다. 제가 아뢰는 말씀의 타당성을, 나리께 소박한 질문 한 가지 드려 입증하는 것을 허락하신다면, 다음 질문을 드려, 저 존경스러운 신사들이 더 이상 이곳에 머물 필요가 없음을 명백히 보여 드리겠습니다. 저의 질문은 이러합니다. 우르수스라고 하는 자가 명령을 이행하며 이곳을 떠나는데, 저 신사들께서 도대체 누구를 더 이곳에서 체포할 수 있겠습니까?」

「당신이오.」 사법관의 대답이었다.

자신의 몸뚱이를 관통하는 검을 상대로 무슨 군소리를 할 수 있겠는가. 나이슬리스는 대경실색해 털썩 주저앉았다. 자기가 무슨 물건 위에 앉았는지, 그것이 탁자인지 의자인지, 알아챌 겨를도 없었다.

사법관이 언성을 높이는데, 만약 광장에 사람들이 있었다면, 모두들 그의 음성을 들었을 것이다.

「선술집 업주 나이슬리스 플럼프트리, 이것이 마지막으로 처결해야 할 일이오. 저 익살광대와 늑대는 떠돌이들이오. 그들은 모두 추방령을 받았소. 그러나 가장 죄가 무거운 사람은 당신이오. 당신의 집에서, 당신의 동의 아래, 법이 유린되었소. 당신은 자격을 부여받은 사람이고, 따라서 공적인 책임을 진 사람인데, 당신의 집에 추문의 원천을 받아들였소. 나이슬리스 씨, 당신의 영업 허가는 취소되었고, 당신은 소정의 벌금을 지불해야 하며, 또한 감옥으로 가야겠소.」

경찰관들이 여인숙 주인을 둘러쌌다.

사법관이 고비컴을 가리키며 계속했다.

「당신의 공모자인 이 보이도 체포하오.」

경찰관 하나가 억센 손아귀로 고비컴의 목덜미를 잡았다. 고비컴은 호기심 가득한 눈초리로 경찰관을 쳐다보았다. 보이는 별로 두려워하지 않았고, 아무 영문도 몰랐다. 이미 기이한 일들은 하도 많이 보았던지라, 어떤 코미디가 계속되는 것으로 생각할 뿐이었다.

사법관은 모자를 푹 눌러 쓰고, 두 손을 늘어뜨려 복부 위에 엇갈려 놓았다. 위엄의 극치를 나타내는 자세였다. 그리고 한마디 덧붙였다.

「결정이 났소, 나이슬리스 씨. 당신은 금고형을 선고받아 곧 수감될 것이오. 당신과 이 보이 모두. 그리고 이 집, 즉 태드캐스터 여인숙은, 폐쇄 선고를 받아 문을 닫을 것이오. 일벌백계로 삼으려는 뜻이오. 자, 이제 우리를 따라오시오.」

제7권 티탄 여인

1. 깨어남

〈그리고 데아는!〉

태드캐스터 여인숙에서 그러한 사건이 벌어지고 있던 시각, 코를레오네 궁에서 동이 트는 것을 바라보고 있던 그윈플레인에게는, 그러한 절규가 밖에서 들려오는 것 같았다. 하지만 그 절규는 그의 내면에 있었다.

영혼의 깊숙한 아우성을 들어 보지 못한 이 어디에 있겠는가?

게다가 동이 트고 있었다.

여명은 하나의 음성이다.

태양이, 잠든 그늘을, 즉 양심을 일깨우는 일 이외의 다른 무슨 일에 공헌하겠는가?

빛과 미덕은 같은 종(種)에 속한다.

신이 크리스트[1]로 불리건 아무르[2]로 불리건, 심지어 가장 선한 사람에게도, 그가 잊히는 때는 항상 있기 마련이다. 우리 모두, 비록 성자라 할지라도, 우리로 하여금 잊었던 것을

---

[1] 그리스도, 메시아 등의 프랑스식 호칭이다. 신이 지명해 보낸 해방자(구원자)라는 뜻이다.

[2] 베누스의 아들인 큐피드의 프랑스식 호칭이다. 원의는 관능적 욕망을 뜻한다. 그리스 신화의 에로스와 흔히 동일시된다.

기억하게 해주는 음성을 필요로 한다. 그런데 여명이 우리 내면에 있는 숭고한 예고자로 하여금 말을 하도록 한다. 수탉이 여명 앞에서 노래하듯, 양심은 의무 앞에서 절규한다.

인간의 가슴, 그 카오스가 〈*Fiat lux*(빛이 생겨라)〉[3]를 듣는다.

그윈플레인, — 그를 그렇게 계속 부를 것이다. 클랜찰리는 하나의 로드이고, 그윈플레인은 하나의 인간이기 때문이다 — 그가 부활한 것 같았다.

동맥이 연결되어야 할 때였다.

그의 내면에서 정직성의 누출 현상이 있었다.

「그리고 데아는!」 그가 외쳤다.

그다음 순간 그는, 자신의 혈관에 넉넉한 수혈이 이루어짐을 느꼈다. 몸에 유익하고 격렬한 그 무엇이 그의 내면으로 급히 뛰어들고 있었다. 착한 생각의 맹렬한 분출은, 열쇠가 없어서 자기 집 벽을 거리낌 없이 뚫고 귀가하는 사람의 행위와 같다. 사닥다리를 타고 기어올라야 하지만, 그것은 유용한 노고이다. 파손도 감수해야 한다. 하지만 그것은 악의 파손이다.

「데아! 데아! 데아!」 거듭 외쳤다.

그는 자신에게 자신의 심정을 확인시켜 주고 있었다.

그러고는 큰 소리로 물었다.

「어디에 있어?」

아무도 대답을 하지 않는다는 사실에 다소 놀라기도 했다.

그는 천장과 벽들을 바라보며, 또한 다시 정신이 들기 시작했지만 여전히 어리둥절한 채, 다시 소리쳤다.

「어디에 있어? 나는 또 어디에 있는 거야?」

그런 다음, 그 방 속에서, 그 우리 속에서, 갇힌 신세가 된

---

3 「창세기」 1장 3절에 나오는 구절이다.

사나운 야수의 부질없는 걸음을 다시 걷기 시작했다.

「내가 어디에 있지? 윈저에. 그리고 너는? 서더크에. 아! 맙소사! 우리 사이에 거리가 생긴 것은 이번이 처음이야. 누가 그 고랑을 팠지? 나는 여기에, 너는 그곳에! 오! 그러한 일은 존재하지 않아. 앞으로도 존재하지 않을 거야. 도대체 나에게 무슨 짓을 저지른 거야?」

그가 우뚝 멈추어 섰다.

「누가 나에게 여왕 이야기를 했지? 내가 그것이 무엇인지 알기나 하나? 바뀌었다고! 내가 바뀌었다고! 왜? 내가 로드이니까. 데아, 무슨 일이 일어났는지 알아? 네가 이제 레이디야. 닥치는 일들이 그저 놀라울 뿐이야. 아! 젠장! 나의 길을 찾아야 해. 누가 나로 하여금 길을 잃게 했단 말인가? 음산한 기색으로 나에게 말을 한 사람이 하나 있어. 그가 나에게 한 말을 아직도 기억하고 있어. 〈마이 로드, 문 하나가 열리면 다른 문이 닫힙니다. 나리의 뒤에 있는 것은 더 이상 존재하지 않습니다.〉 그가 한 말을 바꾸면 이런 뜻이겠지. 〈당신은 비겁자야!〉 그 사람, 그 불쌍한 자! 내가 아직 완전히 깨어나지도 않았을 때 나에게 그따위 소리를 지껄였지. 내가 놀란 첫 순간을 그자가 악용한 거야. 나는 그의 수중에 들어간 먹이 같았어. 녀석이 지금 어디에 있을까? 녀석에게 욕을 좀 보여야겠어! 녀석은 꿈속에서나 보이는 음산한 미소를 지으며 나에게 말을 했어. 아! 이제야 내가 다시 나로 돌아오는군! 참으로 편하군. 클랜찰리 경을 멋대로 주무를 수 있다고 생각한다면, 그것은 착각이야. 피어리스와 함께, 즉 데아와 함께, 잉글랜드의 피어로 사는 거야. 조건이 있다고! 내가 그따위 조건을 받아들일 줄 알아? 여왕이라고? 여왕이 나와 무슨 상관이야! 나는 그녀를 본 적도 없어. 내가 로드인 것은 노예가 되기 위해서가 아니야. 나는 권력의 속으로 들어가되 자유인이야. 혹시 나의 사슬을 풀어주었는데, 그것이 헛수고였다고들 생각하고 있을까? 그들이 내 입에 물렸던 재갈을 벗겼을 뿐이야. 그것이 전부야. 데아! 우르수스! 우리는 언제나 함께할 거예요. 당신들의 처지가 나의 처지였고, 이제 나의 처지가 당신들의 처지예요. 어서 이리로 와요. 아니, 내가 가리다. 즉시. 지금 가겠어! 내가 이미 너무 기다렸어요. 내가 돌아오지 않는 것을 보고 모두들 어찌 생각하겠어? 그 돈! 다른 사람을 시켜 그 돈을 보내다니! 당연히 내가 갔어야 하는데. 분명히 기억해, 그 남자, 그가 말하기를 나는 이곳에서 나가면 안 된다고 했어. 어디 두고 보라지. 어서 마차를! 마차 한 대 준비시켜! 내가 그들을 찾으러 가겠어. 시종들은 어디에 있나? 상전이 있으니 시종들이 있어야 하지 않겠나. 나는 이곳의 주인이야. 이곳은 내 집이야. 따라서 내가 빗장을 비틀고, 자물쇠를 깨트리고, 발길질로 문을 부수겠어. 내 앞을 막는 자는 내 검이 그의 몸뚱이를 관통하게 하겠어. 이제 나에게도 검이 있으니까. 누가 감히 나에게 저항하는지 보겠어. 나에게는 아내가 있어. 데아야. 나에게도 아버지가 있어. 우르수스야. 나의 집은 궁전이야. 그것을 우르수스에게 드리겠어. 나의 이름은 곧 왕관이야. 그것을 데아에게 주겠어. 서두르자! 즉시! 데아, 나 여기 있어! 아! 우리 둘 사이의 거리를 한 걸음에 건너뛰었으면! 가자!」

그러더니 제일 먼저 손에 잡히는 휘장을 젖히고, 맹렬한 기세로 방을 나섰다.

복도가 나타났다.

그는 무작정 앞으로 갔다.

두 번째 복도가 나타났다.

모든 문이 열려 있었다.

그는 이 방 저 방을 기웃거리고, 여러 복도를 지나며, 출구를 찾아서 무작정 걸었다.

2. 궁전과 숲의 유사성

이탈리아 양식의 궁전에는 출입문이 매우 적다. 코를레오네 궁이 그러한 부류에 속했다. 어디를 보나 커튼과 휘장과 장식 융단뿐이었다.

그 시절, 사치품이 넘치는 무수한 방과 복도가, 어지럽게 뒤얽혀 있지 않은 궁전은 거의 없었다. 황금빛 물건들과 대리석, 목각 공예품, 동양의 비단 등이 그득했다. 또한 은밀함과 침침함을 보장해 주는 구석이 있는가 하면, 밝은 빛이 가득한 구석도 있었다. 그러한 구석이란, 화려하고 명랑한 지붕 밑 다락방들, 네덜란드의 도기나 포르투갈의 아라비아식 청색 타일로 치장하고 니스를 칠해 번쩍이는 작은 방들, 고미다락방을 이루는 벽 구멍들, 온통 유리로 장식한 작은 방들, 기거할 수 있는 예쁜 옥상 누각 등이었다. 또한 속이 텅 빈 두꺼운 벽의 내부에도 사람이 능히 기거할 수 있었다. 그리고 여기저기에, 과자 그릇처럼 생긴 아담한 방도 있었는데, 그것은 모두 의상실이었다. 그 의상실을 가리켜 〈작은 아파트〉라고도 했다. 대부분의 범죄는 그 속에서 저질러졌다.

기즈 대공을 죽여야 한다든가,[1] 실브칸 재판소 소장의 예쁜 부인으로 하여금 실절(失節)토록 한다든가, 혹은 르벨이 데려온 여자 아이들의 비명 소리를 틀어막아야 할 경우, 매우 편리한 장소였다. 처음 들어선 사람에게는 매우 복잡하고 종잡을 수 없는 거처였다. 유괴하기에 적합한 곳이었다. 그 속이 알려지지 않았고, 모든 것이 그 속으로 사라졌다. 왕족들과 귀족들은 그 우아한 동굴 속에 자기네들의 노획물을 감

---

1 유괴해 암살한다는 뜻이다. 종교 전쟁 당시, 신성동맹의 지도자였던 기즈 공작(로렌의 앙리 1세, 세 번째 기즈 공작)과 추기경이었던 그의 아우가, 국왕 앙리 3세의 명으로 암살된 사건(1588년, 블루아)을 암시하는 듯하다.

추었다. 샤롤레 백작은 참사원 의원의 아내인 쿠르샹 부인을 그러한 곳에 감추었고, 몽뮐레 씨는, 크루아 생랑프루아 지방의 징세 청부인이었던 오드리의 딸을 그러한 곳에 감추었다. 콩티 대공은 릴아당 지역의 아름다운 빵집 여주인 둘을, 그리고 버킹엄 공작은 가엾은 페니웰을 그러한 궁에 감추었다. 예를 다 열거하자면 끝이 없다. 그러한 곳에서 이루어지는 일들은, 옛 로마의 법률이 *Vi, clam et precario*라고 규정했듯이, 〈강제로, 은밀히, 단시간 내에〉 이루어졌다. 그러한 곳에 들어간 사람은 주인의 자의에 따라 그곳에 머물러야 했다. 그곳은 황금으로 장식한 지하 감옥이었다. 수도원과 하렘을 닮은 곳이었다.[2] 무수한 층계가 구불구불 올라가기도 하고 내려가기도 했다. 나선형으로 배열된 방들이 서로 끼여 박혀서, 방들을 따라가다 보면 출발점으로 되돌아오게 되어 있었다. 어떤 갤러리를 따라가다 보면 기도실이 나타났다. 고해실이 규방과 인접해 있기도 했다. 산호의 분지(分枝) 현상과 해면의 구멍들이, 왕족과 귀족의 그 〈작은 아파트〉를 지은 건축가들에게 아마 모형을 제공했을 것이다. 무수한 갈래가 풀릴 수 없도록 뒤얽혀 있었다. 벽에 난 틈을 가로막고 회전하는 초상화들이 출입할 공간을 제공했다. 모두 주도면밀하게 꾸민 것들이다. 그것이 필요했을 것이다. 그 속에서 숱한 비극이 연출되었으니까. 그러한 벌집 층은 지하실에서 지붕 밑 방까지 이어졌다. 베르사유 궁을 비롯해 모든 궁들에 상감(象嵌)된 괴이한 석산호(石珊瑚)였고, 티탄들이 사는 곳에 마련된 피그미족의 거처였다. 복도, 간이 휴게소, 둥지, 벌집 구멍, 숨는 곳 등 거인들의 쩨쩨함이 기어 들어가는 온갖 종류의 구멍이 있었다.

2 음산한 음모가 비밀리에 꾸며지고 동시에 음탕한 짓이 자행되는 곳이라는 뜻이다.

그처럼 굴곡지고 비밀스러운 장소들은, 눈을 띠로 가리고, 손으로 더듬고, 웃음을 억제하며 즐기는 놀이, 즉 술래잡기 놀이를 뇌리에 떠올리게 했을 것이다.[3] 또한 아트리데스,[4] 플랜태저넷,[5] 메디치[6] 등의 가문 사람들과, 엘츠의 사나운 기사들,[7] 리치오[8] 및 메날데스키와, 이 방 저 방으로 황급히 도망치는 사람들을 뒤쫓던 검들을 뇌리에 떠올리게 했을 것이다.

고대에도 그러한 종류의 신비한 거처들이 있어서, 그 속에서 사치와 비극이 병존했던 모양이다. 그러한 견본이 이집트의 몇몇 지하 무덤에 보존되어 있는데, 파살라쿠아가 발견한 프사메티쿠스 왕[9]의 지하 무덤이 그 좋은 예이다. 그러한 부류의 수상한 건축물들 앞에서 느끼던 두려움을, 옛 문인들의 글에서 발견할 수 있다. *Error circumflexus, locus implici-*

3 술래잡기 놀이 하기에 적당한 장소라는 뜻이다. 또한 바로 뒤이어 암시하고 있는 궁중의 비극들과 대비되는, 궁중 생활의 단란함 혹은 유치함도 부각시키고 있다.

4 아가멤논과 메넬라오스, 아트레우스, 오레스테스, 에기스토스 등을 축으로 해서 펼쳐지는 비극을 암시한다. 아트리데스는 아가멤논과 메넬라오스 형제의 가문을 가리킨다.

5 1154년부터 1485년까지 잉글랜드를 통치한 왕조를 가리키는데, 그 왕조의 첫 임금인 앙리(헨리) 2세의 부친인 앙주 백작의 별명이다. 백작이 항상 투구에 금작화*genêt* 가지를 꽂고*planter* 다닌 데서 유래한 별명 (Plantagenets)이라 한다.

6 메디치 가문 사람들로 인해 빚어진 비극들은 16세기 유럽 역사의 중추를 이루고 있다.

7 엘츠는 독일의 여러 지방을 가리키는 지명인데, 〈엘츠의 사나운 기사들〉이 어떤 사람들을 가리키는지 밝히지 못했다.

8 이탈리아 사절단의 일원으로 스코틀랜드에 왔다가(1561), 메리 1세의 개인 비서가 되었으나, 여왕의 남편 헨리 스튜어트에게 암살당했다고 한다. 메날데스키와 비슷한 운명이었다.

9 기원전 7세기부터 6세기까지 이집트를 통치한 세 사람의 파라오 중 하나를 가리키는 듯하다.

tus gyris(원을 그리며 헤매니, 무수한 굽이가 얽힌 곳이라).

그윈플레인은 코를레오네 궁의 〈작은 아파트〉 속에 있었다.

그는 떠나고 싶고, 밖으로 나가고 싶고, 데아를 다시 보고 싶은 마음에 들떠 있었다. 그런데 무수한 복도와 작은 방들, 숨겨진 문들, 예측치 못한 문들이 뒤엉켜서, 그의 발길을 자주 붙잡고 더디게 했다. 달음박질하고 싶었으나, 이리저리 방황할 수밖에 없었다. 문 하나만 밀어 열면 될 듯한 순간에, 풀어야 할 실타래가 앞을 가로막았다.

방 하나를 지나면 다른 방이 나타났고, 그다음에는 커다란 방들이 교차로를 이루었다.

살아 있는 것이라곤 눈에 띄지 않았다. 그는 귀를 기울였다. 아무 움직임도 감지되지 않았다.

때로는 자신이 이미 간 길을 다시 가고 있는 것 같았다.

간간이 누가 자신을 향해 걸어오고 있는 것 같기도 했다. 하지만 아무도 없었다. 거울 속에 비친, 귀족 복장을 한 자신의 모습이었다.

분명 자신이었는데, 사실 같지가 않았다. 그는 자신임을 깨달았지만, 첫눈에 알아보지는 못했다.

닥치는 대로 모든 통로를 따라 걸었다.

그는 건축물의 은밀한 굴곡으로 접어들었다. 요염하게 색을 칠하고 조각을 해, 조금 음탕한 듯하며 은은한 방이 하나 보였다. 그런가 하면, 온통 자개와 에나멜로 뒤덮고, 돋보기를 통해서나 보일 만큼 가늘게 쪼갠 상아를, 마치 담뱃갑 장식하듯, 사이사이에 박아 장식한 수상한 제단도 보였다. 그리고 또 다른 곳에는, 여인들의 우울증에 대비해 마련했고, 그러한 이유로 〈부두아르〉[10]라고 부르는, 피렌체식의 귀한 피

10 *bouder*(토라지다, 뿌루퉁해지다 등)에서 온 말이다. 여인들이 기분이 상했을 때, 생각에 잠기고 싶을 때, 혹은 사제에게 고해하고 싶을 때 등 홀로

신처도 있었다. 사방에, 천장에도, 벽에도, 바닥에도, 새들과 나무들, 진주로 뒤덮인 기이한 식물들, 흑옥(黑玉)으로 덮인 보자기, 전사들, 여왕들, 히드라의 복부 가죽으로 만든 갑옷을 입은 인어 등의 형상이, 벨벳에 혹은 금속판에 그려져 있었다. 비스듬히 깎은 크리스털의 단면이, 광택에다 프리즘 효과를 가미하고 있었다. 유리 세공품이 보석처럼 보였다. 어두운 구석들도 번쩍거렸다. 에메랄드의 유리질이 떠오르는 태양의 황금빛과 혼융되고, 비둘기 목 언저리 털빛이 구름처럼 떠다니는 듯한, 그 모든 반짝이는 결정면들이, 무수한 미세 거울인지 혹은 하나의 거대한 남옥(藍玉) 덩어리인지 선뜻 단정할 수가 없었다. 섬세하면서 동시에 거대한 화려함이었다. 그것이 가장 거대한 보석 상자가 아니라면, 가장 귀여운 궁전이었다. 매브[11]를 위한 집이거나, 가이아를 위한 한 알의 보석이었다. 그윈플레인은 계속 출구를 찾아 헤맸다.

출구를 발견하지 못했다. 어느 쪽으로 가야 할지 알 수가 없었다. 처음 접하는 화려함만큼 사람을 취하게 하는 것도 없다. 게다가 미로였다. 한 걸음 옮길 때마다 화려함이 그의 앞을 막아섰다. 그가 떠나는 것에 막무가내로 반대하는 것 같았다. 그를 놓아 주고 싶지 않은 기색이었다. 그는 마치 경이로움이라는 끈끈이에 붙어 있는 것 같았다. 무엇에 붙잡혀

있고 싶을 때 물러가 쉬는 작은 방이다. 물론 정인(情人)을 그곳으로 불러들이기도 한다. 우리는 어쩔 수 없이 그 말을 〈규방〉 혹은 〈안방〉으로 옮기기도 한다.
11 잉글랜드의 요정 이야기에 등장하는 요정의 여왕이다. 그녀는, 사람들이 잠들었을 때 그들의 코 위에 앉을 수 있고, 그녀가 타는 마차 바퀴의 살대는 거미의 가느다란 다리로 만들며, 마차의 포장은 메뚜기의 날개로 만들 만큼 미세한 존재이다. 「로미오와 줄리엣」 제1막 4장에 그녀의 그러한 특징이 재미있게 묘사되어 있다.

있는 것 같았다.

〈무시무시한 궁전이군!〉 그의 뇌리를 스친 생각이었다.

그는 불안해진 마음으로, 어찌된 영문인지 스스로에게 거듭 질문을 던지며, 자신이 혹시 갇힌 것이 아닌지 의구심을 품기도 하고, 탁 트인 대기를 호흡하고 싶어 역정을 내면서, 끊임없이 배회했다. 〈데아! 데아!〉 그는 반복해서 마음속으로 그 이름을 불렀다. 밖으로 빠져나오게 해줄 실인 양, 그리하여 끊어지게 내버려 두어서는 안 될 실인 양, 그 이름에 집착했다.

가끔 큰 소리로 사람을 불러 보기도 했다.

「어이! 누구 없소?」

아무 대꾸도 없었다.

방들만 끊임없이 이어졌다. 황량하고, 고요하고, 화려하고, 음산했다.

흔히들 마법에 걸린 성이라고 하는 것이 그러할 것이다.

보이지 않는 열 공급구를 통해 들어온 더운 공기가, 복도와 방들의 온도를 한여름처럼 유지시키고 있었다. 어느 마법사가 유월을 몽땅 이끌어다 그 미로 속에 가두어 놓은 것 같았다. 가끔 좋은 냄새도 났다. 마치 보이지 않는 꽃들이 있기라도 한 듯, 향기가 간헐적으로 피어올랐다. 더위를 느낄 만큼 따뜻했다. 어디를 보나 융단으로 덮여 있었다. 알몸으로 서성거려도 좋을 듯했다.

그윈플레인은 창문을 바라보았다. 바깥 풍경이 끊임없이 바뀌었다. 봄날 아침의 시원함으로 가득한 정원이 보이더니, 다른 석상들로 장식한 새로운 벽면들이 나타나고, 건물들 사이로 스페인식 사각형 안뜰이 여럿 모습을 드러내는데, 바닥에 깐 포석에는 이끼가 끼어 더욱 시원해 보였다. 가끔 강물도 보였다. 템스 강이었다. 또한 웅장한 탑들도 보였다. 윈저

궁이었다.

아직 이른 아침이었던 탓인지, 밖에는 행인들이 보이지 않았다.

다시 걸음을 멈추었다. 내면의 소리에 귀를 기울였다.

〈오! 이곳을 떠나겠어. 다시 데아에게 돌아가야겠어. 나를 강제로 이곳에 잡아 두지는 못해. 내가 나가는 것을 막는 자는 불운을 피하지 못할 거야! 저 육중한 탑은 무엇일까? 만약 어떤 거인이나 지옥의 개 혹은 타라스코 용이, 마법에 걸린 이 궁전의 문을 막는다면, 내 손으로 처치하겠어. 군대가 일제히 덤빈다 해도 내가 그들을 삼켜 버리겠어. 데아! 데아!〉

문득 무슨 소리가, 아주 약한 소리가 들려왔다. 물 흐르는 소리 같았다.

그는 좁고 침침한 갤러리 안에 들어와 있었는데, 몇 걸음 앞에 갈라진 커튼이 드리워 있었다.

그는 커튼이 있는 곳으로 다가가 커튼을 젖히고 안으로 들어섰다.

그가 들어간 곳은 전혀 뜻밖의 곳이었다.

3. 이브

바구니 손잡이 모양으로 굽은 궁륭형 천장에, 창문이 없는 팔각형 실내였는데, 천장 꼭대기에 뚫린 채광창을 통해 들어오는 빛이 실내를 밝혀 주었고, 벽과 바닥과 천장은 모두 복사꽃 색깔 감도는 대리석으로 치장했다. 실내 중앙에는 검은 대리석으로 뾰족탑 모양의 닫집 하나를 세웠는데, 기둥은 나사형이며, 중후하고 매력적인 엘리자베스 여왕 시대의 양식이었다. 그 닫집이, 마찬가지로 검은색 대리석으로 깎은 수

반형 욕조 위에, 그늘을 드리워 주고 있었다. 욕조 한가운데에서 향기롭고 따뜻한 물줄기가 가늘게 치솟아, 소리 없이 그리고 천천히 욕조를 채우고 있었다. 그의 눈앞에 최초로 나타난 물건이었다.

백색을 눈부심으로 바꾸기 위한 검은 욕조였다.

그가 들은 것은 그 물소리였다. 일정 수준에서 욕조의 물이 새도록 해, 욕조 밖으로 넘치지 않도록 장치되어 있었다. 수반에서는 김이 모락모락 피어올랐으나, 양이 하도 적어 대리석에는 별로 서리지 않았다. 물줄기는 하도 가늘어, 강철 회초리 같았으며, 가냘픈 숨결에도 휠 것 같았다.

가구는 눈에 띄지 않았다. 욕조 옆에 놓인 의자 겸용 침대가 고작이었다. 쿠션을 갖춘 상당히 긴 것이어서, 한 여인이 그 위에 누워도, 발치에 개나 정인(情人)의 자리가 충분히 남을 만했다. 그러한 의자 겸용 침대를 가리키는 칸알피에라는 말에서 프랑스어의 카나페가 유래했다.[1]

밑 부분을 은으로 만든 것으로 보아 스페인풍의 긴 의자였다. 그 위에 놓인 방석들과 등받이 쿠션은 매끄러운 백색 비단으로 만들었다.

욕조의 다른 쪽에는, 선반을 갖춘 높직한 은제 화장대가 벽에 기대어 서 있었는데, 온갖 화장 도구를 갖추어 놓았고, 그 중앙에 베네치아산 작은 거울 여덟 개가 은제 틀 속에 고정되어, 창문 형상을 하고 있었다.

소파에서 가장 가까이에 있는 벽 자락에는, 천창(天窓) 모

1 *can-al-pie*는 〈발치에 있는 개〉쯤으로 옮길 수 있는 스페인어의 복합형인데, 우리가 흔히 〈소파〉라고 옮기는 *canapé*는 〈모기장〉을 뜻하는 라틴어 *conopeum*의 변형이라 한다. 작가의 어원 설명은, 규방 풍정을 암시하는 농담에 불과할 듯하다. 17~18세기의 많은 풍속 소설에서는 소파(카나페)가 농염한 문학적 공간의 필수품으로 등장한다.

양의 사각형 창틀 하나가 파여 있는데, 그것을 붉은색 감도는 은판으로 막아 놓았다. 은판에는 덧문처럼 경첩이 달려 있었다. 은판 중앙에 검은색 에나멜로 황금색 왕관 문양을 상감했고, 그 문양이 번쩍거렸다. 은판 위쪽 벽에는 초인종 하나를 드리워 고정시켰다. 초인종이 순금제가 아니라면, 아마 은에 금도금한 것이었을 것이다.

입구 맞은편에는, 즉 그윈플레인이 멈추어 서 있던 곳 정면에는, 대리석 벽면 한 조각이 제거되어 있었다. 대신 제거된 대리석 크기만큼의 통로가 열렸고, 바닥부터 천장까지 널찍하고 높은 은빛 망(網) 한 폭이 그 통로를 막고 있었다.

요정 이야기에나 등장 할 만큼 올이 지극히 가는 망은 거미줄처럼 투명했다. 그것을 통해 모든 것이 보였다.

망 중앙에, 보통 거미가 있어야 할 그곳에, 기막힌 것 하나가 있었다. 한 여인의 나신이었다.

엄밀히 말해 옷을 벗은 것은 아니었다. 여인이 옷을 입고 있었음은 분명했다. 머리끝부터 발끝까지 옷으로 감쌌다. 옷은 슈미즈였고, 성화(聖畵) 속의 천사들이 입은 긴 옷 같았다. 그러나 어찌나 얇은지 물에 젖은 듯 투명했다. 그러한 이유로 벗은 여인처럼 보였는데, 아예 홀딱 벗은 것보다 그것이 더 도발적이고 위험했다. 왕족 처녀들과 귀부인들이, 두 줄로 늘어선 수도사들 사이로 엄숙한 종교적 행진을 한 적이 있는데, 몽팡시에 공작 부인[2]은 자신을 더욱 낮춘다는 뜻으로, 맨발에 레이스로 지은 슈미즈만을 입은 채, 자신의 모습을 모든 파리 시민에게 보였다는 이야기가 전한다. 그녀가 손에 든 촛불이 그나마 완화제 역할을 했다고 한다.

유리처럼 투명한 그 은빛 망이 커튼이었다. 망은 상단만

2 앙리 드 기즈의 누이이자 몽팡시에 공작의 부인으로, 파리의 사제들에게 큰 영향력을 행사했다는, 마리 드 로렌을 가리키는 듯하다.

고정되어 있어서, 밑에서 쳐들 수 있게 되어 있었다. 그 망이 대리석 목욕실과 침실 사이의 경계 표시였다. 아주 작은 침실은, 일종의 유리 동굴이었다. 베네치아산 거울들을 가느다란 황금색 접합 막대를 이용해 잇대어 놓았고, 그렇게 형성된 다면체 거울이 침실 중앙에 있는 침대를 반사했다. 커튼으로 사용되는 망이나 소파처럼, 침대 역시 은빛이었는데 그 위에 여인 하나가 누워 있었다. 그녀는 잠을 자고 있었다.

머리는 뒤로 젖혔고, 발 하나로는 이불을 차 던졌는데, 그 모습이, 날갯짓 하는 꿈 밑에 짓눌린 수쿠부스[3] 같았다.

성긴 레이스로 만든 베개는 바닥의 융단 위에 떨어져 있었다.

그녀의 나신과 시선 사이에는 두 가지 장애물밖에 없었다. 그녀의 슈미즈와 은빛 가제로 마름질한 커튼뿐이었다. 두 투명체뿐이었다. 방보다는 알코바[4]에 더 가까웠던 침실을, 목욕실에서 넘쳐 들어오는 반사광이 은근하게 밝히고 있었다. 여인이 혹시 수줍음을 몰랐을지 모르나 반사광은 매우 삼가는 듯했다.

침대에는 난간도 닫집도 천개(天蓋)도 없어서, 그녀가 잠에서 깨어나 눈을 뜨면, 자신의 나신이 무수한 형태로 거울들 속에 비치는 것을 볼 수 있을 것이다.

3 홀로 잠든 남자의 잠자리에 침입해, 남자가 잠에 빠져든 틈을 이용해 남자와 육체적 관계를 맺는다는 암마귀를 가리킨다. 중세 기독교 사제들이 사용하기 시작한 그 말의 원의는 〈첩(妾)〉이다. 같은 짓을 한다고 믿었던 숫마귀는 인쿠부스(원의는 〈악몽〉)라 칭했다. 프랑스의 12~16세기 문학에 자주 등장하는 존재로, 당시 사회의 한 단면을 드러낸다. 한편, 〈날갯짓 하는 꿈〉은 잠든 프시케의 침실을 찾은 큐피드의 모습을 연상시킨다(아풀레이우스, 『변신』).

4 방의 벽면을 움푹하게 만들어서 침대를 들여놓는 공간을 가리킨다. 아랍어 *al-qubba*에서 온 스페인어인데, 프랑스어로는 *alcôve*라고 한다. 프랑스의 많은 작품에서는 관능적 쾌락의 공간을 환유한다.

734

잠자리가 편치 못했던지, 침대의 시트가 몹시 어지럽게 흩어져 있었다. 아름다운 주름들로 보아 천의 올이 매우 고운 듯했다. 그 시절에는, 한 여왕이 저주를 받아 지옥에 가게 되면, 그러한 시트를 갖춘 침대에서 자야 한다고들 믿었다.

한편, 그렇게 발가숭이로 잠자리에 드는 풍습은 이탈리아에서 들어온 것으로, 그 유래는 옛 로마인들에게서 찾을 수 있다. 〈*Sub clara nuda lucerna*(램프의 밝음 아래에 있는 벗은 여인).〉[5] 호라티우스의 말이다.

비록 자락이 헝클어졌어도, 커다란 황금색 도마뱀 무늬가 선명하게 드러난 것으로 보아, 중국산임이 틀림없는 특이한 비단으로 지은 가운이, 침대 발치에 널브러져 있었다.

침대 너머, 알코바 안쪽에, 출입문 하나가 있음직한데, 커다란 거울 하나가 그것을 가리며 동시에 그것이 있음을 짐작케 해주었다. 거울에는 공작새들과 백조들이 그려져 있었다. 어슴푸레함으로 만든 듯한 그 방 안에 있는 모든 것이 번쩍거렸다. 유리와 황금색 접합재 사이에는, 베네치아에서 흔히들 〈유리의 담즙〉이라고 부르는, 번쩍이는 물질이 칠해져 있었다.

침대 머리맡에는 은제 탁자 하나가 놓여 있고, 촛대들이 고정되어 있는데, 그 위에 책 한 권이 펼쳐져 있었다. 그리고 펼쳐진 페이지 상단에는 다음과 같은 제목이 굵고 붉은 글씨로 쓰여 있었다. *Alcoranus Mahumedis*(마호메트의 코란).

물론 그 모든 자질구레한 것이 그윈플레인의 시야에 들어왔을 리 만무하다. 그의 눈에 보이는 것은 여인뿐이었다.

그는 돌처럼 굳어 버렸으되 동시에 혼란에 빠졌다. 양립할 수 없는 양태이나, 분명 존재하는 양태이다.

5 호라티우스가 쓴 『풍자시』 2권에 나오는 호라티우스와 그의 노예 다보스 간의 대화에서 다보스가 한 말이다.

그 여인이 누구인지 그는 즉시 알아차렸다.

그녀의 눈이 감겨 있었으되, 얼굴은 그가 있는 쪽을 향하고 있었다.

여공작이었다.

미지의 존재로부터 발산되는 온갖 광휘가 뒤섞인 신비한 존재, 그로 하여금 차마 고백 못할 숱한 몽상에 잠기게 했고, 그에게 그토록 기이한 편지를 보낸, 바로 그 여인이었다! 〈그녀가 내 얼굴을 보고도 나를 원했어!〉 그가 한 여인을 두고 그렇게 말할 수 있는 유일한 여자였다. 그는 이미 그녀에 대한 모든 몽상을 뇌리에서 추방했고, 편지를 불살라 버렸다. 그녀를 몽상과 기억 밖으로 멀리 쫓아 보냈다. 그녀를 더 이상 생각하지 않았고, 아예 망각했다…….

그런데 그녀를 다시 보다니!

다시 본 그녀는 무시무시했다.

벗은 여인, 그것은 곧 무장한 여인이다.

그는 더 이상 숨조차 쉴 수 없었다. 그는 님부스에 실려 떼밀려 가는 것 같았다. 그저 바라볼 뿐이었다. 그녀가 자기 앞에 와 있다니! 도대체 있을 수 있는 일인가?

극장에서는 여공작이었다. 그런데 이제는 네레이데스, 나이아디스, 파타[6]였다. 언제나 유령처럼 나타난 존재였다.

그는 도망치려 애를 썼으나, 그것이 불가능함을 느꼈다. 그의 두 눈이 두 줄 쇠사슬로 바뀌어, 그를 그 환영에 묶어 버렸다.

매춘부일까? 처녀일까? 그 둘 다였다. 보이지 않는 메살리나가 미소를 짓고, 동시에 디아나가 경계를 하고 있음에 틀림없었다.[7] 그 아름다움 위에는 범접할 수 없는 것의 빛남이

6 *fée*를 그 어원대로 적는다. 〈운명의 여신〉을 뜻한다.

있었다. 그 순결하며 고귀한 형태에 비할 만한 순수함은 없을 것이다. 아무것도 닿지 않은 특이한 눈〔雪〕은 즉시 알아볼 수 있다. 융프라우[8]의 신성한 백색이 그녀에게 있었다. 잠이 들어 무방비하게 드러난 이마, 흩어진 주홍빛 모발, 감긴 눈꺼풀 아래 드리운 긴 속눈썹, 희미하게 보이는 푸르스름한 혈관, 조각해 놓은 듯한 동그란 젖가슴, 슈미즈로 발그레한 윤곽을 만들어 내는 무릎과 엉덩이 등에서 발산되는 것은, 엄숙하게 잠든 신성(神性)이었다. 그녀의 몸에서 발산되는 음탕함은 광휘로움에 녹아들고 있었다. 그 계집은, 마치 자기에게도 신들처럼 파렴치하게 처신할 권리라도 있는 듯, 태연히 알몸을 드러내 놓고 있었다. 스스로 깊은 바다의 딸임을 자처하고, 대양을 향해 〈아버지!〉라고 부를 수 있는, 올림포스의 여신처럼 태평스러웠다. 베누스가 광막한 물거품 위에 눕듯, 부두아르 속 침대 위에 오만하게 누워 잠든 그녀는, 범접할 수 없고 눈부신 몸뚱이를, 온갖 시선과, 욕망, 광증, 몽상 등 그 앞을 지나는 모든 것들에게 내맡기고 있었다.

그녀는 밤에 잠들어, 수면 상태를 해가 뜬 후에까지 연장하고 있었다. 어둠 속에서 시작해 광명 속에까지 지속되는 신뢰였다.

그윈플레인은 전율하고 있었다. 찬탄하고 있었던 것이다.

해롭고, 지나치게 관심을 자극하는 찬탄이었다.

그는 두려워했다.

운명이라는 도깨비 상자는 그 내용물이 고갈되지 않는다. 그윈플레인은 종착점에 도달한 줄 알았다. 그러나 다시 시작하고 있었다. 결국 그에게, 전율하고 있는 한 남자에게, 잠들

---

7 메살리나는 클라우디우스 황제의 부인으로, 음탕한 여인의 상징이고, 디아나는 표독스러운 처녀, 즉 남성을 거부하는 여성의 전형이다.

8 〈젊은 여인〉을 뜻하는 알프스의 봉우리 이름이다.

어 있는 여신 하나를, 그처럼 엄청난 벼락을 내던지기 위해, 그의 머리 위에서 요란하게 번쩍이던 숱한 번개는 도대체 무엇이란 말인가? 욕정을 자극하며 동시에 무시무시한 그의 꿈을 분만하기 위해, 연속적으로 갈라지던 하늘의 그러한 틈새들은 도대체 무엇이란 말인가? 그의 막연한 열망과 부질없는 희미한 생각, 생동하는 살로 변한 몹쓸 사념을 하나하나 그에게 가져다주고, 불가능에서 이끌어 낸 일련의 취하게 하는 현실들로 그를 들볶는, 미지의 유혹자가 그에게 베푸는 호의는 다 무엇이란 말인가? 어둠의 세계가 가엾은 그를 상대로 적대적인 음모를 꾸미고 있었단 말인가? 그를 둘러싸고 있는 음산한 운명의 미소 앞에서 장차 그가 어찌 될 것인가? 의도적으로 꾸민 듯한 현기증 나는 사건의 실체는 무엇인가? 그 여인이! 이곳에! 왜? 어떻게? 아무 설명도 없다. 왜 그란 말인가? 왜 그녀란 말인가? 그를 잉글랜드의 피어로 만든 것은 그 여공작을 위해서였는가? 누가 그 두 사람을 서로에게 이끌어 왔는가? 속임수에 빠진 사람은 누구인가? 누가 희생물인가? 누구의 선의를 악용하는 것일까? 신을 속이는 것일까? 그 모든 의문을 그는 명료하게 부각시키지 못하고, 자신의 뇌리에 있는 일련의 검은 구름 덩어리 사이로 언뜻 보았을 뿐이다. 마법에 걸려 있는 듯하고 악의를 품은 듯한 거처, 감옥처럼 집요한 이 궁전이 어떤 음모의 산물이란 말인가? 그윈플레인은 자신이 어떤 것 속으로 다시 흡수되어 사라지려는 듯한 느낌을 받았다. 정체 모를 힘들이 그를 신비하게 속박하고 있었다. 일종의 인력이 그를 붙잡고 있었다. 그의 의지가 다른 그릇으로 옮겨 담기듯, 그를 떠났다. 무엇을 잡고 버틴단 말인가? 그는 넋을 잃고 무엇에 홀려 있었다. 이번에는 자신이 돌이킬 수 없을 만큼 미쳤다는 감회에 사로잡혔다. 눈부신 절벽 밑으로의 수직적 추락이 계속되고 있었다.

여인은 잠을 자고 있었다.

내면의 혼란 상태가 가중되고 있던 그에게는 그녀가 더 이상 레이디도, 여공작도, 귀부인도 아니었다. 그저 여자일 뿐이었다.

일탈은 인간 속에 잠재태로 존재한다. 모든 악습은 우리의 생체 기관 속에 이미 준비된 보이지 않는 노선을 가지고 있다. 우리가 비록 순진무구하고, 겉보기에 순결할지라도, 우리 안에는 그러한 노선이 그어져 있다. 오점 없는 존재가 약점 없는 존재를 뜻하지는 않는다. 사랑은 하나의 법칙이다. 관능은 하나의 덫이다. 취기가 있고 또한 주벽이 있다. 취기는 한 여인을 원하는 것이고, 주벽은 여자를 원하는 것이다.

그윈플레인은 정신을 수습하지 못하고 그저 전율할 뿐이었다.

이처럼 뜻하지 않은 만남 앞에서 어찌 버틴단 말인가? 물결 같은 피륙도, 헐렁한 비단 옷도, 요란하게 멋 부린 치장도, 감추기도 하고 드러내기도 하는 엽색꾼 여인의 과장도, 구름도 없었다. 두려움을 자아내게 할 만큼 간결한 나신뿐이었다. 뻔뻔스러우리만큼 에덴적인, 일종의 신비한 경고였다. 남자의 암흑적 측면 전체가 독촉을 당하고 있었다. 사탄보다 더 못된 이브였다. 인간적인 것과 초인적인 것이 혼합되어 있었다. 의무에 대한 본능의 난폭한 승리로 귀결되는 근심스러운 황홀감이었다. 아름다움의 오만한 윤곽은 강압적이다. 그것이 이상 속에서 빠져나와 현실 속에 처할 경우, 인간에게는 치명적인 이웃일 수 있다.

여공작이 이따금씩 침대 위에서 몸을 나른하게 뒤척였다. 구름 덩이가 형태를 바꾸듯 그녀의 몸뚱이 모습이 바뀔 때마다, 허공에 수증기의 희미한 움직임이 일어났다. 고혹적인 굴곡을 만들었다가는 다시 펴면서, 몸뚱이가 물결처럼 일렁거렸다. 여인에게는 물의 모든 유연함이 있다. 물처럼 여공작도, 무엇인지 모를, 포착할 수 없는 것을 가지고 있었다. 형언할 수 없을 만큼 괴이한 것, 드러낸 살, 즉 그녀가 그곳에 있는데, 여전히 환상처럼 보였다. 촉지할 수 있건만 멀리 있는 것 같았다. 그윈플레인은 당황하고 창백해진 채, 그저 응시할 뿐이었다. 팔딱거리는 젖가슴 소리에 귀를 기울였고, 유령의 호흡 소리가 들리는 듯했다. 강력하게 이끌렸으나 그는 몸부림치며 저항했다. 그녀에게 어찌 항거한단 말인가? 자신에게 어찌 항거한단 말인가?

그는 모든 것을 각오했으나 미처 그것만은 예상치 못했다. 출입문을 막아서는 사나운 경비원, 맞서 싸워야 할 어느 난폭하고 괴물 같은 간수, 그가 상대해야 하리라고 예상했던 것은 그러한 존재였다. 케르베로스와 맞닥뜨릴 줄 알았는데, 헤베[9]를 발견한 것이다!

벗은 여인 하나가 있었다. 잠든 여인이었다.

얼마나 암흑 같은 투쟁인가!

그는 두 눈을 감았다. 눈 속에 들어온 지나친 여명, 그것은 고통이다. 하지만 감긴 눈꺼풀을 통해 그는 이내 그녀를 다시 보았다. 어둠 속의 모습이었으나 여전히 아름다웠다. 도망을 친다는 것은 쉽지 않은 일이다. 도망치려 애써 보았으나 허사였다. 꿈속에 갇힌 사람처럼, 그는 그 자리에 뿌리를 내린 것 같았다. 후퇴하기를 원하면 유혹이 우리의 발을 포석 위에 못 박는 법이다. 전진하는 것은 가능하나 뒷걸음질은 그렇지 않다. 실절(失節)의 보이지 않는 팔이 땅속에서 나와, 우리를 미끄러짐 속으로 당긴다.

9 제우스와 헤라 사이에서 태어난 딸이다. 젊음을 상징하며, 헤라클레스가 모든 과업을 완수하고 올림포스에 이르렀을 때, 제우스가 그녀를 헤라클레스와 혼인시켰다.

감동은 무디어진다는 것이, 모든 사람들이 받아들이는 통념이다. 하지만 그보다 더 큰 오류는 없다. 상처 위에 질산(窒酸)을 방울방울 떨어트리면, 통증이 차츰 가라앉아 결국 멈춘다든가, 자신의 몸이 찢기는 것에 다미앵[10]이 결국 무감각해졌다고 하는 등의 주장과 같다.

그러나 거듭될수록 느낌은 더욱 날카로워진다는 것은 진실이다.

놀라움이 거듭되어 그윈플레인은 그 절정에 도달해 있었다. 그의 이성이라는 항아리가 그처럼 새로운 놀라움으로 인해 넘치고 있었다. 그는 자신 속에서 무시무시한 깨어남이 이루어지고 있음을 느꼈다.

그에게는 더 이상 나침반도 없었다. 단 하나의 확실함만이 그의 앞에 있었다. 그 여인이었다. 정체를 알 수 없고 파선과 같은, 돌이킬 수 없는 행복이 열리고 있었다. 방향을 잡는 것이 불가능했다. 항거할 수 없는 조류와 암초뿐이었다. 암초는 바위가 아니라 세이렌이었다. 심연 밑바닥에는 자석이 있었다. 그윈플레인은 그 인력에서 벗어나고 싶었다. 그러나 어찌 한단 말인가? 더 이상 부착점(附着點)이 없었다. 인간의 유동(流動)은 무한히 지속될 수 있다. 사람도 파손된 선박처럼 운행 불능의 상태에 빠질 수 있다. 인간의 닻은 의식이다. 서글픈 일은, 의식도 파손될 수 있다는 사실이다.

그에게는 이제 다음과 같은 마지막 수단도 없었다. 〈나의 얼굴은 흉하게 망가져서 무시무시해. 그녀가 나를 거부할 거야.〉 그 여인이 그에게 편지를 보내어 그를 사랑한다고 했다.

위기가 닥쳤을 때, 특히 불안정한 돌출부 같은 순간이 있

10 루이 15세를 주머니칼(길이 8.3cm)로 암살하려 했다는 혐의를 받아, 먼저 사지가 찢긴 다음 화형에 처해졌다. 행형의 가혹함으로 유명한 사건이다.

다. 우리가 선 쪽으로 기대려 함에도 불구하고 악 쪽으로 기울 때, 악 위에 걸려 있는 우리의 일부인 돌출부가, 결국에는 우리를 낭떠러지 아래로 처박는다. 그 슬픈 순간이 그윈플레인에게 닥친 것일까?

어떻게 피한단 말인가?

낭떠러지는 바로 그녀였다! 여공작! 그 여인! 그녀가 그의 앞에, 침실에, 아무도 없는 장소에, 잠든 채, 그에게 내맡겨진 채, 홀로 있었다. 그가 그녀를 뜻대로 할 수 있는데, 그는 그녀의 지배하에 있었다!

여공작이!

까마득한 하늘 끝에 있는 별 하나를 발견했다. 그 별을 찬미했다. 그 별은 지극히 멀리 있다! 고정된 별이 두려울 리 있겠는가? 어느 날 ― 어느 날 밤 ― 별이 움직이기 시작한다. 별의 주위에서 파르르 떠는 빛이 보인다. 꿈쩍도 하지 않을 것 같던 천체가 움직인다. 그것은 별이 아니라 혜성이다. 그것은 하늘의 거대한 방화범이다. 천체가 이동하고, 커지고, 주홍빛 모발을 뒤흔들더니, 거대하게 변한다. 그리고 다가온다. 오! 두려움이여, 그것이 다가온다! 혜성이 우리를 알아보고, 우리를 갈망하며, 우리를 원한다. 천체의 무시무시한 접근이다. 우리에게 닥친 것은 감당할 수 없는 빛, 곧 실명(失明)이다. 마찬가지로 과도한 생명은 곧 죽음이다. 천정점이 우리에게 주는 그것을 우리가 거절한다. 심연에서 오는 사랑의 제안을 물리친다. 그러고는 손으로 눈꺼풀을 가리고 몸을 숨기며 피한 다음, 무사한 것으로 믿는다. 그러고는 다시 눈을 뜬다……. 그런데 두려워하던 별이 앞에 와 있다. 그것은 더 이상 별이 아니고 하나의 세계이다. 미지의 세계이다. 용암과 이글거리는 숯불의 세계이다. 한없이 깊은 곳에서 솟아오른 삼킬 듯한 경이로움이다. 그녀가 하늘을 가득 채운다. 오직 그녀밖에 없다. 무한의 밑바닥에 있던 석류석, 멀리서 볼 때는 금강석이던 그것이, 가까이에 와서는 도가니로 변한다. 우리는 그 화염에 휩싸인다.

그리고 낙원의 열기에 타올라 우리가 연소되기 시작함을 느낀다.

4. 사탄

잠자던 여인이 문득 깨어났다. 그녀는 침대 위에서 급작스러우면서도 조화로운 당당함으로 상체를 일으켰다. 부드러운 비단 같은 주홍빛을 띤 금발이 조용히 출렁이며 허리 위로 흘러 퍼졌다. 그녀가 입고 있는 슈미즈가 처지면서 낮은 어깨를 드러냈다. 그녀는 섬세한 손으로 자신의 분홍색 발톱을 만져보며, 잠시 벗은 발을 응시했다. 페리클레스의 찬미를 받고 페이디아스가 모방할 만한 발이었다.[1] 그런 다음 떠오르는 태양을 바라보며 암호랑이가 그러듯 기지개를 켜고 하품을 했다.

숨소리마저 죽이려고 애를 쓸 때 그러한 일이 생기듯, 그윈플레인이 아마 무척 힘들여 호흡했던 모양이다.

「거기에 누가 있어요?」 그녀가 말했다.

그녀는 하품을 하면서 그렇게 말했는데, 우아함이 넘쳤다.

그윈플레인은 낯선 그 음성을 처음으로 들었다. 사람을 홀리는 여인의 음성이었다. 감미롭게 오만한 억양이었다. 애무하는 듯한 어조가 그녀의 습관적 명령조 말투를 완화시켰다.

같은 순간, 그녀가 무릎을 꿇어 상체를 세우자, 수천의 투

---

1 페리클레스의 신임을 받아 페이디아스가 아테네를 아름답게 꾸미던 시절, 특히 페르시아인들이 파괴했던 아테네의 아크로폴리스를 재건하며, 아테나 여신상을 조각한 사실을 염두에 둔 언급인 듯하다.

명한 주름 속에 무릎을 꿇은 태고의 석상 하나가 나타났다. 그녀는 가운을 끌어당기며 침대 아래로 사뿐히 뛰어내려, 벌거벗은 채 우뚝 섰다. 화살 한 대가 스쳐 지나가는 동안의 짧은 시간이었다. 그다음 순간 그녀의 몸은 즉시 감추어졌다. 눈 깜짝할 사이에 비단 가운이 그녀를 감쌌다. 매우 긴 소매가 그녀의 손을 감추었다. 보이는 것은 오직 발가락 끝뿐이었는데, 아이의 발처럼 희고 발톱이 작았다.

그녀는 등 뒤에 눌려 있던 머리채를 끌어내 가운 위로 던져 펼친 다음, 침실 안쪽으로 달려가, 무늬가 그려진 거울에 귀를 가져다 댔다. 그 거울이 출입문 하나를 감추고 있었음에 틀림없었다.

그녀가 인지를 구부려 그 마디로 거울을 가볍게 두드리며 말했다.

「거기 누가 있어요? 데이비드 경! 당신이 벌써 오셨어요? 도대체 지금 몇 시나 되었어요? 자네인가, 바킬페드로?」

그녀가 돌아서며 다시 중얼거렸다.

「아니야. 이쪽은 아니야. 목욕실에 누가 있어요? 어서 대답해요! 맞아, 아니야, 아무도 그쪽으로는 올 수가 없어.」

그녀는 은빛 커튼이 있는 곳으로 와서 발과 어깨로 그것을 젖히면서 목욕실 안으로 들어섰다.

그윈플레인은 숨이 끊길 듯한 괴로움에 휩싸였다. 피신할 곳이 없었다. 도망치기에도 너무 늦었다. 게다가 그럴 기운도 없었다. 차라리 바닥이 갈라지기라도 하면 좋을 것 같았다. 그래서 땅속으로 가라앉아 버렸으면 좋을 것 같았다. 발각되지 않을 방법이 없었다.

그녀가 그를 발견했다.

그녀는 몹시 놀란 듯 그를 응시했다. 그러나 두려워하는 기색은 전혀 없었고, 오히려 행복과 경멸이 그녀의 표정에

744

감돌았다.

「아니, 그윈플레인이!」 그녀의 첫마디였다.

그러고는 즉시, 격렬하게 껑충 뛰어, 그의 목을 얼싸안았다. 그 암고양이는 표범이었다.

그처럼 격렬한 동작으로 인해 가운의 소매가 걷혔고, 그렇게 드러난 두 팔로 그녀는 그윈플레인의 머리를 열렬히 감싸안았다.

그러더니 문득 그를 밀어내며, 맹수의 발톱인 양 작은 두 손을 그윈플레인의 양쪽 어깨 위에 얹었다. 그녀는 그의 앞에, 그는 그녀의 앞에, 그렇게 마주 섰고, 그녀가 기이한 표정으로 그를 살피기 시작했다.

숙명적인 존재, 그녀가, 알데바란[2]의 눈으로 그를 응시했다. 그녀의 눈빛은 혼합된 가시광선이었고, 형언할 수 없는 음험함과 별빛을 동시에 띠고 있었다. 그윈플레인은 푸른 눈동자와 검은 눈동자를 번갈아 바라보며, 하늘의 시선과 지옥의 시선 앞에서 차츰 넋을 잃었다. 여인과 남자는 서로에게 음산한 황홀경을 보내고 있었다. 그들은 서로를 홀리고 있었다. 그는 흉측한 모습으로, 그녀는 아름다움으로, 즉 두 사람 모두 전율할 공포로 서로를 홀리고 있었다.

그는 떨쳐 버릴 수 없는 무게에 짓눌린 듯 아무 말도 못했다. 여자가 감격한 듯 소리쳤다.

「그대는 기지가 있어. 그대가 왔어. 내가 런던을 떠날 수밖에 없었다는 사실을 알았던 거야. 그대가 나를 따라왔어. 잘 하셨어요. 그대가 이곳에 오다니, 정말 비범해요.」

상호간의 점유가 이루어지면 일종의 번개가 발생한다. 야수적이면서도 정직한 정체 모를 두려움이 보내 오는 경고를

2 황소좌의 별 중 가장 밝은 별(α성)로, 〈황소의 눈〉이라는 별명을 가지고 있다.

희미하게 감지한 그윈플레인이, 주춤 물러섰다. 그러나 그의 어깨 위에서 경련을 일으킨 분홍색 손톱이 그를 잡고 있었다. 막무가내인 그 무엇이 점차 모습을 드러내고 있었다. 야수와 같은 남자인 그가 야수와 같은 여인의 동굴 속에 들어와 있었다.

그녀의 음성이 다시 들려왔다.

「앤, 그 멍청한 것이, 당신도 알지요? 여왕 말이에요. 그녀가 아무 설명도 없이 나를 윈저로 불렀어요. 도착해 보니 그녀는 얼간이 대법관과 함께 방구석에 처박혀 있었어요. 그런데 어떻게 내가 있는 곳까지 침투했어요? 내가 남자라고 부르는 사람은 바로 당신 같은 사람이에요. 그런 사람에게는 장애물 따위가 존재하지도 않아요. 부름을 받으면 달려오지요. 나에 대해 알아보신 것 있어요? 내 이름은 여공작 조시언, 당신도 그것은 알고 있었으리라 생각해요. 누가 당신에게 문을 열어 주었지요? 틀림없이 그 시종일 거예요. 그 아이는 참으로 영리해요. 그에게 상금 백 기니를 주겠어요. 그런데 어떤 수를 쓰신 거예요? 그 이야기를 해주세요. 아니, 이야기하지 마세요. 설명하면 왜소해져요. 놀라움을 안겨 주는 당신이 더 좋아요. 그대의 용모가 괴이한 만큼 당신은 경이로울 수 있어요. 그대는 천상계에서 떨어졌어요. 바로 그거예요. 혹은 에레보스[3]의 뚜껑문을 통해 세 번째 지하세계에서 올라오셨어요. 그대에게는 그것이 아무것도 아니었을 거예요. 천장이 저절로 갈라지고 마루가 저절로 열렸을 거예요. 구름을 타고 내려오셨거나, 유황불을 뚫고 올라오셨어요. 당신은 그렇게 이곳에 도달하셨어요. 신들처럼 당신도

3 지옥의 암흑 그 자체를 가리키는 말이다. 그리스 신화에서는 카오스의 아들이며 닉스(밤의 여신)의 오라비로 등장하기도 한다(헤시오도스, 『신통기』).

이곳에 들어오실 자격을 갖추셨어요. 약속하겠어요. 당신은 나의 정인(情人)이에요.」

그윈플레인은 넋을 잃은 채 그녀의 말을 듣고 있었다. 그는 자신의 생각이 점점 더 심하게 비척거림을 느꼈다. 이미 돌이킬 수 없었다. 또한 의심할 여지도 없었다. 밤에 전해 받은 편지의 내용을 여인이 다시 확인시켜 주고 있었다. 그가, 그윈플레인이, 여공작의 정인, 열렬히 사랑받는 정인이라니! 수천의 음산한 머리를 가진 거대한 오만이 가엾은 가슴속에서 꿈틀거렸다.

허영심은, 우리 내면에 있으며 우리에게 적대적인, 거대한 힘이다.

여공작의 말이 계속되었다.

「그대가 여기에 오셨으니, 그것은 운명의 뜻이에요. 내가 바라던 것이에요. 저 위에 혹은 저 아래에 누군가가 있어, 우리를 서로에게 던진 것이에요. 스틱스와 에오스의 약혼이에요![4] 모든 법률을 초월한 광적인 약혼이에요! 당신을 처음 보던 날, 나는 스스로에게 말했어요. 〈저 사람이야. 즉각 알아볼 수 있겠어. 내가 꿈꾸던 괴물이야. 저 사람은 내 것이야.〉 운명의 뜻에 협조해야지요. 그래서 당신에게 편지를 보냈어요. 그윈플레인, 질문 하나 드려도 되겠어요? 당신은 예정설을 믿으세요? 저는 믿어요. 특히 키케로의 작품[5]에서 〈스키피오의 꿈〉을 읽은 후에는 더욱 굳게 믿어요. 저런, 내가 미처 알아차리지 못했군요. 당신 귀족의 복색을 하고 있어요.

4 스틱스는 저승에 있는 강 중 하나로, 어둠의 세계를 상징하며, 에오스는 곧 여명을 뜻한다.
5 키케로가 만년에 쓴 작품 『늙음에 대해』를 가리키는 듯하다. 늙은 카토가 스키피오와 렐리우스에게 늙음과, 사후의 영혼, 후세와의 인연 등에 관해 자신의 생각을 이야기해 주는, 대화체 작품이다.

영주처럼 차려 입으셨군요. 그렇게 차려 입지 못할 이유도 없잖아요? 그대는 익살광대이니까. 게다가 다른 이유가 하나 더 있어요. 익살광대는 로드에 못지않아요. 도대체 로드라는 것이 무엇이에요? 그들도 웃기는 광대에 불과해요. 그대의 체구는 고아하며, 수려하게 빚어졌어요. 그대가 이곳에 오시다니, 경이로운 일이에요! 언제 도착하셨어요? 이곳에 도착하신 지 얼마나 되었어요? 나의 벗은 몸을 보셨어요? 나는 아름다워요, 그렇지 않아요? 목욕을 하려던 참이었어요. 오! 당신을 사랑해요! 내 편지를 읽으셨군요! 당신이 읽었어요? 누가 읽어 주었어요? 글을 읽을 줄 아세요? 당신은 틀림없이 무식할 거예요. 내가 질문을 하더라도 대답하지 마세요. 나는 당신의 음성을 좋아하지 않아요. 너무 부드러워요. 당신처럼 비할 데 없는 사람이 말을 해서는 안 돼요. 이를 갈아야 해요. 당신의 노랫소리는 잘 조화되었어요. 나는 그것을 몹시 싫어해요. 내 마음에 거슬리는 당신의 유일한 단점이에요. 나머지 모든 것은 굉장하고 찬연해요. 인도에서는 당신이 신으로 추앙될 거예요. 태어날 때부터 얼굴에 이 무시무시한 웃음이 있었어요? 아니지요, 그렇지요? 틀림없이 어떤 형벌을 받은 것이에요. 당신이 어떤 범행을 저질렀기 바라요. 어서 내 품에 안기세요.」

그녀는 소파 위에 털썩 주저앉으며 그 역시 자기 옆에 앉게 했다. 두 사람은 자신들도 모르게 서로에게 밀착했다. 그녀가 하는 말이 거센 바람처럼 그윈플레인 위를 스쳐 지나갔다. 그는 광란하는 단어의 소용돌이가 지닌 뜻을 겨우 알아들을 뿐이었다. 그녀의 눈에는 찬미하는 빛이 넘쳐흘렀다. 그녀는 미친 듯하면서 동시에 다정한 음성으로, 광란하듯 요란스럽게 말을 이어 갔다. 그녀의 말은 음악이었으나, 그윈플레인의 귀에는 그 음악이 폭풍처럼 들렸다.

그녀가 다시 고정된 시선으로 그를 지그시 누르듯 하며 말을 계속했다.

「그대 곁에 있으니 나의 지위가 손상됨을 느껴요. 얼마나 큰 행복이에요! 왕족이라는 것, 그것이 얼마나 무미건조해요! 나는 존엄한 신분이에요. 그것보다 피곤한 것이 없어요. 전락하면 휴식을 취할 수 있어요. 나는 존경에 식상해서 멸시를 원해요. 베누스부터 시작해, 클레오파트라, 셰브뢰즈 부인,[6] 롱그빌 부인 등으로 이어져 나에게까지 이른 일단의 여인들은, 모두 정상을 벗어난 여인들이에요. 나는 그대를 사람들 앞에 자랑 삼아 내보이겠어요. 나의 정인임을 공표하겠어요. 그러한 사랑 놀음이, 내가 태어난 스튜어트 왕가에 타박상을 입힐 거예요. 아! 이제 숨을 좀 쉬겠군! 나는 출구를 찾았어요. 나는 존엄 밖으로 빠져나왔어요. 지위를 잃는다는 것은 해방된다는 뜻이에요. 모든 것을 끊고, 모든 것을 대수롭지 않게 여기고, 무슨 짓이건 서슴지 않고, 모든 것을 떨쳐 버리는 것, 그것이 사는 것이에요. 이봐요, 내가 그대를 사랑해요.」

그녀가 잠시 멈추더니, 무시무시한 미소를 지으며 말을 계속했다.

「내가 당신을 사랑하는 것은 당신의 얼굴이 흉측하기 때문만이 아니에요. 당신의 신분이 천하다는 것 때문이기도 해요. 나는 괴물을 사랑하며 익살광대를 사랑하는 거예요. 모욕당하고, 우롱당하고, 괴이하고, 흉측하고, 극장이라고 하는 죄인공시대 위에 전시된 정인, 그 정인에게는 아주 특별한 맛이 있어요. 심연의 과일을 깨무는 맛이지요. 창피한 정인, 그것이 진미예요. 낙원의 사과가 아닌 지옥의 사과를 깨

6 베누스나 클레오파트라, 롱그빌 부인처럼, 숱한 정인을 두었던 것으로 유명한 여자이다.

무는 짓이 나를 유혹해요. 나는 그런 짓에 대한 허기와 갈증을 느끼며, 내가 바로 그러한 이브예요. 심연 속의 이브지요. 당신은 아마, 그러한 사실은 깨닫지 못했다 하더라도, 악마일 거예요. 나는 어떤 환영의 가면을 위해 내 자신을 보존했어요. 그대는, 어떤 환영이 그 줄을 잡고 있는 꼭두각시예요. 그대는 지옥의 위대한 웃음을 나타내는 형상이에요. 그대가 바로 내가 기다리던 주인이에요. 나에게는 메데이아나 카니디아 같은 여인들이 했던 사랑이 필요했어요.[7] 나에게도 그러한 어둠 속에서 이루어지는 거대한 사랑이 닥치리라 확신하고 있었어요. 그대가 바로 내가 원하던 것이에요. 지금 그대에게 많은 이야기를 하고 있지만, 그대는 아마 무슨 뜻인지 이해하지 못할 거예요. 그윈플레인, 아직 아무도 내 몸을 수중에 넣지 못했어요. 나는 그대에게, 이글거리는 숯불처럼 순결한 내 몸을 바치겠어요. 당신은 분명 나의 말을 믿지 못하겠지요. 하지만 그것조차 나에게는 상관없어요!」

그녀의 말은 뒤죽박죽, 분출하는 용암 같았다. 에트나 화산의 허리를 찔렀을 때 그러한 불꽃이 분출할 것이다.

그윈플레인이 더듬거렸다.

「마담……」

그녀가 손으로 그의 입을 막으며 말했다.

「쉿! 내가 당신을 응시하고 있어요. 그윈플레인, 나는 방종한 숫처녀예요. 나는 베스타 여신에게 몸을 바친 숫처녀이며 바쿠스의 여사제이기도 해요.[8] 아직 어떤 남자도 나의 몸을

---

7 메데이아와 이아손의 사랑에는 두 가지 특색이 선명하다. 사랑을 위해 조국도 혈족도 서슴지 않고 버린다는 것이 그중 하나이고, 사랑을 위해 마법이나 독약을 사용해 사람을 마구 살해한다는 것이 또 다른 특색이다. 한편, 카니디아는 호라티우스의 「서정시」라는 작품에 등장하는 마녀인데(제5장), 복수심 때문에 잔혹한 짓도 서슴지 않는 여인이다.

750

수중에 넣지 못했고, 그래서 나는 델포이 신전의 피티아(푸티아) 역할도 능히 감당할 수 있으며, 나의 벗은 발뒤꿈치로 청동제 삼각대를 밟을 수 있어요. 그 삼각대 위에서 사제들이 피톤의 가죽 위에 팔꿈치를 괴고, 보이지 않는 신에게 속삭이는 소리로 질문을 던져요.[9] 나의 심장은 돌로 만들어졌어요. 그러나 디스 강 하구에 있는 헌틀리 내브 암석 밑으로 바다가 굴려다 놓는 신비한 자갈을 닮았어요. 그 자갈을 깨트리면, 그 속에 독사가 들어 있어요. 그 독사가 나의 사랑이에요. 전능한 사랑이에요. 그것으로 말미암아 당신이 이곳에 오셨으니까요. 도저히 건너뛸 수 없는 까마득히 먼 거리가 우리 두 사람 사이에 가로 놓여 있었어요. 나는 시리우스(天狼星)에 있었고, 당신은 알리오스[10]에 있었어요. 그대는 측정할 수조차 없는 막막한 공간을 건너 이곳에 도달하셨어요. 잘 하셨어요. 아무 말씀 하지 마세요. 그리고 이 몸을 가지세요.」

그녀가 잠시 멈추었다. 그는 전율하고 있었다. 그녀가 다시 미소를 지었다.

「그윈플레인, 아시겠지요, 꿈꾼다는 것은 창조함을 뜻해요. 소원이란 하나의 부름이에요. 망상을 축조한다는 것은 현실을 만들기 위한 도발이에요. 전지전능하고 무시무시한

8 베스타는 가정의 수호 여신이고, 바쿠스는 주신(酒神)이다. 조시언의 상반된 두 속성을 암시하고 있다.

9 아폴론을 모시는 델포이 신전에서는 피티아라 칭하는 처녀가 아폴론의 예언을 사제에게 전하고, 사제들이 그 예언을 해석했다고 한다. 피티아가 신과 사제들의 중개자 역할을 맡은 것이다. 고대 그리스 세계에서는 델포이 신전의 점괘가 가장 큰 영향력을 발휘했던 모양이다. 『아이네이스』에 등장하는 쿠메의 시빌라 역시 피티아의 변형이다.

10 큰곰자리의 별 중 하나를 가리키는 아랍어라고 하며, 〈꼬리〉를 뜻한다고 한다. 큰곰좌에서 가장 밝은 빛을 내는 ε성을 가리키는 듯하다. 한편 알리오스까지의 거리는 80광년이고, 시리우스까지의 거리는 8.7광년이다.

어둠은 도전장을 받고 참지 못하지요. 우리를 만족시켜 주지요. 그래서 당신이 여기에 오신 거예요. 내가 나 스스로를 감히 파멸시킬 수 있겠느냐고요? 물론이죠. 내가 감히 당신의 정인, 아니 당신의 첩, 당신의 하녀, 당신의 물건이 될 수 있느냐고요? 기꺼이 그러겠어요. 그윈플레인, 나는 여자예요. 여자란 개흙이 되기를 갈망하는 진흙이에요. 나는 나 자신을 경멸하고 싶은 욕구를 느껴요. 그것이 오만의 묘미를 돋우어 주어요. 위대함과의 합금에 적합한 것은 미천함이에요. 그 둘보다 더 훌륭하게 화합하는 것은 없어요. 사람들에게 멸시받는 당신이 나를 멸시하세요. 전락 밑으로의 전락, 얼마나 큰 쾌락이에요! 이중의 치욕에서 피어나는 꽃, 내가 그 꽃을 따겠어요. 나를 짓밟아요. 그러면 나를 더 사랑하게 될 거예요. 나는 그 사실을 잘 알아요. 내가 왜 당신을 열렬히 사랑하는지 알아요? 당신을 멸시하기 때문이에요. 당신이 나보다 하도 낮은 곳에 있기 때문에 내가 당신을 주제단 위에 모시는 거예요. 높은 것과 낮은 것을 뒤섞는 것, 그것이 곧 카오스인데, 나는 카오스를 좋아해요. 모든 것은 카오스로 시작해 카오스로 끝나지요. 카오스가 무엇이죠? 하나의 광막한 더러움이에요. 또한 그 더러움으로 신은 빛을 만들었고, 그 수채구멍으로 세계를 창조했어요. 당신은 내가 어느 지경까지 타락했는지 몰라요. 진흙 속에서 별 하나를 빚어 보세요. 그것이 나예요.」

가운의 자락을 열어 젖혀 처녀의 상체를 드러내 보이며 그렇게 말하던 기막힌 여인이, 다시 말을 계속했다.

「다른 모든 사람에게는 내가 암늑대이지만, 당신에게는 암캐가 되겠어요. 몹시들 놀라겠지요! 얼간이들이 놀라는 꼴을 바라보는 것은 기분 좋은 일이에요. 나는 나 자신을 잘 알아요. 내가 여신이라고요? 암피트리테도 키클롭스에게 몸을 허락했어요.[11] *Fluctivoma Amphitrite*(물결이 토해 낸 암피트리테). 내가 요정이라고요? 위르젤[12]도 물갈퀴 달린 손 여덟에 날개까지 달린 뷔그릭스에게 몸을 내맡겼어요. 내가 공주라고요? 메리 스튜어트에게는 리치오가 있었어요. 세 미녀에게 세 괴물이 있었지요. 나는 그녀들보다 더 위대해요. 당신이 그 세 괴물보다 더 기괴하기 때문이에요. 그윈플레인, 우리 두 사람은 서로를 위해 만들어졌어요. 그대가 외견상 괴물이라면, 나는 내면상 그러해요. 그것에서 나의 사랑이 태동했어요. 일시적 변덕이라고 해도 좋아요. 폭풍은 무엇이죠? 하나의 변덕이에요. 우리 두 사람 사이에는 별과 연관된 친화력이 있어요. 우리 모두 밤의 소생이에요. 그대의 경우 얼굴이 그렇고, 나의 경우 생각이 그러해요. 이제 그대가 나를 창조해요. 그대가 도착하자 나의 영혼이 밖으로 나와요. 나는 나의 영혼을 알지 못했어요. 그것은 매우 경악할 영혼이에요. 그대가 접근하자, 여신인 내 속에 있던 히드라가 밖으로 나와요. 그대가 나의 진정한 본질을 드러내 주어요. 그대가 나로 하여금 나 자신을 발견하게 해주어요. 보세요, 내가 얼마나 당신을 닮았는지. 거울 속을 응시하듯 나를 들여다봐요. 그대의 얼굴, 그것은 나의 영혼이에요. 나 자신이 이토록 무시무시한 줄 전에는 몰랐어요. 따라서 나 역시 괴물이에요! 오! 그윈플레인, 당신이 나를 권태에서 해방시켜 주시는군요.」

11 암피트리테는 네레이데스 중의 하나로 훗날 포세이돈의 아내가 된다. 그녀가 키클롭스에게 몸을 허락했다는 언급은 신화적인 근거가 없다. 혹시 테오크리토스가 노래한, 『오디세이아』에 등장하는 외눈박이 키클롭스(즉, 폴리페모스)와 갈라테이아(네레이데스) 간의 목가적 사랑을 연상한 것이 아닌지 모르겠다. 작가의 내밀한 단면을 드러내는 혼동인 듯하다(『노트르담 드 파리』 참조).

12 파바르가 1765년에 발표한 코미디 「요정 위르젤」의 주인공.

그녀가 아이처럼 기이하게 웃더니, 그의 귀에다 대고 속삭였다.

「미친 여자를 보고 싶어요? 그게 바로 나예요.」

그녀의 시선이 그윈플레인 속으로 파고들었다. 시선은 사랑의 미약이다. 그녀의 옷이 두려움을 자아낼 만큼 흩어졌다. 눈멀고 짐승적인 환희가 그윈플레인을 엄습했다. 죽음이 섞인 환희였다.

여인이 말을 하는 동안 내내, 그는 불똥이 자신에게 튀는 것을 느꼈다. 그는 돌이킬 수 없는 일이 일어나고 있음을 느꼈다. 단 한마디 말조차 할 기운이 없었다. 그녀가 말을 중단하고 그를 뚫어지게 바라보며 속삭였다. 「오! 괴물!」 그녀의 모습은 사나웠다.

그녀가 그의 두 손을 와락 잡으며 말했다.

「그윈플레인, 나는 옥좌이고 그대는 이동 극장의 연예대예요. 우리 둘을 수평으로 놓아요. 아! 나는 행복해요. 내가 이제 밑으로 떨어졌어요. 내가 얼마나 천한 년인지 모든 사람이 알 수 있었으면 좋겠어요. 그러면 모두들 그것 때문에 더욱 허리를 굽실거릴 거예요. 누구를 싫어하면, 그만큼 더 그의 앞에서 설설 기는 법이니까요. 인간이라는 종(種)은 그렇게 만들어졌어요. 적의를 품고서도 파충류처럼 기지요. 용이면서도 구더기처럼 굴어요. 오! 나는 신들처럼 퇴폐적이에요. 사람들은 내가 어느 왕의 사생아라는 딱지를 영영 나에게서 떼어 내지 못해요. 나는 여왕처럼 처신해요. 로도프[13]가 무엇이지요? 악어 머리를 가졌다는 남자 프테를 사랑한 어느 여왕의 이름이에요. 그녀는 그 남자를 기리기 위해 세 번째 피라미드를 짓게 했어요. 펜테실레이아는 별자리 이름인 사

13 이집트의 여왕이었는데, 그녀의 정인 프테를 위해 멤피스에 신전을 세웠다고 한다.

754

기타리우스라는 이름을 가진 어느 켄타우로스를 사랑했어요.[14] 그리고 안 도트리슈에 대해서는 어떻게 생각하세요? 마자리니가 물론 상당히 추하게 생겼지요![15] 하지만 그대는 추하지 않아요. 그대는 기형이에요. 추한 남자는 미미한 반면, 기형인 남자는 위대해요. 추한 남자는 잘생긴 모습 이면에 있는 마귀의 찡그림이에요. 기형은 숭고함의 이면이에요. 그것은 다른 한쪽이에요. 올림포스에는 두 경사면이 있어요. 그 하나는 밝음 속에서 아폴론이 태어나게 하고, 다른 경사면은 어둠 속에서 폴리페모스[16]가 태어나게 하지요. 그대는 그 티탄이에요. 그대가 숲 속에 있으면 베헤못[17]일 것이고, 대양 속에 있으면 레비아단일 것이며, 더러운 시궁창에 있으면 티폰[18]일 거예요. 그대는 지상(至上)의 존재예요. 그대의 기형 속에는 벼락이 있어요. 그대의 얼굴은 벼락에 헝클어졌

14 펜테실레이아는 전쟁의 신 아레스의 딸이자 아마조네스들의 여왕이다. 트로이아 전쟁 중 헥토르가 전사하자 프리아모스를 돕기 위해 참전하는데, 트로이아 성 밖에서 아킬레우스에게 죽임을 당한다. 그녀가 숨을 거두는 순간, 그녀의 아름다운 모습을 보고 아킬레우스가 연정에 사로잡힌다(『일리아스』 3장). 〈사기타리우스〉는 별자리 궁수좌(弓手座)를 가리킨다. 〈켄타우로스〉는 상체가 사람이고 허리 아래가 말인 괴물이다.

15 안 도트리슈(루이 14세의 모후)의 정인이었던 마자리니(마자랭)의 용모가 추했다고 할 수 있는지 모르겠다. 그의 초상화들이 오늘날까지 전한다. 사제 서품조차 받지 않은 그를 리슐리외가 추기경으로 임명한 기이한 사실을 염두에 둔 언급일까?

16 포세이돈의 아들인데, 오디세우스와 그의 동료들을 동굴 속에 가두어 두었다가 잡아먹으려 했으나, 오디세우스의 계교에 넘어가 외눈을 잃는다(『오디세이아』 9장).

17 「욥기」(40:15~24)에 등장하는 거대한 짐승.

18 상체는 인간이고, 허리 아래는 야수인데, 그의 모든 손가락 끝에는 용의 머리가 있으며 그 수가 1백 개에 달한다. 눈에서는 불꽃이 분출하고, 등에 날개가 달려 있으며, 하체는 무수한 독사들이 감겨 있다. 가이아의 막내 아들이라고도 하며, 헤라의 아들이라는 설도 있다.

어요. 그대의 얼굴에 남은 것은 거대한 불꽃 주먹의 성난 뒤틀림이에요. 그 주먹이 당신을 이렇게 빚어 놓고 지나갔어요. 거대하고 모호한 노여움이 광증에 사로잡혀, 초인적이라고 할 만큼 무시무시한 이 얼굴 밑에, 당신의 영혼을 끈끈이로 붙여 놓았어요. 지옥이란 형벌의 풍로이며, 그 속에서 쇠를 벌겋게 달구는데, 사람들이 그 쇠를 가리켜 숙명이라고 해요. 그대에게는 그렇게 달군 쇠로 낙인을 찍었어요. 그대를 사랑한다는 것은 위대한 것을 이해한다는 뜻이에요. 내가 그 승리를 얻었어요. 아폴론을 연모한다는 것은 그야말로 하찮은 일이에요! 영광은 경악에 비례해요. 나는 그대를 사랑해요. 밤마다, 무수한 밤을 지새우며, 당신에 대한 꿈에 사로잡혔어요! 이곳은 나의 궁전이에요. 정원을 보여 드리겠어요. 나뭇잎 우거진 곳에, 샘터와, 마음 놓고 포옹할 수 있는 동굴과, 베르니니[19]의 아름다운 대리석 조각 작품이 있어요. 그리고 그 많은 꽃들! 지나치게 많지요. 봄이면 장미꽃이 불길 같이 피어나요. 여왕이 나의 언니라는 이야기를 내가 당신에게 했던가요? 내 몸을 당신 뜻대로 해요. 유피테르가 내 발에 입을 맞추고 사탄이 내 얼굴에 침을 뱉어도 상관없는 몸이에요. 당신에게도 신봉하는 종교가 있나요? 나는 교황주의자예요. 나의 아버지 제임스 2세는 프랑스에서 예수회 사제들에게 둘러싸인 채 돌아가셨어요. 나는 당신 곁에서 느끼는 이러한 감정을 일찍이 느껴 보지 못했어요. 오! 저녁이 되면, 황금으로 지은 배의 주홍빛 장막 아래에서, 당신과 내가 같은 소파에 앉아, 사람들이 연주하는 음악 소리가 들려오는 가운데, 바다의 무한한 부드러움 속으로 들어가고 싶어요. 나를 모욕하세

19 프랑스에서는 베르냉이라고도 부른다. 조각, 건축, 회화, 희곡, 시 등에서 탁월한 재능을 보였으며, 특히 로마에 있는 산피에트로 성당의 주제단인 청동제 닫집(1624~1633)은, 그의 대표작 중 하나이다.

요. 나에게 매질을 가하세요. 나를 매수하세요. 나를 천한 계
집처럼 대하세요. 나는 그대를 숭배할 거예요.」

애무도 포효할 수 있다. 의심스러우면 사자들이 머무는 곳
에 가보시라. 그 여인 속에는 끔찍함이 있어, 그것이 우아함
과 결합되어 있었다. 그보다 더 비극적인 것은 없다. 날카로
운 발톱을 느끼는가 하면 벨벳의 감촉도 느낀다. 고양이과
짐승의 후퇴를 곁들인 공격이다. 그러한 전진과 후퇴에는 놀
이와 살육이 병존했다. 그녀는 숭배하고 있었다. 그러나 건
방졌다. 그 결과는 광증의 전달이었다. 형언할 수 없을 만큼
난폭하며 동시에 달콤한, 치명적인 언어였다. 모욕하는 말이
모욕하지 않았다. 찬양하는 것이 모독했다. 따귀를 때리는
것이 신격화했다. 그녀의 억양은, 노도 같고 사랑에 들뜬 그
녀의 말에, 무엇인지 모를 프로메테우스적 위대함을 각인했
다. 아이스킬로스가 노래한 위대한 여신의 축제가, 별빛 아
래에서 사티로스들을 찾는 여인들에게, 바로 그 거대하고 어
두운 광증을 준다.[20] 그러한 광증의 절정이, 도도나[21]의 나뭇
가지들 밑에서 추는 모호한 춤들을 더욱 복잡하게 만든다.
하늘의 정반대 편에 있는 사람으로 변모할 수 있을지 모르
지만, 그 여인은 변모해 있는 것 같았다. 그녀의 머리카락이
맹수의 갈기처럼 파르르 떨렸다. 그녀의 가운 자락이 여며
졌다가는 다시 열렸다. 야수의 울부짖음으로 가득한 젖가슴
처럼 매력적인 것은 없다. 그녀의 푸른 눈에서 발산되는 광

20 아이스킬로스의 어떤 작품을 두고 하는 말인지 짐작하기 어렵다. 한
편, 사티로스는 대개의 경우 음탕한 남자를 상징한다.
21 그리스 서북부 에페이로스 지방의 옛 도시 도도나는, 그곳 신전(제우
스를 모시는)의 신탁(信託)으로 유명했는데, 그곳의 남녀 사제들은 신성한
떡갈나무 잎사귀가 바람에 흔들리는 소리를 해석해, 사람들에게 신의 뜻을
전했다고 한다. 작가의 모호한 언급이 혹시 그러한 옛 습속을 염두에 둔 것
이 아닌지 모르겠다.

선이, 그녀의 검은 눈에서 치솟는 화염과 뒤섞였다. 그녀의 모습은 초자연적이었다. 그윈플레인은, 기력이 빠져, 그러한 접근으로 야기된 깊숙한 침입에 자신이 정복되었음을 느꼈다.

「당신을 사랑해요!」 그녀가 비명을 지르듯 소리쳤다.

그러고는 깨물듯 그에게 키스를 했다.

유피테르와 유노에게 그랬듯이, 그윈플레인과 조시언에게도 아마 곧 필요하게 될 구름을, 호메로스는 가지고 있다.[22] 사물을 볼 수 있고, 따라서 그를 본 여인이 그를 사랑한다는 것이, 그리고 자기의 흉한 입에 신성한 입술이 밀착되는 것이, 그윈플레인에게는 달콤하면서도 번개 같은 충격이었다. 그는, 온통 수수께끼로 가득한 여인 앞에서, 내면에 있던 모든 것이 사그라짐을 느꼈다. 데아에 대한 기억은 어둠 속에서 약한 비명을 내지르며 몸부림치고 있었다. 스핑크스가 큐피드를 먹는 장면이 오래된 저부조(低浮彫)에 새겨져 있는데, 천상에서 내려온 그 사랑스러운 존재의 날개가, 사납게 웃음 짓는 이빨 사이에서 피를 흘린다.

그윈플레인이 그 여인을 사랑하고 있었을까? 인간도 지구처럼 두 극을 가지고 있을까? 구부러지지 않는 축에 고정된 우리가, 멀리에는 별이 있고 가까이에는 진흙이 있으며, 낮과 밤이 교차하는, 회전하는 천체일까? 인간의 가슴에도 두 방면이 있어서, 한 방면에서는 빛 속에서 사랑하고, 다른 방면에서는 암흑 속에서 사랑하는 것일까? 여기에 있는 여인은 빛인데, 저기에 있는 여인은 시궁창이다. 천사는 필요하다. 악마 또한 하나의 필요라는 것이 가능한 일인가? 영혼을 위해 마련된 박쥐의 날개가 있단 말인가? 황혼의 시각이 모든

22 제우스와 헤라가 관계를 가질 때는 구름으로 자신들의 모습을 가린다. 물론 호메로스의 작품에서만 그런 것은 아니다.

사람에게 숙명적으로 닥친다는 말인가? 실절도, 거부할 수 없는 우리 운명의 불가결한 부분이란 말인가? 악도, 나머지 다른 것과 한데 묶어서 고려해야 할 우리 천성의 일부란 말인가? 실절이 반드시 갚아야 할 빚이란 말인가? 깊은 전율을 느끼지 않을 수 없다.

하지만 하나의 음성이 우리에게 말하기를, 나약해지는 것도 범죄라고 한다. 살, 생명, 두려움, 관능, 압도된 취기, 그리고 오만 속에 있는 엄청난 수치심 등 그윈플레인이 느끼고 있던 것들은 설명할 수 없는 것들이었다. 그가 추락할 것인가?

그녀가 반복했다. 「당신을 사랑해요!」

그러더니, 광란하듯, 그를 가슴에 꼭 껴안았다.

그윈플레인은 헐떡거릴 뿐이었다.

문득, 그들 곁에서, 단호하면서도 맑은 초인종 소리가 들렸다. 벽에 고정되어 있는 초인종이 울린 것이다. 여공작이 그쪽으로 고개를 돌리며 말했다. 「그녀가 내게 무슨 볼일이 있나?」

그다음 순간, 왕관 문양이 상감된 은판이, 용수철 달린 뚜껑문의 소리를 내며 벌컥 열렸다.

왕실을 상징하는 푸른색 벨벳으로 도배한 투르[23]의 내부가 드러났고, 그 속에 황금 접시 위에 놓인 편지 한 통이 있었다.

편지의 봉투는 두툼하고 사각형이었는데, 주홍색 밀랍에 찍힌 봉인이 잘 보이도록 놓여 있었다. 초인종이 계속해서 울렸다.

열린 은판은 두 사람이 앉아 있던 소파에 거의 닿아 있었다. 여공작이 한 팔로 그윈플레인의 목을 감아 안은 채, 상체를 기울여 다른 팔을 뻗어서 접시 위에 있는 편지를 집은 후, 은판을 밀었다. 투르가 다시 닫히고, 초인종 소리가 멈추었다.

23 『웃는 남자』 상권, 377페이지, 각주 1 참조.

여공작은 밀랍을 두 손가락 사이에 넣어 깨뜨린 다음, 봉투를 뜯어 그 속에 들어 있던 편지 둘을 꺼내고, 봉투는 그윈플레인의 발밑으로 던졌다.

깨진 밀랍에 찍힌 인장의 글씨는 읽을 수 있는 상태였는네, 그윈플레인이 보자니, 왕관 문양이 선명했고, 그 위에 A자가 보였다.

찢긴 봉투가 두 면이 다 보이도록 펼쳐져 있어서, 봉투에 쓴 것을 읽을 수 있었다. 〈조시언 여공작 각하에게.〉

봉투 속에 들어 있던 두 편지 중 하나는 양피지였고, 다른 하나는 송아지 피지였다. 양피지는 상당히 컸고, 송아지 피지는 작았다. 양피지 위에는 흔히 세이녀리 밀랍이라고 부르는 초록색 밀랍으로, 커다란 대법관부 인(印)이 찍혀 있었다. 여공작은 여전히 팔딱거리고 눈에 환희가 가득하건만, 귀찮다는 듯 살짝 뾰로통한 표정을 지었다

「아! 나에게 무엇을 보낸 거야? 쓸데없는 휴지쪼가리를! 항상 흥을 깨뜨리는 여자야!」

그러고는 양피지를 옆으로 던져 버린 다음, 송아지 피지를 조금 펴보았다.

「그녀의 글씨체야. 내 언니의 글씨체예요. 보기만 해도 피곤해요. 그윈플레인, 조금 전에 혹시 글을 읽을 줄 아느냐고 내가 물었지요. 읽을 줄 알아요?」

그윈플레인은 머리를 끄덕여 그렇다고 대답했다.

그녀는 마치 누운 여자처럼 소파 위에 몸을 길게 펴더니, 가운 자락으로는 두 발을, 그리고 소매로는 두 손을 세심하게 감쌌다. 기이한 정숙함이었다. 두 젖가슴은 그대로 드러내 놓았으니 말이다. 그러고는 열렬한 시선으로 그윈플레인을 뒤덮으며, 그에게 송아지 피지를 내밀었다.

「자, 그윈플레인, 그대는 나의 것이에요. 당신의 봉사를 시

작해요. 내 사랑, 여왕이 나에게 보낸 편지를 읽어 줘요.」

그윈플레인이 편지를 받아 편 다음, 온갖 종류의 떨림이 섞인 음성으로 읽기 시작했다.

마담, 과인은, 과인의 신하이며 잉글랜드 왕국의 대법관인 윌리엄 쿠퍼가 확인하고 서명한 조서의 사본을 정중하게 동봉해 보내오. 그 조서로 말미암아 다음과 같은 중대하고 특이한 일이 발생한 바, 린네우스 클랜찰리 경의 합법적인 적자가 익살광대들과 곡예사들 속에서, 그윈플레인이라는 이름으로 천한 떠돌이 삶을 영위하고 있었음이 확인되었고, 그 당사자를 다시 찾아내었소. 그의 신분이 말살된 것은 아주 어린 시절이었소. 왕국의 법률과 그의 상속권에 의거해, 린네우스 경의 적자 퍼메인 클랜찰리 경은, 오늘부로 상원에 받아들여 복권될 것이오. 그러한 연유로, 그대에게 호의를 표하고, 클랜찰리 및 헌커빌 가문의 재산과 영지를 그대로 하여금 차질 없이 상속할 수 있도록 하기 위해, 과인은 데이비드 더리모이어 경 대신 그를 그대의 총애 대상으로 바꾸었소. 과인은 이미, 퍼메인 경을 그대의 거처인 코를레오네 궁으로 모시라고 명령을 내렸소. 과인은, 여왕으로서 또한 언니로서, 명령하고 원하는 바, 오늘날까지 그윈플레인이라고 불리던 우리의 퍼메인 클랜찰리 경이 그대의 남편이 되고, 그대 또한 기꺼이 그와 혼인해야 할지니, 그것이 과인의 기쁨이오.

그윈플레인이 거의 모든 단어를 비틀거리는 어조로 읽는 동안, 여공작은, 소파의 쿠션으로 자신의 몸을 받쳐 세운 채, 시선을 고정하고 귀를 기울였다. 그윈플레인이 읽기를 마치자 그녀가 편지를 낚아챘다.

「앤, 여왕.」 그녀가 여왕의 서명을, 꿈속에 잠긴 사람의 어조로 소리 내어 읽었다.

그런 다음, 바닥에 던져 버렸던 양피지를 다시 집어 훑어보았다. 마투티나 호에 탔다가 난파당한 사람들의 고백이었는데, 서더크의 집정관과 대법관이 서명한 조서에 첨부된 사본이었다.

그 조서를 다 읽은 다음, 그녀는 여왕의 서신을 다시 읽었다. 그리고 중얼거렸다.

「좋아.」

그러더니 조용히, 그윈플레인이 들어온 갤러리의 출입문을 손가락으로 가리키며 그에게 말했다.

「나가시오.」

그윈플레인은 돌처럼 굳어 꼼짝도 못 했다.

그녀가 얼음장처럼 차갑게 다시 말했다.

「당신이 나의 남편이라니, 나가시오.」

그윈플레인은 아무 말도 못하고, 죄인처럼 눈을 내리깐 채, 그 자리에 서 있었다.

그녀가 덧붙였다.

「당신은 이곳에 계실 권리가 없어요. 이곳은 내 정인의 자리예요.」

그윈플레인은 마치 그 자리에 못 박힌 듯했다.

「좋아요. 그렇다면 제가 나가겠어요. 아! 당신이 나의 남편이라니! 잘되었군요. 나는 당신을 증오해요.」

그렇게 말하면서 벌떡 일어서더니, 누구에게 보내는 것인지 모를 작별의 동작을 허공에 그리며, 그녀는 밖으로 나갔다.

그녀의 뒤로 갤러리의 출입문이 다시 닫혔다.

5. 서로 알아보되 자신은 모른다

그윈플레인 홀로 남았다.

미지근한 욕조와 흩어진 침대 앞에 홀로 남았다.

그의 내면에서는 사념의 분산이 극도에 달해 있었다. 그의 뇌리에서 오가는 것은 전혀 사유(思惟)와 닮지 않았다. 그것은 일종의 살포, 일종의 흩어짐, 불가해 속에서의 번민이었다. 그의 내면에는 꿈속의 혼란 비슷한 것이 있었다.

미지의 세계로 진입하는 것이 간단한 일은 아니다.

시종이 여공작의 편지를 가져온 이후, 그윈플레인에게는 일련의 놀라운 시간이 시작되었고, 그것은 갈수록 이해하기가 어려웠다. 그 순간까지 꿈속에 있었으되 모든 것을 선명하게 보았다. 이제 그는 더듬고 있었다.

그는 아무 생각도 하지 않았다. 심지어 더 이상 몽상조차 하지 않았다. 다만 감수할 뿐이었다.

여공작이 그를 내버려 둔 자리, 소파 위의 그 자리에 머물러 있었다.

문득 어슴푸레한 그 공간에서 발걸음 소리가 들렸다. 어떤 남자의 발걸음 소리였다. 발걸음 소리는 여공작이 나간 갤러리 반대쪽에서 들려왔다. 소리가 점점 가까워졌다. 은은했으나 분명했다. 그윈플레인은, 비록 깊이 골몰해 있었으되, 발걸음 소리에 귀를 기울였다.

곧 이어, 여공작이 젖혀 놓은 은색 커튼 저 너머, 침대 뒤, 그림이 그려진 거울 뒤쪽에 있음직하던 출입문이 활짝 열리더니, 쾌활한 남자의 음성 하나가, 거울로 뒤덮인 침실 속으로, 옛 프랑스 노래의 후렴 한 구절을 던져 넣었다.

　　어린 새끼 돼지 셋이 퇴비 위에서

가마꾼들처럼 맹세했네.

한 남자가 들어섰다.

남자는 허리에 검을 찼고, 손에는 깃털 장식을 한 모자를 들었는데, 모자에는 장식용 끈과 모장(帽章)이 달려 있었고, 입은 옷은 계급줄이 있는 화려한 해군복이었다.

그윈플레인은 용수철이 튕기듯, 벌떡 일어섰다.

그는 남자를 즉각 알아보았고, 남자도 그를 즉각 알아보았다.

몹시 놀란 두 입에서 동시에 비명 같은 소리가 터져나왔다.

「그윈플레인!」

「톰짐잭!」

깃털 장식 단 모자를 쓴 남자가 그윈플레인에게 다가왔다. 그윈플레인은 팔짱을 낀 채 우뚝 서 있었다.

「그윈플레인, 자네가 어떻게 여기에 와 있나?」

「그런데, 자네는, 톰짐잭, 이곳엔 무슨 일로 오셨는가?」

「아! 알겠네. 조시언! 또 변덕이 났군. 괴물 같은 익살광대 앞에서는 견디기 어려웠겠지. 그윈플레인, 이곳에 오기 위해 변장을 했군.」

「자네 역시, 톰짐잭.」

「그윈플레인, 귀족의 복색을 하고 있는데, 도대체 무슨 영문인가?」

「톰짐잭, 자네의 장교 복장은 무슨 뜻인가?」

「그윈플레인, 질문에 일일이 대답하지 않겠네.」

「나 역시 마찬가지야, 톰짐잭.」

「그윈플레인, 내 이름은 톰짐잭이 아닐세.」

「톰짐잭, 내 이름은 그윈플레인이 아닐세.」

「그윈플레인, 이곳은 나의 집이라네.」

「나 역시 내 집에 와 있는 것이라네, 톰짐잭」

「자네가 내 말을 흉내 내는 것을 금하네. 자네에게는 빈정거리는 기술이 있지만, 나에게는 지팡이가 있네. 우스꽝스러운 흉내는 이제 집어치워, 불쌍한 건달 같으니라고.」

그윈플레인의 얼굴이 창백해졌다.

「자네야말로 건달이야! 지금 나에게 한 모욕적인 언사에 대해서는 대가를 지불해야 할 걸세.」

「정 원한다면, 자네의 가건물에서 하지. 주먹으로.」

「여기에서 검으로 하세.」

「그윈플레인, 검은 귀족의 물건이라네. 나는 나와 대등한 사람들을 상대로 해서만 결투를 한다네. 자네와 내가 주먹질을 함에 있어서는 평등하지만, 검 앞에서는 그렇지 않네. 태드캐스터 여인숙에서는 톰짐잭이 그윈플레인을 상대로 주먹질을 할 수 있지. 그러나 윈저에서는 전혀 다르지. 이 사실을 알아 두게. 나는 해군 소장일세.」

「그리고 나는 잉글랜드의 피어라네.」

그윈플레인이 톰짐잭이라고 믿었던 사나이가 폭소를 터뜨렸다.

「어찌 국왕은 아니겠나? 사실 자네 말이 옳아. 익살광대는 모든 역을 다 맡으니까. 차라리 아테네의 사령관 테세우스라고 주장하게.」

「나는 잉글랜드의 피어라네. 그러니 우리 결투를 하세.」

「그윈플레인, 너무 길게 끄는군. 자네에게 채찍질을 가할 수 있는 사람을 상대로 장난하지 말게. 나는 데이비드 더리모이어 경일세.」

「나는 클랜찰리 경일세.」

데이비드 경이 다시 폭소를 터뜨렸다.

「아주 적합한 이름이야. 그윈플레인이 클랜찰리 경이라.

조시언을 수중에 넣으려면 꼭 필요한 이름이지. 이보게, 자네를 용서하네. 그 연유를 아는가? 자네와 내가 그녀의 두 정인이기 때문일세.」

그 순간, 갤러리의 출입문이 열리더니 어떤 음성이 들려왔다.

「두 분께서는 두 남편이십니다, 나리들.」

두 사람이 동시에 고개를 돌렸다.

「바킬페드로!」 데이비드 경이 놀란 듯 소리쳤다.

정말 바킬페드로였다.

그는 미소를 지으며 깊숙이 허리를 굽혀 두 로드에게 예를 표했다.

그의 뒤 몇 걸음 떨어진 곳에, 안색이 정중하고 근엄한 신사 한 사람이 있었는데, 그의 손에는 검은색 막대기 하나가 들려 있었다.

신사가 다가와서 그윈플레인에게 세 번 예를 표한 다음, 그에게 말했다.

「나리, 시생은 검은 권장을 든 문지기입니다. 폐하의 명령을 받들어 나리를 모시러 왔나이다.」

제8권 카피톨리움[1]과 그 주변

1. 장엄한 것들의 해부

이미 여러 시간 전부터 온갖 형태로 그윈플레인에게 현기증을 일으키며, 그를 윈저로 실어 갔던 무시무시한 급상승 작용이, 그를 다시 런던으로 데려왔다.

환상 같은 현실이 단 한순간도 중단되지 않고 그의 앞에서 이어졌다.

그 연속에서 빠져나올 방법이 없었다.

숨쉴 겨를조차 없었다.

곡예사를 본 이가 바로 운명이라는 것의 실체를 본 사람이다. 떨어지다 올라가고 다시 떨어지는 발사체들, 그것이 곧 운명의 손아귀에 든 인간이다.

발사체이자 장난감이다.

같은 날 저녁, 그윈플레인은 매우 기이한 곳에 도착해 있었다.

그는 백합꽃 문양이 새겨진 긴 의자 위에 앉아 있었다. 그가 입고 있던 비단 정장 위에는, 백색 호박단 안감을 댄 진홍

1 로마의 국조이며 최초의 왕이었다는 로물루스(아이네이아스의 전설적 후손)를, 암늑대가 젖을 먹여 키웠다는 동산의 봉우리와 그곳에 있는 신전들 전체를 가리킨다. 근대에 이르러서는 권력의 중심을 상징하기도 한다. 워싱턴의 국회의사당*Capitol*이 그 좋은 예이다.

색 벨벳 가운과 백담비 모피로 지은 의전용 외투가 걸쳐져 있었고, 양쪽 어깨에는 황금빛으로 테를 두른 백담비 모피 띠가 드리워 있었다.

그의 주위에는 젊은이들과 늙은이들, 모든 연령층의 남자들이 백합꽃 문양 그려진 의자 위에 앉아 있었는데, 모두들 그처럼 진홍색 옷과 백담비 모피 띠를 걸치고 있었다.

그의 앞쪽에는 무릎을 꿇고 앉아 있는 사람들이 보였다. 그들은 검은 비단옷을 입고 있었다. 그렇게 무릎을 꿇고 있는 사람 중 몇몇은 무엇인가를 쓰고 있었다.

조금 떨어진 그의 맞은편에 계단과, 연단 하나, 닫집 하나, 사자상과 일각수상 사이에 있는 널찍하며 번쩍거리는 방패꼴 문장 하나가 보였는데, 계단 상단에 있는 연단 위의 닫집 속에는, 황금색 찬연하고 왕관 문양을 조각한 안락의자 하나가, 방패꼴 왕가의 문장에 등을 대고 놓여 있었다. 옥좌였다.

그레이트브리튼의 옥좌였다.

그윈플레인 자신도 피어인지라, 그는 잉글랜드 피어의 방(상원)에 와 있었다. 그윈플레인이 어떤 절차와 경로를 거쳐 상원에 진입하게 되었을까? 우선 그 이야기부터 하자.

온종일, 아침부터 저녁까지, 윈저에서 런던까지, 코를레오네 궁에서 웨스트민스터 홀까지, 끊임없이 연속되는 사닥다리 가로장을 밟고 올라가야 했다. 가로장 하나를 밟고 오를 때마다 새로운 현기증에 시달려야 했다.

그는 피어의 신분에 걸맞은 경호를 받으며, 여왕이 보내 준 마차들로 윈저에서 모셔졌다. 의전 경호대와 죄인 호송대 간에는 유사한 점이 많다.

그날, 윈저와 런던을 잇는 도로변 주민들은, 화려하게 꾸민 국왕 전용 역마차 두 대를 수행하던, 폐하께 은급을 받는 귀족들로 구성된 기마대의 행진을 구경했다. 첫 번째 마차에는, 손에 막대기를 쥔, 검은 권장의 알현실 문지기가 타고 있었다. 두 번째 마차에는, 하얀 깃털을 꽂은 모자를 쓴 사람이 앉았는데, 모자챙의 그늘 때문에 얼굴이 보이지 않았다. 누가 그곳으로 지나갔을까? 어떤 왕자였을까? 어떤 죄인이었을까?

그윈플레인이었다.

상원으로 모셔 가는 사람이 아니라면, 런던탑으로 호송하는 사람일 것이라고들 믿을 만했다.

여왕의 처사는 적절했다. 동생의 남편감과 관련된 일인지라, 자기의 경호 대원 중 일부를 보낸 것이다.

검은 권장의 알현실 문지기 밑에 있는 장교가 행렬의 선두에 섰다.

검은 권장의 알현실 문지기가 탄 마차의 보조의자 위에는 은색 방석이 하나 놓여 있었다. 방석 위에는 왕관 문양이 찍힌 검은 서류 가방 하나가 있었다.

런던에 이르기 전 마지막 역참인 브렌트퍼드에 도착했을 때, 두 마차와 경호대가 잠시 멈추어 섰다.

말 네 필을 단 거북 등딱지 모양의 사륜마차 한 대가 기다리고 있었는데, 제복 입은 시종 넷이 뒤에 탔고, 전열 기수 두 사람과, 가발 쓴 마부 한 사람이 앞쪽에 있었다. 마차의 바퀴들과 디딤대, 채 등 모든 것이 황금빛이었다. 마구는 모두 은으로 만들었다.

그 의전용 마차는 놀라울 만큼 호기찬 모양으로 만들어졌는데, 루보[2]가 우리들에게 그려서 그 모습을 남긴 가장 유명했던 사륜마차 50대 중에 포함될 만했다.

검은 권장을 든 알현실 문지기가 마차에서 내리자, 그의 수하 장교도 말에서 내렸다.

2 목수이며 고급 가구 세공인이었다고 한다.

알현실 문지기 수하의 장교가 역마차의 보조 의자에 놓여 있던 은색 방석과 그 위에 있던 왕관 문양 찍힌 서류 가방을 두 손으로 받들어, 알현실 문지기 뒤에 가 섰다.

알현실 문지기가 아무도 타고 있지 않은 사륜마차의 출입문을 연 다음, 그윈플레인이 타고 있던 역마차의 출입문을 열었다. 그런 다음, 두 눈을 내리깐 채, 사륜마차에 오르라고 그윈플레인에게 정중히 권했다.

그윈플레인이 역마차에서 내려 사륜마차에 올랐다.

알현실 문지기와 그의 수하 장교가 그의 뒤를 따라 사륜마차 안으로 들어간 다음, 예부터 의전용 마차 안에 마련해 두던 시동용의 낮고 등받이 없는 장의자 위에 앉았다.

사륜마차의 내부는 백색 새틴으로 도배를 하고, 그 위에 뱅슈[3]산 레이스를 드리웠는데, 레이스는 도가머리 모양 혹은 도토리 모양의 은제 장식품들로 꾸며져 있었다. 천장에 가문이 그려져 있었다.

그곳까지 그들을 태우고 온 두 역마차의 전열 기수들은 왕실의 무사복을 입고 있었다. 그런데 갈아탄 사륜마차의 마부나 전열 기수들은 전혀 다른 제복을 입었고, 그것이 매우 화려했다.

몽유병 환자처럼 정신을 차리지 못하고 있던 그윈플레인이, 그 화려하게 차려입은 구종(驅從) 무리를 보고 알현실 문지기에게 물었다.

「저 하인 정복은 무엇이요?」

알현실 문지기가 대답했다.

「나리 댁 하인들의 정복입니다, 나리.」

그날, 상원이 저녁에 개회하게 되어 있었다. *Curia erat*

---

3 벨기에 남부 에노 지방에 있는 작은 도시인데, 예부터 레이스 산업으로 유명하다.

serena(회의가 저녁에 열렸다). 옛 의사록(議事錄)에서 발견되는 구절이다. 잉글랜드에서는 의회 활동이 주로 밤에 이루어진다. 셰리든이 자정에 연설을 시작해 해가 뜰 무렵에야 그것을 마친 일도 있었다.

역마차 두 대는 빈 채로 윈저로 돌아갔고, 그윈플레인이 탄 사륜마차는 런던으로 향했다.

말 네 필이 끄는 거북 등딱지 모양의 사륜마차는 브렌트퍼드에서 런던까지 보통 걸음으로 갔다. 마부가 쓴 가발의 위엄이 흐트러지지 않게 하려면 그럴 수밖에 없었다.

그 엄숙한 마부의 얼굴로 인해, 그윈플레인 역시 의전적인 분위기에 휩쓸려 들었다.

뿐만 아니라 여러 정황을 보건대, 그러한 지체는 미리 계산된 것이었다. 그 개연적 동기는 뒤에 저절로 드러날 것이다.

거북 등딱지 모양의 사륜마차가 킹스게이트 앞에 도착했을 때는, 어두워지기 직전이었다. 킹스게이트는 화이트 홀에서 웨스트민스터로 통하는, 두 탑 사이에 있는 반궁륭형 문이었다.

귀족들로 이루어진 기마대가 사륜마차를 에워쌌다.

사륜마차 뒤에 탔던 시종 중 하나가 포석 위로 뛰어내리더니, 마차의 출입문을 열었다.

알현실 문지기가, 방석을 든 수하 장교와 함께 먼저 내리더니, 그윈플레인에게 말했다.

「나리 번거로우시겠으나 이제 내리소서. 모자는 항상 쓰고 계시옵소서.」

그윈플레인은 여행용 외투 밑에 비단 정장을 하고 있었는데, 전날 저녁부터 계속 입고 있던 것이었다. 그는 검을 차지 않았다.

그는 외투를 사륜마차 속에 놓아두었다.

킹스게이트의 반궁륭형 아치 밑에는, 몇 계단 위에 작은 협문 하나가 있었다.

호화로운 의전(儀典)에서는 앞서는 것이 존경의 표현이다.

검은 권장을 든 알현실 문지기가 수하 장교를 뒤따르게 한 다음 앞장을 섰다.

그윈플레인이 그들의 뒤를 따랐다.

그들은 층계를 올라가 협문 안으로 들어섰다.

잠시 후 그들은 둥글고 넓은 실내에 들어와 있었다. 중앙에 지주(支柱) 하나가 있는데, 조망탑의 초석 같았다. 예배당 후진(後陣)에 있는 창날 홍예머리처럼 좁은 첨두홍예를 통해 빛이 들어오는, 맨 아래층 홀이었다. 따라서 한낮에도 침침할 수밖에 없을 것 같았다. 엄숙함에 빛이 참여하는 경우는 별로 없다. 침침함이 장엄하다.

그 실내에 열세 사람이 서 있었다. 세 사람이 전열에, 여섯 사람이 두 번째 줄에, 나머지 네 사람은 마지막 줄에 서 있었다.

전열의 세 사람 중 하나는 담홍색 벨벳 상의를 입었고, 다른 두 사람 역시 붉은 상의를 입었으나, 그 천은 새틴이었다. 세 사람 모두의 어깨 위에는 잉글랜드의 문장이 수놓여 있었다.

두 번째 줄의 여섯 사람은 모두 물결무늬 천으로 지은 백색 상의를 입었는데, 가슴팍에 있는 가문은 각각 서로 달랐다.

마지막 줄의 네 사람은 모두 검은색 물결무늬 천으로 지은 상의를 입었으나, 네 사람이 서로 판이하게 달랐다. 그중 첫 번째 사람은 푸른색 망토를 입었고, 두 번째 사람의 가슴팍에는 진홍색으로 성 게오르기우스의 모습이 그려져 있었으며, 세 번째 사람의 경우, 가슴팍과 등에 진홍색 십자가가 수놓여 있었다. 네 번째 사람은 목둘레에 사벨린이라고 하는 검은 모피로 만든 깃을 두르고 있었다. 모두들 가발만 썼고 모자를 쓰지 않았으며, 허리에 검을 찼다.

실내가 어두워 그들의 얼굴은 분별할 수가 없었다. 그들 또한 그윈플레인의 얼굴을 볼 수가 없었다.

알현실 문지기가 검은 권장을 높이 쳐들며 말했다.

「퍼메인 클랜찰리 경이시여, 클랜찰리 및 헌커빌 남작이시여, 알현실 담당인 시생 검은 권장의 문지기는, 잉글랜드의 수석 군사(首席軍使)[4]에게 각하를 인계합니다.」

담홍색 벨벳 상의를 입은 사람이 앞으로 나서더니, 이마가 땅에 닿도록 허리를 굽혀 예를 표하면서 아뢴다.

「퍼메인 클랜찰리 나리, 시생은 잉글랜드의 수석 군사 자레티에르이옵니다. 저는 세습 얼 마셜인 노퍽 공작 각하께서 저에게 내리신 직을 수행하고 있나이다. 저는 국왕과 피어 그리고 가터 기사들에게[5] 복종을 맹세했나이다. 제가 관직을 받던 날, 잉글랜드의 얼 마셜께옵서 포도주 한 잔을 저의 머

4 *premier roi d'armes*를 번역한 것이다. 전령관으로 옮겨도 무방할 듯하다. 프랑스에는 이미 클로비스 왕(466년경~511) 시절부터 병영에 전령관을 두었는데, 하나의 단위 부대 지휘관의 전령을 *héraut*(영어 *herald*의 어원이다), 지역 사령관의 전령관을 *maréchal*이라 했고, 국왕의 전령관을 *le roi d'armes*라 했다. 그러한 지위를 감안해 군사(軍使)로 옮긴다. 물론 그 직은 한 왕국에 하나밖에 없었다. 처음에는 군사적 직무만 담당하던 그들이, 차츰 군무 이외의 일도 관장하게 되었고, 특히 *le roi d'armes*는 왕실의 의전을 관장하게 되었다.

5 수석 군사에게 작가는 Jarretière라는 이름을 부여했는데, 잉글랜드의 가장 고귀한 기사 작위인 가터*Garter*를 프랑스에서는 그렇게 부른다. 그 말의 뜻은 여인의 무릎 근처에 매던 스타킹 조임띠(대님)이다. 물론 그 말은 단순한 보통 명사이고, 잉글랜드에 가터라는 귀족 가문은 없다. 작가가 수석 군사에게 그러한 이름을 부여한 것은, 그 기사 작위가 태동한 유래를 넌지시 조롱하기 위함이었을 것이다. 〈가터 기사〉를 어의대로 옮기면 〈스타킹 조임띠 기사〉가 될 것이다. 하기야 여인들의 스타킹과 친근하지 않은 기사 있겠는가? 그 기사 작위를 제정한 에드워드 3세에게 작가가 보내는 따스한 농담일 수도 있다. 무도회장 바닥에 떨어진 스타킹 조임띠가 연인의 것임을 알아채고, 그것을 선뜻 집어, 사람들의 시선에 개의치 않고 연인에게 건네주는 국왕의 천진스러운(?) 모습이 위고의 농담 속에서 되살아난다.

리에 부어 주시던 순간, 저는 귀족에게 헌신하고, 평판 좋지 않은 사람들과 어울리는 것을 피하며, 귀족들을 나무라기보다는 용서하고, 과부들과 처녀들을 돕겠노라 약속했습니다. 피어들의 장례식 절차를 관장하고, 그들의 가문(家紋)을 보살피며 보관하는 일은 저의 소관입니다.」

새틴 상의를 입은 두 사람 중 하나가 그윈플레인에게 예를 표하고 아뢴다.

「나리, 시생은 잉글랜드의 제2 수석 군사인 클래런스입니다. 피어 아래 계급에 속하는 귀족의 장례는 시생의 소관입니다. 청령할 준비가 되어 있사옵니다.」

새틴 상의를 입은 다른 사람이 예를 표하고 나서 아뢰었다.

「나리, 시생은 잉글랜드의 제3 수석 군사인 노로이입니다. 청령할 준비가 되어 있나이다.」

부동 자세로 서서 예도 표하지 않고 있던 두 번째 줄의 여섯 사람이 한 걸음 앞으로 움직였다.

그윈플레인의 오른쪽 첫 번째 사람이 아뢰었다.

「나리, 저희는 잉글랜드 여섯 공작의 전령입니다. 저는 요크입니다.」

그러자 나머지 다른 전령이 차례차례 자신을 소개했다.

「저는 랭커스터입니다.」

「저는 리치먼드입니다.」

「저는 체스터입니다.」

「저는 서머싯입니다.」

「저는 윈저입니다.」[6]

6 *le roi d'armes*(軍使)를 제외하고, 그 이하 계급인 *les poursuivants, les hérauts, les maréchaux*는 모두 〈전령〉으로 옮긴다. 그들이 전령으로 임명되면, 초기에는 그들의 상전을 연상시키는 별명을 부여했으나, 그러한 풍습이 사라지고 그들에게 상전의 이름을 부여했다고 한다. 〈요크〉는 요크 공

그들의 가슴팍에 있는 가문들은 그들의 별명이 가리키는 지역이나 도시의 문장이었다.

그들 뒤에, 검은 옷을 입고 있던 사람들은 아무 말도 하지 않았다.

수석 군사 자레티에르가 그들을 손가락으로 가리키며 그 원플레인에게 아뢰었다.

「최근에 임명된 전령 넷을 소개해 올립니다, 나리.」

그러면서 호명하기 시작했다.

「푸른 망토」

푸른색 망토를 입은 남자가 머리를 숙여 예를 표했다.

「붉은 용.」

성 게오르기우스의 모습이 그려진 옷을 입고 있던 사람이 예를 표했다.

「붉은 십자가.」

진홍색 십자가가 수놓인 옷을 입은 사람이 예를 표했다.

「미달이.」

사벨린 모피 깃을 단 사람이 예를 표했다.[7]

수석 군사가 신호를 한 번 보내자, 전령 〈푸른 망토〉가 앞으로 썩 나서서 검은 권장을 든 알현실 문지기 수하의 장교에게서, 은색 방석과 왕관 문양 그려진 서류 가방을 받아 들었다.

그러자 수석 군사가 검은 권장을 든 문지기에게 엄숙한 어조로 말했다.

「완료되었습니다. 귀하에게서 각하를 모시는 임무를 정히 인수했습니다.」

이상의 의전 절차와 기타 앞으로 이야기할 것은, 헨리 8세 이전 시절에 준수되던 옛 의례였는데, 앤 여왕이 한동안 그

작의 전령, 〈리치먼드〉는 리치먼드 공작의 전령…… 등을 뜻한다.

7 전령들에게 별명을 붙여 주던 초기의 관습을 작가가 예시하고 있다.

것들을 복원시키려고 노력했다. 오늘날에는 그중 어느 것도 더 이상 지켜지지 않는다. 그렇건만 상원만은 자신을 요지부동이라고 생각한다. 혹시 이 세상 어딘가에 태고의 것이 존재한다면, 상원이 바로 그것이다.

하지만 상원도 변한다. *E pur si muove*(그렇더라도 움직인다).[8]

예를 들어 피어가 의회로 가는 길목에 런던 시 당국이 세우던 메이폴, 즉 오월의 장대는 어찌 되었는가?[9] 그 장대가 마지막으로 세워진 것은 1713년이었다. 그 이후 〈메이폴〉은 영영 자취를 감추었다. 폐지된 것이다.

외양은 움직이지 않는다. 그러나 실상은 변한다. 앨버말이라는 명의를 예로 들어 보자. 그 명의는 영원해 보인다. 그 명의 아래로 여섯 가문(家門)이 지나갔다. 오도, 맨더빌, 비턴, 플랜태저넷, 비첨, 멍크 등이 그들이다. 레스터라는 명의 아래로는 서로 다른 이름 다섯이 거쳐 갔다. 보몬트, 브리오즈, 더들리, 시드니, 쿡 등이다. 링컨이라는 명의 아래로는 여섯 가문이 지나갔다. 펨브룩이라는 명의 아래로는 일곱 가문이 거쳐 갔다. 움직이지 않는 명의 밑에서 가문들은 끊임없이 바뀐다. 피상적인 역사가는 불변성을 믿는다. 실제로는 지속되는 것이 없다. 인간이란 물결일 수밖에 없다. 조류는 인류이다.

귀족들은 여인들이 모욕으로 여기는 것을 긍지로 삼는다. 그것은 늙음이다. 그러나 여인들과 귀족들은 같은 환상을 가

8 갈릴레이가 종교 재판관들로부터 코페르니쿠스의 지동설을 부인하라는 요구를 받고, 공식적으로 그 이론을 부인한 다음, 홀로 중얼거렸다는 말이다. 갈릴레이가 한 말은 다음과 같다고 한다. 〈*Eppur', si muove!*〉

9 중세 유럽에는 5월에, 존경하거나 흠모하는 사람의 집 앞에 나무 한 그루를 심는 습속이 있었다고 한다.

지고 있다. 스스로를 보존한다는 환상이다.

우리가 지금까지 읽은 것과 앞으로 읽을 것 속에서 잉글랜드의 상원은 아마 자신의 모습을 발견하지 못할지도 모른다. 그것은, 지난날 아름다웠던 여인이 얼굴의 주름살을 인정하지 않는 것과 유사하다. 거울은 늙은 피고인, 나무람을 운명으로 여기고 받아들일 뿐이다.

유사한 것을 만들어 내는 것, 그것이 역사가의 의무이다.

수석 군사가 그윈플레인에게 아뢰었다.

「저를 따르소서, 나리.」

그리고 덧붙였다.

「사람들이 인사를 올릴 것입니다. 각하께서는 모자의 챙을 살짝 쳐드시는 것만으로 답례하옵소서.」

그러고는 둥근 홀 안쪽에 있는 문을 향해 행렬을 지어 이동했다.

검은 권장을 든 알현실 문지기가 앞장서서 길을 열었다.

방석을 든 〈푸른 망토〉가 그 뒤를 따랐고, 그 뒤에 수석 군사가 섰으며, 그윈플레인은 모자를 쓴 채 맨 뒤에 섰다.

나머지 두 수석 군사와 다른 전령은 둥근 홀에 남았다.

검은 권장을 든 알현실 문지기를 앞세우고 수석 군사의 안내를 받으며, 그윈플레인은 여러 홀을 지나갔다. 오늘날에는 그 홀을 다시 볼 수 없을 것이다. 잉글랜드 의회의 옛 건물이 파괴되었기 때문이다.

그는 여러 방을 거치며 군주가 머물던 중세풍의 방도 지나갔다. 제임스 2세와 몬머스가 마지막으로 만난 방, 사나운 숙부 앞에서 비겁한 조카가 아무 보람없이 무릎 꿇던 모습을 바라보던 방이었다. 그 방 둘레에는, 옛 피어들의 가문(家紋) 아홉 개가, 벽에 기대어 시대 순으로 세워져 있었다. 낸슬래드론 경, 1305년. 베일리얼 경, 1306년. 베니스티드 경, 1314년. 캔

틸럽 경, 1356년. 몬베곤 경, 1357년. 티보톳 경, 1372년. 코드너의 주치 경, 1615년. 벨라아쿠아 경, 연대 미상. 해런과 서리 경, 연대 미상. 블루아 백작, 연대 미상.

어느새 밤이 된지라, 갤러리마다 띄엄띄엄 등불을 밝혔다. 모든 홀에는 천장에서 드리운 촛대에 불을 밝혔는데, 그 밝기는 예배당의 측랑(側廊)과 비슷했다.

꼭 필요한 사람들 이외에는 마주치는 이들이 없었다.

어느 홀을 지나가려니, 문서 담당 서기들이 모두 일어서서 머리를 숙여 예를 표했다.

다른 홀에 들어서니, 그곳에는 서머싯 주 브림프턴 지방의 영주인 기령(旗領) 기사, 존경스러운 필립 시드넘이 있었다. 기령 기사란, 전쟁 중에, 국왕의 군기가 펄럭이는 곳에서, 국왕에게 직접 기사 서품을 받은 사람이다.

또 다른 홀에 들어서니, 그곳에는 잉글랜드에서 가장 유서 깊은 준(準)남작인, 서퍽의 에드먼드 베이컨 경이 있었다. 니콜라스 경의 상속자이며, 프리무스 바로네토룸 안글리코이(잉글랜드 제일의 준남작)라는 칭호를 얻은 사람이다. 에드먼드 경의 뒤에는, 화승총을 든 그의 아르키페르(궁수)와 얼스터 지방의 문장을 받들고 있는 그의 예비 기사가, 시립하고 있었다. 준남작들은 아일랜드의 얼스터 주를 방어하는 책임을 맡고 있었기 때문이다.

다음 홀로 들어서니, 회계 담당관 네 사람 및 세액 책정 임무를 맡은 궁내대신의 대리관 두 사람과 재무대신이 이야기를 하고 있었다. 그들 이외에, 조폐 담당관이, 손바닥에 파운드화 한 닢을 올려놓고 그들에게 보여 주고 있었다. 당시의 관습대로 압착기로 찍은 것이었다. 그 여덟 사람이 새로운 상원 의원에게 정중한 예를 표했다.

하원에서 상원으로 통하는, 그리고 돗자리를 바닥에 깐,

778

복도 입구에 이르렀을 때, 왕실 통제관이자 글러모건을 대표하는 마감의 토머스 맨셀 경이 그윈플레인에게 정중하게 인사했다. 또한 복도의 끝에 이르렀을 때, 다섯 항구의 남작들의 사절단이 좌우로 네 사람씩 도열해 그에게 예를 표했다. 다섯 항구는 실은 여덟 개 항구로 이루어져 있다. 윌리엄 애시버넘은 헤이스팅스를 대표해 그에게 예를 표했고, 매슈 엘머는 도버를, 조시어스 버쳇은 샌드위치를, 필립 보틀러 경은 하이스를, 존 브루어는 뉴 럼니를, 에드워드 사우스웰은 라이 시를, 제임스 헤이는 윈첼시 시를, 그리고 조지 네일러는 시포드 시를 각각 대표해 예를 표했다.

그윈플레인이 그들에게 답례하려는 순간, 수석 군사가 나지막한 음성으로 그에게 의례 준칙을 상기시켜 주었다.

「모자의 가장자리만 살짝 쳐드소서, 나리.」

그윈플레인은 가르쳐 주는 대로 했다.

그는 〈그림으로 장식한 홀〉에 도착했다. 하지만 그곳에서는 에드워드 성자[10]를 비롯한 몇몇 성자의 초상화 이외에 다른 그림이 없었다.

홀을 반으로 갈라놓은 살문 형태의 목책 이쪽에, 중책을 맡은 국무대신 세 사람이 서 있었다. 그 세 사람 중 하나는 잉글랜드 남부와 아일랜드 및 식민지, 프랑스, 스위스, 이탈리아, 스페인, 포르투갈, 투르크 등을 관장하는 사람이었다. 두 번째 사람은 잉글랜드 북부와 네덜란드, 독일, 덴마크, 스웨덴, 폴란드, 모스코바 공국(公國) 등을 관장했다. 세 번째 사람은 스코틀랜드 출신으로, 스코틀랜드를 관장했다. 첫 두 사람은 잉글랜드 출신이었다. 그들 중 하나는 뉴래드너 시를 대표하는 의회 의원 로버트 할리였다. 스코틀랜드를 대표하

---

10 잉글랜드의 왕 에드워드를 가리키는 듯하다(재위, 1042~1066).

는 몽고 그레이엄, 즉 몬트로즈 공작의 친척도 함께 있었다. 모두들 묵묵히 그윈플레인에게 예를 표했다.

그윈플레인은 손으로 모자 가장자리를 가볍게 건드렸다.

목책 관리자가, 홀 안쪽으로 들어가는 통로에 가로질러 있던 막대를 쳐들었다. 안쪽에는 보를 씌운 초록색 긴 탁자가 있었는데, 로드 전용이었다.

탁자 위에는 나뭇가지 모양의 커다란 촛대에 불을 밝혀 놓았다.

그윈플레인은 검은 권장을 든 알현실 문지기와 〈푸른 망토〉, 자레티에르 등을 앞세우고 그 특별칸으로 들어섰다.

홀은 매우 넓었다.

안쪽 두 창문 사이에 걸린 방패꼴 왕가의 문장 밑에, 노인 둘이 서 있는 것이 보였다. 백담비 모피 띠로 어깨를 장식한 붉은 벨벳 가운을 걸치고 있었는데, 백담비 모피는 황금색 줄로 가장자리를 감쳤다. 또한 백색 깃털로 장식한 모자를 가발 위에 쓰고 있었다. 가운 자락 사이로 그들의 비단 정장과 검의 손잡이가 보였다.

두 노인 뒤에는, 검은 물결무늬 천으로 지은 옷을 입은 남자 하나가 부동 자세로 서 있었다. 그가 커다란 황금 권장을 높이 쳐들고 있는데, 막대의 끝에는 왕관을 쓴 사자상 하나가 있었다.

잉글랜드 피어를 상징하는 권장 담당 의전관이었다.

사자가 피어의 상징이었다. 〈그리고 사자는 곧 남작이고 피어이다.〉 베르트랑 게클랭이 남긴 일지의 한 구절이다.

수석 군사가, 붉은 벨벳 가운 걸친 두 노인을 가리키며 그윈플레인의 귀에다 대고 속삭였다.

「나리, 저 두 분은 각하와 동등하신 분들입니다. 저분들이 인사하시는 방법대로 답례하소서. 저 두 세이녀리께서는 남작이시며, 대법관께옵서 지명하신 각하의 두 보증인이십니다. 두 분 모두 매우 연로하시어 거의 앞을 보시지 못합니다. 저분들이 각하를 상원에 소개하실 것입니다. 한 분은 피츠월터 경 찰스 밀드메이이신데, 남작석에서 여섯 번째 자리에 앉으십니다. 그리고 다른 한 분은 트레리스의 애런들 경 오거스터스 애런들이신데, 남작석의 서른여덟 번째 자리에 앉으십니다.」

수석 군사가 두 노인 앞으로 한 걸음 나서며 음성을 높였다.

「클랜찰리 남작이시고, 헌커빌 남작이시며, 시칠리아의 코를레오네 후작이신 퍼메인 클랜찰리 경께서 두 각하께 인사드리십니다.」

두 로드가 모자를 벗어 팔 끝까지 쳐들었다가 다시 썼다.

그윈플레인이 같은 식으로 답례했다.

검은 권장을 든 알현실 문지기가 앞장을 서자, 〈푸른 망토〉와 자레티에르가 차례로 그 뒤에 섰다.

그러자 피어의 권장을 든 의전관이 그윈플레인 앞에 서고, 두 로드가 그의 양편에 섰다. 피츠월터 경은 그의 오른쪽에, 트레리스의 애런들 경은 그의 왼쪽에 섰다. 애런들 경은 몹시 쇠약했으며, 두 사람 중 연장자였다. 그는 다음 해에, 아직 미성년인 손자 존에게 작위를 물려주고 세상을 떠났다. 그의 작위는 1768년에 영영 사라졌다.

행렬이 홀을 나선 다음 어느 회랑으로 접어들었는데, 벽면에 약간 돌출한 벽기둥이 일정한 간격으로 서 있었다. 각 벽기둥 앞에는, 삼각 미늘창을 든 잉글랜드 병사들과, 도끼 모양 미늘창을 든 스코틀랜드 병사들이, 번갈아 서 있었다.

도끼 미늘창을 든 스코틀랜드 병사들은, 훗날 퐁트누아에서 프랑스 국왕 직속의 흉갑 기병대에, 정강이를 드러낸 채 맞선 그 장엄한 부대의 일원이 되었다. 당시, 그들의 연대장이 부하들에게 이렇게 소리쳤다고 한다. 「신사들이여, 모자를 단단히 고쳐 쓰시오. 우리가 돌격하는 영광을 누리게 되었소.」

삼각 미늘창을 든 병사들의 지휘관과 도끼 미늘창을 든 지휘관이, 그윈플레인과 두 로드에게 검으로 군례(軍禮)를 표했다. 병사들 또한 삼각 미늘창이나 도끼 모양 미늘창으로 예를 표했다.

회랑 끝에서 커다란 문이 번쩍거렸다. 어찌나 그 빛이 화려한지, 문 두 짝이 두 장의 황금판 같았다.

문 양쪽에 두 사람이 부동 자세로 서 있었다. 그들이 입은 정복으로 보아 문지기임을 즉시 알아볼 수 있었다.

그 문에 조금 못 미쳐서 회랑이 넓어졌고, 유리창으로 둘러싸인 일종의 원형 광장 같은 홀이 형성되었다.

그 속에, 등받이가 엄청나게 큰 안락의자에, 입은 가운과 머리에 쓴 가발이 하도 커서, 더욱 엄숙하게 보이는 인물 하나가 앉아 있었다. 잉글랜드의 대법관 윌리엄 쿠퍼 경이었다.

국왕보다 더 불구라는 것도 하나의 자질일 수 있다. 윌리엄 쿠퍼는 근시안이었는데, 앤 여왕도 그러했다. 하지만 그보다는 덜한 근시안이었다. 윌리엄 쿠퍼의 약한 시력이 여왕 폐하의 근시안에 호감을 주었고, 여왕이 그를 대법관 및 양심의 수호자 직에 임명하는 동기가 되었다.

윌리엄 쿠퍼의 윗입술은 얇았고, 아랫입술은 두툼했다. 반쯤 착한 사람의 특징이다.

유리로 둘러싸인 홀을 천장에 매달린 등이 밝히고 있었다.

대법관은 안락의자에 엄숙하게 앉아 있는데, 그의 오른편에 있는 탁자 앞에는 왕실 서기가 앉았고, 그의 왼편에 있는 탁자 앞에는 의회 서기가 앉아 있었다.

두 서기는 각자의 앞에 펼쳐진 장부 하나와 필기구를 준비해 놓고 있었다.

대법관의 안락의자 뒤에는, 왕관 장식을 한 권장을 들고 있는 의전관이 서 있었다. 그리고 옷자락 받쳐 드는 사람과 돈주머니 들고 따르는 사람도, 모두 커다란 가발을 쓰고 서 있었다. 그 모든 직책은 아직도 존속한다.

안락의자 곁에 있는 제기단(祭器壇) 모양의 작은 탁자 위에는 검이 한 자루 놓여 있었는데, 칼집과 불꽃 색깔의 벨벳으로 만든 허리띠도 갖추어져 있었다.

왕실 서기의 뒤에는, 의전관 한 사람이, 가운 하나를 펼쳐서 두 손으로 받쳐 들고 있었다. 대관식 때 입는 가운이었다.

의회 서기의 뒤에도, 가운 하나를 펼쳐서 두 손으로 받쳐 들고 있는 의전관이 있었다. 의회에 들어갈 때 입는 것이었다.

백색 호박단으로 안을 대고, 황금 줄로 가장자리를 감친 백담비 모피 띠로 어깨를 장식한, 진홍빛 벨벳으로 지은 두 가운이 거의 비슷했다. 대관식용 가운의 담비 모피 띠가 조금 더 넓다는 것이 유일한 차이였다.

세 번째 의전관은 〈라이브러리언〉이라고 했는데, 그는 플랑드르산 가죽판 위에, 붉은색 양가죽으로 표지를 만든 작은 책자, 즉 신사록(紳士錄)을 받쳐 들고 있었다. 그 책자 속에는 상원 의원과 하원 의원의 명단이 수록되어 있었고, 아무것도 기록하지 않은 빈 페이지도 있었다. 또한 연필도 한 자루 딸려 있었다. 그것들을 처음 의회에 등원하는 사람에게 제공하는 것이 관례였다.

그윈플레인이 두 피어 사이에 서서 가던, 행렬이 대법관의 안락의자 앞에서 멈추었다.

두 보증인 피어가 모자를 벗었다. 그윈플레인도 그들처럼 했다.

수석 군사가 〈푸른 망토〉에게서 은색 천으로 만든 방석을 건네받은 다음 무릎을 꿇더니, 방석 위에 놓여 있던 검은 서류 가방을 대법관에게 바쳤다.

대법관이 서류 가방을 받아 의회 서기에게 내밀었다. 의회 서기가 격식을 갖춰 그것을 받아 든 다음, 자기 자리로 돌아가 다시 앉았다.

의회 서기가 서류 가방을 연 다음 자리에서 일어섰다.

서류 가방에는 통상적인 문서 둘이 들어 있었다. 하나는 상원으로 보내는 국왕의 공문서였고, 다른 하나는 새로 피어가 된 사람에게 보내는 등원 명령서였다.

서기가 선 채, 두 서한을 큰 소리로 또 공경스러운 어조로, 천천히 낭독했다.

퍼메인 클랜찰리 경에게 보낸 등원 명령서는 상투적인 표현으로 끝을 맺었다.

　……짐이 경에게 엄숙히 명령하는 바, 짐에 대한 신의와 충성의 의무를 다하기 위해, 웨스트민스터에 소집된 의회에 등원해, 고위 관리들과 피어들 사이에서, 왕국과 교회의 뭇 현안에 대해, 명예와 양심에 입각한 견해를 기탄없이 개진해 주기 바라노라.

칙서의 낭독이 끝나자 대법관이 음성을 높였다.

「옥좌에 대한 맹세는 이미 하셨습니다. 퍼메인 클랜찰리 경, 경께서는 화체설(化體說)[11]에 대한 믿음과, 성자들에 대한 숭배, 그리고 미사를 포기하십니까?」

그윈플레인이 몸을 굽혀 동의를 표했다.

「신앙 맹세도 마치셨습니다.」 대법관이 선언했다.

11 성찬식 때 먹는 빵과 포도주가 예수의 몸(살)과 피로 변한다는 교리. 신교도들은 그 교리를 믿지 않는다.

그러자 의회 서기가 다시 말했다.

「각하께서는 시험을 마치셨습니다.」

대법관이 덧붙였다.

「퍼메인 클랜찰리 경, 경께서는 이제 등원하실 수 있습니다.」

「그렇게 이루어질지어다.」 두 보증인이 동시에 말했다.

〈그렇게 모든 절차가 끝나면, 피어가 자신의 검을 차고, 고귀한 자리에 올라가 회의에 참석한다.〉 노르망디의 옛 헌장에 있는 구절이다.

그윈플레인의 뒤에서 누군가가 그에게 하는 말소리가 들렸다.

「각하께 의회 가운을 입혀 드리겠습니다.」

말이 끝남과 동시에, 가운을 들고 있던 의전관이 그것을 그윈플레인에게 입혀 주고, 담비 모피 띠를 목에 걸어 주었다.

진홍색 가운을 입고 황금 손잡이가 달린 검을 허리에 차자, 그윈플레인 역시 자신의 좌우에 있던 두 로드와 비슷해졌다.

〈라이브러리언〉이 그에게 신사록을 바쳤다. 그는 그것을 그윈플레인의 윗옷 주머니에 넣어 주었다.

수석 군사가 그의 귀에다 대고 나지막하게 말했다.

「나리, 들어가시면서 국왕의 의자에 예를 표하소서.」

국왕의 의자란 옥좌를 가리킨다.

그동안 두 서기는 각자의 탁자에 앉아서 무엇을 기록하고 있었는데, 한 사람은 왕실 장부에, 다른 한 사람은 의회 장부에 기록했다.

두 서기가, 차례대로, 그러나 왕실 서기가 먼저, 각자의 장부를 대법관에게 가져왔고, 대법관이 서명을 했다.

두 장부에 서명을 하고 난 다음, 대법관이 자리에서 일어섰다. 그리고 엄숙하게 말했다.

「클랜찰리 남작이시고, 헌커빌 남작이시며, 이탈리아의 코클레오네 후작이신 퍼메인 클랜찰리 경, 그레이트브리튼의 정신적 로드들과 세속적 로드들이신, 경의 동료들에게로 오심을 환영합니다.」

그윈플레인의 두 보증인이 그의 어깨를 건드렸다. 그가 돌아섰다.

그러자 회랑 끝에 있는 황금색 문이 활짝 열렸다.

잉글랜드 상원의 정문이었다.

그윈플레인이 전혀 다른 행렬에 둘러싸인 채, 서더크 감옥의 철문이 눈앞에서 열리는 것을 본 이후, 36시간이 채 흐르지 않았다.

그의 머리 위에 있던 구름 덩이가 무시무시하리만큼 급속하게 움직인 것이다. 구름 덩이가 사건들이었다. 급속함은 강습과 다름없었다.

2. 공평성

야만스러웠던 시절에는, 국왕과 대등한 피어리지의 제정이, 유용한 협정이었다. 하지만 그 초보적인 정치적 궁여지책이 프랑스와 잉글랜드에서 각각 상이한 결과를 낳았다.

피어리지는 프랑스에서 태동했다.[1] 그 태동 시기는 확실치

1 피어*peer*라는 말도 중세 프랑스어 *per* 혹은 *pier*에서 유래한 것이다. 어형 또한 크게 변하지 않았다. 11세기 작품으로 추정되는 『롤랑전』에서는, *pier*라는 형태로 사용되어, 〈전우〉나 〈동료〉, 〈동배〉 등을 의미했다. 한편 피어리지*peerage*를 프랑스어로는 페리*pairie*라 하는데, 이 책에서는 경우에 따라 그 둘을 혼용할 경우도 있을 것이다(피어*peer*와 페르*pair* 역시 마찬가지다).

않다. 전설에 따르면 샤를마뉴의 치세라 하고, 역사에 따르면 현군(賢君) 로베르[2]의 치세라 한다. 하지만 역사 또한 전설만큼이나 자기가 하는 말을 확신하지 못한다. 〈프랑스의 왕은 자기 왕국 내의 세력가들에게 페르라는 칭호를 주어, 그들이 왕과 대등하다고 믿게 만든 다음, 그들을 자기 곁으로 끌어들이려 했다.〉 파뱅의 말이다.

페리가 두 갈래로 나뉘어, 그 하나는 프랑스에서 잉글랜드로 건너갔다.

잉글랜드의 피어리지는 상당한 현상이었고, 거의 위대하다고 할 만했다. 그것보다 앞서, 색슨족에게는 위트네즈멋[3]이라는 것이 있었다. 덴마크인들의 데인과 노르망디인들의 바바쇠르가 바롱이라는 말에 녹아 들었다.[4] 바롱을 근대에 이르러 〈남작〉이라고 번역하지만, 중세 봉건 시대에는 세력 있는 영주 전반을 가리키는 말이었다. 그런데 작가의 어원 설명이 조금 이상하다. 중세의 작품들을 보면, 국왕의 신료들이나 휘하 장수들을 가리켜, *baro*라고 한 경우가 빈번한데, 그 말의 뿌리를 왜 *vir*(남자, 여자와 상반되는 개념으로)에서 찾는지 모르겠다. 또한 프랑스 사전들(로베르 사전, 라루스 사전)은 그 말이 〈자유인〉을 뜻하는 프랑크족의 말인 *baro*에서 왔다고 한다. 그러나 그 말의 실제 용례에 입각해서 보면, 그것이 〈용병〉이나 〈우둔한 사람〉 등을 뜻하는 라틴어 *baro*나 〈상스러운 남자〉를 뜻하는 라틴어 *varo*에서 왔을 가능성이 훨씬 더 크다. 유럽의 〈귀족〉과 〈용병〉은 그 본질이 같지 않은가?

2 앙주의 공작이고 프로방스의 백작이며 나폴리의 왕이었다. 보카치오와 페트라르카를 후대했다고 한다.
3 〈재치 있는 말〉이라는 뜻을 갖는 합성어인 듯하다.
4 데인은 병영의 심부름꾼을 뜻한다. 바바쇠르의 어원적 의미 역시 종이나 심부름꾼이다. 중세 봉건 체제에서는 가신(家臣)의 가신을 뜻했다.

1075년경부터 바롱들이 왕에게 영향력을 행사하기 시작했다. 게다가 어떤 왕이었던가! 정복자 기욤이었다. 1086년에 이르러서는 그들이 봉건 제도의 초석을 놓는데, 그 초석이 둠즈데이 북이다. 〈최후의 심판에 쓸 장부〉라는 뜻이다. 장 상테르 시절에는 갈등이 표면화되기 시작해, 프랑스의 영주들이 그와 그레이트브리튼을 거만하게 대하며, 심지어 프랑스의 페르가 잉글랜드의 왕을 소환해 법정에 세우기도 한다. 잉글랜드의 바롱들이 분개할 수밖에 없었다. 필립 오귀스트[5]의 대관식에서는 잉글랜드의 국왕이 노르망디 공작 신분으로 제1군기를 들었고, 기옌 공작이 제2군기를 들었다. 외국인의 가신 노릇이나 하는 왕에 대한 불만으로 인해, 소위 〈영주들의 전쟁〉이라는 것이 발발했다. 잉글랜드의 바롱들은 그 불쌍한 왕 장이 마그나 카르타를 받아들이게 했고, 그것에서 상원이 태동했다. 교황이 왕의 편을 들어 로드들을 파문했다. 때는 1215년, 교황은 인노켄티우스 3세였다. 그 교황이 *Veni Sancte Spiritus* (오시옵소서, 성령이시여)[6]를 썼으며, 장 상테르에게 사추덕(四樞德)[7]의 상징으로 금반지 넷을 보냈다. 로드들은 꿋꿋하게 버텼다. 여러 세대를 두고 계속될 긴 싸움이었다. 펨브룩[8]이 투쟁을 계속했다. 1248년에는 〈옥스퍼드

5 1202년, 필립 오귀스트가 장 상테르를 소환해 프랑스 페르들의 법정에 세운 사건을 가리키는 듯하다. 당시의 잉글랜드 국왕은 헨리 2세였고, 그가 노르망디 공작이었다. 장 상테르는 헨리 2세의 아들이다.

6 이 구절로 시작되는 기도문을 쓴 사람은 당시 캔터베리 대주교였던 랭턴이라고 한다. 인노켄티우스 3세는(제174대 교황) 1208년 잉글랜드에 성무 집행 금지령을 내렸고, 1209년에 장 상테르를 파문했으며, 1213년에는 필립 오귀스트가 잉글랜드를 침범하도록 허락했다. 결국, 1213년에 장 상테르는 교황과 화해하고, 그의 신하가 되겠노라 약속했다.

7 네 가지 중추적인 미덕을 가리킨다. 용기, 정의, 신중함, 절제 등이다.

8 장 상테의 아들 헨리 3세의 어린 시절에, 1216년부터 섭정을 맡았던 펨브룩 백작 윌리엄 마셜을 가리키는 듯하다.

양보 협정〉[9]이 체결되었다. 바롱 스물넷이 왕의 권한을 통제하고, 국왕의 모든 조치를 심의하며, 논쟁이 확대될 경우 각 주에서 기사 한 사람씩을 추가로 참석시켰다. 코뮌[10]의 여명기였다. 훗날에는 로드들이 한 도시에서 시민 대표 두 사람과, 한 읍에서 대표*bourgeois* 두 사람씩을 협조자로 영입할 수 있게 되었다. 그리하여 엘리자베스 여왕 치세까지는, 피어들[11]이 코뮌들의 대표 선거가 유효한지 여부를 가리는 심판관 역할을 맡았다. 그들의 심판권(재판권)에서 속담처럼 퍼진 다음과 같은 원칙이 탄생했다.

　　코뮌의 대표는 다음의 P 셋 없이 임명되어야 한다. *sine Prece, sine Pretio, sine Poculo*(간청함 없이, 돈 없이, 술 없이).

그렇건만 부패 선거구가 생기는 것을 막지 못했다. 1293년에도 프랑스 페르의 법정에는 재판을 받아야 할 잉글랜드의 왕이 소환되었는데, 프랑스 국왕 필립 르 벨이 에드워드 1세를 자기 앞에 불러 세운 것이다. 에드워드 1세는, 자신이 죽으면 시신을 삶은 후 그 뼈를 추려 두었다가, 그것을 가지고 전쟁터에 임하라고 아들에게 유언을 남긴 왕이다.[12] 왕들의

9 시몽 드 몽포르(몽포르 백작 시몽 4세의 아들)가 주도한 바롱들의 반란에 굴복해, 헨리 3세와 바롱들 간에 조인된 협정이다. 매년 3회씩 의회를 소집하고, 참사원을 설치하기로 합의했다. 그러나 왕이 그 협정을 1266년부터 무시했다고 한다.

10 봉건 영주들에게 예속되지 않은 자유시를 가리킨다. 부르주아(즉, *bourg*의 주민, 시민)가 시의 살림을 자치적으로 꾸려 나갔다. 1789년에는 파리 코뮌이 자치 혁명정 부로 변신하기도 했다(1789~1795).

11 작가가 〈피어〉와 〈로드〉를 같은 뜻으로 혼용하고 있어, 그대로 옮긴다. 피어는 국왕이나 귀족 상호간의 수평적 관계(동료)를 나타내는 말이고, 로드는 평민이 귀족(영주, 국왕)을 바라보는 시각에서 사용되는 말이다.

잇단 미치광이 짓을 심각하게 우려하던 로드들은 의회를 강화할 필요를 느꼈다. 그들은 의회를 양원으로 나누었다. 상원과 하원이 그렇게 해서 생겼다. 그런데 로드들이 오만하게 지배권을 행사했다.

혹시 코뮌의 대표 중 어떤 사람이 감히 상원에 대해 불리한 발언을 하면, 그를 불러다가 심판대에 세워 버릇을 고치든가, 때로는 런던탑으로 보내기도 한다.[13]

표결 방법에서도 차별이 있었다. 상원에서는 표결할 때 의원 하나하나에게 견해를 묻는데, 지위가 가장 낮은 바롱, 즉 그들 사이에 〈막내〉라고 부르는 사람부터 견해를 표하도록 했다. 반면 하원에서는 전원이 일시에, 가축 떼처럼, 예 혹은 아니요 중 하나로 표결케 했다. 코뮌의 대표자들은 고백하고, 피어들은 심판했다. 피어들은 숫자를 멸시하는지라, 재무성 감사는 평민 의원들에게 위임했고, 평민 의원들은 그러한 역할을 이권 확보에 이용했다. 재무성을 가리켜 장기판이라 하는데, 탁자를 덮는 융단이 격자무늬였기 때문에 그러한 명칭을 얻게 되었다고 하는 이들도 있고,[14] 혹은 잉글랜드 국

12 에드워드 1세가 기옌 전투(1294~1299)에서 패했지만, 필립 4세는 자신의 딸인 이자벨과 에드워드 1세의 아들(에드워드 2세)을 혼인시키기로 약정함으로써 양국간의 불화를 해소했다. 에드워드 1세가 프랑스 페르의 법정에 서지는 않은 것 같다. 또한 그가 남겼다는 유언 역시 전설에 불과한 듯하다. 훗날 에드워드 2세의 왕비 이자벨은 남색가였던 남편을, 프랑스에서 데리고 간 자기의 정인 모티머와 공모해 죽인다. 모티머는 프랑스에 망명했던 웨일스 출신의 귀족이었다.

13 체임벌린, 『잉글랜드의 현황』, t.2, 제2부, 4장, p.64, 1688 — 원주.

14 잉글랜드를 정벌한 노르망디 공작의 궁에서 돈을 헤아리거나 계산할 때, 격자무늬 융단을 씌운 탁자 위에 펼쳐 놓고 했기 때문에, 〈장기판〉과 〈재무성〉이 동음이의어가 되었다 한다. 그러한 견해가 일반적이다.

왕의 국고금을 넣어 두는 고가구 서랍들이 격자무늬 철창 뒤에 있었기 때문이라고 하는 이들도 있다. 13세기 말부터 『이어북*Year-book*』이라고 하는 연감이 발행되었다. 두 장미 간의 전쟁[15]이 지속되는 동안, 로드들의 무게를 느끼곤 했는데, 랭커스터 공작인 곤트의 존[16] 쪽에서 오는 중압감이 느껴지다가, 요크 공작인 에드먼드 측에서 오는 중압감이 느껴지기도 했다. 워트 타일러,[17] 롤러드 교도들,[18] 국왕 제조꾼 워릭 등으로 대변되며 또한 해방의 모태가 된 무정부 상태 속에서는, 알려졌건 비밀 속에 묻혔건, 잉글랜드의 봉건 체제가 버팀목 역할을 했다. 로드들은 옥좌를 매우 유익하게 시기했다.

15 장미 전쟁은, 랭커스터 가문과 요크 가문이 잉글랜드의 옥좌를 놓고, 1455년부터 1485년까지 30년 동안 벌인 일련의 전투를 가리킨다. 랭커스터 가문의 상징은 붉은 장미였고, 요크 가문의 상징은 백장미였다. 헨리 4세(랭커스터 가문)의 무능을 규탄하며 요크 가문의 리처드가 반란을 일으켰는데, 워릭의 도움을 받아 리처드는 세인트앨번스(1455년), 노샘프턴(1460년), 터튼(1461년) 등지에서 연승을 거두고, 헨리 4세를 퇴위시킨 후, 아들을 옥좌에 앉힌다(에드워드 4세, 1461년). 그러나 워릭과 에드워드 4세 사이에 불화가 생겨, 워릭은 1470년에 헨리 4세를 다시 옥좌에 앉힌다. 그러나 튜크스버리 전투에서 승리를 거둔 에드워드 4세가 다시 옥좌에 오르고(1471년), 1483년에 왕위를 아들 에드워드 5세에게 물려준다. 그러나 같은 해에, 에드워드 5세는 숙부인 리처드 3세에게 죽임을 당하고, 랭커스터 가문의 후예임을 자처하는 헨리 튜더가 1485년에, 다시 리처드 3세를 보스워스 평원 전투에서 죽이고 왕위에 오른다. 그가 헨리 7세인데, 요크 가문의 엘리자베스를 왕비로 맞아들여, 두 가문 간의 전쟁에 종지부를 찍는다. 작가가 그러한 역사의 소용돌이 속에서 부각시키려 한 것은 로드들의 역할이다.

16 리처드 2세(재위, 1377~1399)의 섭정공이었다.

17 과도한 세금 때문에 봉기한 농민 반란을 주도한 사람으로, 리처드 2세에게 많은 양보를 얻어 냈다고 한다. 반란을 배후에서 조정한 사람은 귀족이었다고 한다(1381년).

18 〈으르렁거리다〉 혹은 〈웅얼거리다〉라는 뜻을 가진 고대 영어 *lollen*에서 유래한 단어로, 14~15세기 무렵 잉글랜드에서 세력을 떨치던 종파라고 한다. 그들이 14세기 말부터 숱한 민란을 촉발시켰고, 종교개혁에도 많은 영향을 끼쳤다.

시기한다는 것은 곧 감시한다는 뜻이다. 그들은 국왕의 주도
권을 제한하고, 대역죄의 범위를 극소수의 경우에 한정하고,
거짓 리처드들을 선동해 헨리 4세에 맞서게 했고,[19] 스스로
심판관이 되어 요크 공작과 마르그리트 당주 사이에서 세 왕
관과 관련된 문제를 판결했고,[20] 필요하면 직접 군대를 일으
켜, 슈루즈버리, 튜크스버리, 세인트앨번스 등지에서 전투를
벌여, 패하기도 하고 승리하기도 했다. 이미 13세기에 그들
은 루이스[21]에서 전승을 거두었고 국왕의 네 형제를 왕국에
서 추방했다. 그 네 형제는 이자벨과 마르슈 백작 사이에서
태어난 사생아들이었는데,[22] 네 사람 모두 고리대금업자로,
유대인들을 앞세워 기독교도들을 수탈했다. 한편으로는 왕
자들이되, 다른 한편으로는 사기꾼들이었다. 그러한 현상은
훗날에도 다시 나타났지만, 당시에는 별로 존경받지 못했다.
15세기까지도 잉글랜드 국왕의 모습에는 노르망디 공작의
흔적이 남아 있었고, 의회의 의사록도 프랑스어로 작성되었
다. 헨리 7세 시절부터 로드들의 뜻에 따라 잉글랜드어로 작

19 헨리 4세(재위, 1399~1413)가 리처드 2세를 퇴위시킨 사실과, 옥좌
에 오른 후 귀족들과 반목한 점을 염두에 둔 언급인 듯하다.

20 마르그리트는 헨리 4세의 왕비로, 장미 전쟁 기간에 적극적인 역할을
했다고 한다. 1471년에 요크 가문 측에 생포되었다가, 1475년에 석방금을
지불하고 풀려나, 고향(프랑스, 앙주)으로 돌아가 1482년에 작고했다. 한
편, 〈세 왕관〉이란, 퇴위된 후 잠시 복위되었던 헨리 4세와 에드워드 4세를
환유하는 듯하다.

21 시몽 드 몽포르가 주도한 바롱들의 반란군이 그곳에서 헨리 3세의 군
대를 격파해(1264년 5월), 왕으로 하여금 마그나 카르타를 추인케 했다
(1265년).

22 이자벨은 헨리 3세의 모후 이자벨 당굴렘을 가리킨다. 헨리 3세의 부
왕 장 상테르가, 이자벨과 마르슈 백작 위그 10세의 결혼식장에서 이자벨을
납치해 왕비로 삼았는데, 이자벨은 국왕 사후에 마르슈 백작과 재혼했다.
〈사생아들〉이란 그렇게 해서 태어난 자식들을 가리키는 듯하다.

성하기 시작했다. 잉글랜드가 유서 펜드래건[23] 치하에서는 브리튼적이었고,[24] 카이사르 치하에서는 로마적이었고, 7왕국(七王國)[25] 시절에는 색슨적이었고, 해럴드 치하에서는 덴마크적이었다가,[26] 기욤 치하에서는 노르망디적이더니, 그다음 드디어 로드들 덕분으로 잉글랜드다운 모습을 찾았다. 그런 다음 다시 잉글랜드 국교회가 설립되었다. 자기 나라 고유의 종교를 가지고 있다는 것은 그 자체가 힘이다. 외부에 있는 교황이 국민의 생명을 소진시키고 있었다. 메카란 문어와 다름없다.[27] 1534년에 런던은 로마를 내쫓고, 피어리지가 개혁에 착수하며, 로드들이 루터를 받아들였다. 1215년에 내려졌던 파문에 대한 반격이었다.[28] 그것이 헨리 8세의 마음에도 합당했다. 하지만 다른 측면에서는 로드들이 성가신 존재였다. 곰 앞에 버티고 서 있는 불독 한 마리, 헨리 8세 앞에 있던 상원이 그러했다. 울지가 국민에게서 화이트 홀을 훔치고, 윌리엄 8세가 울지에게서 화이트 홀을 훔쳤을 때, 누가 으르렁거렸는가? 로드 네 사람이었다. 바로 치치스터의 다르시, 블렛소의 세인트 존, 그리고 (둘은 노르망디식 이름인데) 마운트조이와 마운트이글이었다. 왕은 찬탈하고 피어리지는 잠식한다. 세습이라는 것에는 매수할 수 없는 속성이 내포되

23 아서 왕의 부친이다.

24 〈켈트적〉이라 읽을 수도 있다.

25 5~9세기경까지 그레이트브리튼에 성립되었던 게르만족의 일곱 왕국을 가리킨다(켄트, 서식스, 웨식스, 에식스, 노섬브리아, 이스트앵글리아, 머시아).

26 잉글랜드에 덴마크 출신의 왕이 처음 등극한 것은 1016년인데, 그 왕조는 1066년 해럴드 2세가 헤이스팅스에서 노르망디 공작 기욤(윌리엄)에게 패할 때까지 존속했다.

27 〈메카〉는 교황이 있는 곳을 가리키고, 〈문어〉는 흡혈귀를 뜻한다.

28 교황 인노켄티우스 3세가 장 상테르를 감싸며 마그나 카르타를 단죄한 사실을 가리키는 듯하다.

어 있다. 로드들이 예속될 수 없는 것은 그 속성에서 비롯된다. 바롱들은 심지어 엘리자베스 앞에서도 꿈틀거린다. 더럼에게 가해진 형벌도 그러한 이유에서였다. 그 폭군적인 치마는 피로 물들어 있었다. 넓게 펼쳐진 치마 밑에 감춰진 단두대, 그것이 엘리자베스였다. 엘리자베스는 의회 소집 횟수를 최소한으로 줄였고, 상원의 의원 수도 65명으로 한정시켰는데, 그중 후작은 단 하나 웨스트민스터 후작뿐이었고, 공작은 아예 없었다. 프랑스의 왕들도 유사한 시기심에 사로잡혀 작위를 삭제했다. 앙리 3세 시절에는 공작령이 여덟밖에 남지 않았다. 또한 망트 남작, 쿠시 남작, 쿨로미에 남작, 샤토뇌프앙티므레 남작, 페레앙라르드누아 남작, 모르타뉴 남작, 그리고 몇몇 다른 이들이, 프랑스의 남작 페르로 남아 있던 것을 왕은 몹시 불쾌하게 여겼다. 잉글랜드에서는 피어리지가 감소되도록 왕실이 아예 못 본 척했다. 예를 들어 12세기부터 앤 여왕 치세까지 소멸된 피어리지의 수는 도합 565개에 이른다. 장미 전쟁 당시에 공작들을 뿌리째 뽑아내기 시작하더니, 메리 튜더 치세에 이르러서는 아예 도끼질을 가했다. 귀족 사회를 참수하는 것이나 다름없었다. 공작을 베어 버린다는 것은 곧 머리를 자른다는 뜻이다. 좋은 정책임에 틀림없었다. 그러나 잘라 버리는 것보다는 부패시키는 것이 낫다. 그러한 점을 직감한 사람이 제임스 1세이다. 그는 공작령을 복원했다. 그리고 총애하던 빌리어스를 공작으로 만들었는데, 빌리어스는 왕을 돼지로 만들었다.[29] 봉건적 공작이 궁정의 공작으로 변형된 것이다. 그리고 얼마 안 되어 그러한 것들이 우글거리게 되었다. 찰스 2세는 두 정인에게 여공

---

29 〈빌리어스는 제임스 1세를 돼지 폐하라고 불렀다〉 — 원주. 〈돼지〉는, 〈음탕하고 불결하기가 돼지와 같은 짓〉을 가리키는 *cochonnerie*를 옮긴 것이다. 한편 〈빌리어스〉는 버킹엄 공작을 가리킨다.

작 작위를 주었는데, 하나는 사우스햄턴의 바버라였고, 다른 하나는 케루엘의 루이즈였다. 앤 여왕의 치세 동안 공작의 수가 스물다섯에 이르렀는데, 그중 셋은 외국인이었다. 컴벌랜드, 케임브리지, 그리고 쇤베르크 공작이 그들이었다. 제임스 1세가 고안한 그러한 궁정의 수법이 성공했을까? 그렇지 않았다. 상원은 자신들이 간계에 농락당했다고 생각하며 역정을 냈다. 제임스 1세와 찰스 1세에 대해 역정을 냈는데, 지나는 길에 한마디 하자면, 마리 드 메디시스가 아마 남편의 죽음에 다소나마 관련되었듯이, 찰스 1세도 부친이 죽음에 이르는 데 일조했을 것이다.[30] 찰스 1세와 피어리지 간에 결별이 이루어졌다. 제임스 1세 치세에, 베이컨을 횡령과 독직 혐의로 심판대에 세운 바 있는 로드들이, 찰스 1세 치세에는 스태퍼드를 반역 혐의로 재판에 회부했다. 한 사람은 명예를 잃었고, 다른 한 사람은 목숨을 잃었다. 스태퍼드를 통해 찰스 1세는 이미 한 번 참수된 셈이다.[31] 로드들이 코뮌들에게 협조했다. 국왕은 옥스퍼드에서 의회를 소집했는데, 혁명은 그것을 런던에서 소집했다. 피어 43인이 왕을 따랐고, 22인은 공화제를 따랐다. 로드들이 평민을 받아들인 데서 권리 장전이 태동했고, 그것이 우리 인권 선언의 초벌 형태였

30 앙리 4세가 암살당한 사건에 왕비 마리 드 메디시스가 연루되었을 것이라는 의혹은 수 세기를 두고 이어져 왔다. 한편 찰스 1세가 아버지의 죽음에 일조했다는 언급은 이상하다. 찰스 1세가 귀족들의 반발을 사서 결국 의회 재판에 회부되어 참형을 받은 것은, 부왕 제임스 1세의 방탕과 실정이 귀족들의 불만을 잉태시킨 데도 원인이 있었을 것이다. 또한 제임스 1세는 1625년에 죽었고, 그의 아들 찰스 1세는 런던의 화이트 홀에서 1649년에 처형당했다. 아비가 아들의 죽음에 일조한 경우이다.

31 찰스 1세의 최측근으로 캔터베리 대주교 로드와 함께 의회를 무시하고 국정을 농단하던 스태퍼드는 1640년에 처형되었다. 한편 베이컨은 독직 혐의를 받아 1621년에 모든 직책을 박탈당했다.

으며, 프랑스 혁명이 후미진 미래로부터 잉글랜드의 혁명 위로 던진 희미한 그림자였다.[32]

귀족들이 끼친 바는 대략 그러했다. 물론 그것이 그들의 의도는 아니었다고 치자. 여하튼 좋다. 게다가 비싼 대가를 치러야 했다. 피어리지라는 것이 거대한 기생충이기 때문이다. 하지만 그들이 끼친 공적은 무시할 수 없다. 루이 11세와 리슐리외와 루이 14세의 전제적인 치적, 술탄의 등장, 평등이라는 이름으로 저질러진 평준화, 홀(笏)을 이용한 몽둥이질, 대중을 고무래질로 천박하게 만드는 등, 프랑스에서 저질러진 그 투르크인들의 짓들[33]을, 잉글랜드에서는 로드들이 막았다. 그들은 귀족 정치를 일종의 장벽으로 삼아, 한편으로는 국왕을 상대로 하여 제방 역할을 하도록 했고, 다른 한편으로는 백성의 피신처가 되도록 했다. 그들은 백성들에 대한 자신들의 건방짐을 국왕에 대한 불손함으로 속죄했다. 레스터 백작 시몽[34]은 헨리 3세에게 이렇게 말했다. 「왕이시여, 당신이 거짓말을 했소.」 로드들은 왕실에 굴종을 강요했고, 수렵과 같은 가장 민감한 부분에서 왕에게 타박상을 입히곤 했다. 모든 로드는 국왕의 수렵 구역을 지나며 점박이 사슴 한 마리를 죽일 권한을 가지고 있었다.[35] 로드들에게는 왕의 집

32 매우 기이한 논리이다. 존재하지도 않는 미래가 어떻게 현재 위에 그림자를 드리운단 말인가? 1세기 앞서 일어난 시민 혁명이 1세기 후에 일어날 혁명의 영향을 받았단 말인가? 〈잉글랜드에서 여자를 국왕으로 추대하는 이유는, 프랑스에 여왕이 없기 때문〉이라고 한 농담과 유사한 언급쯤으로 보아야 할 듯하다.

33 잔인하고 야만스러운 짓들을 가리킨다.

34 몽포르 백작 시몽 4세의 아들을 가리킨다. 그는 1230년경 잉글랜드로 건너가 레스터 백작이 되고, 귀족(바롱들)의 반란을 주도했다.

35 일반 백성이 왕이나 영주의 수렵 구역에서 짐승을 잡다 발각되면 그 자리에서 나뭇가지에 목을 매달았다고 한다. 밀렵꾼들에 대한 가혹한 처벌 풍습은 『여우 이야기』에 생생히 묘사되어 있다. 전용 수렵 구역이 곧 권위의

이 곧 자기들의 집이었다. 왕이 런던탑에 갇힐 경우, 피어가 갇힐 경우와 같은 금액의 비용이 지출되었는데, 그 금액은 한 주일에 12파운드였고, 상원이 지출을 담당했다. 그보다 더 큰 권한도 있었다. 왕위를 박탈하는 것도 상원의 권한이었다. 로드들은 장 상테르를 폐위시켰고, 에드워드 2세의 왕권을 박탈했고, 리처드 2세를 옥좌에서 끌어내렸고, 헨리 4세를 꺾어 버려, 결국 크롬웰의 출현을 가능케 했다. 찰스 1세에게 루이 14세와 유사한 점이 얼마나 많았던가! 크롬웰 덕분에 그는 잠재적 상태로 남고 말았다. 한편, 어느 역사가들도 이 점에는 유의하지 않는데, 크롬웰도 피어리지에 속하기를 열망했다는 사실을 지나는 길에 지적해 두자. 그가 엘리자베스 바우처를 아내로 맞아들인 것은 그러한 열망에 이끌려서였다. 그녀는 옛 크롬웰 가문의 한 사람인 바우처 경의 후손이자 상속권자였다. 바우처 경의 피어리지는 1471년에 소멸되었고, 바우처 가문의 다른 지파였던 로비저트 경의 피어리지 또한 1429년에 소멸되었다. 무서운 기세로 중첩되는 사건들을 의식한 그는, 피어리지의 권리를 요구하기보다 제거된 왕[36]을 이용해 지배하는 것이 더 간결하다고 생각했다. 때로는 음산하기도 한 로드들의 의식이 왕에게 타격을 입혔다. 재판정에 출두한 피어의 양쪽에는, 런던탑에서 파견한 간수 두 사람이 어깨에 도끼를 턱 걸치고 서 있곤 했는데, 그러한 조치가 피어뿐만 아니라 국왕에 대해서도 취해졌다. 5세기 동안, 태곳적 모습을 간직한 잉글랜드의 상원은, 정해진 일정표에 따라 흔들림 없이 움직여 왔다. 느슨해져서 기분을 전환하는 날도 있었다. 예를 들어 교황 율리우스 2세가 보낸 치즈와 햄, 그리스산 포도주를 잔뜩 싣고 입항한 화물선 갈

상징이었던 것 같다.

[36] 1649년에 처형된 찰스 1세를 가리킨다.

레아차[37]에 매혹되는 기이한 순간도 있었다. 잉글랜드의 귀족 집단은 항상 불안해하고, 오만하고, 완강하고, 세심하고, 애국적으로 경계심이 많았다. 17세기 말에, 1694년도 제10호 법령을 반포해, 사우샘프턴 주의 스톡브리즈 읍에서, 의회에 대표를 파견할 수 있는 권한을 박탈하고, 하원에 압력을 가해 그곳의 선거 결과를 무효화시킨 것도 그들이었다. 교황파의 속임수가 선거를 더럽혔기 때문이다. 그들은 제임스가 요크 공작이던 시절, 그로 하여금 국교를 신봉한다는 선서를 하도록 했다. 그가 거절하자, 그들은 그의 왕위 계승권을 박탈하려 했다. 결국 그가 왕위를 계승했지만, 귀족들은 그를 다시 수중에 넣었고, 마침내 그를 국외로 추방했다. 그러한 귀족 정치가, 오랜 세월 존속하는 동안에, 본능적으로 약간의 진보를 보였다. 귀족 정치로부터 칭찬할 만한 빛이 항상 얼마쯤은 발산되었다. 그 말기, 즉 우리 시대는 예외이다. 제임스 2세 시절, 귀족들은 하원에서 기사 92명과 부르주아 346명의 비율을 유지시켰다. 타락시키는 경향이 심하고 몹시 이기적인 반면에 그러한 귀족 정치가 어떤 경우에는 특이한 공평성을 보였다. 흔히들 그 집단을 혹독하게 평가한다. 역사가 호의를 가지고 대접하는 것은 평민이다. 그러나 따져 보아야 할 일이다. 우리는 로드들의 역할이 매우 크다고 믿는다. 과두 체제란 야만적인 단계의 자유 상태이다. 그러나 자유임엔 틀림없다. 폴란드를 보라. 명목상으로는 왕국이지만 실제로는 공화국이다. 잉글랜드의 피어는 국왕을 끊임없이 의심하고 감시했다. 많은 경우에, 평민보다 로드들이 더 능숙하게 국왕을 화나게 할 줄 알았다. 그들은 왕을 궁지로 몰아넣기도 했다. 예를 들어 1694년에는 윌리엄 3세의 비위

37 베네치아에서 건조하던 대형 화물선.

를 맞추느라고 하원에서 부결시킨 3년 임기제 의회에 관한 법안을, 피어들이 가결해 버렸다. 그에 역정이 난 윌리엄 3세는, 바스 백작에게서 펜더니스 성을 빼앗았고, 모돈트 자작에게서는 모든 직책을 박탈했다. 하원이란, 잉글랜드의 왕권 심장부에 있던 베네치아 공화국이었다. 국왕을 총독 수준으로 약화시키는 것이 상원의 목표였고, 왕에게서 감축한 것을 몽땅 국민에게 돌렸다.

왕권은 그러한 의도를 간파했고, 따라서 피어리지를 증오했다. 쌍방이 서로를 약화시키기 위해 방안을 모색했다. 그렇게 찾아낸 축소 방안들이 백성에게는 증대라는 이익을 안겨 주었다. 군주제와 과두 체제라는 두 눈 먼 세력은, 자신들이 제삼자, 즉 민주 체제를 위해 애쓰고 있다는 사실을 깨닫지 못했다. 지난 세기에, 페러스 경이라는 피어 하나의 목을 매달 수 있었다는 것이, 왕실에게는 얼마나 큰 즐거움이었겠는가!

게다가 비단 끈으로 그의 목을 매달았다. 정중한 예우였다.

프랑스의 페르였다면 목을 매달지 않았을 것이다. 리슐리외 공작의 오만한 지적이다. 동감이다. 목을 쳤을 것이다. 그것이 더 정중한 예우란다. 몽모랑시 탕가르빌은 항상 이렇게 서명했다. 〈프랑스 및 잉글랜드의 페르.〉 그렇게 잉글랜드의 피어리지를 두 번째 서열로 밀어냈다. 프랑스의 페르는 서열이 높았으되 힘은 약했다. 실권보다는 서열에, 그리고 지배력보다는 상석권에 더 연연했기 때문이다. 그들과 잉글랜드의 로드 간에는, 자만심과 자부심 간에 있는 미묘한 차이가 있다. 프랑스의 페르에게는, 외국의 귀족보다 상위에 서는 것, 스페인의 세력가보다 앞에 가는 것, 베네치아의 파트리키우스[38]를 능가하는 것, 프랑스의 원수(元帥), 총사령관, 해

38 콘스탄티누스 황제가 제정한 귀족.

군 사령관 등으로 하여금, 그들이 비록 툴루즈 백작이나 루이 14세의 아들이라 할지라도, 제후 회의에서 말석에 앉게 하는 것, 공작령이 아들을 통해 세습되었는지 혹은 딸을 통해 세습되었는지를 분별하는 것, 아르마냑이나 알브레와 같은 단순 백작령과 에브뢰 같은 페리 작위를 갖춘 백작령의 차이를 존속시키는 것, 특정한 경우에는 나이 스물다섯에 성령기사단의 휘장이나 황금 양털 기사단의 휘장을 당연권에 따라 달고 다니는 것, 왕실 쪽의 가장 유서 깊은 페르인 트레무아유 공작과 제후 회의 측에서 가장 유서 깊은 페르인 위제스 공작 간에 균형이 잡히게 하는 것, 자신의 사륜마차에도 선거후(候)의 마차와 대등한 수의 말과 시종을 갖춰야 한다고 주장하는 일, 최고법원장으로 하여금 자신을 각하라고 호칭토록 하는 일, 멘 공작도 외 백작처럼 1458년부터 페르의 반열에 올랐는지 여부를 가리느라 입씨름하는 일, 커다란 홀을 건널 때 대각선으로 건너야 하는지 혹은 측면을 따라 건너야 하는지를 밝히는 것 등이 진정 중대한 일이었다. 반면 잉글랜드의 로드에게 중요했던 일은, 항해 협정, 선서, 유럽으로 하여금 잉글랜드에 봉사하도록 하는 것, 뭇 바다의 지배, 스튜어트 왕조의 축출, 프랑스를 상대로 한 전쟁 등이었다. 이곳 프랑스에서는 꼬리표를 그 무엇보다도 중요시했고, 바다 건너 저쪽에서는 제국을 중요시했다. 잉글랜드의 피어는 먹이를 가지고 있었는데, 프랑스의 페르는 그림자를 가지고 있었다.

요컨대 잉글랜드의 상원은 하나의 출발점이었다. 문명사 속에서 보면 측량할 수 없을 만큼 위대하다. 국민 국가*nation*를 탄생시킨 영광은 잉글랜드의 상원에 귀속된다. 잉글랜드의 상원은 한 백성의 통일을 실현시킨 최초의 구현체이다. 잉글랜드의 저항력, 아무도 당할 수 없는 그 정체 모를 힘은,

로드의 방 즉 상원에서 태동되었다. 로드는 군주에 대한 일련의 폭력 행위로, 결정적 왕권 박탈의 초벌그림을 그렸다. 상원은 오늘날에 이르러, 자신들이 원하지도 않으면서 부지불식간에 이루어 놓은 것에 조금 놀라고 슬퍼한다. 그것이 돌이킬 수 없는지라 더욱 그렇다. 양보란 무엇인가? 반환하는 것이다. 또한 모든 국민은 그 진실을 알고 있다. 〈내가 베푸노라.〉 왕의 그 말에 국민은 이렇게 대꾸한다. 〈내가 회수하노라.〉 상원은 자신들이 피어의 특권을 창조하는 줄로 믿었지만, 결국 시민의 권리를 탄생시켰다. 귀족 정치라는 독수리가 자유라는 참수리의 알을 품었다.

이제 알을 깨고 나온 참수리가 하늘에서 선회하는데, 독수리는 죽어 가고 있다.

귀족 정치가 임종을 맞는데, 잉글랜드는 성장하고 있다.

그러나 귀족 정치를 대함에 공정함을 지키자. 귀족 정치는 왕권의 균형을 잡아 주며 평형추 역할을 했다. 또한 독재 군주를 막아 주는 방벽 역할을 해주었다. 귀족 정치에 감사를 표하고, 이제 그것을 땅에 묻자.

3. 낡은 홀

웨스트민스터 수도원 근처에 옛 노르망디풍 궁전 하나가 있었는데, 헨리 8세 시절에 소실되었다. 그 궁전의 두 날개〔翼面〕만 남았다. 에드워드 4세가, 그중 하나를 상원이 차지하게 했고, 다른 하나는 하원이 차지하게 했다.

두 날개도, 두 홀도, 이제는 남아 있지 않다. 모든 것을 다시 지었다.

이미 말했고, 다시 강조하지만, 오늘날의 상원과 옛날의 상원 간에는 닮은 점이 전혀 없다. 옛날의 궁전을 허물었다는 것은 옛날의 관습도 조금이나마 허물었다는 뜻이다. 건축물에 가해진 곡괭이질의 진동이 관습과 법률에도 전달된다. 낡은 돌덩이 하나가 무너져 내릴 때는, 낡은 법률 조항 하나가 이끌려 함께 추락한다. 사각형 홀에 있던 상원을 원형 홀 안으로 옮겨 놓아 보라. 상원은 전혀 다른 것으로 변할 것이다. 갑각(甲殼)의 모양이 바뀌면 연체동물의 모양이 변형된다.

인간사건 신의 일이건, 다시 말해 법률이건 교조건, 혹은 귀족 제도건 사제직이건, 옛것을 보존하고자 한다면, 새것을 만들지 말아야 한다. 그 껍질도 바꾸어서는 안 된다. 부품을 끼워 넣는 것으로 만족해야 한다. 예를 들면 예수회의 교리는 가톨릭 교리 속에 추가된 부품이다. 옛 건축물도 옛 제도 다루듯 해야 할 것이다.

유령은 폐허를 거처로 삼아야 한다. 소진된 세력이 새로 단장된 거처에 들어가면 오히려 불편해한다. 넝마 제도에는 오막살이 궁전이 제격이다.

옛 상원의 내부를 보여 준다는 것은 낯선 사람을 보여 주는 것이나 마찬가지이다. 역사란 밤이다. 역사에는 중경(中景)이라는 것이 없다. 더 이상 무대 전면을 차지하지 못하는 것들 위로는, 일몰과 어둠이 일거에 덮친다. 무대의 장식을 들어내면, 즉시 지워지고 망각된다. 〈과거〉라는 말의 동의어 하나가 있는데, 그것은 〈무시된 존재〉이다.

잉글랜드의 피어가 재판정을 구성할 때는 웨스트민스터의 큰 홀에 자리를 잡았고, 입법 기관으로서의 상원을 구성할 때는 〈로드의 집〉, 즉 *House of the lords*라고 명명된 특별실에 자리를 잡았다.

국왕이 소집할 경우에만 구성되는 잉글랜드 피어의 법정 이외에, 그 법정보다는 하위이지만 다른 모든 법원의 상위에

있는, 잉글랜드 대법정 둘 역시 웨스트민스터 홀[1]에 자리를
잡았다. 그 홀 끝에 있는 서로 인접한 두 칸에 그 두 법정이
자리를 잡곤 했다. 그중 하나는 국왕의 의자가 있는 법정, 즉
국왕이 주재한다는 법정이었다. 그리고 다른 하나는 대법관
이 주재한다는 법무성 법정이었다. 첫 번째 것은 심판을 하
는 법정이었고, 두 번째 것은 자비를 베푸는 법정이었다. 대
법관이 사안에 따라 왕에게 자비를 주청했다. 물론 매우 드
문 일이었다. 오늘날에도 존속하는 두 법정이 법률을 해석하
고 그것을 조금 수정하곤 했다. 판사의 기술이란 법률 조항
을 다듬는 목공의 기술이다. 그러한 목공예로부터 형평(衡
平)이라는 것이 겨우 모습을 드러낸다. 웨스트민스터 홀이라
는 엄한 장소에서 법률이 만들어지고 또 적용되었다. 그 홀
의 둥근 천장은 밤나무 목재를 마감재로 사용했는데, 그래야
거미줄이 생기지 않기 때문이라고 한다. 그러나 법에는 거미
줄이 많이 끼었다.

　법원을 구성한다는 것과 의회를 구성한다는 것은 별개의
일이다. 그러한 이원성(二元性)이 지상권(至上權)을 형성한
다. 1640년 11월 3일에 시작된 장기 의회*Long Parliament*
는 이원성이라는 양날검의 필요를 느꼈다. 혁명적 욕구였다.
그리하여 상원이 곧 사법권임과 동시에 입법권임을 선언했
다. 이원적 권력은 까마득히 먼 옛날부터 상원의 수중에 있
었다. 조금 전에 말한 바와 같이, 피어는 판사의 자격으로 웨
스트민스터 홀을 차지하고 있었고, 입법자의 자격으로는 다
른 홀을 가지고 있었다.

　다른 홀, 즉 로드 전용의 방은, 좁고 길쭉했다. 그 방을 밝
히는 조명 시설이라고는, 천장에 깊숙이 뚫어 놓은 창 넷이

---

1 앞에서 〈웨스트민스터의 큰 홀〉이라 한 것을 가리킨다. 프랑스어로는,
*Westminster Hall*을 가리켜 *la Grande Salle de Westminster*라고 한다.

다였는데, 그곳을 통해 햇빛이 들어왔고, 왕을 상징하는 닫 집 위에 유리창 여섯 개로 이루어지고 커튼을 갖춘 타원형 창 하나가 있었다. 그리고 밤에는 벽에 고정시킨 나뭇가지 모양의 촛대 열두 개에서 발산되는 빛 이외의 다른 조명이 없었다. 베네치아의 원로원에는 그보다도 조명이 더 부실했 다. 절대 권력을 가진 부엉이들에게는, 어느 정도의 어둠이 구미에 맞는다.

로드가 회합을 갖는 홀 위에는, 황금색 널판으로 짜인 다 면체의 높은 천장이 궁륭을 이루고 있었다. 평민의 회의장에 는 평평한 천장밖에 없었다. 군주제 치하에서 건설된 건축물 에서는 모든 것이 나름대로의 의미를 내포한다. 로드의 장방 향 홀 끝에 출입문이 있었고, 맞은편 끝에는 옥좌가 있었다. 출입문에서 몇 걸음 안으로 들어서면, 긴 막대기가 횡으로 설치되어 일종의 경계선을 이루었다. 백성의 세계가 끝나고 세이녀리의 세계가 시작되는 지점을 표시하는 경계였다. 옥 좌 오른편에, 뾰족탑 모양의 상단부에 가문을 새긴 벽난로가 있었는데, 그 벽난로가 대리석에 새긴 저부조 둘을 보여 주 고 있었다. 저부조 하나는 572년에 브리튼 사람들을 상대로 커스울프에서 거둔 승리의 장면을 새긴 것이었고, 다른 하나 에는 던스터블 읍의 지도가 새겨져 있었다. 그 지도에는 도 로가 넷밖에 없었는데, 도로들이 세계를 네 부분으로 나누는 위선(緯線)과 평행을 이루고 있었다. 옥좌는 세 계단 높은 곳 에 놓여 있었다. 옥좌를 〈왕의 의자〉라고 불렀다. 서로 마주 보고 있는 양 측면 벽에는 거대한 장식 융단이 이어져 있고, 융단에는 연속되는 그림이 수놓여 있었다. 엘리자베스가 로 드들에게 선사한 것으로, 스페인을 떠나 잉글랜드 근처에서 난파하기까지 아르마다가 겪은 일을 나타낸 그림이었다. 선 박들의 높은 선루(船樓)들은 금실이나 은실로 수를 놓았는데, 세월이 흘러 모두 검게 변색되어 있었다. 군데군데 고정된 촛대들로 잘린 그 장식 융단을 등지고, 옥좌를 기준으로 오른편에는 주교의 벤치가 세 줄로 놓여 있고, 왼편에는 공작과 후작과 백작의 벤치가 발판 모양으로 분리된 시렁 위에 세 줄로 놓여 있었다. 첫 번째 시렁 위에 놓인 벤치 셋에는 공작들이 앉았고, 두 번째 시렁 위에 놓인 벤치 셋에는 후작들이, 그리고 세 번째 시렁 위에 놓인 벤치 셋에는 백작들이 앉았다. 자작들의 벤치는 옥좌와 마주 보고 있었으며, 그 뒤에, 즉 입구 쪽의 가로막대와 자작의 벤치 사이에, 남작의 벤치 둘이 있었다. 옥좌 오른편에 있는 가장 높은 벤치에는 두 대주교가, 즉 캔터베리와 요크의 두 대주교가 앉았고, 중간 벤치에는 런던과 더럼 및 윈체스터의 세 주교가 앉았으며, 다른 주교들은 아래쪽 벤치에 앉았다. 캔터베리 대주교와 다른 주교들 사이에는 다음과 같은 매우 중요한 차이가 있었으니, 그가 주교가 된 것은 〈신성한 섭리에〉 따른 것이되, 다른 주교들은 고작 〈신성한 허락에〉 따라 주교가 되었다는 사실이다. 옥좌 오른쪽에는 웨일스 대공을 위한 의자 하나가 있었고, 옥좌 왼쪽에는 왕실의 공작들을 위한 첩의자들이 놓여 있었다. 그 뒤에, 아직 성년이 되지 않은 어린 피어, 즉 회의에 참석하지 못하는 어린 귀족을 위한 좌석 한 줄이 마련되어 있었다. 사방에 백합꽃이 가득했다. 그리고 거대한 방패꼴의 잉글랜드 왕가의 문장이 네 벽에, 즉 피어 위에도, 왕의 머리 위에도, 다름없이 걸려 있었다. 피어의 아들 중 피어리지를 물려받을 젊은이들은, 옥좌 뒤, 닫집과 벽 사이에 서서, 토론을 구경했다. 안쪽에는 옥좌가 있고 나머지 삼면에는 피어의 벤치가 놓여 있어, 중앙에 넓은 사각형 공간이 이루어졌다. 잉글랜드 왕가의 문장을 수놓은 융단이 그 공간 바닥에 깔려 있고, 그 위에 널찍한 양모 방석 넷이 놓여 있었다.

하나는 옥좌 앞에 놓였는데, 권표(權標)와 관인(官印)을 좌우에 놓고 대법관이 그 위에 앉았다. 또 하나는 주교들 앞에 놓였는데 최고 법원 판사들이 그 위에 앉았다. 그들에게는 참석권만 있고 발언권은 없었다. 다른 하나는 공작들과 후작들 그리고 백작들 앞에 놓였고, 그 위에는 대신들이 앉았다. 그리고 마지막 하나는 자작들과 남작들 앞에 놓였다. 그 위에는 왕실 서기와 의회 서기가 앉았고, 그들의 수하 서기 둘이 무릎을 꿇은 채 기록을 했다. 그 사각형 공간 중앙에는 천에 덮인 넓은 탁자가 있었는데, 탁자 위에 서류와 장부와 금전 출납부가 쌓여 있고, 그 곁에는 귀금속으로 세공한 잉크병들이 놓여 있었으며, 탁자 네 귀퉁이에는 높은 촛대에 불을 밝혀 놓았다. 피어는 각자 자신의 피어리지가 최초로 탄생한 연도에 따라 순서대로 자리를 차지했다. 그리고 작위에 따라 합당한 열에 앉게 되어 있었다. 입구 쪽에 있는 가로막대 앞에는 검은 권장을 든 문지기가 서 있었다. 그리고 출입문 바로 안쪽에는, 문지기의 수하 관리 하나가 서 있고, 문 밖에도 역시 문지기의 수하인 공고(公告) 담당자가 서 있었다. 그의 역할은 재판의 개시를 알리는 것이었는데, 그는 우아예![2]라고 프랑스어로 소리쳤다. 그렇게 세 번, 첫 음절에 엄숙하게 힘을 주어 소리쳤다. 공고 담당자 곁에, 대법관의 권장을 들고 다니는 의장관(儀仗官)도 함께 있었다.

국왕이 참석하는 의식에서는, 세속적 피어의 경우 각 작위에 합당한 관을 쓰고, 정신적 피어는 삼각형 주교모를 썼다. 대주교들은 공작관 치장을 한 주교모를 쓰고, 자작 다음 서열인 주교들은 남작관 치장을 한 주교모를 썼다.

기이하고 또 시사하는 바가 있는 특징 하나는, 옥좌와 주

2 *Oyez!* 직역하면 〈들으시오!〉라는 뜻이다.

교들과 바롱들이 사각형 공간을 형성하고, 그 공간에 고위 관리들이 무릎을 꿇고 앉는 좌석 배치가, 프랑스의 최초 두 왕조[3] 시절에 볼 수 있었던 회의장의 형태라는 점이다. 프랑스와 잉글랜드에서 권력의 서열이 같은 양태를 보인 것이다. 힝크마르[4]는 이미 853년에 「황실 회의에 대해 *de ordinatione sacri palatii*」라는 글에, 18세기의 웨스트민스터에서 개최될 상원의 회의 장면을 묘사해 놓았다. 9백 년 앞서 미리 작성된 괴이한 의사록이다.

역사란 무엇인가? 미래 속으로 울려 퍼지는 과거의 메아리이다. 혹은 과거 위로 드리운 미래의 그림자이다.

의회는 7년마다 소집하게 되어 있었다.

로드는 비밀리에, 문을 잠그고 토론했다. 평민 대표(코뮌)의 회의는 공개적이었다. 대중성은 싸구려로 여겨졌다.

로드의 수는 무제한이었다. 로드를 마구 임명하는 것, 그것은 왕권이 가지고 있던 위협 수단이었다. 일종의 통치 수단이었다.

18세기 초에, 로드의 수가 엄청나게 증가했다. 그 이후에는 더욱 늘었다. 귀족 사회를 묽게 만들어 버리는 것은 하나의 정략이었다. 엘리자베스가 피어리지를 로드 65명으로 농축시킨 것은 아마 실책일지도 모른다. 귀족 집단의 구성원 수가 적을수록, 그 집단은 더욱 강렬해진다. 어떠한 회의이건, 참가하는 회원이 많으면 많을수록, 쓸 만한 두뇌는 적게 마련이다. 제임스 2세는 그러한 현상을 어렴풋이나마 깨닫고, 상원을 구성하는 로드를 188명까지 늘려 놓았다. 국왕의 밀실을 드나드는 두 여공작, 즉 포츠머스와 클리블랜드 여공작을

3 메로빙거 왕조와 카롤링거 왕조를 가리킨다.
4 랭스의 대주교(806~822)로, 종교 및 정치, 문예 등에 관한 많은 저술을 남겼다 한다.

피어리지에서 제외하면, 186명이었다. 앤 여왕 치세에는, 주교들을 포함해, 로드의 수가 도합 207명에 달했다.

여왕의 부군인 컴벌랜드 백작을 제외하고도 공작 스물다섯이 있었다. 그중 서열 첫 번째인 노퍽 공작은, 가톨릭 신자인지라 상원에 들어서지 않았고, 서열상 마지막인 케임브리지 공작은, 하노버 선거후의 장자였건만, 다시 말해 외국인이건만, 상원에서 의석을 차지했다. 아스토르가 후작이 스페인에서 그러한 평을 받았듯이, 잉글랜드 제일의 그리고 유일한 후작이라는 평을 받던 윈체스터 후작은, 제임스 2세 지지파였던지라 상원에 모습을 드러내지 않았다. 그리하여 후작은 다섯이었는데, 그중 서열 첫째가 린지였고, 마지막은 로시언이었다. 백작은 79명이었는데, 서열 첫째는 더비 백작이었고, 마지막은 이슬리 백작이었다. 자작은 아홉 사람이었는데, 서열 첫째가 헤리퍼드였고, 마지막은 론스데일이었다. 그리고 남작은 62명이었는데, 서열 첫째가 애버게브니였고, 마지막은 허비였다. 허비 경은 서열 마지막의 남작이었기 때문에, 결국 상원의 〈막내〉였다. 제임스 2세 시절에는 옥스퍼드, 슈루즈버리, 켄트 등의 백작들 때문에 서열 네 번째였던 더비 경이, 앤 여왕 치세에 이르러서는 서열 첫째로 뛰어올랐다. 두 대법관의 이름이 바롱[5]의 명단에서 사라졌는데, 그들은 베룰럼과 웸이었다. 역사는 베룰럼의 이름 아래에서 베이컨을, 웸의 이름 아래에서 제프리스를, 다시 발견할 수 있게 해준다. 베이컨과 제프리스, 여러 측면에서 어두운 이름들이다. 1705년에는 주교의 수가 스물여섯에서 스물다섯으로 줄었다. 체스터 주교가 자리를 비웠기 때문이다. 주교 중 몇몇은 세력 있는 가문 출신이었다. 예를 들어 옥스퍼드의 주교인 윌리엄 탤벗은,

5 세속적 피어 전체를 가리킨다.

자기 가문에서 프로테스탄트파의 수장 노릇을 했다. 또한 탁월한 학자들도 있었다. 노위치 수도원장을 지낸 요크 대주교 존 샤프, 졸중(卒中) 체질이며 성품 서글서글하고 시인이었던 로체스터의 주교 토머스 스프레트, 보쉬에의 적이었으며 캔터베리 대주교로서 생을 마감한, 링컨의 주교 웨이크 등이 좋은 예이다.

중대한 일이 있을 때, 혹은 국왕이 상원에 보내는 어떤 전교를 받을 때, 가운을 입고 가발을 쓴 다음, 그 위에 다시 고위 사제의 모자나 깃털로 장식한 모자를 얹은, 엄숙한 무리가, 폭풍우가 아르마다를 전멸시키는 장면이 그려진 상원의 벽을 따라, 자기들의 머리를 층층이 정렬시키곤 했다. 벽면의 그림은, 폭풍우가 잉글랜드의 명령에 복종했다는 뜻을 함축하고 있었다.

4. 낡은 방

그윈플레인의 복권 절차가, 킹스게이트를 통한 입장 순간 이후 유리창으로 둘러싸인 원형 홀에서 선서를 할 때까지, 시종 어슴푸레함 속에서 이루어졌다.

윌리엄 쿠퍼 경은, 잉글랜드의 대법관인 자신에게, 젊은 퍼메인 클랜찰리 경의 흉하게 훼손된 얼굴에 대해 지나치게 상세한 보고를 하지 못하게 했다. 어느 피어의 얼굴이 곱지 않다는 사실을 안다는 것 자체가 체통에 어울리지 않는다고 생각했음이며, 자기보다 지체 낮은 자가 그러한 일을 감히 자기에게 보고하는 행위로 인해 자신이 왜소해진다고 느꼈기 때문이다. 〈그 귀족은 꼽추야!〉 어느 평민이건 그런 말을 하면서 내심 즐거워할 것은 뻔하다. 따라서 한 로드가 흉측하게 생겼다는 것은, 그 자체로 큰 모욕이다. 여왕이 그에게 귀띔해 준 몇 마디에 대해서도, 대법관은 다음 한마디로 응수했다. 〈귀족에게는 그 작위가 얼굴입니다.〉 아주 간략한 대꾸였다. 또한 자신이 검토하고 확인한 조사 보고서를 보고, 그는 모든 정황을 파악하고 있었다. 그리하여 모든 신중한 조치를 취하게 된 것이다.

새로운 로드가 상원에 들어서는 순간, 그의 얼굴이 어떤 소란을 야기할 수도 있다. 그러한 소란을 예방하는 것이 그에게는 중요했다. 그리하여 대법관은 나름대로 대책을 세웠다. 시끄러운 일을 최소화하는 것, 그것이 신중한 사람들의 고정 관념이며 행동 준칙이다. 시끄러운 돌발 사태에 대한 혐오감도 엄숙함의 일부분이다. 피어리지를 물려받은 다른 모든 상속자들이 등원할 때처럼, 그윈플레인의 등원 또한 아무 장애 없이 이루어지도록 하는 것이 중요했다.

그러한 이유로 대법관은, 퍼메인 클랜찰리 경의 영접 의식을 저녁 회의 시간에 맞추었다. 대법관이란 문지기인지라,[1] 그리고 노르망디 법령에 따르면 *quodammodo ostiarius*(어떤 의미에서는 문지기)인지라, 또한 테르툴리아누스[2]에 따르면 *januarum cancellorumque potestas*(출입문과 가로막대 담당 책임자)인지라, 방 바깥 문지방 앞에서 의식을 집행할 수 있다. 그리하여 윌리엄 쿠퍼 경은 자신의 권한을 발동해, 유리창으로 둘러싸인 원형 홀에서 퍼메인 클랜찰리 경의 복권 절차를 완료했다. 뿐만 아니라 새로 복권된 피어가 회의 시작 전에 방 안으로 들어갈 수 있도록 하기 위해 시간을 앞당겼다.

1 대법관을 뜻하는 *chancelier*의 어원은 *cancellarius*인데, 그 라틴어가 〈황제의 알현실 문지기〉를 뜻한다는 점에 착안한 작가의 농담이다. 또한 그 말은 〈가로막대〉, 〈목책〉, 〈난간〉 등을 뜻하는 *cancelli*에서 온 것이다.
2 로마 시대의 문필가.

방 바깥에서, 즉 문지방 앞에서 피어가 서임된 것은 전례가 있는 일이다. 왕명에 따라 제정된 최초의 세습 남작인 홀트캐슬의 존 비첨스는, 1387년, 리처드 2세가 키더민스터 남작으로 봉했고, 그러한 식으로 상원에 받아들였다.

그러나 한편, 그러한 전례를 되살림으로써, 대법관은 스스로를 난처한 입장에 놓이게 했는데, 불과 두 해 후에, 뉴헤이번 자작이 상원에 들어올 때, 그는 그 단점을 깨닫게 되었다.

이미 말한 바와 같이, 윌리엄 쿠퍼 경은 근시안이었기 때문에, 그윈플레인의 얼굴이 흉측하다는 것을 겨우 알아차릴 정도였다. 보증인 격인 두 로드는 전혀 알아채지 못했다. 두 늙은이는 거의 소경에 가까웠다.

대법관이 일부러 그들을 선택한 것이다.

게다가 대법관은 그윈플레인의 훤칠한 신장과 당당한 풍채만을 보았기 때문에, 그의 〈풍모가 수려하다〉고 생각했다.

문지기들이 그윈플레인 앞에 있던 두 짝 출입문을 활짝 열었을 때, 회의실 안에는 로드 몇 사람밖에 없었다. 그들은 거의 모두 늙은이였다. 늙은이는 모임이 있을 때 시간을 잘 지킨다. 마찬가지로 그들은 여인들 곁에 늘 열심히 붙어 있다. 공작의 벤치에는 공작 두 사람밖에 없었는데, 한 사람은 호호백발이고, 다른 한 사람의 머리는 희끗희끗했다. 리즈 공작인 토머스 오스번과 쉰베르크였다. 쉰베르크는, 출생은 독일 사람이나, 원수 지휘봉 덕분에 프랑스인이 되었다가, 피어리지 덕분에 잉글랜드 사람이 되었으며, 낭트 칙령 덕분에 쫓겨나, 프랑스인 자격으로 잉글랜드를 상대로 전쟁을 하다가 다시 잉글랜드인 자격으로 프랑스를 상대로 전쟁을 한, 그 쉰베르크의 아들이었다.[3] 정신적 피어의 벤치에는, 잉글

3 1685년에 낭트 칙령을 루이 14세가 파기한 후, 그는 프랑스에서 추방되어, 윌리엄 3세 막하로 들어갔다.

랜드의 수석 주교인 캔터베리의 대주교가 제일 높은 열에 앉아 있고, 맨 아래 열에는 엘리의 주교인 사이먼 패트릭 박사가, 도체스터 후작 에벌린 피어폰트와 이야기를 나누고 있었다. 후작은 주교에게 보람(堡籃)과 코르티나⁴의 차이, 그리고 방책(防柵)과 와책(臥柵)의 차이를 설명하고 있었다. 방책이란 숙영지를 방어하기 위해 텐트 주위에 열을 지어 박아 놓은 말뚝을 가리키는 반면, 와책이란 성채의 흉벽(胸壁) 밑에 날카롭게 깎은 말뚝을 장식 깃 모양으로 설치해, 포위군이 기어오르는 것을 막고, 농성군(籠城軍)의 이탈을 불가능하게 하는 장치라고 했다. 후작이 또한 주교에게 설명하기를, 각면보루(角面堡壘)에 와책을 설치할 때는, 말뚝을 반쯤 땅속에 박고, 반쯤 드러나게 해야 한다고 했다. 웨이머스 자작인 토머스 딘은 촛대 가까이에 다가앉아서, 건축가가 제출한 설계도를 유심히 검토하고 있었다. 윌트셔 주의 롱리트에, 황색 모래와 붉은 모래, 민물조개 껍질, 고운 석탄 가루 등을 배합해 만든 타일을 깔아, 〈구획된 잔디밭〉을 만들기 위한 설계도였다. 자작의 벤치에는 늙은 로드들이 뒤죽박죽 섞여 있었는데, 에식스, 오술스톤, 페러그린, 오스번, 윌리엄 줄스타인, 록퍼드 백작 등이 보였고, 그들 사이에서 가발을 쓰지 않는 패거리에 속하는 몇몇 젊은이들이, 헤리퍼드 자작 프라이스 데버루 주위에 모여, 애팔래치아 산맥의 호랑가시나무에서 차(茶)를 얻을 수 있는지 여부를 놓고 토론을 벌이고 있었다. 「거의 차에 가깝지.」 오스번의 말이었다. 「나무랄 데 없는 차야.」 에식스의 주장이었다. 볼링브룩의 사촌인 세인트존의 포렛이 그들의 말을 유심히 듣고 있었는데, 훗날 볼테르는 볼링브룩의 제자 격이 되었다. 볼테르가 처음에는 포레 신부

4 요즘은 장막이나 커튼을 가리키는 말로 사용된다. 축성술에 있어서, 보루와 보루 사이에 있는 직선 성벽을 가리킨다.

에게 배우기 시작해, 마무리 교육은 볼링브룩에게 받았기 때문이다.[5] 후작의 벤치에서는, 여왕의 의전관이자 켄트의 후작인 토머스 그레이가, 잉글랜드 의전 장관인 린지 후작 로버트 버티에게, 1614년도 잉글랜드 대복권 추첨에서 일등을 거머쥔 사람은, 잉글랜드로 망명해 온 두 프랑스인, 즉 파리 최고법원 판사였던 르콕 씨와 브르타뉴 지방의 시골 귀족인 라브넬 씨였노라 주장하고 있었다. 와임스 백작은 『시빌라들의 기이한 예언 사례』라는 책을 읽고 있었다. 긴 턱과 명랑함, 그리고 나이 여든일곱이라는 고령으로 유명한 그리니치 백작 존 캠벨은, 정부(情婦)에게 편지를 쓰고 있었다. 챈도스 경은 손톱을 다듬고 있었다. 곧 시작될 회의에는 원칙적으로 국왕이 참석하게 되어 있는지라, 그날은 여왕의 대리관(代理官)들이 파견될 예정이었고, 따라서 문지기 보조원 두 사람이 옥좌 앞에다, 선홍색 벨벳을 씌운 벤치를 가져다 놓았다. 두 번째 양모 방석 위에는 기록 담당 판사, 즉 사크로룸 사크리니오룸 마기스테르도 앉아 있었는데, 그가 사는 관저는 개종한 유대인들이 소유하고 있던 건물이었다. 네 번째 방석 위에서는 두 하위 서기가 무릎을 꿇고 앉아서 서류를 뒤적이고 있었다.

그동안 대법관이 첫 번째 양모 방석 위에 앉고, 상원 소속 관리들이 혹은 앉고 혹은 선 채로 각자의 자리를 잡자, 캔터베리 대주교가 일어나 기도문을 외우는 것으로 회의가 시작되었다. 그윈플레인은 이미 입장한 지 한참 되었으나, 아무

5 볼테르가 잉글랜드에 머물던 기간(1726~1729)에, 볼링브룩을 만나거나 그에게 무엇을 배웠을 가능성은 희박하다. 『인간론』을 쓴 알렉산더 포프가 볼링브룩의 영향을 받았고, 볼테르가 포프의 문체나 종교관(회의적이고 냉소적인 유신론)의 영향을 받은 사실과, 볼테르의 문체를 염두에 둔 언급인 듯하다.

도 눈치를 채지 못했다. 남작의 벤치 중 두 번째 것이 그의 자리였는데, 그것이 가로막대에 거의 인접해 있어서, 그는 단 몇 걸음에 그곳에 당도했다. 그의 보증인인 두 로드가 그의 좌우에 앉았고, 따라서 사람들 눈에는 새로 등원한 피어의 모습이 거의 보이지 않았다. 아직 아무에게도 통보하지 않은 지라, 의회 서기가 새로운 로드와 관련된 문서를 나지막한 음성으로, 거의 속삭이듯 낭독했고, 뒤이어 대법관이 〈일반적인 무관심 속에〉 새로운 피어의 등원을 선포했다. 그러는 동안에도 모두들 끼리끼리 잡담을 했다. 회의장이 온통 웅성거리는 소리로 가득했다. 그러한 틈에 의회가 온갖 으스름한 일들을 처결하고, 후에 그 일들이 의원들에게 놀라움을 안겨주는 것이 상례이다.

그윈플레인은 조용히, 모자를 벗고, 두 늙은 피어, 피츠월터 경과 애런들 경 사이에 앉아 있었다.

덧붙여 이야기해 두거니와, 스파이답게 모든 정보를 입수했고 음모를 성사시키기로 작정한 바킬페드로는, 대법관 앞에서 공식적으로 조사 결과를 진술하면서, 그윈플레인이 마음만 먹으면 그의 훼손된 얼굴의 웃는 모습을 근엄한 얼굴로 바꿀 수 있다는 점을 강조하면서, 퍼메인 클랜찰리 경의 흉측한 측면을 어느 정도 감싸려 했다. 바킬페드로는 심지어 그윈플레인의 그러한 능력을 과장하기까지 했다. 하지만 귀족들의 시각으로 본다면, 그것이 무슨 상관이란 말인가? 윌리엄 쿠퍼 경이 바로 다음과 같은 금언을 만들어 낸 당사자 아닌가? 〈잉글랜드에서는 피어 하나 복권시키는 것이 국왕 하나 복위시키는 것보다 더 중요하다.〉 물론 용모의 수려함과 위엄이 겸비되면 더 좋을 것이다. 어떤 로드의 용모가 기형이라면 사실 매우 유감스러운 일이며, 그것은 운명이 안겨주는 모욕일 수도 있다. 하지만 다시 한 번 강조해 두자, 용모가 기형이라 해서 권리가 축소되는가? 대법관은 모든 신중한 조치를 취했고, 또한 그렇게 함이 옳았다. 하지만 결국, 신중한 조치를 취하건 취하지 않건, 피어가 상원에 들어가는 것을 누가 막을 수 있단 말인가? 영주권이나 왕권이 기형과 불구보다 상위에 있지 않은가? 1347년에 맥이 끊긴 유서 깊은 커민 가문에서는, 버컨 백작들의 야수를 연상시키는 포효 소리가, 피어리지 그 자체만큼이나 세습되지 않았던가? 그리하여 누구든 호랑이의 포효 소리를 들으면, 그가 스코틀랜드의 피어임을 알아차리지 않았던가? 체사레 보르자의 얼굴에 남은 흉측한 핏자국이, 그가 발렌티노 공작으로 임명되는 것을 막았는가?[6] 장 드 뤽상부르가 소경이라 해서 보헤미아의 왕위에 오르는 데 장애가 되었는가? 리처드 3세가 혹이 달렸다 해서 잉글랜드의 옥좌에 오르지 못했던가? 지난 일들을 그 밑바닥까지 깊숙이 살펴보면, 도도한 무관심으로 용납된 불구와 용모의 추함이, 높은 신분과 상반되는 것이 아니라, 오히려 그것을 확인시켜 주고 입증해 준다. 영주권의 존엄은 하도 당당해, 용모상의 기형 따위가 그것을 흔들지 못한다. 그것은 물론 다른 측면의 문제이고, 또 무시할 수 없는 측면이다. 여하튼 쉽게 이해할 수 있는 일이지만, 그 무엇도 그윈플레인의 등원에 장애가 될 수 없었다. 따라서 대법관의 신중한 조치는, 전술상의 하위 관점에서 보면 유용했지만, 귀족적 원칙의 상위 관점에서 보면 일종의 사치였다.

안으로 들어서면서 그는, 수석 군사가 일러준 대로, 또 두 보증인 피어가 다시 상기시켜 준대로, 〈국왕의 의자〉에 예를 이미 표했다.

6 그가 친형(조반니)을 암살했다는 그 시절의 소문을 염두에 둔 언급인 듯하다. 그는 22세 때(1498년)에 발렌티노 공작에 임명되었고, 그 이후에도 많은 사람들을 암살했다.

따라서 모든 것이 이미 끝났다. 그는 로드가 되어 있었다.

그 높은 곳, 그 고지에서 내리비치는 광휘 아래, 스승인 우르수스가 질겁을 하며 허리를 굽실거리는 것을 보아 왔는데, 이제 그 경이로운 봉우리가 그의 발밑에 있었다.

그는 잉글랜드의 찬연한 동시에 어두운 장소에 들어가 있었다.

6세기 전부터 유럽과 역사가 주시하던 봉건적 산(山)의 낡은 봉우리였다. 한 암흑세계 위에서 광채를 발산하는 무시무시한 후광이었다.

그 후광 속으로의 진입이 이루어졌다. 돌이킬 수 없는 진입이었다.

그는 바로 자신의 집에 들어와 있었다.

자기의 좌석에 앉은 왕처럼, 그 역시 자신의 좌석에 앉아 있었다.

그는 분명 그곳에 있었고, 차후로는 그 무엇도 그가 그곳에 있는 것을 막지 못하게 되어 있었다.

닫집 아래에 보이는 왕관은 그의 남작관과 자매지간이었다. 그는 그 옥좌의 동료(피어)였다. 그는 폐하와 마주 앉은 각하였다. 조금 못 미치기는 하나 동배였다.

어제 그는 무엇이었던가? 익살광대였다. 그런데 오늘은 무엇인가? 제후였다.

어제는 아무것도 아니었으나, 오늘은 전부였다.

미천함과 권세의 뜻하지 않은 대질이었다. 운명의 소용돌이에 휩쓸린 영혼의 밑바닥에서 마주 보며 다가가서, 문득 의식의 반씩을 차지했다.

불운과 행운이라는 두 유령이 동시에 영혼 하나를 수중에 넣으며, 서로 자신에게 끌어당기는 격이었다. 가난한 유령과 부유한 유령이라는 두 적대적인 형제 사이에서 이루어진, 지성과 의지와 뇌수의 비장한 분할이었다. 한 사람 속에 있는 아벨과 카인이었다.

5. 고담준론(高談峻論)

　상원의 벤치가 조금씩 채워지기 시작했다. 로드들이 속속 도착했다. 그들이 처리해야 할 것은, 여왕의 부군이자 컴벌랜드 공작인 덴마크의 조지를 위해 책정한 세비를, 10만 파운드 인상하는 안건이었다. 그 이외에 폐하께서 승인하신 여러 법안을, 왕실 대리관들이 직접 상원에 상정하게 되어 있었으며, 따라서 국왕이 참석하는 회의로 간주되었다. 피어들은 모두, 궁정 예복이나 일상복 위에 가운을 걸쳤다. 모든 사람의 가운이 그윈플레인의 것과 유사했다. 약간의 차이가 있다면, 공작의 가운에는 가장자리를 금실로 감친 백담비 모피띠가 다섯 개, 후작의 것에는 네 개, 백작과 자작의 것에는 세 개, 그리고 남작의 것에는 두 개 달려 있었다는 것뿐이었다. 로드들은 여러 무리를 이루어 입장했다. 복도에서 서로 마주쳤지만, 이미 시작한 대화를 자기들끼리 계속했다. 홀로 오는 이들도 있었다. 의복은 엄숙하고 장엄했지만, 거조나 언사는 전혀 그렇지 않았다. 모두들, 들어서면서 옥좌에 예를 표했다.

　피어들은 물결처럼 밀려들었다. 장엄한 이름들의 행렬이건만 의전례는 거의 보이지 않았다. 관중이 없었기 때문이다. 레스터가 입장하더니 리치필드와 악수를 나누었다. 그다음 로크의 친구이자 피터버러와 몬머스의 백작인 찰스 모돈트가 입장했다. 로크의 충돌질에 이끌려 주화의 재주조를 제안했던 사람이다. 그 뒤를 이어 라우다운의 백작 찰스 캠벨이, 풀크 그레빌, 즉 브룩 경의 말에 귀를 기울이며 들어섰다. 그다음 카나르본의 백작 도엄이 입장했다. 그 뒤를 렉싱턴 남작 로버트 서턴이 따랐다. 사료 편찬관 주제에 역사가 행세를 하려 했던 그레고리오 레티를 파면하라고 찰스 2세에게 조언했던, 그 렉싱턴의 아들이었다. 그다음, 펠콘버그 자작인, 그 수려한 늙은이 토머스 벨러지스가 들어섰다. 그리고 하워드 집안의 세 사촌 형제, 즉 빈던 백작 하워드, 버크셔 백작 보우스 하워드, 스태퍼드 백작 스태퍼드 하워드 등이 함께 들어섰다. 그다음, 러블레이스 남작 존 러블레이스가 그들의 뒤를 이었다. 러블레이스의 작위는 1736년에 그 맥이 끊겨, 리처드슨이 자기의 책에서 그 이름을 가진 인물 하나를 창조했다.[1] 정치적으로 혹은 전쟁 때문에 서로 다르게 유명한 인물들이, 그리고 그중 여럿은 잉글랜드에 영광을 안겨 주었건만, 모두들 웃으며 잡담을 하고 있었다. 역사가 잠옷 바람으로 모습을 드러낸 것 같았다.

반 시간이 채 지나지 않아 회의장이 거의 다 찼다. 국왕이 참석하는 회의이니 당연한 일이었다. 그러한 사실보다 덜 자연스러웠던 것은 대화의 열기였다. 조금 전까지만 해도 잠들어 있던 것 같던 회의장이, 이제는 쑤셔 놓은 벌집처럼 웅성거렸다. 잠든 듯했던 회의장을 깨운 것은 뒤늦게 도착한 로드들이었다. 그들이 새로운 소식을 가져온 것이다. 참으로 기괴한 일이다. 문이 열리자마자 회의장에 들어와 있던 로드들은 그 안에서 일어난 일을 모르는데, 그곳에 있지 않던 이들은 오히려 알고 있었다.

윈저에서 도착한 로드들이 몇 있었다.

몇 시간 전부터 그윈플레인에 관한 소문이 퍼져 나가고 있

1 리처드슨이 1748년에 발표한 소설 『클라리스 할로』 속의 냉소적인 인물을 가리킨다.

818

었다. 비밀이란 그물과 같아서, 코 하나가 풀리면 몽땅 찢긴다. 앞에서 이야기한 일련의 사건을 계기로, 연예대 위에서 되찾은 피어리지와 로드로 확인된 익살광대에 관한 이야기가, 윈저에 있는 왕실 사람들의 입을 통해 아침부터 퍼져 나가기 시작했다. 왕족들끼리 그 이야기를 했는데, 그다음에는 시종들 사이에 이야기가 퍼졌다. 그 사건 소식은 궁궐을 빠져나와 시가지로 옮아갔다. 소문이란 일종의 중력을 가지고 있어서, 속도의 자승 법칙(自乘法則)이 그것에 적용될 수 있을 것이다. 소문이 일단 군중 위로 떨어지면, 상상을 초월할 만큼 신속하게 그 속으로 침투한다. 저녁 일곱시까지도 그 이야기가 런던에서는 기미조차 보이지 않았다. 그런데 여덟시가 되어서는, 그윈플레인이 런던의 소음 그 자체였다. 오직 회의 시간에 늦지 않으려고 미리 회의장에 들어와 있던 몇몇 로드들만이 소식을 까맣게 모르고 있었다. 모든 것을 지껄여 대는 시가지에 있지 않고, 아무것도 보이지 않는 회의장에 있었기 때문이다. 그리하여 각자의 벤치에 태평스럽게 앉아 있는데, 뒤늦게 도착한 사람들이 들뜬 음성으로 그들에게 외친 것이다.

「그래서 어찌 되었소?」 몬터큐트 자작 프랜시스 브라운이 도체스터 후작에게 물었다.

「무엇 말씀이오?」

「있을 수 있는 일입니까?」

「도대체 무엇이?」

「웃는 남자라니!」

「웃는 남자가 도대체 무엇이오?」

「웃는 남자를 모르십니까?」

「모르겠소.」

「익살광대입니다. 장터를 떠도는 보이입니다. 얼굴이 끔찍한데, 두어 푼쯤 지불하고 구경하지요. 곡예사이기도 하고요.」
「그래서요?」
「여러분께서 그를 잉글랜드의 피어로 받아들이셨습니다.」
「웃는 남자는 바로 당신이오. 몬터큐트 경!」
「저는 웃지 않습니다, 도체스터 경.」
그러고는 몬터큐트 자작이 의회 서기에게 신호를 보냈다. 서기가 양모 방석 위에서 일어나, 새로운 피어의 영입 사실을 여러 나리들에게 확인시켜 주었다. 자세한 정황까지 설명했다.
「저런, 저런, 저런, 나는 엘리의 주교와 잡담만 하고 있었지.」 도체스터 경의 말이었다.
젊은 앤슬리 백작이 늙은 유러 경에게로 다가갔다. 유러 경이 1707년에 작고했으니까, 살 날이 두 해밖에 남지 않은 사람이었다.
「유러 경?」
「앤슬리 경?」
「린네우스 클랜찰리 경과 알고 지내셨습니까?」
「이미 옛날 사람이 되었지요. 알고 지냈지요.」
「스위스에서 작고하신 그분과 알고 지내셨습니까?」
「그래요. 그와 나는 친척지간이었지요.」
「크롬웰 시절에 공화파셨고, 찰스 2세 치세에도 여전히 공화주의자로 남으셨던 그분과 알고 지내셨습니까?」
「공화주의자라고? 천만에. 화가 나서 토라졌던 것뿐이지요. 그와 국왕 사이에 있었던 사적인 다툼이었을 뿐이오. 내가 확신하거니와, 하이드 경에게 돌아간 대법관 자리를 주었다면 그 역시 국왕 편에 섰을 것이오.」
「놀라운 말씀입니다. 유러 경. 사람들이 저에게 말하기를, 클랜찰리 경은 청렴했던 분이라고 했습니다.」
「청렴한 사람이라고! 그런 것이 존재하나요? 젊은이, 청렴한 사람은 없소.」

「하지만 카토[2]가 있었지 않습니까?」

「카토에 대한 이야기들을 믿으시오, 젊은이?」

「하지만 아리스테이데스[3]는 어떻습니까?」

「그를 추방한 것은 잘한 일이오.」

「토마스 모루스[4]가 있지 않습니까?」

「그의 목을 자른 것은 잘한 일이오.」

「클랜찰리 경에 대해서는 어떤 견해를 가지고 계십니까?」

「비슷한 부류이지요. 게다가 망명 생활을 고집한다는 것이 우스꽝스럽지요.」

「그분은 망명지에서 작고하셨습니다.」

「실망한 야심가지. 오! 내가 그를 잘 알아요! 확신하오. 내가 그의 가장 가까운 친구였으니까.」

「유러 경, 그분이 스위스에서 혼인하신 사실을 아십니까?」

「대강 소문은 들었소.」

「또한 그 혼인으로 합법적인 아드님 한 분을 얻으셨다는 사실도 아십니까?」

「알고 있지요. 하지만 죽었지 않소.」

「살아 있습니다.」

2 〈검열관〉이라는 별명을 얻었던 카토는, 사치와 그리스의 풍습을 배척하며 검박함을 중요시한 사람으로 유명하다. 그가 카르타고의 화려한 문물을 목격한 후, 〈Delenda quoque Carthago(카르타고를 파괴해야 한다)〉고 말했다는 전설이 생겼을 정도이다.

3 그의 별명은 〈공정한 사람〉이다. 특히 아테네의 재정 책임자였던 시절, 청렴함으로 명성을 떨쳤다고 한다. 그러나 경쟁자였던 테미스토클레스의 음모로, 기원전 482년에 추방되었다.

4 헨리 7세와 헨리 8세 2대에 걸쳐 활동한 정치가인데, 헨리 8세의 이혼에 반대하다가 처형당했다. 에라스무스의 친구였으며, 특히 그가 남긴 『유토피아』(1516)라는 소설이 유럽에서 큰 반향을 얻었다. 본명은 토머스 모어인데, 사후에 성인으로 추서되면서 라틴식 이름이 추증된 듯하다.

「살아 있다니!」

「살아 있습니다.」

「믿을 수 없는 일이야.」

「사실입니다. 입증되었고, 확인되었으며, 승인되어, 이미 명부에 등재되었습니다.」

「그렇다면 그 아들이 클랜찰리의 작위를 상속해야 하지 않겠소?」

「상속할 예정은 아닙니다.」

「무슨 이유로?」

「이미 상속했기 때문입니다. 이미 완료된 일입니다.」

「완료되었다고?」

「유러 경, 고개를 돌려 보십시오. 그가 경의 뒤에 있는 남작의 벤치에 앉아 있습니다.」

유러 경이 고개를 돌렸다. 그러나 그윈플레인의 얼굴은 숲처럼 무성한 머리카락에 뒤덮여 있었다.

「저런! 벌써 새로운 유행을 받아들였군. 가발을 쓰지 않았어.」 그의 머리카락만 보이자 노인이 중얼거렸다.

그랜섬이 콜페퍼에게 다가갔다.

「한 사람이 얻어맞았군!」

「누가?」

「데이비드 더리모이어 말이오.」

「그건 무슨 뜻이오?」

「그는 더 이상 피어가 아니오.」

「어째서?」

그러자 그랜섬 백작 헨리 오버쿼크가 콜페퍼 남작 존에게, 바다 위를 떠돌다가 해군성에 도달한 호리병, 콤프라치코스들의 양피지, 제프리스가 부서(副署)한 왕명 유수 레기스, 서더크 감옥 지하실에서 이루어진 대질, 모든 사실에 대한 대법관과 여왕의 승인, 유리창으로 둘러싸인 홀에서의 선서, 그리고 회의가 시작되는 순간 퍼메인 클랜찰리 경을 상원에 영입한 사실 등 모든 일화를 이야기해 주었다. 그러고 나서 두 사람은, 피츠월터 경과 애런들 경 사이에 앉아 있는, 소문 자자한 새로운 로드의 얼굴을 자세히 보려고 애를 썼다. 그러나 유러 경이나 앤슬리 경보다 나은 결과는 얻지 못했다.

게다가 우연히 그렇게 되었는지 혹은 대법관의 귀띔에 두 보증인이 그렇게 했는지는 모르지만, 그윈플레인은 상당히 침침한 곳에 자리를 잡아, 사람들의 호기심 어린 눈초리를 피할 수 있었다.

「어디요? 그가 어디에 있소?」

회의장에 들어서면서 누구나 고함치듯 한 말이었다. 그러나 아무도 그를 제대로 보지 못했다. 그윈플레인을 이미 그린박스에서 본 사람들은 특히 열에 들뜬 듯 궁금해했다. 그러나 헛수고였다. 젊은 아가씨 하나를 지체 높은 집안의 늙은 여자들 사이에 신중하게 감추는 일이 가끔 생기듯, 그윈플레인은 몸이 성치 않고 매사에 무관심한 늙은 로드들 여럿에 둘러싸인 격이었다. 통풍에 시달리는 딱한 사람들은 타인의 사연에 거의 무심하다.

사람들은 여공작 조시언이 썼다는 세 줄짜리 편지의 사본을 돌려 가면서 읽었다. 새로운 피어이자 클랜찰리 가문의 합법적 상속권자인 퍼메인 경과 결혼하라는 명령을 받고, 언니인 여왕에게 보낸 답장이라고들 했다. 편지의 내용은 대략 이러했다.

마담,

저에게는 그것도 괜찮습니다. 그러면 데이비드 경을 정인으로 삼겠습니다.

〈조시언〉이라는 서명까지 첨부되어 있었다. 쪽지가, 진품이었는지 혹은 위조된 것이었는지 모르나, 여하튼 열광적인 반향을 일으켰다.

가발을 쓰지 않은 무리에 속하며 젊은 로드인 모훈 남작 찰스 오크햄프턴이, 쪽지를 읽고 다시 읽으며 즐거워했다. 잉글랜드인이지만 프랑스적 기지를 소유한 페이버섬 백작 루이스 드 듀러스가, 모훈을 바라보며 미소를 지었다.

「내가 아내로 맞고 싶은 여자야!」 모훈 경이 탄성을 질렀다.

다음 순간, 그 두 로드 근처에 있던 사람들의 귀에, 듀러스와 모훈이 주고받는 다음과 같은 대화가 들려왔다.

「모훈 경, 여공작 조시언을 아내로 맞아들이고 싶다고요!」

「안 될 이유가 뭐요?」

「빌어먹을!」

「그러면 아주 행복할 것 같소!」

「그러면 공께서 여럿으로 변할 것이오.」[5]

「언제나 우리는 여럿 아니던가요?」

「모훈 경, 공의 말씀이 옳소. 여자에 있어서만은 우리 모두 서로의 찌꺼기를 가지고 살지요. 개시를 해본 사람이 누구일까요?」

「아마 아담이겠지요.」

「아담조차도 그러지 못했소.」

「그렇지, 사탄이겠군!」

「내 귀하신 친구여, 아담은 명의 대여인에 불과해요. 속아넘어간 불쌍한 사람이지요. 그가 인류라는 이름을 뒤집어쓰고 책임을 떠맡은 것이지요. 여자에게 남자를 만들어 준 존재는 악마라오.」 루이스 드 듀러스가 결론을 내렸다.

5 여러 남편 중 하나가 된다는 뜻이다. 쉽게 말해 끊임없이 오쟁이를 진다는 뜻이다.

콜몬들리 백작인 휴 콜몬들리는 해박한 법률학자였는데, 사제들의 벤치에 앉아 있던 너대니얼 크루에게 질문을 받았다. 너대니얼은 이중으로 피어였는데, 크루 남작인지라 세속적 피어이되, 더럼의 주교인지라 정신적 피어이기도 했다.

「있을 수 있는 일이오?」 크루가 물었다.

「적법했나요?」 콜몬들리가 되물었다.

「새로 온 사람에 대한 서임이 상원 회의실 밖에서 이루어졌다 하지만 전례가 있다 하오.」 주교의 대답이었다.

「그렇습니다. 리처드 2세 시절의 비첨 경과, 엘리자베스 시절의 체네이 경 등이 그러한 전례를 남겼습니다.」

「그리고 크롬웰 시절에 브락힐의 경우도 있었지요.」

「크롬웰 시절은 고려할 가치가 없습니다.」

「그 모든 것에 대해 어떤 생각을 하시오?」

「이런저런 일들이 뇌리에 떠오릅니다.」

「콜몬들리 백작님, 젊은 퍼메인 클랜찰리 경이 상원에서 어느 서열에 놓일까요?」

「주교님, 공화정을 거치는 동안 옛 서열이 많이 변동되었는지라, 클랜찰리는 바너드와 소머스 사이의 피어리지쯤에 해당할 것입니다. 다시 말해, 의사 개진 순서에 있어, 퍼메인 클랜찰리 경은 여덟 번째가 될 것입니다.」

「참으로! 광장의 익살광대가!」

「사건 그 자체에 저는 놀라지 않습니다, 주교님. 그러한 일은 종종 일어납니다. 더욱 놀라운 사건들이 닥치기도 합니다. 베드퍼드에 있는 아우스 강이 1399년 1월 1일에 문득 말라 버리며 두 장미들 간의 전쟁을 예고하지 않았습니까? 강의 물조차 문득 말라 버릴 수 있으니, 어느 영주이건 미천한 신분으로 전락할 수 있는 것입니다. 이타카의 왕 오디세우스도 온갖 직업에 종사했습니다. 퍼메인 클랜찰리 경 또한 익살광대라는 껍데기를 쓰고 있었을 뿐입니다. 의복의 천함이 혈통의 고귀함에 아무 영향을 끼치지 못합니다. 그러나 개회식 이전에 치른 선서식이나 서임식은, 그것이 비록 합법적이라 할지라도, 많은 반론을 야기할 것입니다. 제 견해로는, 후에 대법관에게 그 문제에 관해 질의할 수 있을지, 여부를 확실히 해두어야 할 것입니다. 어찌 해야 될지는 몇 주가 지나지 않아 분명해질 것입니다.」

그러자 주교가 한마디 덧붙였다.

「어떻든 상관없습니다. 게스보더스 백작[6] 사건 이후에는 유례가 없던 일이지요.」

그윈플레인, 웃는 남자, 태드캐스터 여인숙, 그린박스, 「정복된 카오스」, 스위스, 쉬용, 콤프라치코스, 망명, 얼굴의 훼손, 공화제, 제프리스, 제임스 2세, 유수 레기스, 해군성에서 마개를 연 호리병, 아버지, 린네우스, 합법적인 아들, 퍼메인 경, 사생아 아들, 데이비드 경, 잠재적 갈등, 여공작 조시언, 대법관, 여왕 등 그 모든 단어가 이 벤치에서 저 벤치로 마구 달음박질을 했다. 길게 뿌린 도화용(導火用) 화약, 그것이 곧 수근거림이다. 그 단어들을 가지고 미주알고주알 되씹었다. 그 사연이 회의실 안의 거대한 웅성거림을 형성하고 있었다. 몽상의 우물 밑바닥에 잠겨 있던 그윈플레인에게도 그 웅성거림이 몽몽히 들려왔지만, 그것이 자신으로 인해 촉발된 현상이라는 것은 모르고 있었다.

하지만 그는 기이하게 몰두하고 있었다. 표면이 아닌 어떤 심층부로 관심을 쏟고 있었다. 과도한 몰두는 고립을 초래한다.

먼지가 군대의 행진을 막지 못하듯이, 회의장 안의 소음이

6 순전히 꾸며낸 인물인 듯하다.

회의의 진행을 막지 못한다. 상원에서, 질문을 받았을 경우 이외에는 발언권이 없고 단순한 참석자에 불과한 문서 담당 판사들이, 두 번째 양모 방석 위에 앉았고, 국무대신 세 사람은 세 번째 방석 위에 앉았다. 피어리지의 상속권자들이, 옥좌 뒤에 있는 자신들의 칸에 넘쳤다. 미성년 피어들은 특별석에 앉아 있었다. 그 꼬마 피어들이 1705년에는 열두 명에 달했다. 헌팅던, 링컨, 도싯, 워릭, 바스, 벌링턴, 더웬트워터(비극적 죽음을 맞게 될), 롱그빌, 론스데일, 더들리, 워드, 그리고 카터렛 등이 그들이었는데, 그렇게 백작 여덟과 자작 둘 그리고 남작 둘이 하나의 장벽을 형성했다.

세 층으로 놓인 벤치에 지정된 각자의 자리로, 모든 로드들이 돌아가 앉았다. 거의 모든 주교들이 참석했다. 서머싯 공작인 찰스 시모어를 비롯해, 서임 순서에 따라 끝자리에 앉아야 하는, 케임브리지 공작이자 하노버 선거후의 장자인, 조지 아우구스투스에 이르기까지, 공작들의 수도 많았다. 모두들 서임된 순서대로 자리를 잡았는데, 그 순서는 다음과 같았다. 그 조부께서 나이 92세 된 홉스를 하드윅에 편안히 쉬게 해주신, 데번셔 공작 캐번디시, 리치먼드 공작 레녹스, 사우샘프턴 공작, 그래프트 공작, 노섬벌랜드 공작, 피츠로이 삼형제, 오몬드 공작 버틀러, 보퍼드 공작 서머싯, 세인트 앨번스 공작 보클러크, 볼턴 공작 폴렛, 리즈 공작 오스번, 어떤 일이든 개의치 않는다는 말, 즉 *che sara sara*를 군호 겸 좌우명으로 삼고 있는 베드퍼드 공작 로우트슬리 러셀, 버킹엄 공작 셰필드, 러틀랜드 공작 매너스와, 기타 다른 공작들의 순이었다. 노퍽 공작 하워드와 슈루즈버리 공작 텔벗은 가톨릭인지라 참석하지 않았다. 우리가 흔히 말부르크라고 하는 말버러 공작 처칠은, 그 당시 전쟁터에서 프랑스를 공격하고 있었던지라 참석하지 않았다. 스코틀랜드에서 온 공

작은 아무도 없었다. 퀸스베리와 몬트로즈, 록스버그 등을
상원에 받아들인 것은 1707년에 이르러서이다.

6. 높은 것과 낮은 것

별안간 회의장에 강렬한 빛이 나타났다. 문지기 넷이, 높
고 크며 무수한 초를 꽂은 촛대 넷을 가지고 들어와, 옥좌 양
편에 놓았다. 그렇게 밝혀진 옥좌가 반짝거리는 진홍빛 속에
서 모습을 드러냈다. 비어 있었으나 위엄이 넘쳤다. 여왕이
앉아 있었다 하더라도 위엄이 더 증대되지는 않았을 것이다.
　검은 권장을 든 알현실 문지기가 들어와, 막대를 쳐든 채
큰 소리로 외쳤다.
　「폐하의 대리관들이십니다.」
　웅성거림이 일시에 그쳤다.
　가발을 쓰고 장의(長衣)를 입은 서기 한 사람이, 백합꽃 문
양 수놓은 방석 하나를 들고 커다란 문을 통해 들어서는데,
방석 위에는 양피지들이 놓여 있었다. 양피지들은 법안이었
다. 각 양피지는 명주실을 꼬아 만든 끈으로 꿰어 놓았고, 끈
에는 비유*bille* 혹은 뷜*bulle*이라는 작은 공이 하나씩 달려
있는데, 어떤 것은 금으로 만들었다. 그리하여 법안을 가리
켜 잉글랜드에서는 빌*bills*이라 하고, 로마에서는 뷜*bulles*이
라 한다.[1]

1 *bulle*은 프랑스어이고, 로마에서는 물론 *bulla*라고 한다. *bulle*은 *bulla*
의 프랑스식 변형일 뿐이다. *bill* 또한 앵글로 노르만어인 *bille*에서 온 것으
로 추측된다. 그러나 프랑스어 *bulle*은 교황의 옥새나 칙서를 뜻하는 반면,
영어의 *bill*은 〈법안〉을 뜻할 뿐이다. 교황의 칙서를 영어로는 (*papal*)*bull*이
라고 한다.

그 서기에 뒤이어, 피어의 가운을 걸치고 깃털로 장식한 모자를 쓴 사람 셋이 들어섰다.

그 세 사람이 국왕의 대리관들이었다. 맨 앞에 선 사람은 왕실 회계국 장관 고돌핀이었고, 두 번째 사람은 추밀원 의장 펨브룩이었으며, 세 번째 사람은 옥새상서 뉴캐슬이었다.

그들은 상석권 순서로, 즉 작위가 아닌 직권 순서로 입장했다. 그리하여 고돌핀이 선두에 서고, 뉴캐슬은 공작이지만 마지막에 입장했다.

그들은 옥좌 앞에 있는 벤치로 와서 옥좌를 향해 먼저 예를 표한 다음, 벗었던 모자를 다시 쓰고 벤치에 앉았다.

대법관이 검은 권장을 든 알현실 문지기를 향해 말했다.

「하원 의원들을 가로막대 앞으로 부르시오.」

검은 권장을 든 알현실 문지기가 즉시 밖으로 나갔다.

상원 서기가, 양모 방석들로 둘러싸인 사각형 공간 중앙에 있는 탁자 위에, 법안들을 받치고 있던 방석을 올려놓았다.

모든 일이 잠시 중단되었다. 그러는 동안, 문지기 두 사람이 가로막대 앞에, 세 계단 높이의 발판 하나를 가져다 놓았다. 그 발판에는 담홍색 벨벳이 씌워졌고, 그 위에 백합꽃 문양으로 황금빛 못들을 박았다.

닫혔던 출입문이 다시 열리며, 동시에 크게 외치는 소리가 들려왔다.

「잉글랜드의 충성스러운 하원 의원들이십니다.」

검은 권장을 든 알현실 문지기가 의회의 다른 반쪽에게 알리는 소리였다.

로드들이 일제히 모자를 썼다.

하원 의원들이 의장을 필두로 모자를 벗은 채 입장했다.

그들은 가로막대 앞에서 멈추었다. 모두들 평복 차림이었고, 대부분 검은색 옷인데, 허리에 검을 찼다.

앤도버 읍을 대표하며 예비 기사인 하원 의장 존 스미스가, 가로막대 가운데 지점에 놓인 발판 위로 올라섰다. 하원 의장은 검은색 새틴으로 지은 장의를 입고 있었는데, 소매가 매우 넓었고, 앞자락과 뒷자락에는 황금색 장식끈이 드리워 있었으며, 그의 가발은 대법관의 것보다 모발이 적었다. 그의 풍모 당당했으나, 지위는 낮았다.

하원 의장이나 의원들 모두, 모자를 쓴 채 앉아 있는 피어들 앞에서, 모자를 벗고 기다리듯 서 있었다.

하원 의원 중에, 체스터의 법원장 조지프 제킬과, 최고위 법정 변호사 세 사람, 즉 후퍼, 포이스, 파커, 그리고 법무차관 제임스 몬터규, 법무장관 시몬 하커트 등의 모습도 보였다. 몇몇 준남작들과 기사들, 그리고 하팅턴, 윈저, 우드스톡, 모돈트, 그램비, 스큐드모어, 피츠하딩, 하이드, 버클리 등 명목상 로드 아홉 사람, 즉 피어의 아들이나 피어리지의 상속 권자인 그들을 제외하고는, 모두 평민 출신이었다. 침묵을 지키고 있는 일종의 음산한 군중이었다.

입장하는 사람들의 발걸음 소리가 멈추자, 검은 권장을 든 문지기 수하의 공고인이 큰 소리로 외쳤다.

「우아예!」

왕실 서기가 일어섰다. 그러고는 방석 위에 놓여 있던 양피지 중 첫 번째 것을 집어서 읽기 시작했다. 법안 비준권을 위임받아 의회에 출석할 세 대리관을 임명하는 여왕의 교서였다. 왕실 서기의 음성이 문득 높아졌다.

「시드니, 고돌핀 백작.」

서기가 고돌핀 경에게 예를 표했다. 고돌핀 백작이 모자를 살짝 쳐들어 답례했다. 서기가 낭독을 계속했다.

「……토머스 허버트, 펨브룩과 몽고메리의 백작.」

서기가 펨브룩 경에게 예를 표했다. 펨브룩 경이 손가락으로 모자를 툭 건드렸다. 서기가 다시 계속했다.

「……존 홀리스, 뉴캐슬 공작.」

서기가 뉴캐슬 경에게 예를 표했다. 뉴캐슬 경이 고개를 까딱했다.

왕실 서기가 자리에 앉았다. 의회의 서기가 일어섰다. 무릎을 꿇고 앉아 있던 그의 직속 수하 서기도 그의 뒤에서 따라 일어섰다. 두 사람 모두 옥좌를 향해 서면서 등을 하원 의원들 쪽으로 돌렸다.

방석 위에는 법안 다섯이 있었다. 하원에서 가결되고 로드들이 동의한 다섯 법안이 국왕의 비준을 기다리고 있었다.

의회의 서기가 첫 번째 법안을 낭독했다.

그것은 하원이 발의한 법령으로, 햄프턴 코트에 있는 여왕의 거처 미화 작업에 소요되는 경비 백만 파운드를 국가의 경비로 충당한다는 것이었다.

낭독을 끝낸 후 서기는, 옥좌를 향해 깊숙이 머리 숙여 예를 표했다. 그의 수하 서기는 머리를 더욱 깊숙이 숙여 그를 따라 예를 표한 다음, 하원 의원들 쪽으로 고개를 반쯤 돌리고 큰 소리로 말했다.

「여왕 폐하께옵서는 여러분의 호의를 받아들이시며, 동의를 표하십니다.」

서기가 두 번째 법안을 낭독했다.

그것은, 트레인밴드에서 복무하기를 회피하는 사람은 그 누구든, 금고형 및 벌금형에 처한다는 법령이었다. 어디로든 마음대로 끌고 가는 군대인 트레인밴드란 무보수로 복무하는 시민군(市民軍)인데, 엘리자베스 시절, 아르마다가 잉글랜드로 접근할 무렵, 트레인밴드는 보병 18만 5천 명과 기병 4천 명을 확보하고 있었다.

두 서기가 옥좌를 향해 다시 예를 표했다. 그런 다음, 하급 서기가 하원 의원들을 비스듬히 돌아보며 큰 소리로 외쳤다.

「여왕 폐하께서 동의하십니다.」

세 번째 법안은, 잉글랜드에서 가장 부유한 주교구 중 하나인, 리치필드와 코번트리 통합 주교구의 교구 귀속분 세금과 고정 급여금을 인상하고, 주보 성당에 연금을 지불하며, 성당 참사원 수를 늘리고, 승원장의 지위를 높여 그 직위의 세습 재산을 증대시킨다는 내용이었는데, 그 취지문에 따르면, 〈우리의 성스러운 종교에 필요한 것을 충족시켜 주기 위한〉 것이라 했다. 네 번째 법안은 예산안에 새로운 조세 항목들을 추가했는데, 신설된 과세 대상은 다음과 같다. 대리석 무늬 벽지, 런던 시내에서 운행하는, 그리고 그 수가 8백 대로 한정된, 임대용 사륜마차(각 대당 연 52파운드), 법정 변호사, 대소인(代訴人), 사무 변호사(각각 두당 연 48파운드), 무두질한 피혁(취지문에는 〈피혁 세공인들의 불평에도 불구하고〉라는 설명이 덧붙여 있었다), 비누(〈서지와 고급 직물을 많이 생산하는 엑서터 시와 데번셔 주의 항의에도 불구하고〉, 역시 취지문의 한 구절이다), 포도주(배럴당 4실링), 밀가루, 보리, 그리고 호프. 또한 취지문에 따르면, 〈국가적 필요가 일체의 상업적 논리에 우선하는지라〉, 톤세(稅) 세율을 새로 조정하되 적용 기간을 4년으로 한정하며, 서양에서 오는 선박의 경우 톤당 투르 주조화 6리브르를 과세하고,[2] 동방에서 오는 선박의 경우 톤당 1천8백 리브르를 과세한다는 내용도 포함되어 있었다. 그 이외에도 법안은, 당년에 이미 징수한 인두세(人頭稅)가 충분치 못하다고 전제한 다음, 왕국 내의 모든 사람들에게 두당 부가세 4실링(혹은 투르 주조화

---

2 프랑스 투르에서 주조되던 경화(硬貨)를 가리킨다. 프랑스 왕국 내에서뿐만 아니라 전 유럽에서 통용되었다. 리비르는 파운드와 비슷한 중량을 가리키는 프랑스어이다.

48수)을 부과한다고 했으며, 정부에 새로운 선서[3]를 하지 않
는 사람들에게는 두 배의 세금을 부과하겠다는 언급도 첨부
되어 있었다. 다섯 번째 법안은, 사망했을 경우 장례비에 충
당할 1파운드를 예치하지 않는 환자는 입원시키지 않는다는
것이었다. 마지막 세 법안 역시, 처음의 두 법안처럼, 옥좌를
향해 예를 표하고 하급 서기가 하원 의원들을 향해 어깨 너
머로 〈여왕 폐하께서 동의하십니다〉라고 외치는 것으로, 하
나하나 비준되고 법률로 확정되었다.

하급 서기가 네 번째 양모 방석 앞에 다시 무릎을 꿇고 앉
자, 대법관이 선언했다.

「뜻대로 이루어지기를 바랍니다.」

국왕이 참석하는 회의는 그렇게 끝났다.

하원 의장은 대법관을 향해 몸을 반으로 접듯 굽힌 채, 장
의 뒷자락을 두 손으로 추스르며 뒷걸음질로 발판에서 내려
갔다. 하원 의원들은 이마가 땅에 닿도록 깊숙이 예를 표한
다음, 자기들의 의사일정이 끝난지라, 일제히 퇴장했고, 그
동안 상원 의원들은, 그러한 예의 표시에는 아무 관심도 없
다는 듯, 자기들의 일에 다시 착수했다.

7. 대양의 폭풍우보다 고약한 인간의 폭풍우

문들이 다시 닫혔다. 검은 권장을 든 알현실 문지기가 다
시 돌아왔다. 국왕 대리관들은 옥좌 앞의 벤치를 떠나, 그들
의 직분이 지정한 좌석, 즉 공작의 벤치 상석에 가서 앉았다.

3 〈선서〉는 인두세를 가리키는 듯하다. 중세 봉건 체제하에서는 농노가
영주에게 바치던 세금을 인두세라 했고, 세금을 바치는 행위가 곧 선서나 맹
세의 의미를 내포했다는 사실을 염두에 둔 표현인 듯하다.

그러자 대법관이 입을 열었다.

「경들, 상원은 여러 날 전부터, 여왕 폐하의 부군 전하께 지급되는 세비를 10만 파운드 증액하는 법안에 대해 토론했습니다. 그동안 토론이 충분히 이루어진지라, 이제 표결 절차를 시작하겠습니다. 표결은 관례에 따라 남작석에 앉아 계신 〈막내〉 로드부터 시작하겠습니다. 경들께서는, 호명에 응해 자리에서 일어서시어, 〈만족〉 혹은 〈불만〉으로 답해 주십시오. 또한 필요하다고 여기실 경우에는, 자유롭게 그 동기를 개진해 주십시오. 서기, 표결을 시작하시오.」

의회 서기가 일어서서, 악보대 모양의 황금색 칠한 작은 책상 위에 놓인 커다란 2절판 책을 펼쳤다. 피어 명부였다.

당시 상원의 막내는 존 허비 경이었는데, 1703년에 남작 작위를 받고 피어가 되었다. 브리스톨의 여러 후작은 그의 후손이다.

서기가 호명했다.

「허비 남작, 존 경.」

황금빛 가발을 쓴 노인이 일어서서 대답했다.

「만족.」

그리고 다시 앉았다.

하급 서기가 표결 내용을 기록했다.

서기가 호명을 계속했다.

「킬룰테이의 콘웨이 남작 프랜시스 시모어 경.」

「만족.」 시동의 안색에 멋을 부린 젊은이 하나가 반쯤 일어서며 중얼거렸다. 그는 자신이 훗날 하트퍼드 후작의 조부가 되리라는 사실을 꿈도 꾸지 못했을 것이다.

「가우어 남작, 존 레비슨 경.」 서기가 다시 호명했다.

훗날 자손들이 서덜런드 공작이 될 그 남작은, 일어섰다가 다시 앉으면서 대답했다.

「만족.」

서기가 계속했다.

「건지 남작, 헤니지 핀치 경.」

하트퍼드 후작들의 선조에 비해 그 젊음이나 우아함이 뒤지지 않는, 에일스퍼드 백작들의 선조가 될 그는, 자신의 좌우명인 *aperto vivere voto*(자신의 욕망을 고백하며 살다)를 입증이라도 하려는 듯 큰 소리로 외쳤다.

「만족.」 절규에 가까웠다.

그가 다시 자리에 앉는 동안, 서기가 다섯 번째 남작을 호명했다.

「그랜빌 남작, 존 경.」

「만족.」 그랜빌 포트리지 경이 즉각 일어섰다가 앉으며 대답했다. 그의 피어리지는 후사가 없어 1709년에 소멸되었다.

서기가 여섯 번째 남작으로 넘어갔다.

「핼리팩스 남작, 찰스 몬터규 경.」

「만족.」 새빌이라는 이름이 소멸된 후, 그 작위를 승계한 핼리팩스 경이 대답했다. 몬터규라는 이름도 후에 소멸되었는데, 이 몬터규Mountague는 몬터규Montagu나 몬터큐트Mountacute와는 서로 다르다.

핼리팩스 경이 덧붙였다.

「조지 각하께서는 폐하의 부군 자격으로 세비를 받으십니다. 또한 덴마크의 공후 자격으로 받으시는 세비와, 컴벌랜드 공작 자격으로 받으시는 세비, 잉글랜드 및 아일랜드 해군 원수 자격으로 받으시는 세비가 있습니다. 그러나 대원수에게 지급해야 할 세비는 받지 못하고 계십니다. 매우 부당한 일입니다. 그러한 무질서에 종지부를 찍어야 합니다. 잉글랜드 백성의 이권을 위해서입니다.」

핼리팩스 경은 그런 다음 구원의 종교[1]를 찬양하고, 교황

주의를 비난했다.

핼리팩스 경이 다시 자리에 앉자, 서기가 계속했다.

「바너드 남작, 크리스토프 경.」

클리블랜드 공작들의 시조가 될 바너드 경이 호명에 응해 일어섰다.

「만족.」

그런 다음 천천히 다시 앉았다. 레이스로 만들어 단 가슴팍 장식 때문이었는데, 사람들의 눈길을 끌 만한 것이었다. 바너드 경은, 뿐만 아니라, 위엄 갖춘 귀족이었고 용맹한 장교였다.

바너드 경이 다시 자리에 앉는 동안, 기계적으로 호명하던 서기가 잠시 머뭇거렸다. 안경을 고쳐 쓰고 명부 위로 상체를 숙여, 잔뜩 긴장한 듯 들여다보더니, 다시 머리를 번쩍 쳐들며 호명했다.

「클랜찰리 및 헌커빌의 남작, 퍼메인 클랜찰리 경.」

그윈플레인이 일어섰다.

「불만.」

모든 머리가 그를 향했다. 그윈플레인은 서 있었다. 옥좌 양편에 놓여 있던 거대한 이삭 같은 촛대들이 그의 얼굴을 환하게 비추었고, 연기 위로 떠오르는 가면처럼, 넓고 침침한 회의장에 그의 얼굴을 선명히 부각시켰다.

그윈플레인은 혼신의 힘을 모아 스스로를 통제했다. 이미 말한 바와 같이, 엄밀히 말해 그것이 가능했다. 호랑이 한 마리를 제압하는 데 필요한 단호한 의지로, 그는 잠시나마, 자신의 얼굴에 새겨진 그 이빨 드러내는 숙명적인 웃음을 엄숙한 표정으로 바꾸는 데 성공했다. 잠시 동안이나마 그는 웃

---

1 *la religion chrétienne*를 옮긴 것이다. 잉글랜드 국교*anglicanisme*을 가리키는 듯하다.

836

지 않았다. 하지만 그것은 오래 지속될 수 없었다. 우리를 지배하는 법칙에 대한 혹은 우리의 숙명에 대한 불복종은 오래 지속되지 않는다. 바닷물이 때로는 인력에 저항해 물기둥 형태로 부풀어 올라 산을 이루기도 한다. 하지만 다시 꺼진다는 조건을 수반한다. 바닷물의 그러한 항쟁이 곧 그윈플레인의 저항이었다. 자신의 얼굴에 엄숙한 기색이 드리울 한순간을 위해, 그러나 번개가 번쩍 빛나는 시간보다 별로 더 길지 않을 그 순간을 위해, 그는 경이로우리만큼 강렬한 의지로, 자기 영혼의 음산한 너울을 자신의 이마 위에 던졌다. 그리고 자기의 치유될 수 없는 웃음을 그렇게 유보시켰다. 타인이 조각한 그 얼굴에서 그는 즐거움이라는 것을 그렇게 제거했다. 그의 얼굴에 남은 것은 무시무시함뿐이었다.

「저 사람은 뭐야?」고함소리가 들려왔다.

모든 벤치 위로 형언할 수 없는 전율이 퍼져나갔다. 숲처럼 덥수룩한 머리, 눈썹 밑에 검게 파인 구멍, 보이지 않는 눈에서 발산되는 깊은 시선, 어둠과 빛이 흉측하게 뒤섞인 얼굴의 사나운 돋을새김, 그 모든 것이 경악스러웠다. 그 무엇에도 비할 수가 없었다. 그윈플레인에 관한 이야기를 들은 바 있되 소용없었다. 기가 막힐 지경이었다. 그러리라 예상했던 사람들에게조차 예상치 못한 모습이었다. 전능한 신들이 모두 모인, 태평스러운 야연이 벌어지고 있는 신성한 산 정상에, 참수리의 부리에 갈가리 찢긴 프로메테우스의 얼굴이, 유혈 낭자한 달이 지평선에 떠오르듯, 문득 나타났다고 상상해 보라. 올림포스의 시야에 나타난 카프카스, 그 정경이 어떠했으랴! 늙은이나 젊은이나 하나같이, 넋을 잃은 듯, 멍하니 그윈플레인을 바라보았다.

많은 사람과 많은 일을 겪었고, 공작으로 지명되었으며, 모든 상원 의원에게 깊은 존경을 받는 노인, 워턴 백작 토머스가 기겁한 듯 벌떡 일어섰다.

「이게 무슨 일이오? 누가 저 사람을 회의장에 들여놓았소? 즉시 저 사람을 내치시오.」

그렇게 고함을 치더니, 그윈플레인을 거만하게 바라보며 물었다.

「당신 누구요? 어디에서 나오셨소?」

그윈플레인이 즉각 대답했다.

「심연에서.」

그러고는 팔짱을 끼고 서서, 로드들을 둘러보았다.

「제가 누구냐고 물으셨습니까? 저는 비참함 그 자체입니다. 로드들이시여, 드릴 말씀이 있습니다.」

전율이 회의장을 휩쓸었고, 문득 조용해졌다. 그윈플레인이 말을 계속했다.

「경들이시여, 당신들은 드높은 곳에 계십니다. 좋습니다. 신께서 나름대로의 이유가 있어 그렇게 하셨으리라 믿어야 하겠지요. 경들께서는 권력과, 부유함과, 즐거움과, 경들의 정수리 위에 떠 있는 태양과, 무제한의 권위와, 독점적 향유와, 타인에 대한 대대적인 망각 속에 둘러싸여 사십니다. 좋습니다. 하지만 여러분 아래에도 무엇인가가 있습니다. 아마 여러분 위에 있을지도 모릅니다. 경들이시여, 저는 여러분께 한 가지 소식을 전하러 왔습니다. 그것은, 인류가 존재한다는 사실입니다.」

군중이란 어린아이들과 같다. 그들 속에서 일어나는 뜻하지 않은 말썽은 곧 그들의 도깨비상자이다. 그리하여 그것을 두려워하는 동시에 좋아한다. 때로는 용수철이 작동해 마귀 하나가 나오는 것 같기도 하다. 그렇게 프랑스에서는 미라보가 출현했다.[2] 그 역시 용모가 흉측했다.

그윈플레인은 그 순간 자신의 내면에 기이한 팽창 현상이 일어남을 느꼈다. 군중을 향해 이야기를 하는 사람은, 그 순간, 자신이 델포이 신전에서 신탁을 전하는 여사제의 자리에 있다고 느낀다. 다시 말해, 많은 영혼들이 내려다보이는 정상에 있다고 생각한다. 자신의 발뒤꿈치 아래에서 인간들의 내장[3]이 경련한다. 그윈플레인은 더 이상, 전날 밤 한순간 극도로 왜소해졌던, 그 사람이 아니었다. 그를 혼란 속으로 몰아넣었던 급작스러운 상승의 취기가 걷혀 명징해졌고, 자부심에 유혹당했던 그윈플레인의 눈에 이제 하나의 역할이 보이기 시작했다. 그를 처음 왜소하게 만들던 것이, 이제는 그를 고양시키고 있었다. 그는 의무에서 발산되는 강렬한 섬광을 받아 드디어 눈을 뜨고 있었다.

그윈플레인 주위 여기저기에서 외치는 소리가 들려왔다.

「어디 들어 봅시다! 귀를 기울여 봅시다!」

그러는 동안에도 그는, 초인적인 노력으로 잔뜩 긴장한 채, 자신의 얼굴에 엄하고 음산한 긴장을 유지시켰으며, 그 밑에서 그의 이빨 드러나는 웃음은, 야생마처럼 뒷발로 서며, 탈출하려 했다. 그가 말을 계속했다.

「저는 깊은 심연에 빠졌다가 지금 막 빠져나온 사람입니다. 경들께서는 세력 있고 부유하십니다. 매우 위험한 일입니다. 경들은 어둠을 이용해 득을 취하십니다. 그러나 조심하십시오. 또 다른 거대한 세력이 있습니다. 그것은 여명입니다. 여명은 정복될 수 없습니다. 그것이 곧 도래할 것입니다. 아니, 도래하고 있습니다. 여명은 태양 방출기를 지니고

2 미라보 백작은 입헌군주제를 주장하던 사람으로, 1789년의 비상국민회의(*Etats généraux*, 속칭 삼부회)에 엑스의 평민 대표로 참석했다. 귀족들에게 외면당해 평민 대표로 참석한 그가, 대혁명 초기에 결정적인 역할을 했는데, 그러한 사실을 암시하는 듯하다.

3 신들에게 바친 희생물의 내장을 가리키는 듯하다. 그 내장의 경련 양태가 곧 점괘였다.

있습니다. 하늘로 태양을 쏘아 올리는 투석기를 누가 저지하겠습니까? 태양이란 곧 권리입니다. 그리고 경들께서는 특권을 뜻합니다. 마땅히 두려워하셔야 합니다. 집의 진정한 주인이 머지않아 대문을 두드릴 것입니다. 특권의 아버지가 무엇인지 아십니까? 우연입니다. 그리고 특권의 아들은 무엇인지 아십니까? 악용입니다. 그것들에게는 좋지 않은 내일이 있을 뿐입니다. 경들께 경들의 행복을 고발하러 왔습니다. 경들의 행복은 타인의 불행으로 이루어졌습니다. 경들께서는 모든 것을 소유하고 계시지만, 그 모든 것은 다른 사람들의 헐벗음으로 이루어졌습니다. 경들이시여, 저는 절망한 변호사이며, 패소한 사건을 변론하고 있습니다. 이 소송은 신께서 다시 승리로 바꾸어 놓으실 것입니다. 저는 아무것도 아니며, 하나의 목소리일 뿐입니다. 인류는 하나의 입이며, 저는 그 입에서 나오는 절규입니다. 경들의 귀에도 그 절규가 들릴 것입니다. 잉글랜드의 피어들이시여, 저는, 군주이되 피의자이며 판관이되 단죄받은 백성의 재판정을 경들 앞에 열기 위해 왔습니다. 저는 제가 해야 할 말에 짓눌려 허리가 휠 지경입니다. 무슨 말부터 시작해야 할까요? 저도 모르겠습니다. 저는 광막하게 펼쳐진 고통 속에서 거대하고 어수선한 저의 변론문을 주워 모았습니다. 이제 그것들을 어찌처분해야 할까요? 그것들이 저를 짓누르는지라, 경들 앞에 그것을 뒤죽박죽 내던질 수밖에 없습니다. 이런 일을 제가 예상했던가요? 아닙니다. 경들께서 놀라셨겠지만, 저 역시 마찬가지입니다. 어제까지 저는 익살광대였으나, 오늘은 로드입니다. 현묘한 장난입니다. 누구의? 미지의 존재가 벌이는 짓입니다. 우리 모두 두려워합시다. 경들이시여, 밝은 창천은 몽땅 경들 쪽에 있습니다. 이 광막한 세상에서 경들의 눈에 보이는 것은 오직 축제뿐입니다. 하지만 그늘이 있음을 아셔야 합니다. 여러분 가운데 와 있는 저를 퍼메인 클랜찰리 경이라고들 부르십니다. 그러나 저의 진정한 이름은 한 가난뱅이의 이름인 그윈플레인입니다. 저는 세력가들의 수중에 들어가, 어느 왕의 명령으로 얼굴이 깎였고, 그것이 그 왕의 즐거움이었습니다. 이상이 저에 관한 이야기입니다. 경들 중 많은 분들이 저의 선친과 교분을 가지셨을 것입니다. 저는 그분을 모릅니다. 그분은 봉건 체제라는 테두리 속에서 여러분과 관련이 있으시고, 저는 추방자라는 측면에서 그분의 편에 서 있습니다. 신께서 하신 것, 잘된 일입니다. 저는 심연 속에 던져졌습니다. 무슨 뜻이었을까요? 저로 하여금 그 밑바닥을 보도록 하기 위함이었습니다. 저는 잠수부입니다. 그리하여 제가 진주를, 진실을, 건져 올립니다. 제가 말을 하는 것은 알기 때문입니다. 저의 말씀을 이해하실 수 있을 것입니다. 저는 겪었습니다. 저는 보았습니다. 그것이 고통이냐고 물으시겠지만, 아닙니다. 행복한 분들이시여, 그것을 단어 하나만으로는 표현할 수 없습니다. 가난, 저는 그 속에서 성장했습니다. 겨울, 저는 그 속에서 오들오들 떨었습니다. 기근, 저는 그 맛을 보았습니다. 멸시, 저는 그것을 감내했습니다. 흑사병, 저는 그 병에 걸려 보았습니다. 수치, 저는 그것을 묵묵히 삼켰습니다. 그리고 이제 경들 앞에 그것을 다시 토하겠습니다. 그러면 토해 낸 온갖 비참함이 찔꺽거리며 여러분의 발을 더럽힐 것이며, 또한 불길처럼 타오를 것입니다. 저는 지금 제가 서 있는 이 자리에 끌려오기 전에, 잠시 머뭇거렸습니다. 다른 곳에 저의 다른 의무가 있기 때문입니다. 또한 저의 마음이 이곳에 있지 않기 때문입니다. 저의 내면에서 일어난 일은 여러분과 아무 상관이 없습니다. 여러분께서 검은 권장의 문지기라고 부르시는 사람이, 여러분께서 여왕이라고 부르시는 여인의 명령에 따라 저를 데리러 왔을 때, 저는 잠시 거절할 생각도 해보았습니다. 그러나 신의 보이지 않는 손이 저를 그쪽으로 떼미는 것 같았고, 따라서 복종했습니다. 저는 제가 경들 가운데로 와야 한다고 느꼈습니다. 무슨 이유에서냐고요? 제가 어제까지 걸치고 다니던 넝마 때문입니다. 신께서 저를 배고픈 사람들과 뒤섞어 놓으신 것은, 포식한 사람들 가운데에서 제가 말을 하도록 하기 위함이었습니다. 오! 연민을 느끼십시오! 오! 경들께서 속해 있다고 믿으시는 이 숙명적인 세계를, 경들께서는 전혀 모르십니다. 너무나 높은 곳에 계신지라, 여러분께서는 이 세상 밖에 계십니다. 이 세상이 어떤 것인지, 제가 경들께 말씀드리겠습니다. 저에게는 풍부한 경험이 있습니다. 저는 엄청난 압력 밑에서 빠져나왔습니다. 저는 경들의 무게가 어떠한지 경들께 말씀드릴 수 있습니다. 오! 주인이신 경들이시여, 경들께서 어떤 분들인지, 알기나 하십니까? 무엇을 하고 계시는지, 깨닫기나 하십니까? 전혀 모르고 계십니다. 아! 모든 것이 끔찍합니다. 어느 날 밤, 폭풍 몰아치던 날 밤, 버려진 어린 고아의 몸으로, 막막한 세계 속에서 혈혈단신으로, 여러분들이 사회라고 일컫는 이 어둠 속으로, 저는 처음 발을 들여놓았습니다. 그러면서 제가 첫 번째로 본 것은 법이었고, 그것은 교수대의 형태를 통해서였습니다. 두 번째로 본 것은 부유함이었습니다. 추위와 배고픔으로 죽은 어느 여인을 통해서 본 경들의 부유함이었습니다. 세 번째 것은, 죽어 가는 어린아이의 모습을 통해서 본 미래였습니다. 네 번째 것은, 늑대 한 마리 이외에 동료도 친구도 없는, 어느 떠돌이의 모습 밑에 감추어져 있던 착함과 진실함과 공정함이었습니다.」

그 순간, 고통스러운 감동에 휩쓸린 그윈플레인은, 흐느낌이 목구멍까지 치밀어 오름을 느꼈다.

느낌 때문에, 끔찍한 일이다. 안면의 웃음이 다시 모습을 드러냈다.

웃음의 감염은 즉각적이었다. 회의장 위로 구름 한 덩어리가 떠돌고 있었다. 그것이 꺼져 공포감으로 변할 수 있었는데, 즐거움으로 변했다. 웃음이라는 활짝 피어난 발광 상태가 회의실을 몽땅 점령했다. 지극히 고귀한 사람들이 모여 있는 케나쿨룸[4]에서는 익살꾼보다 더 환영받는 것이 없다. 그들은 그렇게 자신들의 근엄함에 복수를 한다.

왕의 웃음은 신들의 웃음과 유사해, 항상 그 속에는 잔인한 송곳이 들어 있다. 로드들이 장난을 치기 시작했다. 낄낄거리는 소리가 웃음을 날카롭게 벼렸다. 말하는 사람의 주위에서 박수를 치며 그를 모욕했다. 즐거워하는 감탄사들이 뒤죽박죽 그를 엄습했다. 쾌활하며 동시에 치명상을 입히는 우박이었다.

「브라보! 그윈플레인!」「브라보, 웃는 남자!」「브라보, 그린박스의 주둥이!」「브라보, 타린조필드의 돼지 머리!」「공연 한 차례 하러 왔군. 좋아! 어서 수다를 떨어 봐!」「드디어 나를 즐겁게 해주는 자가 하나 나타났군!」「저 짐승, 정말 잘도 웃네!」「안녕하신가, 꼭두각시!」「익살광대 로드께 문안 올리오!」「어서 열변을 토하시지!」「저것이 잉글랜드의 피어라니!」「계속해!」「안 돼! 안 돼!」「괜찮아! 괜찮아!」

대법관의 심기가 편치 않았다.

귀가 어두운 오먼드 공작 제임스 버틀러 경은, 손을 나팔 모양으로 오므려서 귀에 가져다 댄 채, 세인트앨번스 공작 찰스 보클러크에게 물었다.

4 예수가 제자들과 함께 성찬식을 갖던 방을 가리킨다. 19세기에 와서는 문인들이나 예술가들, 철학자들의 자칭 정예 집단을 가리키는 말로 사용되었다.

「저 사람의 견해는 어떠했소?」

세인트앨번스 공작이 대답했다.

「불만이라오.」

「제기랄, 그럴 줄 알았어. 저따위 상판이니!」

도망치는 군중은 즉각 다시 붙잡아야 한다. 의회 또한 군중이다. 웅변은 재갈이다. 만약 재갈이 부러지면 청중이 날뛰고, 뒷발로 서서 몸부림을 치며 연설자를 낙마시키기도 한다. 청중은 또한 연사를 증오한다. 사람들은 그 사실을 충분히 인식하지 못한다. 고삐를 당겨 버티는 것이 하나의 대책처럼 보이지만, 실은 그렇지 않다. 그렇건만 어느 연사건 그 방법을 시도한다. 그것이 본능이다. 그윈플레인 또한 고삐를 당겨 보았다.

그는 잠시, 웃고 있는 사람들을 뚫어지게 바라본 후, 언성을 높였다.

「그렇다면 경들께서는 비참함을 모독하시는 것입니다. 잉글랜드의 피어들이시여, 조용히 해주십시오. 판사님들이시여, 변론을 경청해 주십시오. 오! 간청하옵거니와 불쌍히 여기십시오! 누구를 불쌍히 여기느냐고요? 경들 자신을 불쌍히 여기십시오. 누가 위험에 처해 있는지 아십니까? 경들입니다. 경들께서 저울에 올려져 있으며, 저울판 하나에는 경들의 권력이, 다른 하나에는 경들의 책임이 올려져 있음을 깨닫지 못하십니까? 신께서 경들을 저울에 달고 계십니다. 오! 웃지들 마십시오. 그리고 깊이 생각해 보십시오. 신의 저울추가 흔들거리는 것은 곧 양심의 전율입니다. 경들의 성품이 못된 것은 아닙니다. 경들께서도 다른 이들과 다름없는, 그리고 더 훌륭하지도 더 고약하지도 않은, 인간일 뿐입니다. 혹시 경들께서 스스로를 신으로 여기신다면, 내일 병석에 누우시어, 신열 속에서 파르르 떨고 있는 경들의 신성(神

844

性)을 관찰해 보십시오. 우리 모든 사람들 사이에는 우열이 없습니다. 저는 정직한 분들을 향해 말씀드립니다. 여기에도 그러한 분들이 계십니다. 저는 고양된 지성들을 향해 말씀드립니다. 여기에도 그러한 지성들이 계십니다. 저는 너그러운 영혼들에게 말씀드립니다. 여기에도 그러한 영혼들이 계십니다. 경들께서도 그 누구의 아버지이시며, 아들이시고, 형제이십니다. 따라서 측은한 마음에 눈시울을 적시는 경우도 종종 있을 것입니다. 경들 중 오늘 아침에 어린 자식이 잠에서 깨어나는 것을 응시하신 분은, 모두 착하십니다. 모든 가슴은 매일반입니다. 인간이란 하나의 가슴이라는 것 이외의 다른 무엇이 아닙니다. 압제하는 사람들과 압제당하는 사람들 사이에는, 그들이 처한 장소가 다르다는 차이밖에 없습니다. 경들의 발이 사람들의 머리를 밟지만, 그것은 경들의 잘못이 아닙니다. 그것은 사회라는 바벨탑의 잘못입니다. 모든 것이 위에서 짓누르게 되어 있으니, 실패한 건축물입니다. 한 층이 다른 층을 견딜 수 없을 정도로 짓누릅니다. 제가 드리는 말씀에 귀를 기울여 주십시오. 자세히 알려 드리겠습니다. 오! 경들께서는 강력하시니 형제애를 발휘하십시오. 경들께서는 지배자들이시니 온후함을 근본으로 삼으십시오. 제가 본 것을 경들께서 아신다면! 애달프도다! 저 아래의 끔찍한 고통! 인류가 지하 감방 속에 처박혀 있습니다. 아무 죄 없건만 저주받은 이들 그 얼마인가! 햇빛도 없고 공기도 없으며 용기도 없어, 아무것도 기대하지 못합니다. 그런데 두려운 일은, 그러면서도 모두들 기다린다는 사실입니다. 그 숱한 절망들이 어떨지 한번 짐작해 보십시오. 죽음 속에서 살아가는 사람들이 부지기수입니다. 나이 겨우 여덟에 매춘을 시작해, 스무 살이 되면 늙어서 그 짓조차 그만두는 소녀들도 있습니다. 형벌의 가혹함 또한 사람들을 공포의 도가니로 몰아넣습니다. 저는 지금 이것저것 가리지 않고 두서없이 말씀드립니다. 저의 뇌리에 떠오르는 대로 말할 뿐입니다. 바로 어제, 여기에 와 있는 제가, 알몸으로 쇠사슬에 묶인 채, 복부를 돌무더기로 짓누르는 고문을 견디지 못하고 죽어 가는 사람을 목격했습니다. 그러한 일이 벌어지고 있다는 사실을 아십니까? 모르실 겁니다. 세상에서 일어나는 일을 아신다면, 경들 중 어느 분도 감히 행복해하실 수 없을 것입니다. 혹시 뉴캐슬어폰타인에 가보신 분 계십니까? 그곳 탄광에는 석탄을 씹어 삼키는 사람들이 있습니다. 그것으로 배를 채워 허기를 잊기 위해서입니다. 랭커스터 백작령에 있는 리블체스터는, 극도의 궁핍으로 인해 도시가 황량한 마을로 변했습니다. 저는 덴마크의 조지 대공에게 10만 기니가 더 필요하다고는 생각하지 않습니다. 그 대신, 가난한 환자를 병원에 받아들이되, 장례비를 미리 지불하지 않도록 하는 편을 택하겠습니다. 카나르본 백작령의 스트라스모어와 스트레이스빅컨에서는 가난한 사람들의 곤궁함이 끔찍한 지경까지 이르렀습니다. 스트래트퍼드에서는 돈이 없어 야채밭에 고인 물을 빼내지 못하는 실정입니다. 랭커셔 전 지역의 직조 공장들은 깡그리 문을 닫았습니다. 어디를 보나 실업 사태입니다. 할렉의 정어리 잡이 어부들이, 고기가 잘 잡히지 않을 때는 풀을 뜯어먹는다는 사실을 아십니까? 버턴 레이저스에서는 아직도 문둥병자들을 한 장소에 모아 놓았고, 혹시 그 소굴을 벗어나는 사람이 있으면 그에게 총질을 해댄다는 사실을 아십니까? 경들 중 한 분이 그 영주이신 에일즈베리에서는, 만성적인 기근을 떨쳐 버리지 못하고 있습니다. 경들께서는 코번트리 주에 있는 펜크리지의 주보 성당에 보조금을 지급하고, 그곳 주교를 더욱 부유하게 해주시기로 결의하셨습니다. 그런데 그곳 주민들의 오두막집 속에는 침대조차 없습니다. 그리하여 땅바닥에 작은 구덩이를 파고 아기들을 그 속에 눕힙니다. 결국 그곳 사람들은 요람이 아닌 무덤 속에서 삶을 시작합니다. 그 모든 것을 저는 직접 목격했습니다. 경들이시여, 여러분께서 가결하신 세금을 누가 감당하는지 아십니까? 죽어 가는 사람들입니다. 애석한 일입니다! 경들께서 큰 오류를 범하고 계십니다. 길을 잘못 들어섰습니다. 경들께서는 부자들의 부를 증대시켜 주기 위해 가난한 사람들의 가난을 증대시켜 주고 계십니다. 하셔야 할 일은 그 반대입니다. 도대체 한가한 자에게 주기 위해 일하는 사람에게서 빼앗고, 배부른 자에게 주기 위해 거지에게서 빼앗으며, 군주에게 주기 위해 굶주린 자에게서 빼앗다니! 오! 그래요, 저의 혈관에는 오래된 공화주의적 피가 흐르고 있습니다. 그래서 그러한 현상을 극도로 싫어합니다. 소위 왕이라고 하는 자들, 저는 그들을 증오합니다! 또한 여인들의 뻔뻔스러움이란! 어떤 사람이 저에게 슬픈 이야기를 들려주었습니다. 오! 저는 찰스 2세를 증오합니다. 저의 선친께서 사랑하시던 여인이, 선친은 망명지에서 죽어 가고 계신데, 그 왕에게 몸뚱이를 내맡겼습니다. 매춘부입니다! 찰스 2세와 제임스 2세, 하나는 빈둥거리는 건달이고, 다른 하나는 간악한 범죄자입니다! 왕이라는 것 속에 무엇이 있는지 아십니까? 하나의 인간, 욕망과 불구 상태에 휘둘리는 약하고 가냘픈 인간이 하나 있을 뿐입니다. 왕이 무엇에 유용합니까? 기생충 같은 왕권에게 경들께서는 사료를 꾸역꾸역 처먹이십니다. 그 지렁이를 경들께서 보아로 만드십니다. 그 촌충을 경들께서 용으로 키우십니다. 가난한 사람들에게 자비를 베푸십시오! 경들께서는 옥좌를 살찌우기 위해 세금을 점점 더 무겁게 부과하십니다. 경들께서 반포하시는 법령을 조심하십시오. 경들께서 밟아 으스러뜨리는 고통스러운 굼실거림을 조심하십시오. 아래를 보십시오. 경들의 발을 한번 내려다보십시오. 오!
힘 있는 분들이여, 여러분의 발밑에 힘없는 사람들이 있습니다. 불쌍히 여기십시오. 그렇습니다! 경들 자신을 불쌍히 여기십시오! 다수가 죽어 가고 있는데, 낮은 곳이 죽으면 동시에 높은 곳이 죽기 때문입니다. 죽음이란 어느 구성원도 예외가 될 수 없는 멈춤입니다. 밤이 오면 그 어느 누구도 자기의 구석에 낮을 간직할 수 없습니다. 경들께서는 이기주의자들이십니까? 그렇다면 다른 이들을 구출하십시오. 선박의 침몰에 무심할 수 있는 승객은 없습니다. 승객의 일부만 난파당하고 나머지 다른 승객들은 수장당하지 않는 경우는 없습니다. 오! 명심하십시오. 심연은 모든 사람 앞에서 입을 벌리고 있습니다.」

웃음소리가 더욱 요란해졌다. 걷잡을 수 없을 지경이었다. 게다가 군중을 즐겁게 하는 데는 언사에 터무니없는 점이 있는 것으로 족했다.

겉보기에는 희극적이되 내면은 비극적인 것, 그보다 더 모욕적인 괴로움은 없으며, 그보다 더 깊은 노여움도 없다. 그윈플레인의 내면에 바로 그러한 것이 있었다. 그의 언사가 지향하는 쪽이 있건만, 그의 얼굴은 엉뚱한 쪽으로 향했다. 끔찍한 처지였다. 그의 음성이 문득 날카로워졌다.

「그 사람들은 그렇건만 즐거워합니다! 좋습니다. 빈정거림이 단말마의 고통에 맞섭니다. 냉소가 단말마의 헐떡거림을 모욕합니다. 그들은 전능합니다! 그럴 수 있습니다. 좋습니다. 두고 봅시다. 아! 저도 그들 중 하나입니다. 또한, 오! 가난한 이들이여, 당신들 중 하나이기도 합니다! 어느 왕이 저를 팔았습니다. 그런데 어느 가난한 사람이 저를 거두었습니다. 누가 저의 얼굴을 훼손했는지 아십니까? 어느 군주입니다. 누가 저를 치유해 주고 부양했는지 아십니까? 굶어 죽을 처지에 놓인 사람이었습니다. 저는 로드 클랜찰리이지만 그윈플레인으로 남겠습니다. 제가 비록 세력가들 편에 있으나, 저는 미미한 사람들 편에 속합니다. 제가 비록 즐기는 사람들 가운데 있되, 저는 고통 받는 사람들과 함께 있습니다. 아! 이 사회는 거짓투성이입니다. 언젠가는 진실한 사회가 도래할 것입니다. 그러면 더 이상 나리들은 없을 것이고, 오직 자유롭게 사는 이들만이 있을 것입니다. 더 이상 상전들은 없고 어버이들만 있을 것입니다. 그것이 우리의 미래입니다. 굽실거림도, 비천함도, 무지도, 마소와 같은 사람들도, 궁정인들도, 시종들도, 왕도 더 이상 없고, 오직 광명만이 있을 것입니다! 그러는 동안 제가 여기 있겠습니다. 저에게 권리 하나가 있으니, 제가 그것을 행사하겠습니다. 그것이 진정한 권리일까요? 만약 제가 그것을 저를 위해 행사한다면 그것은 권리가 아닙니다. 반면, 모든 사람을 위해 그것을 행사한다면, 그것은 진정한 권리입니다. 제가 그들 중의 일원인지라 저는 로드들에게 말하겠습니다. 오! 밑바닥에 계신 나의 형제들이여! 그대들이 얼마나 헐벗었는지를 제가 그들에게 알리겠습니다. 저는 백성의 넝마를 한 줌 움켜쥐고 벌떡 일어서서, 상전들의 머리 위로 노예들의 비참함을 뒤흔들겠습니다. 그러면, 운명의 총애를 입은 건방진 자들이, 불운한 사람들의 추억을 영영 떨쳐 버릴 수 없을 것이며, 제후와 군주들이 가난한 사람들의 국물로부터 해방되지 못할 것입니다. 그들의 머리 위로 떨어지는 것이 벌레들의 즙이라면 그들에게는 안된 일이지만, 여하튼 그것이 사자들 위로 떨어진다면 다행스러운 일입니다!」

그윈플레인이 문득 연설을 멈추더니, 네 번째 양모 방석 위에서 무릎을 꿇은 채 기록을 하고 있던 하급 서기들을 바라보며 외쳤다.

「무릎을 꿇고 있는 저 사람들은 누구입니까? 당신들 그 곳에서 무엇을 하고 계시오? 일어서시오. 당신들은 인간입니다.」

로드라면 본 척도 하지 말아야 할 하급 관리에게 불쑥 그렇게 말을 건네자, 사람들의 즐거움은 절정에 달했다. 브라보! 우라! 하는 고함소리가 터져 나왔다. 박수를 치던 사람들이 이제는 발을 굴러 댔다. 그린박스에 와 있는 것으로 착각할 지경이었다. 다만 그린박스에서는 웃음이 그윈플레인을 환대했던 반면, 여기에서는 그를 죽이고 있었다. 죽이는 행위, 그것은 우스꽝스러운 자의 노고이다. 사람들의 웃음이 때로는 살해하기 위해 최선을 다한다.

웃음이 폭력 행위로 변했다. 야유가 비오듯 쏟아졌다. 군중이 기지를 뽐내면 그것이 얼간이 짓으로 변한다. 그들의 약삭빠르고 멍청한 냉소가, 사실을 고찰하는 대신 멀찌감치 던져 버리고, 의문점을 해결하는 대신 그것을 단죄한다. 뜻하지 않은 돌발 사건은 하나의 의문 부호이다. 웃음에 있어서는, 그것이 수수께끼를 내포한 웃음이다. 웃지 않는 스핑크스가 그 웃음 뒤에 있다.

서로 상반된 고함소리가 들려왔다.

「이제 그만! 충분해!」

「더 해! 아직 더!」

림스터 남작 윌리엄 파머는, 릭 퀴니가 셰익스피어에게 했다는 모욕적인 언사를 그윈플레인에게 던졌다.

「*Histrio! Mima!* (익살광대! 희극배우년!)」

남작의 벤치에서 스물아홉 번째 자리에 앉으며, 격언조 언사 구사하기를 좋아하는 본 경이 언성을 높였다.

「우리는 짐승들이 열변을 토하는 시절로 되돌아왔습니다. 인간의 입 사이에서 짐승의 턱뼈 하나가 발언권을 얻었습니다.」

「발라암의 당나귀[5]가 하는 말을 들어 봅시다.」 야머스 경이 한마디 거들었다.

야머스 경은 코가 둥글고 입이 비스듬해, 몹시 예민한 인상을 풍겼다.

「반역자 린네우스가 무덤 속에서 벌을 받은 것이오. 저 아들은 아비에게 내려진 형벌이오.」 리치필드 및 코번트리의 주교 존 허프가 말했다. 그윈플레인이 그에게 지급될 직책 수당에 대해 언급한 바 있다.

「그는 거짓말을 하고 있습니다. 그가 고문이라고 하는 것은 강렬하고 엄한 벌에 불과하며, 또한 지극히 합법적인 벌입니다. 잉글랜드에는 고문이라는 것이 존재하지 않습니다.」 법률학자 의원인 콜몬들리 경이 말했다.

래비 남작 토머스 웬트워스가 대법관을 바라보며 소리쳤다.

「대법관님, 이제 그만 폐회합시다!」

「안 돼! 안 돼! 안 돼! 계속하라고 해! 그가 우리를 즐겁게 해주는데! 우라! 어이! 어이! 어이!」

젊은 로드들의 고함소리였다. 그들이 즐거워하는 모습은 발광에 가까웠다. 특히 네 사람이 폭소와 증오심을 주체하지 못했다. 로체스터 백작 로렌스 하이드, 태넷 백작 토머스 터프턴, 해턴 자작, 몬터규 공작 등이 그들이었다.

「개집으로 들어가, 그윈플레인!」 로체스터가 말했다.

「내려와! 내려와! 내려와!」 태넷의 고함이었다.

해턴 자작은, 1페니짜리 동전 한 닢을 호주머니에서 꺼내어, 그것을 그윈플레인에게 던졌다.

그리고 그리니치 백작 캠벨, 리버스 백작 새비지, 하버셤 남작 톰슨, 워링턴, 에스크릭, 롤스톤, 록킹햄, 카터렛, 랭데

5 「민수기」 22:28~30. 야훼가 암당나귀의 입을 빌려 말을 했다고 한다. 프랑스에서는 중세 이후(『여우 이야기』) 문인들의 조롱 대상이 된 일화이다.

일, 베니스터 메이너드, 헌스던, 카나르본, 캐번디시, 벌링턴, 홀더니스 백작 로버트 다르시, 플리머스 백작 아서 윈저 등은 박수를 쳤다. 팬더모우니엄[6] 혹은 판테이온[7]의 소란이었고, 그윈플레인의 말은 그 소음 속으로 사라졌다. 「조심하시오!」 겨우 들리는 것은 그 한마디뿐이었다.

옥스퍼드를 최근에 졸업했고, 이제 겨우 코밑수염이 나기 시작한 몬터규 공작 랠프가, 자신의 자리인 열아홉 번째 좌석에서 내려오더니, 그윈플레인에게로 가서, 그의 얼굴을 빤히 쳐다보며 팔짱을 끼고 턱 버티어 섰다. 하나의 칼날에도 잘 드는 부분이 있듯이, 하나의 음성에도 특히 모욕적인 억양이 있다. 몬터규는 그러한 억양으로, 그윈플레인의 코 밑에서 낄낄거리며, 그에게 고함을 쳤다.

「너 지금 무슨 소리 하고 있지?」

「예언하고 있소.」 그윈플레인의 대꾸였다.

다시 폭소가 터졌다. 그리고 그 웃음 밑으로는, 노여움이 지속적인 저음으로 으르렁거렸다. 미성년 피어 중 하나인 도 싯 및 미들섹스의 백작 라이오넬 크랜필드 색빌이 벤치에서 일어서더니, 웃지도 않고, 장래의 입법자답게 근엄한 표정으로, 아무 말 없이, 어깨를 조금 으쓱하며, 열두 살 소년의 싱싱한 얼굴로 그윈플레인을 유심히 쳐다보았다. 그러자 세인트애서프스의 주교가, 곁에 앉아 있던 세인트데이비즈의 주교 쪽으로 고개를 돌려, 그윈플레인을 가리키며 그의 귀에다 속삭였다. 「저것이 바로 미치광이라오!」 그러고는 다시 아이

6 *pandemonium*은 그리스어 *pan*과 *daimon*을 합성해 만든 말로, 직역하면 〈모든 악마들〉인데, 『실낙원』에서는 〈지옥의 수도(首都)〉를 가리킨다. 처음 잉글랜드에서 만들어진 말인지라, 그곳의 발음 〈팬더모우니엄〉을 취한다.

7 *pantheion*은 *pan*과 *theos*를 합성한 말로, 직역하면 〈모든 신〉인데, 모든 신을 모셔 놓은 신전을 가리킨다. 라틴어로는 *pantheon*, 프랑스어로는 *panthéon*이라 하는데, 어원대로 적는다.

를 가리키며 속삭였다.「저러한 사람을 두고 현자라 하오!」

비웃음의 소용돌이로부터 뒤죽박죽 고함들이 들려왔다. 「고르고의 낯짝이야!」「이 일이 도대체 무슨 뜻이야?」「상원에 대한 모독이야!」「저따위 인간을 내세우다니, 이 무슨 억지인가!」「수치야! 수치!」「폐회하시오!」「아니야! 할 말 다 하도록 내버려 둡시다!」「익살광대, 어서 읊어!」

루이스 드 듀러스 경은 두 손으로 엉덩이를 짚고 서서 큰 소리로 외쳤다.

「아! 웃으니까 참 좋군! 나의 비장(脾臟)이 즐거워하는군. 저는 다음과 같은 결의안을 제의합니다. 〈상원은 그린박스에게 진실로 감사한다.〉」

이미 말한 바와 같이, 그윈플레인은 전혀 다른 대접을 꿈꾼 바 있다.

현기증을 일으킬 만큼 까마득한 심연 위로 걸려 있는 부서지기 쉽고 가파른 모래언덕을 기어오른 경험이 있는 사람, 손과 손톱과 팔꿈치와 무릎과 발밑으로 받침점이 끊임없이 벗어나 도망치는 것을 느껴 본 사람, 그 반항적인 절벽 표면에서 미끄러지지 않을까 하는 극도의 두려움에 사로잡힌 채, 전진하기는커녕 자꾸만 뒤로 밀리고, 위로 오르는 대신 더욱 깊숙이 빠져들고, 정상을 향한 몸부림이 거듭될수록 추락의 확신이 굳고, 위험에서 벗어나려는 동작을 할 때마다 스스로를 더욱 위험에 처박으면서, 심연이 무시무시하게 다가오는 것을 느껴 본 사람, 그리고 밑에서 아가리를 딱 벌리고 있는 심연 속으로 추락할 때 뼛속으로 침투하는 음산한 냉기를 느껴 본 사람, 그 사람이 바로 그윈플레인이 느끼던 것을 느낀 사람이다.

그는 자신을 상승시키던 것이 발밑에서 와르르 굴러 내림을 느꼈고, 청중석이 가파른 낭떠러지처럼 보였다.

모든 것을 집약하는 말을 하는 사람이 항상 어디에든 있게 마련이다.

스카스데일 경이 그곳에 모인 사람들의 감정을 고함 한마디로 대변했다.

「저 괴물이 이곳엔 무엇 하러 왔어?」

그윈플레인은 일종의 발작 증세를 보일 만큼 몹시 노해 고개를 번쩍 쳐들었다. 그리고 모든 사람들을 뚫어지게 노려보았다.

「제가 이곳에 무엇 하러 왔느냐고 물으셨습니까? 무시무시한 모습을 한번 보여 드리려 왔습니다. 말씀하신 바와 같이 저는 괴물입니다. 아니, 저는 백성입니다. 제가 예외적인 존재라고 하십니까? 아닙니다. 저는 모든 사람 중 하나입니다. 예외적 존재는 경들이십니다. 경들께서는 환상에 불과하되 저는 실체입니다. 저는 인간입니다. 무시무시한 웃는 남자입니다. 그가 누구를 보고 웃는지 아십니까? 경들을 보고 웃습니다. 자신을 보고 웃습니다. 모든 것을 보고 웃습니다. 그의 웃음이 무엇인지 아십니까? 경들이 저지른 범죄이며 그가 당한 고초입니다. 경들의 범죄를 이제 그가 경들의 면상을 노리고 던지며, 그로 인한 고초를 경들의 낯짝에 토하고 있습니다. 제가 웃습니다. 다시 말해 저는 울고 있습니다.」

그가 잠시 멈추었다. 청중석에서도 입들을 다물었다. 웃음이 계속되었지만 그 소리는 낮아졌다. 사람들이 어느 정도 다시 주의를 집중하는 것 같았다. 그는 심호흡을 한 번 하고 나서 연설을 다시 이어갔다.

「저의 이마 위에 있는 웃음을 만들어 준 사람은 어느 왕입니다. 이 웃음은 온 세상을 뒤덮고 있는 절망의 표현입니다. 이 웃음은 증오와 강요된 침묵과 맹렬한 노기와 절망을 뜻합니다. 이 웃음은 고문의 산물입니다. 이 웃음은 세력의 웃음입니다. 만약 사탄에게 이 웃음이 있다면, 이것이 신을 단죄할 것입니다. 그러나 영원한 것은 필멸의 것들과 유사하지 않습니다. 절대적이기 때문에 그것은 정의롭습니다. 그리하여 신은 왕들이 하는 짓을 증오합니다. 아! 경들께서는 저를 예외적인 존재로 여기십니다! 저는 하나의 상징입니다. 오! 전능하신 멍청이들이시여, 눈을 크게 뜨십시오! 제가 모든 것을 구현하고 있습니다. 상전들이 만들어 놓은 인류의 모습을 제가 표상하고 있습니다. 인간은 훼손된 존재입니다. 저에게 한 짓을 인류에게도 저질렀습니다. 저의 눈과 콧구멍과 귀를 기형으로 만들어 놓았듯이, 인류의 권리와 정의와 진리와 이성과 지성을 기형으로 뒤틀어 놓았습니다. 저에게 그랬듯이, 인류의 가슴속에 분노와 슬픔의 시궁창을 만들어 놓고, 얼굴에다가는 만족이라는 가면을 씌워 놓았습니다. 신의 손가락이 닿았던 곳에 왕의 사나운 발톱이 파고들었습니다. 흉악스러운 포개기 작업이었습니다. 주교들이시여, 피어들이시여, 왕족들이시여, 백성이란 속 깊은 곳에서는 괴로워하며 겉으로 웃는 사람들입니다. 경들이시여, 거듭 말씀드리거니와, 제가 곧 백성입니다. 오늘 경들께서는 백성을 핍박하시고, 저를 소리 질러 야유하십니다. 그러나 미래는 곧 음산한 해빙기입니다. 돌이었던 것이 물결로 변할 것입니다. 견고해 보이던 것이 물속에 잠길 것입니다. 한 번 와지끈 소리가 나면 모든 것이 끝날 것입니다. 단 한 번의 경련이 경들의 압박을 깨뜨리고, 단 한 번의 포효가 경들의 야유에 반격을 가할 것입니다. 그때가 이미 도래했습니다. 오! 나의 아버님이시여, 당신께서 그때를 알리셨습니다! 신께서 임하시는 그때가 이미 도래했고, 스스로 일컫기를 공화국이라 했습니다. 사람들이 그것을 축출했으나, 곧 다시 돌아올 것입니다. 그때를 기다리며 우선 상기하십시오. 검으로 무장한 왕들의 계

보를, 도끼로 무장한 크롬웰이 중단시켰다는 사실을. 두려워
하십시오. 결코 부패할 수 없는 해결책이 다가오고 있습니
다. 잘린 손톱들이 다시 자라고 있습니다. 뽑힌 혀들이 날아
올라 암흑의 바람에 어지럽게 흩날리는 불의 혀가 되어, 무
한 속에서 포효하고 있습니다. 허기진 이들이 한가한 이빨을
드러내고 있습니다. 지옥 위에 세워진 낙원이 흔들거리고 있
습니다. 모두들 고통 받고, 고통 받고, 또 고통 받습니다. 높
은 곳에 있는 것은 기울고, 낮은 곳에 있는 것은 갈라집니다.
어둠이 빛으로 변하겠다고 합니다. 저주받은 자가 선택된 자
에게 이의를 제기합니다. 경들께 분명히 말씀드리거니와, 백
성이 오고 있습니다. 인간이 올라오고 있습니다. 종말이 시
작되었습니다. 대참변의 붉은 여명입니다. 경들께서 비웃고
계신 이 웃음 속에 그러한 것이 있습니다! 런던은 끊임없는
축제입니다. 좋습니다. 잉글랜드는 이 끝에서 저 끝까지 환
호성입니다. 좋습니다. 하지만 귀를 기울여 보십시오. 경들
의 눈에 보이는 모든 것이 바로 저입니다. 경들에게는 숱한
축제가 있습니다. 그것들이 저의 웃음입니다. 즐거운 행사들
이 있습니다. 그것들이 저의 웃음입니다. 결혼식과 축성식
(祝聖式)과 대관식이 있습니다. 그것들 또한 저의 웃음입니
다. 왕자들이 태어납니다. 경들의 머리 위에서 천둥이 우르
릉거립니다. 그것 역시 저의 웃음입니다.」

　그러한 소리를 듣고 견딜 방법이 있겠는가! 웃음이 다시
시작되었다. 이번에는 감당할 수 없을 지경이었다. 인간의
입이라는 분화구가 분출하는 온갖 용암 중 가장 침식성이 강
한 것은 즐거움이다. 즐겁게 해를 끼치는 짓, 어떠한 군중도
그 전염 현상 앞에서는 견디지 못한다. 모든 처형이 사형대
위에서만 이루어지는 것은 아니다. 인간은 모이기만 하면,
그것이 군중이건 회의이건, 언제나 그들 가운데 망나니 하나

를 준비하기 마련인데, 그 망나니란 바로 빈정거림이다. 조롱당하는 가엾은 사람이 감당해야 하는 형벌에 비할 만한 형벌은 없다. 그윈플레인이 그 형벌을 감수하고 있었다. 그를 휩싸고 도는 사람들의 희열이 곧 한꺼번에 날아오는 돌이었으며 기관총 탄환이었다. 그가 곧 딸랑이, 인체 모형, 투르크인의 대가리,[8] 즉 과녁이었다. 모두들 겅둥겅둥 뛰고, 다시 한 번 하라고 외치면서, 대굴대굴 굴렀다. 발을 구르기도 했다. 자신들의 가슴팍 장식을 움켜쥐기도 했다. 그 장소의 엄숙함도, 가운의 진홍색도, 백담비 모피의 체면도, 커다란 가발도, 아무 소용없었다. 로드들도, 주교들도, 판사들도, 모두 웃었다. 늙은이들의 좌석에서는 주름살이 펴졌고, 아이들의 좌석에서는 몸뚱이들이 꼬였다. 캔터베리의 대주교가 요크의 대주교를 팔꿈치로 쿡쿡 찔렀다. 노샘프턴 백작과 형제지간이며 런던의 주교인 콤프턴은 배를 잡고 웃었다. 대법관도 눈을 내리깔았는데, 아마 웃음을 감추기 위해서였을 것이다. 그리고 근엄한 석상과 다름없는, 가로막대 앞에 서 있던 검은 권장의 문지기 역시 웃었다.

그윈플레인은, 안색이 창백해져서, 팔짱을 낀 채 우뚝 서 있었다. 호메로스적 환희[9] 가득한 젊고 늙은 얼굴들에 둘러싸여, 손뼉 치는 소리와 발 구르는 소리와 고함 소리 한가운데에 있었건만, 그를 둘러싼 익살광대적 광기 속에 있었건만, 거대한 쾌활함의 중앙에, 즐거움이 화려하고 흥건하게 넘쳐흐르는 속에 있었건만, 오직 그만은 무덤을 품고 있었

---

8 옛날 장터에 설치했던 역량계(力量計). 터번을 씌운 머리를 가격해, 힘을 겨루던 놀이 기구이다. 〈투르크인의 대가리가 된다〉는 말은, 끊임없이 조롱거리가 된다는 뜻이다.

9 호메로스가 『일리아스』에서 묘사한 올림포스 신들의 요란한 웃음을 가리킨다.

다. 모든 것이 끝장이었다. 그는 자신의 뜻에 순종하지 않는 얼굴도, 그를 모욕하는 청중도, 더 이상 통제할 수 없었다.

숭고함에 매달려 있는 우스꽝스러움, 울부짖음을 반향하는 웃음, 절망과 함께 같은 말 위에 올라탄 풍자적 모조품, 사실과 그럴싸함 간의 상반성 등 그 영원한 숙명적 법칙이, 그윈플레인의 경우보다 더 끔찍하게 표면화된 적은 일찍이 없었다. 그보다 더 음산한 빛이 인간의 깊은 밤에 어른거린 적은 일찍이 없었다.

그윈플레인은 자신의 운명이 폭소에 영영 파괴되는 현장을 목격했다. 그곳에는 돌이킬 수 없는 것이 있었다. 넘어지면 다시 일어설 수 있되, 가루가 되면 영영 다시 일어설 수 없다. 이제는 모든 것이 불가능했다. 모든 것은 처한 장소에 따라 좌우된다. 그린박스에서는 성공이던 것이, 상원에서는 추락이었고 참사였다. 그곳에서는 갈채였던 것이, 이곳에서는 저주였다. 그는 자신의 탈 이면과 같은 그 무엇을 느꼈다. 그의 탈 한쪽 면에는 그윈플레인을 받아들이는 백성의 공감이 있었지만, 다른 쪽 면에는 퍼메인 클랜찰리 경을 배척하는 세력가들이 있었다. 한쪽 면에서는 인력이 작용했고, 다른 쪽 면에서는 반발력이 작용했다. 그러나 두 힘 모두, 그를 어둠 쪽으로 이끌어 갔다. 그는 뒤에서 일격을 당한 느낌이었다. 운명은 배신적 공격도 서슴지 않는다. 모든 것은 항상 후에 설명되지만, 여하튼 운명이란 덫이며, 인간은 함정 속에 빠지게 되어 있다. 그는 상승하는 것으로 믿었고, 웃음이 그를 맞았다. 그러나 절정의 끝에는 음산한 귀결이 있다. 음울한 단어 하나가 있으니, 그것은 취기에서 깨어난다는 말이다. 취기에서 태동한 지혜, 참으로 비극적인 지혜이다. 그처럼 쾌활한 동시에 표독스러운 폭풍에 휩싸인 채, 그윈플레인은 깊은 생각에 잠겼다.

물 흐르는 대로 가는 것, 그것이 미친 듯한 웃음이다. 즐거움에 휩싸인 군중, 그것은 망가진 나침반이다. 모두들 어디로 가는지, 심지어 자신들이 무엇을 하고 있는지조차 몰랐다. 폐회를 선언할 수밖에 없었다.

대법관은 〈뜻하지 않은 사건〉으로 인해 표결을 다음 날에 계속하겠노라고 선언했다. 즉시 산회했다. 로드들은 회의장을 떠나며 옥좌 앞에서 허리를 굽혀 예를 표했다. 웃음소리가 계속되다가 복도 속으로 사라졌다. 회의장에는, 공식적인 출입문들 이외에, 장식 융단 자락 뒤의 불거진 구석 혹은 움푹 들어간 곳에 숨겨져 있는 가지각색의 출구가 있어, 금간 항아리의 물 새듯, 회의장은 순식간에 비었다. 회의장은 얼마 안 되어 황량해졌다. 지극히 신속하게, 중간 과정이 거의 없이 그렇게 변했다. 소동의 장소가 즉시 적막에 다시 점령당했다.

몽상에 빠져들기 시작하면 멀리 가는 법, 그리하여 깊은 생각에 잠기다 보면, 결국 다른 천체에 가 있는 사람처럼 변한다. 그윈플레인은 문득 자신이 깨어남을 느꼈다. 그는 홀로였다. 회의장은 텅 비어 있었다. 그는 심지어 폐회된 것조차 깨닫지 못하고 있었다. 모든 피어가, 심지어 그의 두 보증인조차, 자취를 감추었다. 여기저기, 상원의 몇몇 하급 관리들만이, 〈나리께서〉 떠나시면 좌석들을 다시 보자기로 덮고 촛불을 끄려고, 기다리고 있었다. 그는 기계적으로 모자를 다시 쓰고, 자리를 떠나, 회랑으로 통하는 정문 쪽으로 향했다. 그가 가로막대를 넘어서는 순간, 문지기 한 사람이 그가 걸치고 있던 피어의 가운을 벗겨 주었다. 그는 그 사실도 겨우 알아차렸다. 그다음 순간, 그는 벌써 회랑 안에 와 있었다.

그곳에 있던 하급 관리들은, 그 로드께서 옥좌에 예도 표하지 않고 나오셨다며, 놀란 듯이 자기들끼리 수군거렸다.

8. 좋은 아들은 아닐지라도 좋은 형이 되리라

회랑에는 아무도 없었다. 그윈플레인은 원형 홀을 가로질 렀다. 그곳에 있던 안락의자와 탁자도 모두 치웠고, 그의 서임 의식을 치렀던 흔적도 사라졌다. 띄엄띄엄 놓였거나 천장에 걸린 촛대들만이 출구 쪽으로 나가는 길을 가리키고 있었다. 그 빛의 끈 덕분으로, 홀과 회랑들이 복잡하게 뒤얽힌 속에서도, 그는 수석 군사와 검은 권장의 알현실 문지기와 함께 왔던 길을 다시 찾을 수 있었다. 무거운 발걸음으로, 그에게 등을 돌린 채, 느릿느릿 걸어가는 몇몇 로드 이외에, 그는 아무도 만나지 못했다.

인적 없는 거대한 홀의 정적 속으로, 문득 잘 알아들을 수 없는 열띤 말소리가 들려왔다. 야심한 시각에 그러한 곳에서 들려오다니, 기이한 소동이었다. 그는 소음이 들려오는 쪽으로 발길을 돌렸다. 문득, 희미하게 불을 밝힌 널찍한 현관 하나가 그의 앞에 나타났다. 상원 회의실의 출구 중 하나였다. 유리창을 끼운 커다란 출입문이 열려 있고, 현관 앞 층계 하나와 시종들, 그리고 횃불들이 보였다. 밖에는 광장 하나가 있었고, 층계 아래에서는 사륜마차 몇 대가 대기하고 있었다.

그가 들은 소음이 그곳에서 시작되었다.

출입문 안쪽, 현관의 벽걸이 등 아래에, 소란스러운 사람들 한 무리가 보였고, 손짓과 음성이 폭풍 같았다. 그윈플레인은 어둑한 구석을 찾아 그들에게로 다가갔다.

다툼이 벌어지고 있었다. 젊은 로드 열두엇은 밖으로 나가려 하는데, 그들처럼 역시 모자를 쓰고 체구 당당한 남자 하나가 그들의 앞을 가로막고 있었다.

그 사람이 누구였을까? 톰짐잭이었다.

로드 중 몇몇은 아직도 피어의 가운을 걸치고 있었다. 다른 사람들은 의회 예복을 벗고 평상복 차림을 하고 있었다.

톰짐잭은 장식용 깃털을 꽂은 모자를 쓰고 있었다. 그러나 깃털은 피어의 것처럼 흰색이 아니었고, 오렌지색이 얼룩덜룩 섞인 초록색이었다. 그의 복장에는 머리끝부터 발끝까지 온통 계급줄투성이였고, 소매와 목둘레에는 리본과 레이스가 물결처럼 나부꼈다. 또한 그는, 비스듬히 찬 검의 손잡이를 열에 들뜬 사람처럼 왼손으로 만지작거리고 있었는데, 검의 멜빵과 칼집에는 해군 제독의 닻 문양 장식끈이 달려 있었다.

말을 하는 사람은 그였고, 그가 젊은 로드들을 질책하고 있었다. 그윈플레인의 귀에 들려온 말은 다음과 같았다.

「내가 말하기를, 당신들은 비겁자들이었다고 했소. 당신들은 내게 그 말을 취소하라고 요구하오. 좋소. 당신들은 비겁자들이 아니오. 당신들은 멍청이들이오. 당신들은 떼를 지어 한 사람에게 덤벼들었소. 그러한 짓이 비겁한 행위가 아니라고 합시다. 그것도 좋소. 그렇다면 그것은 얼간이 짓이오. 한 사람이 당신들을 향해 연설을 했건만, 당신들은 알아듣지 못했소. 그런데 늙은이들은 귀가 먹었고, 젊은이들에게는 지능이 결여되었소. 나는 당신들의 축에 낄 만한 자격을 충분히 갖추었으니, 당신들의 실상을 지적해도 무방하오. 새로 등원한 그 사람이 기이하고, 미친 소리도 상당히 지껄여 댔소. 그 점에 대해서는 나도 동감이오. 하지만 그 미친 소리 속에는 진실한 것도 있소. 그의 연설은 어수선하고 무질서했으며, 언사가 세련되지 못했소. 〈좋습니다〉 또한 〈아십니까?〉, 〈아십니까?〉 하는 말을 너무 자주 반복했소. 그러나 어제까지 장터에서 익살광대 노릇 하던 사람이, 아리스토텔레스나 새럼의 주교인 길버트 버닛 박사처럼 말을 해야 한다는 법은 없소. 지렁이니 사자니 하는 단어들과, 하급 서기들을 상대로 말을 한 것은, 모두 저속한 취향의 산물이오. 젠장! 누가 이의를 제기하겠소? 사리에 맞지 않고 연맥(連脈)이 없으며 오락가락하는 연설이었소. 그러나 연설 이곳저곳에서 많은 사실들이 지적되었소. 그것이 자신의 직업이 아니건만, 그 정도로 말할 수 있다는 것은 대단한 일이오. 당신들은 어느 정도나 할 수 있는지 한번 보고 싶소! 그가 버턴레이저스의 문둥병자들에 관해 한 이야기는 이론의 여지가 없는 명백한 사실이오. 또한 멍청한 소리를 하는 사람이 그 사람뿐만은 아니오. 여하튼, 경들, 나는 여럿이 한 사람에게 악착같이 덤비는 것을 좋아하지 않소. 그것이 나의 기질이오. 따라서 경들께 요구하건대, 내가 모욕당했다고 느끼는 것을 허락하시오. 당신들이 내 마음에 거슬렸고, 따라서 나는 화가 났소. 나는 신을 별로 믿지 않소. 하지만 그가 좋은 일을 할 때는, 그것이 나로 하여금 그를 믿게 할 수도 있을 것이오. 물론 그가 좋은 일을 하는 경우가 흔치는 않소. 하지만 여하튼 그러한 이유로, 그가 그 잉글랜드의 피어를 천한 삶의 밑바닥에서 이끌어 냈다는 사실과, 상속자에게 유산을 돌려주었다는 사실에 대해, 착한 신께, 그가 정말 존재한다면, 나는 고마움을 표하고 싶소. 또한 그것이 나와 상관이 있건 없건, 쥐며느리가 문득 참수리로 변하고 그윈플레인이 클랜찰리로 변하는 것을 보는 것 자체가 나에게는 감격스럽소. 경들, 나는 당신들이 나와 다른 견해를 갖는 것을 금하오. 루이스 드 뒤러스가 이곳에 없는 것이 유감이오. 기꺼이 그에게 경멸감을 표하련만. 경들, 오늘 저녁, 퍼메인 클랜찰리는 진정한 로드였고, 당신들은 광대였소. 그의 얼굴에 있는 웃음은 그의 잘못에서 기인한 것이 아니오. 그렇건만 당신들은 그 웃음을 보고 마구 웃어 댔소. 다른 이의 불행을 앞에 놓고 웃는 법이 아니오. 당신들 모두 얼간이들이오. 게다가 잔인한 얼간이들이

862

오. 혹시 사람들이 당신들을 보고는 웃지 못할 거라고 생각한다면, 그것은 착각이오. 당신들은 모두 용모가 추하고, 옷도 제대로 차려입을 줄 모르오. 하버섐 경, 내가 일전에 자네의 정부를 보았는데, 용모가 흉측스럽더군. 여공작이지만 생김새는 암원숭이였소. 조롱꾼 나리들, 반복해서 말하거니와, 당신들이 단어 넷이나 제대로 이어 갈 줄 아는지 한번 보고 싶소. 많은 사람들이 지저귀지만, 말을 할 줄 아는 사람은 지극히 적지. 당신들은, 옥스퍼드나 케임브리지에서 나태한 바지나 좀 끌고 다녔다 해서, 그리고 웨스트민스터 홀의 벤치에서 피어가 되기 전, 곤빌이나 카이우스 칼리지의 벤치에서 당나귀였다 해서, 무엇인가를 좀 안다는 망상에 사로잡혀 있어! 나는 이제 여기서 당신들의 상판을 자세히 보아야겠소. 새로 등원하신 로드께 당신들은 매우 경솔하게 굴었어. 그가 괴물이라 해도 좋아. 그러나 사나운 짐승들에게 내맡겨진 괴물이었어. 나는 피어리지의 잠재 상속권자의 자격으로 회의에 참석했소. 그리하여 내 자리에 앉아서 오가는 말을 다 들었지. 나에게 발언권은 없었지만, 이제 귀족답게 처신해야 할 권리는 있소. 당신들의 즐거운 기색이 나를 몹시 불쾌하게 했소. 내가 이 불쾌감을 해소하지 못하면, 펜들힐 산으로 올라가 운무초(雲霧草)[1]를, 즉 클라우드베리를 뽑을 것이요. 그것을 뽑는 사람은 벼락을 맞는다더군. 그러한 이유로 이 출구로 와서 당신들을 기다렸지. 우리 사이에 정리할 것들이 있으니, 몇 마디 이야기를 나누는 것이 필요하오. 내가 당신들을 조금 보고 싶어 했다는 사실을 짐작할 수 있겠소? 나리들, 나는 당신들 중 몇을 죽이려고 단단히 결심했소. 태넷 백작 터프턴, 리버스 백작 새비지, 선덜랜드 백작 찰스 스펜서,

1 *l'herbe des nuées*를 직역한 것이다. 부연해 제시한 *clowdesbery*는 *cloudberry*(야생 나무딸기)를 가리키는 듯하다.

로체스터 백작 로렌스 하이드, 그리고 당신들, 남작들, 롤스
톤 그레이, 캐리 헌스던, 에스크릭, 로킹엄, 그리고 너 애숭이
카터렛, 홀더니스 백작인 너 로버트 다르시, 허턴 자작인 너
윌리엄, 몬터규 공작인 너 랠프, 그리고 다른 모든 사람들을
포함한, 여기에 있는 당신들에게, 해군 병사인 나 데이비드
더리모이어가 독촉하고 상기시키며 명령하거니와, 서둘러
결투의 입회자와 증인들을 확보해 두시오. 나는, 즉시 오늘
밤이건, 내일이건, 낮이든 밤이든, 태양 아래서건 횃불 아래
서건, 언제 어디서 어떤 식으로든, 당신들이 원하는 대로, 검
두 자루 길이의 공간만 있으면, 당신들을 기다릴 테니, 당신
들은 당신들의 권총 보관실을 미리 점검하고 검의 날을 확인
해 두는 것이 좋을 것이야. 내가 당신들의 작위를 주인 없는
것으로 만들어 놓을 의도를 가지고 있으니까. 오글 캐번디
시, 너는 대비책을 마련하고 너의 좌우명 *Cavendo tutus*(경
계를 철저히 해 안전을 도모한다)를 잘 생각해 봐. 그리고 너
마머듀크 랭데일은, 너의 조상 그린돌드가 그랬듯이, 관 하
나를 뒤따르게 하는 것이 좋을 거야. 워링턴 백작 조지 부스,
너는 궁중 백작령 체스터와, 크레타 섬의 미궁을 본떠 만든
너의 궁궐, 그리고 던엄 매시의 높은 망루들을 영영 다시 보
지 못할 거야. 본 경의 경우, 버릇없는 말을 할 만큼 젊지만,
그 말에 대해 책임을 지고 자신을 방어하기에는 너무 늙은지
라, 그의 버르장머리 없는 언사에 대한 책임을, 메리오너스
읍에서 선출된 하원 의원인 조카 리처드 본에게 묻겠어. 그
리고 너, 그리니치 백작 존 캠벨, 아숭이 마타스를 죽였듯이
내가 너를 죽이겠어. 하지만 등 뒤에서가 아니라 정면에서
가격해 죽이겠어. 나는 상대방의 쌍날 대검 끝 앞에 등을 내
보이지 않고 가슴팍을 내미는 버릇이 있기 때문이지. 경들,
이제 약속은 이루어진 것이오. 이 일을 위해, 원하시면 마법

864

을 동원하시오. 카드 점 보는 여인들에게 조언을 구하시오. 어떤 무기도 당신들의 몸에 상처를 입히지 못하도록, 온갖 고약과 마약으로 피부를 도배하시오. 마귀의 약 주머니건 처녀[2]의 약 주머니건, 가리지 말고 그 주머니에 목숨을 맡기고 매달리시오. 당신들이 축복을 받았건 저주를 받았건, 나는 개의치 않고 당신들을 무찌를 것이며, 당신들 몸뚱이에 마법이 작용했는지 여부를 확인하기 위해, 당신들이 자신의 몸을 더듬어 보는 일이 생기게 하지는 않을 것이오. 두 발로 버티고 서서 싸우건, 말을 타고 싸우건, 상관없소. 원한다면, 피커딜리 광장이건 체링크로스 광장이건, 광장 한복판에서 싸워도 좋고, 기즈와 바송피에르의 결투를 위해 루브르 궁 안뜰의 포석을 들어냈듯이, 도로의 포석을 들어내도 좋소. 모두 덤비시오. 알아듣겠소? 나는 당신들 모두와 싸우고 싶어. 카나르본 백작 도엄, 마롤이 릴 마리보에게 해주었듯이, 나 역시 네가 나의 검을 날밑까지 삼키도록 해주겠어. 그런 다음, 아직도 네가 웃는지 우리 함께 보자구. 너, 벌링턴, 나이 열일곱에 계집애 같은 꼴을 하고 있는 너는, 미들섹스에 있는 너의 집 잔디밭과 요크셔에 있는 론데스버그 정원 중 하나를 너의 묏자리로 골라도 좋아. 당신들에게 경고하거니와, 나는 어떤 사람이 내 앞에서 건방지게 구는 것을 용납하지 못해. 만약 당신들이 그런다면 나는 당신들을 가혹하게 처벌할 것이야. 당신들이 퍼메인 클랜찰리 경을 우롱한 사실은 매우 고약한 짓이었어. 그가 당신들보다 훨씬 나아. 그는 클랜찰리로서 당신들처럼 귀족 신분이고, 그윈플레인으로서는, 당신들에게 없는 기지를 가지고 있지. 나는 그의 명분을 나의 명분으로 삼고, 그가 당한 모욕을 내가 당한 것으로 여기며,

2 예수의 모친 마리아를 가리킨다.

당신들의 낄낄거림으로 나의 노여움을 빚겠어. 내가 극단적인 방법으로 도발을 감행하는데, 이 일에서 누가 살아남을지는 두고 보아야겠지. 내 말 잘 알아들었소? 어떤 무기든, 어떤 방법이든 모두 좋으니, 마음에 드는 죽음을 택하시오. 또한 당신들이 천한 시골뜨기임과 동시에 귀족이니, 결투의 신청을 당신들의 신분에 걸맞도록 하겠소. 그리하여 왕족들의 방법인 검에서 상놈들의 방법인 주먹질에 이르기까지, 인간들이 서로를 죽이는 데 동원하는 모든 방법을, 가리지 않고 당신들에게 제안하오!」

맹렬하게 쏟아 낸 그 말을 듣고도, 오만한 젊은 귀족들은 미소로 대꾸할 뿐이었다.

「좋소.」 그들이 일제히 한 말이다.

「나는 권총을 택하겠소.」 벌링턴이 말했다.

「나는, 철퇴 하나와 단검 하나를 들고 사방이 막힌 시합장에서 하던 옛날의 방식을 택하겠소.」 에스크릭의 말이었다.

「나는 긴 칼 하나와 짧은 칼 하나를 들고, 상체를 벗은 채, 백병전 식으로 싸우고 싶소.」 홀더니스의 말이었다.

「데이비드 경, 당신은 스코틀랜드 출신이오. 따라서 나는 클레이모어[3] 검을 쓰겠소.」 태넷 경의 말이었다.

「나는 보통 검을 택하겠소.」 로킹엄의 말이었다.

「나는 주먹질을 택하겠소. 그것이 더 고상하오.」 공작 랠프의 말이었다.

그윈플레인이 어둑한 구석에서 선뜻 앞으로 나섰다.

그는 그때까지 자신이 톰짐잭이라 부르던 사람, 그러나 이제는 어렴풋이나마 다른 인물로 보기 시작한, 그 사람에게 다가갔다. 그리고 그에게 말했다.

3 옛 스코틀랜드 무사들이 사용하던, 커다란 양날검.

「감사드립니다. 하지만 이것은 저의 일입니다.」

모든 머리가 일제히 그가 있는 쪽으로 향했다.

그윈플레인이 앞으로 걸어갔다. 그는 사람들이 데이비드 경이라고 부르며, 또 그의 변호인 역할을 해준, 그리고 변호인 이상으로 느꼈을지도 모를, 그에게 자꾸만 이끌림을 느꼈다. 데이비드 경이 그를 보자 흠칫 놀랐다.

「저런! 당신이었군! 마침 잘 오셨소! 아주 잘되었소. 당신에게도 할 말이 있소. 당신은 조금 전 회의장에서, 린네우스 클랜찰리 경을 사랑하다가 찰스 2세 폐하를 사랑한 어느 여인 이야기를 하셨소.」

「그건 사실입니다.」

「공께서는 나의 어머니를 모욕하셨소.」

「공의 모친이라고?」 그윈플레인이 놀라 소리쳤다.

「그렇다면, 짐작하겠는데, 우리는…….」

「형제지간이오.」 데이비드 경이 대답했다.

그러고는 그윈플레인에게 따귀를 한 대 먹였다. 그러면서 말을 계속했다.

「우리는 형제요. 따라서 우리는 결투를 할 수 있소. 결투는 신분이 동등한 사람들끼리만 할 수 있소. 형제보다 더 동등한 사람이 어디 있겠소? 당신에게 나의 보증인들을 보내겠소. 내일, 우리는 서로의 목을 따게 될 것이오.」

제9권 붕괴

1. 영화의 극치를 거쳐 비참의 극치에

세인트폴 대성당에서 자정을 알리는 종소리가 들려오는 동안 런던 교를 건너온 사나이 하나가 서더크 지역의 골목길로 들어섰다. 불을 밝힌 가로등은 보이지 않았다. 런던에서도 파리에서처럼, 밤 열한시에 공공용 조명 시설의 불을 끄는 것이, 다시 말해, 가장 필요한 시간대에 가로등의 불을 끄는 것이, 당시의 관행이었다. 어두운 거리에는 인적이 거의 없었다. 가로등이 꺼졌기 때문에 행인이 줄어든 것이다. 사나이는 성큼성큼 걷고 있었다. 그러한 시각에 거리로 나선 사람치고는 복장이 기이했다. 수를 놓아 장식한 비단 정장에, 허리에는 검을 찼고, 모자에 백색 깃털 장식을 꽂았는데, 외투는 입지 않았다. 그가 지나가는 것을 본 야경꾼들이 자기들끼리 수근거렸다. 「놀음 한 판 하신 나리군.」 그들은 길을 비켜 그에게 예를 표했다. 로드와 도박에 대한 당연한 예의였다.

그 사나이는 그윈플레인이었다.

그가 도망을 친 것이다.

그의 심정이 어떠했을까? 그 자신도 알 수가 없었다. 이미 말한 바와 같이, 각각의 영혼은 각자의 회오리바람을 간직하고 있다. 하늘과 바다, 낮과 밤, 삶과 죽음 등이 이해할 수 없는 전율을 일으키며 무시무시한 소용돌이를 형성한다. 그 속에서는 현실이 호흡을 멈춘다. 믿을 수 없는 것에 짓이겨진다. 허공이 질풍으로 변한다. 푸른 하늘이 창백해진다. 무한이 텅 빈다. 우리는 부재(不在) 한가운데에 처한다. 스스로가 죽어 감을 느낀다. 까마득한 곳에 있는 별을 갈망한다. 그윈플레인이 무엇을 느꼈을까? 목마름이었다. 데아를 보고 싶은 갈증이었다.

그는 그 갈증밖에 느끼지 못했다. 그린박스에 다시 돌아가는 것, 떠들썩하고, 빛이 반짝이고, 백성들의 친절하고 착한 웃음이 가득한 태드캐스터 여인숙으로 돌아가는 것, 우르수스와 호모와 데아를 다시 만나는 것, 삶으로 되돌아가는 것뿐이었다!

환멸은 음산한 힘으로 활시위처럼 당겨져, 인간이라는 화살을 진실 쪽으로 던진다. 그윈플레인의 마음이 더욱 다급해졌다. 그는 타린조필드로 접근하고 있었다. 그는 더 이상 걷지 않았다. 달음박질을 하고 있었다. 그의 두 눈은 앞쪽의 어둠 속으로 깊숙이 빠져들고 있었다. 그가 자신의 시선을 앞세운 것이다. 수평선을 응시하며 절박하게 항구를 찾는 격이었다. 그가 태드캐스터 여인숙의 불 밝힌 창문들을 발견하는 순간의 감격이 어떠하랴!

드디어 볼링그린에 도달했다. 그가 모퉁이 하나를 돌아서자, 그의 정면, 풀밭 건너편에, 상당한 거리를 두고 서 있는 여인숙과 마주하게 되었다. 모두들 기억하겠지만, 그 장터에 있는 유일한 주거용 건물이었다.

그는 유심히 바라보았다. 불빛이 보이지 않았다. 검은 덩어리 하나가 보일 뿐이었다.

온 몸에 소름이 끼쳤다. 다음 순간, 그는 자신에게 말하기를, 너무 늦은 시각이라 선술집 문을 닫았고, 모든 사람이 잠자리에 든 것은 당연하다고 했다. 그러니 여인숙으로 가서 문을 두드려 나이슬리스나 고비컴을 깨우면 그만이라고 생각했다. 그러면서 여인숙을 향해 갔다. 그는 더 이상 달음박질을 하지 않았다. 돌진했다.

그는 더 이상 숨도 제대로 쉬지 못하면서 여인숙에 도달했다. 엄청난 고뇌 속에 휩쓸리고, 영혼의 보이지 않는 경련 속에서 몸부림치며, 자신이 죽었는지 살아 있는지조차 더 이상 분별할 수 없는 처지에서도, 사랑하는 사람들에 대해서는 온갖 섬세한 배려를 소홀히 하지 않는다. 그것이 진정 따스한 심정의 징표이다. 모든 것이 깊은 구렁텅이 속으로 빠져들더라도, 애정만은 수면에서 유영(遊泳)한다. 데아를 급작스럽게 깨우지 말아야겠다는 생각이 즉시 그윈플레인의 뇌리를 점거했다.

그는 소음을 최소한으로 줄이며 여인숙으로 다가갔다. 고비컴이 침실로 사용하는, 옛날의 개집을 그는 잘 알고 있었다. 천장 낮은 홀에 잇대어 있는 그 구석에는 광장 쪽으로 난 빛들이창 하나가 있었고, 그윈플레인은 그 창의 유리를 조심스럽게 긁었다. 그것으로 고비컴을 깨우기에 족하다고 생각했다.

고비컴의 침실에서는 어떤 움직임의 기미도 보이지 않았다. 〈그 나이에는 잠이 깊이 들지.〉 그윈플레인은 생각했다. 그가 이번에는 손등으로 유리창을 부드럽게 두드렸다. 아무것도 움직이지 않았다.

좀 더 강하게 두 번을 두드렸다. 구석방에서는 아무도 움직이지 않았다. 그러자 약간의 전율을 느끼며, 그는 여인숙의 정문을 두드렸다.

대꾸하는 이 아무도 없었다.

〈나이슬리스 아저씨는 늙으셨어. 아이들은 고집스럽게 잠들지만, 노인들은 무겁게 잠 속으로 빠져들지. 어디 한 번 더 세차게 두드려 볼까!〉 그렇게 생각하면서도 그는 깊은 냉기의 전조를 느끼지 않을 수 없었다.

그는 유리창을 조심스럽게 닦는 것으로 시작해, 그것을 손등으로 두드리고, 출입문을 두드렸으며, 결국에는 그것을 뒤흔들었다. 그러다 보니 아주 오래된 추억이 되살아났다. 그가 어렸을 때, 아기였던 데아를 품에 안은 채, 웨이머스에서 겪은 일이었다.

그는 로드처럼, 애석하게도 정말 로드였지만, 사나운 기세로 문을 뒤흔들었다.

집은 여전히 침묵을 지켰다.

그는 자신이 광기에 사로잡힘을 느꼈다.

그는 더 이상 조심하지 않았다. 나이슬리스! 고비컴! 그렇게 큰 소리로 불렀다.

그러면서 창문을 바라보았다. 혹시 누가 촛불을 켜나 보기 위해서였다.

여인숙 안에는 아무것도 없었다. 사람의 음성 하나 들리지 않았다. 바스락거리는 소리조차 들리지 않았다. 불빛 한 가닥 어른거리지 않았다.

이번에는 마차가 드나드는 정문을 두드리고, 밀어 보기도 하며, 미친 듯이 흔들어 보기도 했다. 그러면서 고함치듯 불러 보았다. 「우르수스! 호모!」

늑대도 짖지 않았다.

차가운 땀방울이 그의 이마에 방울방울 맺혔다.

주위를 한번 둘러보았다. 어둠이 짙었으나, 별빛 덕분에 장터의 모습이 제법 선명하게 드러났다. 그가 본 한 가지 음산한 것은, 모든 것이 감쪽같이 사라졌다는 사실이었다. 볼링그린에는 단 한 채의 가건물도 남아 있지 않았다. 서커스장도 더 이상 그곳에 있지 않았다. 텐트 하나 보이지 않았다. 연예대 하나 없었다. 수레 한 대 없었다. 수천 가지 소음을 내며 그곳에서 굼실거리던 떠돌이들이, 정체 모를, 표독스럽고 텅 빈 어둠에 자리를 내주었다. 모두 떠나 버렸다.

광증에 가까운 불안이 그를 사로잡았다. 그것이 도대체 무슨 뜻일까? 무슨 일이 닥쳤단 말인가? 더 이상 아무도 없단 말인가? 그의 지난 생이 다 무너져 버렸단 말인가? 그들 모두에게 도대체 무슨 짓을 했단 말인가? 아! 맙소사! 그는 폭풍처럼 여인숙 건물로 달려들었다. 협문과 정문, 창문, 덧문, 벽들을, 닥치는 대로, 주먹과 발로, 두려움과 슬픔에 미쳐, 마구 두드렸다. 나이슬리스, 고비컴, 피비, 비너스, 우르수스, 호모 등을 큰 소리로 불렀다. 온갖 아우성과 소음을 그 벽에다 마구 던졌다. 가끔 소동을 멈추고 귀를 기울여 보았다. 여인숙 건물은 여전히 벙어리였고 죽은 듯했다. 그는 격분한 듯 다시 시작했다. 부딪치고, 두드리며, 고함치는, 요란한 소리가 사방에서 반향을 일으켰다. 무덤을 다시 깨우려는 천둥소리 같았다.

공포가 어느 도를 지나면, 그것을 느끼던 사람이 무시무시하게 변한다. 모든 것을 두려워하다 보면, 결국 아무것도 더 이상 두려워하지 않게 된다. 스핑크스에게조차 발길질을 하게 마련이다. 낯선 사람을 거칠게 다루기도 한다. 그는 가능한 모든 형태로 소동을 부렸다. 그의 고함과 부르짖음은 영영 고갈되지 않을 듯, 비극적인 침묵을 향해 돌진하며 소동을 반복했다.

그곳에 있을 법한 사람들을 백 번이고 거듭 부르며, 그들의 이름을 고함치듯 외쳤다. 오직 데아의 이름만을 부르지 않았다. 정신을 잃을 지경이 되었건만, 본능적으로 고개를 쳐든 신중함 때문이었다. 물론 그 신중함은 그에게조차도 그저 모호할 뿐이었다.

고함치고 불러도 아무 소용없으니, 남은 방법은 집 안으로 침입하는 것뿐이었다. 「집 안으로 들어가자.」 스스로에게 그렇게 중얼거렸다. 하지만 어떻게? 그는 고비컴의 침실 빛들이창 유리를 깨트리고, 살이 찢기는 것조차 느끼지 못한 채, 안으로 손을 불쑥 밀어 넣은 다음, 창틀의 빗장을 당겨 창문을 열었다. 그러나 차고 있던 검이 장애가 될 것 같았다. 그리하여 칼집과 검, 혁대 등을 마치 화난 사람처럼 땅바닥에 던져 버렸다. 그런 다음, 불거져 나온 벽면을 잡고 몸을 숫구쳐, 좁은 창문을 통해 여인숙 안으로 들어갔다.

구석방에 있던 고비컴의 침대가 희미하게 보였다. 그러나 고비컴은 그곳에 없었다. 고비컴은 그의 침대에 없는 것으로 보아, 나이슬리스도 없을 것이 뻔했다. 집 안이 온통 캄캄했다. 누구든, 그토록 암흑 같은 건물 내부에서는, 빈 공간의 부동성과 막연한 두려움을 느낀다. 그러한 막연한 두려움은, 그곳에 아무도 없음을 뜻한다. 그윈플레인은 발작 증세를 보이며, 탁자에 몸을 부딪고, 식기를 짓밟고, 긴 의자들을 넘어뜨리고, 물병을 쓰러트리고, 가구를 넘어 홀을 가로질러서, 안마당으로 통하는 출입문 쪽으로 가서, 무릎으로 문을 부수었다. 문의 걸쇠가 단번에 날아가 버렸다. 돌쩌귀 위에서 문이 저절로 빙그르 돌았다. 안마당을 유심히 살폈다. 그린박스는 더 이상 그곳에 없었다.

2. 잔해

그윈플레인은 집 밖으로 나와 사방으로 왔다 갔다 하며 타린조필드를 구석구석 뒤졌다. 전날까지 연예대나 텐트, 오두막 등이 있던 곳에는 빠짐없이 들러 보았다. 더 이상, 그곳에도 역시, 아무것도 없었다. 원래 사람이 거주하지 않는다는 사실을 뻔히 알면서도, 노점상의 가건물 문을 두들겨 보았다. 창문이나 출입문 비슷하게 생긴 것이면 닥치는 대로 두들겨 보았다. 그 어둠에서는 단 한 가닥 음성도 흘러나오지 않았다. 죽음과 같은 그 무엇이 그곳에 와 있었다.

개미탑은 철두철미하게 짓밟혀 있었다. 경찰이 어떤 조치를 취했음이 분명했다. 오늘날의 표현을 빌리면, 라쟈[1]가 자행되었음이 틀림없었다. 타린조필드는 사막보다도 더 황량했다. 그곳에는 절망이 감돌고 있었다. 게다가 구석구석에서, 사나운 발톱이 할퀴고 지나간 흔적이 느껴졌다. 다시 말해, 어느 누군가가, 그 가엾은 장터의 호주머니를 홀딱 뒤집어, 주머니를 깨끗이 털어 간 것 같았다. 그윈플레인은 모든 구석을 샅샅이 뒤진 다음, 볼링그린을 떠나, 이스트 포인트라고들 부르는 지역의, 구불구불한 골목길로 들어섰다. 그러고는 템스 강 쪽을 향해 걸었다.

그는 양쪽에 담벼락이나 울타리밖에 없는 골목길들이 뒤얽혀 있는 구역을 건너갔다. 그러자 공기 중에서 물의 시원함이 느껴지고, 강물이 미끄러져 흘러가는 둔탁한 소리가 들리더니, 어느 순간 문득 난간 앞에 도달했다. 에프록스톤의 난간이었다.

그 난간은 매우 짧고 좁은 강둑의 블록 위에 설치되어 있었다. 난간 밑으로는 에프록스톤의 높은 절벽이 어두운 물속에 수직으로 박혀 있었다.

그윈플레인은 그 난간 앞에서 걸음을 멈추고, 팔꿈치를 난간에 얹은 채, 두 손으로 머리를 감쌌다. 그러고는 자기의 밑

---

1 1840년대부터 프랑스에서 사용되기 시작한 알제리의 아랍어로 한 부족이나, 오아시스, 소읍 등을 공격해, 가축이나 농산물을 약탈해 가는 행위를 가리킨다.

으로 흘러가는 물이 훤히 보이는 상태에서, 생각에 잠겼다.

그가 물을 바라보고 있었을까? 아니다. 그러면 무엇을 바라보고 있었을까? 어둠이었다. 그의 외부에 있는 어둠이 아니라 내면에 있는 어둠을 바라보고 있었다.

그가 아무 관심도 쏟지 않는 우수 어린 야경 속에, 그의 시선이 전혀 뚫고 들어가지 않는 그 외면적 심층 속에, 활대들과 돛대들의 윤곽이 어른거렸다. 에프록스톤 바로 밑에는 물결밖에 없었다. 그러나 하류 쪽으로는 강둑이 점차 낮아져, 어느 지점에 이르러서는, 떠나고 도착하는 배 여러 척이 강변에 잇대어 정박하고 있었다. 배들과 육지는, 돌이나 목재로 축조한 정박용 작은 갑(岬)이나 널빤지로 만든 인도교로 연결되어 있었다. 밧줄로 매어 놓은 것도 있고 닻을 내려놓은 것도 있는데, 선박들은 모두 꼼짝도 하지 않았다. 그곳에서는 사람들이 걸어 다니는 소리도, 말을 주고받는 소리도 들리지 않았다. 최대한 많이 자고, 일을 하기 위해서만 잠자리에서 일어나는 것이, 선원들의 좋은 습관이다. 그 선박들 중 간조 때에 맞춰 밤에 떠나야 할 배가 있었다 할지라도, 선원들이 아직 잠에서 깨어나야 할 시각은 아니었다. 크고 검은 병 모양의 선체와 사닥다리에 걸려 있는 각종 색구(索具)가 희미하게 보였다. 모든 것이 납빛이었고 흐릿했다. 여기저기에서 고물의 붉은색 등불이 안개를 꿰뚫고 있었다.

그 모든 것이 물론 그윈플레인의 눈에는 감지되지 않았다. 그가 유심히 살피고 있던 것은 운명이었다.

그는 몽상에 잠겨 있었다. 그는 냉혹한 현실 앞에서 넋을 잃은 환상가였다.

그의 뒤에서 지진과 같은 것의 소리가 들려오는 것 같았다. 그것은 로드들의 웃음소리였다.

조금 전에 그가 그 웃음소리로부터 빠져나왔다. 나오면서 따귀도 한 대 맞았다.

누구에게 맞았던가?

그의 형에게였다.

그리고 그 웃음소리로부터 빠져나와, 따귀도 한 대 맞고, 상처 입은 새가 자신의 둥지로 돌아오듯, 증오를 피하고 사랑을 찾아서 피신했는데, 그가 찾은 것은 무엇이었던가?

암흑뿐이었다.

아무도 없었다.

모든 것이 사라졌다.

그는 그 암흑을 그가 일찍이 꾸었던 꿈과 비교해 보고 있었다.

이 무슨 붕괴란 말인가!

그윈플레인은 이제 막 그 불길한 가장자리, 즉 허무의 가장자리에 도달했다. 그린박스가 떠나 버린 것은 곧 세계가 사라진 것이었다.

그의 영혼이 폐쇄된 것이다.

그는 깊은 생각에 잠겨 있었다.

어떤 일이 생겼던 것일까? 모두들 어디로 갔을까? 그들을 치워 버렸음에 틀림없었다. 영달이라는 운명이 그윈플레인에게는 하나의 충격이었고, 충격의 여파가 그들에게 괴멸이라는 형태로 밀어닥쳤을 것이다. 그가 그들을 영영 다시 볼 수 없을 것임이 분명했다. 틀림없이 그렇게 조처했을 것이다. 또한 동시에, 그가 어떠한 단서도 얻지 못하도록 하기 위해, 나이슬리스와 고비컴을 비롯해, 장터에 머물던 모든 사람을 치워 버렸을 것이다. 돌이킬 수 없는 잔인한 분산 작업이었을 것이다. 상원에서 그를 가루로 만들어 버린 무시무시한 사회적 힘이, 초라한 오두막 속에 있던 그들을 동시에 분쇄해 버린 것이다. 그들은 모두 파멸했다. 데아도 사라졌다.

그로부터 영영 사라졌다. 하늘의 권능이시여! 그녀는 지금 어디에 있나이까? 게다가 그곳에 머물러 그녀를 보호하지도 못했다!

사라진 연인에 대해 이런저런 추측을 하는 것 자체가 곧 자신을 고문하는 행위이다. 그는 자신에게 그러한 고문을 가하고 있었다. 어느 구석으로 뛰어들어도, 어떠한 추측을 해도, 그때마다 그의 내면에서는 음산한 울부짖음이 터졌다.

그를 괴롭히던 일련의 사념이 이어지는 동안, 스스로 바킬페드로라고 칭하던, 불길한 사람임에 틀림없는 남자가 그의 뇌리에 떠올랐다. 그 사람이 그의 뇌리에 모호한 무엇인가를 기록해 놓았는데, 그것이 다시 나타났다. 그것이 어찌나 무서운 잉크로 기록되었던지, 글자들이 이제는 불로 이루어진 것 같았고, 그윈플레인은 자신의 사념 밑바닥에서, 수수께끼 같았으나 이제는 그 의미가 밝혀진, 다음과 같은 말이 활활 타는 것을 보았다. 〈운명은 문을 하나 열면 다른 문 하나를 닫습니다.〉

모든 것이 이루어졌다.[2] 마지막 그림자들이 그를 뒤덮고 있었다. 모든 사람은 각자 자기의 생애에서 자신만의 종말을 맞을 수 있다. 그것을 가리켜 절망이라고 한다. 그 순간 영혼은 떨어지는 별들로 가득하다.

그는 그러한 상태에 도달해 있었다!

연기 한 덩어리가 지나간 것이다. 그는 그 연기 속에 섞여 있었다. 연기가 그의 눈 위에서 짙어졌다. 연기는 그의 뇌수에까지 들어갔다. 그가 외적으로는 눈이 멀었고, 내적으로는 도취해 있었다. 그러한 상태가 연기 한 덩어리 지나가는 시간만큼 지속되었다. 그런 다음 모든 것이, 연기와 그의 삶이,

2 「요한의 복음서」가 전하는 예수의 마지막 말을 연상시키는 구절이다.

자취를 감추었다. 그러한 꿈에서 깨어난 후 그는 다시 홀로 남았다.

모든 것이 자취를 감추었다. 모든 것이 가버렸다. 모든 것이 죽었다. 밤이었다. 아무것도 없다. 그것이 그의 앞에 펼쳐진 지평선이었다.

그는 혼자였다.

혼자라는 말의 동의어는 죽음이다.

절망은 계산하는 사람이다. 그는 총계하는 것을 중요하게 여긴다. 아무것도 그의 계산에서 누락되지 않는다. 그는 모든 것을 합산하며, 단 몇 상팀[3]의 예외도 허용하지 않는다. 그는, 벼락으로 쳤건 바늘로 찔렀건, 신이 행한 모든 짓을 나무란다. 그는 운명의 선상에서 무엇으로 만족해야 할지를 알고 싶어 한다. 그는 추론하고 저울질하고 계산한다.

표면은 음산하게 다시 식지만, 그 밑에서는 이글거리는 용암이 계속 흐른다.

그윈플레인은 자신을 검토한 다음 운명을 검토해 보았다.

뒤를 한 번 돌아보는 것, 그것은 무시무시한 요약이다.

산의 꼭대기에 올라가 있으면 절벽을 바라보게 된다. 깊은 곳에 빠져 처박히면 하늘을 쳐다본다.

그러면서 중얼거린다. 「내가 저기에 있었는데!」

그윈플레인은 불행의 저 밑바닥에 도달해 있었다. 게다가 그 일이 어찌 그리도 신속하게 닥쳤는지! 불운의 흉악한 신속성이다. 불운은 어찌나 무거운지, 그것이 느리다고 믿기 쉽다. 전혀 그렇지 않다. 눈은, 차갑기 때문에 겨울의 마비된 속성을 가지고 있을 것 같고, 희기 때문에 수의의 부동성을 가지고 있을 것 같아 보일 수도 있다. 하지만 그러한 생각은

---

3 18세기 말부터 통용되던 프랑스의 화폐 단위이다. 1/100프랑.

눈사태를 통해 사실이 아님이 밝혀진다!

눈사태란 도가니로 변한 눈이다. 눈사태는 차갑지만 삼킨다. 눈사태가 그윈플레인을 휩싸 버렸다. 그는 넝마처럼 찢겨 나갔고, 나무처럼 뽑혔으며, 조약돌처럼 처박혔다.

그는 자신의 추락 과정을 차근차근 되짚어 보았다. 자신에게 질문을 던지고 또 그 질문에 답변했다. 괴로움은 하나의 심문이다. 어느 판사도 스스로를 심리하는 양심만큼은 치밀하지 못하다.

그의 절망 속에 얼마만큼의 회한이 있었을까?

그는 그것을 파악하고 싶어서 자신의 양심을 해부해 보았다. 몹시 고통스러운 생체 해부였다.

그의 부재중에 참사가 일어났다. 그가 자리를 비운 것이 자신의 뜻이었던가? 닥친 모든 일에서 그가 자유로웠던가? 전혀 그렇지 않았다. 그는 시종 포로가 된 느낌이었다. 그를 붙잡아 억류하던 것이 무엇이었을까? 감옥? 아니다. 쇠사슬? 아니다. 그렇다면 무엇이었을까? 끈끈이였다. 그는 영달이라는 진창에 빠져 있었다.

겉보기에는 자유롭되, 자신의 날개가 꽁꽁 묶여 있음을 느껴 본 적 없는 이 누구인가?

토끼 잡는 덫 비슷한 것이 드리워 있었다. 유혹을 느끼면 결국 포로가 되기 마련이다.

하지만 그에게 내밀어졌던 것을 그가 단순히 감내하기만 했던가? 그 점에 있어서는 그의 양심이 그를 짓눌렀다. 그가 감내하기만 한 것은 아니었다. 그는 선뜻 받아들였다.

어느 정도까지는 그에게 강압성과 의외성이 작용했다. 그 것은 사실이다. 하지만 그도 어느 정도까지는 스스로를 되는 대로 내버려 두었다. 자신이 끌려가게 내버려 둔 사실, 그것은 그의 잘못이 아니었다. 하지만 자신이 도취하도록 내버려 둔 것은 틀림없는 과실이었다. 그에게 질문이 던져진 순간이 있었다. 결정적인 순간이었다. 바킬페드로라는 자가, 그를 진퇴유곡의 궁지로 몰아넣으며, 그윈플레인에게 단 한마디로 자신의 운명을 결정할 수 있는 기회를 주었다. 그윈플레인은 거부 의사를 밝힐 수 있었다. 하지만 수락했다.

경악 속에서 표현된 수락 의지로부터 모든 것이 초래되었다. 그윈플레인은 그 사실을 이해하고 있었다. 동의가 남긴 쓰디쓴 뒷맛이었다.

하지만 그는 몸부림쳤다. 자기의 권리와, 유산과, 작위를 되찾고, 귀족으로서 선조들의 반열로 되돌아가며, 고아로서 아버지의 집으로 돌아가는 것이, 그토록 큰 잘못이란 말인가? 그가 수락한 것이 무엇인가? 복원이었다. 누구의 뜻에 따른 복원이었던가? 섭리의 뜻이었다.

그 순간 그의 내면에서 반항심이 꿈틀거렸다. 멍청한 수락이었다! 도대체 무슨 거래를 한 것인가! 얼마나 어리석은 교환인가! 그가 섭리를 상대로 손해 보는 계약을 체결한 것이다. 도대체 말이나 되는가! 연금 2백만 파운드를 얻으려고, 영지 일곱이나 여덟쯤 가지려고, 궁궐 열둘쯤 가지려고, 도시에 있는 저택들과 지방에 있는 성들을 수중에 넣으려고, 시종 백 명을 거느리려고, 사냥개들과 사륜마차들과 가문을 가지려고, 판관인 동시에 입법자가 되려고, 왕처럼 관을 쓰고 진홍빛 가운을 걸치려고, 남작이자 후작이라는 이름으로 행세하려고, 잉글랜드의 피어가 되려고, 우르수스의 오두막과 데아의 미소를 팽개치다니! 끊임없이 유동적이어서, 그 속에 빠져 침강하기 쉬운 거대한 세계를 얻으려고, 행복을 팽개치다니! 대양을 얻으려고 진주를 던져 버린 격이었다. 오! 지각없는 놈! 오! 멍청이! 오! 어수룩한 놈!

그 순간, 반론이 다시 고개를 쳐들었다. 근거가 상당히 탄

탄한 반론이었다. 즉, 그를 사로잡았던 엄청난 행운의 열기 속에는, 오직 해로운 것만이 있었던 것은 아니다. 만약 그 행운을 포기했다면, 그 행위에는 이기주의가 작용했을 것이다. 또한 그것을 수용할 때, 아마 의무감이 개입했을지도 모른다. 별안간 로드로 변신한 그가 무엇을 해야 했을까? 사건이 복잡해지면 오성이 난처해한다. 그의 내면에 일어난 것이 그러한 현상이었다. 서로 상반된 명령을 내리는 의무감, 동시에 여러 방향을 지향하는 의무감, 복합적이고 거의 자가당착적인 의무감 등, 그는 그러한 당혹감에 사로잡혀 있었다. 특히 코를레오네 궁에서 상원으로 가는 동안, 그러한 당혹감이 그를 마비시켰고, 그는 그것에 항거하지 못했다. 우리의 삶에서 흔히들 상승이라고 일컫는 것은, 평범한 여정에서 불안한 여정으로 옮겨감을 가리킨다. 그런 다음에는 직선 여정이 어디에 있는가? 누구에게로 향하는 것이 첫째 의무인가? 친근한 사람들에게로 향하는 것일까? 작은 가족의 테두리 안에 있다가 큰 가족으로 옮아가지 않았는가? 일단 상승하면, 가중되는 무게가 정직성을 짓누르는 것을 느끼게 된다. 높이 올라가 있을수록 더 많은 책무를 느낀다. 권리의 확장이 의무를 증대시킨다. 아마 환상일지는 모르지만, 여러 갈래의 길이 동시에 나타난다는 강박증에 사로잡히게 된다. 그리고 그 각 길의 어귀에서, 방향을 가리키는 양심의 손가락을 보았다고 믿는다. 어디로 가야 할까? 나갈까? 머물까? 전진할까? 물러설까? 어찌 해야 할까? 의무에 교차로가 있다니, 기이한 일이다. 책임이 하나의 미로일 수도 있다.

그리고 어떤 사람이 하나의 이념을 내포하고 있을 때, 그가 특정 사실의 화신(化身)일 때, 그가 살과 뼈로 이루어진 사람임과 동시에 하나의 상징적인 인물일 때, 그의 책임은 더욱 당황스러운 것 아니겠는가? 그윈플레인의 근심 가득한

882

고분고분함과 말없는 불안은 바로 그것에서 비롯되었다. 등원하라는 명령에 복종한 것도 그러한 이유 때문이었다. 생각에 잠기는 사람은 대개 수동적인 사람이다. 그는 의무의 명령 그 자체를 들은 것처럼 생각했다. 압제에 대해 토론하고 또 그것을 규탄할 수 있는 곳으로의 진입, 그것이 곧 그의 가장 깊숙한 열망 중 하나가 실현되는 것 아닌가? 무시무시한 사회적 견본인 그에게, 6천 년 전부터 인류를 짓눌러 그 밑에서 헐떡거리게 하는 절대적 자의(恣意)의 살아 있는 견본인 그에게, 모처럼 발언권이 주어졌는데, 그 발언권을 거절할 권리가 그에게 있었던가? 저 높은 곳에서 활활 불붙은 혀가 떨어져 그의 위에 내려앉았는데, 그 밑에서 자기의 머리만 빼낼 권리가 그에게 있었던가?

양심의 모호하고 현기증 나는 논쟁이 벌어지는 동안, 그는 자신에게 무슨 말을 했을까? 그것은 다음과 같다.

〈백성은 하나의 침묵이다. 나는 그 침묵의 거대한 변호사가 되리라. 벙어리들을 위해 내가 말하리라. 작은 이들에 대해 큰 이들에게, 약한 이들에 대해 강한 이들에게, 내가 말하리라. 내 운명의 종착점이 그것이야. 신은 무엇이든 원하며 또 원하는 것을 행하지. 그윈플레인의 클랜찰리 경으로의 변신을 간직한 하드콰논의 호리병이, 숱한 놀과 암류, 질풍을 뚫고 15년 동안이나 바다 위를 떠돌았으되, 그 노기 가득한 것들이 호리병을 전혀 훼손치 못했다는 사실은 정말 놀라운 일이야. 나는 그 연유를 알겠어. 비밀에 부쳐 둔 운명들이 있지. 나는 내 운명의 비밀을 열 수 있는 열쇠를 가지고 있으며, 그것으로 나의 수수께끼를 풀 수 있어. 나는 숙명을 타고난 사람이야! 나에게는 사명이 주어졌어. 나는 가난한 사람들의 로드가 되겠어. 입을 다물고 있는 모든 절망한 사람들을 위해 내가 말을 하겠어. 잘 알아들을 수 없는 웅얼거림을 내가 통역하겠어. 으르렁거림과, 울부짖음과, 투덜거림과, 군중의 웅성거림과, 발음이 명확치 않은 불평과, 잘 알아들을 수 없는 음성과, 무지와 고통 때문에 인간이 토해 낼 수밖에 없는 짐승의 비명 같은 절규를 내가 통역하겠어. 사람들이 내는 소음 역시 바람 소리처럼 발음이 명확치 않아. 그들도 비명을 질러. 하지만 아무도 그 뜻을 알아듣지 못해. 그렇게 비명 지르는 것은 입을 다무는 것과 같고, 입을 다무는 것은 곧 그들의 무장 해제를 뜻해. 그러나 강요된 무장 해제이며, 구원을 간곡히 요청하고 있어. 내가 그 구원의 손길이 되겠어. 내가 고발 그 자체가 되겠어. 내가 백성의 말씀[4]이 되겠어. 내 덕분에 모두들 이해하게 될 거야. 나는 재갈을 뽑아 버린 피 흘리는 입이 되겠어. 모든 것을 말하겠어. 위대한 일이 될 거야.〉

물론 벙어리들을 대신해 말을 한다는 것은 아름다운 일이다. 그러나 귀머거리들에게 말을 한다는 것은 서글픈 짓이다. 그가 겪은 사건의 두 번째 부분이 바로 그것이었다.

애석한 일이다! 그는 실패하고 말았다.

돌이킬 수 없는 실패였다.

그가 믿었던 상승, 그 경이로운 행운, 그 겉모습이, 그의 발밑으로 여지없이 무너져 버렸다.

게다가 얼마나 처참한 추락인가! 웃음의 포말 속으로 떨어지다니!

여러 해 동안, 광막한 고통의 바다 위를, 긴장된 영혼으로 떠돌던 그는, 또한 그 어두운 그늘에서 비통한 절규를 모아 가지고 온 그는, 자신이 강력한 줄로 믿었다. 하지만 행운아들의 경박함이라는 거대한 암초에 부딪혀 좌초하고 말았다. 그는 자신이 복수의 대행자라 믿었는데, 그저 익살광대일 뿐

4 *Verbe*를 옮긴 것이다. 즉 〈*Logos*(신의 말)〉라는 뜻이다.

이었다. 자기가 벼락을 치는 줄 알았는데, 기껏 그들을 간지럽게 했을 뿐이다. 그가 거둔 것은 감동이 아니라 조롱이었다. 그가 흐느끼자 모두들 즐거워하기 시작했다. 그 즐거움 밑으로 그는 침몰해 버렸다. 슬픈 침몰이다.

게다가 그들이 무엇을 보고 웃었던가? 그의 얼굴에 새겨진 웃음을 보고 웃은 것이다.

그가 영영 그 흔적을 간직하게 된 가증스러운 폭력, 지워지지 않을 즐거움의 표시로 변한 훼손, 성흔(聖痕)[5]과 같은 그 이빨 드러내는 웃음, 압제자들 밑에 짓눌린 백성들의 거짓 만족감의 영상, 고문을 가해 만든 기쁨의 가면, 그가 얼굴에 달고 다니는 냉소의 극치, 유수 레기스를 뜻하는 상흔, 국왕이 그에게 저지른 범행 증명서, 백성 전체에게 왕권이 저지른 범죄의 상징, 그것이 그를 상대로 승리를 거두었고, 그것이 그를 짓눌렀다. 그것은 분명 망나니를 규탄하는 고발장이었건만, 희생자를 단죄하는 판결문으로 변했다. 정의의 경이로운 거부이다. 왕권은 그의 아버지를 눌러 이긴 다음, 그마저 눌러 이겼다. 이미 저지른 악이, 저지를 악의 명분과 동기로 이용되었다. 로드들은 누구에게 분개했는가? 고문을 가한 사람에게? 아니다. 고문을 당한 사람에게 분개했다. 여기에는 옥좌가, 저기에는 백성이 있었다. 여기에는 제임스 2세가 있었고, 저기에는 그윈플레인이 있었다. 그러한 대질이 물론 하나의 음모, 그리고 하나의 범죄를 백일하에 드러냈다. 무엇이 음모냐고? 불평이 곧 음모이다. 무엇이 범죄냐고? 고통스러워하는 것이 범죄이다. 비참함은 스스로를 감추고 입을 다물지니, 그러지 않을 경우 비참하다는 사실 자체가 대역죄이다. 그렇다면 그윈플레인을 빈정거림이라는 사

5 예수의 몸에 남은 다섯 상흔.

립짝 위에 실어 끌고 다니던[6] 그 사람들은 성품이 못된 이들이었을까? 아니다. 그러나 그들에게도 나름의 숙명이 있었다. 그 숙명이란 그들이 행운아였다는 것이다. 그들은 망나니였으되 그러한 사실조차 몰랐다. 그들은 기분이 좋았을 뿐이다. 그들은 그윈플레인이 무용지물이라고 생각했다. 그가 배를 갈라 간과 심장을 뽑아 내고, 내장을 몽땅 그들에게 보였건만, 그에게 들려오는 소리는 이러했다. 「코미디로군!」 비통한 일은 그가 웃고 있었다는 사실이다. 무서운 쇠사슬이 그의 영혼을 묶고 있어서, 그의 사유가 얼굴에까지 올라오는 것을 막았다. 안면의 왜곡이 그의 영혼까지 미쳤고, 그리하여 그의 양심이 분개하는 동안, 그의 얼굴은 양심의 말을 부인하며 낄낄거렸다. 모든 것이 끝장이었다. 그는 〈웃는 남자〉, 눈물 흘리는 세계를 떠받치고 서 있는 카리아티데스였다. 그는 불행으로 가득한 세계의 무게를 감당하며, 웃음과 빈정거림과 다른 이들을 즐겁게 해주는 역할 속에 영원히 갇힌, 폭소의 모습으로 응고된 극도의 괴로움이었다. 그는 모든 압제받는 이들의 화신이었고, 단 한 번도 진지한 시선을 끌지 못하는 가증스러운 숙명을 그들과 공유했다. 사람들은 그의 절망을 희롱거리로 삼았다. 그는 불운의 무시무시한 응축물에서 솟구쳐 나온, 지하 감옥에서 탈출한, 신의 앞을 지나온, 하층민의 바닥에서 올라와 옥좌 밑에 도달한, 그리고 별들과 섞여, 저주받은 이들을 즐겁게 해준 다음, 선택받은 이들을 즐겁게 해주는, 정체 모를 거대한 익살광대였다! 관대함, 열광, 웅변, 따스한 심정, 영혼, 격분, 노여움, 사랑, 형언할 수 없는 슬픔 등 그의 내면에 있는 모든 것이 결국 폭소

6 원래는 자살한 사람이나 처형당한 사람의 시신을 사립짝 위에 눕혀 끌고 다니며 욕을 보이는 행위를 가리켰으나, 근세에 이르러 우리네의 〈조리 돌리다〉와 같은 뜻으로 사용하게 되었다.

로 귀결되었다! 그는, 그가 로드들에게 말했듯이, 자신의 경우가 예외적이 아님을 확인했다. 또한 그것이 지극히 정상적이고 일상적이며 보편적인 현상이고, 광대하게 퍼진 가장 지배적인 현상이되, 삶의 인습에 뒤섞여 사람들이 미처 눈치채지 못하는 현상임을 확인했다. 굶어 죽어 가는 사람이 웃고, 거지가 웃고, 도형수가 웃고, 매춘부가 웃고, 고아가 끼니거리를 벌기 위해 웃고, 노예가 웃고, 병사가 웃고, 백성이 웃는다. 인간 사회는 하도 특이하게 만들어져서, 모든 파멸과 모든 궁핍, 모든 참사, 모든 열병, 모든 궤양, 모든 단말마의 고통이, 심연 위에서 즐거움의 무시무시한 찡그림으로 귀결된다. 그윈플레인이 바로 그러한 찡그림의 총화였다. 찡그림이 곧 그였다. 세상을 다스리는 미지의 힘, 즉 저 높은 곳에 있는 법칙께서, 가시적이고 촉지할 수 있는, 다시 말해, 살과 뼈로 이루어진 유령 하나가, 흔히 세계라고 부르는 흉물스럽고 우스꽝스러운 모조품을 단적으로 요약해 주기를 바랐는데, 그윈플레인이 바로 그 유령이었다.

치유할 수 없는 운명이었다.

「고통에 시달리는 사람들에게 자비를 베푸시오!」 그렇게 외쳤건만 헛일이었다.

그는 자비심을 일깨우려 했다. 그러나 소름끼치는 것을 깨워 일으키고 말았다. 그것이 유령들의 출현 법칙이다.

그는 유령임과 동시에 인간이었다. 그것이 그를 괴롭히는 복잡한 처지였다. 겉보기에는 유령이되, 내면은 인간이었다. 아마 그 누구보다도 더 인간이었을 것이다. 그의 이중적 운명이 인간 전체를 집약하고 있었으니 말이다. 또한, 그는 자신 속에 인간을 간직하고 있으면서, 자기 밖에 있는 인간도 느끼고 있었다.

그의 삶 속에는 극복될 수 없는 것이 있었다. 그가 누구인가? 아무것도 물려받지 못한 사람인가? 아니다. 로드이기 때문이다. 그러면 무엇인가? 로드인가? 아니다. 반항아이기 때문이다. 그는 빛을 가져오는 자였다. 좌흥을 깨는 무시무시한 존재였다. 그가 사탄이 아니었음은 분명했다. 그러나 루시퍼였다.[7] 그는 손에 횃불 하나를 들고 음산한 모습으로 나타났다.

누구에게 음산해 보였을까? 음산한 자들이 보기에 그러했다. 누가 보기에 무시무시했을까? 모두들 두려워하는 자들이 보기에 그러했다. 그러한 이유 때문에 그들이 그를 배척했다. 그들 중 하나가 된다고? 받아들여진다고? 그러한 일은 영영 불가능하다. 그의 얼굴에 있는 장애물은 물론 끔찍하다. 하지만 그의 사상 속에 있는 장애물은 더욱 돌파하기 어려웠다. 사람들에게는 그가 하는 말이 그의 얼굴보다 더 흉측하게 보였다. 하나의 숙명에 따라 크고 힘 있는 이들의 세계에서 태어났다가, 또 다른 숙명에 따라 그 세계에서 벗어났던 그는, 그 세계에 수용될 수 있는 사유를 펼치지 못했다. 사람들과 그의 얼굴 사이에 가면 하나가 있었다면, 사회와 그의 오성 사이에는 장벽 하나가 있었다. 어린 시절부터, 떠돌이 광대로, 군중이라고들 부르는 활기 넘치고 건장한 그 거대한 세계와 뒤섞이면서, 대중의 생기를 잔뜩 섭취하면서, 또한 광대한 인간의 영혼을 자신의 몸에 배어 들게 하면서, 그는 모든 사람의 상식 속에 휩쓸려, 지배 계급의 특수 감각을 상실했다. 저 높은 곳에서는 그가 용납될 수 없었다. 그가 진실이라는 우물의 물에 흠뻑 젖어서 그곳에 돌아왔기 때문이다. 그에게서는 심연의 악취가 풍겼다. 그는 거짓이라는 향수를 몸에 뿌린 귀족들에게 혐오감을 안겨 주었다. 허구를 먹고사는 사람에게는 진실의 맛이 고약할 수밖에 없다. 아첨에 목마른 사람

7 여기에서는 프로메테우스와 루시퍼와 예수가 동일시되었다.

888

은 얼떨결에 마신 진실을 즉시 토해 낸다. 그윈플레인이 가져온 것은, 선뜻 사람들 앞에 내놓을 만한 것이 못 되었다. 그것이 무엇이었느냐고? 이성과 지혜와 정의였다. 모두들 역겹다는 듯한 표정을 지으며 그것을 거절했다.

그곳에는 주교들도 있었다. 그가 그들에게 신을 가져왔다. 〈이 난입자는 뭐야?〉 그들의 반응이었다.

극(極)은 서로를 배척한다. 어떠한 융합도 불가능하다. 전이(轉移)는 존재하지 않는다. 노한 고함 소리 이외의 다른 결과를 얻지 못한 그 기막힌 대면의 현장을 우리는 이미 보았다. 한 사람 속에 응축된 비참함과 한 카스트에 응축된 오만의 대면이었다.

규탄은 부질없다. 확인하는 것으로 족하다. 그윈플레인은 자기 운명의 노변에서 명상을 펼치며, 자신의 노력이 얼마나 부질없는지를 확인하고 있었다. 그는 저 높은 곳의 난청증도 확인했다. 특전 받은 사람들이 아무것도 물려받지 못한 사람들 쪽으로 열어 놓은 귀는 없다. 그것이 특전 받은 사람들의 잘못일까? 아니다. 그것이 애석하게도 그들의 법이다! 그들을 용서해야 한다. 흥분하는 것은 스스로를 포기하는 것이다. 나리들과 군주들이 존재하는 곳에서는 아무것도 기대하지 말아야 한다. 만족감에 잠겨 있는 사람은 곧 냉혹한 사람이다. 포식한 사람에게는 배고픈 사람이 존재하지 않는다. 행운아들은 알지 못하며, 따라서 스스로를 고립시킨다. 지옥의 문지방처럼 그들의 낙원 문지방에도 다음의 글귀를 적어 놓아야 한다. 〈모든 희망을 버려라.〉

그윈플레인은 신들이 모여 있는 곳으로 들어간 유령처럼 대접을 받았다.

그곳에서 그의 내면에 있던 모든 것이 불끈 치밀었다. 아니다, 그는 유령이 아니었다. 그는 인간이었다. 그 사실을 그가 그들에게 말했고, 자신은 인간이라고 외쳤다.

그는 유령이 아니었다. 그는 팔딱거리는 살이었다. 그에게는 뇌수가 있어 생각하고, 심장이 있어 사랑했으며, 영혼이 있어 희망을 품었다. 지나친 희망을 품었다는 것이 그가 저지른 잘못의 전부였다.

애석한 일이다! 그는, 사회라는 화려하면서도 음침한 것을 신뢰할 정도로, 자신의 희망을 과장했다. 그리하여 밖에 있던 그가 그 속으로 들어간 것이다.

사회는 즉각, 단번에, 한꺼번에, 세 가지 제안을 했고, 세 가지 선물을 주었다. 결혼과 가정과 카스트였다. 결혼? 그는 결혼의 문턱에서 매춘을 보았다. 가정? 그의 형이 따귀를 때렸고, 다음 날, 손에 검을 든 채 그를 기다리기로 했다. 카스트? 그가 속한 카스트가, 귀족인 그의 면전에서, 불쌍한 그의 면전에서, 웃음을 터뜨렸다. 그는 받아들여지기도 전에 내침을 당한 것과 다름없었다. 그리고 그 깊숙한 사회적 어둠 속으로 내디딘 처음의 세 걸음이, 그의 발밑에 심연 셋의 입구를 열어 놓았다.

또한 그의 재난은 배신적인 변신으로 시작되었다. 게다가 재난은 신격화라는 가면을 쓰고 그에게 접근했다! 〈올라가!〉 그 말은 이러한 뜻이었다. 〈내려가!〉

그는 욥의 경우와 정반대였다. 역경이 그에게 닥친 것은 번영을 통해서였다.

오! 인간의 비극적 수수께끼여! 함정이 결국 모습을 드러내도다! 어린 시절, 밤을 상대로 싸웠을 때, 그는 밤보다 강했다. 성인이 되어, 숙명에 대항하며 싸운 끝에, 그것을 제압했다. 얼굴이 훼손되었지만 스스로를 광휘롭게 만들었고, 불운했건만 행복한 사람이 되었다. 그는 자신의 유배지를 피신처로 변형시켰다. 떠돌이로서 허공을 상대로 싸웠으며, 허공

을 나는 새들처럼, 그곳에서 자기 몫의 빵 부스러기를 얻었
다. 야수처럼 고독한 처지로 군중을 상대로 투쟁한 끝에, 그
군중을 연인 같은 벗으로 만들었다. 강건한 투사로서, 백성
이라는 사자와의 결투 끝에 그를 길들였다. 극빈자로서, 궁
핍을 상대로 싸우며, 생존의 음산한 조건에 과감하게 맞섰
고, 가난에 심정상의 즐거움을 융합시킨 끝에, 가난을 부로
변형시켰다. 그는 자신이 생의 승리자라고 믿을 수 있었다.
문득 새로운 세력이 미지의 세계 밑바닥에서 그에게 밀려왔
다. 위협적이지도 않았을 뿐만 아니라 애무와 미소까지 동반
한 세력이었다. 천사의 사랑에 젖어 있던 그의 앞에, 드라콘
적[8]이고 물질적인 사랑이 나타났다. 이상을 양식으로 삼아
살아가던 그를 살이 움켜잡았다. 그리하여 광증의 비명과 유
사한 관능의 말을 듣게 되었다. 그리고 똬리 튼 뱀 같은 여인
의 팔이 자신을 휘감아 조이는 것도 느껴 보았다. 진실의 광
명에 뒤이어 거짓의 매혹이 나타났다. 진실한 것은 살이 아
니라 영혼이다. 살은 재이되 영혼은 불꽃이다. 가난과 노동
이라는 인연으로 그와 굳게 맺어져 있던 사람들, 또한 그의
진정한 자연 발생적 가족이었던 사람들이, 사회적 가족, 순
수하지도 않은 혈연적 가족으로 대체되었다. 게다가 가족 속
으로 미처 들어가기도 전에, 이미 태동한 형제 살해 행위와
마주쳤다. 애석한 일이다! 그는 브랑톰이 다음과 같이 언급
한 사회 속에 다시 분류되어 놓이도록 내버려 두었다. 물론
그가 브랑톰의 작품을 읽지는 못했다. 〈아들이 아버지에게
합법적으로 결투를 신청할 수 있다.〉[9] 숙명적인 행운이 그에

8 드라콘은 아테네 최초의 성문법을 제정한 사람으로, 〈드라콘적〉이라
하면 준엄함이나 가혹함을 뜻하다.
9 브랑톰은 『여인 열전』이라는 매우 생생한 풍속도를 남긴 사람인데, 인
용된 구절의 출처는 밝히지 못했다.

게 소리쳤다. 〈너는 대중의 일원이 아니야. 너는 선택받은 사람이야!〉 그러고는 하늘에 있는 뚜껑문 열듯, 사회적 천장을 열고, 그 틈으로 그를 던져, 왕족들과 상전들 한가운데에, 불쑥 사나운 기세로 나타나게 했다. 뒤이어 그의 주위에는, 박수갈채로 환영하던 백성들이 아니라, 그를 저주하는 나리들이 몰려들었다. 서글픈 변신이었다. 불명예스러운 입신(立身)이었다. 그의 유열이었던 모든 것이 순식간에 약탈당했다! 야유하는 함성이 그의 삶을 샅샅이 털었다! 그윈플레인을, 클랜찰리를, 로드를, 익살광대를, 이전의 그의 운명을, 그의 새로운 운명을, 그 독수리들이 부리로 갈가리 찢었다!

장애물을 극복하고 즉시 삶을 시작한 것이 무슨 소용 있는가? 우선 승리한 것에 무슨 유익함이 있는가? 애석한 일이다! 절벽 밑으로 다시 처박혀야 하리니, 그렇지 않으면 운명의 여정이 완수되지 않을 것이다.

그렇게, 반은 강압에 못 이겨, 반은 자의로(와펀테이크에게 끌려간 다음 바킬페드로를 만났고, 그러한 유괴 상태에 대해 그가 동의한 바도 있으니 말이다), 그는 환상을 위해 현실을, 거짓을 위해 진실을, 조시언을 위해 데아를, 오만을 위해 사랑을, 권력을 위해 자유를, 모호한 책임 가득한 호사를 위해 보잘것없으되 떳떳한 일을, 악마들이 모여 있어 횃불 이글거리는 곳을 위해 신이 있는 어둑한 곳을, 올림포스를 위해 낙원을 버렸다!

그가 황금 과일을 깨물었다. 그런 다음 즉시 재를 한 입 뱉었다.

통탄스러운 결과였다. 궤주, 파산, 폐허로의 추락, 냉소의 태형을 받은 모든 희망의 축출, 측량할 수조차 없는 환멸이었다. 이제 장차 무엇을 한단 말인가? 당장 내일을 바라볼 때 그의 눈에 띄는 것은 무엇인가? 시퍼런 검의 끝이 그의 가슴팍 앞에 와 있는데, 검의 손잡이는 형의 수중에 있다. 그에게 보이는 것은 검의 흉측한 번쩍임뿐이다. 나머지, 즉 조시언과 상원은 그 뒤에, 비극적 영상들로 가득한 흉물스러운 미광 속에 있었다.

그리고 형, 그에게는 형이 위협적이고 용맹해 보였다! 아! 그러나 그윈플레인을 방어해 주던 톰짐잭, 클랜찰리 경을 방어해 주던 데이비드 경을, 그는 언뜻 보았을 뿐이고, 그에게는 따귀를 한 대 맞고 그를 좋아하기 시작할 시간밖에 없었다.

그 낙담을 어찌 형언이나 할 수 있으랴!

이제 더 멀리 간다는 것은 불가능했다. 어느 쪽을 보아도 붕괴뿐이었다. 게다가 간들 무슨 소용 있겠는가? 온갖 피곤이 절망의 밑바닥에 있었다.

시험은 끝났고, 더 이상 다시 시작할 필요가 없었다.

상수 패를 하나씩 하나씩 모두 다 내놓은 도박사, 그가 곧 그윈플레인이었다. 그는 스스로를 무시무시한 도박장으로 끌려가도록 내버려 두었다. 환상의 기묘한 중독 작용으로 인해, 그는 자신이 하는 짓을 정확히 깨닫지 못한 채, 조시언을 얻기 위해 데아를 걸었다. 그렇게 해서 딴 것이 괴물 하나였다. 그는 가족을 얻으려는 욕심에 우르수스를 걸고 도박을 했다. 그렇게 해서 딴 것은 치욕이었다. 그는 로드의 자리를 얻으려 익살광대의 연예대도 걸었다. 전에는 환호와 갈채를 가지고 있었건만, 그가 거둔 것은 저주뿐이었다. 그의 마지막 카드가, 인적 끊긴 볼링그린의 숙명적인 초록색 융단 위에 떨어졌다. 그윈플레인이 졌다. 그에게는 지불할 일만 남았다. 〈어서 지불해, 불쌍한 놈!〉

벼락을 맞은 사람은 거의 꿈틀거리지 않는다. 그윈플레인은 미동도 하지 않았다. 어둠 속에서, 꼿꼿이 선 채, 아무 움직임 없이 난간 곁에 서 있던 그를 누가 멀리서 보았다면, 돌이 하나 서 있는 것으로 믿었을 것이다.

지옥과 독사와 몽상은 모두 스스로를 휘감는다. 그윈플레인은 사유의 심화라는 무덤 속 나선계단을 내려가고 있었다.

그는 자신이 언뜻 스쳐 본 세상을 차가운 시선으로, 즉 결정적인 시선으로, 하나하나 다시 살펴보았다. 결혼을 하되 사랑이 없었다. 가족은 있되 형제애가 없었다. 부는 있되 양심이 없었다. 미모는 있되 정숙함이 없었다. 정의는 있되 공평함이 없었다. 질서는 있되 균형이 없었다. 권력은 있되 지성이 없었다. 권위는 있되 권리가 없었다. 화려함은 있되 빛이 없었다. 가혹한 결산서였다. 그는 자신의 생각이 깊숙이 박힌 절대적 시각으로 다시 한 번 둘러보았다. 그는 운명과 상황과 사회와 자신을 차례대로 검토해 보았다. 운명이란 무엇인가? 하나의 덫이었다. 상황은? 하나의 절망이었다. 사회는? 하나의 증오였다. 그리고 그 자신은? 정복된 한 사람이었다. 그 순간, 그의 영혼 밑바닥에서 절규가 터져 나왔다. 사회는 계모이다. 자연은 어머니이다. 사회는 육체의 세계이고, 자연은 영혼의 세계이다. 하나는 구덩이에 묻힐 전나무 상자에, 즉 관에, 그리고 땅속에 있는 벌레들에게 이르러, 그곳에서 끝장나 버린다. 반면 다른 하나는 날개를 활짝 펴고 여명 속에서의 변신에, 푸른 하늘로의 상승에 이르고, 그곳에서 다시 시작한다.

감회의 절정 상태가 조금씩 그윈플레인을 엄습했다. 치명적인 소용돌이였다. 종말에 이르는 사물은 마지막 빛을 발산하며, 그 빛에서 모든 것을 다시 볼 수 있다.

판단하는 사람은 비교하기 마련이다. 그윈플레인은 사회가 그에게 해준 것과 자연이 그에게 베푼 것을 동시에 응시했다. 자연은 그에게 얼마나 선의적이었던가! 영혼인 자연이 그를 얼마나 많이 도왔는가! 모든 것을, 심지어 얼굴까지, 그에게서 빼앗아 갔는데, 영혼이 모든 것을 그에게 돌려주었다. 모든 것을, 심지어 얼굴까지 돌려주었다. 그를 위해 특별히 창조된, 그의 추함은 보지 못하고 아름다움만을 보는, 천상의 눈먼 소녀 하나가 지상에 내려와 있었기 때문이다.

그렇건만 그녀에게서 자신을 떼어 놓도록 내버려 두었다니! 그 사랑스러운 존재로부터, 그 따스한 심장으로부터, 그 다정함으로부터, 그 앞 못 보는 신성한 시선으로부터, 이 지상에서 그를 볼 수 있는 유일한 시선으로부터, 멀어져 갔다니! 데아, 그녀는 그의 누이였다. 왜냐하면 창천의 위대한 형제애가, 하늘 전체를 담고 있는 신비가, 그녀로부터 그에게로 향하는 것을 느꼈기 때문이다. 그가 어렸던 시절에는 데아가 그의 성처녀였다. 어느 아이에게든 성처녀 하나가 있으니 말이다. 그리고 인생은, 아무것도 모르는 어린 두 순결성 간에, 순진무구함 속에서 치르는 결혼으로 시작된다. 데아는 또한 그의 아내였다. 왜냐하면 두 사람은 후메나이오스[10]의 무성한 나무 가장 높은 곳에 있는 가지에, 두 사람의 보금자리를 가지고 있었기 때문이다. 데아는 또한 그 이상의 존재이기도 했으니, 그에게는 그녀가 곧 광명이었다. 그녀가 없이는 모든 것이 허무였고 공허였다. 그는 그녀에게서 햇살로 이루어진 모발을 보았다. 데아 없이 그가 무엇이 되겠는가? 그를 무엇에 쓰겠는가? 그녀 없이는 그의 어느 부분도 살아남을 수 없었다. 그런데 도대체 어떻게 그녀에게서 잠시나마 눈을 뗄 수 있었단 말인가? 오! 불운한 자로다! 그가 자신의 별과 자신 사이에 편차(偏差)가 생기도록 내버려 두었고, 무시무시한 미지의 인력이, 편차를 즉시 심연으로 바꾸었다! 그녀는, 그 별은, 어디에 있단 말인가? 데아! 데아! 데아! 데아!

10 결혼 행렬을 인도하는 신.

애석한 일이다! 그는 자신의 빛을 상실한 것이다. 별을 치워 버린 하늘은 무엇인가? 한 덩이 어둠일 뿐이다. 도대체 왜 그 모든 것이 사라져 버렸단 말인가? 오! 그가 얼마나 행복했던 가! 신께서 그를 위해 에덴을 다시 만드셨는데 — 애석하게 도 너무 완벽해서! — 독사가 그곳에 다시 돌아온 것이다! 하지만 이번에는 남자가 유혹을 받았다. 그는 유혹에 이끌려 에덴 밖으로 나갔고, 그곳에서 끔찍한 함정을 만나, 검은 웃음의 카오스, 즉 지옥으로 떨어진 것이다! 불행이로다! 불행이로다! 그를 홀린 모든 것들, 얼마나 무시무시한가! 조시언, 그것이 무엇이었나? 오! 소름끼치게 하는 여인, 거의 짐승에 가까운, 거의 여신 같은 여인이었다! 그윈플레인은 이제 자신의 영광 저편에 가 있었고, 그리하여 눈부심의 이면을 보고 있었다. 음산하기 짝이 없었다. 세이녀리라는 것은 기형이었고, 왕관은 흉측스러웠고, 주홍색 가운은 침통했고, 궁전은 독을 품었고, 전리품과 조각상과 가문(家紋)은 모두 수상했으며, 그곳에서 호흡하는 탁하고 의심스러운 공기는 사람들을 미치광이로 만들었다! 오! 곡예사 그윈플레인이 입던 넝마가 얼마나 찬연했던가! 오! 그린박스와 가난, 즐거움, 제비들처럼 함께하던 그 달콤한 방랑 생활은 어디에 있단 말인가? 그 시절에는, 서로 곁을 떠나지 않았고, 저녁이건 아침이건, 매순간 서로를 보았고, 식탁에서는 팔꿈치로 서로를 밀쳤고, 무릎을 맞댔고, 같은 잔으로 마셨으며, 작은 창문으로 햇살이 들어왔으되, 그가 곧 태양이었고 데아는 사랑이었다. 밤이면 서로가 멀리 떨어져서 잠들지 않았음을 느꼈으며, 그리하여 데아의 꿈이 그윈플레인 위로 조용히 내려앉았고, 그윈플레인의 꿈이 데아의 몸 위에서 신비하게 피어나곤 했다! 아침이 되어 잠에서 깨어나면, 두 사람이 꿈속의 푸른 운무(雲霧) 속에서 입맞춤을 하지 않았노라고 장담할 수 없을 정도였다. 순진무구함 자체가 데아 속에 있었고, 모든 지혜가 우르수스에게 있었다. 이 도시 저 도시로 떠돌 때, 백성들의 착하고 티 없는 즐거움이 그들의 노자였고 강심제였다. 그들은 떠돌이 천사들이었으되, 인간을 닮아 이 지상에서 걸어다녔고, 날개가 충분치 못해 날아오르지 못했다. 그런데 이제, 종적을 감추었다! 그 모든 것이 어디에 있단 말인가? 모든 것이 흔적도 없이 지워진다는 것이 가능한 일인가? 어떤 무덤의 바람이 불어 닥쳤단 말인가? 결국 이지러져 자취를 감추었다! 영영 사라졌다! 슬프다! 작은 것들을 짓누르는 막무가내의 전능함이 모든 어둠을 수중에 넣고 있어, 무슨 짓이든 할 수 있다! 그들에게 도대체 무슨 짓을 저지른 것일까? 그런데 그는 현장에 없었다. 로드로서, 그의 작위와 지위와 검으로, 혹은 익살광대로서, 그의 주먹과 손톱으로, 그들을 보호하고, 그들 앞에서 막아서고, 그들을 방어했어야 했건만! 바로 그 순간 괴로운 상념이, 모든 상념 중 아마 가장 괴로운 상념이, 불쑥 고개를 쳐들었다. 아니다, 그가 그들을 방어할 수는 없었다! 그들을 사라지게 한 사람은 바로 그였다. 그를, 클랜찰리 경을, 그들에게서 보호하기 위해, 그들과의 접촉으로부터 그의 존엄을 단절시키기 위해, 야비한 사회적 절대 권력이 그들을 짓눌러 버린 것이다. 그들을 보호하기 위해 그가 택할 수 있는 최선책은, 자신이 사라지는 것이다. 그러면 그들을 박해할 이유가 더 이상 없을 것이다. 그가 없어지면 그들을 편안히 살도록 내버려 둘 것이다. 그의 사념이 접어들고 있던, 얼음처럼 차가운 사유의 시작이었다. 아! 도대체 왜 데아의 곁을 떠나도록 자신을 내버려 두었단 말인가? 그의 최우선 의무는 데아에 대한 의무 아니었던가? 백성에게 봉사하고 그들을 방어하기 위해? 하지만 데아가 곧 백성이었다! 데아는 고아이자 소경이었다. 그녀가 곧 인류였다! 오! 그들에게 무슨 짓을 한 것일까? 삶기는 듯한 가혹한 회한의 고통! 그가 자리를 비움으로 인해 참화가 활개를 친 것이다. 그가 현장에 있었다면 그들과 운명을 함께할 수 있었을 것이다. 혹은 그들을 데리고 다른 곳으로 떠날 수도 있었을 것이다. 또는 그들과 함께 심연 속으로 사라질 수도 있었을 것이다. 이제, 그들이 없는데, 그가 무엇이 될 것인가? 데아 없는 그윈플레인, 있을 수 있는 일인가! 데아가 없다면 모든 것이 없는 것이다! 아! 모든 것이 끝장이었다. 그토록 아끼던 이들은 영영 돌이킬 수 없이 잠적했다. 모든 것이 고갈되었다. 게다가 그윈플레인이 그랬듯이, 단죄받고 저주받았는데, 더 이상 투쟁한들 무슨 소용이 있겠는가? 인간들로부터도, 하늘로부터도, 더 이상 기대할 것이 없었다. 데아! 데아! 데아는 어디에 있나? 사라지다니! 아니, 사라지다니! 자신의 영혼을 잃은 사람이 그것을 되찾을 수 있는 곳은 오직 하나, 즉 죽음뿐이다.

넋을 잃고 비극적 감회에 사로잡혀 있던 그윈플레인은, 어떤 결단을 내린 듯, 손을 단호하게 난간 위에 올려놓고 강을 응시했다.

그가 잠을 이루지 못한 지 사흘째 되는 날이었다. 그의 몸에는 열이 심했다. 그가 명료하다고 믿고 있던 사념은 매우 혼란해져 있었다. 그는 잠을 자고 싶은 거역할 수 없는 욕구를 느꼈다. 그는 강물 위로 상체를 숙인 채 잠시 머물러 있었다. 어둠이 그에게 크고 편안한 침대를, 암흑의 무한 지경을, 제안하고 있었다. 음산한 유혹이었다.

그는 정장 상의를 벗어서 갠 다음, 그것을 난간 위에 놓았다. 그런 다음 조끼의 단추를 끌렀다. 조끼를 벗으려는데, 주머니에 있던 것이 그의 손에 닿았다. 상원의 라이브러리언이 넣어 준 신사록이었다. 그는 주머니에서 신사록을 꺼내어,

898

밤의 분산된 미광에 의지해 그것을 살펴보았다. 연필 한 자루가 함께 있었다. 연필을 집어 들고, 첫 번째 빈 페이지에다 다음 두 구절을 적었다.

저는 떠납니다. 저의 형님 데이비드께서 저를 대신해 주시고 또한 행복하시기를 빕니다.

그리고 이렇게 서명했다.

퍼메인 클랜찰리, 잉글랜드의 피어.

그러고는 조끼를 벗어 상의 위에 포개어 놓았다. 그런 다음 모자를 벗어 그 위에 놓았다. 그는 자신이 쓴 두 구절이 보이도록 신사록을 펴서 모자 속에 놓고, 땅바닥에 있는 조약돌 하나를 집어 모자 속에 놓았다.

그렇게 하고 나서 그는, 자신의 이마 위에 있는 무한한 어둠을 응시했다.

그러더니 심연의 보이지 않는 줄에 당겨지는 듯, 그의 머리가 천천히 숙여졌다.

난간 받침돌 사이에 구멍이 하나 있었는데, 그가 발 하나를 그 구멍으로 밀어 넣고 서자, 무릎이 난간의 상단보다 높아졌고, 따라서 힘들이지 않고 난간을 넘을 수 있었다.

그는 두 손을 등 뒤로 돌려 맞잡고 상체를 숙였다.

「그래.」 그가 중얼거렸다.

그러고는 깊은 물을 뚫어지게 내려다보았다.

그 순간, 그는 혀 하나가 손을 핥는 것을 느꼈다.

그는 전율하면서 고개를 돌렸다.

호모가 그의 뒤에 와 있었다.

마무리 이야기

1. 경비견이 수호천사일 수 있다

그윈플레인이 비명을 지르듯 외쳤다.

「너로구나, 늑대!」

호모가 꼬리를 흔들었다. 그의 눈이 어둠 속에서 빛났다. 그가 그윈플레인을 쳐다보았다.

그러더니 다시 그의 손을 핥기 시작했다. 그윈플레인은 취한 사람처럼 잠시 서 있었다. 희망의 광대한 회귀, 그는 그 진동을 느꼈다. 호모, 천사의 환영이었다! 지난 48시간 전부터 그는 벼락이라 일컬을 만한 온갖 일을 골고루 겪었다. 그런데 기쁨이라는 벼락이 아직 그에게 남아 있었던 것이다. 바로 그 벼락이 떨어진 것이다. 다시 포착된 확실성, 혹은 운명 속에 아마 있었을지도 모르는 정체 모를 신비한 인자함의 급작스러운 개입을 초래한 광명, 무덤의 가장 어두운 구석에서 그리고 더 이상 아무것도 기대하지 않는 순간에 문득 치유와 해방의 기미를 보이며 〈나 여기 있어!〉라고 소리치는 생명, 모든 것이 걷잡을 수 없이 붕괴되는 절박한 순간에 손끝에 잡힌 버팀목 같은 그 무엇, 호모가 바로 그러한 존재였다. 그윈플레인의 눈에는 호모가 광명 속에 있는 것처럼 보였다.

문득 호모가 돌아섰다. 그리고 몇 걸음 가더니, 그윈플레인이 자기를 따라오는지 확인하려는 듯 그를 돌아보았다.

그윈플레인이 그를 따라 걷기 시작했다. 호모는 꼬리를 살랑이며 계속 걸었다.

늑대가 들어선 길은 에프록스톤 부두의 비탈이었다. 비탈은 템스 강의 물가로 이어졌다. 그윈플레인은 호모의 안내를 받으며 비탈을 따라 내려갔다.

호모는 가끔 고개를 돌려, 그윈플레인이 뒤에서 따라오고 있는지 확인했다.

절박한 특수 상황에서는, 상냥한 짐승의 단순한 본능처럼 모든 것을 이해하는 지능만 한 것이 없다. 짐승은 일종의 명석한 몽유병자이다.

개가 주인의 뒤를 따라야겠다는 필요를 느끼는 경우와, 주인을 앞서야겠다는 필요를 느끼는 경우가 있다. 그럴 때는 짐승이 인간의 오성을 감독한다. 우리가 처한 어둠 속에서도, 흔들림 없는 후각은 명료하게 본다. 스스로 안내자 역할을 해야 한다는 것이, 짐승에게는 하나의 필요처럼 보인다. 앞에 난관이 있으며, 따라서 사람이 그것을 넘을 수 있도록 도와주어야 한다는 것을 짐승이 알고 있을까? 아마 모를 것이다. 혹은 알지도 모른다. 여하튼 어떤 경우에도 짐승을 대신해 누군가는 알고 있다. 이미 말한 바 있지만, 우리의 생애에서, 저 아래에서 오는 것으로 믿던 장엄한 구원이, 실은 저 높은 곳에서 오는 경우가 빈번하다. 신이 취할 수 있는 모든 모습을 우리는 알지 못한다. 그 짐승은 무엇인가? 섭리이다.

물가에 도달한 후, 늑대는 템스 강을 따라 형성된 좁은 혀 모양의 둔덕을 따라, 하류 쪽으로 방향을 잡았다.

늑대는 아무 소리도 내지 않고 짖지도 않았다. 벙어리처럼 걷기만 했다. 호모는 어떠한 경우에도 본능을 따르며 의무를 이행했다. 그러나 금지된 자의 사려 깊은 조심성을 보였다.

50여 보쯤 간 다음 호모가 걸음을 멈추었다. 오른쪽에 방파책(防波柵) 하나가 보였다. 말뚝 위에 설치한 일종의 승선대인 방파책 끝에, 검은 덩어리 하나가 희미하게 보였는데, 그것은 상당히 큰 선박이었다. 선박의 갑판 위 뱃머리 쪽에 거의 분별할 수 없는 빛 한 가닥이 보였다. 곧 꺼질 듯한 야등 비슷했다.

늑대가, 그윈플레인이 뒤에 와 있는지 마지막으로 확인한 다음, 방파책 위로 성큼 올라섰다. 방파책은 바닥에 마루를 깔고 역청을 칠한, 그리고 양쪽에 살문 모양의 난간을 세운, 긴 복도였고, 그 밑으로 강물이 흐르고 있었다. 잠시 후 호모와 그윈플레인은 그 끝에 도달했다.

방파책 끝에 정박하고 있던 선박은 앞뒤에 상갑판 둘이 있는 네덜란드의 뚱보 선박 중 하나였다. 두 상갑판 사이에는, 일본 선박들처럼, 위가 열리고 깊숙한 대형 선실 하나가 있는데, 사닥다리를 이용해 그 밑으로 내려가며, 모든 선하(船荷)는 그곳에 쌓았다. 그리하여 뱃머리 갑판과 선미 갑판을 갖추고 가운데가 움푹했던, 우리네의 옛날 하천용 잡역선(雜役船)과 비슷했다. 그 우묵한 곳을 바닥부터 화물로 채웠다. 아이들이 만드는 원형 돛단배가 거의 비슷한 형태이다. 상갑판 밑에 선실이 있는데, 선실과 중앙 화물칸 사이에 출입문이 있고, 선실에는 현창(舷窓)을 뚫어 빛이 들어오게 했다. 뱃짐을 차곡차곡 쌓을 때, 짐들 사이로 통로를 남겨 두었다. 그 뚱보 선박들의 앞뒤 상갑판에는 돛대 하나씩을 세웠다. 뱃머리 돛대를 바울로라 불렀고, 선미 돛대를 가리켜 베드로라 했다. 교회를 그 두 사도가 인도하듯, 선박을 그 두 돛대가 움직이기 때문이다. 앞뒤 갑판 사이의 통로 역할을 하는 선교(船橋) 하나가, 중국인들의 교량처럼, 중앙 화물칸 위로 두 갑판을 연결해 주었다. 날씨가 사나울 때는 선교 좌우에 있는 난간을 밑으로 내려뜨려, 우묵한 화물칸의 지붕 역할을 하도록 만들어졌고, 그리하여 폭풍우가 몰아치면 선박이 완벽하게 밀봉되도록 설계되어 있었다. 몸집이 매우 큰 그 선박들의 키 손잡이는 들보만큼이나 굵었는데, 키에 주어지는 힘이 선체의 무게에 비례하도록 하기 위함이었다. 어른 셋, 즉 선장 및 선원 두 사람과, 소년 선원 하나만 있으면, 그 육중한 해양 기계를 움직이는 데 충분했다. 이미 언급한 바와 같이, 앞뒤 상갑판에는 난간이 없었다. 그윈플레인 앞에 모습을 보인 선박은, 선체의 복부가 불룩하고 온통 검은색인데, 흰색으로 써놓은 굵직한 글자들이 어둠 속에서도 보였다. 〈포그라트〉, 〈로테르담〉.

그 무렵, 바다에서 일어난 여러 사건들과, 특히 카르네로 갑 근처에서 푸앙티 남작의 선박 여덟 척이 겪은 참사로 인해,[1] 프랑스 선단이 지브롤터 방면으로 물러간지라, 망슈 해역의 런던과 로테르담 사이의 항로는 어떤 전함도 얼씬하지 못할 만큼 깨끗이 청소되었고, 따라서 상선들이 호위선 없이 항로를 오갈 수 있었다.

〈포그라트〉라는 글자가 보이고, 또 그윈플레인이 접근한 그 선박은, 선미 상갑판의 좌현을 방파책에 잇대어 놓고 있었는데, 갑판과 방파책이 거의 수평을 이루었다. 그리하여 계단 하나 내려가듯 했으니, 호모는 한 번의 도약으로, 그윈플레인은 한 걸음에, 선박 안으로 들어섰다. 그들 둘이 도착한 곳은 선미 상갑판 위였다. 갑판에는 인적이 없고, 어떤 움직임도 보이지 않았다. 중앙의 우묵한 선실이 봇짐과 궤짝들로 가득한 것으로 보아 선적 작업이 완료되었고, 함께 떠나는 승객이 있었다면, 출항 준비가 끝났으니, 이미 승선해 있었음에 틀림없었다. 하지만 그들은 이미 잠자리에 들었고, 항해가 밤새도록 계속될 것인지라, 상갑판 밑에 있는 침실에

---

1 1705년 4월 21일 — 원주.

서 잠을 자고 있는 것 같았다. 그러한 경우, 승객들은 다음 날 아침이 되어야 잠에서 깨어, 갑판에 모습을 드러내는 것이 상례였다. 한편 승무원들은 임박한 출항 시간을 기다리며, 당시 〈선원실〉이라고 부르던 구석방에서, 아마 밤참을 먹고 있었을 것이다. 선교로 연결된 앞뒤 두 상갑판이 적막했던 것은 그러한 이유 때문이다.

방파책에서는 거의 달음질치다시피 하던 늑대가, 선박 위로 올라서면서부터는, 마치 조심하듯, 천천히 걷기 시작했다. 꼬리를 흔듦에 있어서도 더 이상 즐거운 기색이 아니었다. 마치 불안한 개처럼, 꼬리의 흔들림이 약하고 슬퍼 보였다. 늑대가, 여전히 그윈플레인의 앞에서, 선미 상갑판을 지나 뱃머리 상갑판으로 이어지는 통로를 건넜다.

그윈플레인이 선교로 접어드는 순간, 앞쪽에 희미한 불빛이 보였다. 그가 물가에서 본 빛이었다. 등 하나가 뱃머리 돛대 밑동 근처 바닥에 놓여 있었다. 등에서 발산되는 빛이, 밤의 어두운 배경 속에, 바퀴 넷 달린 검은 형체 하나를 부각시키고 있었다. 그윈플레인은 우르수스의 낡은 오두막을 즉각 알아보았다.

그의 유년 시절을 싣고 굴러다니던 수레 겸 거처였던 그 오두막이, 굵은 밧줄로 돛대 밑동에 매여 있었고, 묶은 밧줄의 매듭이 바퀴에 걸려 있었다. 오랜 세월 사용하지 않아서인지, 수레는 완전히 낡아 있었다. 사람이건 사물이건, 한가함처럼 그것들을 황폐화시키는 것은 없다. 수레는 비참하게 기울어 있었다. 폐용(廢用)이 수레를 중풍 환자로 만들어 놓았고, 게다가 노화라는 불치병에 걸려 있었다. 흩어지고 벌레먹은 수레의 윤곽이 폐허의 모습을 드러내고 있었다. 수레를 이루고 있는 모든 것이 파손의 양상을 보였다. 쇠붙이는 녹이 슬었고, 가죽 조각들은 표면이 터졌으며, 목재 부분은 골양(骨瘍) 증세를 보였다. 앞쪽 창문 유리에 무수히 금이 갔고, 등불의 가느다란 빛이 그 유리를 통과해 지나고 있었다. 수레의 바퀴는 모두 휘어 있었다. 벽 역할을 하는 판자, 바닥, 굴대 등도 피곤에 기진한 듯했고, 전체적인 모습은 극도로 쇠잔해 하소연하고 있는 것 같았다. 일으켜 놓은 두 채는 하늘을 향해 뻗친 두 팔처럼 보였다. 수레 전체가 탈구되어 부서지기 직전이었다. 수레 밑에 호모를 매어 두던 쇠사슬이 늘어져 있었다.

자신의 삶과 희열과 사랑을 다시 발견하면, 미친 듯이 달려가 그것들에게 뛰어드는 것이 아마 철칙이며, 자연도 그것을 원할 것이다. 심각한 동요에 휩싸인 경우를 제외하고는, 사실 그렇다. 그러나 배신에 가까운 일련의 참화에 휘둘려 극심한 동요와 방황을 겪은 사람은, 심지어 기쁨 속에서도 신중해져, 사랑하는 이들에게 자신의 불운을 가져다주지 않을까 두려워하고, 자신에게 음산한 전염성이 있으리라는 막연한 생각 때문에, 행복감 속에서도 조심스럽게 나간다. 낙원의 문이 다시 열려도, 안으로 들어가기 전에, 우선 살핀다.

그윈플레인은, 격정에 휩쓸려 비틀거리면서도, 유심히 바라보았다.

늑대가 조용히 자기의 쇠사슬 곁으로 가서 앉았다.

2. 바킬페드로가 독수리를 조준했건만 비둘기를 쏘았다

오두막의 디딤대는 내려져 있었다. 출입문도 살짝 열려 있었다. 오두막 안에는 아무도 없었다. 앞쪽 유리창을 통해 들어오는 희미한 불빛이, 오두막 내부의 흐릿한 윤곽을, 그 우수 가득한 공간을 보여 주고 있었다. 밖에서 보면 담벼락이었고 내부에서 보면 치장벽이었던 낡은 판자 위에, 로드들의 위대함을 찬미하는 우르수스의 글이 아직도 선명히 보였다. 출입문 근처에 있는 못에, 시체 공시장(公示場)에 걸려 있는 죽은 사람의 옷들처럼, 자기의 망토와 카핀고가 걸려 있는 것이 그윈플레인의 눈에 띄었다.

그는 조끼도 정장 상의도 입고 있지 않았다.

갑판 위 돛대 발치에 뉘여 있고, 옆에 놓인 등의 불빛이 비추고 있는 무엇인가를, 오두막이 가리고 있었다. 그것은 매트였는데, 그 한 귀퉁이가 보였다. 매트 위에 누군가가 누워 있었음에 틀림없었다. 그곳에서 그림자가 움직이는 것이 보였다.

누가 말을 하고 있었다. 그윈플레인은 오두막 뒤에 숨어서 귀를 기울였다.

우르수스의 음성이었다.

겉으로는 혹독하되 속으로는 그토록 부드러우며, 그윈플레인을 어린 시절부터 심하게 꾸짖으며 올곧게 훈도한 그 음성에, 이제는 더 이상 예민함도 생기도 남아 있지 않았다. 흐릿했고 나지막했으며, 한마디 끝날 때마다 한숨 소리에 섞여 흩어졌다. 단순하고 단호했던 우르수스의 지난날 음성과 희미하게 닮았을 뿐이다. 행복을 상실한 사람의 음성이었다. 음성도 유령으로 바뀔 수 있다.

우르수스는 대화하는 것이 아니라 독백을 하고 있는 것 같았다. 하긴, 모두들 알고 있는 바이지만, 독백이 그의 버릇이었다. 그래서 편집광 취급을 받기도 했다.

그윈플레인은 우르수스가 하는 말을 한마디도 놓치지 않으려고 숨을 죽였다. 그의 말이 들려왔다.

「이런 종류의 배는 매우 위험해. 이 배에는 두드러진 테두리가 없어. 혹시 배가 심하게 요동치면 아무것도 사람들을 붙잡아 주지 못해. 날씨가 사나워지면 저 아이를 갑판 밑으로 옮겨야 하는데, 끔찍한 일이야. 자칫 잘못 움직이거나 두려움에 사로잡히면 동맥류 파열로 이어질 거야. 그러한 예를 여럿 보았어. 아! 맙소사, 그러면 우리는 어찌 되나? 저 애가 자고 있나? 그래. 자고 있어. 분명히 자고 있어. 의식을 잃은 걸까? 아니야. 맥박이 상당히 힘차. 틀림없이 자고 있는 거야. 잠이란 일종의 집행 유예야. 유익한 무분별이기도 하지. 사람들이 이곳에 와서 함부로 걸어 다니지 못하게 하려면 무슨 방법을 써야 할까? 혹시 갑판 위에 누가 계시다면, 신사분들, 간청하거니와, 소음을 내지 말아 주십시오. 특별한 볼일이 없으면, 이곳으로 접근하지 마십시오. 아시다시피, 허약한 사람은 아주 조심스럽게 다루어야 합니다. 보시다시피, 이 아이는 고열에 시달리고 있습니다. 아주 어린 소녀입니다. 어린 소녀가 열병을 앓고 있습니다. 신선한 공기를 좀 쐬라고 밖에다 매트를 폈습니다. 사연을 설명 드리는 것은, 이 아이를 배려해 주십사 하는 뜻입니다. 이 아이는 극도로 지쳐서, 마치 의식을 잃은 듯, 매트 위에 쓰러졌습니다. 하지만 자고 있는 중입니다. 아무도 그녀를 깨우지 않았으면 좋겠습니다. 혹시 이곳에 레이디들께서 계시면, 그분들께 드리는 말씀입니다. 어린 소녀는 보기만 해도 가엾습니다. 저희는 가난한 익살광대에 불과합니다. 간청하옵건대 약간이나마 호의를 베풀어 주십시오. 그리고 소음을 일으키시지 않는 것에 대가를 지불해야 한다면, 제가 지불하겠습니다. 숙녀분들과 신사분들께 감사드립니다. 거기에 누가 계십니까? 아니야. 아무도 없어. 내가 말을 하는 것은 순전히 헛수고야. 잘된 일이야. 신사 여러분, 거기에 계시다면, 감사드립니다. 그리고 거기에 계시지 않는다면, 더욱 감사드립니다. 아이의 이마가 온통 땀에 젖었군. 자, 이제 감옥으로 돌아가 다시 굴레를 뒤집어쓰자. 비참함이 우리 곁으로 다시 돌아왔어. 이제 우리는 다시 물결에 맡겨졌어. 어떤 손 하나가, 우리의 눈에는 보이지 않으나 우리 위에 있음을 항상 느낄 수 있는 그 끔찍한 손이, 우리를 운명의 어두운 쪽으로 문득 돌려보냈어. 좋아, 그러라지, 우리에게는 용기가 있어. 다만, 저 애가 병에 시달리면 안 돼. 내가 이렇게 홀로 큰 소리로 중얼거리고 있으니 멍청이가 된 것 같군. 하지만 저 애가 깨어나면, 자기 곁에 누가 있다는 것을 느낄 수 있어야 하니까. 누가 저 애를 급작스럽게 깨우는 일만 생기지 않았으면 좋겠어! 제발, 소음만 없었으면! 저 애가 놀라 벌떡 일어나게 하는 동요는 절대 안 돼! 누가 이쪽으로 걸어오면 참으로 난처한 일이야. 이 배에 탄 사람들은 모두 잠들었을 거야. 그러한 양보에 대해 섭리께 감사드려야지. 그런데! 호모는 어디에 갔지? 너무 경황이 없어 매어 두는 것을 잊었어. 내가 무슨 일을 하고 있는지조차 모르겠어. 보이지 않은 지가 한 시간도 더 되었어. 자기의 저녁거리를 찾으러 간 모양이군. 그에게 불행한 일이나 닥치지 않았으면 좋으련만! 호모! 호모!」

호모가 꼬리로 갑판을 부드럽게 툭툭 쳤다.

「너 거기에 있구나! 아! 거기에 있었구나! 찬양받으실지어다, 신이여! 호모를 잃는다면, 그건 감당할 수 없는 일이야. 저 애가 팔을 움직이는군. 아마 깨어날 모양이야. 입 다물고 있어, 호모. 이제 썰물이군. 곧 떠날 거야. 오늘 밤에는 날씨도 좋을 거야. 북풍도 불지 않아. 깃발도 돛대와 나란히 축 늘어져 있으니, 편안한 항해가 될 거야. 달은 어디쯤에 있는지 도무지 모르겠군. 구름은 겨우 꿈지럭거릴 뿐이야. 풍랑은 거세지 않겠어. 날씨가 좋을 거야. 아이의 안색이 창백하군. 허약해서 그래. 아냐, 안색이 붉어. 신열 때문이야. 아냐, 얼굴이 발그레한데! 건강이 좋군. 도무지 잘 모르겠어. 가엾은 호모, 내 눈이 잘 보이질 않아. 삶을 다시 시작해야 해. 우리는 다시 일을 시작해야 해. 우리 둘밖에 없어, 네가 보다시피. 너와 내가 저 애를 위해 일을 할 거야. 저 애는 우리의 자식이야. 아! 배가 움직이는군. 이제 떠나는 거야. 잘 있어라, 런던아! 좋은 저녁, 좋은 밤 보내고, 마귀에게나 물려 가라! 아! 소름끼치는 런던!」

정말 배가 미끄러지는 진동이 느껴졌다. 방파책과 선미 사이에 간격이 벌어졌다. 우르수스가 보자니, 배의 저쪽 끝에, 즉 선미에, 남자 하나가 서 있었다. 선박 안에서 이제 막 나와, 정박용 밧줄을 풀고 키를 조정하고 있는 선장임에 틀림없었다. 오직 물길만을 주시하고 있는 그 사나이는, 네덜란드인과 선원이라는 이중의 침착성으로 이루어진 사람답게, 물과 바람 이외에는 아무것도 듣지도 보지도 못하는 듯, 키의 손잡이 끝 밑에서 어둠과 뒤섞인 채, 좌현과 우현 사이를 오가며 선미 상갑판 위를 천천히 오가고 있었는데, 마치 어깨에 들보 하나를 둘러맨 유령 같았다. 갑판 위에는 그 사람 하나뿐이었다. 배가 아직 강에 있는 동안에는 다른 선원이 필요하지 않았다. 잠시 후 선박이 강의 흐름을 탔다. 배는 키질도 옆질도 하지 않고 하류로 내려갔다. 템스 강은 썰물 때는 동요가 별로 없어, 물길이 잔잔했다. 조수에 이끌려 배는 신속하게 멀어져 갔다. 배의 뒤로는, 런던의 검은 배경이 안개 속에서 점점 이지러지고 있었다.

우르수스가 독백을 계속했다.

「상관없어. 저 아이에게 디기탈리스[1]를 먹여야겠어. 혹시

---

1 자줏빛 디기탈리스를 가리킨다. 〈성모 마리아의 장갑〉이라는 별명도 있다. 2년생 풀인데, 꽃이 아름다워 화단에 많이 심었으나, 잎에서 추출되는 디기탈린이라는 물질이 맹독성이어서, 예전에는 독약의 원료로 사용되었다

착란 증세가 돌발하지 않을까 두렵군. 도대체 우리들이 그 착한 신에게 무슨 잘못을 저질렀다는 거야? 모든 불행이 이 토록 신속히 닥치다니! 악의 흉측한 신속성이야. 돌 하나가 떨어졌는데 돌에 발톱이 돋아 있어. 그것이 무엇인가 하면 종 달새를 덮친 새매야. 그것이 운명이야. 그래서, 오! 착한 내 자식, 네가 이렇게 병석에 누웠어! 런던에 오는 사람들은 이 렇게 말하지. 〈아름다운 기념물이 많은 거대한 도시야.〉 서더 크도 멋있는 구역이지. 그곳에 자리를 잡았어. 그런데 이제, 모두 가증스러운 고장이 되었어. 내가 그곳에서 무엇을 할 수 있지? 그곳을 떠나는 것이 만족스러워. 오늘은 4월 31일이 야. 나는 항상 4월을 경계했지. 4월에는 행복한 날이 이틀밖 에 없어. 5일과 27일이지. 그리고 불행한 날 나흘이 있는데, 10일과 20일, 29일, 30일이야. 그것은 카르다노의 계산에 따 라 의심의 여지가 없게 되었어. 오늘이 어서 지나갔으면 좋 겠어. 떠나니 마음이 좀 놓이는군. 새벽이면 그레이브센드를 지날 것이고, 내일 저녁이면 로테르담에 도착할 거야. 젠장, 오두막 속에서 옛날의 삶을 다시 시작해야 하고, 오두막을 우리가 함께 끌어야겠지. 그렇지 않아, 호모?」

꼬리로 갑판을 가볍게 두드리는 소리가 늑대의 동의를 알 렸다.

우르수스의 독백이 계속되었다.

「하나의 도시에서 빠져나오듯, 슬픔에서도 빠져나올 수 있 다면! 호모, 우리는 아직도 행복할 수 있을 거야. 아! 더 이상 이곳에 없는 사람이 여전히 곁에 있는 것 같아. 유령은 살아 남은 사람들 곁에 머물고 있어. 호모, 너는 내가 누구 이야기 하고 있는지 잘 알고 있어. 우리는 모두 넷이었는데, 이제는

고 한다. 그 물질에 강심제 성분이 들어 있음을 알아낸 것은 19세기에 이르 러서였다고 한다.

셋뿐이야. 인생이란 우리가 사랑하는 모든 것을 잃어 가는 긴 과정에 불과해. 모두들 혜성처럼 각자의 뒤에 슬픔의 긴 꼬리를 남기지. 운명은 견딜 수 없는 고통을 끊임없이 우리에게 안겨 주어 우리를 얼빠지게 하지. 그런데도 사람들은 늙은이들이 같은 말을 자주 뇌까리는 것을 보고 놀라지. 노망한 늙은이들을 만드는 것은 절망이야. 나의 착한 호모, 뒤에서 부는 바람이 끈질기구나. 이제 세인트폴의 둥근 지붕은 전혀 보이지 않는군. 잠시 후면 그리니치 앞을 지나게 될 거야. 여기에서 10킬로미터쯤 되는 곳이야. 아! 나는, 사제들과 관리들과 하층민 떼거리들로 가득한, 혐오스러운 도시들에게 영영 등을 돌리겠어. 나는 숲 속에서 나뭇잎 흔들거리는 것 바라보는 것이 더 좋아. 여전히 이마에 땀방울이 맺혀 있군! 팔뚝에 내가 싫어하는 자주색 굵은 혈관이 보여. 그 속에 있는 것은 열이야. 아! 모든 것이 나를 죽이는구나. 잠을 자렴, 내 아가야. 오! 그래, 저 애는 자고 있어.」

그 순간 한 가닥 음성이 날아올랐다. 이루 다 형언할 수 없고 멀리서 들리는 듯하며, 천상에서 오는 듯하면서 심연에서 오는 듯하기도 한, 신성하게 음산한, 데아의 음성이었다.

그 순간까지 그윈플레인이 겪은 모든 것이 자취를 감추었다. 그의 천사가 말을 하고 있었다. 삶의 영역 밖에서, 하늘이 들어와 가득 채운, 실신 상태에서 한 말을 듣는 것 같았다.

들려오는 음성은 이러했다.

「그가 떠나기를 잘했어요. 이 세상은 그에게 어울리는 세상이 아니에요. 다만, 저도 그와 함께 가야겠어요. 아버지, 저는 아프지 않아요. 조금 전에 하신 말씀을 다 들었어요. 저는 기분도 상쾌하고 건강도 좋아요. 자고 있었을 뿐이에요. 아버지, 이제 저는 곧 행복할 거예요.」

「아가야, 그 말이 무슨 뜻이냐?」 우르수스가 슬픈 어조로 물었다.

대답은 이러했다.

「아버지, 슬퍼하지 마세요.」

숨을 가다듬으려는 듯 잠시 그쳤다가 천천히 한, 다음 몇 마디가 그윈플레인에게 들려왔다.

「그윈플레인은 여기에 없어요. 따라서 이제 저는 소경이에요. 지금까지 저는 어둠이라는 것을 몰랐어요. 어둠이란 그가 없는 것이에요.」

음성이 잠시 멈추었다가 다시 들려왔다.

「저는 그가 날아가지 않을까 항상 근심했어요. 그가 하늘에서 왔다고 느꼈으니까요. 문득 그가 날아갔어요. 그렇게 될 일이었어요. 영혼이란 새처럼 떠나지요. 하지만 영혼의 둥지는 아주 깊은 곳에 있고, 그곳에는 모든 것을 끌어당기는 자석이 있어요. 그래서 저는 어디에 가면 그윈플레인을 다시 만날 수 있을지 잘 알아요. 또한 제가 갈 길에 대해 걱정도 하지 않아요. 마음 놓으세요. 아버지, 저 먼 곳이에요. 후에 아버지도 우리에게로 오실 거예요. 호모도.」

자기 이름을 들은 호모가 꼬리로 갑판을 가볍게 두드렸다.

음성이 다시 들려왔다.

「아버지, 그윈플레인이 더 이상 여기에 없으니, 이제 끝난 일이에요. 제가 비록 여기에 머물고 싶다 하더라도 저에게는 불가능한 일이에요. 억지로 숨을 쉬어야 하니까요. 불가능한 것을 요구해서는 안 되겠지요. 그윈플레인과 함께 있을 때는, 당연한 일이지만, 저도 살아 있었어요. 이제 그윈플레인이 없으니, 저는 죽어요. 어차피 마찬가지예요. 그가 돌아오거나, 그렇지 않으면 제가 이곳을 떠나야 해요. 그가 돌아올수 없으니 제가 떠나겠어요. 죽는다는 것은 정말 좋은 것이에요. 전혀 어렵지 않아요. 아버지, 이곳에서 꺼지는 것은 다른 곳에서 다시 점화돼요. 우리가 지금 와 있는 이 땅 위에서 산다는 것은 상심의 연속이에요. 사람이 항상 불행해야 한다는 것은 있을 수 없는 일이에요. 그래서 사람들은 아버지가 별들이라고 부르시는 그곳으로 가서, 결혼하고, 영영 서로 헤어지지 않고, 서로 사랑하고, 서로 사랑하고, 서로 사랑해요. 그것이 착한 신의 뜻이에요.」

「그렇게 화내지 마라.」 우르수스가 말했다.

음성이 계속 들려왔다.

「가령, 그래요, 지난 해에는, 지난 해 봄에는, 우리가 함께 있었고, 행복했어요. 지금은 전혀 달라요. 어느 도시인지 기억할 수는 없지만, 우리는 어느 작은 도시에 있었고, 그곳에는 나무들이 많았으며, 꾀꼬리들이 노래하는 소리도 들렸어요. 그런데 우리가 런던으로 왔어요. 그것이 모든 것을 바꾸어 놓았어요. 제가 하는 말은 나무람이 아니에요. 낯선 고장에 오면 무슨 일이 생길지 몰라요. 아버지, 기억하시겠어요? 어느 날 저녁, 커다란 칸막이 좌석에 여인 하나가 왔어요. 아버지가 말씀하시기를, 그녀가 여공작이라고 하셨지요. 저는 슬펐어요. 작은 도시들에 머물렀으면 더 좋았을 것 같아요. 그 일이 있은 후 그윈플레인이 떠났으니, 잘한 거예요. 이제는 제 차례예요. 제가 아주 어렸을 때 제 어머니가 돌아가셨고, 어느 날 밤, 눈이 쏟아지는데 제가 눈 덮인 땅바닥에 버려져 있었으며, 그때, 역시 어렸던 그가, 또한 홀로 있었건만, 저를 주워 품에 안아, 제가 지금껏 살아 있게 되었다고 아버지가 저에게 무수히 이야기해 주셨으니, 오늘 제가 떠나 무덤 속으로 가서, 그윈플레인이 그곳에 있는지 보고 싶은 절대적인 욕구를 느낀다 해도, 아버지는 놀라실 수 없을 거예요. 우리가 살아 있는 동안에 존재하는 유일한 것은 심정이고, 삶이 끝난 다음에 존재하는 유일한 것은 영혼이기 때문이에요. 제

914

가 말하는 것을 이해하시겠지요? 그렇지 않아요, 아버지? 그런데 무엇이 움직이지요? 우리가 움직이는 집 안에 들어와 있는 것 같아요. 하지만 바퀴 소리가 들리지 않아요.」

잠시 멈추었다가 몇 마디가 더 들려왔다.

「저는 어제와 오늘을 명확히 구분하지 못하겠어요. 저는 한탄하지 않아요. 무슨 일이 일어났는지 전혀 알 수 없지만, 여하튼 많은 일이 있었던 것은 틀림없어요.」

그 모든 말에는 비탄에 잠겼으되 깊은 애정이 담겨 있었고, 그윈플레인에게까지 들리는 한 가닥 한숨 소리는 다음 말과 함께 끝났다.

「그가 돌아오지 않는 한, 저는 떠나야 해요.」

우르수스가 음울하게 나지막한 소리로 중얼거렸다.

「나는 돌아오는 사람들[2]이 있다는 말을 믿지 않아.」

그가 다시 말을 이었다.

「이것은 배란다. 집이 왜 움직이느냐고 물었지? 우리가 배 안에 있기 때문이란다. 진정해라. 말을 너무 많이 해서는 안 된다. 내 딸아, 조금이나마 내게 정이 있다면, 동요하지 말고, 열을 내지 마라. 내가 너무 늙어, 혹시 네 몸이 아프면, 감당할 수 없을 것 같구나. 나를 생각해서라도 아프지 마라.」

데아의 음성이 다시 들렸다.

「이 땅 위에서 찾은들 무슨 소용 있겠어요? 오직 하늘에서만 되찾을 수 있다는데.」

우르수스가 짐짓 위엄 섞인 음성으로 대꾸했다.

「진정해라. 가끔 네가 전혀 총명하지 못한 것처럼 보일 때가 있구나. 당부하거니와 제발 편안히 쉬어라. 그러면 네가 구태여 지하 유골 안치소가 어떻게 생겼는지 알게 되는 일도

---

2 유령(귀신)을 뜻하는 *revenants*을 어원적 의미대로 옮긴다.

없을 것이다. 네가 안정을 되찾으면 나도 편안할 것 같구나.
아가야, 나를 위해서도 조금이나마 수고를 해다오. 그가 너
를 주웠다면, 나는 너를 거두었다. 너는 스스로 네 몸을 손상
시키고 있어. 그것은 악행이야. 진정하고 잠을 자야 한다. 모
든 것이 잘될 거야. 명예를 걸고 너에게 단언하거니와, 모든
것이 호전될 것이다. 게다가 날씨도 아주 좋구나. 마치 우리
를 위해 특별히 준비된 밤 같구나. 내일이면 우리 모두 로테
르담에 닿을 것이다. 뫼즈 강 하구에 있는 네덜란드의 도시
란다.」

「아버지, 이해하시죠, 어린 시절부터 항상 두 사람이 함께
있었으면, 그러한 삶이 망가지지 말아야 해요. 그러니 죽을
수밖에 없어요. 다른 방법은 없어요. 물론 아버지를 사랑해
요. 하지만 제가 아직 그에게로 가서 그와 함께 있지는 않으
나, 전적으로 아버지가 곁에 있다는 느낌이 들지 않아요.」

「어서, 잠을 좀 청해 보려무나.」 우르수스가 강권하는 말이
었다.

그 말에 대꾸하는 음성이 들렸다.

「잠이 부족하지는 않을 거예요.」

우르수스가 몹시 격앙된 어조로 그 말에 대꾸했다.

「우리는 네덜란드로, 그곳에 있는 도시 로테르담으로 간다
고 내가 너에게 말했다.」

「아버지, 저는 아프지 않아요. 그것을 근심하신다면, 이제
안심하셔도 좋아요. 열도 없고, 조금 더울 뿐이에요. 그게 전
부예요.」

우르수스가 중얼거렸다.

「뫼즈 강 하구로…….」

「저는 멀쩡해요, 아버지, 그러나 아시겠어요? 저는 제가
죽어 가고 있음을 느껴요」

916

「그따위 생각 하지 마라.」 우르수스의 말이었다.

그리고 그가 한마디 덧붙였다.

「특히 충격을 받지 말아야 하는데, 제발!」

잠시 침묵이 흘렀다.

우르수스가 별안간 언성을 높였다.

「무엇 하는 짓이냐? 왜 일어나느냐? 제발, 누워 있어라!」

그윈플레인의 온몸이 전율했다. 그가 머리를 내밀었다.

3. 지상에서 되찾은 낙원

데아의 모습이 보였다. 그녀는 매트 위에 꼿꼿이 서 있었다. 길고 흰 드레스를 입었는데, 옷자락을 세심하게 여미며, 어깨가 시작되는 부분과 가냘픈 목만 드러났다. 소매가 팔을 완전히 감쌌고, 긴 자락이 발을 덮었다. 손이 드러났는데, 나뭇가지처럼 얽혀 있는 푸르스름한 혈관들이, 열 때문에 부풀어 있었다. 그녀의 몸 전체가 전율하면서, 비틀거린다기보다는, 갈대처럼 휘청거렸다. 바닥에 놓인 등불이 그녀를 밑에서 비추었다. 그녀의 아름다운 얼굴은 형언할 수 없을 지경이었다. 풀어 헤친 머리채가 물결처럼 굼실거렸다. 볼 위로는 단 한 방울의 눈물도 흐르지 않았다. 그녀의 눈동자에는 열렬함과 어둠이 함께 있었다. 안색은 창백했다. 이 지상에 사는 이의 얼굴에 자리 잡은 신성한 생명의 투명성과 유사한 창백함이었다. 우아하고 가냘픈 그녀의 몸이 드레스의 주름과 혼융되어 있는 것 같았다. 전신이 흔들리는 불꽃처럼 일렁이고 있었다. 또한 그녀가 그림자[1]에 불과한 존재로 변하

1 〈그림자〉를 뜻하는 *l'ombre*는 〈망령〉을 가리키기도 한다.

기 시작했다는 느낌을 주었다. 크게 뜬 그녀의 두 눈이 반짝거렸다. 무덤에서 갓 나온 여인이자, 여명 속에 서 있는 영혼이라고 할 만했다.

우르수스가, 그윈플레인에게는 등만 보이는데, 질겁한 듯두 팔을 치켜올렸다.

「내 딸아! 아! 맙소사, 착란이 시작되는군! 착란 상태야! 내가 우려하던 것이야. 충격이 없어야 하는데! 자칫 저 아이가 죽을 수도 있어. 아니, 충격을 한 번 주어야 해, 저 아이가 미치는 것을 막으려면. 죽지 않으면 미치다니! 무슨 처지가 이렇단 말인가! 맙소사, 어찌 해야 하나? 내 딸아, 어서 다시누워라!」

그러는 동안에도 데아는 계속 말을 하고 있었다. 그녀의 음성에는 몽롱함이 섞여 있었다. 마치 천상의 어떤 농액(濃液)이 그녀와 이 세계 사이에 이미 끼어든 것 같았다.

「아버지, 아버지가 잘못 보신 거예요. 저에게는 착란 증세가 전혀 없어요. 아버지가 저에게 하시는 모든 말씀이 잘 들려요. 관객이 많이 왔고, 그들이 공연을 기다리고 있으며, 오늘 저녁에 제가 공연해야 한다고 조금 전에 말씀하셨어요. 기꺼이 공연하고 싶어요. 그래서 이러는 거예요. 하지만 어찌 해야 좋을지 모르겠어요. 제가 죽었고 그윈플레인도 죽었으니 말이에요. 그래도 저는 이렇게 왔어요. 저는 공연하는데 동의해요. 저 여기 있어요. 그러나 그윈플레인은 더 이상여기에 없어요.」

우르수스가 거듭 말했다. 「아가야, 어서 내 말대로 해라. 잠자리에 다시 누워라.」

「그는 더 이상 이곳에 없어요! 이곳에 없어요! 오! 어둡기도 하지!」

「어둡다고! 저 아이가 그런 말을 하는 것은 처음이군!」 우

918

르수스가 웅얼거렸다.

그윈플레인은, 마치 미끄러지듯 아무 소리 내지 않고 수레의 디딤대 위로 올라가 안으로 들어갔다. 그러고는 걸려 있던 자기의 카핀고와 어깨걸이 망토를 꺼내어, 카핀고는 등에 걸치고 어깨걸이 망토는 목에 건 다음, 수레에서 다시 내려왔다. 그런 다음에도, 수레와 선구(船具)와 돛대 등으로 이루어진 장애물 뒤에 몸을 숨겼다.

데아는 중얼거리기를 계속하면서 입술을 움직였는데, 그 중얼거림이 차츰차츰 하나의 멜로디로 변했다. 그녀는 착란 증세가 간헐적으로 중단되는 틈을 타서, 「정복된 카오스」를 공연할 때마다 자신이 그윈플레인을 향해 그토록 무수히 외치던 하소연을, 힘겹게 기억해 냈다. 그녀가 노래를 부르기 시작했다. 그러나 노래는 꿀벌의 윙윙거리는 소리처럼 흐릿하고 약했다.

Noche, quita te de alli,
El alba canta ……
(밤이여, 물러가라,
여명이 노래하도다.)

그녀가 노래를 문득 중단했다.

「아니야, 사실이 아니야, 나는 죽지 않았어. 도대체 내가 무슨 말을 했지? 슬프게도! 나는 살아 있어. 나는 살아 있고, 그는 죽었어. 나는 이 아래에 있고, 그는 저 높은 곳에 있어. 그는 떠났는데, 나는 남아 있어. 그가 말하고 걷는 소리를 더 이상 들을 수 없을 거야. 신께서 이 땅 위에서 낙원을 잠시 주셨다가 거두어 가셨어. 그윈플레인! 그와의 인연은 끝났어. 내 곁에 있는 그를 영영 다시는 느껴 볼 수 없을 거야. 결코

그럴 수 없어. 그의 음성도! 나는 그 음성을 다시는 들어 볼
수 없을 거야.」
　그러고는 다시 노래를 불렀다.

　　　Es menester a cielos ir……
　　　……Dexa, quiero
　　　A tu negro
　　　Caparazon.
　　　(하늘로 가야 하리라……
　　　……벗어 던져라,
　　　내 원하노니,
　　　그대의 검은 너울을!)

　그러더니 무한의 허공 속에서 의지할 것을 찾으려는 듯 손
을 뻗었다.
　그윈플레인은 문득 돌처럼 굳어 버린 우르수스 곁으로 나
타나, 그녀 앞에 무릎을 꿇었다.
　「다시는!」 데아가 말했다. 「다시는! 그의 음성을 영영 들을
수 없을 거야!」
　그리고 넋을 잃은 채, 다시 노래를 부르기 시작했다.

　　　Dexa, quiero,
　　　A tu negro
　　　Caparazon!
　　　(벗어 던져라,
　　　내 원하노니,
　　　그대의 검은 너울을!)

그 순간 한줄기 음성이, 그토록 사랑하는 음성이, 그녀에게 들려왔다.

O ven! ama!
Eres alma,
Soy corazon.
(오! 오라! 사랑하라!
그대는 영혼,
나는 심장이로다.)

그리고 동시에, 데아의 손끝에 그윈플레인의 머리가 느껴졌다. 그녀가 형언할 수 없는 비명을 질렀다. 「그윈플레인!」

그녀의 창백한 얼굴에 별처럼 밝은 빛이 나타났고, 그녀는 쓰러질 듯 비틀거렸다.

그윈플레인이 그녀를 두 팔로 받았다.

「살아 있었구나!」 우르수스가 소리쳤다.

「그윈플레인!」 데아가 다시 외쳤다.

그러더니 그녀의 머리가 휘어 그의 볼에 가닿았다. 그녀가 속삭였다.

「네가 다시 내려왔어! 고마워.」

그러고는 그윈플레인의 무릎 위에 앉아 그의 힘찬 두 팔에 감긴 채, 애정 어린 얼굴을 그에게 돌려, 마치 그를 응시하듯, 암흑과 빛이 동시에 가득한 두 눈을 그윈플레인의 눈에 고정시켰다.

「정말 너야!」 그녀가 말했다.

그윈플레인은 그녀의 드레스를 입맞춤으로 뒤덮었다. 말이기도 하고 비명이기도 하며 흐느낌이기도 한 언어가 있다. 모든 환희와 모든 슬픔이 온통 뒤섞여, 뒤죽박죽 그러한 언어로 폭발한다. 그 언어에는 아무 의미도 없는 듯하지만, 모든 것을 말한다.

「그래, 나야! 분명 나야! 나 그윈플레인이야! 네가 곧 영혼인 그 사람, 알아듣겠어? 나야! 너는 나의 아기, 나의 아내, 나의 별, 나의 숨결이야! 내가 와 있어! 여기에 너를 품에 안고 있어. 나는 살아 있어. 나는 너의 것이야. 아! 내가 모든 것을 끝내려 하던 순간을 생각하면! 1분만 늦었어도! 호모가 아니었다면! 그 이야기를 너에게 들려줄게. 환희와 절망이 이토록 서로 가까이에 있다니! 데아, 이제 살자! 데아, 나를 용서해! 그래! 나는 영원히 너의 것이야! 네가 옳았어. 내 이마를 만져 봐. 나라는 것을 확인 해. 네가 사실을 안다면! 하지만 이제는 그 무엇도 우리를 갈라놓을 수 없어. 나는 지옥을 빠져나와 다시 하늘로 올라온 거야. 너는 내가 다시 내려왔다고 하지만, 그것이 아니야. 내가 다시 올라온 거야. 그래서 다시 네 곁에 와 있는 거야. 영영 네 곁에. 너에게 약속해! 우리 함께! 이제 우리는 함께 있어! 누가 상상이나 했겠니? 우리가 다시 만났어. 모든 고통은 끝났어. 우리 앞에는 오직 황홀경뿐이야. 우리는 행복한 삶을 다시 시작할 것이고, 그 문을 굳게 닫아, 더 이상 불운이 침투할 수 없을 거야. 너에게 모든 일을 이야기 해줄게. 너도 놀랄 거야. 배는 이미 출발했어. 누구도 이 배를 되돌릴 수 없어. 우리는 여행길에 올랐고, 또 자유의 몸이야. 우리는 네덜란드에 가서 결혼을 할 거야. 내가 생계를 꾸려나가는 데 별 어려움은 없을 거야. 누가 그것을 막겠어? 더 이상 두려워할 것은 없어. 나는 너를 열렬히 사랑해.」

「너무 서둘지 마라!」 우르수스가 중얼거렸다.

데아는 온몸을 떨면서, 천상의 촉감에 전율하면서, 그윈플레인의 얼굴을 어루만지고 있었다. 그녀의 독백이 들려왔다.

「신은 이렇게 생겼어.」

그녀가 다음에는 그의 옷을 만졌다.

「어깨 걸이 망토고, 이것은 카펀고. 아무것도 변하지 않았어. 모든 것이 전과 같아.」

우르수스는 아연실색했으되 희색만면해, 한편 웃고, 한편 눈물을 철철 흘리며, 그들을 그윽이 바라보다가 작은 소리로 중얼거렸다.

「도무지 아무것도 모르겠어. 나는 어처구니없는 바보야. 그가 묘지로 들려 가는 것을 내가 보았는데! 내가 울다가 웃는군. 내가 아는 것은 그게 전부야. 나 역시 연정에 사로잡히기라도 한 듯 어리석군! 그렇지, 나도 연정에 사로잡혔어. 저 둘에 대한 사랑에. 젠장, 늙은 멍청이! 지나친 감동이야. 너무 심한 격정이야. 내가 염려하던 것이 그거야. 아니지, 내가 원하던 것이야. 그윈플레인, 그 아이를 조심해 다루어라. 정말 저것들이 포옹을 하는군. 내가 상관할 일이 아니야. 내가 사고 현장에 와 있군. 느낌이 참 괴이하군. 나는 저것들의 행복에 기생해 내 몫을 챙기고 있어. 나는 아무 상관없는데, 내가 저것들 일에 무슨 상관이라도 있는 것처럼 느껴지는군. 내 자식들아, 너희에게 축복을 내린다.」

우르수스가 그렇게 독백하고 있는 동안, 그윈플레인이 목소리를 높였다.

「데아, 참으로 아름답구나. 내가 최근 며칠 동안 정신을 어디에 팔고 다녔는지 모르겠어. 이 지상에 오직 너 하나뿐이야. 너를 이렇게 다시 보건만, 나는 아직도 꿈인지 생시인지 믿기지 않아. 이 선박 위에 와 있다니! 어디 나에게 말해 봐. 무슨 일이 있었어? 그리고 이 지경으로 만들어 놓다니! 도대체 그린박스는 어디에 있어? 그것을 빼앗은 다음 추방했군. 파렴치하고 비열한 짓이야. 아! 내가 복수하겠어! 데아, 너를 위해 복수하겠어! 놈들 어디 좀 두고 보자. 나는 잉글랜드의 피어야.」

우르수스는, 별 하나가 가슴팍에 와서 부딪힌 듯, 흠칫 놀라며 그윈플레인을 유심히 살펴보았다.

「녀석이 죽지는 않았어. 그것은 분명해. 하지만 미쳐 버렸나?」

그러고는 의혹에 사로잡혀 귀를 기울였다.

그윈플레인의 음성이 다시 들렸다.

「안심해, 데아. 내가 상원에 이 일을 고발하겠어.」

우르수스는 그를 한동안 더 유심히 바라보다가, 손가락 끝으로 자신의 이마 중앙을 툭툭 쳤다.

그러더니 체념한 듯 중얼거렸다.

「그것이 무슨 상관이야. 여하튼 잘되어 갈 거야. 원하면 미쳐라, 내 사랑하는 그윈플레인. 미치는 것도 인간의 권리지. 어떻든 나는 행복해. 하지만 그게 다 무슨 소리지?」

선박은 부드럽고 신속하게 도망치듯 계속 흘러갔다. 어둠은 점점 더 짙어졌고, 대양에서 몰려온 안개가 하늘을 점령하는데, 그것을 쓸어 낼 바람 한 가닥 없다. 몇몇 굵은 별들만 겨우 모습을 보이다가 하나씩 하나씩 자취를 감추었다. 잠시 후, 더 이상 아무것도 보이지 않았다. 하늘은 온통 까맣고 무한했으며 부드러웠다. 강의 폭이 넓어지고 있었다. 그리하여 좌우 강변은, 밤과 거의 혼합된 가느다란 두 선에 불과했다. 그러한 어둠에서 깊은 평온이 배어나오고 있었다. 그윈플레인은 데아를 껴안은 채 쭈그리고 앉아 있었다. 그들 두 사람은 대화를 하다가는 경탄의 비명을 지르고, 재잘대다가는 소곤거리기도 했다. 격정에 들뜬 대화였다. 그들의 기쁨을 무슨 수로 묘사할 수 있겠는가?

「나의 생명!」

「나의 하늘!」

「내 사랑!」

「나의 모든 행복!」

「그윈플레인!」

「데아! 나는 취했어. 너의 발에 키스하게 해줘.」

「정말 너야!」

「지금은 한꺼번에 할 이야기가 너무 많아. 그래서 무엇부터 시작해야 좋을지 모르겠어.」

「키스해 줘!」

「오! 나의 아내!」

「그윈플레인, 내가 아름답다는 말은 하지 마. 아름다운 사람은 너야.」

「내가 너를 드디어 다시 찾았어. 너는 내 가슴속에 들어와 있어. 이제 되었어. 너는 내 것이야. 내가 꿈을 꾸고 있는 것은 아니야. 정말 너야. 가능한 일일까? 물론이지. 나는 생명을 다시 얻었어. 온갖 사건이 있었다는 것을 네가 안다면. 데아!」

「그윈플레인!」

「사랑해!」

우르수스가 중얼거렸다.

「내가 맛보고 있는 것은 할아버지의 기쁨이야.」

호모가 수레 밑에서 나와, 이 사람 저 사람에게로 조심스럽게, 또한 그 누구의 시선도 끌지 않고 오가면서, 때로는 그윈플레인의 투박한 구두와 카펀고를, 때로는 데아의 드레스를, 때로는 매트를 되는 대로 핥았다. 그것이 호모 특유의 축복하는 방식이었다.

어느덧 채텀과 메드웨이 강 하구를 지났다. 바다에 접근하고 있었다. 수면의 칠흑 같은 평온 덕분에, 템스 강을 타고 내려가는 일에는 아무 장애도 없었다. 무엇을 조종할 필요도 전혀 없었고, 따라서 선원 한 사람 갑판 위로 부르지 않았다. 선박의 다른 쪽 끝에서는 선장이 홀로 키의 손잡이를 잡고 있었다. 선미 상갑판 위에는 그 사람밖에 없었다. 그리고 뱃머리 상갑판 위에서는 등불 하나가, 이제 막 이루어진 행복한 작은 무리 하나를 비추고 있었다. 문득 희열로 바뀐 불행의 밑바닥에서 이루어진, 기대하지 못했던 합류 덕분에 형성된 무리였다.

4. 아니야. 저 높은 곳에서

별안간 데아가 그윈플레인의 품에서 빠져나오며 몸을 벌떡 일으켜 세웠다. 그녀는 마치 따라 움직이려는 그를 만류라도 하듯, 두 손으로 그의 가슴을 짚었다. 그러면서 말했다.
「나에게 무슨 일이 생긴 것일까? 나에게 어떤 일이 생겼어. 기쁨이 나를 숨 가쁘게 해. 별것 아니야. 아주 좋아. 오! 나의 그윈플레인, 네가 다시 나타나면서 나에게 일격을 가했어. 행복의 일격이야. 가슴속으로 몽땅 들어오는 하늘, 그것은 도취경이야. 네가 없을 때는 내가 죽어 감을 느꼈어. 떠나려는 진정한 삶을 네가 나에게 돌려주었어. 나는 내 안에서 일종의 찢김 같은 것을, 즉 암흑이 찢기는 것을, 그리고 생명이, 열렬한 생명이, 열기와 감미로움으로 이루어진 생명이 치솟는 것을 느꼈어. 네가 조금 전 나에게 준 생명은 매우 이상해. 그것이 어찌나 천국 같은지, 조금 고통스러울 지경이야. 영혼이 자꾸만 커져서 몸 안에 그것을 간직하기 어려울 것 같아. 세라핌들의 이 생명, 이 충만함이, 내 머리까지 역류해 내 속으로 스며들어. 내 흉곽 속에서 심한 날갯짓을 하고 있는 것 같아. 기이한 느낌이 나를 사로잡지만, 나는 아주 행

926

복해. 그윈플레인, 네가 나를 부활시켰어.」

그녀의 얼굴이 붉어졌다가 창백해지더니 다시 붉어졌다. 그러고는 그녀가 쓰러졌다.

「아! 네가 그 아이를 죽였구나!」 우르수스가 말했다.

그윈플레인이 데아에게 두 팔을 내밀었다. 절정의 희열 속에 잠겨 있는 동안에 닥친 극도의 슬픔, 그 충격이 어떠했겠는가! 그가 데아를 부축해야 할 처지가 아니었다면, 그 자신이 쓰러졌을 것이다.

「데아! 무슨 일이야?」 그가 떨리는 음성으로 소리쳤다.

「아무것도 아니야, 사랑해!」

그윈플레인의 품에 있던 그녀는 마치 땅바닥에서 걷어 올린 천 조각 같았다. 그녀의 두 손이 축 처졌다.

그윈플레인과 우르수스가 데아를 매트 위에 눕혔다. 그녀가 약한 음성으로 말했다.

「누워서는 숨을 쉴 수가 없어요.」

그들은 그녀를 앉혀 놓았다.

우르수스가 다급하게 말했다.

「베개!」

그 말에 데아가 먼저 대답했다.

「무엇에 쓰시려고요? 저에게는 그윈플레인이 있어요.」

불우한 착란 증세 가득한 눈으로, 데아를 부축한 채, 그녀의 뒤에 앉아 있던 그윈플레인의 어깨에, 그녀가 머리를 기댔다.

「아! 아주 편안해!」 그녀가 말했다.

우르수스가 그녀의 손목을 잡고 맥을 짚어 보았다. 그는 머리를 좌우로 흔들지도 않고, 아무 말도 하지 않았다. 그리하여 흐르는 눈물 줄기를 막으려는 듯, 눈꺼풀을 발작적으로 급히 열었다 닫았다 하는 빠른 움직임을 보고서야 그의 생각을 짐작할 수 있었다.

「데아에게 무슨 일이 생겼어요?」그윈플레인이 물었다.

우르수스는 귀를 데아의 왼쪽 옆구리에 가져다 댔다.

그윈플레인이 열띤 기세로 다시 물었다. 우르수스는 아무 대꾸도 하지 않았다.

우르수스가 그윈플레인을 쳐다보더니, 다시 데아를 바라보았다. 그의 얼굴은 납빛이 되어 있었다.

드디어 그가 입을 열었다.

「지금 우리는 캔터베리 근처를 지나고 있을 것이다. 이곳에서 그레이브센드까지의 거리는 별로 멀지 않다. 밤새도록 날씨는 좋을 거야. 바다에서 공격받을 염려는 없어. 모든 전함은 스페인 연안에 집결해 있으니까. 좋은 항해가 될 것이다.」

축 처진 채, 점점 더 창백해진 데아는, 드레스 자락을, 경련하는 손가락으로 꼭 쥐었다. 그녀는 깊은 생각에 잠긴 듯, 형언할 수 없는 한숨을 지으며 중얼거렸다.

「그것이 무엇인지 이해하겠어. 내가 죽는 거야.」

그윈플레인이 무서운 기세로 벌떡 일어섰다. 우르수스가 데아를 부축했다.

「죽다니! 네가 죽다니! 아니야. 그런 일은 생기지 않아. 너는 죽을 수 없어. 지금 죽다니! 이렇게 즉시 죽다니! 있을 수 없는 일이야. 신이 그토록 잔인하지는 않아. 너를 돌려주었다가 바로 그 순간에 다시 데려가다니! 아니야, 그런 짓은 행하지 않는 법이야. 만약 그런 일이 생긴다면, 인간이 신을 의심하라는 뜻이야. 만약 그런 일이 생긴다면 땅과, 하늘과, 아이들의 요람과, 아기에게 젖먹이는 어머니들과, 인간의 심정과, 사랑과, 별들, 그 모든 것이 덫에 불과해! 그것은 다시 말해, 신이 배신자이고 인간이 속기 잘하는 얼간이라는 뜻이야! 아무것도 없다는 뜻이야! 신을 모독해야 한다는 뜻이야!

모든 것이 심연일 뿐이라는 뜻이야! 데아, 너는 네가 하는 말의 뜻을 몰라! 너는 살 거야. 나는 네가 살기를 강력히 요구해. 너는 내 말에 복종해야 해. 나는 너의 남편이고 너의 주인이야. 나는 네가 떠나는 것을 허락할 수 없어. 아! 이럴 수가! 아! 가엾은 인간들이여! 아니야, 있을 수 없는 일이야. 그러면, 네가 떠난 후, 이 세상에 나만 남게 돼! 그런 일은 너무나 기괴해, 더 이상 태양도 없을 거야. 데아, 데아, 어서 추슬러. 곧 끝날 잠시 동안의 괴로움일 뿐이야. 때로는 오한을 느낄 때가 있지만, 그것이 지나가고 나면 금방 잊지. 네가 건강하고 더 이상 아프지 않는 것, 그것이 나의 절대적인 희망이야. 네가 죽다니! 내가 너에게 무슨 잘못을 저질렀지? 네가 죽는다는 생각만 해도 실성할 지경이야. 우리는 서로의 것이며, 서로 사랑해. 너에게는 떠날 이유가 없어. 만약 떠난다면, 그것은 부당해. 내가 죄를 저질렀나? 게다가 너는 이미 나를 용서했어. 오! 너는 내가 절망한 자, 악당, 맹렬히 노한 자, 저주받은 자가 되기를 바라지 않을 거야! 데아! 너에게 빌고, 간청하며, 두 손 모아 애원하거니와, 죽지 마!」

그러고는 두 손으로 머리카락을 움켜쥐고, 두려움 때문에 죽어 가는 사람의 기색으로, 북받치는 슬픔에 숨이 막혀, 그는 그녀의 발아래에 무릎을 꿇었다.

「나의 그윈플레인, 이것은 내 잘못이 아니야.」 데아가 말했다.

그녀의 입술에 불그레한 거품이 조금 흘렀다. 엎드려 있느라고 그윈플레인은 그것을 보지 못했는데, 우르수스가 드레스 자락으로 얼른 닦아 주었다. 그윈플레인은 데아의 두 발을 부둥켜 잡은 채, 뒤죽박죽 온갖 말로 하소연하고 있었다.

「너에게 다시 말하거니와 나는 원치 않아. 네가 죽다니! 나는 견딜 수 없어. 죽어도 좋아, 그러나 함께. 다른 식으로는 안 돼. 데아, 네가 죽다니! 도저히 동의할 수 없어. 나의 여신이여! 나의 사랑이여! 제발 내가 있음을 생각해 줘. 너에게 장담하거니와, 너는 살 거야. 죽다니! 그렇다면 너 죽은 후에 내가 어찌 될 것인지 상상도 안 해보았다는 말이지. 내가 너를 잃지 않으려는 절박한 열망에 사로잡혀 있음을 조금이라도 짐작한다면, 죽는 것이 불가능함을 깨달을 수 있을 거야. 데아! 너도 알다시피, 나에게는 너밖에 없어. 나에게 닥친 일들이 매우 이상해. 내가 단 몇 시간 만에 일생을 두루 겪었다는 사실은, 너도 짐작조차 하지 못할 거야. 나는 한 가지를 확인했어. 즉, 아무것도 없다는 점이었어. 오직 너만 존재해. 만약 네가 없다면 이 우주도 아무 의미가 없어. 이곳에 남아 줘. 나를 불쌍하게 여겨 줘. 네가 나를 사랑하니, 너는 살아야 해. 너를 이제 막 되찾았으니, 너를 내 곁에 두려는 것은 당연한 일이야. 조금 기다려. 겨우 몇 순간 전에 합류했는데, 그렇게 가버리는 법이 아니야. 조바심 내지 마. 아! 맙소사, 이 비통함! 너는 개의치 않는 모양이야. 그렇지? 나에게 다른 방법이 없었음을 너도 이해할 거야. 와펀테이크가 나를 데리러 왔으니까. 잠시 후면 숨쉬기가 한결 수월해질 거야. 데아, 모든 일이 다 잘되었어. 우리는 행복해질 거야. 나를 절망 속으로 처박지 마. 데아! 나는 너에게 아무 짓도 하지 않았어!」

그의 말은 또박또박 하지 않고 흐느낌 그 자체였다. 그의 말 속에서는 절망과 반항이 동시에 느껴졌다. 그윈플레인의 흉곽에서는, 비둘기를 부를 만한 슬픈 탄식과, 사자를 뒷걸음치게 할 만한 포효가 동시에 분출했다.

데아가, 점점 희미해지는 음성으로, 한마디 하고는 쉬면서, 그의 말에 대꾸했다.

「아! 부질없는 짓이야. 내 사랑 그윈플레인, 나는 네가 최선을 다하고 있는 걸 알아. 한 시간 전까지만 해도 나는 죽기를 원했는데, 이제는 더 이상 그렇지 않아. 그윈플레인, 내가 열렬히 사랑하는 나의 그윈플레인, 우리는 정말 행복했어! 신이 너를 나의 삶 속에 가져다 놓더니, 이제 나를 너의 삶에서 가져가 버리는 거야. 그래서 내가 떠나게 되었어. 그린박스를 잊지 않겠지, 그렇지? 그리고 너의 어리고 눈먼 가엾은 데아도? 너는 내 노래를 기억할 거야. 내 음성을 잊지 말아 줘. 그리고 내가 너에게 사랑한다는 말을 할 때의 어조도. 밤마다, 네가 잠들었을 때, 네 곁으로 돌아와 그 말을 해줄게. 〈사랑해!〉 우리가 재회했지만, 그것은 지나친 기쁨이었어. 즉시 끝나게 되어 있었던 것이었어. 내가 먼저 떠날 수밖에 없어. 나는 우리 아버지 우르수스와 우리 형제 호모도 진정으로 좋아해. 모두들 착해. 여기는 무척 답답해. 창문을 열어 줘. 나의 그윈플레인, 너에게 아직 하지 않은 말이 있는데, 언젠가 어떤 여인이 왔다고 해서 내가 질투심을 느낀 적이 있어. 내가 누구에 대해 이야기하는지조차 너는 모를 거야. 그렇지? 내 팔을 덮어 줘. 조금 추워. 그리고 피비는? 또 비너스는? 그녀들은 어디에 있지? 결국 모든 사람을 좋아하게 되는군. 우리가 행복할 때 우리 가까이 있는 사람들에게 친근감을 느끼게 되지. 우리가 행복할 때 그곳에 있어 주었다는 점 때문에 그들에게 고마워하지. 그 모든 것이 왜 지나가 버렸을까? 이틀 전부터 닥친 일들의 영문을 모르겠어. 이제 나는 죽어. 내가 죽은 후에도 이 드레스 속에 머물도록 해줘. 오늘 오후에 이것을 입으면서, 이것이 나의 수의라고 생각했어. 이것을 간직하고 싶어. 이것에는 그윈플레인의 키스가 남아 있어. 오! 아직 더 살 수 있으면 좋으련만! 우리의 굴러다니는 오두막 속에서의 삶은 정말 매력적이었어! 우리는 노래를 불렀지. 나는 박수치는 소리에 귀를 기울이곤 했지! 결코 헤어지지 않아서 정말 좋았어! 모두들 함께 있을 때는 내가 구름 속에 있는 것 같았어. 나는 모든 것을 정확하게 짐작했어. 비록 소경이었지만, 하루가 지나고 다음 날이 오는 것을 분별했고, 그윈플레인의 음성이나 움직이는 소리를 들으면 아침이 되었음을 알아차렸어. 그리고 꿈속에서 그윈플레인을 보면 밤이라는 것을 알았지. 나는 어떤 덮개가 나를 둘러싸고 있음을 느끼곤 했는데, 그것은 그윈플레인의 영혼이었어. 우리는 다정하게 서로 사랑했어. 그 모든 것이 떠나면, 더 이상 노래는 없을 거야. 아! 아직 더 살 수는 없단 말인가! 나를 잊지 않겠지, 나의 연인이여.」

그녀의 음성은 점점 약해졌다. 임종의 음산한 이지러짐이 그녀의 호흡을 방해하고 있었다. 그녀가 엄지손가락을 구부려서 다른 손가락들 밑으로 넣었다. 마지막 순간이 다가온다는 징후였다. 어린 천사의 더듬거리는 말이, 처녀의 부드러운 헐떡임 속에서 모습을 드러내기 시작하는 것 같았다.

그녀가 나지막하게 중얼거렸다.

「모두들 저를 기억하시겠지요, 그렇지요? 아무도 저를 기억해 주지 않는다면, 제가 죽는다는 것이 무척 슬플 것 같아요. 가끔은 제가 못되게 굴었어요. 모두에게 용서를 빌어요. 만약 착한 신께서 원하기만 하신다면, 나의 그윈플레인, 우리는 많은 자리를 차지하지 않으니, 우리의 생계를 우리 손으로 꾸려 가면서 다른 나라에 가서 함께 살 수 있다고 확신해요. 그러나 착한 신께서 그것을 원치 않아요. 저는 제가 왜 죽는지 전혀 모르겠어요. 제가 소경임을 단 한 번도 불평하지 않았으니, 저는 아무도¹ 모독하지 않았어요. 그윈플레인, 차라리 영원히 소경일지라도 네 곁에 머물기만을 간청했을 거야. 오! 떠나는 것이 참으로 슬퍼요!」

---

1 물론 신을 암시한다.

그녀의 말들이 헐떡거리다가, 마치 누가 후 불기라도 한 듯, 하나하나 꺼졌다. 음성이 거의 들리지 않았다. 그녀가 다시 말을 시작했다.

「그윈플레인, 그렇지? 내 생각을 하겠지? 죽은 후에 나는 그것을 몹시 갈망할 것 같아.」

그녀가 덧붙였다.

「오! 저를 붙잡아 줘요!」

그러고는 잠시 침묵을 지키다가 다시 말했다.

「가능한 한 일찍 나에게로 와. 비록 신과 함께 있더라도 네가 없으면 나는 무척 불행할 거야. 나의 다정한 그윈플레인, 나를 너무 오랫동안 홀로 내버려 두지 마! 이곳이 낙원이었어. 저 높은 곳은 하늘일 뿐이야. 아! 숨이 막혀! 내 사랑, 내 사랑, 내 사랑!」

「제발!」 그윈플레인이 절규했다.

「잘 있어요!」

「제발!」 그윈플레인이 다시 소리쳤다.

그러면서 데아의 얼음장 같은 아름다운 손에 입을 밀착시켰다.

그녀는 한동안 숨을 쉬지 않는 것 같았다.

그러더니 문득 팔꿈치를 짚고 상체를 일으키려 했다. 그윽한 광채가 그녀의 두 눈을 스쳤다. 그리고 형언할 수 없이 아름다운 미소가 어렸다. 그녀의 음성이 폭발하듯 힘차게 터져 나왔다.

「빛이야! 보여요.」

그러고는 숨을 거두었다.

그녀의 몸이 매트 위에 다시 떨어져 널부러지더니 더 이상 움직이지 않았다.

「죽었다.」 우르수스가 말했다.

그러더니 그 가엾은 늙은이는, 절망에 짓눌려 무너지듯, 모발 없는 머리를 숙여, 흐느끼는 얼굴을 데아의 발치께 드레스 자락에 묻었다. 그는 기절한 채 그렇게 머물렀다.

그러자 그윈플레인의 모습이 무시무시해졌다.

그는 벌떡 일어서더니, 이마를 쳐들고, 머리 위에 펼쳐져 있는 광막한 밤을 응시했다.

그러더니, 그를 보는 이 아무도 없건만, 아니 암흑 때문에 보이지 않는 누가 있을지 모르지만, 저 높이 있는 심연을 향해 두 팔을 뻗으며 말했다.

「내가 갈게.」

그러고는 어떤 환영에 이끌린 듯, 뱃전을 향해 걷기 시작했다.

몇 걸음만 더 가면 심연이었다.

그는 천천히 걸었다. 자기의 발은 쳐다보지도 않았다. 조금 전 데아가 보여 준 미소가 그의 얼굴에 어렸다.

그는 앞을 향해 직선으로 걸었다. 그에게 무엇이 보이는 것 같았다. 멀리서 본 영혼의 반사광 같은 빛이 그의 눈동자에서 발산되었다.

그가 문득 소리쳤다. 「그래!」

한 걸음 옮길 때마다 그는 뱃전으로 접근했다.

그는 두 팔을 쳐들고 머리를 뒤로 젖힌 채, 시선을 고정하고 유령처럼 움직이며, 흐트러짐 없이 걸었다.

그는, 가까이에 입을 딱 벌리고 있는 심연과 열려 있는 묘지가 있음을 개의치 않는 듯, 숙명적인 정확한 동작으로, 서두르지도 멈칫거리지도 않으며 전진했다.

그가 중얼거렸다. 「안심해. 너를 따라가고 있어. 네가 나에게 보내는 신호를 잘 분별하고 있어.」

그는 어둠의 가장 높은 곳, 하늘의 한 지점에서 눈을 떼지 않았다. 그는 미소를 짓고 있었다.

하늘은 온통 어둠으로 뒤덮였고 더 이상 별도 없었다. 하지만 그는 분명 별 하나를 보고 있었다.

그가 상갑판을 가로질렀다.

경직되고 음산한 몇 걸음을 옮긴 끝에, 그는 뱃전에 당도했다.

「나 왔어, 데아! 나 여기 있어!」 그가 말했다.

그러고는 계속 걸었다. 난간이 없었다. 그의 앞에는 허공이 있었다. 그는 허공으로 발을 디뎠다.

그가 떨어졌다.

어둠은 짙고 탁했으며, 물은 깊었다. 그가 물속으로 가라앉았다. 고요하고 침울한 사라짐이었다. 무엇을 보고 들은 이 아무도 없었다. 배는 계속 떠내려가고 강물은 계속 흘렀다.

잠시 후 배가 대양으로 들어섰다.

우르수스가 다시 깨어났을 때, 그윈플레인은 보이지 않았다. 어두운 뱃전 근처에서 바다를 응시하며 울부짖는 호모의 모습만이 보였다.

〈가엾은 사람들〉 속에서 〈웃는 남자〉

이 작품의 이야기가 전개되는 배경은, 크롬웰의 주도하에 이루어졌던 시민 혁명이 그 꽃을 다 피우지 못하고 낙태되던 시기의 잉글랜드 사회이다. 그 배경 중에서도 특히, 작가 자신이 서문에서 밝혔듯이, 잉글랜드 귀족 사회의 생생한 단면이 부각되어 있다. 그러나 특정 시대를 그린 듯한 이 거대한 프레스코의 바탕색을 이루고 있는 것은, 그리고 부각된 시대나 계층을 더욱 선명하게 드러내 주는 것은, 중세 유럽의 기층민들에게 친숙했던 요소들이다. 그 요소들이란, 당시의 지배 종교 혹은 종교와 영합하던 학문이나 예술과 상극 관계에 있던, 유구한 전통에 뿌리 내린 문화적 습속이다. 장터나 거리 광장에서, 순박한 사람들에게, 잠시나마 즐거움과 위안과 시름의 망각과 때로는 희망도 안겨 주던, 〈떠돌이들〉의 문화적 요소들이다. 우르수스와 호모, 그윈플레인, 데아 등 작품의 네 주인공 속에는, 중세의 곡예사, 익살광대, 이야기꾼, 악사, 점쟁이, (돌파리) 의사 및 약사, 무녀(마녀), 마법사, 유랑 극단 등이 혼용되어 있다. 특히 우르수스는, 서유럽의 중세적 특징뿐만 아니라, 호메로스나 아이소포스, 그리스 비극의 창시자라는 테스피스 등의 잔영까지도 간직한 인물이다.

이 작품에 신비한 색채와 기이한 개연성을 부여하는 것은 그러한 요소인데, 우르수스나 호모, 그윈플레인 같은 인물의 이름은 작품에 중세적 색채를 가미하면서 작품의 냉소적인 측면을 넌지시 드러내기도 한다. 우선 그윈플레인이라는 이름을 보더라도, 그리스 로마 신화나 유대인의 신화와는 이질적인 특성을 보이고 있다. 즉, 그것이 어떤 신이나 신화적 인물에서 연원한 이름이 아니라는 것이다. 그 이름은 단순히 〈하얀 평원〉을 뜻한다. 나이 열 살에 불과한 그가 광막한 설원을 거쳐 생환했다는 기적적인 사건을 내포하고 있는 이름이다. 다시 말해 그의 이름은, 이야기의 전개 과정에서 스스로 필연성을 획득한다. 항상 그리움과 슬픔 속에서 살 수밖에 없었던 트리스탄(Tristan, 슬픈 남자), 술고래이자 폭식가인 가르강튀아(Gargantua, 목구멍이 크기도 해라!), 혹은 온 세상이 참혹한 기근과 가뭄에 시달리던 시절에 태어난 팡타그뤼엘(Pantagruel, 범우주적 가뭄) 등, 중세의 문인들(토마스, 베룰, 아일하르트 등)이나 16세기의 라블레가 작중 인물에게 부여한 이름과 같은 성격을 가지고 있다. 특히 그 이름에서 〈흰색〉을 뜻하는 그윈*Gwyn*은, 브르타뉴 지방의 토속어 그웬 *Gwenn*처럼 그 근원이 켈트어인지라, 그 이름은 광막한 설원이라는 신비한 공간적 특색뿐만 아니라 사라진 혹은 짓눌려 모습을 감춘 문명기를 일거에 우리의 뇌리에 되살려 놓는다. 켈트라는 사라진 꿈 혹은 신화를 부활시키는, 일종의 강신술적(降神術的) 기능도 가지고 있는 이름이다.

한편 사람에게는 곰을 뜻하는 우르수스라는 이름을 부여하고, 늑대에게는 인간을 뜻하는 호모라는 이름을 부여한 것은 일종의 냉소적 역설이다. 〈특히 인간으로는 퇴화하지 마라.〉 우르수스가 늑대 호모에게 한 이 말이 작품 허두에서부터 작품의 성격을 규정하고 있는데, 〈웃는 남자〉라는 작품의 제목 또한 호활한 역설이다. 위고가 이 작품을 쓰던 시절에,

즉 대혁명의 소용돌이와 온 유럽을 화염과 화약 연기 속으로 몰아넣던 길고 처참한 전쟁, 왕정 복고 후에 판을 치던 인간의 치사함(스탕달과 메리메의 표현이다), 다시 시작된 시민혁명, 그에 편승한 어쭙잖고 천박한 이념적 유행, 제2제정의 등장 등 일련의 정치적 사회적 무질서로 인해 인간의 삶이 극도로 비참해진 그 시절에, 그리하여 어느 쪽으로 눈을 돌려도 〈가엾은 사람들〉밖에 보이지 않던 그 시절에, 〈웃는 남자〉라는 제목을 떠올렸다는 것은, 깊은 노여움과 깊은 슬픔과 깊은 연민을 품은 사람의 냉소적 반발로 여겨진다.

또한 〈웃는 남자〉라는 역설적 제목이, 일종의 메아리 혹은 공명(共鳴)처럼 우리의 뇌리에 떠오르게 하는 것은, 디오게네스나 아리스티포스, 『여우 이야기』나 패설들 *fabliaux*을 남긴 중세 프랑스의 이름 모를 문인들, 초서(『캔터베리 이야기』), 세르반테스(『돈키호테』), 라블레(『가르강튀아』, 『팡타그뤼엘』 등), 샤를 소렐(『프랑시옹』), 몰리에르(모든 극작품), 르사주(『질블라』), 몽테스키외(『페르시아인의 편지』), 볼테르(대다수 소설 및 『철학 사전』) 등의 웃음이다. 그들의 웃음은 신들이나 인간이 저지른, 혹은 신들과 인간이 손잡고 저지른 얼간이 짓들, 인간을 짓누르고 목을 죄던 각양각색의 추한 질곡 및 그것들로 인한 참상에 대한 깊은 연민에서 비롯된 냉소이다.

그러한 연민과 사랑과 탄원과 그리움과 기원(祈願)이 소설의 본질이다. 특히 『오디세이아』를 비롯해 『아이네이스』, 『롤랑전』, 『트리스탄』, 『니벨룽겐의 노래』, 『알비 성전(聖戰)』, 『에반젤린』 등과 같은 소설(즉 이야기들)을 아리스토텔레스의 정의(『포이에티케』, 즉 『문예학』)에 입각해 에포포이아라고 할 수 있는데, 『웃는 남자』 역시 그러한 작품군에 포함시킬 수 있을 듯하다. 물론 작가 자신도 자기의 소설에 에포포이

아의 특징을 부여하려 했노라 밝히고 있다. 에포포이아라는
것은 결코 잊지 못할 인물들이나 사건들을 이야기하지 않고
는 못 배겨서, 노래하듯 풀어 놓은 허구적 산물을 가리킨다.
그것이 정형 운문으로 쓰였다는 형태적 특징을 가지고는 있
지만, 그러나 정형 운문으로 쓰기만 한다고 해서 그것이 에
포포이아라고는 할 수 없다. 아리스토텔레스가 지적했듯이,
히포크라테스가 자신의 책을 아무리 운문으로 쓴다 해도, 그
것은 그저 의학서일 뿐이다. 다시 말해 에포포이아의 본질은
필연적으로 형성되어 분출되는 허구적 이야기이며,『웃는 남
자』의 경우, 그러한 조건은 충족시키고 있되, 옛 사람들의 작
품처럼 외형적 틀은 갖추지 못했다. 그 외형적 틀을 대신하
고 있는 것이, 지나치게 압축된 언어와 빈번한 반복, 거창한
과장법 등인데, 그러한 시도가『웃는 남자』에 부각된 언어적
특성이다.

　그리하여 작가 자신이 의도했듯이, 독자는 한 줄 읽을 때
마다 생각에 잠기지 않을 수 없다. 그러한 특성이『웃는 남
자』의 단점이자 특이한 장점일 수 있다. 즉,『노트르담 드 파
리』나『레 미제라블』의 경우처럼 사건의 전개가 독자를 강력
하게 흡인하지 못한다는 단점이 있다. 그러나『웃는 남자』의
무수한 구절은, 그것들이 경구처럼 짧은 경우에도, 독자의
상상을 끊임없이 증폭시킨다. 또한 독자로 하여금 일상적 인
식의 한계를 잠시나마 초월하게 하고, 개연의 폭을 무한히
확장하게 해준다. 그것이 모든 예술의 본질적 역할 아니겠는
가? 이 작품을 읽는 동안 독자는 많은 것에 대해 이야기하고
싶은 욕구를 느낄 것이다. 즉, 이 작품은 독자의 내면에서 동
면하고 있는, 무수한 사유 혹은 몽상의 실마리를 끊임없이
건드릴 것이다. 그리하여 어떤 이는 이 작품을 읽으며 자신
의 노래를 부르고 싶어져, 새로운 소설을 구상할 수도 있겠

고, 또 어떤 이는 이 작품보다도 방대하고 치밀한 독후감(즉 연구서)을 쓰는 일도 생길 수 있을 것이다. 〈작가의 지혜가 끝나는 곳에 독자의 지혜가 시작된다.〉 위고의 소설에 대해 별로 호감을 가지고 있지 않던 프루스트의 말이다. 그러나 프루스트 역시 『웃는 남자』에 대해서만은 그 말을 하지 않을 수 없을 것이다. 독자를 자극하고, 그의 내면 깊숙한 곳에 숨어 있는 추억을 일깨워, 그로 하여금 자신의 노래를 부르게 하는, 재생산 혹은 생식 기능을 제공하는 작품은 그리 흔치 않다. 〈사실 저는 『웃는 남자』보다 더 나은 작품은 아직 쓰지 못했다고 생각합니다.〉 작품을 출간하기 3개월 전에 작가가 한 말인데, 작품을 읽고 나면, 이 작품이 『노트르담 드 파리』나 『레 미제라블』과 대비되면서, 그 말의 의미 폭이 선명하게 드러날 것이다.

작품 세계에 대해서는 언급을 아예 시작하지 않는 것이 좋을 듯하다. 이 책을 읽는 분들의 몽상을 방해하는 일이 생길까 저어되기 때문이다. 꾸벅꾸벅 졸다가도, 호메로스의 이름만 들으면, 그에 대해 할 말이 입안에서 줄을 서곤 했다는, 옛 그리스의 어느 랍소도스가 누린 즐거움을, 이 책을 읽으실 독자들께서도 맛보실 수 있으면 좋겠다. 아울러 이 책을 번역하면서 새로운 세계를 접할 수 있는 계기를 마련해 주신 〈열린책들〉 제위께 깊은 감사를 드린다.

이형식

빅토르 위고 연보

1802년 출생   2월 26일 브장송에서 출생. 같은 해, 부친의 임지인 코르시카로 떠나, 1807년까지 그곳에서 체류.

1816년 14세   『이르타메네스 *Irtamène*』(비극) 완성.

1818년 16세   양친의 이혼.

1819년 17세   멜로드라마 『이네스 데 카스트로 *Inès de Castro*』완성.

1821년 19세   아델 푸셰와 비밀리에 약혼.

1822년 20세   『오드와 잡영집 *Odes et Poésies diverses*』 출간.

1823년 21세   환상 소설 『아이슬란드의 한 *Han d'Islande*』 출간.

1824년 22세   『새로운 오드 *Nouvelles odes*』 발표(오드는 가창을 염두에 두고 지은 짧은 노랫말을 가리킨다. 그리스어 *ôdê*는 노래를 뜻한다).

1826년 24세   『오드와 발라드 *Odes et Ballades*』 출간

1827년 25세   『크롬웰 *Cromwell*』 완성. 평론가 생트 뵈브와 교분 시작.『크롬웰』의 〈서문〉.

1828년 26세   부친 타계.

1829년 27세   『동방시집 *Les Orientales*』 출간(1월). 『사형수의 마지

막 날*Le Dernier jour d'un condamné*』출간(2월). 희곡『마리옹 드 로름 혹은 리슐리외 치하에서의 어느 결투*Marion de Lorme ou un duel sous Richelieu*』집필.『에르나니*Hernani*』(희곡) 집필.

1830년 28세 「에르나니」 공연(2월 25일).『노트르담 드 파리*Notre-Dame de Paris*』집필 시작.

1831년 29세 『노트르담 드 파리』 출간.「마리옹 드 로름」 공연.

1832년 30세 『왕은 즐긴다*Le roi s'amuse*』,『루크레치아 보르자 *Lucrèce Borgia*』집필.

1833년 31세 여배우 쥘리에트 드루에와의 사랑 시작.『메리 튜더 *Marie Tudor*』출간 및 공연.

1834년 32세 『미라보 연구*Étude sur Mirabeau*』,『문학과 철학 *Littérature et philosophie mêlées*』등 출간. 생트 뵈브와 절교.

1835년 33세 『안젤로*Angelo*』,『황혼의 노래*Les Chants du cré-puscule*』집필.「안젤로」 공연.

1837년 35세 『내면의 음성*Les Voix intérieures*』출간.

1838년 36세 『뤼 블라*Ruy Blas*』집필.

1840년 38세 『빛과 그늘*Les Rayons et les ombres*』출간.

1841년 39세 아카데미 프랑세즈 회원으로 선출.

1842년 40세 『라인 강*Le Rhin*』출간.

1843년 41세 『뷔르그라브*Les Burgraves*』출간 및 공연.

1844년 42세 비아르 부인과의 사랑 시작.

1845년 43세 프랑스의 페르로 임명. 비아르 부인과 함께 간통죄로 고발됨.

1846년 44세 알리스 오지와의 사랑.

1851년 ^{49세}　벨기에로 망명.

1852년 ^{50세}　1월 9일, 그의 추방령이 공포됨. 6~7월, 『꼬마 나폴레옹*Napoléon le Petit*』 집필. 『징벌*Les Châtiments*』 출간. 저지 섬으로 이주.

1853년 ^{51세}　『사탄의 종말*La Fin de Satan*』 집필.

1855년 ^{53세}　저지 섬에서 추방되어 건지 섬으로 이주.

1856년 ^{54세}　『명상*Les Contemplations*』 출간. 허트빌 하우스에 정착.

1859년 ^{57세}　황제(나폴레옹 3세)의 사면(赦免)을 거부. 『여러 세기의 전설*La Légende des siècles*』(1부) 출간.

1861년 ^{59세}　『레 미제라블*Les Misérables*』 탈고.

1862년 ^{60세}　『레 미제라블』 출간(파리).

1864년 ^{62세}　『윌리엄 셰익스피어*William Shakespeare*』 출간.

1865년 ^{63세}　쥘리에트 드루에와 건지 섬에 머묾. 『거리와 숲속의 노래*Les Chansons des rues et des bois*』 출간.

1867년 ^{65세}　『바다의 노동자들*Les Travailleurs de la mer*』 출간. 6월, 브뤼셀 도서관에서 잉글랜드의 귀족에 관한 책들을 빌림. 7월 14일, 『웃는 남자*L'Homme qui rit*』 집필 시작. 당시 구상했던 제목은 〈클랜찰리 경*Lord Clancharlie*〉.

1868년 ^{66세}　8월 23일, 『웃는 남자』 탈고. 당시 그가 생각하고 있던 제목은 〈국왕의 명령으로*Par ordre du roi*〉였음. 8월 27일, 부인 아델 위고 타계.

1869년 ^{67세}　4월 19일, 『웃는 남자』 출간. 『검*L'épée*』, 『토르케마다*Torquemada*』 등 집필.

1870년 ^{68세}　9월 4일, 제2제정 종말. 위고, 다음 날 파리로 귀환. 18년 동안의 망명 생활 종식.

1871년 69세 2월 8일, 제헌 국회 의원으로 피선되었으나 한 달 후(3월 8일) 사임. 급작스럽게 타계한 아들의 후사를 정리하기 위해 브뤼셀로 여행.

1872년 70세 딸(아델)을, 정신병원에 입원(수용)시킴. 『끔찍한 해 *L'Année terrible*』 출간. 쥘리에트 드루에의 침모와 관계 시작.

1873년 71세 『1793년*Quatrevingt-treize*』 탈고. 아들(프랑수아 빅토르) 타계.

1874년 72세 『1793년』 및 『내 아들들*Mes Fils*』 출간.

1875년 73세 『망명 전*Avant l'exil*』과 『망명 시절*Pendant l'exil*』 출간.

1876년 74세 상원 의원으로 피선. 『망명 이후*Depuis l'exil*』 출간.

1877년 75세 『여러 세기의 전설』(2부), 『할아버지가 되는 기술*L'Art d'être grand-père*』, 『어느 범죄 이야기*Histoire d'un crime*』 출간.

1878년 76세 뇌충혈(腦充血) 증세를 보임.

1880년 78세 『종교들과 종교*Religions et religion*』, 『당나귀*l'âne*』 출간.

1881년 79세 『지성의 뭇 경향*Les Quatre Vents de l'esprit*』 출간.

1882년 80세 『토르케마다』 출간.

1883년 81세 쥘리에트 드루에 타계. 『여러 세기의 전설』(3부) 및 『망슈 군도*L'Archipel de la Manche*』 출간.

1885년 83세 5월 22일 자택에서 타계. 6월 1일 국민장. 유해는 팡테옹에 안치됨.

열린책들 세계문학 086 웃는 남자 하

옮긴이 이형식 서울대학교 사범대학 불어교육과를 졸업하고, 프랑스 파리 8대학에서 마르셀 프루스트에 대한 연구로 박사학위를 받았다. 현재 서울대학교 불어교육과 명예 교수이다. 지은 책으로는 『마르셀 프루스트』, 『프루스트의 예술론』, 『프랑스 문학, 그 천년의 몽상』, 『현대 문학비평 방법론』(공저), 『그 먼 여름』 등이 있으며, 옮긴 책으로는 루이 페르디낭 셀린의 『외상 죽음』과 『밤 끝으로의 여행』, 사드의 『미덕의 불운』과 『사랑의 죄악』, 조세 카바니의 『철부지 시절』, 로베르 사바티에의 『미소 띤 부조리』, 조셉 베디에의 『트리스탄과 이즈』, 『여우이야기』, 『롤랑전』, 마르셀 프루스트의 『잃어버린 시간을 찾아서』, 빅토르 위고의 『93년』 등이 있다.

지은이 빅토르 위고 **옮긴이** 이형식 **발행인** 홍예빈
발행처 주식회사 열린책들 **주소** 경기도 파주시 문발로 253 파주출판도시
전화 031-955-4000 **팩스** 031-955-4004
홈페이지 www.openbooks.co.kr **이메일** literature@openbooks.co.kr
Copyright (C) 주식회사 열린책들, 2006, 2009, *Printed in Korea.*
ISBN 978-89-329-1003-1 04860 **ISBN** 978-89-329-1499-2 (세트)
발행일 2006년 12월 20일 초판 1쇄 2008년 7월 30일 초판 3쇄 2009년 11월 30일 세계문학판 1쇄 2025년 9월 20일 세계문학판 14쇄

이 도서의 국립중앙도서관 출판예정도서목록(CIP)은 서지정보유통지원시스템 홈페이지(http://seoji.nl.go.kr)와 국가자료공동목록시스템(http://www.nl.go.kr/kolisnet)에서 이용하실 수 있습니다.(CIP제어번호 : CIP2009003461)